U0733662

浮屠妖 著

Sweet

你是我
戒不掉的甜

上　册

青岛出版集团 ｜ 青岛出版社

图书在版编目（CIP）数据

你是我戒不掉的甜/浮屠妖著. —青岛:青岛出版社,2023.7
ISBN 978-7-5736-1112-3

Ⅰ.①你… Ⅱ.①浮… Ⅲ.①长篇小说－中国－当代 Ⅳ.①I247.5

中国国家版本馆CIP数据核字（2023）第099239号

NI SHI WO JIE BU DIAO DE TIAN

书　　名	你是我戒不掉的甜
作　　者	浮屠妖
出版发行	青岛出版社（青岛市崂山区海尔路182号）
本社网址	http://www.qdpub.com
邮购电话	18613853563
责任编辑	龚雅琴
特约编辑	杨婉莹
校　　对	李玮然
装帧设计	梁　霞
照　　排	梁　霞
印　　刷	三河市良远印务有限公司
出版日期	2023年7月第1版　2023年7月第1次印刷
开　　本	16开（640mm×920mm）
印　　张	37
字　　数	620千
书　　号	ISBN 978-7-5736-1112-3
定　　价	69.80元（全2册）

编校印装质量、盗版监督服务电话 4006532017　0532-68068050

目录

上 册

第一章　　意外的邂逅　　　　　　　　　　1

第二章　　人生如戏，全靠演技　　　　　　30

第三章　　一封特别的信　　　　　　　　　60

第四章　　牵了手的手，永远不分开　　　　88

第五章　　不知不觉进入他心里的人　　　　116

第六章　　我会一直留在你身边　　　　　　145

第七章　　爱上你是我今生最大的幸福　　　176

第八章　　最接近目标的一次机会　　　　　205

第九章　　命运总会眷顾善良的人　　　　　234

第十章　　亲爱的，这就是爱情　　　　　　262

目 录

下 册

第十一章　我愿意娶，你愿意嫁吗　293

第十二章　慢慢步入他设下的温柔陷阱　323

第十三章　我会忘记所有人，唯独你例外　353

第十四章　她有一颗赤诚之心　381

第十五章　有一种默契，与生俱来　409

第十六章　团队的意义　439

第十七章　晚安，我爱你，爱你　467

第十八章　当真相浮出水面　498

第十九章　我想为你遮风挡雨　528

第二十章　有你的余生，让我充满期待　560

第一章

意外的邂逅

接机大厅。

"秦总，我们要找的 CC 博士就在刚抵达的 UA88 国际航班上，他的照片我已经转发到您的邮箱……"手机那一端传来助手焦急的声音。

秦南御抬眼，机场的电子屏显示 UA88 航班已抵达二十分钟，如果他动作稍慢，可能就要跟 CC 博士失之交臂了。

秦南御打开邮箱，网络很不好，照片传送得特别慢。

就在照片传送到百分之九十九，秦南御即将看到照片的那一秒，身后突如其来的撞击让他的手机飞了出去，掉进了旁边的观赏鱼池，手机黑屏了。

秦南御难以置信地盯着自己空空的手心，耳边还回荡着助理的提醒："秦总，CC 博士太神秘了，从来不在公众面前露面，我们甚至不知道这个人是男是女，这次好不容易拿到消息，您可一定要抓住机会！说不定……下次又要等十年了！"

只差百分之一，就是十年的代价！

人生有多少个十年？

秦南御脸色变冷，扭头看向不要命撞上他的人。

对方是一个穿着白色长裙的年轻女人，秦南御刚抬手，对方竟一股脑儿地把钱包里所有的钞票塞到了他的手心，说道："对不起，对不起，我真的不是故意的，这些钱你拿着，要是修不好手机，你再联系我。"

她又在随身的包包里翻了几下，塞给秦南御一张皱巴巴的名片，诚恳地强调："一定要联系我哦！"说完，她转身就跑。

就在她跑开的下一秒，几名保镖突然冲进了接机大厅，火速朝她离去的方向追了上去，引起一阵骚动。

秦南御黑着脸，摊开那张皱巴巴的名片，只见名片上写着：江城大学教务处，纪微甜。

好一个纪微甜！

秦南御咬牙，将名片捏成一团，扔进了垃圾桶。

秦南御的手机系统是他自己研制的，有防水功能，只是遭遇剧烈撞击之后再遇水会开启休眠保护模式，需要经过处理才能打开。

这一来一去，CC 博士早就不知去向！

秦南御完美的脸庞覆盖上一层冷意，他低头看了一眼手里的钞票，这个女人竟然用几百块钱来赔偿他不可估量的损失！他攥紧手里的钞票，怒不可遏。等他回过神，突然发现一直跟在身边的儿子不见了……

难得他今天去接这个臭小子放学，路上得知 CC 博士的行踪，只得带臭小子一起过来，结果 CC 博士没接到，这臭小子还跟他玩起了失踪！

纪微甜拉着行李箱穿过人群，快步往机场外走，暗自庆幸她跑得快，不然就要被那群"老东西"抓回去了。

正要松一口气，纪微甜突然感觉身后有人盯着自己。她警惕地回头，只见安全门那边有一道小小的影子。

纪微甜往后退了两步，大喝一声："是谁跟着我？出来！"

小影子晃了晃，露出一只小小的脚。

纪微甜愣住了。

怎么是个孩子？还是一个三四岁的"萌系小正太"。

小正太穿着黑色的小西装，系着可爱的小领结，五官精致得像芭比娃娃。他小心翼翼地走到纪微甜的面前，仰着小脸，用一双黑漆漆的大眼睛无助地看着她，看起来很紧张，说："我……我不是坏人。"

纪微甜抚额，都怪她刚才太凶，把这孩子吓坏了。

小正太长成这个神仙模样，还老老实实地跟她交代自己不是坏人，纪微甜觉得她才像童话里的恶毒巫婆。她的内心顿时软得一塌糊涂。

纪微甜放下行李箱，蹲在一脸无辜的小正太面前，问道："小朋友，你怎么一个人在这里？爸爸妈妈呢？"

小正太撇着嘴，大大的眼睛里瞬间盛满了泪水："我……我找不到爸爸了……"

纪微甜连忙安抚道："别怕，别怕，我带你去找爸爸好不好？"

小正太小心翼翼地问她："真的？"

纪微甜不好意思地摸摸后脑勺儿，说道："那个，阿姨刚刚误会你了，所以才那么凶，你别害怕。对了，你叫什么名字？"

"秦默睿。"

"那你跟爸爸是在哪里走散的？"纪微甜仔细地问。

小正太认真地想了一下，然后无奈地摇了摇头，仰头看着纪微甜。

纪微甜真是受不了他这种可怜巴巴的眼神，也不管自己是不是还在被人追，拍着胸脯表示："我帮你找！一定把你安全地送到爸爸身边！"

小正太顿时眼睛一亮，扭捏了一下，磨磨蹭蹭地拉了一下纪微甜的手，有点儿不好意思了。

被人信赖的感觉令纪微甜自信心爆棚，她主动牵起小正太的手，说："走吧！我带你去找！"

她正准备带他往回走，小正太忽然捂住肚子，说道："阿姨，我饿了……"

纪微甜一愣，看了一眼前方不远处的快餐店，虽然带孩子去吃快餐有点儿不健康，可是现在也没有更好的选择了。而且要是孩子的家人通过广播找人，她在快餐店也能听得更清楚，可以更快地把人送回去。

这样想着，纪微甜把小正太带进了快餐店。

"你想吃什么呀？阿姨请你吃。"纪微甜指着餐牌上的汉堡和鸡翅，大方地拍了拍自己的钱包。

小正太双眼放光地看着这些被某人嫌弃的"垃圾食品"，嘴角险些要流出口水来，兴奋地一通乱指："这个……这个……还有这个！"

纪微甜顺着小正太的目光看去，惊讶于一个孩子的食量居然这么大。但她都把话放出去了，不请也太不够意思了。

可惜，纪微甜痛痛快快地点了餐，突然发现她的钱包空了。

在服务员不耐烦的注视下，纪微甜跟小正太面面相觑。

"喀……那个……阿姨刚刚发生了一点儿意外，没钱了。"她尴尬地解释。

小正太明显不忍放弃眼前的美食，踮着脚趴在柜台上看了一眼刚出炉的汉堡，再可怜巴巴地看向纪微甜。

纪微甜的心脏被猛击。她真是个不称职的大人！一个汉堡都买不起！

"这位妈妈，没带现金可以用手机支付啊！"服务员忍不住提醒道。

纪微甜想，自己可真是个生活白痴，怪不得纪星瑶老是跟在她后面念叨，还担心她出门照顾不好自己。

她干笑着，忘了纠正服务员错误的称呼，拿出手机点餐、付款。

小正太吃到了心心念念的汉堡和鸡翅，开心得眼睛都眯了起来，把手上的油舔得一干二净，吃得别提有多香了。

纪微甜捧着脸坐在他对面等着听寻人广播，可直到小正太吃完，广播也没响。

她这才察觉有些不对劲，站起来，说道："小睿睿，咱们得快点儿去找你爸爸了，不然你爸爸该着急了。"

小正太吃饱喝足后，摸着自己圆滚滚的肚子，小声嘟囔："他才不会呢！"

"嗯？"

纪微甜刚想问是什么情况，就听身后传来了一声大喊："秦默睿！谁准你吃这些垃圾食品的？"

纪微甜见方才还一脸馋猫样的小正太当即一个挺身，躲到了她的身后，小心翼翼地往前探头。

纪微甜回身，便见先前在大厅里碰见的那个男人怒气冲冲地站着，周身笼罩着一层森冷之气。

"你是？"

显然，秦南御看见纪微甜也惊呆了，他的嘴角甚至诡异地扬了扬。

纪微甜下意识地往后退了一步，护住了小正太。

秦南御伸手摘下墨镜，光打在他的侧脸上，他那微微上挑的眼角、高挺的鼻梁、性感的薄唇……组合成一张完美到足以令人尖叫的脸。

只可惜这张脸再怎么帅，纪微甜都不会喜欢。

她的呼吸微微一窒，眼神里带着冷漠和疏离，先前撞飞这个人的手机时，她没有怎么注意，这下看清楚了才知道，原来是他！

秦南御没注意纪微甜细微的表情变化，冷漠地看向躲在她身后的孩子，低沉的嗓音犹似拉响的大提琴："秦默睿，你给我过来——"

纪微甜能感觉到在她身后的小正太的紧张和害怕。

"这是你爸爸？"纪微甜不放心，蹲下身去问小正太。

小正太艰难地点了点头，抬头看秦南御，仍旧是不情愿的样子。

纪微甜不悦地看向秦南御。

这个爸爸一看就是个"暴君"，要不然怎么把孩子吓成这样了？

"秦默睿，"男人已经不耐烦了，"我不想说第二遍。"

小正太一听，立即飞快地走向秦南御。

纪微甜看不下去了，说："这位先生，他不过是个三四岁的孩子，在跟爸爸走失的情况下，又害怕又饿，吃个快餐怎么了？用得着这么吓他吗？"

秦南御这时才正视纪微甜，往前一步，逼视纪微甜，道："纪小姐是吧？"

纪微甜瞧着秦南御一副要追究责任的架势，把胸脯挺得老高："怎么？嫌修手机的钱不够？"

"弄坏我的手机，又拐走我的孩子，你知道有什么后果吗？"

纪微甜愣住了："什么？"

手机是她不小心撞飞的，拐走孩子从何说起？

"我不是！我没有！别瞎说！"纪微甜接连否认，"不信你问问你儿子，我是好心带他找爸爸……"

秦南御的眼睛一眨不眨地盯着儿子。

小正太尴尬地摸了摸鼻子，看了一眼纪微甜，十分肯定地说道："阿姨说得没错，是我走丢了，她好心帮我。"

秦南御似笑非笑地道："走丢？"

小正太脸上挂不住了，耳朵都红了："别人家的小孩能走丢，我为什么不能？"

秦南御用只有他们父子才能听见的声音说道："因为即使把你发射到外太空，你也能自己回来。"

他的儿子他知道，这小子的智商和情商高得离谱儿，从来只有这小子甩掉别人的分儿，什么时候走丢过？

对于爸爸的拆台，小正太无力反驳，却仍旧坚持："我不管，我就是走丢了！"

"为了吃点儿垃圾食品，就用这一招儿。秦默睿，你真有出息！"秦南御都要气笑了。

目的被看穿，小正太小脸通红，抬眼瞧了纪微甜一眼，突然冲上去抱住纪微甜的大腿："呜呜呜……妈妈，我要妈妈！"

秦南御抚额，臭小子又来这招儿！

纪微甜只听见秦南御训儿子，没听见两个人之间的交锋。见小正太抱着自己的大腿哭成了泪人，纪微甜心都快碎了，顿时指责秦南御："你这当家长的，把孩子弄丢了不说，一上来就责备孩子，到底有没有责任心啊？"

"责任心？"

秦南御冷笑一声，手疾眼快地从纪微甜衣服的口袋里拿出手机。

纪微甜怔住了，问："你怎么抢我的手机？"

只见秦南御拨打了110报警："对，你们刚才要抓的人，现在就在快餐店，还有……她刚才拐带了我儿子。"

秦南御把手机还回来的时候，警察也来了。

纪微甜欲哭无泪地被警察带走，而始作俑者秦南御则提着奋力抵抗的儿子，微笑着目送她离开。

"警察先生，都是误会啊！是他公报私仇，我真的没有拐卖儿童啊！"纪微甜忍不住为自己辩解，可惜免不了被带回警察局做笔录的命运。

一旦纪微甜被带回警察局，便意味着她好不容易才摆脱的那些人又能轻而易举地抓住她了！

秦南御，你这个"扫把星"！你给我等着！

纪微甜在内心哀号！

"纪微甜，你出来吧——"

经过两个小时的审问，纪微甜终于摆脱了拐卖儿童的嫌疑，然而还是需要有人保释才能出去。她迫不得已打了那个电话，警察才将她放了出去。

纪微甜走到警察局门口时，天已经黑了。好几个保镖守在门口，生怕她再跑了，而车里坐着一个黑着脸的中年人——她的亲生父亲纪墨峰。

"小姐，先生等你很久了……"司机提醒道。

纪微甜知道没法躲，无奈地坐到车里，刚坐稳便听纪墨峰压抑着怒气说道："让你回家，还非得我亲自走一趟。纪微甜，你眼里到底还有没有我这个爸爸？"

纪微甜被训斥了，垂着眼眸没有反驳，只是攥了攥手心，眼底闪过一丝复杂的情绪。

哪儿有爸爸看见女儿从警察局出来，没有一句关心的话，只有责问的？

这是她的亲生爸爸，可是对于她而言更像一个陌生人，如果可以，她倒是希望自己没有这个爸爸。

车子平稳地行驶着，气氛压抑得令人窒息。

纪墨峰除了一句训斥，便再也没有开口。

纪微甜也不会自找没趣，安安静静地缩在一旁。

车子刚在别墅门前停稳，纪墨峰率先推开车门迈了下去，站在车子外面，回头打量着蜷缩在车后座的纪微甜，说道："还要我请你吗？"

纪微甜慢吞吞地跟着他钻出车子，一抬头就看见了她非常不想看见的两个人——继母苏素媚和继妹纪开穗。

"呦，这是谁呀？我们纪家的大小姐终于舍得回家了！"苏素媚刺耳的声音让人离着老远都能听到。

苏素媚是纪墨峰的第二任妻子，人如其名，长得非常妩媚，四十多岁了，看上去只有三十岁出头。

她调侃了一句便走上前，挽住纪墨峰的手臂，关心地说道："今天又降温了，你出去了一趟，没吹着风吧？穗穗，愣着做什么？去给你爸倒杯热水来。"语毕，她扭头又对着纪墨峰说："微甜虽然比穗穗大两岁，但是毕竟从小没有被养在自己身边，跟着那些乡下人生活，刁蛮任性一点儿也正常。你别跟她计较，免得气着自己……"

纪微甜从小被人收养，是跟着在大学城附近开小吃店的养父母长大的，不久前才被纪家找回来，平白多了一个亲生爸爸和一个便宜后妈。

她的养父母虽然没钱，但是为人憨厚实在，一直像照顾亲女儿一样照顾她，无微不至。纪微甜什么都能容忍，唯独容忍不了别人诋毁他们。

听见苏素媚的话，她刚要发作，纪墨峰已经先她一步，沉声打断了苏素媚："他们都是不重要的人了，你还提这些做什么？怕别人不知道我们纪家有个被市井小民养大的女儿吗？"

听见这句话，纪微甜差点儿气笑了。

一把屎一把尿把她拉扯大的人在他们的眼里不值一提。市井小民怎么了？没有他们嘴里的市井小民，她只怕早就死了。

那个时候，他这个爸爸在哪里？

纪微甜极力克制住自己的情绪，扭头准备进去。

她刚迈出步子，苏素媚又开口说道："微甜呀，你爸爸虽然说话不好听，但毕竟是你亲生爸爸，也是为了你好。你给我脸色看没关系，怎么也不给爸爸好脸色？这要是被传出去，只会让人笑话我们纪家连个女儿都教不好。"

纪家的女儿，不止纪微甜一个。

苏素媚是在说她连累了纪家的其他姐妹吗？

她是偷还是抢了？她进警察局是被人冤枉的！

该死的秦南御！

纪微甜刚要解释，纪开穗已经端着一杯水从客厅里出来，附和道："姐姐，虽然我不想干涉你的事情，但是你至少应该自重点儿，现在外人还不知道，要是让大家知道我们纪家的女儿私生活不检点，在学校里就未婚先孕还生了个女儿……以后谁还敢娶我们纪家的女儿？"

"穗穗说得没错……"

"都少说两句！嫌我还不够烦是不是？"纪墨峰一听见"未婚先孕"四个字，脸色就沉了下来，看向纪微甜，没有任何商量余地，说道，"那个孩子的事情谁都不许再提了！你明天就去跟陈家大少爷相亲！"说完，他就头也不回地进了别墅。

院子里只剩下纪微甜和那对母女。

纪墨峰的身影一消失，苏素媚就走到了纪微甜面前，笑得一脸和善，道："你爸呀，就是这个脾气，这么多年一直没改，你别放在心上。但是他说得没错，你年纪不小了，又带着孩子，好人家哪里看得上你呀？也就陈家跟咱们纪家早年有过婚约，现在还肯过来履行约定。你放心，我跟你爸爸一定会替你打点好，不会委屈你！"

是吗？

纪微甜抬头打量着苏素媚，在心里冷笑。

真当她是个傻瓜，什么都不知道？

陈家跟纪家是有婚约，不过那个时候，她还没有被接回纪家，这婚约是陈家大少爷跟纪开穗的吧？

据说这个陈家大少爷陈旭是个不学无术、好吃懒做的"二世祖"，还很风流，跟不少小明星绯闻不断，频频上娱乐报道的头条。这也就算了，前段时间还因为跟有夫之妇有染，被人打断了一条腿，就算被治好了，也会落下病根，走路有些跛，所以陈家急着要跟纪家履行婚约。

苏素媚当然舍不得让自己的宝贝女儿嫁给这样的人，只是陈家跟纪家不只是世交，还是生意场上重要的合作伙伴。

苏素媚就算对这门婚事不满，也不能明面上拒绝，打陈家的脸，这才把歪脑筋动到纪微甜身上，让纪墨峰把纪微甜抓回来。

毕竟在所有人的眼里，高贵又聪明的纪家二小姐跟陈旭不配，但是纪微甜这个被市井小民养大的女儿，又带着一个拖油瓶，陈旭能看上她，都是她的运气好。

"姐姐，做人要知足。哪怕陈旭是个瘸子，可陈家那么有钱，肯娶你这样生过孩子的女人，也是你高攀了。你要是识相，就该好好准备明天的相亲，别惹爸爸生气。"

纪微甜扫了一眼得意的纪开穗，眼眸微敛，眼底闪过一抹冷冷的神色。

"既然陈旭这么好，你怎么不去啊？"

纪开穗正要跟纪微甜争辩两句，被苏素媚一个眼神制止了。

"微甜啊，你今晚好好休息，明天别让你爸爸失望。"苏素媚说完，便拉着纪开穗走开了。

纪微甜正气恼着，手机突然响了起来。

她接起电话，那边的人说道："纪女士，飞机下午五点落地，打车一个小时，本应该六点到家的你为什么在九点一刻还没到家，而且连报平安的电话都没有打给我？"

听着电话那头瓮声瓮气却故作老成的稚嫩嗓音，纪微甜终于想起自己忘了什么："宝贝，我错了！"

瓮声瓮气的小公主叹了一口气，说道："看吧，没有我在你身边，你根本照顾不好自己。"

纪微甜心虚地说道："妈咪临时有点儿事耽误了，小宝贝你乖乖的，今晚先跟外婆睡好不好？我明天一定尽快赶回去陪你。"

"妈咪，我今年四岁了！"小公主一本正经地强调，似乎对"小宝贝"这个称呼很是不满。

纪微甜甚至能想到她对着手机伸出四根手指头，嘟着嘴强调自己四岁的模样。

出国的这段时间，纪微甜想女儿都快想疯了，虽然她恨不得立即就飞扑回去，抱住女儿软软的小身子，揉进自己怀里，但现在只能对着电话不断飞吻，以解想念之苦。

电话那头，纪星瑶还在像小大人儿似的叮嘱。

纪微甜早习惯了女儿的叮咛，头点得如小鸡啄米，身份瞬间换了过来，好似她才是个不懂事的宝宝。

挂了电话，纪微甜心头一阵泛酸。看来她明天要快点儿搞定纪墨峰安排的相亲，早点儿回家跟女儿团聚。

纪微甜在纪家住了一晚，第二天早上，管家准时出现喊她起床。

她睁开惺忪的睡眼，抓了抓头发，忍不住打了个哈欠。她昨天忙着回复一封重要的邮件，快天亮时才睡，突然被喊醒，人还有些蒙。

"大小姐，纪总吩咐了，陈家是豪门，规矩比较多，你平时懒散惯了，要提前一点儿到餐厅，给对方留一个好印象。"管家一板一眼地提醒道。

纪微甜终于想起来了，今天还要去相亲。

她眼睛一亮，起床收拾自己。

她生平第一次认认真真地化了妆，换了一身衣服。出门前，她还用口罩挡住了脸，跟在司机后面，避开所有人，悄悄地出门。

刚到双方约定好的高级餐厅，纪微甜就看见一抹挺拔的身影比她先一步进了餐厅。

秦南御？

是她眼花吗？居然在这里遇见那个"扫把星"！真是冤家路窄！

不过，她现在还有要紧的事情要做……

陈家那个纨绔少爷来得比她还早，纪微甜进去的时候，他已经到了。

"陈旭？"

陈旭看见她出现，连忙起身想要替她拉开椅子，只是他的腿伤还没有痊愈，颇具绅士风度的举动看起来有点儿滑稽。

"是纪小姐吧？让你见笑了，我的腿……前段时间不小心摔伤了。"

看破不说破，纪微甜就当他是摔伤了。

"纪小姐，你的脸……我的意思是，你怎么戴着口罩？"要不说陈旭是个风流坏子，都被人打断腿了，还只关心眼前的人是不是美女。

"喀喀！"纪微甜轻轻地咳了两声，声音有些沙哑地说道，"不好意思，我前两天有点儿感冒，出门前，媪姨交代要我戴个口罩，免得传染给你。"

她说着便将口罩往下拉了一点儿，露出大半张脸。

哪怕她只露出了半张脸，从轮廓上也能看出来是个大美人。

陈旭顿时眉开眼笑地说道："没关系，你喜欢吃什么，我们先点菜。"

两个人客气地点完菜，陈旭已经有些按捺不住地想要去牵纪微甜的手了："要说我们陈家跟你们纪家，那真是好几辈的交情了。你放心，我以后肯定会对你好。"

纪微甜不露痕迹地避开他的触碰，故作娇羞地垂下眸，说："旭少你人真好，我出门前，媪姨一直在我面前夸你，我还不信……但现在信了。"

"哈哈哈，是伯母客气了，不过我确实足够优秀。"陈旭被美女一夸，开始飘飘然。

纪微甜等的就是这个时候！

她怯生生地看了他一眼，一脸感恩地抓住他的手，说道："媚姨当初跟我说，你不会嫌弃我生过孩子，会把我的女儿当成亲生女儿一样对待，我还以为她骗我……"

"什么？你有个女儿？"陈旭的表情瞬间变了，声音都变得尖锐起来。

他下意识地想要缩回自己的手，纪微甜却抓着他的手不放。挣扎间，她的口罩又往下掉了些，露出半张清纯、漂亮的脸蛋儿。

陈旭看得都忘了甩开她的手，惊艳地盯着她的脸，咽了咽口水。

这样的大美人，就算生过孩子，也很值得谈一谈恋爱。

相亲嘛，又没人规定一定要结婚。

陈旭的眼神变得色眯眯的，他耐着性子重新坐下来，纪微甜还在解释："都是我命不好，我从小生活的地方……算了，你想象不到的，要不是被纪家的人找到并接回来，我现在可能已经……"她的话断断续续，可是透露出来的信息令人遐想。

陈旭是花花公子，可花花公子也是有要求的，纪家居然用一个"残花败柳"来冒充千金大小姐敷衍他。这件事，他绝不会就这么算了！

等他把人弄到手了，再去跟纪家人算账，趁机悔婚……

陈旭正在心里盘算着，余光忽然瞥见纪微甜脸上的口罩，发现她的嘴角似乎有什么东西，再结合她之前的反应，突然意识到了什么，蓦地伸手扯掉了她脸上的口罩！

"啊——"一声惨烈的尖叫声从陈旭的嘴里发出，下一秒，他就吓得跌坐到了地上。

他难以置信地看着纪微甜下巴上盘踞着的那条蜈蚣状疤痕，起了一身鸡皮疙瘩。

这哪里是美人？这分明是个女鬼！

纪微甜的口罩被摘掉了，她佯装惊慌失措地捂住自己的下巴："不要看我……不要看我……"

"长成这样，还带着一个拖油瓶，居然敢来跟我相亲？想要我娶你，下辈子吧！"陈旭说完，连单都没买就仓皇地逃出了餐厅。

直到他的身影消失，纪微甜才伸手撕掉下巴上造型逼真的蜈蚣疤痕，将它捏在手里，嘴角勾起一丝冷笑。

一道疤痕就把他吓成这样，早知道她就不把女儿搬出来了！

纪微甜拍拍手，转身准备叫服务员买单，却察觉到身后有一道锐利的目光注视着自己。

想起自己进餐厅前看见的那道人影，纪微甜猛地转过身，一眼就看见了不远处坐在靠窗位置的秦南御。

他今天倒是穿得人模人样的，定制的手工西装剪裁贴身，勾勒出他完美的身材，黑色的短发被梳理得一丝不苟，配上冷漠的表情，他坐在那里，就像一台自动制冷空调。

他好像也在相亲？

真是太巧了！

纪微甜露出灿烂的笑容，既然这样，就别怪她不客气了！

秦南御一大早就被约出来谈生意，到了餐厅才发现被家里人设了局，他们硬要给他塞一个女人，美其名曰：他儿子还小，需要一个妈妈。

他原本挂了电话就准备离开的，没想到会在餐厅里遇见那个坏了他大事的女人。

他的团队好不容易追踪到 CC 博士的下落，却因为她而生生错过！

就连那张好不容易破译的照片，在秦南御回到实验室重启手机之后，发现也被人反追踪销毁了。

他正憋着一股气，遇见罪魁祸首，不留下来看看戏都觉得可惜。

她昨天破坏了他的重要计划，今天又吓走了她的相亲对象。

秦南御的目光落到她手上那道假疤痕上，脑子里闪过的都是她刚才抓着那个男人的手臂时惨烈的模样……奥斯卡没给她颁一个小金人，真是对不起她。

秦南御脸上的表情变得越发冷漠了，看完好戏，他刚准备跟自己的相亲对象说清楚，然后回公司加班。但还没等他站起来，一道人影突然扑到他的怀里，像八爪鱼一样牢牢地抱住他！

她娇滴滴地喊道："老公。"

秦南御无语。

"你坏坏，出来吃饭都不叫人家，咦，这位是……？"纪微甜把尾音拖得极长，飞快地瞟了一眼坐在秦南御对面的女人。

那名女子五官清秀，皮肤白皙，虽然气质不是很出挑，但也算个清秀佳人。

纪微甜打量完，心里顿时有谱了，头一转，眉眼间风情万种，朝秦南御抛了一个媚眼。

坐在秦南御对面的女人震惊了，瞪着双眼，难以置信地看着眼前抱在一起的两个人，说话时差点儿咬到舌头："御、御少……你已经结婚了？"

秦南御是 T 市的佼佼者、媒体的宠儿，大家都知道他单身，带着一个儿子，没有人知道他已经结婚了！

秦南御的怀里突然坐了个人，让他有一瞬间愣怔。他刚抬起头正视这个不知道从哪里冒出来的便宜老婆，就看见纪微甜给他抛了一个媚眼。

她又伸手搂住他的脖子，继续撒娇："老公，还有外人在，你怎么这样看着人家？人家好害羞啊！"纪微甜说完，一脸娇羞地贴到秦南御的怀里。

秦南御冷冷地盯着贴在他身上的纪微甜，也很想知道，他什么时候结婚了？娶的还是这么一个戏精！

秦南御向来不喜欢跟女人接触，回过神后，就要把纪微甜从自己的怀里推出去。

谁知纪微甜早有准备，手疾眼快地抓住他伸出来的手，径直环过自己的腰，越发往秦南御胸前靠，看起来就像是秦南御伸手去抱她，她在拒绝。

"老公，你克制一点儿。这里是餐厅，人这么多，你这么猴儿急，会让人看笑话的。"

秦南御的太阳穴生疼。他有一种强烈的预感，再不把这个叫纪微甜的女人从眼前弄走，自己怕是会暴怒。

跟秦南御相亲的女人一看就没有经历过这种场面，攥紧了手里的包包，有些惊慌地追问："御少，你们……她说的都是真的吗？那我们今天的见面算什么？"

她好歹也是正经的名门闺秀，如果她的相亲对象是其他男人，在得知对方已经有妻子的情况下，她只怕早就头也不回地走了。可秦南御实在太优秀，她在财经杂志上看见他时，就对他一见倾心，没想到有一天会跟他相亲，这让她怎么愿意轻易放弃？

女人的眼睛倏然变红了，她有些委屈地盯着秦南御。

女人看女人，一看一个准。

纪微甜急忙抢在秦南御开口前从他的怀里坐起来，一改刚才风情万种的样子，楚楚可怜地说道："这位小姐，你就是秦家给南御安排的相亲对象吧？我看你穿着一身名牌，家庭条件一定很好，你肯定不会明白我这种贫苦人家出身的女孩的难处。南御他是爱我的，只是家里人不同意，所以不方便公开我们的关系，还不得不出来应付这样的局面，你知道我有多心疼他吗？"纪微甜抓住对方的手，眼泪说掉就掉，"就连小默睿……你都不知道，他昨天牵着我的手问我，爸爸是不是要给他找一个后妈的时候，我心里有多难过，呜呜呜！"

秦南御从未隐瞒他有个儿子的事，纪微甜猜，来跟他相亲的女人肯定知道这件事。

果不其然，对方一听她提起秦南御的儿子就再也淡定不了了，慌忙地从座位上站起来，说："御少，我虽然我很喜欢你，但是真的接受不了自己成为破坏别人家庭的第三者！你放心，今天的事，我不会说出去的……抱歉，我……我先走了。"话毕，那名女子捂着脸离开了。

纪微甜看着她离开的背影，暗暗在心里给自己竖了一个大拇指：她真是个善良的小仙女，惩治了一个浑蛋，又机智地拯救了一个差点儿掉入狼窝的姑娘。

她拍了拍手，说："我们扯平了，啊——"

刚要喝瑟的纪微甜从秦南御的大腿上突然摔到地上，罪魁祸首是正优雅地从桌子上拿起餐巾纸，慢条斯理擦手的男人。

他们第一次见面，她撞了他的手机，让他错过了 CC 博士；第二次见面，她带着他的儿子在吃垃圾食品；第三次……

秦南御的脑子里闪过刚才她扑在自己怀里又是搂脖子又是蹭胸口喊"老公"的画面，眉心拧得能夹死一只苍蝇。

她最后竟然还当着他的面冒充他儿子的妈妈，他从来没有见过这么无赖又厚脸皮的女人！

他如果不是正好想结束这场相亲，就凭她刚才胡说八道的话，就能再报一次警，告她诽谤！

"喂，你有没有一点儿绅士风度？竟然对女人动手！"纪微甜从地上爬起来，伸手揉了揉摔痛的屁股，刚要发作，瞄到秦南御阴沉的面容，又把嘴边的挑衅话语咽了回来。

俗话说得好，好女不吃眼前亏，反正她已经报仇了，现在当然是三十六计——走为上策。

"服务员，买单！"纪微甜大声喊了一句。秦南御听见她的话，终于正眼瞧了她一下，心想：这个女人还不算坏到底，知道毁了他的相亲，这是打算请他吃饭当赔罪？

服务员很快拿着单据走到纪微甜面前，就见她指向秦南御，道："他买单，连我刚才那桌一起！"说完，她拔腿就跑，速度快得像一头小猎豹，直接一口气冲出了餐厅，消失得无影无踪。

餐厅里只留下愣在原地，面对两张账单的秦南御……

纪微甜狠狠地出了一口恶气，走出餐厅的时候，那叫一个神清气爽。

搞定一切，她毫不犹豫地在路边拦了一辆计程车，钻了进去："师傅，去南坡公寓。"

一想到马上就可以看见自己的小宝贝，纪微甜的眼神都不自觉地变得温柔了起来。

南坡公寓就在江城大学附近，距离纪微甜的养父母的小吃店也很近。她刚下车就看见了不少进出校园的学生，思念女儿的心情让她快步穿过人群，回到自己家。

纪微甜站在门口，低头在包里翻找大门钥匙，刚想说钥匙怎么不见了，门就从里面被打开了，她的眼前出现了一道小小的身影。

小女孩脚上穿着一双小黄鸭拖鞋，下身穿着牛仔背带裤，上身穿着白色的蕾丝上衣，再往上是一双黑葡萄般的大眼睛、小巧的鼻子、樱桃小嘴，细而软的头发披在肩上，衬得她的小脸蛋儿只有巴掌大。她看起来只有三四岁，像是缩小版的纪微甜。

她的大眼睛眨巴着，眼底却藏着不属于这个年龄的狡黠神色。她的怀里还抱着一只肥肥的布偶猫，猫的爪子上挂着纪微甜应该带出门的钥匙。

一人一猫看着站在门外的纪微甜。

小女孩稚嫩的声音响起，语气像个小大人儿，教育着纪微甜："妈咪，你又忘记带钥匙了。"

纪微甜看见女儿后，喜悦的心情顿时被这句话打破了，她低头看着布偶猫爪子上的钥匙，呆滞了一秒，随即大喝："肥肥，我说我包里的钥匙怎么不见了，原来是被你偷走了！"

"喵——"被拉出来当枪使的布偶猫冤枉地叫了一声，丢下钥匙就跑了。

纪微甜手疾眼快地捡起钥匙，放到包里，顺势抱起站在门口的严肃的小糯米团子，一连亲了好几口，说道："我的小宝贝，想死我了！你不在我身边念叨的这几天，我都不习惯了。"

板着小脸的小公主也终于抵不住对妈妈的思念，伸手搂住妈妈的脖子："妈咪，我也想你了。"

这一声"妈咪"可把纪微甜心疼坏了，她抱着女儿又亲了好几下，才抱着女儿往屋里走。

"妈咪给你带了礼物，你一定喜欢……"纪微甜刚说完，忽然记起来，她急着回来见女儿，行李箱还放在纪家，给小糯米团子带的礼物也在行李箱里。

"妈咪，你是不是又把给我的礼物弄丢了？"前一秒还赖在纪微甜怀里的小糯米团子此刻已经鼓着腮帮子从她怀里钻了出来。

小糯米团子抱着自己的两条小胳膊，不高兴地坐到沙发上，拿起后面的小本本给纪微甜记上一笔："这已经是你第一百零八次弄丢给我买的礼物了！"

纪微甜小声地说道："没丢，没丢，只是忘了……"

完蛋了，小公主生气了，后果很严重。

可是礼物放在纪家，远水救不了近火……

有了！

纪微甜低头重新在自己的随身包包里翻了翻，找出一张银行卡，递给她，说道："这是我这次出差拿到的奖金，能代替礼物吗？"

只见刚才还气鼓鼓的小糯米团子盯着她手上的银行卡，眼睛倏地一亮，故作矜持地开口："这次就勉强原谅你，下不为例！"说完，小糯米团子接过纪微甜手里的银行卡，揣进自己的小口袋，再一把捞起旁边的猫走进房间找电脑，准备登陆网上银行，把卡里的钱全转到自己的小金库里！

纪微甜被无情地抛弃在客厅里，刚想跟上去看看，她的手机就来电话了。

她点了接听键，电话的另一头传来一道沉稳的声音："Cindy，追踪你的人我已经全部搞定了，需要查查他们是什么人吗？"

打电话给纪微甜的人是她的朋友，冷简。冷简的性格跟他的名字一样，冷漠无情，唯独对纪微甜有几分人情味。

纪微甜听见他的话，想了想，说："暂时不用了，我目前没有察觉到有人跟踪我，对方应该不在 T 市。"

纪微甜拿着手机准备往房间里走，就听见冷简问："我听说你这次回国后出了点儿意外，没事吧？"

被他这么一问，纪微甜倒是想起来了，她这次回国确实发生了挺多意外，先是在机场，后是在纪家，最后是今天的相亲饭局……而这一切，跟秦南御那个"扫把星"有关。

他们上辈子有仇，这辈子冤家路窄！

她不愿意想这些不开心的事情，唯独让她念念不忘的是那个在机场遇见的小家伙。

秦南御是祖上积德，才能有这么乖的儿子，也不知道他有没有好好照顾小家伙，看小家伙那天吃快餐的样子，好像饿了很久。纪微甜心里忽然有些无法言喻的牵挂。

"Cindy？"冷简没听到她的回应，语气微微沉下来。

纪微甜回过神，说："我没事，只是一点儿小事，已经解决了。"

她不只解决了相亲，还解决了跟秦南御的私怨。也不知道秦南御最后买单的时候，有没有被气得吐血，最好把他气死，她就当替天行道了！

"妈咪，是冷叔叔吗？星瑶小公主请求与冷叔叔通话！"正趴在电脑前往自己的小金库里转账的小糯米团子发现跟纪微甜通电话的人是冷简后，麻利地从椅子上下来，跑到纪微甜面前，仰起小脸。

小糯米团子黑黑的瞳仁、漂亮的大眼睛仿佛自带小星星特效。

纪微甜的手机被女儿拿走，她偷听了一会儿他们的聊天儿的内容，发现全是在谴责她是个生活白痴之后，就毫不犹豫地选择了离开。走之前，她顺手从旁边的桌子上捞起睡着的肥猫，摸着猫脑袋回了房间。

她学着冷简跟纪星瑶说话时的语气，谴责怀里的猫："肥肥，你看你都多大了，还要我替你操心？"

"喵——"

"别狡辩了，你看你都胖成什么样了？脑袋这么大，肚子上这么多肥肉，猫球都没有你圆。"

"喵——"

"还喜欢乱叼东西，我的钥匙、钱包、身份证会丢，全是因为你……肥肥，你已经是一只成熟的猫了，要学会替主人背锅，知道吗？"

"喵喵——"

忍无可忍的肥肥猛地从纪微甜的怀里蹿出去，跳到地上，从门缝溜走了。

纪微甜没了发泄对象，一个人回了房间，原本只是想要躺一会儿，结果一不小心睡到了第二天，闹钟响了她才醒。

她出差结束，今天要回江城大学教务处上班。

纪微甜睡眼蒙眬地从床上爬起来，发现身上还穿着昨晚穿着的衣服，于是先进浴室洗了个澡，然后拐进儿童房里看小糯米团子。

小糯米团子穿着海绵宝宝睡衣，呈"大"字形睡在小床上，一眼看过去，像一块黄灿灿的烧饼。"小烧饼"的肚子上还趴着一只肥猫，以同样的姿势睡在小主人的身上。

肥肥这体重……

纪微甜不放心地上前，将肥肥从女儿的身上抱下来，放到一边，自己则在女儿的小脸蛋儿上亲了一口，心满意足地拎着包出门了。

江城大学是国内顶尖的电子信息工程大学，业内不少知名教授在这里任职。

有人戏称，天上如果掉下一块石头，在江城大学里随便砸到一个人，被抬出去的都可能是信息技术界的厉害人物。而纪微甜就是这所牛哄哄的大学的教务处里最不起眼儿的合同工，干着类似行政助理的工作，偶尔还要帮领导接待来江城大学访问的贵宾。

比如今天，纪微甜刚到工作岗位就接到通知，江城大学七十周年校庆即将展开筹备工作，校庆的一个重要环节是邀请电子信息领域有名的科学家和企业家莅临学校，跟学生分享自己的从业心得和建议。

纪微甜的任务是迎接今天的贵宾，把人安顿在礼堂的休息室。

"微甜，你今天的任务很重要。这位贵宾不只是T市信息领域最成功的企业家，也跟咱们江城大学很有渊源，是从我们学校走出去的最优秀的学子。校方借着这次校庆的机会，好不容易把他请回来，你可千万不能出差错！"教务处主任把贵宾的资料交给纪微甜时，叮嘱道。

"主任放心，我会把人安顿好的。"

纪微甜低头看了一眼时间，发现已经快到约定时间了，顾不上多问，便从教务处主任手里接过资料，扭头就往外走。

偌大的校园里，早晨的空气里带着丝丝凉意。

纪微甜穿梭在校园小道上，冰凉的空气让她忍不住吸了吸鼻子，最后她索性跑了起来。

她一口气跑到校门口，确定自己没迟到时终于松了一口气。她打开手里的资料，准备先熟悉一下，下一秒看见资料上的人名，呆滞了足足十秒钟，随即猛地合上了手里的资料。

她将手里的资料高举过头，碎碎念："刚才肯定是我眼花，眼花不算，重来……"

她再次将资料打开——"秦南御"三个烫金的大字像是一块烙印，擦都擦不掉。

你信命吗？

纪微甜原本不信，但现在信了。

秦南御这个"扫把星"，她只要遇见他就没有好事。

纪微甜今天早上出门前还接到了纪墨峰的电话，纪墨峰因为相亲失败的事情臭骂了她一顿，还让她抽时间去跟陈家人道歉。

陈旭那个小人，看不出来还会背后告状，脸皮确实够厚。可真要追究起来，如果不是因为秦南御，她哪里会被抓回纪家？自然也不会有什么相亲。

她昨天坑秦南御坑得理所当然，可前提是他们已经老死不相往来。

纪微甜可没忘记她昨天冲出餐厅时回头看见秦南御的那一眼，他的脸色黑得跟锅底似的，今天她要是撞到他手里……

纪微甜拔腿就走！

她刚迈出步子，手机就响了，是教务处主任打来的电话。教务处主任问："微甜，接到秦总了吗？"

纪微甜刚要装身体不舒服撂挑子，教务处主任的下一句话就已经来了："你之前不是建议咱们学校的实验室配备一套最新的数学建模设备和 AI 模拟器吗？校方资金不足，现在这个问题能不能解决，就看秦南御愿不愿意以秦氏科技集团的名义资助这批机器给我们……"

纪微甜在听见这句话之后，刚迈出的脚光速缩了回来。

她平静的眼神中泛起涟漪。

做科研最重要的东西之一就是设备，没有足够的硬件支撑，举步维艰。

而她现在很需要这批机器……

秦氏科技集团是业界翘楚，技术领先，要是他们愿意为江城大学提供设备，那简直是天上掉馅儿饼。

就冲这一点，她忍！

"主任，我明白了。"

纪微甜挂了电话，深吸一口气，将手里的资料收起来。

如果对象是秦南御的话，她不需要任何资料就能把他的祖宗十八代的信息倒背如流。

纪微甜没有久等，约定的时间一到，一辆黑色的车子就准时到达了江城大学的门口。

车门被推开，秦南御挺拔的身躯从里面出来。

他今天穿着一套剪裁贴身的黑色西装，配了一件白色的衬衣，冷峻非凡，黑与白的对比让他看起来像一位双面王子，一面光明，一面邪恶。

晨光透过树荫洒在他的侧脸上，晕开的光越发加深了视觉冲击力。

纪微甜挑了挑眉，看见眼前西装笔挺、高冷禁欲的男人，忽然想起自己昨天扑到他怀里强行占便宜的画面，手心有些发烫。

如果她没摸错的话，他不只有胸肌，还有腹肌，腹肌起码有六块。他像个行走的衣架子……只可惜人品不行！

秦南御没意识到有人在打量自己，他下车的时候手里还拿着一份文件，像是赶时间，飞快地签了字，递给身边的助理。助理看见纪微甜手里拿着的迎接标语牌，开口提醒道："秦总，江城大学的人来接你了。"

秦南御终于抬头，看见站在他面前的人之后，瞳孔猛地缩了缩。

那个厚颜无耻的惹祸精？

秦南御脑子里闪过什么信息，想起了当初在机场时她往他手里塞的那张名片，上面好像写着"江城大学教务处纪微甜"……所以，今天江城大学负责接待他的人就是她？

呵，可真巧！

秦南御的眼底掠过一抹危险的光，眼神冷了下来，他没给纪微甜说话的机会，转身拉开车门，又坐了进去，对还愣在外面的助理说："愣着做什么？开车！"

助理一脸蒙地上了车，刚发动车子，一道人影就已经扑到了车子的引擎盖上，冲着车子里的人喊道："秦南御，公报私仇算什么本事？有本事你现在下车，我……我马上赔你饭钱！"

秦南御眼前仿佛又闪过某人将他留在餐厅，让他独自面对两张账单的画面。

他牙根发痒，狠狠地磨了磨牙。

助理倒是猛地踩住刹车，瞪着眼睛看着趴在车子上面的纪微甜，心想：这算不算碰瓷？

"秦总，还……还要开车吗？"

现在是早课时间，校门口来来往往的学生很多，不少学生看见这一幕，驻足围观。

警卫室里的保安见情况不对，已经朝这边走过来了。

秦南御眯了眯眼睛，下车，走到纪微甜旁边。

纪微甜没注意他已经下来，还趴在引擎盖上，惦记着那批重要的实验设备。她想，说什么都不能让秦南御走，他要是看不上饭钱，那她就只能……

纪微甜心一横，说道："秦南御，你一个大男人躲在车上算什么？有本事你下车，我们单挑，你信不信我砂锅大的拳头一拳就能把你送上天——啊！"

纪微甜还没说完话，就已经被人揪住衣领，一把提了起来。

她一转头，看见秦南御阴沉着一张脸。

纪微甜惊愕地扭头看向空空的车后座，又回头看眼前的秦南御，一脸蒙。

他……他什么时候下车的？

不是，她刚才就是随口说说，不是真的要跟他打架啊！

秦南御瞄了一眼她瘦小的身板，舌尖顶了顶腮帮，冷笑着说道："砂锅大的拳头？你？"

纪微甜哑巴了。

基于生命安全考虑，她觉得这个时候不开口比较好。

秦南御见眼前的人从张牙舞爪的小狮子一下子变成了温驯的小绵羊，忍不住挑高眉峰。

这个女人演戏的功夫真是让人大开眼界，他要不是亲眼见她演过几出好戏，差点儿就要以为她真的被吓到了。

江城大学教务处怎么会留着这么一个戏精？

秦南御把她从车头上拎下来，松开手。刚站稳的纪微甜见他转身要走，连忙抓住他的手臂："喂，是你自己答应教务处主任会出席今天的活动的，现在就这么走了，是不是太不负责任了？"

"松手。"秦南御不喜欢跟人拉拉扯扯。

"不松！"纪微甜的倔脾气也上来了，今天就是死缠烂打也不能让秦南御走。

纪微甜带着几分倔强的声音让秦南御脚步微顿，回眸认真地看了她一眼。

纪微甜今天穿了一套偏休闲的衣服，白色的上衣，蓝色的牛仔裤，一双露脚趾的高跟鞋，长发被绾起，干净利落。

那双清澈、明亮的眼睛警惕地盯着他，因为紧张，抓着他的双手手背上泛起了青筋。

风从她的身上吹过，空气里带着一丝淡淡的栀子花香……那香味很淡，带着一股让秦南御觉得熟悉的清甜。

有那么一瞬间，他微微晃了神儿，等重新看向她时，眼神已经变得冷冽。

"你打算一直这么牵着我进学校？这是参加演讲活动还是准备走结婚红毯？"秦南御冷嘲道。

纪微甜愣住了，一脸真诚地问："我是不是做错了什么，老天为什么要罚我嫁给你？"

秦南御一阵窒息："……"

纪微甜已经飞快地缩回了自己的手，还在衣服上擦了擦手心，像是害怕自己真的会被秦南御拉去民政局领证一样，全身上下没有一个地方不表现出嫌弃的感觉。

很好，她又得罪他了！

秦南御又眯了眯眼睛，不再理会随时会把他气死的纪微甜，扭头吩咐助理先回去，自己则大步往江城大学里走去。

"哎，我是来接你的，你等等我！"纪微甜忙不迭地追上去。

教务处主任给纪微甜的任务是把人接到礼堂的休息室，礼堂平时只为大型比赛或者活动开放。

纪微甜来之前已经确认过，休息室里茶水、饮料、水果一应俱全，她只要把秦南御带到休息室就算大功告成！

纪微甜一路跟在秦南御身后，已经在心里盘算一会儿怎么脱身了，完全没有注意到走在前面的男人忽然在某个路口停了下来，等她发现的时候，已经控制不住地撞了上去，正好撞在了秦南御刚转过来的胸膛上——

"咚"的一声，好似和尚撞钟。

可纪微甜撞的是鼻梁，疼得眼泪都飙出来了，下意识地要骂眼前的人为什么突然停下来，还没张嘴，发现他脸色不太好，就被吓得愣住了。之后，纪微甜发现刚才撞到鼻子时，她急着想稳住身体，手随便揪住了什么东西。她原本以为抓住的东西是他的手臂，结果是他胸口处的衣服。

见她还揪着不放，秦南御咬着牙喊道："纪微甜——"

纪微甜立刻松开手。

"我……我发誓，我真的不是故意的……是你突然停下来，我来不及反应，才会……"纪微甜语无伦次地解释，结果被一只温热的大手堵住了嘴。

"别再让我听见你说一个字。"

纪微甜顿时"安静如鸡"。

她默默地伸手，做了一个嘘声的手势。

秦南御伸手捏了捏眉心，继续往前走，刚走了几步，又停了下来。

江城大学新校区这几年不断扩建，老图书馆已经被拆了，现在的图书馆是扩建后的建筑。秦南御这几年都在国外，并不知道这个消息，本能地走到老图书馆的位置，结果发现这里什么都没有，只能停下来，看向身后的女人。

纪微甜对上他锐利的目光，心脏"怦怦"乱跳。她发誓刚才真的没说话，只是在心里骂他而已，难不成这也被他听见了？

两个人对视了一会儿，秦南御忍不住了，说道："说人话！"

纪微甜长吐一口气："是你刚才说不想再听见我说一个字的。"

秦南御再一次被噎住了，太阳穴一阵阵地疼，心里有个声音在说：离这个女人远一点儿，延年益寿。

纪微甜终于意识到他并没有看穿她骂他的心，他看起来好像是迷路了。纪微甜连忙走到前面，解释道："图书馆的位置改了，从这里穿过前面的中心教学楼，再往前走一点儿就到了。"

临近上课时间，纪微甜领着秦南御往图书馆的路上走，遇见了很多学生。

在江城大学绝大多数同学的心里，身为秦氏科技集团总裁的秦南御不只是优秀的学长，更是神一样的存在。

有人认出了秦南御，立刻抱着书本上前向他要签名。

一个带动两个，然后第三个、第四个、第五个……

在纪微甜来不及反应的时候，他们俩身边就已围了一群人，他们往秦南御面前挤，挤不进去的索性站在外围告白——

"御少，你好帅呀！"

"请你做嘉宾的财经杂志我都买了，你就是我的偶像，以后我也想要成为你这样的人！"

"我也是信息专业的，我床头贴着的照片除了股神巴菲特，另一张就是你！"

…………

人越来越多，纪微甜差点儿被挤到外面，只好拽着秦南御的胳膊带他"突围"，尽职地担任起保镖来。

"大家让一让，秦总的交流会还没有开始，大家有什么问题想问的话，等交流会的时候来问……"

此时的她，像个带着艺人出场却被粉丝集体无视的经纪人。

然而，她比经纪人还惨，现在哪个高人气艺人出门不是全副武装，或者带几个身强力壮的保镖？

"你出门就不能弄点儿大总裁的排场，随身带几个保镖吗？"纪微甜好不容易挤到秦南御面前，替他开路的同时咬着牙说道。

秦南御嘲讽地看了她一眼，说："带保镖来学校，你当学校里的这些孩子都跟你一样易燃易爆炸？"

纪微甜无力反驳，秦南御伸手把她的小身板拎到自己后面，转身面对热情的同学们，用浑厚、低沉的嗓音说道："麻烦让一让。"

他说完简单的五个字之后，面前被鬼使神差地让出了一条路。比起纪微甜刚才的声嘶力竭，他简直可以称作不费吹灰之力，两个人立刻顺利离开包围圈。

恍惚间，纪微甜听见身后还有人在激动地喊："御少好帅，好温柔，声音好好听，我要是能嫁给他多好！"

这位同学，你的思想很危险呀！

不过秦南御对莘莘学子的态度确实让纪微甜对他稍有改观，这个人也不是全无优点嘛！

两个人刚抵达休息室，纪微甜连忙拿起行程表对时间，下一秒，秦南御忽然幽幽地说道："纪小姐，麻烦倒杯水。"

纪微甜停下手里的动作，意外地抬头看他，心想他面前不是放着一瓶矿泉水吗？

见他认真的样子，难不成他想喝白开水？

纪微甜看向休息室角落里的热水壶，走过去拎起来晃了晃，空的。

大概是休息室里准备了矿泉水，所以没人特意去打热水。

纪微甜也不矫情，不就是打个水吗？她拎起水壶转身就走，到开水房拎了一壶热水回来，给秦南御倒了满满一杯，推到他面前，说："秦总，您请。"

秦南御看了一眼面前的热水，又抬头看向乖巧、温顺的纪微甜，如果不是在餐厅里亲眼见识过她的演技，差点儿就要相信她是真心实意地请他喝水了。他没接她推过来的水杯，看了旁边果篮里的橘子一眼，又说道："水有点儿烫，先放着吧，替我剥个橘子。"

纪微甜一脸无奈的表情。虽然她是接待人员，可他把她当保姆就过分了！

他自己有手有脚，为什么吃个橘子都要她伺候？

秦南御没有放过她脸上的任何一丝表情，捕捉到她眼底燃烧起的倔强火光后，他的视线扫过手腕上的表。他漫不经心地说道："我突然想起来，公司还有事，可能一会儿时间不是很充裕……"

纪微甜一顿！

她顾不上赌气，抓起果篮里的橘子，毫不犹豫地坐到秦南御面前，说："秦总既然来了我们江城大学，就是我们江城大学的贵宾，别说一个橘子，就是你想吃榴梿，我都能给你剥！"

她三两下把橘子剥干净，还贴心地剥成一瓣一瓣的，递给秦南御。

秦南御嘴角勾了勾，没吃，目光看向果篮里的榴梿。

纪微甜心想：她现在假装失忆还来得及吗？实在不行，装晕她也很拿手。

就在这个紧要关头，她的手机响了。

纪微甜抱着手机，感动得差点儿痛哭流涕，暗暗告诉自己，不管这个电话是谁打的，从今天起，他就是自己的救命恩人！

她低头看了一眼，电话是教务处主任打来的。

纪微甜赶忙接起来，正要问活动是不是开始了，教务处主任就已经先出声了："抱歉，礼堂的设备临时出了状况，师傅正在维修，照目前的进度，交流会恐怕不能准时开始。秦总那边……微甜呀，我现在只能交给你了，你务必把人稳住……"

她刚才说什么来着？救命恩人？不存在的，教务处主任怕是要帮秦南御要她的命。

纪微甜挂了电话，绝望地转身准备把消息告诉秦南御，下一秒，却看见坐在沙发上的男人把榴梿拿出来了……

四目相对时，他阴恻恻地勾起嘴角，说道："纪小姐，我现在想吃榴梿。"

纪微甜盯着他手上的榴梿，膝盖一软，就要给他跪下来了。

他让她徒手劈榴梿……他是魔鬼吗？

等等！纪微甜小脑袋一转，眼睛蓦地亮了。

她刚才只说了会给他剥榴梿，又没说非要用手，她可以去找把刀呀！没准儿剥完榴梿，再被他刁难，她还能反手一刀，把他了结了！

想归想，纪微甜到底没有胆子一刀了结秦南御，而且她找遍了休息室也没有找到水果刀。

水果应该是工作人员临时买来接待贵宾的，种类丰富，大部分是可以直接剥开吃的水果，所以没人会放一把危险的水果刀在休息室。

纪微甜想，大概也没有贵宾会像秦南御这样执着地要求尝遍休息室里的水果。

她审时度势，接过秦南御手上的榴梿，说："秦总，您稍等，我这就去给您剥榴梿。"说罢，她拔腿就跑。

等她在旁边的工作间里把剥好的榴梿放在盘子里端回来时，就看见了教务处的同事。

来人见到纪微甜，一把拉住她，着急地问："你刚才跑到哪里去了？电话也没人接。"

"剥榴梿啊，秦南御非要吃。"纪微甜鼓着腮帮子，恨恨地说。

"秦南御"这三个字现在在她心里已经等同于仇人！

"先别管榴梿了，主任让我赶紧过来通知你，设备上午可能修不好了，让你进去跟秦总解释一下，交流会推迟到下午，看他在时间上能不能配合……"

同事还没有说完，纪微甜想死的心都有了。

看见她手上的榴梿了吗？她刚剥好的，现在她想一头撞上去！

纪微甜视死如归地端着盘子进了休息室，推开门的那一瞬间，挤出一丝甜甜的笑："秦总——"

"主任的意思我明白，我可以理解。"秦南御正在打电话，听见纪微甜的声音，后背起了一层鸡皮疙瘩，错愕地回头，不明白为什么她剥个榴梿还能把人剥傻了。

秦南御挂了电话，坐回沙发上，看着纪微甜把装着榴梿的盘子放到他面前，刺激的味道让他不适地拧了拧眉。

他不吃榴梿，让她剥，不过是想看她吃瘪的样子，没想到她倒是不服输，真给他剥了。

纪微甜见他皱眉，以为他不满意自己离开这么久，于是诚心诚意地解释道："这个榴梿有点儿难搞，我换了几把刀才剥开的，手指还被扎了一下，都流血了。"

纪微甜摊开手，纤细的手指上确实有一点儿猩红。

她将流着血的手指含到嘴里，摆出一副楚楚可怜的模样，坐到秦南御对面，还没有开口说话，眼眶就先红了，委屈地吸了吸鼻子，说道："秦总，您养尊处优，肯定不会明白我们这种基层工作人员的难处，领导一句话，下面的人就要跑断腿……实不相瞒，我今天赶时间接待您，连早餐都没吃……"

秦南御面无表情地回应："说人话，别卖惨。"

纪微甜心想：确认过眼神，他是个狠人！

"主任刚才应该已经跟你说了，礼堂的设备出了状况，交流会可能要推迟到下午，时间上……只要你能配合，有什么需要，我都会尽力满足。"

纪微甜说完，心就一下提到了嗓子眼儿。

谁都不愿意临时出状况，但是如果邀请来的贵宾行程对不上，要提前离开也没办法。

像秦南御这种顶级的商界名流，时间怕是要按分钟计费，愿意免费到江城大学开交流会，完全是为了给母校七十周年校庆"站台"，他如果要走，纪微甜还真的找不到强留的理由。

纪微甜已经做好了秦南御会离开的心理准备，可真的看见他从沙发上站起来的那一刻，心还是一下跌到了谷底。

她眼睁睁地看着他走到门口，翕动了一下唇瓣，想要说什么，下一秒，秦南御突然回过头，问她："你不是说没吃早饭吗，还愣着做什么？"

他这话的意思是？

纪微甜没想到"扫把星"还有这么有人性的一面，回过神后，她一把抓起自己的包，屁颠屁颠地跟在秦南御后面。

两个人一前一后地离开休息室，因为秦南御对扩建后的江城大学不熟悉，纪微甜难得没有跟他斗嘴，一路尽职尽责地做向导，给他介绍新校区的规划……

一路上的和谐相处让纪微甜丧失了警惕性，完全没有注意到秦南御带她进的是一家五星级酒店餐厅，还点了一桌丰盛的菜肴。

纪微甜吃饱喝足，趴在餐桌上打饱嗝，看见服务员拿着账单上前时，脑海里闪过了熟悉的一幕……

秦南御坐在椅子上，慢条斯理地接过账单看了一眼，然后从容地抬头，朝着她一指，薄唇微启，说道："她付。"

纪微甜："……"

人生如果可以重来，纪微甜希望自己的人生轨迹回到遇见秦南御之前。她绝对会选择把这个人从自己的生命里洗刷得干干净净，连一根头发丝都不会留下！

他怎么这么记仇？

纪微甜鞍前马后地忙了一整天，累得像头牛，连口水都喝不上，等交流会顺利结束时，已经累得瘫在椅子上起不来。她眯着一只眼睛，看着讲台上被学生们围在中间求签名和合影的秦南御，默默地拿起自己的小本本，把他拖进了黑名单。

男神？江城大学之光？在纪微甜心里，秦南御就是魔鬼！

纪微甜正咬牙切齿，讲台上的"魔鬼"突然抬眸看向她，秦南御周围的人也因为他的目光而齐刷刷地看向纪微甜——

纪微甜心想：难道我刚才一激动，把心里话说出来了？

好在秦南御的视线只是从她身上掠过，又移向了别处，大家的注意力很快从纪微甜这里消失。

她无声地吐了一口气，半晌才反应过来：她可能被人耍了！

秦南御是故意的……

可他怎么知道她刚才在骂他的？

纪微甜伸手揉了揉眉心，结束一天的工作，拖着疲惫的身躯回到办公室，刚坐下来打开电脑，聊天软件就立刻弹出了消息。

冷简：你昨天给我发的邮件我收到了。这是帮你接的新项目，你看看感不感兴趣。

纪微甜点开邮件，看了看上面的程序内容，慵懒的眼神瞬间变得锐利。

她扭头看了一眼，确定办公室里没有别人，便十指灵活地在键盘上敲了起来。一时间，偌大的办公室里只剩下"噼里啪啦"敲键盘的声音。

速度之快、声音之密集，仿佛有十数人在同时工作。

没到一分钟，纪微甜的手停住了，眼睛里的光芒也暗了下来。双手离开键盘，她拿起手机拨通冷简的电话："这个项目我不接，太表面了，完全不需要我来处理，真正的 AI 技术没有他们想的那么简单。"

"好，明白了，我会帮你推掉。"冷简没说一句废话，果断尊重她的意见。

冷简听见纪微甜的声音似乎有些不对劲，脾气也比以往暴躁一些，忍不住多问了一句："Cindy，你今天心情不好？"

她的心情何止不好，简直糟糕透了！

她今天一整天被"扫把星"笼罩，又渴又饿，破了财还没消灾。

说到饿，纪微甜的肚子忍不住叫了一声，她关上电脑，收拾好东西，拿着手机往外走，边走边说："没什么，就是撞见了一尊瘟神，倒霉了一天，我看我今天也不适合去实验室。之前跟你说的数据更新，我过两天再把资料给你。"

冷简还想问什么，但在听出纪微甜声音里的疲惫后，讪讪地打住了，提醒她早点儿回家休息，便挂了电话。

纪微甜回到家的时候，小糯米团子正抱着猫在门口等她。

她看到小糯米团子乖巧可爱的模样，顿时心都软了，刚要抱小糯米团子，小糯米团子就已经避开了纪微甜的手臂，往后退了两步，仰起粉雕玉琢的小脸蛋儿，端着管家婆的架势问："妈咪，你今天刷卡花了很多钱，是不是背着我偷偷去约会了？"

她约会？她跟一个"魔鬼"约会吗？

"你是不是终于决定要给我找一个爸爸了？"小糯米团子用亮晶晶的眼睛看着她。

"宝贝，钱的事情，我可以解释……"

小糯米团子已经听不进解释，抱着肥肥转身往自己的房间跑，没过一会儿，又从房间里跑出来，手里还多了一本杂志，精装版的封面上印着秦南御那张无可挑剔的脸。

"新爸爸有这个叔叔好看吗？我喜欢这个叔叔！"

纪微甜头疼。她憋屈了一整天，好不容易摆脱秦南御这个"扫把星"，为什么老天爷还不放过她？

纪微甜深吸一口气，从小糯米团子手里接过那本杂志，"啪"的一下盖住秦南御的脸，认真地教育女儿："宝贝，人不可貌相，知道吗？他长得好看，不代表他是好人，比如这个叔叔，长得赏心悦目，但也可能是个大浑蛋！"

她就是嫁猪、嫁狗，都不会嫁给秦南御！

"可是我就是喜欢漂亮叔叔。"小星瑶不高兴了，从纪微甜的手里抢回杂志，抱在怀里，像是不高兴自己的男神被嫌弃了，反过来教育纪微甜，"以后下班了要准时回家，不然我会担心。妈咪，你已经是个大人了，要学会照顾自己。"

"喵——"肥肥也附和地叫了一声，"嗖"的一下从门边的柜子上跳下来，跟在小主人后面，迈着慵懒的步伐进了房间。

纪微甜觉得自己的身心受到了伤害，而罪魁祸首就是秦南御。

她跟他势不两立！不对，她这辈子都不想再看见秦南御，现在接待任务已经结束，她大概不会再看见他了。

这么一想，纪微甜的心情好了很多。她慢悠悠地把包包放到沙发上，转身去哄生气的小糯米团子。

第二章

人生如戏，全靠演技

江城大学的校庆活动前后持续了一周，活动结束那天，纪微甜跟着同事们一起出去庆祝，席间听见教务处主任说秦南御已经答应为母校提供最先进的实验设备时，她的眼睛蓦地一亮！

她想要追问具体情况，教务处主任却岔开了话题，逢人就夸秦南御这个得意门生，夸得纪微甜直犯困，最后也没找到机会问详细情况，聚餐就结束了。

第二天去学校，她正要打听打听，教务处主任一看见她，就先一步开口："微甜呀，秦氏科技集团的设备今天就会送到学校，这批设备既然是你提议配备的，就由你负责接收、清点吧。"

纪微甜毫不犹豫地答应了，拔腿就往实验室跑。

果然还是大集团有钱，这么贵的设备，说送就送，而且立马到货。

纪微甜到实验大楼的时候，楼下已经停了几辆货车，她一问，几辆货车里装的全是秦氏科技集团送来的设备。

除了纪微甜要求的那些，秦氏科技集团还附送了好几台最新研发的机器，这就不只是钱的问题了，这些机器可是花钱都买不到的好东西！

纪微甜心里别提多高兴了，一个人站在最前面，协调送货师傅把设备搬上实验大楼。

"轻点儿，轻点儿，千万别磕着……

"师傅辛苦了，这台机器放在这里就行……

"剩下的都搬到最后一个实验室。"

纪微甜站在实验室门口，看见里面满满当当的最新设备，笑得明媚灿烂，然后接过送货师傅递过来的单子，爽快地在上面签了字。

师傅收好单子，说："机器都送到了，安装师傅和调试师傅这两天会联系校方。"

纪微甜刚想说不需要，她自己就可以搞定，余光忽然瞥见实验大楼下的教务处主任以及站在他身边的秦南御……

秦南御为什么会在这里？

送一批设备而已，难道还需要总裁亲自出马？

纪微甜还没有回过神，教务处主任已经朝她招手："微甜，还愣着干什么？快下来，我正好有事要跟你说。"

纪微甜顾不上跟送货师傅说什么，转身往楼下走，到了楼下，发现不只有教务处主任和秦南御，还有几个负责实验大楼的老师。

秦南御身边还站着几个她完全不认识的人，看装扮像是科研人员。

这是什么情况？

"人都到齐了，我来给秦总正式介绍一下，这几位是我们江城大学实验大楼的主要负责人，实验室的日常管理和维护都由他们负责。"教务处主任把目光移到纪微甜身上，接着说道，"这位是我们教务处的工作人员纪微甜，之前在交流会上，秦总已经见过了。不过秦总肯定不知道，微甜不只是我们教务处聘用的人员，也是江城大学毕业的学生，算起来，还是你的师妹！"

一直面无表情的秦南御听见"师妹"这两个字，微微抬了抬眸，脸上带着明显诧异的神色。

他看了一眼站在面前的纪微甜，眼神随即变得嘲讽，像是在说，她确定是他的师妹，而不是跑错了地方的演员？

纪微甜瞥见他嘲讽的目光，想也知道他肯定在腹诽。她原本还想感谢他慷慨地帮江城大学解决了实验室设备的问题，现在她决定收回感谢，看在教务处主任的面子上，不跟他计较！

教务处主任还在介绍："这几位是秦氏科技集团的研究员，他们未来打算在江城大学进行一个新项目的研究工作，我们也会挑选出优秀的导师和学生参与项目，具体内容稍后会有详细的文件向大家说明。微甜，你就作为这次项目的联络人，负责协调两边的工作。"

教务处主任做完总结性的发言后，没有看见纪微甜惊愕到狰狞的表情，扭头感激地握住秦南御的手，说道："秦总这次愿意回母校投资科研项目，我代表江城大学感谢！"

"主任客气了，能跟母校的优秀师生一起做研发工作，是秦氏科技集团的荣幸。"秦南御谦逊地说。

两个人言语间一片喜气，没人注意到纪微甜抽搐的嘴角。

纪微甜看着秦南御吩咐自己带人到实验室去调试设备，又看着教务处主任交代完任务打算离开……

回过神后，她连忙追了上去！

"主任！主任，等等我……"纪微甜一口气跑到主任面前，张了张嘴刚要说什么，突然噎住了。

她要怎么说？因为她讨厌秦南御，所以反对江城大学跟秦氏科技集团合作进行项目研究？

这个说法连她自己都觉得可笑。

江城大学是科研的沃土，这么多导师和学生缺的不是能力，而是让他们展示能力的机会。江城大学跟秦氏科技集团合作，不仅能将研发的产品更快地投入生产，得到市场的验证，还能解决科研遇到的资金、设备等问题。秦氏科技集团则能借助江城大学雄厚的尖端人员储备，催生新技术的诞生。

这样双赢的合作，她根本没有拒绝的理由。

"主任，我觉得我的能力有限，对秦氏科技集团更是不了解，可能不太适合做这个项目的联络人，要不然，换个人来……"

纪微甜还没有说完，主任抬手打断她，语重心长地说道："年轻人，遇到难题不能只想着放弃，这可不是我们江城大学优秀学子的作风。更何况你之前跟秦总相处得那么融洽，我相信你可以圆满地完成这次的任务。"

纪微甜茫然地眨了眨眼睛。她跟秦南御相处融洽？主任是不是对"融洽"这个词有什么误解？

"不是的，主任，你听我说，我其实是担心……"

"好了，别再说了，先听我说。"教务处主任声音微沉，表情也变得严肃，"秦氏科技集团愿意为我们提供这么多高端的设备，前提条件就是这次的合作，要是合作被搞砸了，这批设备我们连本说明书都留不下来。你能在交流会那么突发的情况下稳住秦总，就说明你有足够的能力应付接下来的工作。"

教务处主任没忍心告诉纪微甜，因为秦南御性格冷傲，气场又太强大，所以跟他接触过的人都扛不住压力，纷纷打退堂鼓，最后只剩下她这个"小虾兵"，初生牛犊不怕虎，勉强一试。

纪微甜临危受命，成了唯一的人选，又回到了实验大楼。

崭新的设备已经全部开启，经过专业人员的调试，界面上正跳动着一行行数据……

熟悉的画面，熟悉的感觉，纪微甜抵触秦南御的心瞬间被眼前的设备吸引，她不自觉地往前走。

她刚要伸手摸前面的显示屏，一只强健的手臂就已经扣住了她的手腕："别乱碰！"

纪微甜转过头，看见伫立在她身旁的人是秦南御。

他不再穿着一身笔挺的西装，而是换上了专业的实验服，实验服跟他冰冷的气息仿佛融为一体，专业、严谨的态度让他看起来像是换了一个人。

男人的脸色并不好，他似乎不满意她私自进入实验室，还差点儿碰到眼前的设备，眉心拧成一条线。

"实验室不是随便玩闹的地方，不相关的人员马上离开！"

纪微甜被突如其来的呵斥声吓了一跳，下意识地要替自己解释："抱歉，我不是故意的，只是觉得上面的数值有些奇怪，想要看看，不是故意捣乱……"

"你看得懂？"秦南御语气平缓，听不出情绪，不像是嘲讽。随即，他似乎觉得问一个联络人员这么高深的问题有些可笑，嘴角勾了勾，让助理带纪微甜出去。直到她的身影消失的那一刻，他的声音彻底沉下来："CC博士还是没消息吗？"

"秦总，我们已经在想办法联系了，可是CC博士太神秘，上次在机场错过之后，我们就再也打听不到半点儿消息。"助理诚惶诚恐地解释道。

闻言，秦南御目光微沉，神色也变得冷酷。都是因为纪微甜，如果不是因为这个女人，他现在应该已经找到CC博士了。

这个害人精不仅没有半点儿忏悔的觉悟，刚才还差点儿在他的实验室捣乱。

秦南御拧紧眉心，扭头吩咐身边的人："继续找，不惜一切代价，一定要找到CC博士！"

实验大楼下，被"请"出来的纪微甜不甘心地站在大楼入口处，攥着拳头朝着空气挥舞了两下，恨不得把空气当成秦南御揍两拳。

好歹她也是校方安排的联络人员，秦南御居然一点儿面子都不给她，还把她赶了出来，太过分了！与此同时，纪微甜意识到了一个问题——秦氏科技集团跟江城大学达成了合作，今后势必会在江城大学的实验大楼进行各项科研工作，看现在这个情况，她想自由使用实验室里的设备可能会遇到点儿问题，现在只能走一步看一步。

果然，一遇到秦南御就没好事，这个男人是"扫把星"投胎吧？

纪微甜心里再憋屈，主任交代的任务还是要完成。她在实验大楼下停留几分钟后，转身回教务室拿这次合作项目的资料。

涉及研发项目的具体技术内容需要完全对外保密，纪微甜把资料看了个遍，也没看出来秦南御想干什么，只能按照上面的要求去联系对应专业的教授，协助挑选参与项目的人才。

纪微甜一直忙到下午，才将大致的人员确定下来，准备报给秦氏科技集团做最后的筛选。

纪微甜抱着名单到实验大楼找秦南御，刚走到门口就被人拦了下来。两个身材魁伟的保镖守在最后一间实验室的门口，一左一右地伸出手："这位小姐，你有什么事？"

纪微甜错愕地眨了眨眼，之前还嘲讽秦南御没有总裁的派头，出门连个保镖都没有，结果报应来得这么快，她现在被他的保镖拦住了……

纪微甜的嘴角微微抽搐，她说道："我找秦南御，给他送项目成员的名单。"

"秦总在忙，吩咐了不让任何人打扰，麻烦你稍等。"保镖一板一眼地回复。

纪微甜一怔，踮起脚往实验室里看了一眼，心里暗暗嘀咕：我还以为秦南御进实验室只是做做样子，原来他真的打算亲自参与项目。他行吗？

"两位大哥，你们秦总说过他什么时候出来吗？实在不行的话，名单我留给你们，你们帮我转交……"纪微甜话音未落，一抹颀长的身影便已经从实验室里出来。

秦南御走在最前面，身上的白大褂勾勒出他的高冷禁欲范儿，他表情严肃地听着身边两个实验人员的汇报，看见站在门口的纪微甜，瞳孔微微一紧。

纪微甜刚要上前说明来意，就听见他冷漠的声音在耳边响起："都给我记住她，以后，不允许她靠近实验室一步！"

纪微甜心想：我一句话都没说就上黑名单了，这是什么情况？

纪微甜差点儿气成河豚，回过神后，上前问道："秦南御，你什么意思？"

她是这次项目的联络人，不让她进实验室，谁负责联络？

秦南御因为CC博士失去下落的事情而头痛，又听见身边的研究员说他们这次实验遇到的棘手问题，正烦躁着，这时候看见纪微甜，顿时想到在机场手机被她撞飞的那一幕，再到后来的相亲……仿佛从遇见她的那一刻起，他身边就没有发生过一件好事。

这个女人有毒——这是秦南御脑子里闪过的第一反应。

不让她进实验室的话，也是他在本能驱使下脱口而出的，等意识到自己说了什么时，话已经收不回来了。

眼前的纪微甜像只被惹怒的小龙虾，在教务处主任面前的乖巧全不见了，她亮着自己的"小钳子"，一副想要上来跟他拼命的模样。

"负责联络，不需要进实验室。"秦南御坚持自己的立场，如果不是教务处主任坚持让纪微甜来做联络人，他确实不想见到她。

秦南御无视了纪微甜要喷火的双眸，从容地迈步上前，从她手里接过这次项目的参与人员名单，快速地扫了一眼后，放回她手上。

"没什么问题，就按名单上的人员联系。"

"我有问题。"纪微甜抱着名单拦住了秦南御的去路，咬牙切齿地说道，"我觉得你在公报私仇，对我有偏见。"

纪微甜现在就想将联络本砸在秦南御的脸上，让他知道什么叫"唯女子与小人难养也"！

"纪小姐，一个撞坏我手机、拐带我儿子、毁了我相亲饭局的女人……你觉得我应该对你有什么印象？"秦南御垂眸，认真地看着纪微甜，一字一顿地说道。

纪微甜被问蒙了，呆滞了几秒，都差点儿同情起秦南御了，回过神后却暴跳如雷："你胡说八道什么？修手机的钱我赔给你了，我没有拐带你儿子，相亲的事情是你活该，谁让你诬陷我，害我被抓到警察局？这叫报应！"

秦南御像是猜到了她的反应，一脸冷漠，等她说完，薄唇勾了勾，说："现在是你的报应。"

纪微甜："……"

秦南御抬起手腕，看了一眼手表，又说："现在是下午五点，我定了六点的餐厅，想请这次项目的所有成员聚餐，你有一个小时的时间去联络。你真想进实验室，就让我看看你的业务能力，否则我随时可以向校方要求换人。"

让纪微甜向谁认输都行，唯独向秦南御不可以。就算他使激将法，这个任务她也接了！

秦南御不想看见她是吧？不巧，她现在突然喜欢上这个项目了，就是要天天在他眼前晃。她不只要在他眼前晃，还要进实验室，气死他！

纪微甜抱紧怀里的成员表转身准备离开，刚迈出步子，突然脚下一滑，猝不及防地往后倒，直接撞到了秦南御的怀里！

"哎哟——"

纪微甜后脑勺儿一疼，下意识地伸手想要抓住什么，结果没等她稳住身体，秦南御习惯性地往后退，她的脑袋向后撞了一下，直接摔到了地上。接着，她接连惨叫了两声。

旁边的工作人员都捂住眼睛，不忍心看。

只有原本可以扶住纪微甜却眼睁睁地看她摔倒在地的秦南御面无表情地看着她，冷漠地"补刀"："纪小姐连路都不会走，我实在很好奇，你要怎么让我刮目相看。"

纪微甜气愤了！打出娘胎她就没这么生气过，这个没有气度、没有人性的家伙还是不是人？

关键是他嘲讽她的语气莫名地让她想起自己的小宝贝说的那句"妈咪，你已经是个成熟的大人了，怎么连自己都照顾不好？"。

纪微甜从地上爬起来，抬头看向秦南御那张欠揍的脸。他跟她的小宝贝才不一样，她的小宝贝是关心她，秦南御是嘲讽她！

偏偏现在丢人的是自己，纪微甜确实没脸跟秦南御吵架，默默地在小本本上记了一笔，转身去联络项目成员。

她累死累活地忙了一个小时，总算赶在秦南御规定的时间前通知到了所有人。

秦氏科技集团一出手就是大手笔，送设备的时候是这样，请客吃饭的时候也是这样。秦南御虽然名声在外，但是在面对科研人员时，该有的尊重和重视都有。

五星级的餐厅，精致的菜肴。

席间，秦南御还不止一次起来亲自给各位教授夹菜，一口一个"恩师"，听得纪微甜头皮发麻。

对比太明显，眼前的一切告诉她，秦南御不是真的没礼貌，只是在针对她。

"微甜，你怎么不动？多吃点儿，看你瘦的。"离纪微甜最近的范教授开口招呼道，还往纪微甜的碗里夹了几块肉。

范教授是计算机系的教授，将近六十岁了，和蔼可亲，一辈子都在教书育人，投身科研，是江城大学有名望的教授之一。这次他亲自带着他的三个学生参加了秦氏科技集团的项目。

纪微甜曾经也是他的学生。听见他的话，她连忙低头吃菜，余光却偷偷打量着桌上的人。

这次从江城大学挑选出来的人员名单她看过。除了计算机专业，还有数学专业、微电子专业的教授和学生，一共十二个人，再加上秦南御带来的三个研究员，整个团队的正式成员有十五个人。

这十五个人，从教授到学生，都是江城大学的佼佼者，这个团队可以被称为梦幻团队了。

纪微甜打心眼儿里羡慕。

她在心里嘀咕：如果这些人可以给我用……

"秦总……不对，应该是学长，我能用果汁代酒，敬你一杯吗？"一道悦耳的声音突然在包间里响起。

纪微甜抬起头，看见坐在她对面的小学妹钱敏端着果汁从座位上站起来，一脸崇拜的表情，盯着秦南御。

钱敏是这次项目中唯一的女孩子。

计算机系的女孩子本来就不多，能成为佼佼者的更是少之又少，钱敏就是其中一个。

她成绩优异，揽获各项奖学金，被保送到江城大学，手中还握有一项国家机器人专利，再加上清秀的外貌，称得上智商与颜值并存。

据说她刚刚在一次测试中刷新了江城大学计算机系的最好成绩，而在那之前，这项纪录的保持者是纪微甜。

纪微甜对这个学妹的印象不错。优秀的人总能吸引别人的注意力，只不过……

学妹的眼神不太好呀，她居然喜欢秦南御这个"扫把星"。

今天是项目成员的正式聚餐，因为是科研团队，所以餐桌上并没有准备任何酒，全是果汁，钱敏那句"用果汁代酒"有些意味深长。

话音刚落，秦南御还没有接话，钱敏自己就先脸红了。

这反应，在座的人只要不是看不见，都能看明白是怎么回事。

纪微甜一想到秦南御那嘴，心里暗暗替小学妹捏了一把汗，担心他会说出什么"你是谁""我不喝陌生人敬的酒"之类的话。结果她只是再一次验证了，除了她，秦南御对谁都很客气。

只见钱敏刚抬手，秦南御就已经端起面前的杯子，跟她碰了一下杯，一饮而尽。

他表现得客客气气的。

纪微甜心想：秦南御今天做人了？

餐桌上的气氛十分融洽，大家都是行业内的顶尖人才，能交流的话题太多了，开始吃饭没多久，就三三两两地凑到一起，聊起自己最近的实验。

纪微甜吃饱喝足，趁着没人注意，悄悄溜出了包间。

她站在包间门口，确定没人看见她，迅速往餐厅外走，拦了一辆车，赶回了江城大学实验大楼，用自己的门禁卡刷开了一层的防盗门。

夜黑风高，四周无人，正是来试新设备的时候。

纪微甜走进第一间实验室，伸手打开灯，看见里面一整排崭新的机器，高兴得差点儿叫出声。

她将机器挨个儿摸来摸去，像是担心机器上面沾灰，还从包里拿出一包纸巾，仔仔细细地把它们擦了一遍，坐在最后一台机器前面，心满意足地想：这才叫实验室！

纪微甜是非工作时间来的，没有太招摇。她关了一半的灯，又拉上了实验室的窗帘，走到角落的位置，打开其中一台机器，屏幕上很快弹出验证消息。

开机密码？

纪微甜瞳孔微缩，有些意外地盯着这个提示框。秦氏科技集团果然够小心，送给学校的机器还设置了开机密码。

这可难不倒纪微甜，她拉开椅子坐下来，双手在键盘上敲了一会儿，很快就破解了开机密码，顺利地打开了多功能一体机。她将随身携带的U盘插入电脑，读取自己实验项目的数据……

明亮的灯光照在她专注的侧脸上，勾勒出她姣好的容颜，莹润的双眸凝视着一行行跳动的数字，她跟之前生活不能自理的模样判若两人。

纪微甜微微低着头，认真地看着上面的进度条，手指一刻没有停下过。电脑先后读取了 U 盘和她邮箱里的数据，然后她打开了数学建模工具，开始自己的实验。

显示器上先是出现了一系列的数字和字母，最后变成一个个模型。

实验越推进，模型的细致化程度越高，她不过坐下来半个小时，一只跟肥肥一模一样的模型猫就已经活灵活现地出现在了电脑上。

立体、逼真，它仿佛是一只真猫。

猫被合成的那一瞬间还发出了一声清脆的叫声，惟妙惟肖。

纪微甜似乎还不太满意，微微蹙着眉，准备重新检查后台的数据，手机却在这个时候响了。她低头看了一眼，发现是纪墨峰打来的电话，犹豫了几秒，还是接了起来。

"纪微甜，你到底有没有把我这个爸爸放在眼里？你把跟陈家的相亲搞砸了，还躲在外面不回家，是准备让我给你收拾烂摊子吗？我不管你现在在哪里，明天都得给我回家一趟！"

纪墨峰说完，没给纪微甜说话的机会，直接把电话挂了。

纪微甜的眸色暗了暗，她没有在意他的话，倒是因为这个电话想起了还被放在纪家别墅的行李箱，她给纪星瑶买的礼物还在里面。

想起女儿，纪微甜心顿时变得柔软，脑子里仿佛又闪过小糯米团子提醒她要按时下班的画面。她下意识地看了一眼时间，发现已经快八点了。

要是她今天回去得太晚，又要惹女儿生气了。

正好她的实验数据需要调整，今天肯定来不及完成。

纪微甜没有犹豫太久，果断保存数据，复制到 U 盘上，然后清理电脑痕迹……

她刚准备关灯离开实验室，走到门口时，忽然想起了什么，扭头看向这一层的最后一间实验室。

秦南御今天一天都泡在里面，还不让闲杂人等进入。

如果她没有记错的话，秦氏科技集团最尖端的机器全放在那间实验室里，那是这次项目的主要实验室。

纪微甜很好奇里面到底什么样，刚心动就朝着最后那间实验室走了过去。

看见门口有电子锁，纪微甜眯了眯眼睛，拿出自己的门禁卡试了一下，刷开了。

她推开门往里走，这次没有急着开灯，只是借窗外透进来的月光打量了一下实验室的布局。

她走进去的时候，不小心碰到了一台机器，下意识地伸手去扶，手却按到了开关，"嘀"的一声，机器启动了。

"请输入开机密码。"

同样的提示音，纪微甜已经见怪不怪，但让她诧异的是，眼前的这台机器不是一台简单的电脑，更像是复杂电脑的综合处理器，看起来就很厉害，瞬间就勾起了纪微甜的好奇心。

她照着刚才破解的程序重新输入了一遍密码，没想到刚按了确认键，实验室里的警报声就响了。

糟了！

纪微甜飞快地关掉机器，转身往外跑，下一秒却撞上了突然出现在门口的秦南御——

纪微甜被撞得不重，人却吓得不轻。她后退了几步，整个身子贴到了门板上，抬头看清站在自己面前的人时，小脸"唰"的一下就白了！

她是见鬼了吗？这么晚了，秦南御怎么会在这里？

秦南御是江城大学的优秀毕业生，今晚参与聚餐的三位教授都算是他的恩师。聚餐结束，他并没有让助理帮他送客，而是亲自开车将三位教授送回江城大学。

车子停在教职工大楼楼下的时候，他想起聚餐时范教授提到的关于计算机数据改进的一项技术，于是想要到实验室来看看。谁知道刚走到实验室门口就发现有人触发了实验室的警报器，他一个箭步冲上来，想要抓贼，没想到会看见一个最不应该出现在这里的人。

"纪微甜，你怎么会在这里？"秦南御皱起眉心，脸色变得阴沉。

触发实验室警报的人就是她？

"我……我只是……我不是……"纪微甜紧张得语无伦次。

她没想到自己一个大意，小看了秦氏科技集团的防入侵系统，瞬间触发了警报，还被秦南御抓了现行。

如果换作其他人，或许还有商量的余地，可秦南御……真要让他知道是她触发的警报，怕是他又要报警抓她！

到时候她真是有一百张嘴都说不清楚了。

"纪微甜，说话！"秦南御几步迈向前，单手撑在她的身侧，低头凝视着她。

他强大的气场让纪微甜周围的气压仿佛都在他靠近的那一瞬间变低了，纪微甜以为要挨揍了，吓得连忙捂住眼睛。

"我……我……我……不关我的事！"纪微甜说完，终于从震惊里回过神，慢慢地把手放下来，双眸水汪汪的，"我吃完饭后，在回家的路上想起实验室里的新机器，有点儿不放心，所以就过来看看，谁知道刚走到这间实验室就看见里面有一道鬼影飘过……"

纪微甜说着，为求逼真，也顾不上讨厌秦南御了，娇弱地往他怀里躲，双手攥着他的衣襟，像只被吓坏的小白兔。

"我刚要去喊人，就撞上你了……太可怕了……"

最后这句"太可怕了"也不知道她是觉得鬼影可怕，还是觉得秦南御可怕。

淡淡的栀子花香飘进秦南御的鼻间，那种无法言喻的熟悉感再一次扑面而来。

秦南御刚要说什么，一道光就打在了他的脸上——

"什么人？举起手来！"巡逻的校警听见警报声赶到了实验大楼，明晃晃的手电光照到秦南御和纪微甜的身上。发现一男一女抱在一起，校警顿时呵斥道："这么晚了还不回宿舍休息，躲在这里约会，你们两个人是哪个系的？"

闻言，秦南御和纪微甜像是触电一样，不约而同地后退了几步，拉开距离，嫌弃地对视了一眼。

约会？

天下男人死光了，她都不会跟秦南御约会。

秦南御同感。

秦南御拿出自己的通行证，刚要解释，校警就已经打断了他的话："别以为换了身衣服就可以假装校外人士，我告诉你们，这套把戏，叔叔年轻的时候就玩过了。你们两个人私闯实验大楼，还触发警报，不管什么理由，都得跟我们回一趟校警室！"

几个校警分工合作，一半留下来检查实验室的设备，一半带着秦南御和纪微甜回校警室。

纪微甜虽然不满被人误会她跟秦南御私会，可比起被当成小偷，现在这样已经是最好的结果。

她偷瞄一眼脸色不快的秦南御，耷拉着脑袋跟在他身后，正寻思着自己刚才怎么会触发警报时，衣领忽然被人揪住，还被提了起来。

"哎——"纪微甜刚吓得要尖叫，发现自己只是被秦南御拎到前面。深邃的黑眸扫了她一眼，他薄唇微启，说道："你走得这么慢，想躲在后面畏罪潜逃？"

"你这个人会不会说话？我是那种不负责任的人吗？要不是你在实验室门口拦着我啰唆，我们现在也不会被当成热恋的小情侣。我没找你算账，你还好意思怪我？"纪微甜理不直气也壮地说道。

闻言，秦南御嗤笑一声，上下打量了她一眼，嘴角勾起一抹瘆人的弧度。纪微甜一看这笑，顿时预感不妙。果不其然，秦南御敛起眸的那一瞬间，说道："你确定校警把我们当成学生，不是因为你太像'干瘪四季豆'，没点儿女人味？"

"你说谁是'干瘪四季豆'？谁没有女人味？睁大你的眼睛看看，老娘是36C……"纪微甜炸毛了，抬头挺胸往秦南御面前凑，等意识到自己干了什么时，发现走在前面的两个校警正一脸惊愕地回头看她，她的身体僵住了！

她的脸颊控制不住地暴红，叉在腰上的双手盖住自己的脸，恨不得此刻能挖一个坑把自己埋进去。

而此时，害她丢人的罪魁祸首还一脸认真地评价："实践证明，果然美貌与智商不能并存。纪小姐，没事多吃核桃，可以补脑。"

晚上九点，秦南御和纪微甜被带到校警室。校警经过查询，核实了两个人的身份，确认是误会一场。

原本觉得自己跟秦南御撇清关系就可以雄赳赳气昂昂地走出校警室的纪微甜，因为刚才那一场"36C"的误会像只斗败的母鸡，一声不吭地跟在秦南御后面。

她犹豫着要不要趁着夜黑风高、没人注意的时候，在路边捡一块板砖，把秦南御拍死泄愤！

谁知道两个人刚出校警室，秦南御完全没理她，直接往实验大楼的方向走。

纪微甜顿时又想起那个被她触发的警报，刚才时间太紧迫，也不知道实验室里有没有安装监控，万一……

纪微甜看着秦南御的背影，心里一阵不安，就这么回去，今晚估计会睡不着，只能认命地跟在他后面，与他一起去实验大楼。

两个人刚走到实验室门口，她就被秦南御拦了下来："你来做什么？"

　　"我来……我刚才被那道鬼影吓得半死，现在当然是来抓鬼的！"纪微甜一弯腰，从秦南御拦着她的手臂下钻了过去，没等秦南御说话，飞快地伸手把实验室的灯全打开了。

　　秦南御转身看着从自己胳肢窝下面溜进去的女人，盯着她的后脑勺儿，微蹙眉心，问道："你不是怕鬼吗？"

　　他还没有忘记某人之前攥着他的衣襟、躲在他怀里瑟瑟发抖的模样。

　　纪微甜听见他的话，没有半点心虚地回头，一本正经地说道："我好歹是项目的联络人，这么多贵重仪器放在这里，就是怕鬼我也要来看看。"

　　再说了，鬼哪儿有你可怕……纪微甜在心里嘟囔。

　　实验室里，灯火通明。

　　秦南御不信什么鬼影，倒是怀疑今天晚上可能有人潜进了实验室。他急着检查实验室里的设备，难得没有跟纪微甜计较，把她一个人丢在入口处便走向总控台。

　　纪微甜也没闲着，一边应付秦南御，一边飞快地抬头检查实验室里可能安装监控的位置。都看了一遍之后，确定没有监控，她暗暗在心里吐了一口气。

　　她的小眼神有意无意地瞟过之前她误打误撞打开的大机器，心里特别好奇，手指也有点儿痒，想要再试着破解一次密码。可一想到秦南御在这里，纪微甜死死按住了自己躁动的手。

　　她扭头看向总控台，发现秦南御已经打开了一台机器，像是在检查数据。

　　屏幕上蓝色的光映在他英俊的脸庞上，专注的目光、不停在屏幕上移动的手指让他看起来仿佛正在指点江山的帝王，他的气场强大得让人不敢靠近。

　　"那个……设备都在，没什么事的话，我就不打扰你了……"纪微甜拔腿准备开溜，话还没有说完，秦南御已经打断她。

　　"走到里面，帮我打开最角落的那台机器。"他用不容反驳的语气说道。

　　纪微甜虽然不满他这种命令式的口吻，可一想到自己触发警报在先，未来很长一段时间可能还要在秦南御的手底下苦苦求生，决定忍一时风平浪静！

　　她走到角落里，帮他把机器打开。

　　"嘀嘀嘀嘀——"

她刚按了一下开机键，屏幕上立刻弹出一个正在读取进度条的界面，速度很快，纪微甜甚至来不及看清楚是什么，屏幕就已经切换到了代码页面。

不断向上旋转着消失的代码，以一种奇怪的方式组合，熟悉又陌生……

纪微甜盯着看了十几秒，眼神变得有些不一样，刚要上手去试试，耳边又传来秦南御冷酷的声音："别乱碰，这不是玩笑。"

纪微甜心想：我从来不拿工作开玩笑，我是认真的。

可面对秦南御质疑的目光，纪微甜鼓了鼓腮帮子，憋着一股气，没吱声。

她跟这个"扫把星"没法交流！

秦南御没注意到她的表情，单手撑在桌面上，扫了一眼眼前的数据，又回到总控台前继续操作。

专注着工作的秦南御把纪微甜忘了。

纪微甜一个人站在边上，快要变成雕像。她想走，又怕自己一动，秦南御就会借机使唤她。

她偷偷打量了秦南御几眼，发现他好像彻底把她忘了，抿了抿嘴，眼底闪过一抹亮光。

太好了！她之前就想好好参观这间实验室，现在秦南御没注意她，她就不客气了。

纪微甜打定主意，悄悄地转身，打量起整间实验室的布局。

从入口的安全门到她现在身处的位置，整间实验室一共被划分成了三个区域——实验区、模型区、控制区。她跟秦南御现在所在的位置，是实验室最里面的控制区。

实验数据一般都会在当天实验结束前被传输到总控台进行保存，同时实验室里的仪器都能通过总控台控制，所以，这里是整个实验室最核心的地方。而纪微甜一开始触发警报的那台机器，其实是一台跟安全门连接在一起的超级电脑——不，好像不是！

纪微甜忍不住往前走了两步，仔细打量起眼前的机器。

不管是从造型上还是从颜色上看，它都特别像一只"大白机器人"，而且模型区里，还真的就放了好几个机器人模型。

秦南御这次要做的实验，该不会是……

"你怎么还在这里？"一道清冷的声音从身后传来。

纪微甜做贼心虚地被吓了一跳，一回头，就看见秦南御不知道什么时候已经关了机器，单手插在裤袋里，冷漠地盯着她。

纪微甜动了一下唇瓣，思维还沉浸在自己的猜想里，乍一被问话，她一个字都说不出来，神色也有些呆滞，像是被吓傻了。

秦南御见她这副模样，以为她还在怕鬼，不敢回家。他微蹙眉心，迟疑了几秒，迈步上前，淡淡地说道："我还以为你有多大的胆子，不过一道鬼影，就被吓得生活不能自理了？"

"谁说我被吓得不敢走？我只是同情你一个人加班，好心留下来陪你，顺便……只是顺便啊，参观参观你的实验室。"纪微甜说完，扭头准备走。她刚迈开步子，衣领就被人揪住了。

她像是被拎着脖子的小鸡，艰难地转过头对上秦南御的目光。秦南御一脸冷酷地说道："先到门口等我，我设好防盗网就出去。"

她知道秦南御说的防盗网是指电脑的防盗网，只是不懂他为什么要让她到门口等他。

难不成他准备送她回家？

那她才真的要见鬼了！

纪微甜半晌没回过神，直到秦南御处理好所有设备，走到她面前，她猛地抬起头："我家就在江城大学隔壁，脚一迈就到了，我先回去了。"说完，她拔腿就走，害怕秦南御真的要送她。

可在男人眼里，她现在的反应像极了逞强。

秦南御手臂一伸，拉住她的衣领，身体微微往前倾，垂眸盯着她光洁的后颈上白皙的皮肤，语气平稳地说道："有没有听过一个关于实验室的鬼故事？"

纪微甜："……"

"从前，有个人总喜欢自己一个人在实验室工作到很晚。有一天，他听见实验室的窗户上传来'咚咚咚'的声音，以为有人在敲窗，结果等他走到窗户边……你知道他看见了什么吗？"

他低沉又有磁性的嗓音把一个阴森的鬼故事讲得跟童话故事一样。

纪微甜如果不是还有一丝理智，可能真的就要顺嘴问一句"看见了什么了？"。

她不问，却拦不住秦南御继续说。

纪微甜神色一凛，抢在他前面说道："我一点儿都不害怕这些怪力乱神的东西，你别想吓唬我……"

纪微甜刚开口，秦南御突然伸出手臂，"啪"的一下关掉了实验室里的灯，明亮的实验室霎时陷入漆黑。

"啊——"

纪微甜吓得两腿一蹦，直接挂到了秦南御身上，双手紧紧搂着他的脖子，生怕自己一撒手，实验室的窗户外真的会出现一只恶鬼把她捞走。

她的女儿还小，不能没有妈妈！

秦南御只是一时恶趣味，想要吓吓她，没想到她胆子这么小，一秒就扑到了他身边，还像一只八爪鱼似的死死地勒着他的脖子，勒得他快要断气了。

秦南御伸手掰了两下，没把她掰下来，喘着气说道："鬼都没你彪悍。纪微甜，松手！"

挂在他身上的人一动不动。

秦南御最后吊着一口气，摸到实验室的开关，重新把灯打开，才从纪微甜的魔爪里捡回一条命。

他伸手扯了扯自己的领带，瞪向一脸无辜的某人，说道："胆子那么小，被一个鬼故事吓成了这样，还敢跟着人家进实验室？"

"胆……胆子小怎么了？我不怕鬼，还不能怕黑吗？"纪微甜被他瞪得后退了好几步，舔了舔唇瓣，说道，"我……我又不是故意的，是你突然关灯吓我的！时间不早了，我要回家了。"

纪微甜出了实验大楼，拔腿就往自己家的方向跑。

她的心里无限懊恼自己刚才一惊一乍的反应。她好歹也是读过这么多年书、深信唯物主义的人，竟然会被一个鬼故事吓成这样，太丢人了！

僻静的校道上只有纪微甜一个人，也不知道是不是心理作用，她突然感觉今天的夜格外阴森，走着走着，仿佛还能听见身后有另外一道脚步声……

纪微甜脊背一凉，头也不敢回，脚步更快了。可她快，后面的脚步声好像也跟着快了……

秦南御这个"扫把星"……说什么来什么，难不成真的有只鬼跟在她身后？

纪微甜强迫自己冷静下来，她受过的教育不允许她相信这种怪力乱神的东西，但是直觉告诉她，绝对有人在跟踪她。

这么晚了……

纪微甜左右看了一眼，发现周围没有一个路人，直接弯腰脱了鞋子拿在手里，猛地转过身，准备收拾身后的登徒子。鞋子被丢出去之前，秦南御颀长的身影正好走到昏暗的路灯下。

他看见她转身，正抬起头来看她——

纪微甜被吓得将刚要丢出去的鞋子扔在了地上，错愕地眨了眨眼，不敢相信自己的眼睛。

怎么会是他？

"你怎么鬼鬼祟祟地跟在我后面？"纪微甜连掉了的鞋子都不敢捡了，用着一条腿往后蹦了两步，警惕地盯着他。

她住的地方在江城大学的侧面，她走的是侧门，大门不是这个方向，按理说，秦南御跟她不同路。他该不会对她怀恨在心，打算趁着夜黑风高对她痛下杀手吧？

纪微甜越想越觉得这个可能性很大，紧张地咽了咽口水。

秦南御听见"鬼鬼祟祟"四个字，眼眸微沉，看了一眼此刻"金鸡独立"、一脸防备的纪微甜，暗暗问自己刚才是发的哪门子疯，为什么担心她一个人回家会遇到危险？

这个不识好歹的女人不仅没感激他，还一副把他当贼防的模样，让秦南御除了懊悔，还想拧断她的脖子！

等等！

纪微甜愣了一秒，等她反应过来，耳边仿佛又响起了秦南御在实验室里跟她说的话。

他该不会是在送她吧？

这个念头从脑子里闪过，纪微甜顿时震惊了。她再看向秦南御冷漠的脸时，忽然觉得他这个人虽然嘴有点儿欠，但是心肠也没那么坏。

纪微甜用一只脚往回蹦，把鞋子穿好，有些难以置信地问："秦南御，你是不是在送我？你为什么要送我？"

秦南御心想，他高看她了，一个空有皮囊的女人，鬼都看不上，会有哪门子危险？

他冷眸一敛："怕你死在江城大学的校园里，脏了学校的土地，这个理由可以吗？"

纪微甜："……"

她为什么要跟一个"扫把星"说话？

纪微甜收回自己刚才在心里夸他的话，转身继续往前走，出了大学侧门，再往前走不远就能看见南坡公寓的路牌。

纪微甜的脚步没停，走到公寓楼下，她停在门口，回头看了一眼还在她身后的秦南御。

"我到了。"她说。

秦南御早在看见她走到楼下时就停住了脚步，原本已经准备离开，可突然对上纪微甜的目光，捕捉到她眼里警惕的神色，仿佛很怕他不走的样子，让他瞬间生出了一丝恶趣味。

他迈步上前，垂眸盯着她的眼睛。

确定她眼里的抵触不是他的错觉，秦南御眯了眯眼睛，说道："我有点儿内急，方便借用一下你家的洗手间吗？"

纪微甜恨不得他马上走，想拒绝，可一想到秦南御是专程送她回家的，又有些不好意思说出口。再加上她现在还是项目的联络人，不能把关系闹得太尴尬。

纪微甜低头拿出门禁卡，打开了大门，说道："如果你不嫌弃的话，就跟我上来吧。"

秦南御跟在她身后，与她一起进了公寓里的电梯。

江城大学是有着七十年历史的名校，周围的建筑也都有些年头了。

南坡公寓虽然距离学校近，但也是这附近老旧的公寓楼之一，墙面上已经有墙皮剥落，露出斑驳的痕迹。

两个人刚走进电梯的时候，电梯里的灯光还闪了一下，处处透着阴森的气息。

狭小的空间里，气氛有点儿诡异。

秦南御是出了名的沉默寡言，一开口必定"毒舌"。

纪微甜没傻傻地去招惹他，独自找了一个角落站着，低头盯着自己的脚尖。

她想象着如果她刚才没有收住手，将高跟鞋砸到秦南御那张好看的脸上，现在会是什么下场……

啧啧，不敢想！

纪微甜正自娱自乐，一道清冷的声音忽然响在耳边："你听过电梯里的鬼故事吗？"

什么鬼故事？他为什么要提鬼故事？他想做什么？

纪微甜在心里三连问，笑不出来了，用一脸提防的神色看向秦南御："我不想听……"

"不，你想。"秦南御打断她的话，移动脚步走到她面前。看着她惊慌失措的样子，他忽然觉得半夜送她回家也不是全无乐趣。

他嘴角噙着阴恻恻的笑容，薄唇微启，说："你知道吗？从前有个人，特别喜欢一个人加班到深夜，然后坐电梯回家。有一天，他刚走进电梯，电梯的灯就像刚才一样闪了一下，然后……"

秦南御的故事还没讲完，他的嘴就已经被人捂住了。

纪微甜扑在他面前，用双手紧紧捂着他的嘴，说道："不许说了，我不想听！你有时间说鬼故事，不如留着力气回家给小睿睿讲几个童话故事，看你一脸凶神恶煞、没同情心的样子，肯定没给自己的儿子讲过睡前故事吧？"

她一气呵成地把秦南御教育了一顿。

秦南御被她训斥得一愣，眯起眼睛想了一下，还真的没给儿子讲过童话故事。以那小子的智商，他要是真给那小子讲童话故事，那小子怕是要吐。

她什么都不懂，倒是理直气壮。她真当编了个未婚妈妈的借口骗过相亲对象就能编出一本育儿经了？

纪微甜没注意到他眼底鄙夷的的神色，认真地说道："秦总，我知道你很有钱，可以给孩子很好的生活，但童年你花钱也买不到，父母的陪伴比什么都重要。"

秦南御嗤笑："你一个没有当过父母的人，跟我谈育儿经？"

纪微甜抬头挺胸地问道："谁说我没有当过父母？"

她的女儿四岁了，跟他儿子应该差不多大。他们俩都是单亲家长，谁瞧不起谁？真要比较，纪微甜觉得自己比秦南御好了不只一点点。

等她回过神，发现自己居然在试图教育秦南御，撇撇嘴打住："算了，我跟你说这个干什么，一看你就不像个负责任的爸爸，否则也不会把孩子的妈弄丢。"

"孩子的妈"四个字像是触到了秦南御的雷点，他眉目一沉。

"叮"的一声，电梯到了纪微甜所住的楼层。

纪微甜没等他，一个人先出了电梯，低头摸钥匙开门。现在已经很晚了，也不知道她的小宝贝睡了没有。她还没找到钥匙，"咔嚓"一声，门已经被人从里面打开。

"妈咪——"

小糯米团子稚嫩的声音带着一丝困倦，尾音拖得很长。

"下班后要早点儿回家，不然我会担心。你看你一点儿都不听话，我要跟冷叔叔告状了啊！"

睡在她怀里的猫听见她的话之后，眼一睁，附和地跟着叫了一声："喵——"

女儿生气了，后果很严重。

纪微甜连忙上前，将肥肥拎起来丢到一边，把女儿抱到怀里，真诚地道歉："妈妈错了。我跟你保证，明天一定早点儿回家，好不好？"

"你每天都这么说，每天都不听话。"纪星瑶掰着手指头就要开始数纪微甜的罪状。

纪微甜毫不犹豫地伸手捂住她的小嘴，盯着她粉雕玉琢的小脸，用只有她们能听见的声音恳求："宝贝，答应我，今天千万给我留点儿面子，不然妈妈以后可能都没法抬头做人了。"

她刚数落了秦南御一顿，骂他是个不负责任的爸爸，要是当场被女儿揭穿她是个生活不能自理的妈妈，可能会被秦南御嘲讽至死。

她接受不了这种打击！

小糯米团子不能说话，眨巴着圆溜溜的大眼睛，蒙了。

纪微甜见自己的面子保住了，稍稍松开纪星瑶，准备招呼秦南御进她家上洗手间，顺便"秀"一下自己的女儿，亮瞎他的眼。

她扭头看向身后，却发现秦南御不在。

纪微甜怔了怔，松开女儿，站起身，走回电梯门口，发现刚才停在她家楼层的电梯现在已经回到一楼。

秦南御走了？

"妈咪，你在找什么？"小糯米团子踩着小黄鸭拖鞋，迈着小短腿走到她身后。

她抱着纪微甜的腿，从后面伸出小脑袋打量眼前的电梯。她没找到什么东西，问："你是不是给我带新爸爸回来了？"

"不是，那是一个魔鬼。"纪微甜确定秦南御走了，随口答道。

她弯腰把女儿抱起来，转身往回走，想到了什么，又开口："如果你喜欢的话，也可以叫他'扫把星'！"

"妈咪，'扫把星'是星星，不是人。"小糯米团子一本正经地说道。

纪微甜点点头，随即又说道："我只是想要告诉你，有些人连星星都不如。"

纪星瑶："……"

那个连星星都不如的人好可怜。

公寓楼下。

"阿嚏——"秦南御刚走出电梯就忍不住打了一个喷嚏，抬头仰望面前的老式公寓楼，深邃的眼睛里的情绪有些复杂。

这个女人，又在骂他？

秦南御转念一想，自己根本没必要跟一个满嘴谎言的人计较，她不过顺嘴提了一句他儿子的妈妈，什么事情都不知道，他有什么可气的？她还一副当过父母的样子教育他，骂他不会照顾儿子，她懂什么？

秦南御伸手揉了揉眉心，转身往自己停车的地方走，走出几步，又鬼使神差地拿出手机，给管家打了个电话。

"小少爷睡了吗？"

"还没有，小少爷正在挑战高阶魔方的世界纪录。"管家诚惶诚恐地说道。

秦南御一听，真想录下来给纪微甜听听。

这是孩子吗？这孩子一天天干的都不是正常孩子干的事，她还跟他谈什么孩子的童年……

秦南御单手拿着手机，用另一只手扯了扯领带，淡定地说道："帮我去问问，四岁的小男孩会喜欢什么故事书，帮我买几本回来。我明天……改天有空看看。"

电话那头的管家半响没有回话，震惊地看着手里的电话，像是在怀疑跟自己说话的人是不是秦南御，又或者是他幻听了。

要知道别人家的爸爸跟儿子是父子情深，到了秦南御这里就是苦大仇深！

要不是有那一纸 DNA 检验报告在，管家都要怀疑他们不是父子，而是仇家了。

秦南御突然关心儿子，任谁都觉得见鬼了。

"喂？"秦南御的声音再一次传来。

管家立刻回过神，回答："是，我这就去问。"管家想了想，好像还是觉得太虚幻，又忍不住问，"御少，你真的打算给小少爷讲故事？"

秦南御："……"

这震惊的反应、惊叹的语气……秦南御忽然忍不住反思自己平时对儿子是不是真的太冷漠了，毕竟那臭小子即使再讨人厌，也只是个娃娃。

他眸光微敛，语气也没那么勉强了："让你买就买。还有，你提醒他早点儿睡。"说完，他仿佛觉得自己有慈父潜质，多问了一句，"秦默睿今天表现得怎么样？幼儿园的老师有没有说什么？"

"这……"管家欲言又止。

"他闯祸了？"秦南御一怔。

"没有没有！"管家飞快地解释，"小少爷很乖，幼儿园里的老师和同学都特别喜欢他。只是今天老师布置了一个作业，让家长与小朋友一起完成，题目是'我的愿望'。"

秦南御冷笑，不用问都知道自己的儿子会说什么，笃定地问道："他又想要个妈妈？"

"小少爷的愿望改了。"管家咽了咽口水，硬着头皮开口，"他这次说的愿望是拥有魔法。"

"幼稚。"秦南御嘴角的笑意维持了不到一秒钟，他忽然想到，以秦默睿的智商不可能做这种白日梦，再从管家紧张的语气里嗅到了不寻常的意味。他眉目一沉，问道："他要魔法做什么？"

管家闭上眼，一字一顿地说："小少爷说，他想把爸爸变不见。"

秦南御眼前仿佛出现了那个画面，小小的人儿握着一根魔法棒，旋转、跳跃，朝他挥了一下，"嗖"的一下把他变没了，然后叉着腰高兴得大笑，宣告自己的胜利。

秦南御走到停车场，拉开车门坐进去，说道："故事书不用买了，你帮我买根藤条，打不断的那种！"

管家："……"

纪微甜一觉睡得浑浑噩噩，梦见自己被一个披头散发、露出獠牙的厉鬼抓走了，女鬼紧紧勒着她的脖子，让她喘不过气来。

纪微甜奋力挣扎，从梦中惊醒，发现压根儿没有厉鬼，只有一个小糯米团子，外加一只不怕死的肥猫，一人一猫趴在她的胸口睡觉，差点儿把她压断气。

纪微甜舍不得丢自己的宝贝女儿，毫不犹豫地拎起猫，丢到旁边："吃得这么胖，凭什么还能睡在主人身上？"

"喵——"肥肥翻身叫了一声，瞅着还睡在纪微甜胸口的小糯米团子，像是在责怪纪微甜偏心。

纪微甜毫不心虚地说："这是我的祖宗，一家之主！你都得讨好她，怪我咯？"

肥肥惹不起，惹不起。

活成猫精的肥肥果断放弃挑衅，换了个舒服的地方继续睡。

纪微甜扭头看了一眼窗外，天刚亮，她还可以再赖一会儿床。她伸手把因为发现她害怕而特意过来陪她睡觉的女儿放到一旁，准备搂着女儿软软的小身子再睡一觉，手机却不合时宜地响了。

谁呀？这放假的好日子，非要来扰人清梦。

她瞅了一眼，发现电话是她的便宜亲爹纪墨峰打来的。

纪微甜立刻清醒，眼珠子转了转，拿着手机轻手轻脚地下床，走到阳台处接起电话。

"爸。"

"我已经跟江城大学那边联系过了，知道你今天放假，不用上班。我不管你现在有什么事，都先给我推了，回家一趟！"纪墨峰端着家长的架势，语气强硬地说道。

纪微甜已经习惯他这样的语气，并没有放在心上，淡淡地回道："我知道了。"她一转头便把手机一放，跟没有接到刚才的电话似的，爬回床上抱着女儿继续睡。

纪微甜这一觉睡得昏天黑地，直到太阳晒屁股，肚子"咕咕"叫，才从被窝里爬出来。

她怀里的纪星瑶已经不见了，看来应该是被她的养父母接走了。

餐桌上，还有养父母留给她的早餐和字条。

纪微甜看了一眼，转身去刷牙、洗脸，然后回来吃早餐，再简单收拾了一下，便拎着包去了纪家别墅。

她刚下车，纪墨峰没有见到她，先见到了刚从外面回来的纪开穗。

纪开穗穿着一身名牌，正拿着小镜子检查自己的妆容，确定没问题后正准备进去时，余光瞥见正下车的纪微甜，她脚步蓦地一顿，扭头笑得不怀好意。

"呦，姐姐回来了？"

那一声"姐姐"她叫得阴阳怪气，不乏讽刺的含义。

在纪开穗的眼里，纪微甜根本不配当她的姐姐，更不用说跟她平起平坐。她打量了纪微甜一眼，傲慢地敛起眸，没等纪微甜回话就先往里走。

纪微甜走在后面，看见她得意扬扬的样子，眼神平静得像是在看一个跳梁小丑。她花着父母的钱，还花出优越感来了，纪微甜觉得真是活久了什么人都能见到。

纪微甜不想跟纪家人扯上任何关系，也懒得跟纪开穗计较。她慢一步走进客厅的时候，看见纪开穗赖在纪墨峰身边撒娇地问："爸，你这么着急地喊我回来，是不是有什么事？我可是一接到电话就马不停蹄地赶回来了。"说到这里，纪开穗有意无意地瞥了一眼纪微甜所在的方向，"姐姐一定很忙，爸爸都喊了她这么多天，她现在才回来。"

纪微甜眼眸微抬，看向对着她冷笑的纪开穗，还有因为那句话而脸色变得不悦的纪墨峰。

她的"好妹妹"还装作只是不小心说错了话，替她安慰起纪墨峰来："爸爸别怪姐姐，江城大学可是名校，学术界有不少名流是江城大学出来的，秦氏科技集团的秦总就是最优秀的代表。以姐姐的能力，她能在江城大学混到一个类似打杂儿的职位，已经很不容易了。"

纪开穗嘴上说着纪微甜不容易，实际却在暗示纪微甜资质平庸，就算在名校任职，也不过是个拿不出手的职位，这辈子都上不了台面！

见纪墨峰的面色难看到了极点，纪开穗才假惺惺地提议："爸爸，要不然你帮姐姐在纪家的公司安排一个职位吧，好歹能让她过得轻松一点儿，别让人笑话咱们纪家的大小姐，兴许陈家就不会非要跟我们退婚了。"

纪墨峰今天就是为了跟陈家的婚事才把纪微甜喊回来的。纪开穗的话真是哪壶不开提哪壶，顿时挑到了他那根敏感的神经。

纪墨峰二话不说扭头瞪向纪微甜，声音沉了下来："我们纪家的脸都被你丢光了，你还有脸回来？"

纪微甜听见他们父女俩一唱一和的话，差点儿被气笑了，故意顺着纪墨峰的话往下接："爸这么不想看见我，我现在就走。"说完，她扭头就要离开。

结果，她的步子刚迈开，纪墨峰的怒吼声就响了起来："我让你回来，是给陈家道歉的，你连人都还没有见，要去哪里？"

纪微甜一脸无辜的表情，回头："跟陈旭订婚的人是妹妹，她都好意思在爸爸面前撒娇，我为什么不好意思回来？说起来，妹妹是爸爸一手栽培的，知书达理，要是让她去跟陈旭履行婚约，陈家人一定会答应。妹妹，你说对吗？"

不就是演戏吗，她纪微甜怕过谁？连秦南御她都没放在眼里，还怕纪家这一个个纸糊的老虎？

她脾气好，纪家人一个个蹬鼻子上脸，真当她好欺负？

"你……爸爸，你别听她胡说，我打死都不要跟陈旭那个混子在一块儿！"纪开穗没想到纪微甜看起来像个土包子，居然还让她用几句话占了上风。纪开穗担心纪墨峰真的为了生意听纪微甜的建议，吓得脸色都变了，一下子口不择言，就要开始骂纪微甜。

一道轻柔的声音抢在纪开穗前面响了起来："我说家里怎么突然变得热闹了，原来是微甜回来了呀！"苏素媚从楼上下来，皮笑肉不笑地跟纪微甜打招呼，走到纪墨峰面前，伸手就挽住他的手臂，"你也真是的，都多大年纪了，还跟孩子们计较。微甜不听话，你慢慢教就是了，别气坏身体，不值当！"

"妈，你就别帮她说话了，爸爸刚才都要被姐姐气死了。"纪开穗一看见苏素媚，就像没头的苍蝇找到了主心骨，又变得硬气了起来。

苏素媚伸手按了按自己的眼角，笑着说道："你姐姐不懂事，你就更要帮着安慰你爸爸了。现在谁不知道纪家的大小姐是个什么模样？你爸还指望你在外面给他争口气呢，听见了吗？"

"我知道了。"纪开穗乖巧地站到一旁，露出一副委曲求全的模样。

母女俩虚伪的样子真是让纪微甜倒尽了胃口。她这个便宜爹也不知道是不是真的瞎了眼，居然还觉得她们母慈女孝。

听见苏素媚的话，纪墨峰面容稍缓，转身在沙发上坐下来，重新看向纪微甜，说道："你平时不听话就算了，你媚姨好心好意地帮你安排相亲，你还故意搞砸，让陈家人以为我们存心挑衅。你说你是不是见不得纪家好，见不得我这个爸爸好？"

纪微甜没说话，任由纪墨峰发脾气。她是晚辈，在长辈面前说什么都是错，既然这样，不如不说。谁生气谁吃亏，反正不关她的事。

纪墨峰一个人数落了很久，苏素媚在旁边安慰，字字句句都在担心他，可是字字句句都在火上浇油。不知道过了多久，纪微甜听得耳朵都要长茧了，纪墨峰终于骂累了，做最后的总结："我已经跟陈家人打过招呼，你一会儿就跟我一起到陈家去道歉，这门婚事不成，也绝对不能坏了纪家跟陈家的关系。"

"我不去。"纪微甜态度坚决地拒绝道。

她又不傻，她是扮丑又坦白自己有个女儿，才好不容易把陈旭吓退的，要是跟着纪墨峰去陈家，之前用的那招儿肯定不能再用。万一陈旭知道被骗了，改变主意要跟她结婚，她不等于自己往火坑里跳吗？

"你说什么？"纪墨峰的脸色"唰"的一下变了。

纪微甜没有退缩："不同意交往，是陈旭自己的决定。我没有做错什么，也不会去道歉。"

"你——"

纪墨峰刚要发火，苏素媚连忙拦住他："微甜年轻不懂事，哪里知道生意场上朋友的重要性？都是一家人，你好好跟她说，实在不行，我拉下这张脸，陪你去陈家道歉也行。说起来，也是我的错，当初我是想着陈家家底厚，微甜要是能嫁去陈家，也算是有了着落，总好过顶着那样的名声，抬不起头做人。没想到我好心办了坏事，你要怪，就怪我好了，呜呜呜……"

苏素媚的眼泪说掉就掉，她啜泣着替纪微甜求情的样子，像极了好心的继母殚精竭虑地替继女打算，没良心的继女却不领情。

纪微甜都差点儿要心疼了，更别说纪墨峰了。他原本对这个女儿就没什么感情，此刻看向纪微甜的眼神里又多了几分憎恶。

纪微甜眼眸微垂，眼底掠过一丝黯然。纵然她对纪家再没有感情，纪墨峰也是她的亲生父亲，如果可以，她也希望像寻常人家的孩子那样对着父亲撒娇，只可惜……纪家的人不配。

纪微甜走到沙发前坐下，眼神已经恢复平静，冷漠地看着他们演戏。

"好了，别哭了，没人敢怪你。我知道你是真心在替微甜考虑，是她自己不争气，还死不认错！"纪墨峰恨铁不成钢地说道。

"墨峰，都说后妈难做，还好你懂我……"苏素媚哽咽着，哭倒在纪墨峰的怀里，目光还一直注视着纪微甜所在的方向。

这演技，纪微甜差点儿都要甘拜下风。

苏素媚要是真的只是哭就算了，把纪墨峰的心哭软之后，还楚楚可怜地问："陈家的事情是小，孩子们的婚姻大事可怎么办？微甜年纪不小了，又有那样不堪的过去……她要是找不到一个好人家，我们做父母的怎么能安心？还有穗穗，别人知道她有这样的姐姐，又会怎么看她？"苏素媚见纪墨峰愣住，从他怀里坐起来，手指一抹，擦干净脸颊上的泪，接着说道，"我看不如这样，纪家与陈家的婚事要解除，我们肯定要上门道歉，我跟你去！但是微甜的婚事也不能就这么被耽误了，现在知道她的事情的人不多，我们不如正式办一个小宴会，一来庆祝纪家找回大小姐，二来也让微甜跟上流社会的青年才俊们有认识的机会，要是能有合适的人成就良缘，我们不就能放心了吗？"

苏素媚说完，纪墨峰还没有表态，纪开穗就已经跳出来反对。

"妈，她根本没有把你放在眼里，你为什么对她这么好？"

"你懂什么？微甜再不懂事，也是你的亲姐姐。我不许你胡闹，惹你爸爸生气。只要你爸爸好，我受什么委屈都不重要。"苏素媚伸手握住纪墨峰的手，似是忍辱负重地说道，"墨峰，你说好吗？"

纪墨峰微微动容："好，就按你说的办，这件事就交给你去处理了。"

"我肯定会做好！"苏素媚大喜过望，扭头就吩咐管家去准备请帖，送给跟纪家有往来的商界名流。她突然想到了什么，看向纪微甜，故意当着纪墨峰的面开口："微甜呀，媚姨知道你们年轻人不喜欢相亲这一套，这次宴会就当作一场派对，让你认识一些新朋友。你不用有压力，也别觉得拘束，好好在家里住几天，好不好？"

好人都让苏素媚做了，纪微甜这个时候要是再反对，不成了白眼狼？但是，纪微甜要是同意，就正好合了苏素媚的心意。

纪微甜挤出一丝笑容，乖巧地说说道："好呀，谢谢媚姨。不过我还有工作，住在家里来回不方便，等宴会那天我再回来吧。"

苏素媚从善如流地说道："行，行，行，只要你肯来，媚姨就高兴。"

宴会的事情一被定下来，苏素媚就坐不住了，起身去张罗了，临走前还拉上了纪开穗去帮忙。

纪开穗一脸不情愿地跟在她身后，一走出客厅，立刻跟她抱怨起来："妈，不是你跟我说的吗？纪微甜是纪家的长女，爸爸又对她心存亏欠，她是我最大的威胁。你不帮我把她赶出纪家就算了，还要帮她举行宴会，昭告天下她才是纪家的大小姐。你是不是傻了？"

"小点儿声，你是不是想让你爸爸听见？"苏素媚呵斥一声，拉着纪开穗走到院子里，确定没人了才伸手戳了戳她的额头，"你呀你，我说过多少遍了，遇到事情多动动脑子，就你这智商，哪里是那个女人的对手？"

"妈，你少来，别拿我跟纪微甜比，我可是正经的千金大小姐。"纪开穗还是对宴会的事耿耿于怀。

这几天，纪家跟陈家联姻黄了的事情已经在周围传遍了。认识纪开穗的人听说跟陈旭相亲的人不是她，都在找她打听纪家怎么突然多出了一个女儿，这个人跟她是什么关系。

纪开穗好不容易才把消息压下去，苏素媚就要替纪微甜举办宴会，不等于当众打她的脸吗？

苏素媚冷笑一声："说你傻你还不承认，你真以为纪家不举办宴会，把纪微甜接回来的事就不会有人知道了吗？说得难听点儿，就算我跟你能瞒着，你爸爸能跟我们一样？纪微甜说什么也是他的亲生女儿，既然已经认祖归宗，那你爸爸就免不了替她筹谋。等他亲自出面，纪微甜得到的关注只会比现在更多，你想过没有？"

苏素媚瞥了一眼愣住的纪开穗，恨不得戳穿她的脑袋看看里面装的都是什么。

"你的意思是，我们出手，至少还能牢牢地把她捏在手心里？"纪开穗隐约明白过来，随即又跺起脚来，"可那也不能真的让她认识那些豪门少爷呀！有纪微甜在，谁还看得见我这个二小姐？"

"那就要看你的本事了。纪微甜有那样的过去，还有个拖油瓶，你怕什么？"苏素媚完全没放在心上。

豪门望族最看重的就是名声，哪怕私底下一团污秽，也不能摆到台面上来。偏偏纪微甜就是那种摆在台面上的污秽，从小在市井里长大，没有什么好看的履历，还未婚先孕，带着一个父亲不详的女儿，随便一样，都能让她翻不了身。

连陈旭那样的纨绔都能对纪微甜挑三拣四，更别说其他的青年才俊了。

"你有空就多去买几身好看的礼服，关于宴会的事情，可不许再到你爸爸面前说什么，听见没有？"苏素媚丢下这句话后就匆匆去找管家了。

"我知道了。"纪开穗留在原地，眼底闪过一抹邪恶的光。

纪家要为刚被接回来的大小姐举办宴会，这可不是小事。消息一被传出去，便立即引起了上流社会的关注。

苏素媚很有心计，对纪微甜的年龄、样貌、工作等都做了隐瞒，只是言语间偶尔露出得意之态，吊足了大家的胃口。

宴会还没有正式举行，"纪微甜"这个名字便已经成了大家茶余饭后的谈资，就连冷简都特意打电话询问纪微甜知不知道这件事。

"苏素媚无事献殷勤，很不对劲，你自己小心点儿。"

接连几天，纪微甜趁着秦南御没来实验室，整天泡在里面做自己的实验，忙得不亦乐乎，撇撇嘴："放心吧，她翻腾不出什么浪花。对了，你能不能帮我打听一下，秦南御怎么不见了？"

纪家的人，纪微甜从来没有放在心上。

当初如果不是因为纪家找到她，站在道德制高点上指责她的养父母没有教育好她，让记者不断打扰她的养父母的生活，纪微甜根本不想认祖归宗。

她的养父母是老实人，一辈子勤勤恳恳地守着一家小吃店，积蓄全用来栽培她了。纪微甜不忍心看着他们老了还要因为一些莫须有的舆论压力而背井离乡。

不过多了一个便宜爹，花一些时间应付，纪微甜并不在意。她现在最在意的事情是自己手头上的实验，还有突然消失的秦南御。

"你怎么突然关心起秦南御了？你不是很讨厌他吗？"冷简愣了愣，有些意外地问道。

纪微甜此时还在实验室里，这个时候是下班时间，实验室里没人，只有她以照管器材的名义留下来"公器私用"。听见冷简的话，纪微甜放下手里的机器人模型，扭头打量了一番眼前因为秦氏科技集团团队进驻而焕然一新的实验室，眼睛里闪着星光："我不关心秦南御，只是担心这个'扫把星'突然回来，会影响我实验的进度……啊——"纪微甜话还没有说完，突然尖叫了一声。

冷简刚要问，电话那头的纪微甜已经气得直跺脚："果然不能在背后说人坏话，我刚让你打听秦南御的消息，这'扫把星'就给我打电话了。我吓得一个哆嗦，挂了。"

她挂了秦南御的电话，以他锱铢必较的个性，他保不齐以为她是故意的，趁机跟主任告状。

"冷简，我不跟你说了，先问问这个浑蛋有什么事。"

纪微甜火急火燎地挂了电话，留下冷简盯着黑掉的手机屏幕，忽然有一股强烈的危机感。

纪微甜刚要给秦南御回电话，他就发过来了一条短信。

秦南御让她通知项目组的所有成员，明天早上八点到实验室集合。

工作上的事，纪微甜还是一点儿也不含糊的，确定秦南御不会公报私仇后，连忙下达通知。传达完消息，她重新在实验室坐下来的时候，手机又响了。

这次给她打电话的人是苏素媚，通知她纪家为她准备的欢迎晚宴就在明天晚上。

明天是什么好日子？她讨厌的人到齐了。

纪微甜顿时没了做实验的心情，把实验室里的东西收了收，提前回家陪女儿去了。

第三章

一封特别的信

另一边，秦家别墅里。

秦南御坐在书房里处理公事，刚签完合约就收到纪微甜的短信，确定实验的事情安排妥当了。他正要通知秘书帮他推掉明天所有的会议，电话还没有拨出去，管家就匆忙闯进书房，满脸惊慌，手里还拿着一封字迹歪歪扭扭的、带着图画的信。

"御……御少，不好了，小少爷留下家书，离家出走了！"

秦南御拿着座机的手一顿，他挑眉看向管家，问道："你说什么？"

"这是小少爷留下来的信，虽然字不太好看，好几个字还被写错了，但是我看图画能看出来大概的意思。"

管家把手里的信放到秦南御面前，忍住没说，他觉得小少爷就是为了跟秦南御抗争，所以离家出走的。毕竟没有哪个孩子能忍受爸爸没有帮自己实现愿望，还突然挨了爸爸一顿打。

这下好了，娃娃都要"揭竿起义"了。

"我看看。"

秦南御伸手拿起信，看见上面的字迹，拧紧眉心。字这么丑，秦默睿还有脸给他写谴责信？

"我，秦默睿，今年四岁。"秦南御顿了顿。这是谴责信还是自我介绍？名字没写错，字却丑得连秦南御都不认识。秦南御冷笑一声，接着看下去，"有一个家 bao 的爸爸，我讨厌他。"

这里需要纠正，他们是互相讨厌。

"我要走了，再也不回来了！""走"字不会写，秦默睿画了一只脚丫，画得真丑。

下面还有一串流畅的黑点和黑杠，也就是管家说的图画。

管家没看出来，但是秦南御一眼就看明白了，臭小子在用摩斯密码骂秦南御，估计把他会的骂人词汇全用上了。

出息！

秦南御随手把信往旁边一丢，拿起手机接着给秘书打电话安排工作，淡定的模样仿佛完全不知道自己的儿子已经离家出走。

"御少，你不去找小少爷吗？他年纪这么小，要是真的走丢了可怎么好？"管家搓着手，眼里全是担忧的神色。

管家心急如焚，恨不得替秦南御做主，赶紧把人找回来。

"急什么？他不是不想要爸爸吗？就让他出去看看没有爸爸的世界，爱回来不回来。"秦南御挂了电话，将秦默睿留下来的信攒成团，手一抬，准确地丢进了垃圾桶。

臭小子，一天天只知道给他添堵。真当只有这个臭小子不想要爸爸？不会撒娇、不会卖萌、只会跟他吹胡子瞪眼的儿子，他也很嫌弃。臭小子要走就走，有本事就一辈子别回来。

"御少，这可不行呀！你就算不为小少爷，也得顾及老太爷的心情呀！你是知道的，老太爷最宝贝的就是这个曾孙，他老人家要是知道小少爷离家出走了，怕是要急得心脏病发作！"管家在一旁着急地提醒。

闻言，秦南御的神态微微变了。他爷爷年纪大了，还有心脏病，不能受一点儿刺激。

管家的话不是夸大其词。

秦南御放下手边的工作，伸手揉了揉眉心，耐着性子问："他什么时候不见的？"

"一个小时前，保姆还给他送过吃的东西，看见他坐在桌子边写写画画……"管家瞅了一眼被秦南御丢进垃圾桶的信，没往下说。

小少爷哪里是画画？他分明是在递状纸，控诉他爸。

秦南御站起身，伸手拿起手机，抬腿往外走，管家连忙跟在他身后，说道："御少，需要通知保镖出去找吗？一个小时的时间，小少爷应该走不了多远。"

"不用。"秦南御薄唇微启，拒绝道。深邃的黑眸里闪过一丝精明的光芒，他径直越过管家，出了书房。

他下楼时，客厅里的人都在。站在最前面的人是负责照顾秦默睿的保姆，发现小少爷不见之后，一直坐立不安，看见秦南御下楼，更是第一个上前急着要请罪。

"小少爷刚回国，从来没有一个人出过家门，要是出了什么事……"保姆红着眼眶，自责不已。

听见她的话，秦南御抬起头，淡漠的目光扫过客厅里的所有人，一字一顿地说道："今天的事情只是一个意外，我不会追究任何人的责任，你们也不用找人了，丢不了。所有人回到各自的岗位上，照常工作。"

大家十分意外，却没人敢多问。

客厅里的人很快就都离开了。

管家刚从门卫处拿到了监控录像，在一旁禀报："御少，门卫已经查过这两个小时别墅的进出情况，确定没有看见小少爷从大门出去。院子里的围墙又那么高，小少爷难道是从后门走的？"

管家说完，自己都觉得不可思议。

秦南御回国之前，已经下令封死秦家别墅的后门，大人都出不去，何况是个四岁的娃娃？

闻言，秦南御的嘴角勾了勾，他扭头看向管家，问道："秦家别墅现在还有后门吗？"

"没……没了……那小少爷是怎么出去的？"管家百思不得其解，随即想到了什么，错愕地抬头看秦南御，"御少不让人出去找，是因为你觉得小少爷还在别墅里？可整幢别墅我们刚才都已经找过了，没有看见小少爷的影子。"

管家话音未落，秦南御就已经迈步走出了客厅，在院子里看了一圈，然后往大门的方向走去。

秦南御走到秦家别墅的外墙边，停在一处偏僻的地方，双手抱胸倚靠在墙壁上，静静地等着。

管家蒙了。

"御少，这墙是被加高过的，小少爷不可能爬得上去。我们在这里等，有用吗？"

"嘘——"秦南御把修长的手指在薄唇上按了按，示意管家别再说话。

一分钟、三分钟……十分钟。

过去将近半个小时的时候，墙里面突然传来了"窸窸窣窣"的声音。

管家紧张得连大气儿都不敢喘，仰头紧盯着高大的围墙，盯到脖子都酸了，也不见围墙上有半个人影，倒是听见了一阵奇怪的声音，像是附近有小野狗正在钻草丛。

没等管家反应过来，一颗毛茸茸的小脑袋就已经从围墙下的杂草里伸出来，紧跟着两只小手也伸了出来，撑在地面上，小家伙麻利地挪动着小身子，一眨眼的工夫就从围墙里钻了出来。

小家伙没想到自己的行动已经落到不远处的两双眼睛里，正低头高兴地拍打着沾在小西装上的杂草，准备宣告自己的胜利。下一秒，一片巨大的阴影忽然笼罩在他的头上，紧接着响起了秦南御讥诮的嗓音："钻狗洞好玩儿吗？"

小正太僵住了，将头微微仰起，精致的脸蛋儿上是掩不住的错愕神色。

他知道从大门离开肯定会被发现，所以故意躲在院子里，等所有人以为他已经离开别墅并急着出去找他的时候，再神不知鬼不觉地离开。

小正太还没从看见秦南御的震惊情绪里回过神，秦南御的下一波嘲讽已经准时送到："秦默睿，你就这点儿能耐？为了离家出走，不惜当条狗？"

小家伙没吱声，小脸却憋红了，像是自己也觉得丢人，抿着唇，扭头想跑。

他刚迈出小短腿，秦南御就伸手揪住他的衣领，把他提了起来，像拎着一只小鸡崽，大步往回走。

小家伙无法接受自己的失败，蹬着小腿挣扎。

"你放我下来，我不要回去！我不喜欢爸爸，要去找妈妈——"

秦南御无视他的抗议，直接把他带回别墅，丢进他自己的房间，关上了门。秦南御一转身就看见管家站在身后，管家一脸担忧地问道："御少，这么关着小少爷，行吗？"

"为什么不行？他离家出走失败，说明他智商不够，应该反省。"秦南御丢下一句，转身刚走到楼梯口，突然听见一阵撕心裂肺的哭声。

秦南御胸口一紧，不是心疼，是有一股不祥的预感从尾椎骨一路蔓延上来。

他当爸爸四年了，听见自己儿子哭的次数屈指可数。想当年，他作为新手上路，面对一个流淌着自己血液的小生命还是心有悸动，直到后来——

秦南御想到了什么，转身折回关着秦默睿的房间，刚走到门口，就听见里面传来告状声——

"太爷爷，爸爸拿藤条打我……

"哪里都打……

"他还不让我吃饭、睡觉，把我关进小黑屋……

"他还不让我出门……"

秦南御神经一紧，迅速伸手推开房门，看见躺在床上抱着手机假哭的小家伙，太阳穴直跳。

秦南御刚要上前抢小家伙的手机，他自己的手机就响了。

秦南御接起电话，一道中气十足的怒吼声直冲他的耳膜："秦南御，你居然虐待我曾孙？你是不是想气死我！"

秦南御把手机拿远些，沉下声说道："爷爷，您别听他瞎说。我承认我是让管家买了根藤条，但没有碰过他一根头发，是他自己非要抢藤条，自己抽到自己……"

心系曾孙的老爷子根本不信他说的话，一脸心痛地说道："我是老了，但还没有老年痴呆！你居然不让我的宝贝吃饭，还不让他睡觉，不让他出门……南御呀，那是你的亲生儿子！你的良心不会痛吗？"

秦南御："……"

老爷子痛定思痛地说道："我决定了，睿睿这段时间先不去幼儿园。从明天开始，你去哪里都带上他，好好培养一下父子感情！"

秦南御头疼地说道："爷爷，我明天还要去实验室。"

"你可以带着我曾孙去，找个女秘书帮你照顾！"

秦老爷子执拗起来，谁都拗不过他。

听秦南御还没答应，秦老爷子立刻捂着胸口，说道："快……快去拿我的药来，我担心我的曾孙，心脏不舒服……"

"爷爷？"秦南御的脸色稍稍一变，隔着电话，他无法看到老人的情况，拧了拧眉心，只能先退让，"我答应您，明天会带着他一起出门。"

"说话算话，赖账的人是小狗！"

秦南御看不到，电话那头的老人一得逞就顿时恢复元气，挂了他的电话，美滋滋地去找自己的宝贝曾孙邀功。

秦南御语塞。

"御少，那小少爷这禁闭还关吗？"管家站在门口，见秦南御要走，连忙问道。

秦南御脚步一顿，瞪了管家一眼。

哪壶不开提哪壶！没看见那臭小子的小尾巴都要翘上天了吗？有老爷子撑腰，现在谁敢关他禁闭？一老一小都不是让人省心的主儿。

秦南御揉了揉自己发疼的太阳穴，抬腿上楼。

第二天一早，他刚换好衣服要出门，管家就已经牵着秦默睿，站在客厅里等着了。

小家伙早起有点儿困，一只手握成拳头，揉了一下眼睛。他低头仔细检查自己的小西装，见秦南御看他，傲娇地扭过头，避开秦南御的目光，用行动告诉秦南御，他并不想跟爸爸培养感情。

正好，秦南御也是这么想的。

"他吃过早饭了？"秦南御看向管家，问道。

管家忙不迭地点头："吃过了。我让人在车上放了一些点心，还有牛奶，小少爷如果在路上饿了，可以吃。"管家说完，又不放心地问，"御少，要不要让保姆跟着？"

秦家别墅里的人谁不知道秦南御跟儿子关系恶劣？真的要让他亲自照顾儿子一天，管家实在担心。

"不用。"秦南御走上前，从管家手里牵过儿子，大步往外走。走了几步，秦南御发现小家伙腿短，跟不上自己。

管家正要提醒他可以把小家伙抱起来的时候，秦南御已经毫不犹豫地松开手，冷漠地说："腿短就跑快点儿，别耽误我的时间。"

管家：御少，你确定是打算跟儿子培养感情，而不是准备把他拉出去丢了吗？

管家再不放心，秦南御也把人带走了。

一路上，父子俩谁都没说话。

秦南御在看报表，小家伙坐在他旁边，手里拿着一个三阶魔方，不断地打乱、复原……

一大一小两个人，一模一样的脸庞、专注的神情，从头到脚都像是复制、粘贴的。两个人最相似的地方，要数他们不经意间抬头看见对方后眼里嫌弃的神色。

快抵达江城大学的时候，助理扭头提醒道："秦总，实验小组的人员已经全部到实验室了。我们直接过去吗？"

"嗯。"秦南御淡淡地应了声，合上手里的报表。

车子在实验大楼前停下来，余光瞥见身边的小尾巴时，他一拧眉心。

"我先下去，你带着他把车子开去停车场。你不用跟着我，带他在校园里随便逛，别让他出现在我面前就行。"

"秦总，可是老爷子交代了，要让你亲自带着小少爷……"助理话还没有说完，就已经被秦南御瞪得不敢吭声了。

秦南御的长腿迈下车子，他回身，单手撑在车门框上，弯腰盯着坐在车子里的小家伙，薄唇微启，教育道："秦默睿，你已经四岁了，要学会自己照顾自己，懂吗？"

只有四岁的娃娃："……"

助理："……"

摊上一个冷酷的爸爸，助理只能含泪带着小少爷去停车。

车子在停车场停好，助理绕到车后去开门。他一打开车门，却发现里面空荡荡的……小少爷不见了！

南坡公寓。

"宝贝，妈咪要迟到了，不能送你去外公外婆的店里，你乖乖在家等一会儿，等外婆过来接你好不好？"纪微甜匆忙抓起随身的包，弯腰在女儿的小脸蛋儿上亲了一口，拔腿就要跑。

小公主面无表情地看着慌乱的妈咪，在她即将跨出家门之际，冷漠地提醒道："妈咪，你的钥匙还在桌子上。"

纪微甜一怔，刚要迈出去的脚又缩了回来。她扭头看见躺在茶几上的钥匙，脸上露出窘迫的表情，尴尬地摸了摸鼻子，硬着头皮把钥匙拎起来，说道："我记得我已经把钥匙放在包里了，肯定是肥肥又乱翻我的包，等我回来再收拾它！"说完，她扭头就跑。

秦南御消失了这么多天，一出现就召集所有人，肯定是要正式启动项目。

第一天正式参与实验，她千万不能迟到，否则肯定要被他鄙夷。纪微甜这样想着，火急火燎地出门。

公寓里只剩下小糯米团子和肥肥了，见纪微甜走了，小糯米团子伸手拍了拍沙发的扶手："肥肥，我妈咪走了。"

"喵——"

"专业背锅侠"肥肥傲娇地从沙发底下钻了出来，"嗖"的一下扑到小主人的脚边，翻着胖乎乎的小肚皮，打滚儿卖萌。

小公主把它抱起来，用小手揉着猫的脑袋，小声嘀咕："你说妈咪这么迷糊，什么时候才能给我找个爸爸？"

小糯米团子把肥肥放下来，自己换好衣服，穿着小黄鸭拖鞋，慢慢往外走。

自己关门、按电梯，她出了公寓楼，熟稔地走向距离这里不远的小吃店。

清晨的风带着露珠的湿润，一片金黄的阳光洒下来，街道仿佛被镀了一层金箔，透着光。

四岁的小人儿一步一个脚印地往前走，小手插在背带裤的口袋里，她正琢磨着要怎么给自己找一个新爸爸时，迎面突然响起了一道声音："让一让！让一让！"

纪星瑶还没有回过神，小身子就被撞了一下，一屁股坐到地上，下一秒，那个嚷嚷着"让一让"的人直直地压到了她的身上！

"哎哟——"两个人摔成了一团。

纪星瑶被压蒙了，回过神后，立刻推开身上的人，发现对方是个跟她差不多大的小男孩，眼睛眯了眯，拧着小眉头，刚要问他怎么走路都不看人，不远处突然传来了狗叫声。

"糟了，追过来了，快点儿跑！"刚刚摔了一跤的小男孩二话不说就从地上爬了起来。

小男孩扭头发现被自己撞到的是个漂亮的小妹妹，又看了一眼她脚上的小黄鸭拖鞋，似乎觉得不方便跑路，于是一把拽下她脚上的拖鞋，往旁边一丢，拉着她拔腿就跑。

"我的鞋子！"纪星瑶大喊了一声。

那是冷叔叔给她买的生日礼物，限量版！

"限量版"三个字，意味着它值很多很多钱。

小财迷胸口一痛！

可她的呐喊被无视了，小男孩担心他们被狗追上，拉着想要停下来的纪星瑶往前跑，原本想要去外公外婆店里的小糯米团子硬生生被他拽着跑向了相反的方向……

纪星瑶光着脚丫踩在地上，还被小石头子儿硌了好几下，疼得眼泪都要出来了。

就在小男孩拉着她要躲进南坡公寓的时候，纪星瑶终于奋力甩开了他的手。

"你是谁呀？"

"我叫秦默睿，我们现在不能停下来，狗追上来了，你快点儿跟着我跑！"

没错，好不容易逃出来又被狗追的小可怜就是秦默睿。

他路过一家炸鸡店的时候多看了两眼，结果店里突然扑出来一条狗。他刚要跑，就撞倒了人，现在小妹妹不肯跟他一起跑，小家伙急得额头上全是汗。

想起刚才那两声狗叫，纪星瑶像是终于知道眼前的人在怕什么了，小嘴一抿，扭头看向正朝他们追过来的大黄狗，慢悠悠地走到秦默睿的前面，霸气地拍着小胸脯，说道："不用怕，我可以保护你。"

秦默睿一愣，垂眸盯着比自己还矮半个头的小妹妹，回过神，走到她前面，说道："不行，我比你大，应该是我保护你。"

"我四岁了！"纪星瑶伸出四根小手指，歪着头，认真地强调道。

"我也四岁了！"秦默睿不甘示弱，伸手比画了一下两个人的身高，"我还比你高。"

"我以后还会长高！"纪星瑶鼓着腮帮子，又绕到秦默睿的前面。

秦默睿从小接受的绅士教育不允许他接受一个小妹妹保护自己，二话不说又往前面走。

两个人一来一回，大黄狗已经快到眼前了。

"汪汪——"

突然响起来的狗叫声打断了两个人的争执。

看见朝他们扑过来的大黄狗，秦默睿想也不想地伸出两只胳膊，把小妹妹紧紧抱到怀里！

秦默睿正准备捡起石头砸向狗的时候，突然发现大黄狗趴到地上，没有冲他们龇牙咧嘴，还一个劲儿地摇尾巴。

确定他不会动手，大黄狗飞快地蹿到他们身边，使劲往他们身上蹭……准确地说，是往小妹妹身上蹭。

"大黄，不要舔我了，你都把我的衣服舔脏了。"纪星瑶嘟囔一声，从秦默睿的怀里出来，伸手摸了摸面前的大黄狗，又抬头看向秦默睿，对他说道，"这是我外婆隔壁叔叔家的狗，不咬人。"

纪星瑶说着，又拍了拍大黄狗的头。

她从小在这里长大，又长得乖巧可爱，这条商铺街的叔叔阿姨都喜欢她，连带着他们养的猫猫狗狗也喜欢跟她玩。

纪星瑶歪着小脑袋想了一下她刚才被撞倒的位置，那里离她外婆家的店已经很近了，大黄可能是嗅到了她的气息才跑出来的。

秦默睿看见趴在她脚边的大黄狗，跟着蹲下来。

"它看起来很乖，我可以摸摸它吗？"

没等纪星瑶开口，温驯的大黄已经转过头，舔了舔他的手心。

秦默睿心满意足地摸到了狗狗，想到什么，又问她："对了，你叫什么名字？"

"纪星瑶。"粉雕玉琢的小糯米团子抬起头应了一声。说完，她带着大黄狗就要走，刚迈出步子，脚心传来的疼痛感让她突然想起了一件事情！

"我的鞋子——"

她心爱的小黄鸭拖鞋，刚才被某人丢了！

纪星瑶急着要去捡自己的鞋子，忍着脚痛往前走了两步，衣领忽然被人揪住了。

她回过头，揪着她衣领的人就是丢她鞋子的罪魁祸首。

四目相对，秦默睿径直绕到她面前，微微弯下小腰板，说道："你的脚好像破皮了，上来，我背你去捡鞋子。"语毕，他没给她说话的机会，像个小男子汉一样把她背起来，稳稳地往前走。

纪星瑶趴在他的肩头，着急地往前张望，寻找被丢掉的拖鞋。

好不容易回到事发地点，她连忙从秦默睿身上蹦下来去捡自己的鞋子。

结果她发现地上只有一只拖鞋，刚要找另外一只，一直跟在他们身边的大黄狗突然冲旁边的臭水沟叫了两声。

纪星瑶心里"咯噔"一下，单脚蹦过去，小脑袋小心翼翼地往前伸。看见自己的小黄鸭拖鞋被泡在臭水沟里的时候，她绝望地捂住了眼睛。

她的鞋子，救不回来了……

她心痛到无法呼吸，委屈地吸了吸鼻子，扭头看向秦默睿，小嘴一噘："你赔我的鞋子！"

"我不是故意的，你别生气，我赔给你！"秦默睿低头就开始翻自己小西装的口袋，把全身上下的口袋掏了个遍，最后尴尬地抬起头，"那个，我是离家出走的，身上好像没带钱……"

"哇——"

纪星瑶这下是真哭了。她从来没有见过这么蠢的人，离家出走还不带钱。

她的鞋子，就要这么"死"得不明不白了。

"你别哭，你别哭，让我想想办法……"秦默睿也没想到眼前彪悍的小妹妹说哭就哭，顿时慌张地给她擦眼泪，结果怎么擦也擦不完她的眼泪。

秦默睿一着急，伸手从脖子上取下一块玉佩，说道："要不然我先把这个赔给你，等改天我有钱了再回来找你赎。"

纪星瑶听见有赔偿，眼泪一下就止住了，黑葡萄般的大眼睛盯着他手心里的玉佩，如凝脂般的白玉在日光下泛着温润的光泽，晶莹洁白，没有一点儿瑕疵。

玉佩的背面好像有字。

她"咦"了一声，伸手从秦默睿手里接过玉佩，翻过来看了一眼。

秦默睿见她不哭了，指着上面小小的字，解释道："这是我的名字，我出生的时候太爷爷送我的，说谁要是戴着它，谁就是秦家的继承人，千万不可以弄丢。我现在把它给你了，算抵押，等我有钱了，再回来赔你的鞋子。你别哭了，好吗？"他说着，从口袋里翻出一方手帕，温柔地替小妹妹擦掉眼泪。

这个小妹妹真好看，比幼儿园里的小孩子都好看，尤其挡在他前面说要保护他时的样子特别可爱。他要是有一个这样的妹妹就好了。

"真的给我吗？"

纪星瑶是个小财迷，特别会认值钱的东西，虽然不懂这块玉佩到底有多大的价值，但是见秦默睿这么看重这块玉佩，它又是祖传的，肯定很值钱！

纪星瑶搓了搓手里的玉佩，确定秦默睿要把玉佩抵押给她，就准备把玉佩揣进口袋。下一秒，秦默睿伸手拉住她，说道："放在口袋里容易丢。"

他从纪星瑶的手里接过玉佩，熟练地戴到了她的脖子上。

玉佩的绳子是按照他的身高配的，纪星瑶戴上后有一点点长，整块玉佩正好落在了衣领里，被完全挡住了。

"好了。"秦默睿给她戴好玉佩，满意地看着被他哄好的小妹妹，问道，"我们现在是朋友了吗？"

"嗯。"纪星瑶乖巧地点头。只要有赔偿，他们就是好朋友！

秦默睿笑了，黑黑的眼睛扫过她光着的脚丫，主动弯下腰，说道："你家在哪里，我背你回去。"

纪星瑶趴到他背上，朝着前面指了指："我不回家，我要去外公外婆的店里，就是前面那家小吃店。"

"小吃店"三个字像是戳到了秦默睿的某根神经，眼睛忽然一亮，他把人背起来，飞快地往前走，用最快的速度到达了纪星瑶说的地方。

小糯米团子从他身上滑下来，站在门口喊："外公！外婆！"

很快，一对看起来很憨厚的中年夫妇从厨房后面走出来，看清门口站着的小人儿，走在前面的中年妇女连忙在围兜上擦了擦手，上前把她抱起来，担心地问："我的小宝贝，我不是跟你妈妈说了，马上就去接你吗？你怎么一个人跑出来了？还光着脚，你的鞋子呢？"

"我跟大黄玩，鞋子不小心掉在臭水沟里了，是这个小弟弟背我过来的。"小糯米团子说着，伸手指了指身后的人。

"外婆好。"秦默睿像个小绅士一般走到前面，露出乖巧的笑容，叫完人，又认真地纠正纪星瑶刚才的话，"不是小弟弟，是小哥哥，我比你大。"

小吃店里的中年夫妇就是纪微甜的养父母沈义献和林慈。

两个人刚才的注意力都在自己的外孙女身上，这会儿他们缓过神，才发现她身后跟着一个看起来跟她年纪差不多的小男孩。

小男孩穿着一身小西装，是他们见都没见过的贵气打扮。

小男孩精致、可爱的小脸蛋儿就像电视里才能看见的小模特，比小模特还好看！

站在一旁的沈义献走上前，笑着招呼道："小哥哥、小弟弟都好，小朋友，谢谢你送我们瑶瑶回来，外面太阳大，先进来吧。"

沈义献牵起秦默睿的手，带他进了自己的小吃店，把他抱到椅子上，拿了一瓶牛奶，放在他面前，说道："小朋友，渴了吧？先喝瓶奶。"

"谢谢外公。"秦默睿接过牛奶，拧开瓶盖，却没有急着喝，而是递给了纪星瑶，"小妹妹先喝。"

沈义献见状，眼神里又多了几分慈爱，重新给他拿了一瓶，替他拧开，宠溺地摸着他的小脑袋感慨："这么小就会照顾妹妹，真是太乖了。"

"我叫秦默睿，外公可以叫我'小睿睿'。"小家伙边喝着奶边套近乎，视线却早就不在沈义献的身上了，而是在店里的厨房处。

沈氏夫妇经营的小吃店的主营有麻辣烫、臭豆腐和煎饼馃子……都是他没有吃过的东西，他看图片就觉得好吃！

距离他们不远的桌子上就放着刚炸好的豆腐，香味一直往这边飘。

秦默睿忍不住咽了咽口水，想到自己没钱，就不好意思说想吃。他正纠结要不要继续跟小妹妹赊账时，"咕噜"一声，他的肚子叫了。

"咕噜——咕噜——"一连两声，一声比一声大。

小家伙顿时害羞地用双手捂住脸，感觉自己没脸见人。

"小睿睿饿了？"坐在他身边的沈义献愣了愣，随即笑着扭头喊老伴儿，"老婆子，别忙活了，先给两个孩子煮点儿吃的，别让他们饿着。"

一听见有吃的，秦默睿猛地一抬小脑袋，随即脸又红了，支支吾吾地说道："我……我身上没钱。"

他不只没钱，还欠小妹妹一双鞋，祖传玉佩都被抵押了，他现在身上什么值钱的东西都没有了。

"不要钱，你送瑶瑶回来，外公请你吃东西，就当谢谢你。"沈义献说完，刚要进厨房帮忙，一只小手就揪住了他的衣角。

秦默睿仰着头，睁着一双黑黑的大眼睛问："真的不要钱吗？"

"真的不要，你跟瑶瑶先把牛奶喝了，外公这就去给你们做饭。"

"外公，我想吃这个。"秦默睿指了指墙上臭豆腐的照片。

"还有这个。"他现在指的是麻辣烫的照片。

"这个黄黄的也可以来一份。"他指着煎饼馃子的照片说道。

"说起来有点儿不好意思……外公，其实我还想吃点儿炸鸡。"秦默睿头一抬，看向沈家小吃店对面的炸鸡店，咽了咽口水。

他刚才就是闻到炸鸡的味道后，往店里看了一眼，才被大黄狗追的。

这些东西，平时爸爸都不让他吃，闻都不让他闻，说它们是垃圾食品。

秦默睿想到这里，眼神变得更加渴望，心里还不禁想起了上次在机场给他买炸鸡的漂亮姨姨。要是那个姨姨是他的妈妈就好了，他就可以天天吃炸鸡了……

"咕噜——"又是一声，这次是他咽口水的声音。

他眼巴巴地看着沈义献，把老人家的心都看软了。

饿着谁都不能饿着孩子，他刚要扭头去给小家伙买炸鸡，从厨房里出来的林慈就连忙拉住了他，问道："老头子，你干什么去？"

"我去给睿睿买炸鸡。"

"买什么买！"林慈拉着沈义献往旁边走了两步，压低声音说道，"我不是舍不得钱，可你看看那孩子身上穿的衣服……一看他就是有钱人家的孩子，都说有钱人规矩多，他们能让自己的孩子吃这些油炸食品吗？再说了，小孩子吃太多油炸食品确实不好，麻辣烫和臭豆腐也不合适，我去给他做个煎饼馃子，再煮碗鸡蛋面吧。"

沈义献回过神，连连点头："你说得对，听你的。我去做煎饼馃子，你煮面。"

两个人商量完，刚要跟小家伙解释，一回头发现两个孩子都不见了。沈义献想到了什么，抬头看向对面的炸鸡店——

"这个，这个，还有这个……"

纪星瑶正牵着小哥哥，大方地给他买炸鸡，小手跟指点江山似的，一口气点了好几份。

这操作可把沈义献和林慈看傻眼了。

这是他们的外孙女吗？小财迷转性了，突然变得这么大方？

两个人太过震惊，一时忘了上去阻拦，所以也没有听见纪星瑶在掏腰包付钱的时候嘀咕："我外公、外婆是好人，可他们赚钱很辛苦的，你要吃炸鸡就要自己买，知道吗？没钱我先借给你，不收你利息。看在你刚才背我回来的分儿上，我还可以请你吃个煎饼馃子，我外公做的煎饼馃子可好吃了。"她说着拎起两袋炸鸡，跟秦默睿回到店里。

看见愣在门口的沈家夫妇，纪星瑶笑眯眯地开口："外公、外婆，小哥哥想吃煎饼馃子。"

"噢噢……不是，瑶瑶，这个炸鸡不能吃……"林慈最先反应过来，刚要上前阻拦，沈义献连忙拦住了她。

"算了，买都买了，让他们吃吧，对面店里用油挺讲究，偶尔吃一次没关系，难得两个孩子这么高兴，瑶瑶平时哪里愿意跟同龄的孩子玩？更别说让她掏钱了。"

沈义献扭头进厨房做煎饼馃子，又煮了一碗鸡蛋面。

餐桌上很快摆满了美食。

秦默睿哪里还顾得上形象？他左手一个炸鸡腿，右手一个煎饼馃子，三两下全吃进了肚。

"真香！"他心满意足地舔着手指头赞叹。

坐在他面前的小财迷没理他，低头从自己的背带裤里掏出一个小账本，认认真真地往上面记账，嘴里有一句没一句地嘟囔："我爱小钱钱，小钱钱爱我，对我来说，抠门儿算什么……"

"你不吃吗？"秦默睿盯着最后一个鸡翅，克制着自己的欲望，说道。

小妹妹好像还没吃，得给她留一点儿。

"炸鸡翅给你吧，我吃鸡蛋面。"纪星瑶记好账，把小本本揣回兜里，见他还想吃，大方地说。

闻言，秦默睿愣住了，难以置信地问道："你不喜欢吃炸鸡？"

纪星瑶吃了一口面条，仰起脸，漫不经心地回答："喜欢啊，不过我天天都可以吃，今天不吃也没关系。"

天天吃炸鸡，这是什么神仙日子？对比之下，他简直太惨了！

秦默睿拿起最后一个鸡翅，咬了一口，越吃越觉得伤心。都是四岁的孩子，为什么别人家的孩子可以想吃什么就吃什么，他为了吃个垃圾食品，还得离家出走？

"你爸爸对你真好。"秦默睿吃掉最后一口鸡翅，想到自己下一次吃炸鸡还不知道是什么时候，连手指上的油都舔光了，认真地吐槽，"我爸爸是个魔鬼，还特别厉害。他不爱我，我也不爱他，可是我打不过他，所以……我是个连炸鸡都没得吃的可怜虫。"

纪星瑶愣了愣，黑葡萄般的大眼睛眨巴着，说："我没有爸爸。我妈咪也不喜欢我吃炸鸡，只让我偶尔吃一次，但是她很迷糊，经常会忘记我什么时候吃过，而且我有钱，可以自己偷偷买。"纪星瑶拍了拍自己的小钱包，一脸"土豪"状。

秦默睿羡慕了："我也想有个妈咪，可是每次找妈妈，爸爸都会嘲笑我是石头缝里蹦出来的，没有妈妈。"

更惨的是，他进出都有人跟着，根本不需要自己花钱，所以也就没有钱……

有些人外表看起来光鲜亮丽，实际上是个穷鬼，连个炸鸡都吃不起。

"真惨！"纪星瑶听完他的故事，掬了一把同情泪。但是该记的账她还是记下了，吃饱喝足后还不忘提醒秦默睿欠了她多少钱，下次记得还。

秦默睿："……"

"我可以在你家住几天吗？我可以付房租，但是……要先欠着。"秦默睿还惦记着她有一个允许孩子吃炸鸡的妈咪，于是强烈要求跟她回家。

"可是你走丢了，你爸爸找不到你会担心的。我妈咪就经常跟我说，一个人不要乱走。"纪星瑶拧着眉头，小大人儿似的认真教育他。

"我不是走丢，是离家出走……而且，他才不会担心我。"

从厨房里出来打算收桌子的林慈听见这句话后，脸色"唰"的一下变了："睿睿，你是离家出走的？你父母要是找不到你，得多着急啊？不行，我们得赶紧送你回去！"

林慈放下抹布，蹲下来跟他平视，说道："睿睿呀，你还小，不能一个人乱跑，你父母会担心。万一你遇见坏人了，可怎么好？告诉外婆，你家在哪里，我们送你回去好不好？"

小家伙抿着嘴，不愿意开口。看样子，他根本不想回家。

一想到这么小的孩子离家出走，林慈就有些急了。

林慈扭头招呼老伴儿："你赶紧想个办法，帮睿睿联系到家人，实在不行给微甜打个电话，她懂得多，肯定知道这种事要怎么处理。"

他们两个老人没什么文化，遇到事情第一个想到的人就是女儿。

"好，好，你别急，我这就问。"沈义献听见她的话，忙不迭地掏出手机，拨通了纪微甜的电话。

另一边，实验大楼的办公室里，纪微甜正面临着前所未有的考验。她一早赶到秦南御说的集合地点，兴致勃勃地期待着实验项目开始，结果完全没想到，秦南御居然不让她进实验室，而是指派她到办公室整理项目资料，还是不太重要的资料，类似于参考书、相关实验的案例分析……

他还说她不是技术人员，只适合做文秘之类的工作，美其名曰：知人善任，人尽其才。

其实他就是看不起她！

纪微甜气得差点儿吐血，最后碍于他是项目的"最高指挥官"，只好咬牙服从。不就是一个项目吗？不参与就不参与，她这辈子都不想参与任何与秦氏科技集团有关的实验项目！

纪微甜做了半天的心理建设，终于控制住了掐死秦南御的冲动，伸手抱起面前的资料，开始整理起来。

她刚开始给资料做编码，手机就响了。

葱白的手指一滑，她接听了电话："爸。"

"微甜，你在忙吗？"沈义献有些谨慎地问道。

纪微甜知道养父母总是怕拖累她，不由得先将手里的资料放了下来，若无其事地说："没在忙，正好在休息呢，爸你不用担心。"

"没事就好。是这样的，我跟你妈妈在店里……这事我也不知道要怎么解释，就是我们捡到了一个孩子，跟瑶瑶差不多大，说是离家出走的。你说，这么小的孩子，真要不见了，家里人该多着急呀？可我跟你妈也不知道他家在哪里，这……我们现在该怎么办？"

沈义献是老实人，遇到这种事，又担心又着急。

纪微甜一听，压根儿没犹豫，说道："送到警察局吧，请警察帮忙联系一下孩子的家长，免得出什么状况，你们不好解释。"

可别像她之前在机场那么倒霉，遇见秦南御那种不讲道理的家长，硬说她拐骗孩子。有事找警察叔叔，这是她从"扫把星"身上学到的！

"你们要是实在不放心，今天就别开店了，在警察局照顾那个孩子，直到他的家人把他接走。"

沈义献连忙说："好，好，好，我跟你妈妈听你的。"

挂了电话，纪微甜靠在椅背上，脑子里忽然闪过一张精致、帅气的小脸蛋儿。

她又想起小睿睿了。

她家最近是怎么了，不是她捡到孩子，就是她爸妈捡到孩子，他们走孩子运？只可惜，不是自己的孩子，她喜欢也没有用，又不能偷回家养。

纪微甜轻轻地吐了一口气，调整好情绪，继续整理资料。她用最快的速度把所有的资料做好标记并归档，此时，一抹化成灰她都记得住的人影从她办公室窗户的边上飘了过去。

秦南御？

他鬼鬼祟祟地躲在外面干什么？

纪微甜皱起眉，警惕地从包里拿出防狼喷雾，小心翼翼地挪到窗边，伸头往外看，发现他在打电话，而且脸色不太好。

不知道电话那边的人说了什么，他的眉心拧成了一个"川"字，半晌，他冷漠地说："我现在很忙，你去处理。"然后他便挂了电话，准备回实验室。

他转身的时候，余光瞥见窗里的纪微甜，脚步顿了顿，目光落到她手上的防狼喷雾，问道："纪小姐，青天白日的，你有被害妄想症？"

新仇加旧恨，纪微甜攥紧了手里的防狼喷雾，是有点儿想要喷死他。

秦南御像是看出了她的小心思，走到窗边，隔着防盗网看了她一眼，幽幽地说道："需要我提醒你故意伤人罪会判多久吗？"

"不用你说，我知道，否则你以为你现在还能好好地站在这里？"纪微甜不甘示弱地回击道。

闻言，秦南御意外，挑了挑眉，难得地夸赞道："流氓不可怕，就怕流氓有文化，说的就是你吧？"

纪微甜反应过来这不是夸奖，抬头瞪他："你才是流氓，你全家是流氓！"

秦南御没理她，径直进了实验室，那嚣张的背影仿佛在嘲笑被他认定不够资格参与项目的纪微甜。

纪微甜气得差点儿咬碎一口白牙，下一秒，她的手机振动了一下。

她将手机拿出来看了一眼，是苏素媚发来的短信，苏素媚提醒她宴会于晚上七点开始，让她今天早点儿回纪家。

苏素媚在短信里言辞恳切，语气关怀，像个事事替女儿担心的老母亲。

纪微甜看了一眼就将短信删了，仿佛在看戏精的诞生……

短信她是删了，不过纪家还是要回的。

纪墨峰教育老婆和女儿不行，但是教育别人的父母特别在行。只要纪微甜忤逆他，他第二天就会将电话打到她养父母那里，责问他们是怎么教育女儿的，如果不会教，就把女儿送回纪家。

每当这个时候，纪微甜都能被气笑，偏偏她的养父母老实、憨厚，膝下无儿无女，总觉得有个女儿陪他们这么多年，算亏欠了纪家。

他们什么都不怕，就怕纪家财大势大，要跟他们打官司抢孩子，因此对纪墨峰步步退让。

纪微甜怎么跟他们说都没有用，反而还被他们求着让她孝顺自己的亲生父亲，就当替他们还一点儿欠纪家的"债"。

纪微甜说服不了自己的养父母，只能两边应付着。她关上资料柜，拎着包出了办公室。

纪微甜不知道的是，她刚离开，秦南御就拿着手机从实验室里出来了。

他接连两次被打断实验，脸色阴沉，不耐烦地扯了扯领带："又怎么了？他丢不了，一会儿玩累了会自己回来……警察局？"秦南御明显一怔。

助理的声音清晰地从电话那头传来："小少爷找到了，听说他去了一家小吃店，吃了人家的不少东西。店家人很好，以为他是走丢的，就把他送到了警察局，一家三口都在这里等着，让警方帮忙联系小少爷的家长。按照程序，您需要亲自过来一趟。"

秦南御脸色一沉，瞬间了然——臭小子哪里是离家出走，分明是借机溜出去吃垃圾食品。

"我知道了。"秦南御挂了电话，回实验室脱掉实验服，准备赶去警察局。

路过资料室的时候，他鬼使神差地往里看了一眼，原本以为会看见纪微甜埋头整理资料的模样，结果里面空荡荡的，连个人影都没有。

他低头看了一眼腕表，距离下班时间还很早，她居然溜了？

这个女人，果然不靠谱，还说要证明给他看，说的比唱的好听。他没让她进实验室，绝对是最正确的决定。

秦南御垂下眼帘，越过资料室，进了电梯。等他赶到警察局的时候，助理已经在外面等着了，看见他出现，忙不迭地迎上前，说道："秦总，小少爷就在里面。"

秦南御进了警察局，一眼就看见了坐在椅子上、手上还拿着一个汉堡吃得正香的小家伙。

看样子，小家伙是被汉堡哄来警察局的。

他身边坐着一对中年夫妇，样貌普通，穿着也很朴素，怀里还抱着一个小女孩。

小女孩睡着了，半张脸蹭在中年妇女的肩上，看不太清楚模样，倒是微微嘟着的小嘴粉嘟嘟的，小脑袋上还扎着两条俏皮的麻花辫，可爱极了。

她的小胳膊紧紧地搂着中年妇女的脖子，小女孩撒娇似的嘟囔："外婆，记得让小哥哥还钱……"

她奶声奶气的声音、软软的模样，瞬间让秦南御森冷的目光变暖了。

秦南御心中因看见儿子在吃垃圾食品而憋起的怒火"嗖"的一下消失得无影无踪，他甚至舍不得大声说话，就怕把这个小姑娘吵醒了。

"秦总，小少爷在这边。"助理见秦南御一直盯着别人家的孩子，忍不住开口提醒。

秦南御回头瞪了助理一眼，然后，又瞪了一眼看见他之后一口气将半个汉堡塞到嘴里的臭小子。

不知道的人还以为这个臭小子是被饿大的，纷纷扭头用谴责的目光打量秦南御。

就连警察上前核实完身份，都忍不住教育道："秦先生，小孩子正是好动的年纪，这次是运气好，遇见了好心人，否则后果不堪设想。希望你们家长多多注意。"

"秦默睿，还不过来？"秦南御忍着怒气，冷冷地说道。

小家伙咽下最后一口汉堡，擦了擦嘴，这才心不甘情不愿地从椅子上下来，像乌龟一样挪到秦南御的身边。忽然，秦默睿抬头看向林慈怀里的小糯米团子，小嘴抿了抿——他舍不得小妹妹。

秦南御将他的反应解读为：他吃了霸王餐，不好意思就这么离开。

秦南御用眼神示意助理。

助理立即上前，说道："今天真是太谢谢二位了，要不是二位，我们现在肯定还在到处找人。听说我们小少爷在你们店里吃了不少东西，又耽误你们做生意，实在太不好意思了。二位看这样行不行，你们今天所有的损失，我们三倍赔偿。"

助理一开口，原本因为进警察局而有些紧张的沈义献急忙站起来，连连摇手，说道："不用了，不用了，小孩子吃不了多少东西。我们就是担心他家里人着急，所以才报警的，不是为了要钱！"

"是呀，这钱我们不能要。既然孩子没事，我们就先回去了。"林慈也抱着小糯米团子从椅子上站了起来。

"两位等等——"

助理还想说什么，秦南御抬手打断了他，走到沈氏夫妇面前，将一张名片递给他们，说道："上面有我的联系方式，如果你们将来有什么需要，随时可以打电话找我。"

秦南御语毕，靠在林慈肩膀上的小糯米团子像是感应到了什么，小脑袋蹭了蹭，小声说着："小钱钱……小哥哥……"

"啪"的一声，有什么东西从她的口袋里掉了出来。

秦南御低头一看，是一个小本子。他弯腰把小本子捡了起来，意外地发现这是个小账本，上面是密密麻麻的数字……这么小的孩子，居然会记账？

秦南御忍不住挑了挑眉，替她将本子放回口袋。

看见中年夫妇抱着她越走越远，直到消失在他的视线里，秦南御心里莫名其妙地闪过一丝不舍的情绪，像心口忽然缺了一块，说不上是什么滋味。他低头看向站在自己脚边的臭小子，眼神顿时恢复冷漠，他伸手把臭小子拎起来，大步离开。

走出警察局的那一刻，秦南御扭头吩咐助理："带他回去，从今天开始，不许他离开别墅一步，直到他意识到自己的错误！"

"我没错……呜！"

助理捂住小家伙想要抗议的嘴，把他抱起来，逃命似的拔腿就跑。

秦南御回到车上，开车返回实验室。

经过资料室的时候，他又想起了溜走纪微甜，眼珠转了转，拨通了她的电话，电话响了很久，却没人接。

秦南御的脸彻底黑了下来，正式工作的第一天，她就迟到、早退……这个女人，太无法无天！

纪家别墅里。

"阿嚏——"纪微甜刚刚进入自己的房间，还没来得及关上门，就觉得一阵阴风袭来，忍不住打了个喷嚏。不知道为什么，她总感觉有人在骂她。

纪微甜给手机充上电，管家突然出现在门口："大小姐，纪总让你去一趟书房，有事找你。"

离宴会开始还有一段时间，纪墨峰这个时候找她做什么？

纪微甜有些疑惑，但还是跟着管家去书房了。

走到书房门口，管家替她开了门，让她一个人进去。

纪家在 T 市的产业虽然比不上秦氏，但也叫得出名号，纪墨峰也算 T 市有头有脸的人物。

纪微甜走进书房的时候，他正坐在书桌前看文件，手边放着一个茶杯，刚冲好的茶正飘着丝丝热气。

纪微甜走到书桌前面，纪墨峰都没有抬头，直到他看完手上的文件，利落地在落款处签下自己的名字，终于发现书房里多了一个人。

"进来多久了？怎么不知道叫我一声？"纪墨峰一抬头，沉声问道。

纪微甜有些接不上话。这就是纪家人最厉害的地方，明明是自己的疏忽，却总能把责任推到别人的身上。

她能说她是嫌那声"爸爸"恶心，不想叫吗？

"管家说你找我？"纪微甜问道。

闻言，纪墨峰将手里的文件夹丢到一边，眉宇间露出一丝愠怒："说你没有规矩，你还不承认。我都坐在你面前了，你连声'爸爸'都不叫，这是晚辈该有的语气吗？"

纪微甜看了他一眼，不想花时间在这种无谓的口角上，见纪墨峰没事，便扭头准备离开。

"站住！"纪墨峰见她要走，立刻从椅子上站了起来，绕到她面前，说道，"你这是什么态度？一句问候都没有，一言不合就甩脸色走人，你有没有把这里当作你的家，有没有把我当作你的爸爸？"

"爸爸，如果你叫我来只是想要听我叫你一声，那我现在叫了。"纪微甜蓦地开口，见纪墨峰愣住，又缓缓地说道，"至于我有没有真的把你当成我的爸爸，从血缘上来说，你是我爸，这是改变不了的事实，不是吗？"

纪微甜很冷静，没有任何情绪波动，纪墨峰从她平静的语气里仿佛能听出她不想跟纪家扯上关系。

纪墨峰一时无言，双眼瞪直，盯着她看了好一会儿，最后败下阵来。他转身走向旁边的书柜，当着纪微甜的面从里面拿出两个盒子。

盒子包装得很精致，粉色的盒子上面还系着蝴蝶结。

纪墨峰把东西递给她，同时开口说道："今天是正式给大家介绍纪家大小姐的日子，这是我让管家帮你买的礼服和鞋子，宴会开始之前你好好收拾一下自己，别丢了纪家的脸。"

纪墨峰说完，像是怕纪微甜拒绝，有些强硬地把东西放到她的手里，之后便转身走回书桌前坐下，继续看文件。

纪微甜抱着盒子一言不发，看了几秒，最后走出了书房。

管家还等在外面，看见她抱着两个礼盒出来，嘴角带笑地说道："大小姐，你别在意，纪总他就是这样，嘴硬心软，明明是担心你没有参加过宴会，不知道准备东西，非要说怕你丢纪家的脸。"

原本有那么一瞬间，她感受到了纪墨峰对她的关心，可也只有那么一瞬间。

纪微甜觉得，他最后的那句话更符合他给她准备礼服和鞋子的目的。

纪微甜抱着两个盒子回到房间，拆开装着礼服的盒子，里面有一件粉色的小洋裙。

纪微甜的皮肤白皙，吹弹可破，粉色娇嫩，这种颜色的礼服很衬她的肤色，让她看起来更加清新脱俗，再搭配一双银白色的小细钻高跟鞋，不得不说，纪墨峰的品位不错。

纪微甜试了一下，很合身。

时间还早，穿着礼服太束缚，她只试了一下就脱下来挂到了衣柜里，然后忍不住打了一个哈欠。

昨天晚上，冷简那边临时出了点儿状况，需要她帮忙赶一份报告。她一直忙到今天早上五点才关上电脑，睡了不到三个小时就起床，现在已经困得睁不开眼睛了。

为了晚上有精力应付那对难缠的母女，纪微甜毫不犹豫地把门反锁住，钻到被窝里补觉。

她不知道的是，在她进入梦乡的那一刻，二楼主卧室的门被人大力推开了。

纪开穗一脸愤怒地冲到房间里，看见正在敷面膜的苏素媚，开始哭诉："妈，你怎么还有心思在这里敷面膜？爸爸都要被纪微甜那个小狐狸精哄走了！"

"胡说八道些什么？纪微甜是你爸的亲生女儿，DNA检验报告上写得清清楚楚的，你可别在你爸面前乱说话，省得惹他生气。"苏素媚没理会纪开穗一惊一乍的的情绪，将面膜伏贴地敷在自己的脸上，对着镜子轻轻按摩。

男人的嘴就是骗人的鬼，他们嘴上说着爱你的内涵，其实还不是看脸？

要不是她生得漂亮，又保养得好，哪儿能把纪墨峰牢牢抓在手心里？只要老公是她的，纪家就是她的。

别说纪微甜了，就是那个失踪了二十几年的女人回来，她也不怕！

"妈，爸爸给纪微甜买了一套限量版的高定礼服，还有一双镶钻的高跟鞋！听管家说，这些是从法国空运回来的，连我都没有穿过那么贵的礼服！"纪开穗恨得牙痒痒，揪着自己的衣摆，打小报告。

"你说什么？真有这么回事？"苏素媚惊讶地问道。

纪开穗点头如捣蒜："千真万确，纪家上下传遍了！他们还说什么续弦终归比不上首任正房，我也比不上纪微甜，她一回纪家，我马上就要在爸爸面前失宠了。"

纪开穗没说实话，原本是她拿到了自己的新礼服，听说纪微甜回来了，想到纪微甜面前炫耀，结果没想到，炫耀不成反被打脸。在纪墨峰准备的礼服面前，她就像一个跳梁小丑，上不了台面。她还没有到纪微甜面前，就被管家劝退了，否则今天指不定怎么丢人呢！

"公司最近资金链出了点儿问题，我之前向你爸要钱的时候，他还发过脾气……不行，我得去问清楚！"苏素媚"唰"的一下撕下脸上的面膜，随便抽了一张纸擦了两下就往外走。

纪开穗跟在她身后，母女俩气势汹汹地走到书房门口。纪开穗刚要去敲门，苏素媚忽然想到了什么，伸手拽住了她。

"等等，这件事不对劲！我们先别找你爸爸。"

苏素媚攥紧了纪开穗的手，拉着她快速回到卧室。

"妈，你怎么回事？关键时刻又退缩了，你就不怕纪微甜把爸爸哄得晕了头，把纪家交到她手里？"纪开穗一屁股坐在沙发扶手上，摇晃着苏素媚的手臂说道。

"你消停一会儿，让我好好想想。"苏素媚神情严肃，漂亮的丹凤眼微微眯起来，说道，"我跟你爸爸结婚这么多年，了解他，他不是那种感情用事的人。纪家最近资金链出问题的事千真万确，若不是这样，你爸爸能听我的劝，让纪微甜去跟陈旭相亲吗？"

一个从小没有被养在自己身边的女儿，又马上要嫁出纪家，纪墨峰对她能有多深的感情？他在这种艰难时刻还斥巨资给她准备这种贵重的礼物，那么……

苏素媚的眼睛里划过一抹亮光，嘴角勾起一抹从容的笑意，她说："穗穗，听妈妈的，今天的宴会上千万别跟纪微甜作对，她毕竟是我们纪家的大小姐，代表着我们纪家的门楣。我们丢不起这个人，明白吗？"

"妈！你不应该是帮着我吗？怎么反过来让我让着纪微甜了？"纪开穗像只被踩了尾巴的猫，一下就炸毛了。

她一肚子委屈，跑过来诉苦，没人安慰她就算了，妈还叫她让着纪微甜，她还是不是纪家最尊贵的大小姐了？

"这件事我现在也没有把握，总之，没有你想的那么简单。你先让着她，等我确定了你爸的心意，咱们再从长计议。"苏素媚拉着女儿的手安抚道。

纪开穗委屈得红了眼："我今天还特别邀请了秦家、陆家、安家的几个少爷过来，想要在他们面前露个脸。现在好了，纪微甜的礼服和鞋子这么好看，她肯定会把我比下去。"

"秦家、陆家都会来人？你说真的吗？"苏素媚显然也惊住了。

要知道，这几位少爷可不是随随便便就能被请动的。

尤其秦家那位大少爷，要是他真的来了，确实机会难得。

纪开穗难得地露出娇态，扭捏了两下，红着脸开口："我托朋友请的，我的朋友跟他们正好有生意上的合作，要约他们出来聊聊，就把地方定在咱们的宴会上了。我这不是想着，如果能把这几个人请来，就能顺势提高咱们宴会的档次吗？"

苏素媚点点头，难得地夸奖道："穗穗，这件事你做得很对！见面三分情，多跟这些豪门的少爷接触，对咱们纪家没坏处……至于纪微甜的事，还是不能急，你先听妈的，别轻举妄动。"

苏素媚去洗了把脸，重新化好妆，又让用人端来炖好的燕窝。

纪开穗一直留在苏素媚的房间里，看着苏素媚忙前忙后。等苏素媚把自己收拾得优雅端庄，若无其事地端着燕窝离开后，纪开穗陷在沙发里，越想越不平衡。纪开穗原本想，纪微甜不过是个市井小民养大的女儿，肯定不懂上流社会的规矩，以一个合同工的工资，纪微甜连一件拿得出手的礼服都没有，她正好趁着这个机会，好好在大家面前出出风头。

现在好了，她不能压纪微甜一头，还成了纪微甜的垫脚石！

纪开穗的手机响了，是她的好姐妹给她打的电话："穗穗，第一手消息！你知道我刚才在商场碰见谁了吗？安家大少爷！他正在挑西装，听说是为了晚上去参加宴会用的……"

电话那头的人再说什么，纪开穗已经听不进去了，她的脑子里只剩下一个念头：她千辛万苦营造的机会，绝对不能毁在纪微甜的手上！

纪开穗站起来，挂了电话就往外走，迎面遇见管家，开口问道："纪微甜呢？"

"大小姐在她的房间里休息，我正打算去叫她，纪总安排的造型师已经到了。"

纪微甜还有造型师？

纪开穗的心里更不平衡了，她参加过这么多次宴会，爸爸什么时候替她安排过造型师？一到纪微甜这里，爸爸就恨不得替她把所有的事情安排好。

"正好我也要做造型，我跟你一起去叫姐姐。"纪开穗咬着牙，一字一顿地说道。

管家见她神情不对，愣了愣，想要说什么，纪开穗已经先走一步，去了纪微甜的房间。

等管家跟纪微甜说明来意之后，纪开穗才跟着附和："姐姐太久没回来了，怕是对家里不熟，别墅这么大，我带你过去吧，先化了妆，再回来换衣服。"

"不用了，我直接换好礼服过去。"纪微甜一开口，纪开穗的脸色就变了。

她原本还打算趁着纪微甜离开，在纪微甜的礼服上动手脚，现在计划落空，她只能眼睁睁地看着纪微甜换上礼服，踩着镶钻的高跟鞋，像一只高贵的白天鹅从她面前走过……

纪开穗气得双手握拳，又不得不跟在后面伺机行动。

两个人到了化妆间，造型师已经在里面等着了。

纪微甜一出现，造型师就止不住地夸她身材好、气质好、皮肤好……夸得纪开穗坐立不安。

"大小姐、二小姐，你们要不要喝点儿什么？"管家在一旁恭敬地询问。

纪开穗听见他的话，眼睛一亮！

"我要一杯蓝莓汁，越浓越好，也给造型师和他的助手准备点儿橙汁，多来几杯都可以！"

纪微甜扭头看了她一眼，淡淡地对管家说道："给我一杯水就行。"

管家很快端着托盘回来，刚要把水递给距离自己比较近的纪微甜，纪开穗就已经先一步从椅子上站起来，说道："管家，慢点儿，我来帮你。"然后她故意撞向管家手里的托盘！

· 84 ·

托盘上的饮料一时间全朝坐在椅子上的纪微甜身上泼过去。按照这个角度，恐怕连玻璃杯都会砸到纪微甜身上。

就在众人下意识地要尖叫的时候，只见椅子上的纪微甜像是早就意料到了要发生什么，双手抓住滑轮椅的扶手，整个人往后倒，脚用力一蹬，椅子连带着人迅速滑到安全区域。

整个过程敏捷、迅速，快得让人回不过神，准备扑到她身上、拿她当垫背的纪开穗一点儿准备都没有。

纪微甜一躲开，纪开穗直接连人带杯子重重地摔到了地上。

"啊——"

果汁溅了纪开穗一身，尤其那杯浓浓的蓝莓汁，直接溅到了她的脸上，蓝白交错，她像个变异的阿凡达。

化妆间的地板上铺了地毯，可还是有玻璃杯碎了，其中一块碎玻璃扎进了纪开穗的手心，血一下子渗了出来。

"好痛！"

纪开穗倒在地上，疼得直打滚儿。

管家也吓蒙了，连忙扭头去喊人，把纪开穗抬下去处理伤口。

纪微甜还坐在椅子上，离得远，什么都没有沾到。

纪开穗连她的一根头发丝都没有碰到，只是她的眼神很冷，盯着地上散落的杯子和已经在地毯上漫延开的果汁。

刚才如果她的反应慢一点儿，这些东西就会全部洒在她的身上，那她就未必会有纪开穗那么幸运，只是脏了衣服、掌心割破点儿皮那么简单了。她原本以为纪开穗只是有点儿千金小姐的傲慢，现在看来，纪开穗比苏素媚好不了多少。

"大小姐，你没事吧？"管家照顾完纪开穗，终于想起了刚才差点儿被砸到的纪微甜。

造型师和他的几个助手也因为刚才发生的插曲感到有些惊慌失措，没人意识到纪微甜刚才避开危险时的动作有多敏锐，大家只是在心里感慨她运气太好了。

"穗穗——"

不远处传来苏素媚紧张而又着急的声音，纪微甜若无其事地敛起眸，扭头看向造型师，问："可以继续了吗？"

"可……可以，我现在就给大小姐做造型。"

纪微甜没再说话，余光瞥向刚包扎好掌心、正靠在苏素媚怀里哭哭啼啼的纪开穗。

人不犯我，我不犯人，人若犯我……纪微甜的眼底掠过一丝冷光。

纪家的晚宴在自家别墅举办，夜幕刚刚降临，别墅里的灯就全被点亮了。就连外面的院子里都挂上了亮晶晶的小灯泡，有节奏地一闪一闪的，像调皮的小星星。

纪微甜化好妆后，原本准备留在化妆间，但发现没带手机，又回了房间。

手机已经充满电，她刚打开手机，就看见上面有未接来电，还是秦南御打来的。她点开看了一眼时间，电话是她刚离开实验大楼时打来的。

这个人该不会是良心发现，准备喊她到实验室参与项目的吧？

晚了！

她是这么没有立场的人吗？

有句话说得好："今天的我，你爱搭不理，明天的我，你高攀不起！"

从他宣布她今后的任务是留在办公室整理实验资料的那一刻开始，他们就已经"不共戴天"。

纪微甜一眼都不想看"秦南御"这三个字，手指一滑，干脆利落地删掉了他的来电记录，把手机丢回随身包里，转身打开平板电脑，用自己设计的小软件继续做研究。

她刚玩了一会儿小程序，门就被敲响了，管家来通知她宴会开始了。

纪微甜之前跟冷简出国参加交流会的时候没少参加宴会，对这样的场面已经见怪不怪。

听见管家的话后，她把东西一收，站起身往外走，没想到刚走到门口，就看见了从房间出来的纪开穗。

纪开穗手心上的伤已经被包扎好，伤口中间的位置还有点儿血迹渗出来的红晕，脸色透着一种惊慌过后的惨白，带着几分楚楚可怜的神态。

纪开穗的五官像苏素媚，尤其那双丹凤眼，可她没有苏素媚那种岁月沉淀下来的媚态，一眼看过去，还是颇有几分姿色的。只是她平时太骄纵，被她的坏脾气拉低了档次，现在一副乖巧、温顺的模样，反而有几分动人。

"你害我摔倒、受伤，是不是应该跟我道歉？"纪开穗一看见纪微甜就沉不住气了，上前拦住她的去路。

贼喊捉贼的最高境界大概就是这样。

纪微甜刚想说什么，纪开穗又兀自说道："算了，看在你是我姐姐的分儿上，我不跟你计较，就当我自己倒霉。走吧，贵宾们都到了，我跟你一起下楼。"纪开穗说完，转身走到前面，却在走到楼梯口的位置时停下来等纪微甜。

纪微甜眼珠一转，走到她身边，发现别墅客厅的灯全被打开了。

璀璨的水晶吊灯将偌大的客厅照得异常明亮，客厅里，两边摆放着长长的桌子，桌子上铺着红布，一面的桌子上摆满了红酒、香槟，另一面的桌子上全是精致的餐点。

大厅里已经站满了人，人们侃侃而谈。

不知道谁喊了一声："纪家大小姐出来了！"

一时间，所有人的目光集中到二楼楼梯口的位置，看向站在楼梯上的纪家姐妹花。

这些人，纪微甜都不认识，但是纪开穗认识呀！

尤其是站在最前面的几个男人，那可是全 T 市排名前十的公子，随便拎出来一个，都足以让少女们尖叫。

纪开穗连忙低头检查自己的仪容，想要以最好的姿态见人，却发现所有人直勾勾地盯着纪微甜，没有一个人在意她……

纪微甜穿着一袭粉色的礼服，精致的妆容将她原本就惊艳的五官完全勾勒了出来。只见她站在纪开穗身旁，璀璨的灯光照在她身上，仿若夜空中最亮的星，美得令人窒息。

只一眼，底下的宾客就陷入了一种诡异的安静。不知道过了多久，终于有人回过神，夸了一句"真美"。

"我之前听说纪家大小姐从小被养在外面，还以为她见不得人，没想到她居然是个大美女！"

"相比之下，纪家二小姐就显得比较普通了。我之前还觉得她挺漂亮，果然，没有对比就没有伤害！"

"你这句话说出了我的心声。而且纪大小姐刚回来，容貌、气质都艳压群芳，我突然怀疑纪家当年不是把她弄丢了，而是把她送到什么秘密基地去培养了。"

"你这句话可是把在场的女孩子都得罪了，一会儿挨打我可救不了你。"一名年轻的男子突然撞了一下自己身边的人，撞人的男子就是纪开穗口中的安家少爷——安霖。

"霖子，你怎么看？"

第四章

牵了手的手，永远不分开

安家是 T 市数一数二的大家族。安霖自身条件优秀，毕业于名牌大学，又留过学，凭借着家族和自己的实力成为 T 市排名前十的公子，在一众年轻人中间显得格外引人注目。

听见朋友的询问，他盯着纪微甜的痴迷眼神终于微微收敛，回答道："她很美……而且，气质确实很出众。"

"行呀你！我们安少爷向来不食人间烟火，多少女孩子送上门，你都不肯看一眼，今天居然主动夸一个女孩，还给了这么高的评价。说吧，你是不是看上人家了？一会儿她们下来，我去帮你打听打听这位纪家大小姐有没有男朋友……"

几个少爷聚在一起，你一言我一语地调侃着。他们说的话听在纪开穗的耳朵里，像针扎一样。

她跟安霖早就认识了，之前在聚会上，还给安霖敬过酒。安霖拒绝了其他人，却喝了她敬的酒，分明是对她有意思的，结果现在一看见纪微甜……

纪微甜果然是个祸害！

妈妈还跟她说什么小不忍则乱大谋，喜欢的男人都要被纪微甜抢走了，这让她怎么忍？

纪开穗双手攥着自己的裙摆，恨不得落荒而逃，扭头看向纪微甜，眼神里带着浓浓的忌妒和憎恨。

看见纪微甜要下楼，纪开穗眼底闪过狠戾的光，故意跟她同时迈出脚步，然后脚尖一偏，绊了她一下。纪开穗想，最好能让纪微甜从楼上滚下去，丢脸不说，没准儿还会毁容，看她还怎么跟自己抢安家少爷！

纪开穗的脚刚伸出去，也不知道是不是巧合，原本离她还有点儿距离的纪微甜突然绊上她的脚，她"啊"的尖叫一声就要往前栽。

纪开穗心里暗暗叫好，心想连老天都看不下去了，要帮她收拾纪微甜。

没想到纪微甜没有滚下楼梯，反而伸手扯住了她的衣领。

纪开穗双眼瞪圆，问："你干什么……"

"刺啦——"伴随着她的惊呼声响起的，还有衣服被撕裂的声音。

纪开穗今天穿的是一件轻纱裙，她想着自己身材高挑，穿这样的长裙会显得特别飘逸，结果薄薄的轻纱根本支撑不住这样的蛮力。

纪微甜的手一用力，纪开穗的裙子的领口就被撕开了，露出一大片雪白的肌肤，还有里面粉色的内衣……

纪开穗完全蒙了。

纪微甜毫发无损地站在她面前，还露出惊慌失措的模样，抱歉地开口："穗穗，你没事吧？你刚才突然绊了我一下，我一时情急，只是想要站稳，没想到……"

纪微甜没继续说，纪开穗后知后觉地回过神，低头一看，下一秒——

"啊——"

纪开穗双手搂住自己走光的胸口，顾不上找纪微甜算账，哭着跑回了房间。

纪微甜看了一眼她跑开的身影，撇撇嘴，满意地勾起嘴角。这就叫偷鸡不成蚀把米，做人呀，还是要善良，不然很容易遭报应的。纪微甜拍了拍手，转过身，优雅、从容地提着裙摆一步步走下楼。

客厅里，大家正举杯高兴地交谈。

纪微甜没有认识的人，却成了众人的焦点，身边围满了人，站在前面的人，就是纪开穗的暗恋对象安霖。

只见安霖在兄弟们的簇拥下，端着一杯红酒，走上前跟纪微甜打招呼："纪小姐，有幸请你喝一杯吗？"安霖颇具绅士风度地问道。

以他的出身和能力，出席公众场合时向来都是被讨好的对象，这还是他第一次来讨女孩子的欢心。

身边的兄弟都在给他撑场子，跟着起哄："纪小姐，你刚回来，可能不知道，我们霖子可是安家最尊贵的少爷，响当当的人物，自己管理的几家公司，每年给安氏集团赚的钱跟流水似的。"

"最重要的是，我们霖子单身，还特别纯情……"

"你少说两句，你这是介绍朋友还是拉皮条呢？让我来，让我来！"

几个人围在安霖身边，吵吵嚷嚷地要给他介绍。

纪微甜不喜欢应付这样的场面，刚要婉拒，一抬头就看见了纪墨峰和苏素媚站在不远处，盯着她的一举一动。

要是她得罪了安家这最尊贵的少爷，纪墨峰怕是能当场气到吐血。

纪微甜眼眸微垂，心中自有打算。她看在刚收拾了纪开穗，心情很好的分儿上，就不惹她那便宜爹了。

她伸手接过安霖递给她的酒杯，一饮而尽，在周围的人全在夸她"豪爽"的时候，微微欠身："抱歉，我想去一下洗手间。"她找借口逃离了包围圈。

她在去卫生间的同时，扭头打量了今天出席宴会的人。

按照冷简的说法，苏素媚这次把纪家能邀请来的青年才俊都邀请过来了，为了不让大家看出什么端倪，还特意邀请了不少名门之女。

纪微甜刚走到洗手间附近，就看见了几个穿着打扮十分艳丽的千金小姐聚在一起补妆，同时聊着八卦。其中一个正在补妆的女子，刚用粉扑在脸上拍了两下，眼里就全是失落的神色，说道："要不是我爸跟我说今天的宴会御少和陆少会来，我也不会放弃补觉的时间，眼巴巴地跑来。"

"谁不是呢？你看看我的黑眼圈，都快掉到下巴上了，我全是凭着对御少的爱支撑到现在的。"另一个正在补口红的妹子翻了一个白眼。

纪微甜看了看，灯光下，那对黑眼圈确实挺吓人。难怪她眼神不好，居然会喜欢秦南御。

"你说，那个陈家大少爷，瘸着一条腿，还摆出一副自己很厉害的样子来'撩'我，是不是脑子有问题？"最后一个从洗手间出来的妹子吐槽道。

闻言，身边的几个人都笑了："还是你惨，比不了，比不了。"

纪微甜没有急着进洗手间，而是靠在墙边听八卦。听到有人提起陈旭，她的眉心微微一拧。

陈旭居然也来了？

也对，纪墨峰一直想让她到陈家去道歉，今天这个宴会既然是年轻人的聚会，他们就没有理由不邀请陈旭。

纪微甜摸了摸下巴，心里暗暗庆幸秦南御那个"扫把星"没来。应付纪家的人就够让她糟心了，再加上那个浑蛋，纪微甜担心自己会当众暴揍他一顿。

洗手间里的人聊了一会儿，就都走了出来。纪微甜躲在拐角的位置，等她们都走了，才从角落里出来，悄无声息地躲进洗手间，一待就是一个小时。

等她出来的时候，宴会的气氛正浓。

大家三五成群地聚在一起喝酒、聊天儿，没人留意到她。

纪微甜刚想趁机溜回房间，管家就突然出现在她面前："大小姐，纪总吩咐了，他在安少爷那边等你，让你过去一趟。"

纪微甜跟着管家走到纪墨峰跟前时，才发现纪开穗也在。

纪开穗身上的礼服已经换了，从轻纱裙换成了缀满亮片的鱼尾裙，看起来更符合她的气质，妖娆、性感的身材被完美地勾勒了出来。

纪开穗没注意到纪微甜来了，心思都在安霖身上，一个劲儿往他面前凑，给他敬酒。

安霖表现得兴致缺缺，只是碍于纪墨峰在场，应付地喝了几口。余光瞥见纪微甜，他立即露出灿烂的笑容，端着酒杯上前，深情款款地说："纪小姐总算出现了，我一直在等你。"

"呦呦呦！"周围响起一片起哄的声音。

苏素媚挽着纪墨峰的手臂，也跟着调侃："墨峰，这年轻人的事，咱们老一辈的就不掺和了，让他们自己玩吧。"

"听你的。"纪墨峰笑着跟她一起离开，临走前，还扭头深深地看了纪微甜一眼，用眼神警告她别闹事。

纪微甜无所谓地挑眉。她肯定不会主动闹事，但事若是自己找上来，那就不能怪她了。

比如现在，安霖在她面前献殷勤，又是敬酒，又是给她拿点心，纪微甜想要拒绝都拒绝不了，纪开穗还在旁边看着，一双眼睛瞪得圆圆的，像是随时能喷出火来。

纪开穗喜欢安家少爷？

纪微甜眼珠一转，原本对安霖不冷不热的态度瞬间变了，从他手里接过点心吃了一口，温柔地扬起笑容："谢谢。"

灿烂的笑容绽放在她的脸上，使她看起来就像盛放的栀子花，一下就把安霖迷得忘了反应，直勾勾地盯着她看。

安霖回过神后，拿出手机就要存纪微甜的联络方式。

纪开穗哪里还沉得住气？她不顾形象地往前挤，直接挤到两个人中间，抢在安霖开口前抓住纪微甜的手，说道："姐姐，你不是最喜欢吃樱桃吗？那边有很多，我陪你去拿。"在两个人贴近的时候，纪开穗咬着牙警告纪微甜，"安少爷是我先喜欢的，你最好有点儿自知之明！"

"你喜欢的？"纪微甜瞥了她一眼，巧笑嫣然，像只小狐狸，一字一顿地说道，"那我就更不能放过了。"

"你这个人怎么这样？"纪开穗差点儿气得咬到舌头。

要不是因为纪微甜撕破她的裙子，害她当众丢脸，安少爷怎么会突然对她这么冷淡？她还没有找纪微甜算账，纪微甜居然敢抢她的男人！

她原本以为，她的威胁会让纪微甜退让，没想到，纪微甜完全没有把她放在眼里，反而用手指勾起她的下巴，用只有她们俩能听见的声音说道："我的好妹妹，别忘了，今天是你先动的手，我这叫以牙还牙。我就喜欢你这副看不惯我又干不掉我的样子。你以后看见我，自己回避，否则别说你的男人，就是你在意的纪家，我都能拿走，不信就试试。"

纪微甜说完，若无其事地收回手，从容地走到安霖面前，笑着问道："安少爷喜欢吃樱桃吗？要不要一起去？"

安霖毫不犹豫地回答："喜欢，我喜欢！"他完全没有豪门公子的架子，紧紧地跟在纪微甜身后。

纪开穗看见这一幕，目眦欲裂。

一个被市井小民养大的女儿，不知检点地未婚先孕，带着一个四岁的女儿，凭什么跟她抢安家少爷？

纪微甜不过是靠着那张清纯的脸出来招摇撞骗的，安霖要是知道她的过去，一定会厌弃她！

纪开穗顾不上苏素媚的提醒，只想把纪微甜比下去，最好能让纪微甜身败名裂！

纪开穗一个箭步冲上前，伸手抓住安霖的手，说道："安少爷，你不要被她骗了，纪微甜不是你看见的这样，你根本不知道，她其实……"

纪开穗还没有说完，余光忽然瞥见秦南御出现在宴会厅的入口！

御少怎么来了？

她妈妈刚才还笑话她被人骗了，说御少根本看不上他们纪家这种小宴会，不可能出席，还说秦家肯派个人过来都是给他们面子了，怎么现在……御少亲自来了？

秦南御一出现在宴会厅里，强大的气场就让气压低了下来，大家察觉到了什么，纷纷扭头看向门口——

"纪开穗，你到底想说什么？"安霖没注意到门口的异样，被纪开穗抓着手臂，急着想要甩开她，奈何纪开穗抓得很紧。

他要是硬甩开，万一让她摔倒了，会被人误会对女人动手，跳进黄河都洗不清，所以只能耐着性子问。

"我……"纪开穗猛地回过神，意识到自己差点儿把纪家的丑闻当众说出来，吓得连忙松开安霖的手，紧张地想要跟安霖解释，"安少爷，我……我刚才只是……"

"纪微甜，真的是你！"一道不善的声音打断了纪开穗的话。

下一秒，就见陈旭端着酒杯一瘸一拐地出现在他们面前。

陈旭见安霖也在场，不由得收敛了一点儿自己的行为，只是看见纪微甜出现在眼前时，还是有些控制不住自己的情绪。

"安少爷，你可别被这个女人骗了，她跟我相过亲！"陈旭想起那天的事情，心里还在愤愤不平。

纪家敢用一个丑陋的残花败柳来应付他，简直不把他放在眼里。陈旭原本准备把纪家这点儿丑事都曝光出来，好让他们知道自己的厉害，可他还来不及这么做，他爸就把他叫回去了，说纪家人已经道歉，并且给了赔偿，两家在生意上还有往来，绝对不许他胡来。

看在钱的面子上，陈旭才忍了下来。

他原本想，摆脱一个丑女，自己反正也没吃亏。听说纪家要给这个丑女举办宴会，他想也不想，就说要来看好戏，也让大家知道，悔婚的人不是纪微甜，而是他陈大少爷！

陈旭压根儿没想到，今天的纪微甜跟他那天看见的判若两人。她的容貌、身材、气质……全部大变样！还有，她下巴上那条恐怖的疤痕居然没有了！

陈旭越想越觉得自己被骗了，看见纪微甜一直跟安霖站在一起，以为她是故意扮丑摆脱自己，就是为了攀高枝儿，当即沉不住气了，端着酒杯就上来了。

"你说什么？相亲？"安霖明显愣了愣，随即嘴角轻轻扬起，"陈旭，你搞错了吧？我怎么记得跟你有婚约的人是纪家二小姐啊，你该去找她。"

安霖玩味地挑眉，语气里的嘲讽不言而喻。

不是什么情敌安霖都放在眼里的，这纪家大小姐纪微甜，他要定了！

"安少爷你别误会，我不是要跟你抢女人，只是担心你被她骗了，这纪微甜可不是什么好东西！"陈旭像是为了壮胆，一口气喝光了杯子里的红酒，"实话告诉你吧，当初她跟我相亲的时候，根本就不是这副模样，这个女人根本就是一个骗子，安少爷你可别被她这副纯情的模样骗了！她在大学里就跟男人厮混，未婚先孕，女儿都已经四岁了，这事纪家上下都知道，要不然你以为纪家凭什么给一个刚从外面认回来的女儿举办宴会？还不是为了给她找个有钱的冤大头，替他们纪家收拾这个烂摊子！"

陈旭瞥见安霖的脸色变了，继续说道："安少爷，你们安家世代清白，要是娶了这么一个不知检点的女人进家门，以后还有好日子过吗？对了，当初她居然还有脸要求我帮她养孩子，要不是我跑得快，现在倒霉的人就是我了！"

安霖眸色一暗，端着红酒杯的手无声地收紧，身子也不自觉地跟纪微甜拉开距离，眼里的嫌弃一闪而过，这几乎是一种本能反应。

安霖扭头看向纪开穗，问："你老实告诉我，陈旭刚才说的是不是真的？"

看见纪微甜被人揭老底，纪开穗心里高兴得要死，脸上还装作一副姐妹情深的模样："安少爷，纪微甜说什么也是我姐姐，你这不是为难我吗？"

默认式的回答让安霖的脸色更阴沉了。

"我只是想听一句实话。你应该很清楚，就算你今天不说，以安家的实力也能查出来，到时候，安家就未必会顾及你们纪家的面子了！"

"别别别，安少爷，你别生气，我不是故意要隐瞒你的。其实我刚才就已经想要告诉你了，只是我姐姐做出这么丢脸的事，我羞于启齿，还希望安少爷不要见怪。"纪开穗娇弱地往安霖身边靠，楚楚可怜地攥着安霖的小手指。

陈旭站在旁边，听见纪开穗的话，露出得逞的笑容："安少爷，这下你知道我说的都是实话了吧？一个残花败柳而已，哪里配得上你？"

纪微甜敢得罪他，就不会有好下场！

陈旭一脸得意地扭头看向纪微甜，说道："好好跟本少爷道个歉，我还可以看在你有几分姿色的面子上，收你当个情人，怎么样？"

纪微甜双手抱胸，一直跟个没事人似的站在旁边看戏。她本来就对安霖没什么兴趣，这会儿听见陈旭落井下石的话，刚要建议他去看看精神科，突然感觉自己身后有一道炽热的目光，像是要烧穿她一样，直勾勾地盯着她看。

没等纪微甜回头，一只强健的手臂猛地扣住她的手腕，将她往后面拉。

"御少——"惊呼出声的人是纪开穗。

从秦南御出现的那一刻开始，大家的注意力就都在他身上了，没人注意安霖这边的小闹剧。

如果不是因为陈旭突然出现，纪开穗忙着对付纪微甜，只怕她也早就被他迷住了。

纪开穗根本没想到，秦南御走进宴会厅后，居然谁都没理，在人群里看了一圈，直奔纪微甜而来，现在还直接牵住了纪微甜的手！

他们怎么会认识？

这可是御少呀！T市排名第一名的公子，身家以"亿"来计算，如果说安霖是香饽饽，那么秦南御就是"天鹅肉"！

这样的人物，普通人见一面都难，纪微甜怎么会跟他认识？

"秦南御！"纪微甜扭头看见身后抓着自己的人，惊讶地叫了一声。

她刚才在洗手间听那些千金小姐八卦，不是说他今天不会来吗？他怎么现在又来了？

纪微甜呆呆地将目光往下移，盯着他的手。

秦南御注意到她的眼神，不仅没松手，反而攥得更紧了，牵着她就要离开。

"哎——"纪微甜下意识地要甩开他，刚要动手，又顿住了。

她本来就不喜欢这种场合，要不是纪墨峰非要她回来，她根本不会出现在这里。现在秦南御要带她走，她正好可以借机离开。

想到这里，纪微甜就不抗拒他的触碰了，乖巧地跟在他身后，像个听话的小媳妇。

这一幕，引起场内一阵惊呼。

要知道，秦南御是出了名的高冷、禁欲，不喜欢女人碰他，这是他第一次在公众场合牵着一个女人的手。这无疑是在打安霖的脸，毕竟刚才的场面大家都看在眼里，知道安霖在追求纪微甜，可现在秦南御却要把人带走。

"御少，请留步！"安霖忍不住上前，伸手将人拦下来。

"有事？"秦南御微挑眉峰，简单的两个字从他嘴里说出来，带着一股压力。

安霖自认各方面条件都不差，在T市也是数一数二的人物，可在秦南御面前，还是不自觉地会受到威压，在气势上就输了。

"我……抱歉，我只是……"

只是什么？安霖自己都愣住了。

他只是不甘心，自己先看上的女人被别的男人带走。可是他刚刚已经知道了纪微甜的经历，并且接受不了，现在她要走还是要留，跟他有什么关系？

可他心里就是难受，或许是不甘心放弃，又或许是不相信居然有男人能不介意纪微甜那些不堪的过去。

不，肯定没有男人能接受！

秦南御或许跟他一样，只是被蒙在鼓里。

这个想法让安霖的眼睛瞬间一亮，他说："御少，我只是觉得，在你把人带走之前，关于纪家大小姐的一些事情，你有必要了解一下。"

秦南御不耐烦地眯了眯眼。

安霖没有注意，伸手直接把纪开穗拉了过来，让她说。

纪开穗从看见秦南御牵住纪微甜的时候起，眼神就变了，看见纪微甜再一次成为众人瞩目的焦点，忌妒得差点儿咬碎一口牙。就算没有安霖，她也想到秦南御面前抖出纪微甜的丑事，看纪微甜从云端跌落，只是碍于秦南御的气场太强大，不敢拦他的路。

安霖这一下可算帮了她的大忙！

"御少，我姐姐做出这种事，我都不好意思说……"纪开穗佯装为难地开口，嘴上说着不好意思，下一句却是，"我姐姐她从小被市井小民养大，在上大学的时候就未婚先孕，生了一个女儿，已经四岁了……这是家丑，我不应该说的，只是不忍心看御少被骗，还希望御少能够保密。"

一直跟在旁边的陈旭这个时候也不客气地上前，跟秦南御套近乎："御少，我久仰你的大名，一直没有机会认识你。我叫陈旭，只是想告诉你，纪开穗说的都是实话。你身边的这个女人当初还跟我相过亲，想让我帮她养孩子，你说可笑不可笑？"

"说完了？"秦南御冷漠地扫了一眼到他面前告状的几个人，问道。

听见陈旭提起"相亲"两个字，他的脑子里闪过一些画面，得益于自己超凡的记忆能力，勉强认出眼前的人就是当初在餐厅跟纪微甜相亲的男人。

于是，他多看了陈旭几眼，将对方脸上的猥琐神情还有流里流气的模样全收入眼中，突然有点儿认可纪微甜毁掉相亲局的做法了。

这种男人，基本等于火坑。

秦南御还牵着纪微甜的手，没有半点儿要松开的意思，只是微微偏过头看向身边的人。

他原本以为纪微甜会解释，或是恼羞成怒，再不然也该像她最擅长的那样，摆出一副可怜巴巴的样子，说自己当初年轻不懂事，所以被"渣男"骗了，结果他看见的只是纪微甜比他更冷漠的面容。

仿佛这些人说的事、诋毁她的话，通通跟她没关系。又或者，她根本不在意。

她那清冷的模样，宛如盛放在泥潭中的莲花。

秦南御的眼神不由得深邃了几分，他开始仔细地打量。粉色的礼服很适合她，清丽脱俗又衬她的肤色，精致的妆容让人惊艳。

这也是秦南御能一眼在人群中认出她的原因，可现在她身上真正吸引他的是她清高的样子。

她不吵、不闹、不服输，就像根本没有把对手放在眼里，不屑回应。

这种自信，秦南御只在一个人身上看见过……就是他自己。

"御少，我知道你一下子很难相信，可是我们说的真的都是实话。你这么牵着她走出宴会厅，一定会被人误会的，到时候会损坏你的名声！"纪开穗见秦南御一直盯着纪微甜看，以为他终于要看清纪微甜的真面目了，高兴地在旁边煽风点火。

纪开穗等了好一会儿，秦南御都没有反应，直到她耐不住性子，想要再说什么，就见秦南御突然松开了纪微甜，下一秒，伸手揽过纪微甜的肩，以一种保护的姿态搂着她离开了！

宴会厅里的人倒吸一口气。

纪开穗难以置信地看着眼前这一幕，眼珠子都要瞪出来了，空气中仿佛响起了"啪啪"打脸的声音！

纪微甜因为太震惊，只是抬头看秦南御，忘了自己该有什么反应……直到两个人走出宴会厅，她才回过神，刚要推开他的手臂，秦南御就已经主动松开。

"你为什么突然搂我？"纪微甜后退一步，拉开两个人之间的距离，警惕地盯着他。

秦南御单手插兜，低头看了她一眼，眼神里明显地写着"不识好歹"四个字，冷漠地说："我以为你会先跟我说声谢谢，毕竟我刚把你从一场'大型相亲宴'上救出来。"

"说完谢谢，你会得寸进尺地让我下跪吗？"纪微甜认真地问。

秦南御盯着她那张无辜的脸，一阵窒息。他真的很想拆开这个女人的脑子，看看她到底是什么脑回路。

过了几秒，秦南御察觉到她是在故意转移话题，说道："你要跪，我也受得起。"

下一秒，纪微甜突然抬起自己的左手，弯曲了两根手指，放在自己的右手手心上，表演了一个手指版下跪磕头。

秦南御："……"

"谢谢啊！"说完，纪微甜扭头就要走。她刚迈开腿，就被秦南御拉了一把，一只脚悬在半空，整个人失去平衡，后退了几步，撞到他的胸口处。

某人还很嫌弃地推开她，让她自己站稳。

纪微甜看在他刚才帮了自己的分儿上，耐着性子问："你还有事？"

纪微甜问完，突然想到秦南御好像根本没打算参加宴会，他一出现就直接将她拽走，再从他下午给她打电话的举动来看……他真是冲着她来的？

难道跟她猜想的一样，他意识到自己的错误，来请她回实验室了？

纪微甜抬头挺胸，摆出最傲娇的姿态，准备等他开口，然后无情地拒绝他。

"实验进行到关键部分，需要一号文档的资料来参考，你没有留资料室的备用钥匙。"

"我不去……咦？"纪微甜愣住了，瞪着一双亮晶晶的眼，有点儿蒙。

他不是来邀请她加入实验的，而是来拿钥匙的？

秦南御似乎看出了她在想什么，微微挑起眉峰，嘲讽地笑着说道："纪小姐，你以为我是来做什么的？"

纪微甜："……"

讨厌！

纪微甜撇撇嘴："备用钥匙我留了，就挂在进门的第一个橱窗里，你回去找找就能看见了。"

"跟我回去开门。"秦南御不打算放她走。

纪微甜刚被鄙视，正在气头上，指了指他手腕处的表，说道："秦总，你看看现在几点了。我这个非实验组人员已经下班了，强行加班，你可是要付我三倍工资的……哎！"

纪微甜的话还没有说完，秦南御已经抓着她的手腕，往车子的方向走了。

"一个迟到早退的人，有资格跟我提三倍工资？"

"你说谁迟到早退？"纪微甜勉强跟上他的脚步，喘着气说道，"我早上踩点打卡，没迟到；下午提前走是请过假的，而且还把一天的工作都做完了，我这叫高效率，不叫早退。你凭什么一边嫌弃我，一边还要求我加班？"

秦南御脚步一顿，垂眸看了她一眼，说道："比起留在这里参加这种无聊的宴会，我以为你会更愿意工作，实现自己人生仅有的价值。"

"不呀，我还可以选择回家陪我可爱的女儿。你刚才也听见了，我女儿才四岁，很需要我的照顾，所以我拒绝加班……秦南御，你撒手！"

纪微甜被他塞进了车子，奋力反抗的结果就是被他按着系上安全带，锁了车门。

她愤愤不平地扭头瞪他："你这叫妨碍人身自由，我现在可以报警抓你！"

秦南御把自己的手机丢给她。

"你可以试试，看看是警察来得快，还是教务处主任的开除信来得快。据我所知，你在江城大学只是一个合同工，要开除你，应该不需要太复杂的手续。"他单手抓着方向盘，挂好挡，冷冷地瞄了一眼身旁呆若木鸡的人，问道，"纪小姐，想好了吗？"

纪微甜抱着他的手机表示不想说话。

等他们两个人回到实验室，纪微甜才知道实验遇到了瓶颈，跟一号档案里记载的状况有点儿像，但又不完全一样。

秦南御似乎带着团队攻关了很久，一直没有突破这个卡点，所以今天才会急着找她调别的项目的档案，试图从其他的实验里找到一些可能有用的东西。

秦南御一拿到资料室的钥匙就带人翻资料了。

纪微甜被晾在一边，偶尔提醒一下他们档案的位置，有她在，资料几乎不费力气地被集齐了。

她的实力验证了她在秦南御面前说的话——她没有怠工，是做完了工作才离开的。

"进来帮忙。"秦南御抱着资料经过纪微甜身边的时候说道。

纪微甜抬起头："你这是什么态度？我说我想进去帮忙了吗？"

好吧，她是很想进去看看。

纪微甜默默地跟在他后面，进了实验室。

偌大的空间里，相比她第一次进来的时候，光线更明亮了。

因为实验正在进行，里面电脑的屏幕都亮着，最中间的大屏幕上正展示着他们这次实验的初阶作品——一个类似人脑构造的模型。

这幅３Ｄ画面纪微甜一点儿都不陌生。昨天晚上，她在帮冷简赶报告的时候，它还出现在她的电脑上了。

吸取前两次被赶出去的血泪教训，这一次，纪微甜没有急着上前，而是双手抱臂，站在实验室后面围观。她一脸提防地盯着秦南御，结果发现秦南御从踏进实验室的那一秒起，就像是变了一个人。

他站在电脑前，屏幕上的蓝光照在他的侧脸上，勾勒出完美的弧度。

她严谨、专注，又带着他独有的冷酷。

很帅！

有道是，颜值即正义。今天的秦南御看起来突然没平时那么讨厌了。尤其是他站在前面亲自动手调整程序的时候，别人或许看不出来他的手法有多高级，可纪微甜觉得自己之前对他的评价有失偏颇。

他好像真的有点儿厉害。

纪微甜的心理在悄无声息地发生变化，等意识到自己居然在夸秦南御，她毫不犹豫地抬手往自己的脸上拍了两下。

醒醒！看清楚，这个人不是别人，是秦南御呀！

别人不知道他的底细，纪微甜可是一清二楚。她欣赏谁都不能欣赏这个"渣男"！

"秦总，数据调整好像还是有问题，尝试了很多遍，依旧无法突破。"助理很快把实验结果拿到秦南御面前。

秦南御看了一眼，眉头紧锁，扭头吩咐进行下一次尝试。

时间一点一滴地流逝，所有人沉浸在实验里，专心致志地做着手里的工作，没有人留意到纪微甜已经在实验室里站了将近两个小时。她目不转睛地盯着大屏幕上呈现的数据和图像，大脑不自觉地进行着计算推导……就连眼睛也微微眯了起来，脸上的神情跟刚才迷糊的模样截然不同。

等她发现电脑上的数据到底哪里不对时，情不自禁地嘟囔了一句："把倒数第三步的程序做一下删减，只留原始数据，会不会好一点儿？"

咦？安静的实验室里，纪微甜突兀的声音让所有人的动作停了下来。

大家的目光都集中到她身上，像是这个时候才发现实验室里多出了一个人。

纪微甜猛地回过神，意识到自己说了什么后，懊恼地咬住嘴角。

秦南御一直专注于数据调整，听见纪微甜的话后微微一怔，像是在思考她那句话的可能性，眼睛蓦地一亮，迅速俯身，在程序上做了调整，续写后面的程序。

"叮"的一声，屏幕上生成了新的 3 D 画面。

"秦总，好像成功了！"助理在一旁激动地喊道。

秦南御直起身，看了一眼电脑屏幕上的画面，又扭头看了一眼站在实验室最后面的纪微甜，扭头吩咐其他人重新检查程序数据，看看有没有达到预期效果，自己则踱步走向纪微甜。

秦南御挺拔的身躯在实验室这种地方越发显得高大，带着浓浓的压迫感。

纪微甜倒吸一口凉气。但懊恼归懊恼，她好歹帮了他一个大忙，他不至于这个时候还要把她赶出去吧？想到这里，她抬头挺胸，站直了身子。

秦南御的大长腿三两步就迈到了她面前，他幽幽地问道："怎么想出来的？"

"啊？"纪微甜愣住了。

她想过他要么高兴地夸她，要么暴怒地把她赶走，就是没有想过他会一本正经地问她解题思路。

换作其他人，这个时候纪微甜会选择装傻充愣，说自己只是碰巧猜对了，可面对秦南御，她生平第一次有了一种不想被人看扁的冲动！

她用力攥了攥拳头，刚要说是自己通过计算推导出来的结果，秦南御就已经先一步说道："算了，大概是蒙出来的，计算机系毕业的学生多少都会一点儿这方面的程序。你负责整理资料，看过实验数据，运气好，猜出一个解题思路，也不是不可能。"

"什么蒙出来的？秦南御，你别瞧不起人，我也是做过类似实验的……喂！"

她的话还没有说完，眼前的人带着一脸不信的表情，转身走回主控制台前。他听见助理汇报实验进度达到了他们预想的标准，脸上露出了满意的笑容。

纪微甜气势汹汹地准备上前跟他算账，瞥见他脸上的笑容，一下子愣住了。

她呆滞了好几秒，像是怀疑自己的眼睛出了问题。

原来这个人会笑呀？

"今天的实验先到这里，大家辛苦了，回去好好休息。"秦南御说道。

他再抬头的瞬间，表情已经恢复淡漠。

实验小组的成员今天加班到这个点，高强度的脑力工作让每个人的脸上露出了疲态。

大家简单地收拾了一下东西，很快就离开了实验室，就连助理都去帮秦南御开车了，实验室里突然只剩下两个人。

纪微甜眨了眨眼睛，看见他重新走到她面前的时候，一下忘了自己刚才要找他说什么。

噢！她想起来了！

"秦南御，你凭什么看不起我？"

从来都是别人求着她帮忙，她难得主动帮忙，居然还被他鄙视了。

秦南御从桌子上拿起手机，放到口袋里，拔腿就往门外走。

纪微甜跟在他身后碎碎念："我跟你说，刚才那个程序，我不是蒙的，是算出来的。你知道吗？我是先用……"

纪微甜将自己推导的公式说了一遍，然后抬起头，想要看他吃惊的样子，可眼前只有空荡荡的走廊。

秦南御已经走到距离她好几米的楼梯口，准备下楼。纪微甜看他的表情就知道他肯定没听她说话，因为他正用"关爱智障儿童"一样的眼神盯着她。

纪微甜觉得自己受到了奇耻大辱，等她追到楼下，助理已经把秦南御的车子开过来了。车门被打开，秦南御没上去，而是吩咐助理把车先开到侧门等他，然后转身对纪微甜说："我先送你回去。"

"我以为你会先真诚地向我道谢，并主动为我今晚的加班提供三倍工资。"纪微甜学着他之前在纪家别墅时的语气，扬眉吐气地说道。

"你很缺钱？"秦南御站在路灯下，昏黄的灯光将他的影子拉得很长很长。

纪微甜被问住了，抿了一下唇。她其实不知道自己有多少钱，赚的钱全交给女儿了。她想要三倍工资，是因为今天回家太晚了，有了这些钱可以哄女儿高兴。

"难道我今天的表现不值得三倍工资吗？还有，你别转移话题，先道谢！"

"我们扯平了。"秦南御的目光从她身上收回来，他率先转身，往江城大学侧门的方向走。

那是纪微甜回家的方向。

纪微甜跟在他后面，试图跟他讲道理，结果没有得到他任何回应，自己还憋了一肚子气。

倒是秦南御，余光瞥见她像只愤怒的小鸟在他身边蹦来蹦去，心中想起的是在纪家宴会上纪开穗说的话。

当初纪微甜在他面前说自己有当母亲的经验时，他还在心里嘲讽过她，没想到她说的居然是真的。

那个男人是谁？

那个男人虽然眼光不好，喜欢一个害人精，但是始乱终弃，连自己的亲生女儿也不要，这样的男人肯定不是什么好人！

看她的样子，她似乎在纪家过得并不好。

秦南御微挑眉峰，想要说什么，纪微甜突然走到他前面，冲着他做了一个鬼脸，像个赌气的孩子，发泄完拔腿就跑！

她一溜烟冲进了自家小区，当着秦南御的面让保安关上门。

秦南御："……"

他为什么要同情一个害人精？

纪微甜回到家时发现小糯米团子居然睡着了，软软的小身子趴在沙发上，看起来是等她等到睡着的。

肥肥的胖胖身躯蹲守在她身边，像是怕小主人着凉，用毛茸茸的尾巴盖在她的胸口上。

肥肥看见纪微甜走到沙发前面，"嗖"的一下从小主人身边跳开，躲到沙发底下。

"臭肥肥，不就是让你背了几次锅吗，至于一看见我就跑吗？"纪微甜嘟囔了一句，低头看见睡在沙发上的小宝贝，心都软了。

她在小宝贝的小脸蛋儿上亲了一口，轻轻地把小宝贝从沙发上抱起来，刚一动，就发现被小宝贝压在身下的一本财经杂志。

杂志的封面是秦南御那张完美的脸。

纪微甜："……"

她在实验室被秦南御踩蹒身心，她的女儿却把折磨她的魔鬼奉为男神，连睡觉都要抱着这本破杂志。

还有比她更惨的人吗？

纪微甜把女儿抱到床上，回到客厅拿起那本杂志，毫不犹豫地把它塞进垃圾桶里"毁尸灭迹"！

结束"作案"后，她两手一拍，美滋滋地去睡觉了。

周末正是适合睡懒觉的时候，纪微甜一大早却被电话叫醒了，迷迷糊糊地拿起手机，接了起来。

"喂……"

"小甜甜，江湖救急，十万火急！"激动的尖叫声从手机里传出。

纪微甜把手机挪开，瞥了一眼来电显示，发现给她打电话的人是她的"魔鬼闺密"卡丽。

卡丽是职场精英，职业项目经理人，头脑精明，为人讲义气，跟纪微甜一起长大，两个人都是从大学城的小吃街混出来的孩子。同时，卡丽还是一个工作狂……

"你前几天不是跟我说你手头的工作快结束了，准备休息一段时间吗，怎么又十万火急了？"纪微甜的朋友不多，听见她的求救电话，纪微甜认命地从被窝里钻出来，揉着眼问。

说到正事，卡丽顿时生气地说："我倒是想休息，结果项目出问题了。你知道吗？这个项目的甲方是秦氏科技集团，简直要命！"

也就是说，这次的合作，秦氏科技集团占据了主导地位。

卡丽有点儿崩溃地说道："我们公司就是一家中型公司，能接到这么大型的合作项目全是因为你上次给我提供的那项计算机智能化技术，结果现在好了，技术太高端，技术人员跟不上，导致产品出现问题，整个技术部束手无策……"卡丽已经不忍心说下去了。

秦氏科技集团当初就是看中了他们手里的这项专利技术，他们不愿意卖，只能选择跟秦氏科技集团合作，结果第一批合作的产品眼看到了交货时间，却出了纰漏。要是就这么把这批货交上去，等秦氏科技集团发现，他们公司恐怕就要倒闭了。

卡丽哪里还睡得着，掐着点等天亮，赶紧给纪微甜打求救电话。

"你先别急，等我半个小时，我收拾一下，去帮你看看。"纪微甜挂了电话起床，先把小糯米团子送到小吃店，再打车去找卡丽。

纪微甜刚到卡丽的公司，就看见了打扮时尚却一脸愁容的卡丽站在门口等她。卡丽估计一夜没睡，看见她，像是看见了救命稻草似的，直接扑了上来。

纪微甜被吓得往后退了两步，伸手挡在两个人中间："你冷静一点儿，项目的问题，我在来的路上已经看过邮件，硬件没问题，只是安装软件程序的时候，参数不匹配，给我一点儿时间，我可以调整。"

"我的小甜甜，你简直就是我的救星！"

卡丽听见她居然这么快就想到办法了，激动地捧住她的脸，亲了她一脸口水。

纪微甜见卡丽兴奋的样子，犹豫着要不要在这个时候告诉卡丽她出门前没洗脸，下一秒，她已经被拖着往公司里走了。知道她不想暴露身份，卡丽刻意避开了人多的地方。

"你放心，等这次顺利渡过危机，我一定跟老总要求给你发奖金！"

"没关系。"纪微甜笑了笑。

能帮朋友，她不在意这些，更何况他们公司用她的技术卖产品，她会有专利费。

闻言，卡丽一拍胸口，说道："那不行，不能让你白干活儿，更何况你还得赚钱养我干女儿。你不喜欢钱，总有人喜欢。"

纪微甜接不上话了。

家里有个小财迷，她表示压力很大。

等纪微甜把系统的参数调整好，卡丽也已经雷厉风行地召集好技术人员，对产品进行安装。

他们赶在交货期限前，搞定了所有事情。

卡丽作为项目负责人，要亲自去跟秦氏科技集团的代表碰面。担心对方会在技术上跟她交锋，她拽上了纪微甜。

"你放心，不到关键时刻，我不会让你露面。你就是跟着去一趟，在楼下听着电话，万一遇到我们的技术人员回答不上的问题，你好歹能帮忙解决一下。"

卡丽软磨硬泡地把纪微甜拉上车。

她们刚抵达秦氏科技集团就接到消息，秦氏科技集团很重视这批产品，今天出面收货的人除了秦氏科技集团的项目经理，还有秦南御！

卡丽一脸震惊地看向纪微甜时，纪微甜已经缩回车子里，表示拒绝："我不去，我不管，我不想见他！"

卡丽："……"

最后，纪微甜一个人留在了车上，戴着耳机玩连连看。

卡丽亲自带着团队成员去跟秦氏科技集团的人碰面。一行人刚走到会议室门口，秦氏的项目经理就已经主动站起身，客气地上前伸出手："我的助理已经去验货了，辛苦你们跑一趟，先喝杯茶。"

"孙经理客气了，能跟秦氏科技集团合作，是我们的荣幸。"卡丽落落大方地跟对方握手，与对方一起进了会议室。

卡丽没有在会议室看见秦南御，心想应该是消息有误，她白紧张了。她又跟孙经理客套了一番，两个人这才坐下来喝茶。

卡丽不疾不徐地等着对方验货，倒是坐在她对面的孙经理，频频往门外看，一副坐立不安的模样。

卡丽喊了他几声，他才回过神。

"孙经理，你的脸色看起来不太好，没事吧？"

"我没事，只是……"孙经理话还没有说完，门外就响起了一阵脚步声，随即就见秦南御出现在了会议室的门口。

他穿着一身剪裁合体的黑色西装，面容异常冷漠。他将手上的白色手套摘下来，递给身边的助理，看起来像是亲自去验货了。

卡丽还愣在原地，孙经理已经快速站起身，替两个人介绍："秦总，这就是卡经理，我们这次供应商的项目负责人。卡经理，这是秦总，他很重视这次合作，所以今天亲自参与产品验收。"

卡丽回过神，忙不迭地站起来，朝秦南御伸出手："秦总，久仰大名，我叫卡丽。"

秦南御冷漠的目光扫过她的手，径直走上前，坐到会议桌最前端的椅子上。

孙经理站在卡丽身边解释："卡经理，你别见怪，我们秦总他……不喜欢跟异性接触。"

卡丽耸耸肩，刚想说没关系，耳机里便传来了闺密的吐槽声："扯淡，秦南御不喜女色绝对是史上最大的笑话，他只是装得比较像而已，典型的斯文败类。"

卡丽的嘴角抽搐了一下，她将耳机的声音调小了一点儿，跟着孙经理在会议桌前坐下来。

有秦南御在，偌大的会议室里气压都跟着降了下来。

卡丽也算见惯了大场面，可今天还是有些紧张。秦南御在用锐利的目光打量了她一眼之后，就没再说话，也没提验收的结果，只是接过助理手上的产品样品，用指骨分明的手指在触摸屏上一遍遍试着各项隐藏功能。

卡丽有些沉不住气了，趁没人注意，压低了声音问纪微甜这是怎么回事。

纪微甜回答得干脆利落："他在磨你的耐心。商场谈判，不就是比谁先沉不住气吗？技术类的产品，也是一样。"

"可我们已经达成合作意向，各方面的协议都签好了，今天只是来交货的，他磨我的耐心也不可能让我代表公司少收钱，这图什么？"卡丽明显看不透秦南御，佯装整理头发，伸手按着耳机跟纪微甜说悄悄话。

纪微甜沉默片刻，忽然语气沉重地说道："事出反常，必定有诈！自古奸商诡计多，尤其是秦南御这种人！"

小甜甜同学，你真的不是对人家有偏见吗？

卡丽琢磨不出秦南御的用意，对方也一直没开口，她只能等。直到秦南御将他们产品的功能试了一遍，他终于抬头正视她。

卡丽顿时正襟危坐，说道："不知道秦总对我们这次的产品有什么想法？我今天把技术团队的成员都带过来了，有任何问题，我们都可以协商解决。"

"这款产品的程序设计师是谁？"秦南御蓦地问，这是卡丽完全没想到的问题。

"我想要见见这个人。"他又说道。

没等卡丽想好怎么回答，秦南御深邃的眼睛如同看穿了她的想法，缓缓地说："如果我没有猜错，这个人并不是你的技术团队的成员。你只要把人交给我，不仅这次的产品，以后秦氏科技集团这类型产品的代理权都是你的。"

卡丽震惊到接不上话！

秦氏科技集团的代理权呀！这是多少人求都求不来的！

光是一年的单子就够养活他们一家公司的人了，还有丰厚的奖金……

卡丽紧张地抿了抿唇，正打算问秦南御是不是认真的，她的耳机里就清晰地传来纪微甜的碎碎念："不告诉他，就不告诉他，气死他！他昨天还说我推算的答案是蒙出来的，他当面鄙视我，你敢信吗？

"当面鄙视我，还想知道我是谁，我从未见过如此厚颜无耻之人！

"我跟你说，他就是个'扫把星'，我遇见他之后，就没发生过一件好事情……"

向来软萌的纪微甜一碰见秦南御，就像是猫遇到了老鼠。

卡丽有点儿头痛，夹在工作和友情里左右为难，最后咬了咬牙，还是选择了站在友情这一边："很抱歉，秦总，这涉及第三方合作保密协议，非本公司管理层，我不方便透露。"

秦南御似乎对她的回答并没有感到意外，干脆地在验收单上签了字，然后让助理拿给卡丽。在卡丽走出会议室的时候，他幽幽地说道："你早晚会说的。"

等卡丽离开会议室，跟在秦南御身边的助理问道："秦总，这家公司我查过，规模不大，产品结构单一，比起其他跟我们合作的供应商，简直微不足道，你为什么唯独对它另眼相看？"

闻言，秦南御靠到椅背上，目光落在自己的手机屏幕上。

屏幕上显示的是当初助理发到他邮箱里却被反追踪销毁的 CC 博士的照片。现在，他只要一点开那封邮件，页面上就会出现一只栩栩如生的肥猫，像一块大饼似的趴在正中间睡觉。只要秦南御尝试恢复照片，那只正在睡觉的肥猫就会苏醒，当着他的面开始跳舞，气得他几次想要摔手机。

正如他们猜测的那样，CC 博士的下落就此失去了线索，直到这次合作——一家小公司的设计团队竟然掌握了一项非常罕见的专利技术，设计出了非常人性化的人工智能产品，项目经理在汇报中提到的控制程序更是用了最先进的设计理念，跟 CC 博士当初提出的想法十分契合。

他今天亲自验收这家公司提供的产品，就是为了证实自己心里的推测。结果跟他推测的一样，设计这款程序的人就算不是 CC 博士，也一定是这方面的尖端人才。

他想亲眼见一见。

"秦总的意思我明白了，如果真的能找到这个人，我们接下来的实验就又增加了一分助力，而且这个人的手法跟 CC 博士有很多相似的地方，运气好的话，没准儿我们还能从他身上得到 CC 博士的消息！"助理正高兴时，忽然想到了什么，嘴角的笑凝固了，"可是对方已经明确拒绝了我们的要求。"

第三方合作保密协议，非公司管理层，不得向外人透露。

这个理由，换作普通人确实勉强不了，可如果对方是秦南御……

秦南御关掉手机屏幕，势在必得地命令道："通知相关部门，三天内，我要看见一个完整的收购方案！"

助理眼睛一亮："是，我这就去安排。"

另一边，卡丽逃命一样地出了秦氏科技集团，让其他人自行回公司，自己飞快地钻到车里，掐住纪微甜的脖子说道："没良心的小妖精，我在里面水深火热，你居然在车里睡觉。"

回想起刚才看见秦南御的场景，卡丽还是觉得呼吸不畅。她头一次见到气场这么强大的人，差点儿就把纪微甜供出来了。

"说真的，御少是真的帅，真人比照片帅一百倍的那种，也不知道你为什么这么讨厌他……啊！"卡丽话还没说完，就换成了她的脖子被纪微甜掐住。

纪微甜一个翻身，骑到她的腰上，居高临下地瞪着她："你当着我的面夸谁都可以，就是不许夸那个'扫把星'，帅也改变不了他'渣'的事实！"

"行，行，行，你长得美，你说得都对。"卡丽从她的手里挣脱出来，喘了口气，又忍不住说道，"一提到御少你就这么激动，不知道的人还以为你们两个有过一段情，你被始乱终弃了呢。"

卡丽忙着揉自己的脖子，没注意到纪微甜突然变暗的眸色，兀自说道："话说，刚才的谈话内容你都听见了，御少对你好像很感兴趣。我虽然用第三方合作保密协议把他应付过去了，不过看他的样子，他不会轻易放弃。在商言商，秦氏科技集团能提供一切你需要的东西，你要不要考虑跟御少合作……"

"不考虑，我跟他八字不合。"纪微甜毫不犹豫地拒绝了。

卡丽最大的优点就是会察言观色，见纪微甜不想聊秦南御，卡丽便直接开车带她去吃东西，吃饱喝足后还陪她逛街，买了一堆好吃的，拎着去看干女儿。

卡丽一进门就得到了小糯米团子的热烈欢迎，连带着肥肥都愿意扑在她怀里让她捋毛。

纪微甜看得眼热，想要加入，却被女儿嫌弃了："妈咪，你困就去睡觉吧，有干妈陪我就好。"

"我其实没那么困……"

"哦，你要是有空的话，能不能先给我找个爸爸？我喜欢长这个样子的。"小糯米团子从屁股底下掏出一本杂志，指着封面上秦南御的脸，认真地说道。

那本杂志不是被她丢了吗？

小糯米团子像是看出了她的想法，小嘴抿了抿，严肃地批评道："妈咪，没经过别人的允许，不可以随便丢掉别人的东西，太不礼貌了！"

纪微甜仔细看，发现小糯米团子手里的杂志好像比之前的那本新，像是新买的，这才冷静下来。然后，她在睡觉和让秦南御给她的女儿当爸爸这两个选项之间，果断选择了睡觉。

客厅里只剩下卡丽在陪纪星瑶了，看见纪星瑶手里的杂志，卡丽忍不住笑出了声："我的小公主眼光不错呀，茫茫人海中，你居然一眼就挑中了全T市最英俊潇洒的男人，知道这是谁吗？"

小糯米团子听她提起自己的偶像，小身板坐直了，一脸乖巧地听着。

"他叫秦南御，是秦氏科技集团的总裁，帅是真的帅，而且呀，巨有钱，是个女人都喜欢他……除了你妈咪那个奇葩。"卡丽还拿出自己的手机，在网上搜索了秦南御的相关词条，一一念给小糯米团子听。

长得好看又单身的男人绝对是聚会里最受女生欢迎的类型，许多女生甚至可以不介意年龄的差距。多看几眼秦南御的照片，别说小糯米团子喜欢，卡丽都想拜倒在他的西装裤下。

"御少这种极品，对我而言就是天鹅肉，我最多就是花痴一下。"卡丽抱起沙发上的小糯米团子，伸手捏了捏她的小鼻子，真诚地感慨道："你这张小脸，要是早出生个十几年，绝对有机会。"

卡丽走了之后，纪星瑶还坐在客厅里盯着手里的杂志。她想到了什么，翻身从沙发上滑下来，迈着小短腿进房间，盯着睡梦中的纪微甜，又从床头柜里拿出一面小镜子，看一眼自己，又看一眼纪微甜，粉嘟嘟的小嘴小声嘟囔："我长得像妈咪，我有机会就等于妈咪有机会……"

但是机会是主动创造的，妈咪不肯去，就只能她帮妈咪出马了！

小糯米团子高兴地转身跑回自己的房间，换了衣服和鞋子，又收拾出小背包，把出门必备的钱和钥匙都带上。最后，她还把自己抱在怀里的财经杂志也塞到了背包里，往身上一背，扭头往外走。

帅帅的新爸爸，我来了！

秦氏科技集团。

临近下班时间，大家都在处理手头的工作，想要赶在下班之前结束一天的任务。突然，一条消息引爆了内部员工群——"我们总裁有女儿了，你们敢信吗？"

很快，下面的消息一条接一条——

"什么情况？楼上怕不是忙晕了吧？总裁是有孩子，不过我记得是个儿子。"

"总裁的儿子的颜值跟咱们总裁的不相上下，目测他以后要青出于蓝。"

"敢说我们秦总的颜值不如儿子，楼上，你号没了。"

"思想觉悟不够，目测人也要没了。"

"会不会有人看错了？把小少爷当成小小姐了？"

就在他们讨论着秦南御和他的儿子谁更帅的时候，前台接待员在群里发了一张照片：一个粉雕玉琢的小糯米团子，背着小背包，站在一层大厅的前台处，小脑袋仰着，头上还扎了两个可爱的小辫子，笑起来眉眼弯弯，露出两个小酒窝，软萌又可爱！

刚才热烈讨论"总裁儿子"的众人瞬间都失声了。

真是女儿？

气氛凝固了三秒钟，照片底下的回复又多了起来！

前台接待员见大家跟自己一样震惊，心理总算平衡了，放下手机，低头重新看向自己面前的小糯米团子。

"小朋友，你刚才说你是来找谁的？"

"找爸爸！"纪星瑶踮着脚，把自己刚从背包里拿出来的杂志递给前台接待员，指着封面上的秦南御，说道，"就是这个爸爸。"

前台接待员看了一眼，深吸一口气，努力让自己冷静下来，确定自己没有听错，又抬头看了一眼小糯米团子的身后，发现她是一个人来的，没有大人陪同。

精致的小脸，乖巧、可爱的模样，虽然长得不像总裁，可这么小的孩子带着照片来这里找爸爸，应该不是认错人！

为保险起见，她还是给总裁助理打了一个电话。

助理怔了怔，随即声音沉了下来："总裁只有一个四岁的儿子，这些资料，你来公司正式上班的时候你们经理没有告诉你吗？"

"我知道，可是这个孩子拿着秦总的照片，说是来找爸爸的，身边还没有大人跟着，我……宋特助，要不你下来看看吧？"

前台接待员得到肯定的回复之后才放心地挂了电话。她刚要回头问小糯米团子的名字，一转身，眼前就出现了一根棒棒糖。

"谢谢姐姐，请你吃糖！"纪星瑶仰着小脸，奶声奶气地撒娇。

前台接待员的心都要融化了，还吃什么糖？

小姑娘长得这么可爱，又这么有礼貌，父母得有八辈子修来的福气才能生出这样的女儿。她家总裁怎么舍得不要，让这么小的孩子自己来找爸爸？那他也真的太"渣"了！

助理很快赶到，步履匆忙，脸色也不太好，一上来就说道："我刚刚已经跟秦总确认过，他肯定自己没有女儿，这个孩子你要是联系不上她的家人，就让保安送到警察局……"

助理的话还没有说完，他的衣角突然被什么东西扯了扯。

他下意识地垂眸，发现自己脚边站着一个粉雕玉琢的娃娃，小娃娃正仰着脸笑眯眯地跟他打招呼："叔叔好！"

助理蒙了。

"我是来找爸爸的，你可以带我去找他吗？"小糯米团子说着，踮起脚，把刚才放在前台的杂志拿回来，指着上面那张照片说道，"就是这个爸爸。"

助理："……"

前台接待员凑上前，小声说道："宋特助，你也看见了，这个孩子真的就是来找咱们总裁的，而且还是一个人来的。"

助理回过神，蹲下来跟眼前的小糯米团子平视，问她："小朋友，你叫什么名字？"

"星瑶。"

"你知道自己的家在哪里吗？是谁带你来这里的？"助理又问。

"我自己来的，还可以自己回去，可是我还没有看见爸爸。我是来找他的。"小糯米团子又认真地指了指杂志封面。

小娃娃有问必答，还回答得很有条理。

别说前台接待员了，这下连助理都差点儿信了，这可能是他家秦总的私生女，因为太想念爸爸，背着家人偷偷地跑出来，辛苦地找到秦氏科技集团，只是为了见爸爸一面……

这么一想，助理突然觉得有点儿心酸了。

不对，不对，他家秦总只有儿子，没有女儿，这孩子肯定是认错了。总不能随便来个孩子找爸爸，他都带去见他家秦总吧？那他明天就可以下岗了。

助理站起身，扭头吩咐前台接待员："秦总还在开会，肯定没有时间处理这样的小意外。这么小的孩子，一个人在外面走动也不太安全，你们记一下她的名字，然后打电话报警，想办法联系她的家人来接她。"

"不用找警察叔叔，我可以自己回家。可是我想见爸爸，你真的不可以带我去找他吗？我就看一眼。"小糯米团子伸手拽住了助理的小手指，露出可怜巴巴的表情，抿着小嘴问。

助理盯着眼前这个小可怜，心脏一阵抽搐。

他真的不是不肯帮忙，是不能帮呀。她认爸爸起码得有个信物，再不然，也要他家小少爷那样，长得像跟秦总一个模子刻出来似的，要不然他就这样把人带上去，不是自寻死路吗？

"要不然这样，你告诉叔叔你家在哪里，叔叔开车送你回家，好吗？"助理实在不忍心了。

助理弯腰把眼前的小糯米团子抱起来，正要往外走，余光忽然瞥见了她脖子上戴着的白色玉佩，身体蓦地一僵！

助理像是不敢相信自己眼睛，眨了眨眼，又看了一遍。

这玉佩……像极了秦家继承人的玉佩！

"小朋友，我可以看看你脖子上的玉佩吗？"助理屏住呼吸问。

"看完了可以带我上去找爸爸吗？"小糯米团子讨价还价。

这真要是秦家继承人的玉佩，别说是见他家秦总了，秦氏科技集团都是她的，这栋楼的哪个地方她不能去？

秦南御的会议持续到下班时间，他疲惫地靠坐在椅背上，接过秘书倒的水，喝了一口，扭头没看见自己的助理，拧了拧眉心，问："宋书呢？"

"宋特助在您的办公室，让我跟您说一声，会议结束后，请您尽快回一趟办公室，他有重要的事情要跟您汇报。"秘书在一旁小心翼翼地提醒，说完，还偷瞄了一眼自己的手机。

内部员工群里，大家正在议论自家总裁多了个女儿的事情，听说宋特助亲自下楼把那个小女孩接到总裁办公室了。

宋特助呀！这可是跟在总裁身边最久的人，连他都觉得那个小女孩是总裁的女儿，那肯定不会有错！

秘书此刻心里别提有多震惊了，偏偏还得假装什么都不知道的样子，生怕自己说错话。

"我知道了。"秦南御伸手揉了揉眉心，让秘书把会议纪要整理好，自己则出了会议室。

没等他回到自己的办公室，手机突然响了。看见是他爷爷打来的电话，秦南御立刻接起，准备主动汇报秦默睿的表现，结果还没开口，老爷子激动的声音就已经先一步传来："南御呀，听说我不只有个曾孙，现在还多了一个曾孙女，你快告诉爷爷，这个消息是不是真的？"

秦南御："什么？"

"哎哟，你别怪你身边的人嘴不严，那孩子的照片我看了，她长得真是可爱，跟你小时候冷冰冰的样子一点儿都不像，比你可爱一百倍……不，一万倍！"老爷子高兴地说道，"我一直担心你这毒舌又冷漠的脾性，将来你会不会连个媳妇都找不到。没想到你找媳妇不争气，生孩子这件事倒是没让我失望，这一下我凑齐了曾孙、曾孙女……"

秦南御确定电话是自己的亲爷爷打来的，怔了几秒，了然地说道："爷爷，催婚、催生也不是你这么催的。"

爷爷之前强行安排相亲，现在好了，都开始臆想自己有个曾孙女了。他要是真的有个女儿，肯定第一时间把秦默睿打包放进垃圾桶，然后每天准时下班回家陪女儿。

秦南御开了太长时间的会，有些累，走到办公室门口，说道："爷爷，你好好养病，我答应你，会认真考虑结婚的事情。"

"不是，你难道还不知道……"老爷子的话还来不及说完，秦南御就已经挂了电话。秦南御的嘴角勾起一丝冷笑，他要是有生女儿的命，老天就不会让秦默睿这个臭小子出现在他的生命里。

秦南御刚要推开办公室的门，突然听见里面似乎有笑声。他怔了怔，还没有确定刚才的声音是不是幻觉，隔着一扇门，从他的办公室里又传来了一阵银铃般的笑声。

他是被爷爷传染了吗？他居然都开始幻想自己有个可爱的女儿，乖巧地待在他的办公室里，等着他下班了。

秦南御回过神，推开门往里走，一抬头，看见自己办公室的沙发上坐着一个粉雕玉琢的瓷娃娃时，脚步蓦地一顿。他瞳孔一缩，随即毫不犹豫地转身走了出去，然后再开一次门——眼前的瓷娃娃还在！他真是见鬼了！

秦南御在心里低咒一声，刚要叫人，发现自己的助理也在办公室里，助理的手里还拿着一个果盘，像个保姆似的往瓷娃娃的嘴里喂水果。

"秦总，你终于回来了！"宋特助解脱似的喊了一声，端着果盘转过身。

沙发上的小糯米团子看见秦南御，二话不说就从沙发上跳下来，迅速跑到他面前，学着秦南御打量她的样子，也在认真地打量秦南御。半晌，办公室里的气氛安静得像是凝固了，直到小糯米团子看够了，她才赞叹道："爸爸真的好帅！"

秦南御听见这个称呼，终于从错愕中回过神，低头盯着站在自己面前的小糯米团子，难以置信地问道："你刚才叫我什么？"

"爸爸！"小糯米团子一点儿也不认生地蹭到他身边，仰着头，奶声奶气地喊。

秦南御的心口蓦地一震，一股无法言说的悸动顺着血液穿透四肢百骸。

这就是女儿跟儿子的区别吗？

秦南御情绪复杂，如果不是仅存的理智告诉他，他没有一个这么可爱的女儿，他都想把眼前的小糯米团子抱回家养着了。

"秦总，你先冷静一会儿，听我说。"

助理见秦南御脸色不对劲，飞快地走到他身边，压低了声音说明事情的原委。

"原本我也不信，只当这小女孩认错人了，想让人送她去警察局，可是没想到在她身上看见了小少爷的玉佩……我这才把她抱上来。"

秦南御低头看向小糯米团子的领口，她的脖子上确实戴着一块玉佩。但是因为绳子有点儿长，玉佩正好滑到了衣服里，不注意看，不会发现那块玉佩是罕见的玉种。

在秦默睿两岁以前，玉佩被保管在秦南御手里，原本应该等秦默睿成年之后再交给他的，可爷爷见他们父子关系不好，担心秦南御苛待自己的曾孙，非要提前把玉佩给秦默睿，还破天荒地在祖传的玉佩上刻了秦默睿的名字。

秦默睿一直把这块玉佩当作可以鄙视爸爸的宝贝，睡觉时都戴在身上，他不可能丢了都不知道。

助理又小声地补充道："秦总，我问过了，这孩子叫星瑶。"

星瑶……很好听的名字。

第五章

不知不觉进入他心里的人

秦南御反手牵住她的小手，把人带到沙发前，刚要抱她坐上去，小糯米团子就已经翻身自己爬上沙发，乖巧地坐好，然后用小手拍了拍身边的位置，笑弯了眉眼，说道："爸爸也坐。"

看见没有，女儿喊他坐！要是换成秦默睿那个臭小子，只怕看都不会看他一眼。

对比太强烈，让秦南御心里隐隐产生了一个不该有的念头。

他刚伸出手，想要揉一揉小糯米团子的脑袋，还没有碰到她，小糯米团子就已经挪着小屁股蹭到了他的怀里，在他的大腿上找了个舒服的位置坐着，窝进他的怀抱，然后仰起小脸，冲他笑："爸爸，抱抱！"

秦南御的身体僵住了。

他觉得要是怀里坐着一个会撒娇、卖萌的女儿，她只是这么对他笑一下，他工作了一天产生的疲惫就会消失殆尽。

秦南御薄唇微抿，尽量让自己看起来平静些，免得吓到怀里的小糯米团子："你刚才跟他们说，你叫……"

"星瑶，爸爸可以叫我'瑶瑶'，我今年已经四岁了。"小糯米团子自我介绍时，还伸出了四根白嫩嫩的小手指，歪着脑袋跟秦南御强调。

秦南御盯着那四根手指，脑子里想的却是，同样是四岁的孩子，为什么别人家的女儿像个小天使，他的儿子像个小恶魔。

"我听助理说，你是专程过来找我的，你的家人呢？"秦南御看着她可爱的小脸，不自觉地伸手接过助理手上的果盘，往她嘴里喂了一颗蓝莓。

小糯米团子咽下嘴里的蓝莓，开始掰着手指头数："妈咪在睡觉，外公和外婆在店里忙，肥肥躲在沙发底下。"

"所以，你是一个人出来的？"秦南御说到这里，蹙起眉心。

这么可爱的女儿不见了，她的妈妈居然都没有发现，太失职了！万一她遇见坏人，或者被人拐走了怎么办？这要是他的女儿，他肯定会寸步不离地守着她，恨不得给她打造城堡，让她当公主。

"等等，你刚才只说了你妈妈和外公、外婆，那你爸爸呢？"秦南御想到了什么，说道。

谁知道小糯米团子听见他的话，漂亮的大眼睛眨巴了两下，有点儿委屈地说道："我没有爸爸，妈咪年轻的时候被人骗了，然后就有了我。"

秦南御的心脏一紧。

原来她是单亲家庭的孩子，难怪会这么想要一个爸爸，认错人了都不知道。

他忽然有些不忍心告诉她真相。

小糯米团子没注意到他的情绪变化，突然伸出手，牵住了他的小手指，奶声奶气地问："帅爸爸，你觉得我长得好看吗？"

她那严肃的小模样让秦南御忍俊不禁，他刮了刮她的小鼻子，说："嗯，是个小美人坯子。"

"我长得跟我妈咪一模一样，我妈咪可漂亮了，比我还漂亮！"小糯米团子说到正事，眼睛变得亮晶晶的。

秦南御不明所以，下一秒就听见她说道："爸爸，你可不可以跟我回家，见一下我妈咪？她平时虽然有点儿迷糊，不太会照顾自己，但是长得很漂亮，又很聪明，而且还很善良……"

小糯米团子喋喋不休地数着自己妈咪的优点，看起来像个使劲牵红线的小月老。

秦南御呆滞了几秒，突然意识到了什么，有些错愕地看着坐在他怀里的小糯米团子。

她这是在替自己的妈咪相亲？

"爸爸，你愿意一直当我的爸爸吗？"小糯米团子说到最后，一脸期待地看着他。

秦南御有一种被求婚的既视感，如果坐在他面前的人不是一个四岁的小女孩的话。

　　她还是替自己的妈咪求的婚。

　　是谁生出了这么一个贴心又可爱的小宝贝？秦南御第一次觉得自己忌妒了。

　　"星瑶，你听我说，你还小，可能还不懂……"

　　"爸爸可以叫我'瑶瑶'，我外公、外婆都这么叫。还有，我不小了，今年四岁了！"小糯米团子的四根手指头又在秦南御面前晃了晃，她认真地强调。

　　四岁的娃娃跟他说自己不小了，还一本正经地帮自己的妈咪相亲，秦南御有点儿接不上话。

　　"秦总，重点不是这个，是玉佩，玉佩！"助理在一旁看着有了"女儿"就忘了正事的秦南御，提醒道。

　　这可是秦家继承人的玉佩，现在在一个陌生小女孩的手里，他家秦总能关心一下吗？

　　闻言，秦南御低垂眼帘，扫了一眼挂在小糯米团子脖子上的玉佩，还没有开口，小糯米团子就已经把玉佩从脖子上解了下来。

　　"爸爸见过这个吗？这是一个小哥哥赔给我的，他欠了我一双鞋子，还有一顿饭钱，就把这个抵押给我了。"纪星瑶心心念念着自己妈咪的终身大事，对玉佩倒不怎么在意。

　　没想到她刚说完，站在旁边的助理膝盖一软，差点儿摔倒，难以置信地看着她。

　　象征秦家继承权的玉佩居然只值一双鞋和一顿饭钱，他家小少爷是认真的吗？

　　秦南御听见她的话，联想到了什么，伸手将怀里的小糯米团子抱起来，放到助理的怀里，提醒道："让她趴在你的肩膀上。"

　　他转身找了一个角度，去看趴在助理肩膀上的小糯米团子，下一秒，恍然大悟——原来是她，那天在警察局，那对捡到秦默睿的老人家怀里抱着的小宝贝就是她。

　　难怪他一直觉得小女孩有点儿眼熟，原来是因为有过半面之缘……

　　"秦总，要不要帮小少爷把钱还了，把玉佩赎回来？"助理抱着纪星瑶，诚惶诚恐地问道。

　　没等秦南御开口，纪星瑶已经先一步拒绝了："这是小哥哥的玉佩，我答应他不能给别人，只能等他自己回来赎。"

闻言，秦南御微微挑起眉峰，像是有了新打算，幽幽地说道："瑶瑶，你想不想见给你玉佩的小哥哥？你如果跟我回家，就可以见到他，他在我家里。"

纪星瑶还没有忘记自己今天来的目的，抿了抿小嘴："那爸爸可以先跟我回家见妈咪吗？"

这他要怎么拒绝？

秦南御伸手把她抱过来，轻轻地捏了一下她粉嘟嘟的小脸，小糯米团子不仅没给他嫌弃的眼神，还仰起头冲着他甜甜地笑了。

她露出了两个小酒窝，瞬间让秦南御心都软了，恨不得立刻答应她。

"要不然这样，今天有点儿晚了，你先跟我回去，等改天我送你回家的时候，再顺便见你妈咪。"秦南御退而求其次地说道。

听见秦南御会送自己回去，小糯米团子乖巧地点头，小胳膊主动搂住他的脖子，依偎到他的肩膀上。

软软的小身子跟一团棉花似的。

秦南御感受到她的依赖，心里顿时充满父爱，扭头吩咐助理："现在是下班时间，小吃店应该没有关门，你让人去店里给两个老人家报平安，再给他们留一张随时能联系上我的名片，把情况说清楚，免得他们发现孩子不见了担心。"

助理：所以，你真的要把别人家的女儿拐回家自己养了？

"还不去？"秦南御见他愣着，眉心一拧。

"我这就去！"助理回过神，忙不迭地往外走，才走到门口，就已经听见秦南御给管家打电话吩咐："你让人赶紧收拾一间客房出来，按照儿童房布置……不是给秦默睿那个臭小子的，是给小女孩的，四岁的女孩！再让人去买一些小女孩喜欢的零食和玩具，越多越好！"

然后，他低头问怀里的小糯米团子："瑶瑶，你还想要什么？"

助理脚下一个趔趄，心想：秦总，你以前从来不会给小少爷买玩具，哦，你还不让他吃零食。

可怜他家小少爷，为了吃点儿垃圾食品都得离家出走，现在亲爹为了别的小朋友，成箱成箱地往家里搬好吃的……

助理心疼小少爷！

"你怎么还在这里？"秦南御转过身，看见还愣在门口的助理，声音一沉，说道。

助理顿时顾不上心疼自家小少爷了，拔腿就跑。

秦南御这才满意地抱着小糯米团子往外走，边走边说："我们回家。"

秦家别墅里。

因为秦南御的吩咐，管家早已准备了小孩子喜欢的很多东西，零食和水果全是进口的，就连玩具也是国际知名品牌的限定版。

管家还掐着时间，带着别墅里的所有人，站在门口迎接第一天到秦家别墅的"小小姐"。

管家一看见车子停下来，连忙上前开门。

"御少，我来抱小小姐吧。"管家刚要替秦南御接过怀里的孩子，就被秦南御瞪了一眼。

他无视管家的手，轻松地单手抱着小糯米团子从车上下来。

秦南御挺拔的身躯被夕阳勾勒出长长的剪影，越发衬得他怀里软软的"女儿"有多小，小得让人恨不得把她捧在掌心里。

"这里就是爸爸的家吗？好大，好漂亮！"纪星瑶毫不吝啬地夸奖。

她那漂亮的大眼睛眨巴眨巴的，好奇地东看看、西看看，只是小胳膊一直搂着秦南御的脖子，像是再好看的东西在她眼里都没有爸爸重要。

这一点让秦南御又在心里感慨，果然还是女儿好！他忍不住伸手捏了捏她的小脸蛋儿，问："喜欢吗？"

"喜欢，不过我更喜欢爸爸！"小糯米团子奶声奶气地撒娇，小下巴一抬，嘟着小嘴就在秦南御的脸上亲了一口，笑弯了眉眼。

他被一个娃娃亲了！

秦南御呆滞了半晌，像是发生了什么不可思议的事情，手颤抖着摸了摸被亲的脸，难以置信地盯着怀里的小人儿。

被一个孩子喜欢，原来是这种感觉。

他突然不是那么讨厌"爸爸"这个身份了，甚至还有点儿喜欢。

他正要说什么，怀里的小糯米团子已经蹬了蹬腿，从他身上下来，迈着小短腿往别墅里跑。

偌大的别墅客厅经过管家的精心布置，已经焕然一新。

最受小孩喜爱的玩具和零食被摆在最显眼的位置，水果也已经被切好装盘，放在茶几上。要知道，这种待遇，他家小少爷回国的时候都没有！

要不是提前跟宋特助打听了一下这个孩子的来历，管家都要以为这是他家御少的亲生女儿了。

"小小姐慢点儿，小心别摔了！"

管家原本以为，小孩子看见这么多好吃的、好玩的，肯定会很高兴，然后抱着玩具就不撒手，没想到纪星瑶只是看了一眼，似乎并不在意，一直绕着客厅走，像是在找什么东西。

"瑶瑶，怎么了？"秦南御慢一步进客厅，注意到她紧紧抿着的小唇瓣，不放心地上前问道。

纪星瑶蹭到他怀里，嘟着小嘴，有些失落地问道："为什么没有看见小哥哥？"

上次她外公、外婆没有帮小哥哥离家出走，还把他送回家，他是不是生气了？所以这次她来找他，他都没有出来跟她玩。

秦南御一怔，接着就明白了她的意思。

"小哥哥不听话，正在关禁闭，不是在生你的气。"他牵着小糯米团子的手，往一楼的儿童房走。

他们走到门口，秦南御刚敲门，就听见了里面传来某个小正太愤慨的声音——

"我谁都不想见，我只想静静……

"等我出去了，我要打电话告诉太爷爷，你们都欺负我……

"只有小妹妹对我好，她还给我买炸鸡……我想小妹妹了，哇！"

房间里的小正太说着说着就哭出了声。

房门蓦地被人打开，他趴在被窝里的小身躯顿了顿，掀开被子爬出来，抬头看见站在门口的人是秦南御，扭头继续趴在枕头上哭。

太惨了！

他都这么伤心了，为什么还要让他看见魔鬼爸爸，他只想要妈咪，想要穿着小黄鸭拖鞋还会给他买炸鸡的小妹妹！

"小哥哥，是你吗？"秦南御身后探出一颗毛茸茸的小脑袋，小女孩乖巧地问了一句。

秦默睿的哭声忽然一停，他以为自己被关禁闭关到产生了幻觉，越发难过地号啕大哭起来。

"哇——"

纪星瑶被这凄惨的哭声吓了一跳，整个小身子从秦南御身后走出来，她茫然地看着趴在床上哭成泪人儿的小哥哥。

她刚才听见他说想她了，故意躲在秦南御后面，想给他一个惊喜。小哥哥怎么好像不开心，还哭得更惨了？

121

小哥哥是不是被她吓到了？

纪星瑶歪着小脑袋看了一眼房间里的秦默睿，想了想，快速跑到床边，学着小时候外公、外婆哄她的样子，抬起手臂轻轻地拍他的背。

"小哥哥乖，不哭了，只要你乖乖的，我就给你买炸鸡。"纪星瑶说完，迟疑了两秒，又补上一句，"但是你得先还我钱。"

正在抽噎的小正太愣住了，听见了熟悉的声音，眨了眨眼睛，连哭都忘记了。半晌，他有些犹豫地抬起头，小心翼翼地看向声音传来的地方。下一秒，一张粉雕玉琢的小脸出现在他面前。

小女孩的脸上还挂着甜甜的笑容，像那天他们手牵着手一起去买炸鸡时的样子。

"小妹妹。"

秦默睿伸手掐了一下自己，会痛。他"嗖"的一下坐起身，像是不敢相信自己的眼睛，定定地盯着床边的纪星瑶，半晌，又"哇"的一声哭了起来。

他这是高兴得哭了。

秦南御站在门口，看着两个小孩抱在一起的模样，皱了皱眉心，正要上前把秦默睿从小糯米团子身边拉开时，他的手机响了。

是他爷爷打来的电话。

秦南御拿着手机，往客厅走了几步，淡淡地说道："是，那个孩子我接回来了，但她不是我的女儿……爷爷，我没有始乱终弃，秦默睿是我的意外，但不可能出现第二次意外……"

秦南御的眸色暗了暗。同样的错误，他不会让自己犯两次。

可电话那头的老爷子明显不信，冷哼一声："当初我也信你是个洁身自好的孩子，最后我稀里糊涂地当了太爷爷，我可怜的曾孙还四年没有妈妈。保险起见，你明天就带我曾孙女去验一验 DNA，没准儿自己找上门的小可爱还真是我亲曾孙女。"

秦南御心想：我是想把别人家的孩子"偷"回来养，但是抱着一个跟自己毫无关系的孩子去验 DNA，疯了吗？

他揉了揉眉心，听着电话那头还在跟他执拗地讲道理的爷爷，无奈地应承下来。

"我知道了，我明天就带她去验。"

秦南御这才把老爷子哄得高高兴兴，老爷子还让秦南御多拍几张曾孙女的照片发给他。

管家在一旁听见了两个人的对话，没等秦南御吩咐，就主动给医院打电话，预约了明天的检测。

秦南御挂了电话便没把这件事放在心上，走回去看房间里的两个小孩，发现房间已经空了，只有凌乱的被子……

他刚"拐"回来的女儿被他不争气的儿子"拐"走了？

"御少，没跑，在这边！"管家小声提醒，指了指客厅茶几的位置。

秦南御走上前，看见他们不知道什么时候已经手牵手走到了茶几前面。

纪星瑶拿起一包薯片，拆开就往秦默睿嘴里喂。她一边喂，还一边安慰："好了，别哭了，把眼睛哭肿就不好看了。我妈咪经常说，人笨点儿没关系，但是如果还丑，那就真的不能原谅了。"

"嗯嗯！"秦默睿第一次在自己家里看见这么多零食，忙着吃东西，完全没有半点儿要反驳被人说笨这件事。

他不笨，以后可以照顾小妹妹，但是现在，吃零食比什么都重要！

"秦默睿——"

突如其来的低喝声让正吃着薯片的两个小孩吓得同时从沙发上站了起来。

纪星瑶手里还拿着一包薯片，一脸茫然的表情，看着秦南御。下一秒，秦默睿飞快地从她手里把薯片抢过来，丢回茶几上，然后飞快地用自己的衣袖给她擦了擦嘴，再牵着小妹妹，假装什么都没有发生过。

整个过程也就用了不到三秒钟。

看见秦南御黑着脸走上前，像是要动手的模样，刚才只顾着吃的秦默睿毫不犹豫地把小妹妹拉到身后，主动开口："薯片是我一个人吃的，小妹妹很乖，一口都没有吃，只是为了安慰我。你要打就打我好了！"

纪星瑶从他身后伸出小脑袋，不安地问道："为什么要打小哥哥？"

她那软软的声音里带着一丝撒娇的语气。

秦南御还没有来得及积蓄的怒气"嗖"的一下全没了。

他顾不上收拾偷吃零食的臭小子，走上前先把小糯米团子抱起来，端起水杯喂她喝水，然后坐到沙发上，若无其事地说："没人要打小哥哥。我只是担心你们吃得太着急会噎着，想提醒你们慢点儿吃。"

秦默睿：这是我爸爸吗？

纪星瑶懒得自己端杯子，低头就着秦南御的手喝了一口水，确定小哥哥不会挨打，又笑眯眯地问："那我跟小哥哥还可以吃薯片吗？"

秦默睿心里"咯噔"一下，他正担心得寸进尺的小妹妹会不会挨打，就听见秦南御毫不犹豫地点头说道："当然可以，只要你喜欢，做什么都可以。"

糟糕了，他肯定是在做梦，不仅梦见了他最喜欢的小妹妹，还梦见他最讨厌的爸爸变了，变成他喜欢的样子了。

可是，这种改变太可怕了！

直到纪星瑶重新拿着薯片回到他面前，秦默睿都不敢相信眼前看到的一切是真的。

"小哥哥，你怎么不吃了？是觉得这个口味的薯片不好吃吗？我觉得挺好……"纪星瑶歪着小脑袋，见秦默睿没反应，自己尝了一块。

秦默睿突然伸手把她手里的薯片拿走，然后握着她的小手，放到自己脸上，说："你捏我一下，用力捏！"

纪星瑶从来没有听人说过这么奇怪的要求，但是小哥哥让她捏，她就眨了眨眼睛，用力捏住他的脸。

"哎哟——"一声惨叫从秦默睿的嘴里发出。

他捂着自己的脸，倒在沙发上，难以置信地看着个子小小却力大无穷的小妹妹。

他是真的疼！

梦里的疼痛也这么真实吗？

"秦默睿，你是傻子吗？"秦南御双手抱胸，冷冷地看了一眼行为异常的儿子，像是看穿了他的心思，嘴角噙着冷笑。

熟悉的眼神、熟悉的笑容……秦默睿终于相信自己不是在做梦了。

"小哥哥，是不是我捏得太重了？我给你吹吹。"纪星瑶见秦默睿红了眼眶，内疚地凑到他身边，噘起小嘴就要给他吹。

秦默睿确定自己不是在做梦，顿时若无其事地仰起帅气的小脸，拍着小胸脯说："哥哥没事，哥哥可以保护你。"

下一秒，秦南御已经从他面前把纪星瑶抱走，往餐厅走去："瑶瑶，少跟哥哥玩，知道吗？"

秦默睿："……"

一顿饭的时间，秦南御给纪星瑶事无巨细地"科普"了一遍秦默睿做过的坏事，最后总结道："瑶瑶，哥哥不是什么好榜样，你千万别跟他学。"

秦默睿：我还是不是爸爸亲生的崽？

直到秦南御接到一个商务电话，不得不离开片刻，秦默睿终于找到机会蹭到纪星瑶身边，替自己澄清："小妹妹，这就是我跟你说过的恶魔爸爸，他经常虐待我，还不让我吃炸鸡。"

秦默睿羡慕的眼神越过餐厅，看向外面重新布置过的、摆满了玩具和零食的客厅。

"你知道吗？他从来没有给我买过玩具，也不让我吃零食，说秦家的继承人要学会克制。我才四岁……"秦默睿伸出四根手指头，在纪星瑶面前晃了晃，加重语气说道，"他还经常嘲笑我，说把我发射到外太空，我都会自己回来。你说，他像话吗？"

纪星瑶正埋头吃着面前精致的儿童餐，嘴角还沾着米粒。她听见秦默睿痛心疾首的指控，小舌头舔了舔唇瓣，想了想，认真地点头："像话的！"

秦默睿："什么？"

"我们已经四岁了，是大朋友了，不仅要学会照顾自己，还要学会照顾妈咪，你看我就经常帮妈咪照顾外公、外婆。我晚上起来尿尿，还要帮妈咪盖被子，我妈咪出门时经常忘记带钥匙，都是我跟肥肥帮她开门。可是我妈咪很爱我，我也很爱我妈咪。"纪星瑶抓住小勺子，往嘴里喂了一口饭，睁着大眼睛看秦默睿。

秦默睿有点儿不信："你都离家出走了，你妈咪都没有来找你。"

"那是因为我妈咪工作太忙了，为了赚钱养我，她加班很累，睡着了。而且我没有离家出走，只是出门找一个帅帅的爸爸。我会自己回家的！"

纪星瑶说到这里，像是为了证明自己真的不是离家出走，伸手扯了扯自己的衣袖，露出手腕上的儿童手表，漂亮的大眼睛眯了眯，笑得像只小狐狸："我还有这个。"

"这是什么？"秦默睿看见表盘上闪烁着的红色和绿色的灯，好奇地伸手想要去摸。

他还没有碰到手表，纪星瑶就已经挡住了表盘："这个是定位仪，只要我出门，它就会自己打开，让妈咪知道我在哪里，这样她就不会担心我走丢了。"说完，她还给秦默睿演示了一下手表上的隐藏功能。

要是遇见坏人，它还可以用来报警和逃生。

看见秦默睿被她手上的多功能手表迷住了，看得眼睛都不眨，她又补充了一句："这是我妈咪跟冷叔叔特意给我做的，全世界只有这一个。我妈咪很爱我的。"

秦默睿被那块看似普通的手表迷住了，又听见是她妈妈特意为她定做的，羡慕地说道："我要是也有一个这样的妈咪就好了。"

"你如果喜欢的话，我可以让我妈咪给你也做一个……不过你要付钱，冷叔叔说，这块手表可贵了！"小糯米团子重重地强调了最后一句。

秦默睿缺的是钱吗？不，他缺的是妈妈！

或许是因为出生在"科技世家"，又或许是小男孩天生对酷炫的机械感兴趣，吃饱喝足之后，秦默睿一直黏在纪星瑶身边，想要借她的手表看一下，刚跟到客房门口就被秦南御揪着衣领丢出了门……

房间里，保姆抱着洗完澡、换好衣服的纪星瑶从浴室里出来。

"御少，小小姐的头发已经被吹干了，我去给她冲一杯牛奶。"保姆把孩子放到床上，转身出了房间。

纪星瑶自己在一堆玩具里挑了一个猫咪造型的玩偶，抱着它钻进被窝，然后满脸期待地看着一旁的秦南御。

而秦南御正拿着他这辈子从来没碰过的童话故事书。

看见儿童床上那双闪烁着期待光芒的大眼睛，他异常紧张，轻轻咳了一声，开口问："瑶瑶，你喜欢听什么故事？"

"只要是爸爸讲的我就喜欢！"小糯米团子十分捧场。

闻言，秦南御又欣慰又心疼。

联想到她可能从来没有听过爸爸给她讲睡前故事，秦南御的心口莫名其妙地抽痛了一下，他翻开故事书的第一页，用低沉而又有磁性的声音生硬地给她讲第一个故事。

原本他还担心故事讲得太差，会让她睡不着，谁知道一个故事还没有讲完，他的余光就瞥见被窝里的小糯米团子已经睡着了，她的一只小手还牵着他的手指。

他以前也哄过秦默睿那个臭小子睡觉，可臭小子睡着了只会用屁股对着他。

秦南御放下故事书，轻轻地抬手，将手指从纪星瑶的掌心里抽出来，给她盖好被子，然后坐在床边盯着被窝里睡颜乖巧得像个小天使的小糯米团子。

不知道为什么，他的脑海里突然闪现出纪微甜那个女人的脸。秦南御有些晃神儿，反应过来自己居然在想一个害人精的时候，拧了拧眉心。他低头在小糯米团子的额头上落下一吻，薄唇微启，说道："小宝贝，晚安。"

他刚要站起身，就听见被窝里的小糯米团子翻了一下身，不高兴地嘟囔："妈咪，我说了多少遍了……不可以叫'小宝贝'，我四岁了……"

秦南御一怔，随即脸上露出宠溺的笑容，离开了房间。

管家已经候在门口，秦南御将手里的故事书递给他，随口问道："秦默睿呢？睡了？"

"是，小少爷睡了，睡觉前，好像还给老爷子打电话告状了，说你不让他跟妹妹玩。"管家小心翼翼地回禀。

"幼稚。"秦南御冷哼一声，嘴上说不在意，脚还是不自觉地朝着儿童房走去。

快走到儿子房间的时候，他放轻了脚步，没有开灯，只是走到床边，借着微弱的月光看了一眼床上的儿子。

秦南御看着儿子难看的睡相，眼底掠过一抹嫌弃的光，最后还是忍不住给他盖好被子。

见儿子的床头放着一本数学教材，秦南御伸手拿起来看了两眼，转身问站在门口的管家："他的数学学得怎么样？"

"给小少爷请的老师说了，小少爷在数学方面的造诣很惊人，他是个真正的天才儿童。"管家与有荣焉地说道。

闻言，秦南御眨了眨眼睛。

他的数学水平不低，但主修计算机，秦默睿的计算机是跟他学的，可这么高的数学天赋，又是像谁？

基因突变？

秦南御把书放到床头柜上，走出了房间。

管家一直跟在他后面，犹豫着说道："御少，秦家那边又有消息传来，说小少爷年纪不小了，按照家族继承人的规定，他应该开始接受继承人训练了，像你这样只是限制一些他平时的行为并不能真正让他变得独立和强大……"

管家见秦南御的脸色沉了下来，讪讪地住了口。

秦南御站在楼梯口，微微收紧放在扶手上的手。家族继承人训练……他并不陌生，那是他经历过又十分憎恶的东西。

他的脑海里闪过一些冰冷的画面，随即他又想起秦默睿为了吃点儿垃圾食品都要跟他玩"捉迷藏"的画面，嘴角勾起一丝冷笑。

真该让那个臭小子去见识一下什么是真正的魔鬼。

可到最后，他还是不容置喙地说道："告诉他们，我的儿子只会留在我身边，要怎么教育，不需要别人来指手画脚。"

"是。"

秦南御回到自己的房间，冲了凉，又进了书房。

CC博士还没有找到，项目已经开始，太多事情需要他拿主意。秦南御一登录邮箱，就看见了助理发来的邮件。

"秦总，我们的人刚刚反馈，今天还是没有CC博士的行踪，但是打听到了一点儿消息。据说CC博士并不是一个人，他的背后似乎有一股很强大的势力在为他保驾护航，只要我们得知任何一点儿关于CC博士的消息，就会有人狙击我们的信息网，下手快、狠、准。我们的人初步排查发现，似乎跟一个代号为'冷'的国际黑客有关。"

邮件的下面附带了这个黑客的履历。

说是履历，可是除了他做过的事情，关于这个人的身份、背景，一无所有。

他狙击了他们的信息网这么多次，还不暴露一丁点儿自己的信息，这么厉害的对手，也难怪秦南御的人查不到半点儿关于CC博士的消息。

只是，CC博士是科研人士，怎么会跟一个国际黑客扯上关系？这个"冷"到底是什么人？

秦南御处理完工作，回到卧室的时候已经是凌晨了。他刚关了灯睡下，房门就被敲响了。

秦南御翻身从床上下来，打开房门。

第一眼以为门外没人，直到他低头，才看见那个抱着猫咪玩偶、小脸有点儿呆萌的小糯米团子。

"瑶瑶？"秦南御怔了怔，连忙弯腰把她抱起来。

"爸爸不在，一个人睡觉怕怕！"小糯米团子蹭到他怀里，搂着他的脖子撒娇，"我可以跟爸爸一起睡觉觉吗？"

这一幕如果让纪微甜看见，她怕是要被吓得晕过去。

这还是她家"上得厅堂，下得厨房"、号称"四岁已经是个大朋友"、不让人照顾的小管家婆吗？

秦南御并不知道自己怀里抱着的是个"吃人不吐骨头"的小祖宗，听她说害怕，在心里责怪自己太大意。

他怎么忘了？这么小的孩子第一次在陌生的地方睡觉，再乖也会害怕。

他连忙把人抱到床上，给她盖好被子，坐在床边。

"睡吧，我守着你。"

闻言，小糯米团子翻了个身，滚到床的另一边，拍了拍旁边的空位：

"爸爸可以跟我一起睡！"没等秦南御回过神，睡在他被窝里的小糯米团子就已经开始了她的表演。

"爸爸，你听过《小星星》吗？我妈咪唱得可好听了。

"我妈咪的眼睛就像一闪一闪的小星星，特别漂亮！

"你如果明天亲自送我回家的话，就可以看见我妈咪了。我还可以让我外公、外婆请你吃麻辣烫，小哥哥特别喜欢吃我外公做的煎饼馃子。"

见他一直没答应，小糯米团子从被窝里伸出一根小手指："爸爸，我有点儿害怕，你可以跟我拉钩，安慰我吗？"

秦南御掌管着整个秦氏科技集团，在商场上什么风浪没有见过？可他面对一个只有四岁的娃娃一脸乖巧地问他能不能拉钩，脑子根本来不及反应，手就已经伸出去，跟她的小手指拉了拉。

秦南御还在纳闷儿她的小手指怎么可以这么软的时候，小糯米团子已经高兴地在他的脸上亲了一口，露出小狐狸般的笑容："拉了钩就不能反悔，不然就会变小狗。爸爸，你明天一定要跟我回家呀！"

奸计得逞的小糯米团子终于可以安心地睡了。

秦南御看见蹭在自己身边的娃娃，竟莫名其妙地失去了困意，手指在她的鼻尖上刮了刮，嘴角微微扬起。

跟她回家也不是不可以，正好他看看到底什么样的女人能生出这么乖巧又狡黠的小狐狸。

秦南御守着身边的小糯米团子，不知不觉地靠在床边睡着了，醒来的时候，下意识地扭头看向旁边的位置，发现应该睡在床上的小糯米团子不见了，而他胸口的位置多了一团软乎乎的东西。

他一低头，小糯米团子细软的头发就蹭在了他的下巴上，她就像一只猫一样趴在他的胸口处。

她睡得香甜，嘴角还挂着一缕银丝，好像流口水了……

这睡姿，跟他儿子的差不多。要是把他们两个人放到同一张床上，他们的睡姿怕是会跟复制粘贴一样。

窗外，一丝阳光正透过窗帘洒在窗台上。

微风拂过，随着窗帘摆动的弧度变大，窗外的光慢慢变得刺眼。睡在他胸膛上的小糯米团子像一只土拨鼠，使劲往他怀里拱了拱，小胳膊紧紧地抱着他，嘟囔道："爸爸，你记得要跟我回家……"

秦南御："……"

床头的手机响了，他想也不想就伸手挂掉，像担心吵醒怀里的纪星瑶，轻轻地把人从怀里抱起来，放到床上。

然后，他才拿着手机走到阳台，给对方回电话，嗓音因为晨起而有些暗哑："有事？"

"御少，你预约的 DNA 检测已经准备好了，请问你是上午过来吗？"电话那头的医生恭敬地询问。

秦南御愣了愣，随即想到，会这么听他爷爷吩咐并积极地给他预约检测的人，只有管家。

他目光一沉，薄唇微启："我今天没时间，取消吧。"

他爷爷真是年纪越大，越不让他省心了。

给秦南御打电话的医生是秦家的常用医生，对秦家的事情知道得不少。医生，问道："如果老爷子问起来呢？"

"那就告诉他已经做过检测了，随便给他一个结果。哄老人家高兴的事情，你如果不懂，就让管家来做。"秦南御淡漠地说。

秦南御挂了电话，又用手机回复了几封工作上的邮件。

等他走回卧室，想要喊小糯米团子起床的时候，发现睡在他床上的人从一个变成了两个……

原本属于他的位置现在被一道小身影占据着。

秦默睿不知道什么时候溜进了他的房间，正抱着自己喜欢的小妹妹，睡得像头小猪崽。

没等秦南御亲自动手，纪星瑶已经嫌弃地一脚把秦默睿蹬开，整个人呈"大"字形，占据了半边床。

秦默睿也没醒，翻了个身，继续睡。没过几秒，两个小孩用同款"大"字形睡姿占满了一张床。

眼前这一幕让秦南御产生了一股怪异的感觉，不知道是不是受了爷爷的影响，他竟然开始感觉两个孩子有点儿像……

就在他犹豫着要不要重新打电话联系医生安排 DNA 检测时，纪星瑶醒了。

她漂亮的大眼睛眨巴眨巴，有些茫然地看着天花板，然后她翻身从床上坐起来，小手握成拳头，揉了揉眼睛。

看见站在床尾的秦南御，纪星瑶噘了噘小嘴，奶声奶气地撒娇："爸爸，抱抱。"

秦南御刚走上前，纪星瑶就主动蹭到了他怀里，靠到他的肩膀上。

她弱小、可爱，又会卖萌……简直让人无法拒绝。

秦南御的声音不自觉地变得温柔，他捏了捏她的小脸蛋儿："睡醒了？饿了没有？我们去吃饭。"然后，他抱着小糯米团子往外走。

"还有小哥哥。"纪星瑶想到了什么，从他的肩膀上抬起头，看向还睡在床上的秦默睿。

她刚想喊秦默睿起床，就听秦南御说："不用理他，等他睡醒了会自己下来。"

小小年纪的纪星瑶这个时候还不懂什么叫父子争宠。

纪星瑶一心念着要找一个帅帅的爸爸回家，还没有吃完饭就问："爸爸，你现在可以送我回家了吗？"

秦南御很想拒绝，可一对上小糯米团子纯真的大眼睛，又不由得颔首，说道："好，等你吃饱了，我们就出发。"

然后，他端起她面前的粥碗，把粥吹凉了喂她吃，突然想到了什么，又教育道："瑶瑶，你以后一个人的时候，不可以偷偷往外跑。这次是你运气好，要是下次遇见坏人，你很可能被抓走，知道吗？"

"砰——"管家端着牛奶从厨房里出来，听见这句话，一个哆嗦，腿撞到了门框上。

他难以置信地抬头看向自家少爷，心想：御少，你还记得你的亲儿子走丢的时候，你说了什么吗？

秦南御瞥了管家一眼，无视了他眼里惊愕的神色，继续喂纪星瑶喝粥。等她吃饱，他还替她擦了一下小嘴。

一直没机会说话的纪星瑶终于有机会开口了，小手握住他的手，可怜巴巴地问："那如果我下次想爸爸了怎么办？"

秦南御心口一紧，这么乖、这么萌的女儿，谁顶得住？

他刚想让她留在自己身边，纪星瑶已经伸手指了指客厅里放着的行李箱，说："爸爸要不要收拾东西，搬去跟我和妈咪一起住？"

秦南御顺着她的手指看过去，居然真的在客厅里看见了几个行李箱，眼睛眯了眯。

管家连忙解释："御少，这是昨天给小小姐买礼物时包装用的箱子，我现在就去收拾。"

"不用收了。"秦南御拦住管家，"你把昨天买的玩具都打包好，一会儿给瑶瑶带回家。"

"都给我吗？"纪星瑶眨了眨眼，听见礼物都可以回家，大眼睛瞬间变成了星星眼。

虽然有个迷糊的妈咪，但是纪星瑶天生有一双财迷的眼，一眼就能看出值钱的东西。

　　秦家别墅里的玩具都是限量版的，有一些她之前也想买，但是舍不得钱，所以只是看了看。

　　"嗯，都给你。还有，这是我的名片，上面有我的私人号码，你打这个号码，随时可以联系上我，想我了就给我打电话。"秦南御将自己的名片放到小糯米团子的口袋里，看见她高兴的样子，自己也跟吃了蜜似的，甜到了心里。

　　想当初他也买过这么多玩具给儿子，结果那个臭小子连一句"谢谢"都没有，还鄙视他，嫌他买的东西幼稚。

　　呵，四岁的孩子不喜欢儿童玩具，反过来怪他幼稚。

　　当时，秦南御把玩具丢进垃圾桶的时候，没顺便把儿子丢进去已经是他最后的仁慈了。

　　秦南御将小糯米团子从儿童椅上抱起来，捏了捏她粉扑扑的小脸蛋儿，问道："喜欢吗？"

　　"喜欢！"

　　只要是值钱的东西，她就喜欢！

　　小糯米团子感动得蹭到他怀里，搂住他的脖子，仰起头就在他的俊脸上亲了一口，说道："我最爱爸爸了！"

　　秦南御：老天欠他一个女儿！

　　他已经开始有点儿后悔答应把她送回去了，但为了不破坏在小糯米团子心目中的形象，还是吩咐管家备车，自己抱着怀里的小公主，抬腿往外走。

　　他刚走到门口，一抹身影就像一颗炮弹一样从楼上冲了下来，八爪鱼似的挂在秦南御的腿上。

　　"我也要跟小妹妹回家！"

　　"秦默睿，怎么哪里都有你？松手！"秦南御眉目一沉，低声说道。

　　秦默睿不仅没松开，反而抱得更紧了："我就不！我也要跟小妹妹回家，小妹妹昨天答应了带我一起走，你凭什么不带我？"

　　关键是，他跟着小妹妹有零食和炸鸡吃……还有妈妈！

　　秦默睿想到这里，手脚并用，恨不得粘在秦南御身上。

　　秦南御："……"

　　老天爷是听见了他对女儿的渴望，所以用这种方式让他感受儿子对他的依赖吗？

不，他不需要。

"爸爸，我也喜欢小哥哥，可以让他跟我一起走吗？"被秦南御单手抱着的纪星瑶从他的肩膀上探出小脑袋往后看。

她想下来，秦南御不让，问道："那你更喜欢我，还是更喜欢小哥哥？"

咦？

纪星瑶怔了怔，抬头看了秦南御一眼，知道如果她说更喜欢小哥哥，爸爸就不能跟她回家了。

纪星瑶抿了抿小嘴，乖巧地回答："爸爸！"

秦南御满意了，垂眸看了儿子一眼，淡漠地说："你这么抱着我，是想要我抱你上车？"

闻言，秦默睿愣了愣，回过神后，"嗖"的一下钻到了车里。

管家把玩具都搬上车后，又连忙去拧了一条湿毛巾给秦默睿擦脸。

"御少，小少爷还没有吃早餐，需要让厨房准备三明治和牛奶吗？"

秦南御刚扭头看向管家，秦默睿就已经毫不犹豫地拒绝了："我不想吃三明治，想吃小妹妹家的煎饼馃子，还有外婆煮的鸡蛋面。"

"这……"管家小心翼翼地看向秦南御。

煎饼馃子和鸡蛋面虽然不是垃圾食品，但小少爷冲着吃的东西而去别人家做客，就不怕被自己的亲爹踹下车吗？

谁知道秦默睿不仅不怕亲爹，还特别有底气，拍了拍自己的口袋，说："我这次带钱了，可以还小妹妹的钱，还可以自己买好吃的！"说完，他低头从口袋里掏出厚厚的一沓百元大钞，一股脑儿地塞给旁边的纪星瑶。

"小妹妹，我今天可以去你家玩吗？"

纪星瑶低着头数钱，越数越开心，把钱塞进自己的小背包时，眼睛都笑成了一条缝："可以，我最喜欢小哥哥了！"

"我也喜欢你！"

正在嘚瑟的小正太完全没注意到秦南御黑下来的脸色，等他察觉到车上的气氛不对劲时，秦南御已经冷着脸揪住他的衣领，把他拎下了车。然后在他还没回过神时，秦南御回到车子里，毫不留情地关上车门，让司机开车。

同时，秦南御还扭头教育一脸懵懂表情的小糯米团子："瑶瑶，你以后想要什么，我都可以给你买，但是你不能轻易被别人的糖衣炮弹收买。女孩子要矜持，明白吗？"

小糯米团子似懂非懂，只知道小哥哥给了她好多钱。她最爱钱了！

她没有理会秦南御说了什么，转身用小手从口袋里掏出一个小账本，把小哥哥欠的账划掉，然后认真地记了一笔：以后看见小哥哥，请他吃炸鸡。

从今天起，有钱又大方的小哥哥就是她的亲哥哥！

另一边。

纪微甜一觉睡醒，没有看见小宝贝，趴到地上往沙发底下看了一眼，不出意外地看见了一只害怕背锅而躲在下面不敢出来的肥猫。

"肥肥，瑶瑶呢？"

肥肥宝石般的猫眼跟她对视了三秒钟，它最终选择无视她的询问。

纪微甜得不到回答，打开手机定位看了一眼，发现女儿的定位显示就在她家附近，她应该又一个人出门找外公、外婆了。

安全显示灯是绿色的，证明女儿没有遇到危险。

纪微甜这几天一直在加班，好不容易睡了一个好觉，反而感觉更累了。

睡得太久，她的头还有点儿昏昏沉沉的。

她向来信任女儿照顾自己的能力，确定女儿没有危险后，扭头去洗漱，收拾好自己，便出发去实验室了。

她抵达实验大楼的时候，看见秦氏科技集团科研团队的成员正在里面做实验，原本还担心会遇见秦南御，没想到他不在。

"秦总今天没来，听说好像是为了陪女儿。"有人告诉纪微甜。

纪微甜愣了愣，什么玩意儿？

秦南御居然良心发现，终于要好好照顾儿子了？等等，他们刚才说的好像是女儿，他哪里来的女儿？

纪微甜想要八卦，可是看大家都忙着手头的工作，就没好意思接着问，在心里猜测或许只是口误，把儿子说成了女儿。秦南御能好好照顾小睿睿就好，那么乖的孩子，要是给她，她肯定舍不得骂一句。只有秦南御喜欢冲儿子大呼小叫，活脱脱的一个暴君！

纪微甜想起在机场遇见的小正太，心里又不舒服了。她撇撇嘴，转身进了资料室。

秦南御让她来整理实验资料，也不是完全没有好处。秦氏科技集团在科研方面的投入很大，收集到的资料和案例大多在外面找不到。

纪微甜虽然不能直接参与秦南御团队的实验，但是可以借着整理资料的机会，好好把这些资料再看一遍，或许对她接下来的实验有新的启发。

她刚坐下来，准备拿资料，手机就响了，是养母打来的电话。

她接起来，听见的却是一道稚嫩的声音："妈咪，我带了一个礼物给你，你快来外公、外婆的店里！"纪星瑶故意压低了声音，像是担心被什么人听见。

纪微甜一怔，第一反应是女儿果然去了她养父母的店里，随即回过神，又在想是什么东西让女儿这么神秘兮兮地给她打电话？

她的养父母呢？

任纪微甜想破脑子也想不到，她的宝贝女儿昨天下午趁她睡着，一个人偷偷溜出了家门，一夜未归之后，第二天还带着她最讨厌的人到了她养父母的店里。

秦南御正西装笔挺地坐在装修简陋的小吃店里，皱着眉，像是盯着仇人一样盯着面前的一碗麻辣烫和臭豆腐，哦，还有一份热乎乎的煎饼馃子。

秦南御拿着筷子，好几次抬手，都有些无从下手。

倒是负责招待他的两位老人家，有些手足无措地站在旁边，见他迟迟不动筷子，表情有些尴尬。

沈义献是老实人，微胖的身躯往前走了两步，挠了挠头："那个，你是不是吃不惯这个？要不然，我给你换点儿别的？"

"这些就很好，我只是刚吃过早饭，还不饿。"秦南御说完，放下筷子，扭头去找小糯米团子。

一直没机会说话的林慈忙解释道："瑶瑶在给她妈妈打电话，她妈妈平时工作很忙，休息时间都很少，更别说谈恋爱了。我们虽然也担心，但还是希望能尊重女儿的意愿，只是没想到……"

林慈看向秦南御的眼神有些复杂。

他们怎么也没想到外孙女"消失"了一整晚，第二天会领回来一个这么英俊潇洒、气场不凡的男人，还说是自己的新爸爸！

两个老人家你看看我，我看看你，谁也接不上话。唯一接得上话的人还躲在厨房给妈咪打电话，准备安排相亲。

沈义献和林慈虽然觉得不可思议，但秦南御就坐在他们面前，一副随便小糯米团子做什么他都宠着的表情，一时间，就连他们都开始相信这场相亲是靠谱的。

几个大人听着一个四岁娃娃的吩咐，乖乖地在外面等着。直到纪星瑶拿着手机从厨房出来，跑到林慈面前，把手机还给她，又一脸委屈地跑到秦南御面前，可怜巴巴地说："妈咪在工作，说现在不能过来。爸爸可不可以不要走，等我妈咪下班回来？"

闻言，沈义献和林慈的脸色微微变了。

看秦南御的穿着，还有那天在警察局时跟在他身边的助理，即便他们再没有见识，也能想到秦南御的身份不普通。再加上他出色的外表，这样的人，就算带着儿子，怕是也有一堆人挤破了头想嫁给他。他哪儿能留在这里，一直等着他们女儿下班回来啊？

沈义献和林慈都以为秦南御会拒绝，下一秒，却听见他淡淡地说道："好。"说完，秦南御就脱掉西装外套，随意地挂到椅背上。

他伸手抱起小糯米团子，放到自己的大腿上，喂她吃煎饼馃子。

"爸爸也吃。"纪星瑶自己咬了一口，将煎饼馃子推到他嘴边。

秦南御怔了怔，随即，嘴角勾起一丝宠溺的笑，咬了一口。

小糯米团子含混不清地问秦南御："我外公做的煎饼馃子是不是很好吃？小哥哥可喜欢了。"

"嗯，很好吃。"秦南御十分配合。

此时的沈义献和林慈已经说不出半个字。倒是秦南御，像是察觉到了他们的拘谨，笑着说道："伯父、伯母不用担心瑶瑶，我会照顾她。两位如果要忙，自便就好。"

然后他真的留在店里，照顾了纪星瑶一上午。

直到临近午休时间，小糯米团子正琢磨着喊纪微甜回来吃饭，顺便相亲，秦南御就接到了助理的电话。

"秦总，你让我们收购的那家公司已经谈妥了，现在员工资料都在我手里！"

秦南御眸色变暗，声音沉了下来："我要找的那个人呢？找到了吗？"

"没有，这也是我纳闷儿的地方，我查看了这家公司所有的第三方合作保密协议，都没有找到那个技术员。"助理语气凝重地说道。

他们费了这么大的功夫，得到这家公司的经营权，却没有得到想要的人才。

助理有些紧张地问："秦总，现在要怎么做？"

秦南御眯了眯眼睛，淡淡地说道："既然有人给这家公司提供技术，就必然有接头的人，把这个人找出来。"

"这个我问过了，据说技术部的事情除了技术部经理，还有一个项目经理在管理，很多产品的关键技术都是她直接交给技术部的。"

像这种下游的小公司，如果规模不够大，实际上在管理方面未必会像大公司那样分工明确。更多的时候，谁能为公司拉到订单、赚到钱，谁就能在项目上拥有更多发言权。

这一点，助理不说，秦南御也能猜测到。

"那个人是谁？"

"卡丽，就是上次给我们送货的项目经理，你见过她，她现在算我们的员工。"助理迅速地回答道。

秦南御敛起眸，嘴角勾起一丝弧度："现在正好是午饭时间，帮我约她，我要立刻见她。"

秦南御挂了电话，刚要起身，突然想起还坐在自己怀里的小糯米团子。

他低头一看，小糯米团子听见他要走，好像生气了，正鼓着腮帮子，撇着嘴，委屈巴巴地瞪着他。

"爸爸要走了吗？"

小糯米团子漂亮的大眼睛里闪着泪光，也不闹，就这么看着他。

秦南御的心里难受极了，他放下手机把她抱起来，主动解释："我临时有很重要的事情，现在要先离开，但是我答应你，等我有空就会来看你，或者你想我了，也可以随时给我打电话。"

他原本计划见一见这个孩子的母亲，以他对这位母亲的观察，孩子消失了这么久她也不担心，大概是一位不爱孩子的母亲。如果对方真的像他猜测的那样，他或许能说服对方同意把孩子接到秦家别墅住一段时间，甚至把孩子养在秦家别墅，给瑶瑶创造更好的生活环境。只可惜，时机不凑巧，他等了一上午，人也没见到。

秦南御向来是个成功的狩猎者，有足够的耐心等待。只是他受不了小糯米团子的眼泪，见她委屈地缩成一个球，只想把她抱着一起走。

这种感觉，他从来没有过，很陌生，又很奇妙。

"我们拉钩，等你有时间，一定要来见我妈咪。"

秦南御跟她拉完钩，就见小糯米团子把脖子上戴着的玉佩解下来，递给他："喏，这是小哥哥的玉佩，他已经还我钱了，玉佩还给他。"

秦南御盯着她白嫩掌心里的玉佩，眼里掠过一丝幽光，鬼使神差地拿起玉佩，又戴回她的脖子上，说道："你先戴着，这次是我抵押给你的，等我下次见了你妈妈，你再还给我。"

秦南御跟两位老人家打过招呼后，很快离开了小吃店。

纪微甜回来吃饭的时候，纪星瑶正不高兴地戳着米饭。

看到纪微甜进门，她立刻撇嘴："妈咪回来得太晚了，新爸爸走掉了。"

纪微甜一愣，有些诧异地看向养父母，问道："爸、妈，什么情况？"

"我们也不知道该怎么说……"沈义献和林慈对视了一眼，憨厚的脸上，表情有些纠结。

最后，林慈大概解释了一下："瑶瑶今天早上突然带回来一个男人，那个人我们之前见过，就是上次店里捡到一个孩子，我们把孩子送去警察局，最后来领孩子的人。听瑶瑶说，他没结婚，一个人带着儿子，正好你们都是单亲家长，瑶瑶就想让你回来相亲。"

林慈说着说着，瞥见女儿的脸色，连忙把外孙女抱到前面，让她自己解释。

"我都把新爸爸带回家了，妈咪都不回来，我很辛苦才把新爸爸带回来的。现在好了，新爸爸走掉了，就连小哥哥也没有了……妈咪，你已经是个大人了，为什么总是不听话？"

纪微甜："……"

她莫名其妙地被女儿安排了一场相亲，还成了她不听话？

"新爸爸可好了，还给我买了很多玩具。"小糯米团子指向放在一旁的几个大箱子。

"我不是跟你说过吗？你不可以要陌生人的礼物……"

小糯米团子伸手捂住她的嘴，认真地开口："那是我的新爸爸，不是陌生人！"

纪星瑶出马，一个顶俩。

林慈害怕她们母女起争执，连忙在一旁劝道："瑶瑶从小没有爸爸，帮你安排相亲，是因为她想要一个爸爸，也是希望你过得好。她还小，你让着她一点儿。"

没有给女儿一个完整的家庭一直是纪微甜的遗憾。平时都是女儿替她操心，瞥见小糯米团子委屈的样子，她顿时败下阵来，伸手将女儿抱起来，转身走到椅子前坐下，主动认错。

"那下次如果我再把新爸爸带回来，你能答应跟他见面吗？"纪星瑶得寸进尺地问道，然后单手托腮，伸着一根小手指，等着纪微甜跟她拉钩。

纪微甜心想：算了，相亲而已，她又不是没有相过，只要女儿开心，没有什么不可以。

她爽快地跟纪星瑶拉钩："现在可以吃饭了吗？"

"都给妈咪吃。"纪星瑶把小碗往纪微甜面前推，然后拿起小本本，开始算纪微甜的假期。

她准备等纪微甜放假的时候，再给妈咪安排一次相亲！

纪微甜很好奇她在小本本上写了什么，也不知道女儿心心念念的新爸爸是什么人，想要偷看一眼，问问对方的名字，手机突然有消息提示。

她点开看了一眼，是卡丽发来了短信。

"我们那个胸无大志的老板，亏我这么辛苦地帮他拉项目，他居然一声不吭就把公司卖了，你知道我现在的顶头大老板是谁吗？"

隔着手机屏幕，纪微甜都能感受到卡丽的震惊和愤怒。

卡丽工作的这家公司，纪微甜很早就说过，产品结构单一，公司内部关系不够明确，长远发展的可能性很小。

卡丽自己也清楚，却坚持留下来，因为刚入行的时候，公司老板帮过她。

加上小公司有小公司的优势，卡丽在公司里是最能谈生意的项目经理，受器重的程度可想而知，对应而来的就是丰厚的奖金。

"我在哪家公司干不是干？不管事的老总什么都让我说了算，我还省得事事打报告。"这是卡丽挂在嘴边的一句话。

纪微甜了解她，她其实就是太念旧情。

哪怕明知道公司不改革，最终结果不是破产就是被收购，她还是靠着自己的人脉，帮公司苦苦支撑。

纪微甜当初就是因为不忍心看她这么辛苦地拉生意，才答应帮她的。

没想到在公司的状况逐渐好转的情况下，却听见了这样的消息。这对于付出这么多心血的卡丽来说，冲击太大。

纪微甜拿起手机，想问问卡丽的情况。电话响了很久，却没有人接。

她眉心紧锁，盯着手机发呆，心想卡丽该不会出事了吧？

纪微甜忙着担心闺密，压根儿没想到收购卡丽公司的人是秦南御。

卡丽也根本想不到，秦南御摇身一变成了自己的顶头大老板，还亲自请她吃饭！

这顿饭该不会是最后的晚餐吧？或许他吃完就告诉她，因为之前她对总裁不敬，她被解雇了……

卡丽此刻坐在五星级餐厅里，看见面前精心制作的顶级菜肴，紧张地咽了咽口水。

她刚给纪微甜发了一条信息，来不及表达自己内心的震惊情绪，秦南御就已经到了，他从容不迫地拉开对面的座椅坐了下来。

卡丽被吓得想要起身，秦南御却很平静地伸手端起面前的杯子，喝了一口水，然后看了她一眼，没说话。

他那副淡然又疏离的模样，仿佛主动邀约想要见面的人不是他。

高级餐厅里气氛很好，安静优雅，可越是这样的环境，越容易勾起人内心的不安。

卡丽已经做好被秦南御开除的准备，仰起头，直接说："此处不留人，自有留人处。你不用说了，我会自己辞职……"

"我想让你成为分公司的负责人。"

两道声音，同时响起。

卡丽没说完的豪言壮语顿时噎在了喉咙里，她瞪直了双眼，看向秦南御。

"秦……秦……总，你刚才说什么？你能再说一遍吗？"卡丽的双手紧紧抓着餐桌的边缘，指甲都快折断了才让自己冷静下来。

秦氏科技集团分公司的负责人……这跟管理一家没有发展前景的小公司完全不一样！

秦氏科技集团呀！多少人挤破头都没办法在秦氏科技集团争到一席之地，更不用说像她这样，一上来就是分公司的负责人。

相比卡丽的激动，秦南御从助理手中接过一份文件，放到她面前，平静地说："我看过你的资料，你之前在Ｙｕ公司的表现很出色，熟悉公司业务，又懂得如何利用资源去谈项目，几乎把一个空壳公司包装得连秦氏科技都对你们另眼相看。"

商场瞬息万变，昨天是对手，今天也可能成为合作伙伴。秦南御是公私分明的人。

"Ｙｕ公司很快会进行产业结构调整，成为秦氏科技集团的下游供应渠道之一。你熟悉这家公司，交给你负责，我觉得没什么问题。只是，你刚才好像想辞职？"

这就尴尬了！

卡丽接到电话之后是抱着"鱼死网破"的心态来的，既对老板什么都没说就背着所有人偷偷把公司卖了而感到愤怒，又完全理解对于一个曾经苦苦挣扎在破产边缘的小公司老总来说，面对大好的脱手机会选择拿一笔钱走人的无奈。至于公司的其他员工，自然是任由秦氏科技集团挑挑拣拣，她根本没想过自己能留下来，还被委以重任。

这个时候，卡丽哪里还顾得上面子？她恨不得抱着秦南御的大腿叫老板！

　　"只要秦总一句话，我赴汤蹈火，在所不辞！"她说完，忽然想到那些跟自己并肩作战过的同事，心里有些不忍，下意识地开口，"秦总，我知道这么说有些不识好歹，但是能不能求你尽量别裁员？我跟你保证，公司的员工都很努力，业绩不好是因为产业结构，不是因为他们……"

　　说到一半，她自己都觉得有些得寸进尺，讪讪地打住。

　　秦南御似乎并不在意她的话，从容地拿起餐具，切了一块煎鳕鱼放到嘴里。外焦里嫩的鳕鱼口感很好，他想起小糯米团子好像很喜欢吃鱼，要是带她来这里吃饭，估计她会吃得很香。

　　察觉到自己在走神儿，秦南御拧了拧眉，随即淡漠地说道："卡小姐，产业结构调整势必牵扯人员变动，这是不可避免的问题。"

　　他观察着卡丽的表情，见她落寞地垂下眸，才缓缓地补充道："不过，如果你能告诉我，在背后为你们提供技术支持的人是谁，我可以答应你，给你安排分公司人事的权力。"

　　这就意味着，只要卡丽答应他的条件，她就可以自由管理分公司的员工。

　　秦南御见她愣住，没有急着再开口，而是给她足够的时间考虑。他扭头吩咐助手，让餐厅再做一份煎鳕鱼，打包送到小吃店给纪星瑶。

　　"秦总，我能知道你为什么非要找到这个人吗？"卡丽回过神，有些不解地问道。

　　直到这一刻，她才反应过来，当初她在秦氏科技集团回绝秦南御的要求时，他曾经说过，她迟早会说的。

　　该不会Ｙu公司被收购，都是因为小甜甜？没道理呀，他为什么要这么费尽心机地找一个完全不认识的人？

　　"这个你不需要知道，你只需要知道我没有恶意。"秦南御淡漠地说。

　　等你知道她是谁，这个就很难说了。卡丽在心里吐槽，抿了抿唇，又问道："我还想知道，你任命我当分公司的负责人也是因为这个？"

　　"不是。"秦南御的黑眸微沉，他不会把公司的经营权当玩笑。

　　"如果我拒绝的话，还能当你分公司的负责人吗？"卡丽眼睛一亮，激动地问道。

　　她这副直白的样子让秦南御想起一个人，只不过那个人不会用这种眼神看他，只会跟他吹胡子瞪眼，一副恨得牙痒痒、要扑上来咬他的模样。

察觉到自己这两天似乎总是无意识地想起纪微甜，秦南御皱了皱眉心，挑眉看向卡丽，说："不想帮你的同事了？"

　　"想呀，不过我相信他们这么能干，秦总肯定会慧眼识珠，让他们都留下来，至于其他的……不瞒秦总，你要找的人不是什么第三方合作对象，是我的朋友，她为了帮我才会给Ｙｕ公司提供技术支持。我答应过她，不会泄露她的任何信息。"卡丽几乎没有考虑就做出了决定，工作虽然重要，但是闺密更重要。

　　"那如果我现在告诉你，你拒绝我的话连你也会被开除呢？"秦南御加重了语气。

　　卡丽一甩头，潇洒地回答："那我也不能说。工作可以重新找，但是朋友没了就真的没了，靠出卖朋友来换取利益，这样的人，想必秦氏科技集团也不敢重用吧？"

　　她说得不卑不亢、有理有据。听起来，她是在守着做人的底线，可实际上，字字句句都在维护背后的人。

　　看来，秦南御在她身上是问不出什么了。

　　他没有继续浪费时间，说："单我已经买了，你慢慢吃。另外，你的工作交接，我会让助理通知你。"

　　秦南御一离开餐厅，卡丽就趴在了桌子上。

　　她第一次赴这种"鸿门宴"，真的太要命了！

　　等她回过神，看见手机上的未接来电时，哪里还有心情吃东西，赶紧给纪微甜回过去，提醒纪微甜小心一点儿。直觉告诉她，秦南御不找到人，不会善罢甘休！

　　江城大学。

　　纪微甜刚刚走到校门口就接到了闺密的电话，确定闺密没事，又扭头往实验大楼走。难得今天秦南御不在，她可以到实验室门口观摩实验的进度。

　　"小甜甜，你有没有听见我的话？秦南御收购了Ｙｕ公司，一个产品结构单一的小公司有什么值得他收购的？他就是冲着你来的！"卡丽激动的声音通过手机清晰地传进纪微甜的耳朵。

　　"不过你放心，高官厚禄都没有打动我，我一个字都没有透露。"卡丽说到后面，语气忽然就变了，"其实，我突然觉得御少没有外界说的那么高冷，他还夸我业务能力强，钦点我当分公司的负责人……怎么办？我好像有点儿迷上他了。"

"什么？"纪微甜将手机挪开，认真地看了一眼来电显示，确定与自己通话的人是闺密，又说，"你没发烧吧，喜欢一个'渣男'？他生气起来连女人都打！"纪微甜劝道。

卡丽直接笑出声："我说小甜甜，相亲时遇见你这样的戏精，把别人的相亲对象都弄没了、还坐在人家的大腿上赖着不肯走、把你推开叫绅士的自保反应，不叫打女人。"

"哦，卡丽女士，你前一秒还信誓旦旦地跟我保证，你绝对不会出卖我，现在就开始露出袒护秦南御的模样，我很怀疑你的忠诚！"纪微甜愤愤不平地说道。

卡丽没有半点儿心虚，甚至有点儿想笑："我说，你能不能大度一点儿？你们之间虽然之前是有一点儿不愉快，但我看御少这次很有诚意，你真的不考虑？"

"随便把人送进警察局的这种行为，只分一次和无数次，我觉得他这个人对警察局有执念，离他远一点儿为妙。"纪微甜说。

她回忆当初被逮到警察局的经历，再联想到她现在连实验室都进不去，只能整理资料，心里对秦南御的怨念又加深了几分。

"那你也不替我干女儿考虑一下？说真的，瑶瑶还这么小，你就不考虑再给她找个爸爸？"卡丽撇开工作，试图跟纪微甜聊聊人生。

哪知卡丽一开口，纪微甜就忍不住笑了，把小糯米团子今天干的事告诉了卡丽："你就放心吧，我还没给她找爸爸，她自己就定了一个，还非要我去相亲。"

纪微甜将这件事当成笑话，卡丽却听进去了。

回想起之前跟小糯米团子的对话，卡丽忍不住提醒了纪微甜一句："我记得瑶瑶好像很喜欢御少。你说，她给你介绍的相亲对象，会不会就是御少？"

纪微甜忽然收紧拿着手机的手，说："不可能！"

秦南御一看就不是喜欢孩子的人，对自己的亲生儿子都这么差，怎么可能为了一个小女孩，大老远跑到一家小吃店等着跟人相亲？

纪微甜光是想象秦南御坐在她养父母的小吃店里，都觉得那画面跟见鬼差不多。

"万一呢？"卡丽问。

纪微甜的瞳孔猛地一缩，说："我会当场去世！"

让她跟秦南御相亲，不如给她一把刀，让她结果了自己。

"别说得这么夸张，我看御少对他儿子挺好的。今天我们在吃饭的时候，御少尝了一口店里的鳕鱼，觉得味道不错，还让人给孩子送了一份，没你说的那么差劲吧？"

眼见为实，卡丽还是坚持自己的想法。

"秦南御给小睿睿打包吃的？"纪微甜听见她这句话，倒是有些意外。她抬头看见眼前的实验大楼，说道，"我已经到实验室了，先不跟你聊了。"

挂了电话，纪微甜迅速上楼。

第六章

我会一直留在你身边

纪微甜刚回到资料室，就发现有人在里面等她，是实验小组的成员雷云嘉。

实验好像出现了问题，现在需要做数据调整，只是他们尝试的几种算法都失败了，所以想要查看相关的数据资料，看看能不能找到新的算法。

"资料我现在帮你找，等会儿就给你们送过去。"

雷云嘉大大咧咧地说了声"谢谢"，转身回隔壁实验室。

纪微甜飞快地从资料库里找到两份相关案例，拿起来就往实验室走。她不想帮秦南御是一回事，可她对科研的态度是一种本能，但凡有重要的实验，她总忍不住想要看一看。

实验室里的人都在忙，纪微甜把资料送过来，大家就开始围着资料想解决的办法，没人注意纪微甜还没走。

她站在实验室里，先是到模型区看了一眼，都是她见过的模型，没有什么特别的。

突然，她的耳边传来团队成员的讨论声——

"按照这个算法，得不出我们要的结论。"

"我用了平方阶，好像能算出来，可是明显不是最优解。"

"目前的解法的可行性太低了，等于无解，我们是不是从一开始就错了？"

最后这句话被说出来，正在讨论问题的几个人的脸色都变了。

在项目阶段性测试阶段，如果到了最后一步才发现有解决不了的问题，那就意味着前面做的所有工作都有可能随之作废。如果再从头开始，时间上的压力就会变得很大。

纪微甜看了一眼大屏幕上的数据，在心里推算了一遍，没有算出来。就像他们说的，算法在某个节点就出现了错误，导致推导下来的结果成了无解。只是纪微甜一时也看不出来到底是哪里出了错，她需要一台电脑……

纪微甜很快离开实验室，转身回到资料室，打开电脑做刚才的算法推导。

时间过得很快，等她回过神，不知道什么时候天已经黑了下来，隔壁的实验室里，人已经走光了。

纪微甜看了一眼时间，晚上十点。

她忙到连晚饭都忘了吃，手机上显示有几个未接电话，都是家里人打来的。估计是女儿见她又加班，打电话催她回家。

纪微甜连忙关上电脑，收拾桌面上的东西，准备离开。

她的手机在这个时候响了。

她瞥见屏幕上的来电显示后，有些发愣，呆滞了几秒，才伸手接起来："宋特助，有事吗？"

秦氏科技集团跟江城大学的合作是秦氏科技集团目前重视的项目之一，纪微甜作为联系人，经常跟秦南御的助理打交道，只是还从来没有这么晚接到过他的电话。

她一开口，电话那头就传来了宋特助紧张的声音："纪小姐，抱歉这么晚打扰你。我想问一下，江城大学的实验大楼，这个时候还能上去吗？"

他刚说完，电话里就传来了一道类似呕吐的声音，她还听见助理喊道："秦总，你没事吧？"

秦南御怎么了？听着他好像是很不舒服的样子，不舒服不是应该回家休息吗？他怎么还要来实验室？

等等，这关她什么事？

察觉到自己居然在担心秦南御，纪微甜撇撇嘴："只要提前申请，实验大楼的开放时间没有限制，我现在就在这里，不过准备回去了。"

"我们马上就到了，能不能请你稍等几分钟？谢谢了！"助理说完，没给纪微甜拒绝的机会，直接挂了电话。

纪微甜刚拎起包走到门口，愣愣地盯着暗掉的手机屏幕。

什么情况？她都已经加班到这么晚了，为什么老天还要这样惩罚她？

纪微甜在走和留之间挣扎了几分钟，还没有等她决定好，一辆黑色的车子就已经停在了实验大楼下面。

借着昏暗的路灯，纪微甜看见车子还没有停稳，车后座的门已经被人推开。一抹黑色的身影从车上下来，只见他往前走了两步，步履有些不稳，很快，又稳住身体，稳稳地往前走。

等助理停好车，秦南御已经一个人上了楼，朝着实验室走过去。秦南御路过资料室的时候，看见站在门口的纪微甜，脚步一顿，他扭头看向她，眼神有些迷茫。

扑面而来的酒味让纪微甜很快弄明白是怎么回事了。不过，喝醉了不回家睡觉，反而闹着要来实验室加班的人，她还是第一次见。

"喏，钥匙给你。你爱加班随你，恕不奉陪，我要回家睡觉了。"纪微甜将手里的钥匙串塞到男人的手里，愉快地挥挥手，转身要走。下一秒，秦南御丢掉了手里的钥匙，反手扣住她的手腕，使劲把她按到了墙面上，低头靠近她，像是要吻她。

纪微甜的汗毛都竖起来了！

"秦南御，你别乱来，否则不管你是真醉还是假醉，我都会揍你！"

"真吵。"秦南御皱了皱眉心，伸手捂住她的嘴。

温热的酒气喷在她的脸上。

秦南御锐利的黑眸打量着她错愕的脸，像是潜伏在黑暗中的猎豹，在找寻自己的猎物。

纪微甜被他看得有些害怕，不自觉地往墙上凑，手在包里翻找着随身携带的防狼喷雾。要是他真的敢乱来，她就喷他！

幸好停好车的助理及时出现，赶在纪微甜暴怒的时候，先一步把秦南御拉开，同时解释："对不起纪小姐，秦总他没有恶意……"助理欲言又止，半晌，才开口说道，"今天是秦总的生日，他每年这个时候心情都不好，往常多半是把自己关在房间里待一整天，今年新来的秘书弄错了时间，给他安排了跟客户的饭局，秦总就去了。"

结果秦南御喝得酩酊大醉，站都站不稳。

他一路上吐了好几次，现在看起来情绪是稳定了一点儿，虽然眼神有点儿凶，但是表情憨憨的。

助理扶着他，他也不挣扎，靠在助理身上，斜眼看着纪微甜。他的嘴角还勾着一抹邪魅的弧度，看得纪微甜后背发凉。她总觉得他是"装醉行凶"，想要把她弄死。

偏偏助理还把秦南御扶到了她的办公室，让她帮忙照看："纪小姐，你帮我扶一下，我去给秦总倒杯水。"

"哎，宋特助……"纪微甜刚回过神，秦南御的身体就已经倒到了她的怀里。

纪微甜吓得伸手推开他的脑袋。

刚才还很彪悍的男人，这会儿像是真的醉了，被纪微甜这么一推，差点儿从椅子上摔下去。

纪微甜连忙扶了他一把，最后也不知道怎么回事，秦南御就倒到了她的怀里。她想扶他靠到椅背上，他忽然抬起头看她。

他深邃的黑眸像是一汪深潭，直勾勾地盯着她看，眼神中透着孩童般的迷茫神色。

不知道为什么，纪微甜好像在里面看见了孤独和脆弱，一时有些发愣。

"饮水机里没水了，我到附近的商店买几瓶水，麻烦纪小姐帮我照顾一下秦总，我很快回来。"助理出现在门口，打了一声招呼，又飞快地走了。

夜黑风高，孤男寡女共处一室，秦南御还喝得酩酊大醉……这情况，她怎么看都觉得有点儿危险。

纪微甜垂眸看向椅子上的人，正好对上秦南御的目光，她准备用语言威胁他安分一点儿，秦南御突然冲她笑了。

邪魅的笑让他脸上的表情瞬间丰富起来。

纪微甜顾不上欣赏他帅气的脸，只要离他远一点儿，他的眼神就又会变得无辜，他紧紧抓着她的手腕，不让她走。

她顿时头皮发麻，说道："秦南御，你清醒点儿啊，别以为今天是你的生日，你就可以为所欲为，谁还没过过生日呀？我的生日也快到了，但我不像你这么要无赖……"

"生日"两个字像是刺激到了他，秦南御松开了手，乖巧地在椅子上坐好，只是一直看着她。

纪微甜松了一口气，身体绷得太紧，有些累，靠在办公桌上，想要休息一会儿。下一秒，秦南御突然从椅子上站起来，转身把她按倒在办公桌上。

"秦南御，你想做什么……唔！"

纪微甜的嘴角被人堵住了，男人霸道的吻不容她拒绝。

她推不开秦南御，捶了他一下，只听见他闷哼一声，却还是没有松开她。

纪微甜被吻得喘不上气，脑子混沌的时候开始在担心女儿才四岁，要是她就这么死了，女儿该怎么办？女儿这么小，这么可爱，不能没有她。

纪微甜想着想着，开始在心里诅咒秦南御。结果秦南御在她断气的前一秒放开了她，双臂撑在桌子上，俯身盯着她发白的脸，不说话，也不动，就是目不转睛地盯着她看。

他的那个样子像极了电影里经常出现的吸血鬼。

纪微甜一想到自己被占了便宜，心里的愤怒就大于恐惧，回过神后，抬手就要甩他一耳光，没打到。

纪微甜眼睛一眯，抬脚就要去踹他。

秦南御转身要避开，酒精的作用让他的动作变得有些迟钝，身体不受控制地往旁边倒。

纪微甜正打算再补一脚，手腕突然被他抓住，他拉着她一起摔到了地上，还摔在了秦南御的怀里！

她扭头瞥见掉在地上的防狼喷雾，想也不想地就伸手去捡，只差一点儿就摸到了，结果秦南御一翻身，把她压在地上，紧紧扣住她的双臂，低头靠近她。

这一刻，纪微甜是真的慌了。

两个人力量悬殊，助理又不知道什么时候才会回来，如果秦南御这个醉鬼真的要做什么，她只能认栽。

纪微甜用仅有的理智大声威胁道："秦南御，我告诉你，你要是敢碰我，我一定跟你拼命！现在是法治社会，你别以为有钱就可以藐视法律，如果我今天死在这里，你就得给我陪葬……"

"对不起。"一道有磁性的嗓音在纪微甜的头顶响起。

突如其来的道歉让纪微甜蒙了，她眨了眨眼睛，怀疑自己听错了。

"对不起。"又是一声道歉，这一次，纪微甜听得真真切切。

"我讨厌过生日。"秦南御表情憨憨的，薄唇微启，一字一顿地说道，"我讨厌过生日。"

他说了两次，头微微低下来，埋到纪微甜的发间。她身上淡淡的栀子花香像是最好的安神剂，让他感觉很熟悉、很舒服。

"别动，让我抱一会儿，一会儿就好。"

他像个孩子一样，依赖性十足。呼吸渐渐变得平缓，然后他安稳地睡着了。

　　"秦南御？秦南御？"

　　纪微甜喊了两声，却得不到半点儿回应。

　　他喝醉了不回家，跑这里来发酒疯算怎么回事？

　　纪微甜尝试着把手臂抽出来，可是喝醉了的男人特别重，好不容易将他从身上挪开，纪微甜已经累得气喘如牛。

　　她郁闷地踢了他的小腿一脚，秦南御感觉到疼，下意识地挥手，纪微甜刚想爬起来，一条强健的手臂就伸过来将她一把抱住。

　　"秦南御，你给我撒手！"纪微甜着急地想去推开他的手，结果越着急越没用。

　　喝醉了的人完全不讲道理。

　　"纪小姐，我回来了，秦总没事吧？"助理的身影出现在门口，看见资料室里的情况，猛地倒抽了一口凉气。

　　他说话的声音有点儿大，似乎惊动了倒在地上的男人，秦南御不悦地哼了一声。于是，助理二话不说，把两瓶矿泉水放到门口，拔腿就跑。

　　"宋特助！"纪微甜还来不及求救，助理就已经跑没影儿了，只留下她一个人面对一个发着酒疯的秦南御。

　　难不成她要陪着一个"疯子"在地上躺一晚上？

　　虽然现在不是冬天，不用担心着凉，但是想到身边还有一个喝醉了的人，纪微甜实在睡不着。

　　在她想大吼引起其他人的注意，但脑海里突然闪过助理刚才见鬼一样的表情。要是再让其他人看见她跟秦南御现在的状况，她怕自己明天一觉睡醒会上财经版和娱乐版双头条，标题就是：女职工借职务之便勾引秦氏科技集团总裁，这是人性的扭曲还是道德的沦丧？

　　纪微甜让自己冷静下来，尝试着慢慢挪开秦南御的手，发现根本没用。

　　这个人睡觉时似乎有什么执念，一定要紧紧抱着身边的东西。

　　不知道为什么，纪微甜想起了女儿。

　　小糯米团子睡觉的时候，也总是要抱着东西，只要怀里空了，就会不安地惊醒。

　　因为她这个小习惯，纪微甜在她小时候没少头疼，后来有了肥肥这只黏人的猫，女儿睡觉的问题才得到解决。

　　纪微甜伸手戳了戳秦南御的额头，想要把他的脑袋推开："秦南御，你以为你是我女儿吗？我女儿都没你这么黏人。"

她打不赢，推不开，又不能喊人过来帮忙。

纪微甜在一旁愤愤不平地碎碎念，最后居然睡着了。

第二天醒来的时候，她的第一反应是自己在做梦，直到她扭头看见还躺在她旁边的秦南御时，瞳孔猛地一缩，然后毫不犹豫地抬起手，想要狠狠地抽他一个耳光。

手落下去的时候，不知道为什么，她忽然又有些心软。大概是因为她从来没有见过这么脆弱的秦南御，脆弱得像个孩子。

昨天他睡着之后，一直在说梦话，梦里一直恳求着谁不要走……

纪微甜差点儿被他勒断气。

最后，为了活命，她只能像哄孩子一样，摸着他的头，昧着良心安抚道："我不走，不走，会一直留在你身边。"

"嗯——"

纪微甜还在回忆昨晚发生的事情，身边的人突然呓语了一声，像是终于要醒了。

她刚要爬起来，秦南御已经睁开了眼睛，四目相对，两个人同时愣住了。随即两个人毫不犹豫地往旁边退，拉开距离，不约而同地从地上爬起来。

秦南御刚站稳，伸手按了按自己发胀的脑袋，低声咒骂了一声。他昨天到底喝了多少酒？他头疼得像要裂开。最让他觉得意外的莫过于此刻站在他面前的女人，他已经很多年没有这么失控过，他们昨天晚上……

"打住，你别用这种眼神看我，我们昨天晚上什么事都没有发生。"纪微甜警惕地盯着他，想也不想就与他撇清关系，"你喝醉了，非要来实验室，正好我倒霉，没走，留下来给你们开门，然后你突然发酒疯，就把我扑倒在地上，像个孩子似的，非要抱着我睡觉。"

秦南御不记得了，但是他脑子里残留的记忆告诉他，昨天确实一直抱着什么东西。

那东西软软的，还很香。

他打断了深究的想法，扭头找自己的助理，想确定纪微甜说的话，结果没有看见助理，却瞥见纪微甜的脸突然泛红。对上他的目光，她僵硬地解释道："宋特助昨天晚上拎着两瓶矿泉水回来，看见你把我扑倒在地上，可能误会了，拔腿就跑，一晚上没回来。"纪微甜朝门口指了指，"喏，他给你带的水还在那里。"

秦南御扭头，在门口看见了两瓶矿泉水。

他低头从口袋里翻出手机，给助理打了一个电话，转身想要跟纪微甜说点儿什么，却发现她已经走了。资料室里只剩下凌乱的桌面，还有空气中的暧昧气氛……

秦南御抬手按了按眉心，觉得胳膊有点儿疼。他低头一看，发现自己的手臂上有一个清晰的牙印。

看样子，多半是纪微甜干的，她都把他咬出血了。

他的嘴巴也有点儿疼，像是牙齿磕破了嘴皮。这里没有镜子，秦南御也不确定自己的脸上有没有伤口。

这个女人趁他睡着虐待他了？

秦南御想到刚才她急着跟他撇清关系的模样，有些烦躁地扯了扯领带。

助理接到电话，很快就回来了。

实际上，助理没敢真的走，不过是从实验大楼的上面跑到了下面，在车子里睡了一晚。

接到秦南御的电话，助理便飞快地上楼了。

他上来的时候，正好遇见了纪微甜，刚要跟她打招呼，纪微甜就狠狠地瞪了他一眼，还用力往他的脚上踩了一脚，然后扬长而去。

助理不用问都觉得是自家秦总昨天晚上太过火了……

等上楼看见秦南御一个人站在资料室里，神色难看又带着几分懊悔时，他基本肯定了自己的猜测。

他正犹豫着要不要问问情况时，立马被秦南御狠狠地瞪了一眼。

助理心想：完了完了，看样子，情况比他想象中的还要激烈——秦总的嘴唇都破了，衬衣凌乱，手臂上居然还有咬痕……

纪小姐也太凶猛了吧？面对他家秦总这样的"冷面杀神"，她居然还能占据主导地位？

助理顿时对纪微甜肃然起敬。

"看够了？"秦南御瞪了助理一眼，冷冷地问道。

秦南御弯腰捡起地上的外套，拎在手里抬腿往外走。原本他还想问问助理昨天晚上的情况，现在不用问了，助理的表情已经给他答案了。

"秦总，等等我！"助理回过神，忙不迭地追上去。

秦南御醉酒刚醒，头痛欲裂，一直伸手按着自己的太阳穴，靠坐在车后座上。

每经过一个路口等红灯，助理就会忍不住回头看他一眼，那眼神……

充满了好奇。

"有话就说，再用这种眼神看我，你的眼珠子就别要了。"秦南御扯掉脖子上的领带，沉声说道。

"秦总，你昨天晚上跟纪小姐是不是……？"助理哪壶不开提哪壶，毫不意外地收到了秦南御的"眼刀"。

秦南御拿起旁边的矿泉水，用力拧开，动作凶狠得像是要拧掉助理的头："宋特助，作为我的贴身助理，在我喝醉的情况下，你居然把我丢给其他人？"

助理后背一凉，伸手指了指他手里的矿泉水，说道："秦总，我是给你买水去了，谁知道回来的时候，看见你跟纪小姐……"

助理回想当时的画面，红着脸，没有往下说。

他这反应让秦南御瞬间眯起眼睛，问他："你看见了什么？"

纪微甜不是说他们什么都没有发生吗？

"其实也没什么，就是你把纪小姐按在地上，你现在拿着水的这只手，还按着她的胸口……按的地方特别准，一点儿都没歪。"助理一脸认真地夸奖道。

秦南御低头看了一眼自己的右手，脑海里不自觉地闪现出他跟纪微甜躺在地上的画面，而他的手就放在她的……

秦南御忍不住低声咒骂一声，心烦意乱地连水都喝不下了，拧上盖子就丢到一旁。

他们都已经这样了，纪微甜为什么一个字都不提？换作其他女人，只怕已经想方设法跟他扯上关系了，就算不能嫁进秦家，起码也能拿到不少补偿款。

秦南御就算没有刻意去打听纪微甜的背景，在圈子里也早就耳闻这位"纪家大小姐"的事迹。

在豪门生活不易，她想要在纪家有立足之地，最好的办法就是攀上他。送上门的机会，她居然放弃了？这个女人到底是真的看不上他，还是另有打算？

秦南御的眼神变得有些复杂。一想到她宁可在纪家被人看不起，也不愿意跟他扯上一点儿关系，他就莫名其妙地郁闷。

"先不回别墅，这里离瑶瑶外婆家的小吃店很近，先去看看瑶瑶。"

南坡公寓里。

刚回到家的纪微甜关上门，立刻拿着衣服进了浴室，拧开花洒，开始洗澡。闭上眼睛，她的脑海里总是不由自主地浮现出秦南御那张宛如婴儿般无害又俊美的睡颜。尤其当秦南御顶着这么一张无辜的脸对她又亲又摸的时候，纪微甜几乎咬碎了牙才忍住没一拳打断他的鼻梁。

这个臭流氓，她吃了这么大的亏，还没有找他算账，他就一副担心自己会被赖上的表情。

什么玩意儿？她就是老到掉牙、头发花白还嫁不出去，也不会有求着他负责的那天。更何况她现在年轻貌美，还有一个可爱到爆炸的女儿，她要是想结婚，愿意娶她的人能从江城街头排到街尾好吗？

他瞧不起谁啊？

纪微甜愤怒地洗完了澡，换上一身干净的衣服，抬起胳膊再三确认自己身上已经闻不到一丝秦南御的气息才走出浴室，忽然意识到她是不是太在意秦南御的看法了？

此时，卧室的门突然被人推开。刚睡醒的小糯米团子抱着心爱的猫，慢慢走到她面前，揉着眼睛问："妈咪，你是睡醒了还是没睡？"

这真是一个来自灵魂的拷问。

她睡是睡了，不过没睡在家里，是跟一个类似野男人的家伙睡在了实验大楼的资料室里，被占了一晚上的便宜。

要是让她女儿知道了，怕是要抱着她的身份证和户口薄上门让秦南御娶她了。

"小宝贝，你饿不饿？妈咪去给你做早餐。"纪微甜选择忽略这个问题，弯腰把女儿抱起来，亲了亲她的粉扑扑的小脸蛋儿，讨好地问道。

纪星瑶长得像她，与她一样的眉眼，一样的小嘴，就是性格跟她不像。

"我不饿，想喝奶奶。"纪星瑶丢掉肥肥，靠在妈妈的肩膀上，搂着她的脖子说道。

纪微甜抱着她去冲牛奶，她喝完之后，笑眯眯地说："妈咪，你知道我今天为什么不饿吗？"

"为什么？"纪微甜配合地问道。

"因为新爸爸昨天给我送了很多好吃的。你知道吗？那些食物超级好吃，有鱼，还有很多好吃的点心，还有一个超级大的冰激凌！"小糯米团子用自己的两只小胳膊比画了一个大圈圈。

她说了这么多，就是为了推销自己的新爸爸？

纪微甜累了，放下小糯米团子，转身回房间睡觉。她刚躺到床上，一个软乎乎的小身子就跟着钻了进来。

纪星瑶从被子底下一路钻到床头，然后伸出毛茸茸的小脑袋，一双大眼睛亮晶晶的，兴奋地问："妈咪今天不用上班吗？我现在就给新爸爸打电话，安排你们相亲！"说完，她拿起纪微甜放在床头的手机，麻利地输入一组电话号码。

纪微甜吓得从床上蹦了起来，伸手抢过女儿手里的手机，想也不想就关机。

见小糯米团子愣住了，她平静了几秒，一本正经地解释："小宝贝，妈咪今天要上班……我刚才只是假装躺一下，跟你玩捉迷藏，现在游戏结束，妈咪要去上班了。"

纪微甜说着，认命地从还没焐热的被窝里爬出来，抱着纪星瑶走到衣柜前面换衣服。

"妈咪先送你去外公外婆那里。"纪微甜一手牵着女儿，一手捂着嘴打了个哈欠。

她昨天没睡好，现在洗完澡困意就上来了。

为了避免被女儿拉去跟一个陌生男人相亲，她只能提前去实验室继续看资料了，她昨天修改后的算法还没有进行最后的验证。

纪微甜心里想着事情，就没有留意到在距离她们还有一段路的小吃店门口，此刻停着一辆黑色的车。

一直嘟囔着自己是个大朋友、可以一个人去找外公外婆的小糯米团子突然安静下来。

纪微甜怔了怔，低头看她。

小糯米团子随即兴奋地喊了起来："那好像是爸爸的车，爸爸来看我了！"

纪微甜在女儿要拉着她往前跑的时候，毫不犹豫地停下来，说："宝贝，你已经是个大朋友了，知道怎么去外公外婆家，对不对？妈咪赶时间，先去上班了！"然后，她头也不敢抬地跑了！

如果换作普通的相亲对象，纪微甜见见也无妨。可女儿这么喜欢的人，如果她见了，对方看不上她还好，要是他们看对眼了，以小管家婆的性子，怕是当天就要把她打包送到对方家里去。

为保险起见，纪微甜"先跑为敬"！

"妈咪！"

小糯米团子一个人愣在原地，茫然地眨了眨大眼睛，最后还是选择先

155

去找新爸爸。

看见从车上下来的人真的是秦南御，纪星瑶兴奋地跑到他面前："爸爸！"

秦南御刚才还郁闷的心情顿时变得明朗。

秦南御弯腰把小糯米团子抱起来，抬头看向她来的方向——是他看错了吗？他刚才好像看见了纪微甜的身影，一晃而过，像是幻觉。

"爸爸，你想我了吗？"小糯米团子用双手捧住他的脸，笑眯眯地问道。

秦南御回过神，嘴角勾起一丝宠溺的笑容："嗯，想你了，来陪你吃早餐。"

秦南御抱着纪星瑶，走进小吃店。

两个老人家起得很早，这个时候已经在忙着准备食材了，看见秦南御抱着纪星瑶进来，刚要停下手里的工作，秦南御已经先一步开口："你们忙你们的，给我来一份煎饼馃子就行。"

"好，好！"沈义献跟林慈对秦南御愈发欣赏了。

秦南御一表人才，谈吐不俗，有钱还有礼貌，最关键的是，喜欢他们家瑶瑶。

要是他真成了他们的女婿，他们以后也不用担心宝贝外孙女在继父家里受委屈。

"老婆子，我瞧着这个孩子人不错，虽说他的条件太好，确实有点儿让人担心，我怕他将来对微甜不好，但是你看他对瑶瑶这么好，心里装着孩子的人都有责任感，我琢磨着他不会乱来。"沈义献一边做着煎饼馃子，一边跟老伴儿使眼色。

林慈也正打量着秦南御，丈母娘看女婿，越看越满意。

"我也觉得行，关键吧，他也有个孩子，那孩子我们都见过，乖巧可爱，将来长大了，肯定是个孝顺孩子……但咱们喜欢没用啊，得女儿喜欢！"

"要不，你试试给她打个电话？"沈义献犹豫着问道。

林慈想也不想就将问题推了回来："你是一家之主，你去打。"

沈义献将做好的煎饼馃子装盘，看了一眼坐在秦南御怀里撒娇的小糯米团子，说道："别瞎说，一家之主正等着吃早餐呢，我最多就是家里的二把手，能不能做主，还得听瑶瑶的。"

这边，两个老人家为女儿操碎了心，那边，秦南御抱着软乎乎的小糯米团子，脑海里浮现出昨天晚上的画面。

他是喝醉了，不是失忆了，很多事情一时想不起，等酒劲过去了，他多少会想起一些。比如此时此刻，秦南御看见乖巧、软萌的小糯米团子，眼前闪过的是他昨晚把纪微甜按在桌子上的画面……他好像亲她了？

秦南御记不清，下意识地想打消这个念头。

偏偏怀里的小糯米团子像是发现了新大陆，指着他的嘴角，问："爸爸，你的嘴唇怎么肿肿的，是被虫子咬了吗？"

"不是，是被一只猫咬了，野猫。"

喜欢冲他龇牙咧嘴、没事就要亮爪子的小野猫。

准确地说，她还是个害人精。

秦南御甚少动怒，偏偏每一次遇见纪微甜，都会失控。

这个女人，命里跟他犯冲。

纪星瑶歪着脑袋，用小手指戳了戳他的嘴角："那小猫咪很不乖啊，不像我家肥肥，从来都不咬人。"

"肥肥？"秦南御不是第一次听见她提起这个名字，垂眸看了她一眼。

"它是我妈咪为我养的猫，可以陪我玩，还可以陪我睡觉。"纪星瑶说着，撩起自己的衣袖，露出手腕上的儿童手表，"这个也是我妈咪给我做的。我妈咪可聪明了，什么都懂，还很爱我！"

论推销自己的妈咪，纪星瑶打遍天下无敌手。

秦南御原本听见小糯米团子日常夸自己的妈妈只是一笑置之，直到他的视线不经意间扫过她手上的手表，瞳孔蓦地收紧！

外行人看热闹，内行人看门道。市面上的儿童手表，秦氏科技集团派专员做过调研，纪星瑶手上的这款从没有出现过。

秦南御下意识地扣住她的小手腕，认真地看了一眼她戴着的儿童手表，发现上面似乎装有定位系统，眼神变得复杂。

"瑶瑶，能把你的手表摘下来让我看看吗？"

秦南御是学计算机的，后来又攻读了微电子科学与工程，对这种机械类的小东西格外敏感。

小糯米团子戴的这款手表不是普通的儿童手表，只怕到整个 T 市去找，都很难找到一块相同的。

"不可以。"向来软萌、乖巧的小糯米团子突然拒绝。她用小手捂住手表，耷拉着小脑袋想了想，像是担心秦南御会生气，小声地解释，"手表我不可以摘下来，不然妈咪会以为我遇到危险了。"

157

秦南御恍然大悟，看来他观察得还不够仔细。这款手表除了有定位功能，居然还带有这种隐藏属性——它一旦感应不到主人的存在，就会自动接通终端报警器？

秦南御的眼神变得越发复杂了，他没有执着地去看小糯米团子的手表，反而扳正了她的小身子，一边给她喂煎饼馃子，一边淡淡地询问："手表是你妈妈给你买的？"

纪星瑶咬了一口煎饼馃子，答道："不是。"

这个回答符合秦南御的猜测，这样的手表还没有在市面上出现过，多半是私人制造的。

"是你妈咪给你定做的吗？"秦南御又问。

光凭一个人的能力，想要做出这样的手表，还是有点儿难度的。最大的可能就是有人拿着图表，请专业的机械师傅帮忙定制，再搭配上自己想要的电子系统。

"不是妈咪做的，是冷叔叔做的。"纪星瑶咽下嘴里的食物，想了一下，又补充道，"这是妈咪送我的生日礼物，可是冷叔叔帮了很多忙……爸爸不要误会，冷叔叔只是妈咪的朋友，不是男朋友。"

小糯米团子认真地帮自己的妈咪解释。

这么说，这款手表的来历就有些扑朔迷离了，可能经过了很多复杂的程序，最后才达到了这样的工艺，并不是他以为的只有一个隐藏的 AI 高手。不过，能想到给自己的女儿准备这么特别的生日礼物，这位妈妈也没有他想象中的糟糕。

秦南御忽然想起，他似乎还不知道小糯米团子的妈妈叫什么。

"瑶瑶……"

"秦总！"助理从小吃店外面大步走进来，着急地附在秦南御的耳边说了什么，秦南御的脸色微微一变。

"你先回车上，等我一会儿。"

秦南御刚打算跟小糯米团子说什么，她就已经仰着可爱的小脸主动问："爸爸又有工作了吗？没关系，我已经是大朋友了，可以自己吃饭饭。"

这么乖巧、贴心的小棉袄为什么不是他的亲生女儿？这样他就能光明正大地将她接回家养了。可最后，他只能无奈地低头亲了亲她的小脸蛋儿，跟她承诺："我改天再来看你。"然后，他快步离开。

他一上车，助理就给他递了一台笔记本电脑，屏幕上是刚刚收到的邮件。

"秦总，我照你的吩咐去调查了卡丽身边的朋友，发现她的人际关系……有点儿复杂。"助理为难地说道。

闻言，秦南御的手指快速地滑动邮件，最醒目的是邮件顶端的照片，照片上是穿着不同服装的卡丽再往下，是卡丽近段时间的行踪，包括她去过的地方、见过的人……

"由于她是Ｙｕ公司的项目经理，所以接触的人多半是客户，还有一些延伸的潜在客户，总之，她最近见过的人，没有一百个也有好几十个，我们的人筛查了很久，才筛查出了一些有用的信息。"助理指着一排地址中的最后一个，"秦总看这里，卡丽经常更换接待客户的餐厅，但是这家餐厅她每个月至少会去一次，有时候甚至两周去一次。"

秦南御微微眯起眼睛，盯着那家餐厅的名字，说道："这么看来，她在那里有固定要见的人，比如，给她提供技术支持的好朋友。"

"是的！我让人去调查过这家餐厅了，也查过卡丽在这家餐厅的消费情况，店员告诉我们，卡丽是他们的贵宾客户，每隔一段时间就会跟朋友来喝下午茶，根据他们的描述，每次和卡丽一起去的都是同一个人。"

能让卡丽这样忙碌的职场女性定时抽空去见、还次次主动买单的人，肯定就是他们要找的人。

"最巧的是，我们从店员那里打听到，卡丽在他们餐厅预订的下一次用餐时间就是今天！"助理激动地说道。

这也是他一收到消息就激动地去找秦南御的原因。

卡丽要信守对朋友的承诺，他们不好勉强，但不代表他们就此放弃。

秦南御向来求贤若渴。

"看来，我们这次运气不错。"秦南御合上笔记本电脑，缓缓地说。

江城大学实验楼。

纪微甜坐在办公桌前，一个字都看不进去。看见眼前的桌子，她的脑子里总是会闪过昨天晚上秦南御突然把她按到桌子上强吻的画面。

她当时气极了，想也不想就张口咬了他，恨不得撕下他的一块肉。今天早上醒来的时候，她好像看见他的嘴唇是肿的……他会不会想起来？

纪微甜察觉到自己在想什么后，烦躁地把笔丢到桌子上，双手捂住脸。

耍流氓的人又不是她，她心虚什么？要是秦南御真的来问，她打死不认就是了。更何况他干出这样的事，还有脸来问吗？

这么一想，纪微甜的心里好受多了，她低头准备继续看资料，手机突然响起短信提示音，卡丽给她发了一条短信：小甜甜，今天是固定的姐妹聚会日，你忙归忙，千万别忘记带我干女儿来跟我见面，爱你！

纪微甜是真的忘了，看见信息之后，连忙去翻日历，发现上面果然打了个红圈圈。她拿起手机强装镇定地回复：我这么爱你，当然记得跟你的约会，老时间见！

她将手机一放，赶紧埋头处理工作。

纪微甜记忆力好，对数字尤为敏感。她编过号的文档，只要报给她数字，她一秒就能想起来放在哪里。处理资料归档这种事情，她十分得心应手。

她忙完，时间还早。想起自己昨天推导的公式，纪微甜从椅子上站起来，拿起放在桌面上的一份资料，抬腿往实验室走。

确定秦南御不在实验室里，她礼貌地敲了敲门。

听见敲门声，正为实验进度头疼不已的众人齐刷刷地扭头看向纪微甜。没等其他人开口，站在离门口最近的钱敏已经率先上前，冷漠地问："有事吗？"

纪微甜听见她不善的语气，怔了怔，随即又觉得可能是自己太敏感了，笑着说道："我昨天送资料过来的时候，看见你们好像在研究一个程序的算法，不知道研究出来了没有？"

"学姐。"纪微甜话还没有说完，钱敏就已经打断了她，双手抱胸，有些不耐烦地开口，"我愿意过来跟你说话，是因为你曾经是我们计算机系的学姐，但是据我所知，秦总已经下令不让你进实验室。我想，你应该不算我们实验小组的成员，没有过问实验进度的资格吧？"

"你可能误会了，我并不是要干涉你们的实验，只是……"

"你想干什么并不重要，如果没事的话，请你离开这里。"钱敏强硬地说道。

她说得很不客气，但音量把握得很好，实验室里的其他人都听不见她们在说什么。

纪微甜对上钱敏鄙夷的目光，总算可以肯定，那股敌意不是她的错觉。

"我得罪过你？"纪微甜皱了皱眉，问道。

钱敏是这届计算机系里出类拔萃的学生，又是女生，长相、气质都不算差，引起的关注自然不小。

纪微甜在教务处工作，优秀的学生老师多少会提及，她对钱敏并不陌生。但是她跟钱敏除了之前聚餐时见过，几乎没有正面接触，更别说结仇了。

如果她没有记错，上一次钱敏看见她的时候，还俏皮地问了她一声，是该叫她"纪老师"，还是"学姐"。

怎么一眨眼的工夫，钱敏就像换了个人？这女人，是有两副面孔吧？

"学姐说笑了，我们之间能有什么得罪不得罪的？"钱敏讪笑了一声，眼神变得轻蔑，上下打量了纪微甜一眼，轻慢地说道，"学姐你虽然曾经是计算机系的学生，但是今时不同往日，如今只是一个合同工，成天在教务处整理档案，恐怕已经想象不到做实验有多困难了。我只是不想让学姐太辛苦，还请你多多包涵。没事的话，我就先进去忙了。"

纪微甜愣了愣，有些难以置信。

纪微甜萌生出把答案甩到钱敏脸上的冲动。让她睁大眼睛看看，你学姐还是不是你学姐！

可她还是忍住了，吃力不讨好的事情她从来不干。

纪微甜抬头看向实验室中间的大显示屏，发现上面的程序还是他们昨天研究的那一个，看来是没有人把正确的解题公式推导出来，所以全卡住了。

纪微甜扫了一眼钱敏傲慢的脸，无所谓地耸耸肩，将解题公式原封不动地带回资料室，收拾东西去跟闺密喝下午茶，让他们慢慢算去吧！

钱敏就站在实验室门口，一直盯着纪微甜，直到她的身影彻底消失。钱敏的脑海里浮现的是她今天早上提前来实验室不小心看见的一幕……她迷恋的学长、最崇拜的计算机大神，居然跟纪微甜在资料室衣衫不整地抱在一起！

钱敏喜欢秦南御，从她进入江城大学计算机系的第一天就喜欢。

最开始，她只是把秦南御当成自己的偶像，毕竟在计算机系提起秦南御这个名字，没有人不知道。

他学习成绩好，一路跳级进入江城大学，主修计算机，还辅修了其他学科，包揽了同期所有能拿的奖项。毕业后，他又带着秦氏科技集团一跃成为 T 市第一集团，成为当之无愧的行业霸主。

秦南御的身上有数不清的光环，这样的人物，在对手眼中就像一个无法解决的系统漏洞。钱敏就是爱慕他的众多女人中的一个。

喜欢钱敏的男生很多，她的追求者数不胜数，可每一个她都会忍不住拿来跟秦南御比较。

原本她以为自己这辈子都不会跟神坛上的秦南御有任何交集，却没有想到秦氏科技集团会突然跟江城大学合作。她使出浑身解数才让自己脱颖而出，加入秦南御的实验小组。

第一次跟秦南御同桌吃饭的时候，钱敏紧张到差点儿连话都说不出来，只是给他敬了一杯果汁，就激动得一晚上没有睡着。后来看见秦南御在实验室里清高冷峻的模样，她更是心动得不能自已。

她知道秦南御不喜欢她，也没想过飞上枝头变凤凰。但秦南御在她心里，就像那云巅之花，世俗凡人都配不上他，尤其是纪微甜这种各方面条件都配不上秦南御的女人，可他们居然睡在了一起……

钱敏笃定是纪微甜故意勾引秦南御的，想要赖上秦南御，借机嫁入豪门。没准儿她之前在教务处也是用的这招儿，否则教务处能干的职工这么多，为何偏偏安排她来负责这么重要的项目？

钱敏不允许这种女人再靠近她的男神半步！

"小敏，你一直站着干什么？过来帮忙。"

钱敏回过神，说道："马上来！"

钱敏刚走上前，雷云嘉就问："纪老师怎么来了，是不是有事呀？"

"她能有什么事？她只不过是来看看，我说大家都在忙，她就走了。"钱敏敷衍地说道，又想起了什么，抬头打量了雷云嘉一眼，"一个资料员而已，你怎么这么关心她？"

"纪老师是我们的前辈，虽说她现在不参与实验，可是当年她在计算机学院的时候也是赫赫有名的，实验现在卡住了，多一个人帮忙想办法有什么不好？你们女人就是喜欢胡思乱想。"雷云嘉丢下一句，又去琢磨手上的数据。

愣在原地的钱敏像是被人甩了一耳光，脸色十分难看。

为什么她身边的男人都要帮纪微甜说话？

纪微甜提前结束工作，将包包一拎，美滋滋地离开实验大楼。纪微甜到小吃店接女儿时，看见小宝贝刚睡着，不忍心吵醒她，便一个人去找卡丽喝下午茶了。

纪微甜在路上时接到了卡丽的电话，问她到了没有。

"我已经在路上了。不过，遗憾地通知你，你的干女儿正在睡觉，今天不会出现在我们的姐妹聚会上。"

"那真是太遗憾了。"

"你失望的语气让我现在很想回家。"

"别呀，我有重要的情报要告诉你。再说了，我的公司都被人收购了，你难道不应该过来安慰一下我吗？"卡丽挽留道。

纪微甜好心提醒道："你前两天刚在我面前兴奋地说，你的公司被收购之后，你升职加薪了，秦南御现在是你的新男神，言语中毫不掩饰你对他的倾慕。我一点儿都不怀疑，如果秦南御愿意，你会立刻用八抬大轿把他迎回去供在你家的神台上。"

"搞科研的女人都像你这么不可爱吗？难怪我干女儿想找个后爸都这么难。"

"说什么呢？我年轻、貌美、有内涵，是我看不上那些男人，好吗？"纪微甜据理力争。

搞科研的女人怎么了？她们又不是洪水猛兽，投身科学事业，耽误个人婚姻问题，这种情况不是应该得到安慰吗？为什么还要被嘲讽？

现在的人呀，思想觉悟太低了！

"是，是，是，我的小甜甜样样好，看不上那些没内涵的臭男人很正常，可御少呢？这么优质的男人你也看不上，你真的不需要去看看眼科？"

"秦南御是不是给你钱了？"纪微甜深吸一口气，说道，"别的男人好不好我不知道，但他是罂粟。再说我不喜欢他这款的，你也少了一个竞争对手，皆大欢喜。"

卡丽："……"

小姐妹之间的对话以卡丽"洗脑"失败而宣告结束。

"我到了，一会儿说。"纪微甜说道。

她挂电话之后就让师傅在前面的路口停车，下车的时候突然看见一辆黑色的车子越过计程车停在了她前面。

车门打开，一抹化成灰她都认得的身影从车上走了下来。

秦南御转过身，看见站在他身后的纪微甜后，也很吃惊。俊美的脸庞上闪过一丝诧异，随即他眯了眯眼，沉声问道："纪微甜，你跟踪我？"

纪微甜茫然地扭头看了一圈，确定是自己先到这里，秦南御随后才到的，怎么到了他嘴里，就变成她跟踪他了？

纪微甜刚要怼回去，眼前穿着一身正式西装像要去谈生意的男人已经迈着大长腿走到了她面前，带着睥睨众生的眼神打量了她一眼，幽幽地说道："我还以为你跟其他女人不一样呢，原来是以退为进，这么快就露出狐狸尾巴了。"

"你以为我跟着你是因为昨天晚上的事情，想让你对我负责？"纪微甜愣了几秒钟，总算回过神了。

"难道不是？"秦南御单手揣在口袋里，慢慢地低下头，像要看穿她的心思。

他扯动了一下嘴角，刚一动，嘴唇上就传来了一丝刺痛感，让他瞬间想起被某人咬了一口的事情。

他明明极其鄙视不择手段地接近他的女人，可他在这里看见纪微甜，莫名其妙地松了一口气，像是某种脱轨的东西又回到了他的掌控中。

下一秒，纪微甜低头在包包里翻出一张小卡片，塞到他的手心里，说道："市医院最好的精神科医生，建议你看看，少做白日梦。"说完，她转身大步往餐厅里走。

秦南御盯着她的背影，拧了拧眉心。

助理见他半晌都没反应，忍不住上前提醒："秦总，纪小姐已经走了。"

秦南御回过神，摊开掌心，发现真的是精神科医生的名片，脸色瞬间沉了下来。

助理还在旁边碎碎念："纪小姐应该不是跟踪我们，我刚才停车的时候，计程车好像就在我们前面。"

秦南御扭头瞪了助理一眼，将手里的名片揉成团，丢进垃圾桶，并发誓再也不跟纪微甜说一句话。然后，他沉着脸进了餐厅。

助理已经提前打听好卡丽预订的桌号和时间，进门后，他走在前面给秦南御带路。

"秦总，33号桌快到了，我已经看见那边坐着两个人，一个是卡丽，另一个应该就是我们要找的……"助理猛地停下来，声音戛然而止，眼睛瞪大，像是见了鬼似的，回头看向秦南御。

秦南御顺着他的视线往前看，坐在卡丽对面的是纪微甜。他的瞳孔猛地一缩，像是怀疑自己看错了，他又往前走了几步，直到近得能听见她们的谈话内容。

"你说秦南御怎么了？他居然说我跟踪他！"

"然后？我当然很生气，就把你上次介绍给我治疗失眠的精神科医生的名片塞给他了。"

卡丽受惊不小，难以置信地看着她，问："你让御少去看精神科医生？他没对你怎么样吧？"说罢，她紧张地站起来，检查纪微甜有没有缺胳膊少腿。

纪微甜抓住她的手，笑弯了眉眼："我没事，塞完名片我就走了，傻乎乎地留在原地等他动手吗？我又打不过他。"纪微甜理直气壮的样子让秦南御差点儿忍不住上去拧断她的脖子。

今天的事情应该是哪里弄错了。纪微甜就是个"傻白甜"，绝对不是他要找的人。

卡丽每个月定时见她，不一定是为了工作，好朋友没事也会约出来坐坐，聊聊天儿，没什么大惊小怪的。

秦南御丢下助理，转身走出餐厅，走到自己的车子前，拉开车门坐进去，用力地关上门，车门撞击的闷响让他震惊的思绪稍稍得到缓和。

"秦总，我们就这么离开吗？"助理从餐厅里追出来。

他们查了卡丽几天，好不容易找到这么重要的线索，也不上去问问，扭头就走，这压根儿不是秦南御的作风。

难不成是因为纪小姐？

这个念头在助理心头滑过，助理咽了咽口水，不敢问。

"不可能是她，你再让人去查，看看除了纪微甜，卡丽还有什么固定约会的对象，查清楚再告诉我。"秦南御薄唇微启，"另外，通知实验室，加快实验进度，最迟明天，我要看到最新阶段的实验成果。"

语毕，没等助理说什么，秦南御就已经拿起笔记本电脑开始处理工作了。

察觉他似乎在克制情绪，助理硬生生地将满肚子的疑问咽了回去。

有个喜怒无常的老板不是最惨的，最惨的是他老板的情绪被一个叫纪微甜的女人捏在手心里。但凡纪微甜出现的时刻，他家老板的心情就不会太好，连带着处事方式都变了。

助理看不懂，也不敢问，默默地上车，发动车子离开。

纪微甜跟闺密喝了下午茶，也吐槽了秦南御一下午。

离开的时候，她忽然想到这家餐厅位置很偏僻。于是，她对卡丽说道："我刚才在门口撞见秦南御的时候，他好像也是准备进这家餐厅的，怎么到这会儿了一直没看见他进来？难不成他进了贵宾包间？"

"他应该没进来吧？这家餐厅没有贵宾包间，餐桌全是开放式的，也算是这家餐厅的特点之一。"卡丽听见她的话，下意识地回答。

看了一下餐厅的其他位置，没有看见秦南御，卡丽失落地搭着纪微甜的肩，说道："还以为出来喝个下午茶也能跟男神偶遇，果然上天对我没这么仁慈。不过，你说御少不是来这里吃饭的，那他来做什么？"

纪微甜接过前台工作人员递过来的账单，递给卡丽签字，想也不想地开口："谁知道？看他刚才鬼鬼祟祟的样子，没准儿是在跟踪什么人。"

"完了，他一定是在跟踪我，我刚接手分公司，御少肯定不放心我，所以暗中观察我。"卡丽双手抱着账单，顿时绷紧了神经。

纪微甜朝她翻了一个白眼，拽过她手里的账单，递给前台的工作人员，又拽着她走出餐厅。

见卡丽还是一副担心自己没表现好的模样，纪微甜忍不住调侃："一个小分公司的负责人，你真当秦氏科技这么大的集团会放在眼里？与其说秦南御跟踪你是因为你工作能力不佳，不如说他觉得你表现太好，想要看看你背后有没有军师。"

这个说法让卡丽的心情立刻变好，她主动替纪微甜拦了一辆计程车，关上车门，目送纪微甜离开。

等纪微甜回到家，发现手机收到了一条信息，是教务处主任发来的，教务处主任提醒她被人投诉了，理由是她在工作时间擅离岗位。

纪微甜倒吸了一口凉气，气得差点儿摔手机。

先不说她是做完工作才离开的，就算没做完工作，她也请假了。谁这么多管闲事，跑到教务处主任那里去投诉她？

联想到下午的事情，纪微甜毫不犹豫地认定是秦南御干的。

纪微甜气得一晚上没睡好，第二天一大早就去了实验室，准备找秦南御理论。

她刚走到资料室门口，就看见一个人靠在她办公室门口的墙壁边上，脸色雪白，脑袋低垂……像具尸体。

纪微甜吓得往后退了两步，看清眼前的人是雷云嘉时，蓦地松了一口气。随即她想到了什么，紧张地上前，伸手想要试试他还有没有呼吸，手刚伸出去，雷云嘉就睁开了眼睛，像是刚睡醒，眼神有些迷茫。

看见纪微甜，他尴尬地抓了抓头，说道："纪老师，你来了，我想找你拿点儿资料，没想到等了一会儿就睡着了。"

纪微甜看了一眼时间，早上七点。她以为她是实验大楼里来得最早的人，没想到旁边的实验室里灯火通明，隐约还能听见说话声，里面的人像是在讨论什么。她再抬头看她面前的雷云嘉，还有他眼里的红血丝。

"你们的问题还没被解决？"纪微甜问。

"还没有，算法优化一直没成功。秦氏科技集团的人昨天又通知我们，最迟今天就要交出这个阶段的实验成果，所以大家就都没走。"

雷云嘉话音刚落，旁边就插进来了一道刺耳的声音："雷云嘉，让你拿点儿资料，你怎么拿了这么久？大家都在等你。"

纪微甜扭头一看，说话者是钱敏。

昨天过后，她对钱敏就没什么好印象了，连招呼都懒得打，推开资料室的门往里走。同时，她提醒雷云嘉，下次如果她不在的话，他可以直接拿资料室的备用钥匙进来找资料。

"这些都是算法优化可能用到的资料，我昨天都找出来了，你直接拿过去就行。"纪微甜把桌子上的一堆文件夹抱起来递给雷云嘉。

雷云嘉接过来，翻看了几眼，发现全是他需要的资料，感激不已。

"谢谢纪老师，这可帮了我大忙，等这几天忙完，我请你吃饭。"

纪微甜笑着说道："不用客气，这是我应该做的。"

她在心里默默补充道：如果不是因为钱敏，你们现在已经拿到了正确的优化公式。

雷云嘉欢天喜地地走了。纪微甜坐到座位上，脑海里闪过刚才在实验室门口看见雷云嘉那副睡眠严重不足的样子，默默地叹了一口气，刚要心软把答案给他们，眼前突然投下来一片阴影。

纪微甜这才注意到钱敏不但没走，还进了她的办公室，居高临下地看着她。

"学姐好有本事呀，雷云嘉不过是找你拿了两次资料，学姐就把他收服了，真是让人大开眼界。"钱敏讽刺地说道。

纪微甜昨晚因为被投诉的事情，心情本来就不太好，钱敏一大早还来找她的晦气。她一眯眼眸，嘴角勾起一丝冷笑："我的本事你学不来，还是别叫我'学姐'了，叫我'纪老师'吧，我受得起。"

嘲讽不成反被讽，钱敏的脸色瞬间变得有些难看。钱敏想要再说什么时，雷云嘉回来了。

"纪老师，小组长说你给我们准备的资料很有用，但是相关的资料有点儿多，问你方不方便过来帮我们做一下分类。"

纪微甜没有立刻答应，而是抬头看了钱敏一眼，见她很不服气，纪微甜缓缓地起身，故意问道："听说秦总不同意我进实验室，你们现在又让我帮忙，那我是能进还是不能进，不如学妹来告诉我吧？"

"你！"钱敏气得脸色发青。当着雷云嘉的面，她又不能说什么，咬咬牙说道，"纪老师要帮忙，我们当然不会拒绝。"

"既然学妹这么说了，盛情难却，我这个做学姐的，肯定不会不帮忙。"

纪微甜笑眯眯地说道，越过钱敏，往实验室走。

俗话说得好："对付一个人最好的方式，就是明知道他不想看见你，你还每天到他眼皮子底下晃来晃去，让他看着不痛快，恨得牙痒痒，又拿你没办法。"

纪微甜跟着雷云嘉进入实验室，很快把他们想要的资料分类好，并且做上标记。她刚想离开，钱敏突然走到她身边，不好意思地问："纪老师，能不能麻烦你再帮一个忙？"

纪微甜挑眉看她，那副温顺的样子一看就是装出来的。她知道钱敏心里肯定憋着坏，也不着急，等着钱敏的下文。

"我们为了这次实验，已经熬了一个通宵，现在又累又饿，只是手里都有工作，不方便离开，能不能麻烦纪老师帮忙给大家带点儿吃的？"

钱敏摆出一副娇弱又替人着想的模样，其实就是想让纪微甜跑腿。

纪微甜寻思自己以前怎么没发现钱敏这么会演戏呢？卡丽还说她是"戏精"，她现在想把影后的桂冠让给钱敏。

没等纪微甜开口，离钱敏最近的雷云嘉已经皱着眉说道："纪老师是来帮忙的，让人跑腿不好吧？而且这么多人的早餐，一个女孩子也拎不动，还是我去买……"

"你的实验数据还是我帮你整理的，你汇总完了？你有时间吗？"钱敏瞪了雷云嘉一眼。

雷云嘉面露尴尬之色，接不上话。

实验室里不都是计算机系的学生，雷云嘉学的是微电子工程，在处理程序数据方面，确实不如钱敏。他不好跟女孩子争执，索性闭上嘴。

钱敏这才满意地看向纪微甜："纪老师，你不会拒绝吧？"

她当着这么多人的面问，纪微甜能拒绝吗？

大家都忙得焦头烂额，纪微甜正好闲着，帮忙跑腿买早餐，也不是什么了不起的事，只是钱敏这副奸计得逞的嘴脸实在让人不舒服。

纪微甜想到了什么，嘴角扬了扬，爽快地接话："好呀，我这就给大家买。"说完，她便离开了实验室。

肥水不流外人田，纪微甜先到她养父母的小吃店里买好早餐，然后拎回实验室，放到项目组成员各自的位置上，之后拎起最后一份早餐，走向一脸得意地坐在座位上等她的钱敏。

相比其他人一脸感激地道谢，钱敏连站都没有站起来，讥诮地开口："辛苦纪老师了，您买的早餐肯定特别好吃！"

钱敏伸手去接早餐，纪微甜突然收回手，让她扑了一个空。对上她错愕的目光，纪微甜佯装惊讶地低声喊道："呦，我好像算错了，少买了一份。"

钱敏："……"

"都说女孩子吃多了会胖，学妹，你的身材已经这样了，我不能再害你，少吃一顿就当减肥吧，这份早餐就留给我自己了。"纪微甜说完，当着钱敏的面吃了起来。

金黄香脆的煎饼馃子配上作料，吃起来口感别提有多好了，看都能把人看饿，更别提忙了一晚上、早就饿得前胸贴后背的钱敏了。

要不是实验室里还有其他人，只怕她早就忍不住破口大骂了。钱敏正要质问纪微甜是不是故意针对她时，雷云嘉突然上前，上下打量了她一眼，耿直地补充道："跟纪老师比，你确实有点儿胖。"

钱敏气得浑身哆嗦，咬牙切齿地说道："我的体重还不到一百斤！"

雷云嘉配合地点点头："知道，知道，女孩子都不会承认自己胖。我就随口一说，你不用跟我解释。"

这时，实验室里不少人扭头看她，像是在研究她是不是真的太胖了。钱敏恼羞成怒地站起身，吼道："都看什么看，没见过胖子吗？"

等她意识到自己说了什么，再看见大家隐忍的笑意时，才发现自己进了纪微甜的陷阱。

钱敏一屁股坐回椅子上，气恼地捂住脸。她瞥见站在她面前吃饱喝足准备走人的纪微甜，越想心里越不平衡。

一个连实验室都没资格进的人，凭什么在她面前这么得意？纪微甜不就是仗着自己好看吗？

纪微甜要不是有那张脸，雷云嘉怎么可能帮她说话？真要做起实验来，他还不是要靠自己！

想到这里，钱敏身为学霸的优越感顿时涌上心头。想要碾压一个人，就要让对方看见你们之间的差距，从实力上碾压对方！

钱敏站起来，绕过自己的位置，走到纪微甜面前，笑着问："听说纪老师以前是我们计算机系最优秀的学生，怎么毕业之后没有从事跟计算机相关行业的工作？是不是发现这一行太辛苦了，做不来呀？我听说很多人都是这样，学了这个专业，以为自己很厉害，可是等毕业了才发现，其实自己的能力根本不怎么样，只能转行。纪老师还能留在江城大学，已经很不容易了。"

钱敏的声音不大不小，刚好能让所有人听见。

　　乍一听，她说的话像是在关心纪微甜，仔细一琢磨，字里行间都在嘲讽纪微甜无能，只能留在江城大学当一个合同工。

　　见纪微甜抬头看她，钱敏得意地一笑，继续嘲讽道："纪老师这么瘦，大概也是因为教务处的工作太辛苦了，毕竟每天的工作都是体力活儿。哪里像我们做实验的人，每天算公式都能把脑子算'炸'，压力大的时候，免不了吃点儿零食来调节心情，想不胖都难……说起来，我真是羡慕纪老师有这么好的身材呢。"

　　钱敏越说越来劲，像是一个人搭起了一个戏台子。钱敏挑眉看向纪微甜，等着看她动怒，最好能让大家看见纪微甜的真面目！

　　可她等了半天，纪微甜却笑了。

　　直到大家发现没什么事，又继续忙着手里的工作，纪微甜却突然往前一步，稍稍低下头，凑到钱敏的耳边，一字一顿地说道："我说学妹，你在嘲讽别人之前，是不是应该先端好自己的饭碗？据我所知，秦南御对我的工作表现很满意。倒是你们实验小组，今天要是完不成实验目标，听说秦南御发起火来，是能吃人的。"纪微甜做了个吃人的表情。

　　"你胡说八道什么？御少才不会吃人，他对你的工作一点儿都不满意，你还不是靠着身体……"听见秦南御的名字，钱敏像只被踩到尾巴的猫，一下就激动了，不甘心地瞪了纪微甜一眼，说："狐媚货色！"

　　"我是狐媚货色？"纪微甜怔了怔，指着自己的鼻子，差点儿笑出声。她将空的豆浆杯子丢进垃圾桶，双手揣在口袋里，干脆利落地点头，"我狐媚怎么了？你有狐媚的资本吗？"

　　钱敏："……"

　　"所以你是忌妒我长得比你好看，工作也比你轻松，还不用饿肚子？"纪微甜越说，钱敏的脸色越难看。

　　钱敏从来没有见过这么厚脸皮的人，不管她说什么，纪微甜都不放在心上，反倒是她，几次被踩到痛脚，差点儿在小组成员面前失态。

　　事情不应该是这样的……纪微甜明明样样不如她，哪里来的自信？

　　"大概长得美又心地善良的人天生就比别人自信，你羡慕不来。"纪微甜像是看出了她在想什么，慢条斯理地补上一句。

　　"你有几分姿色又怎么样？还不是连进入实验室的资格都没有！"钱敏走上前，抓起桌面上的一份数据资料，递到纪微甜面前，"这么多的实验数据，你看得懂吗？算得出结果吗？"

没等纪微甜说话，她又收回手，把资料丢到桌子上，拿起了另一份文件，这是实验小组的管理条例，上面明确写着，倘若有重要实验，项目所有成员需要配合实验进度，做出工作调整和让步，一切以实验顺利进行为基准。

"纪老师，我们现在忙不过来，你虽然没有进入实验室的资格，但是既然已经进来了，那么作为项目组成员，是不是有义务帮忙？"

钱敏拿着管理条例，像是握着一把尚方宝剑。

纪微甜不参与实验，却是这个项目组的成员，这一点没错。资料室的管理条例跟实验室的一样，为实验顺利进行服务。

"你想让我帮你做什么？"纪微甜不疾不徐地问。

"我需要三份数据表做汇总，你帮我去打印出来。"钱敏将一个U盘递给纪微甜，朝着旁边的打印机努了努嘴。

纪微甜深深地看了她一眼，接过U盘，转身走到打印机前去打印资料，然后拿到钱敏面前，放到她的桌子上。

"打印机好像没墨了，顺便换一下吧。"钱敏像是使唤纪微甜上瘾了，又开口。

偏偏纪微甜还不能拒绝，否则钱敏闹到秦南御那里，有规定在，那个"扫把星"肯定不会帮她，没准儿还会趁机把她前几次请假的事情再拿出来批斗一次。

纪微甜眯起眼，扫过钱敏得意的脸，眼底闪过一抹狡黠的光，清了清嗓子，看向实验室里的众人："大家都太辛苦了，我可能帮不上什么忙，不过有什么我能帮的，你们尽管喊我。"

"真的吗？"距离纪微甜最近的小组成员小心翼翼地问，确定纪微甜不是开玩笑后，顿时眉开眼笑，"谢谢纪老师，我这里还真的有份计算机方面的资料，想要找个人问问。"

"纪老师，这个程序推导的公式，你能不能帮我看看步骤有没有问题？"

"纪老师，我需要你……"

"纪老师……"

大家忙得不可开交，多出一个人手，高兴得差点儿跳起来，不断有人喊纪微甜帮忙。

钱敏想要使唤她，完全找不到机会，只能坐在座位上，看着备受欢迎的纪微甜，恨得牙痒痒！

钱敏时不时还能听见大家的夸奖，大家说纪微甜不仅思维敏捷，计算能力还特别强，不加入他们实验小组，真的太可惜了。

最过分的是，她居然还听见有人说她不如纪微甜！

如果说钱敏之前还只是想让纪微甜难堪，故意拿管理条例来使唤纪微甜，那么现在，她已经开始后悔。

实验小组里，原本因为只有她一个女生，能力又出众，欣赏她的人不在少数。现在纪微甜一出现，她像是完全被比下去了，没有一点儿存在感。就连平时总喜欢和她一起做实验的雷云嘉，这会儿都只跟在纪微甜身后，像只跟屁虫一样，"纪老师""纪老师"地喊个不停。

偏偏有纪微甜帮忙，大家的实验进度似乎都快了很多，最后只剩钱敏一个人的数据表没有跟上进度，她被小组成员轮流催。

这是她第一次在实验小组里拖后腿，大家看她的眼神都开始变了……

因为着急，她还计算出错了，提交的数据还没有经过第一轮验算，系统就开始报错。

"对不起，我看错参数了，我马上重新算一遍。"钱敏抱着数据表回到座位上，全程低着头，不敢看大家的眼神。

可她越紧张，越容易出错，越是想要表现自己的能力，越是交不出一份漂亮的答卷。到最后，她已经没有心思算题，而是将所有的过错算到纪微甜的头上。

钱敏丢掉手里的笔，拿起水杯准备喝水，瞥见纪微甜从她身后经过，眼底闪过一抹幽光，故意蹬了一下腿，让滑轮椅往后滑了一下撞到纪微甜。

纪微甜被撞到了腰，下意识地推开了椅子，随即就见钱敏从椅子上摔了下去，手里的水杯砸向了电脑！

"啊——"

伴随着钱敏的尖叫声响起的还有门外的脚步声。

秦南御不知道什么时候出现在了门口，正冷冷地看着纪微甜。

"秦总——"不知道谁先喊了一声。

实验室里所有人的目光都集中到了秦南御身上。

纪微甜一手扶着腰，跟着抬起头看向门口，对上男人深邃的眼睛，联想到刚才那一幕，心里暗叫不好！

从她的角度看过去，明显能看到是钱敏故意用椅子撞她，可是从门口的角度看过去，秦南御未必能看见这些细节。

"我的数据！"钱敏爬起来之后，发出了比刚才更夸张的叫声。

钱敏抱着一堆湿透的打印纸，还有因为进了水而不得不先断电的电脑，红着眼扭头瞪着纪微甜。

"纪老师，我知道因为我之前遵循秦总的吩咐，不让你随便进出实验室，所以你看我不顺眼，就连帮大家买早餐都故意漏掉我的那份，这些我都不计较……可这么重要的实验数据，你怎么能故意毁掉？"钱敏捂着脸，委屈地哭出声，声泪俱下地指控，"这可是我算了一个通宵的成果，大家都等着这份数据做最后的测试……"

"小敏，事情还没有弄清楚，你胡说八道什么？"雷云嘉瞥见门口秦南御难看的脸色，连忙打断她。

"我胡说八道？你刚才没看见吗？如果不是纪微甜，我好好地坐在椅子上喝水，怎么会突然摔倒，还撞到了桌子上？我的电脑都这样了，这还不够清楚？云嘉，我知道纪微甜之前帮了你，你要帮她说话，我能理解，但你也不能这么黑白不分呀？"钱敏伸手擦了一下脸上的泪，楚楚可怜地走到秦南御面前，"秦总，这次的实验大家都完成得很好，只剩我那一部分没有做完，他们都是被我拖累了，如果你要惩罚的话，就惩罚我一个人好了。"

实验没有完成，势必要有人承担责任。

数据是在钱敏这里出了纰漏，可就算有这些数据，他们也不敢担保能算出正确的结果。钱敏主动站出来认错，反而让实验室里的其他人不忍心。

一时之间，大家纷纷站出来替钱敏求情，倒显得纪微甜是最应该受到惩罚的人。

钱敏也不算没有脑子，这一招一箭双雕，解决了她发挥失常没有算出结果的窘境，还嫁祸给纪微甜，帮实验室渡过了这次没有顺利完成任务要面临责备的难关。

纪微甜回过神，看着眼前的状况，眼神变得很冷。看着还在装柔弱的钱敏，她冷笑一声，推开众人，走到前面，朝着钱敏伸出手，道："把电脑给我。"

"你要做什么？"钱敏一愣，抱着笔记本电脑往后退了一步。

纪微甜勾了勾嘴角，气场全开，说道："你不是说我故意损坏你的数据吗？我当然是恢复给你看！"

纪微甜的话提醒了在场的所有人。

没人说进了水的电脑一定会坏，就算电脑坏了，数据未必恢复不了。

大家反应过来之后，齐齐扭头看向钱敏。

"不行！我不能把电脑交给你。你对我有成见，要是趁机损毁我的数据，又把责任推到我头上怎么办？"钱敏脸上全是提防的表情，不肯把电脑交给纪微甜。

"这里的人都是这方面的行家，就算我想要动手脚，也会有人看出来，你觉得我有这么傻吗？还是你在心虚，不敢把电脑交给我？"纪微甜笔直地站着，目视前方，眼睛里闪烁着自信的光芒。

"我有什么好心虚的？我是怕你技术不好，弄坏我的电脑……"

"你要是信不过纪老师，就交给我吧。"实验室里的一个学生说道。

"交给我也行，我专门修读过电脑数据恢复的课程，之前就经常帮同学做这个。"又一个学生说道。

越来越多的人催促钱敏交出电脑。

钱敏的脸色有些发白，她像是终于意识到自己躲不过去，缓缓地把电脑递给旁边的人。只是在对方伸手来接的时候，她却快一步松开了电脑。

"哎呀！"伴随着一道惊呼，电脑迅速往下掉。

就在钱敏的嘴角勾起一丝得意的笑，以为自己要得逞的时候，一直冷漠地看着这一切的秦南御像是早就料到会发生什么一样，身形一晃，在电脑掉到地上之前，稳稳地接住了。

"秦总！"钱敏难以置信地看着这一幕，等目光触及被他接住的电脑时，脸色变得很难看。

她回过神，想要拿回电脑，秦南御却抬高了手，避开她的触碰，转身走向纪微甜，把电脑递给她，淡淡地说道："你来。"

纪微甜被眼前发生的一幕震惊得有些回不过神，最让她诧异的是秦南御居然没有相信钱敏的话，还把电脑交给了她。

纪微甜笑着接过电脑，转身走到离她最近的桌子，低头开始工作。

因为电脑进水的第一时间已经断电，所以数据损坏根本不严重，纪微甜当着所有人的面还原了电脑里的数据，将电脑屏幕转向钱敏，嘴角一扬，问道："你还有什么话要说？"

"就算你帮我恢复了数据，那也是你应该做的，并不能证明你刚才不是故意撞到我。你分明是看到被大家发现了，所以企图通过这种方式来脱罪。"

钱敏在纪微甜恢复数据的过程中，已经想到了一套新说辞。她仍旧像个受害者似的，扭头去找秦南御诉苦："秦总，你不要相信她的话，她就是忌妒我能进实验室，她却进不了，所以一直针对我。你要是不信，可以问其他人，纪老师今天早上替大家买早餐，唯独漏了我的。她刚刚推我的椅子，我摔得那么重，大家也看见了，我总不能自己去撞桌子吧？"

没等秦南御开口，纪微甜突然弯腰放大了电脑屏幕上的数据表，说："这份数据表分明是原始数据，你根本没有计算出结果，却一直嚷嚷着是我想破坏实验。我倒是想问一句，真正拖大家后腿的人，是我还是你？"

纪微甜的话引起了其他人的注意，小组的不少成员围到了钱敏的电脑前，开始核对她电脑屏幕上的数据表。大家发现上面都是原始数据，并没有推算出结果，就算没有意外，钱敏也没有算出答案。

"你胡说！我刚才明明已经快算完了，如果不是你撞到我，害我没有保存数据，就不会是这样的结果。"钱敏攥紧了拳头，咬着牙说道。

她没有算出来，所以一直害怕数据被恢复。可就算恢复了，她也能一口咬定自己已经算出来了，是纪微甜能力不够，没有恢复好数据。

钱敏眼里闪过一抹锐利的光："你根本什么都不懂，凭什么说我算不出来？这间实验室里的人都是各自专业的第一名，我们不行，难道你行吗？"

钱敏故意在这个时候挑衅，想要拉纪微甜跟她打擂台。只要她能在秦南御面前赢纪微甜，秦南御就一定会明白，纪微甜只是虚有其表的花瓶！

"钱敏，纪老师好歹是你的前辈，又是你们系的学姐，你说话客气一点儿，大家都是一个项目组的成员，没必要针锋相对。"雷云嘉忍不住出来打圆场。

"既然数据已经恢复了，我们就赶紧把它算完吧。"

"对，对，对，实验更重要……"

实验室里的人都不约而同地开始打圆场。

看见这么多人护着纪微甜，钱敏的脸色越发阴沉了，今天她说什么也不会放过这个让纪微甜丢脸的机会。钱敏信心十足地仰起头，问道："怎么，纪老师，你不敢跟我比吗？"

闻言，所有人的脸色变了，大家纷纷扭头看向秦南御，希望他出面阻止。

第七章

爱上你是我今生最大的幸福

　　秦南御一直看着纪微甜，脑海里闪过的是助理拿着调查结果在他办公室里说的话——

　　"秦总，我们已经反复调查过了，卡丽的朋友看似很多，可跟她有长期固定联系的人只有纪微甜一个，据说她还是纪微甜女儿的干妈。更重要的是，纪微甜在大学里念的就是计算机专业！"

　　所有的证据指向纪微甜，也就是说，她就是卡丽背后的军师。

　　秦南御听到这个消息时，震惊到直接推了所有会议赶来江城大学。

　　现在这个凌乱的场面反而让他冷静了下来。Ｙｕ公司背后的技术员能够凭一己之力盘活一个濒临破产的公司，如果纪微甜就是那个人，那她的能力绝对在钱敏之上。

　　秦南御淡淡地说道："只要你能赢钱敏，就能证明你的清白，你敢应战吗？"

　　如果说钱敏的挑衅，纪微甜根本没有放在眼里，甚至因为在场的人太多，还有所顾忌，那么秦南御这句话，算是彻底把她点燃了。

　　纪微甜扬眉，走上前，借着身高优势，俯视钱敏："要比什么？来吧！"

　　"纪老师可不要后悔。"钱敏的脸上露出得意的笑容，她指着电脑上的数据表，说道，"既然你说我刚才没有算出结果，那我们就来比一比，到底谁能先把结果算出来！"

"你确定只是这么简单的项目？"纪微甜扫了一眼数据表上的内容，眼睛眨了眨，有些嘲讽地问道。

钱敏只当纪微甜是怕了，担心自己算不出来，故意骗她换题目，她不会上当！

钱敏的实力不弱，汇总的数据表虽然有难度，但她完全能算出来。之前她发挥失常，只是因为受了纪微甜的影响。

现在当着秦南御的面，她打定主意要让纪微甜丢脸，自然不会犯同样的错误。

纪微甜就等着输吧！

"给她们准备两台电脑。"秦南御扭头吩咐道，立刻有人腾出位置，让钱敏跟纪微甜面对面坐着比拼。

向来在实验室里寡言少语的秦南御更是亲自当起了裁判，给她们宣读规则。

"原始数据相同，你们同时开始解题，正确率优先，如果正确率相同，用时短者获胜，限时……十分钟。"

"咝——"

秦南御将规则一念完，实验室里的人都不自觉地倒抽了一口凉气。

这么大的计算量，中间还有不少数据需要推导。十分钟就把数据算出来……这不是人，是神吧？

"秦……秦总。"雷云嘉弱弱地举起手，"你时间的单位是不是念错了？应该是十个小时吧？"

"你想在这里站十个小时？"秦南御反问。

雷云嘉被问蒙了。他不想站十个小时，可没有几个小时，根本算不出来这个数据表啊！

秦南御扫视在场表情各异的众人，黑眸变得深邃："如果是我，最多需要十分钟。"

实验室里又是一阵抽气声。

这下质疑的声音没了，所有人看秦南御的眼神像是在看非人类。

钱敏早就看过数据表，甚至还算过，只是前几次没有算出结果，但是因为熟悉，她是有优势的。

如果她都做不到，纪微甜就更不可能做到了。想到这里，钱敏顿时答应："十分钟就十分钟。"

纪微甜没说话，只是在听见秦南御只需要十分钟的时候，眼睛眨了眨，透着一股饶有趣味的光，像是终于对这场比试产生了兴趣。

"计时开始！"

一声令下，电脑前的两个人迅速进入了脑力竞技状态。

整个实验小组的人分成了两批，分别站在她们身后充当监督员，实际上就是围观群众。

专注算题的两个人听不见他们说话，大家纷纷下起赌注。

雷云嘉已经在心里琢磨着一会儿要怎么安慰失败的纪微甜了，突然听见大家的惊呼声——有人提交了答案！

而此时，时间只过去了七分四十九秒！

在场的人宛如被雷击，秦南御的眼神也瞬间变了，他目光灼灼地看向纪微甜……

"不可能！这么复杂的计算，怎么可能不到八分钟就算出了结果？！"钱敏错愕地看着电脑屏幕上的数据表，还没算到一半，纪微甜居然已经算完了。

她不信！纪微甜肯定是乱填的答案！

"答案就在这里，你随时可以来验算。"纪微甜双手一摊，无所谓地开口。

纪微甜的脸上露出了冷笑，这就叫"快"！当着秦南御的面，她还故意藏了一手呢，不然哪里需要七分四十九秒？

"秦总，我不信她那么快能算出答案。她的答案肯定是错的，我要求检查答案。"钱敏扭头看向秦南御。

秦南御没理她，径直走到纪微甜面前，垂眸深深地看了她一眼。

纪微甜心想：难不成，他也觉得她算错了？她撇撇嘴，说道："你们谁要是不信，都可以来验算。"

实验室里的人面面相觑，没人接话。

他们还处在震惊中，毕竟比赛开始前，他们还在为秦南御十分钟就能算出答案而惊叹。可现在，有人不到十分钟就把答案算出来了，这更令他们震惊！

"你们不验，我来验！"

钱敏看了看秦南御，想要得到他的支持，可秦南御连看都不看她一眼，一直盯着纪微甜。

她顿时气恼地推开挡在她面前的人，绕到纪微甜的位置上，开始验算答案，想要从中找出错误。

可是她找不到……

钱敏花了半个小时把所有的答案验算完，发现全是对的……

"纪老师太厉害了！"雷云嘉最先回过神，兴奋地喊了一声，帮纪微甜喝彩。

众人回过神，纷纷附和——

"七分四十九秒，这个速度真的太惊人了。"

"居然全算对了，简直不敢想象。"

"我说实话，反正我不行，让我算这种题，七分钟别想了，起码得给我七十分钟。"

大家你一言我一语，都在夸纪微甜。

在绝对的实力面前，任何的话语都显得苍白，他们只看结果！

结果就是，原本信心满满、觉得自己可以秒杀纪微甜而主动挑衅的钱敏被无情地碾压了。

没人去谴责钱敏，强者较量，肯定会有输的一方，大家只是惊讶于纪微甜的实力。

可源源不断的夸奖听在钱敏的耳朵里，像一声声讽刺，让她的脸色青一阵白一阵。

最后，钱敏狠狠地咬牙，推了夸纪微甜夸得最多的雷云嘉一把，扬声说道："她不就是计算得快了一点儿吗？这又不是什么了不起的事情，值得你夸吗？做研究要的是耐心和综合能力，又不是比速度。她要是真这么厉害，就把大家这次碰到的难题解决了，这样我才会真的服她！"

钱敏话音刚落，大家就齐刷刷地看向她，不敢相信她会这么说。

他们整个实验室的成员卡了几天的难题，她居然让纪微甜一个人去解决，这不是在为难人吗？

原本实验室里只有钱敏一个女生，大家都会下意识地对她多加照顾。可钱敏今天的表现，别说雷云嘉觉得她过分，实验室里的其他人也开始觉得她在针对纪微甜了。

"小敏，过分了，你这话不只是在挑衅纪老师，还讽刺了我们整个实验室的人。"小组长提醒了一声。

钱敏委屈地红了眼眶："我不是这个意思。"

她知道自己失态了，可已经没有退路。

钱敏攥了攥拳头，让自己冷静下来，柔声说道："我不是针对纪老师，只是想让她知道，做实验没有她想象得那么简单。她会算的题，这里很多人也会，她只是算得比别人快一点儿，真的让她来参与我们的实验项目，去动手解决大家遇到的难题，她就一定比我们厉害吗？"钱敏顿了顿，抬头看着秦南御，故意提醒大家，"你们别忘了，我们都是经过层层选拔进实验室的，而纪微甜连进实验室的资格都没有。难道你们觉得秦总识人不明，放着一个高手不用吗？"

钱敏这番话说得不无道理。单纯比计算速度，他们或许不如纪微甜，可是，能出现在这间实验室的人都有自己的特长，综合能力也在平均水平之上，才会组成这艘"银河战舰"。

秦南御将所有人的反应收入眼中，脸上的表情变得有些复杂。他紧紧地拧着眉心，扫了钱敏一眼，眼神很冷。

如果纪微甜真的是卡丽背后的军师，那他当初不让纪微甜进实验室，真的就是他识人不明。

钱敏的话，是在打他的脸。

"秦总，你说我说得对不对？"钱敏察觉秦南御的目光终于落到了她的身上，以为秦南御也认可她的话，立时高兴地问道。

可她这个问题，等于在问秦南御承不承认自己眼瞎。

如果秦南御没猜错的话，纪微甜还没有尽全力。刚才的题目太简单了，根本试不出她的真实水平。

他无视钱敏，抬起头看见纪微甜站在人群之外，表情平静得像是大家讨论的事情跟她无关。

只见她微微垂着眼睛，长而卷的睫毛像两把小扇子，光打下来，在她的眼睛下方晕开一小片阴影。

她看起来乖巧、干净，带着几分遗世独立的气质。

秦南御心里微微一动。

碰巧这个时候，纪微甜察觉到有人在看自己，微微抬起头。

四目相对时，两个人都愣了一下。

纪微甜看着秦南御的表情，心里暗暗猜想，她刚刚已经很努力地控制在正常水平内了，他应该没看出端倪才对。随即她走上前，淡淡地说道："我已经赢了，可以证明刚才的意外与我无关了吧？我先走了。"

秦南御没回答她的问题，而是扭头看向钱敏："你还想怎么比？"

纪微甜刚要开口，秦南御已经先一步说道："你刚才也听见了，你的对手不服气，觉得你胜之不武，我认为有必要加赛一场。"

"秦总说得对！"

钱敏大喜过望，刚才还因为得不到秦南御的回应，担心他生气了，没想到会听见秦南御偏袒她的话。

"纪老师，你急着离开，是不是担心自己会输呀？"钱敏走到纪微甜刚才用的电脑前，将最终的数据表打印出来，一式两份，将其中一份递给纪微甜，然后说，"我们再较量一次，大家都拿着最后汇总的数据进行程序调试，谁先把问题解决，谁就赢。"

纪微甜没有看她给的数据，而是歪头看向秦南御，问："是不是只要我再赢她一次，就能证明我的清白？"

"纪微甜，比赛都还没有开始，你就肯定自己会赢吗？别忘了，这个项目我一直在参与，而你没有！"钱敏挤到她面前，愤慨地说道。她深知这是自己最后的机会，攥了攥拳，说道："如果你真的解决了这个大家都解决不了的问题，别说我输得心服口服，就是让我把在实验小组的位置让给你都可以！"

纪微甜看了她一眼，眸色微微变暗。她原本已经不想跟钱敏计较了，可钱敏死咬着不放的样子让她有些不耐烦。

再拖下去，很难保证不被秦南御发现什么，她需要速战速决。

"来吧！"

纪微甜接过钱敏手里的数据表，率先走到电脑前。

实验室里的其他人此刻都用看疯子一样的眼神看着纪微甜，不明白她怎么会答应这种完全没有赢的可能性的比赛。

钱敏有句话说得对，一直参与这个项目的人是她，而不是纪微甜。纪微甜连项目要优化的最终目标是什么都不知道，怎么赢？

"小组长，你说秦总是什么意思？非要让两个人斗得你死我活，他跟纪老师有仇？"雷云嘉站在纪微甜身后，扯着身边的人，小声说道。

"别胡说。秦总很重视这个项目，他这样做，肯定有自己的理由。"

"你看看自己的黑眼圈，咱们小组昨天晚上全员通宵都没把优化公式推导出来，纪老师只看了一眼我们设计出来的程序，能知道怎么优化吗？"雷云嘉急得直跺脚，恨不得上去帮纪微甜，又怕别人说纪微甜胜之不武，只能拽着小组长吐槽。

"你少说两句，被秦总听见了，小心挨揍。"小组长好心提醒。

雷云嘉一蹦三尺高："我说的是实……"

他还没说完，秦南御的目光已经扫过来，说："保持安静。"

雷云嘉顿时捂住嘴，不再说话。

钱敏正在稳扎稳打地通过数据表进行公式推导，然后优化程序……她作为小组成员的优势太大了，速度虽然不快，但看得出来方向是对的。

　　再看看纪微甜，她一直站在电脑前面，看着显示屏上的程序，半天都没有动。她只是盯着屏幕看，像是要把电脑屏幕看出一朵花来。

　　"完了，完了，纪老师没有参与项目，现在肯定找不到方向下手，再这么站下去，钱敏可就要赢了啊！"雷云嘉又忍不住说道。

　　时间一分一秒地过去，纪微甜一直站着不动，偶尔低头盯着数据表，像是在计算什么，但是一直没在电脑上操作。直到听见人群里响起惊呼声，纪微甜看了一眼坐在对面的钱敏，见她露出得意的笑，似乎就要完成挑战。

　　纪微甜眯了眯眼，终于动了。纪微甜漂亮的手指飞快地在键盘上输入，没有丝毫犹豫，一个完整的公式一点点出现在电脑屏幕上。

　　随着她的输入，页面上的程序开始出现变化，像是被打散了，又重新组合……以很快的速度在进行数据更新，最后随着"叮"的一声，纪微甜站了起来。

　　"你输了。"

　　钱敏脸白如纸，看着总控台的显示大屏上纪微甜优化完成的程序，第一次有了一种被人捏在手心里怎么也翻不了身的感觉。

　　纪微甜不是花瓶，从来不是。

　　钱敏输了，彻彻底底地输了。她不只输了比赛，还输掉了留在实验室的资格。

　　钱敏身体一软，从椅子上倒了下去。

　　看见周围投来同情的目光，钱敏只觉得脸上一阵火辣辣地疼。她捂着脸，哭着跑出了实验室！

　　大家愣了愣，回过神后，纷纷上前恭喜纪微甜。他们既然称自己的团队是"银河战舰"，那么在这里，只有真正的强者才能得到大家的认可。今天纪微甜的表现赢得了所有人的掌声。

　　"纪老师，你能不能告诉我，你那个公式是怎么推导出来的？我看你都没算，盯着电脑屏幕看了半天，我都以为你放弃了。"雷云嘉挤到纪微甜面前，好奇地问。

　　周围的人跟着附和："是呀，你之前根本没有参与过我们的实验，大家见你一直愣着不动，还以为你找不到解题的方向呢，没想到你转眼就把公式推导出来了。"

　　惊叹声一声接着一声，大家看纪微甜的眼神不知不觉都变了。

她不出手则已，一出手直接帮他们团队搞定了这次阶段性项目的优化。

简直令人叹为观止！

等确定纪微甜给出的公式已经是最佳优化方案后，大家不约而同地围在她身边，纷纷向她讨教。

纪微甜瞥见一直站在旁边的秦南御，哪里敢给大家开什么分享会，忙不迭地摆手，说道："你们误会了，我没你们想得那么厉害，只是运气好。之前帮你们整理资料的时候，我看过类似的案例，觉得这次的优化方向跟那个案例很像，就朝那个方向试了一下，没想到运气好，解出来了。"

"哪个案例？我怎么没看到，在你给我的案例里吗？"雷云嘉性格耿直，扭头就去把纪微甜给的资料全搬了过来，认真地翻找。

纪微甜："……"

这孩子，听不出来她是在谦虚吗？

纪微甜努力地维持微笑，在雷云嘉把案例翻了个遍并且嘟囔着"我怎么没在相关案例里找到类似的公式"时，纪微甜连忙一把盖住他面前的文件夹。

"别看了，通宵加班你不累吗？先回去休息吧，我改天再跟你细说。"

"哦。"耿直的孩子都比较好哄，雷云嘉一听纪微甜愿意教他，立即乖巧地点点头，转身去收拾东西。

闻言，其他人还想问什么，也只好作罢。一直没有开口的秦南御却在这个时候一步上前，淡淡地说："大家今天都累了，先回去休息吧。"

秦南御一发话，实验室里的人都转身往外走。

一眨眼的工夫，实验室里就剩秦南御，还有被他灼热的目光盯到不敢动的纪微甜。

纪微甜耸着肩，小心翼翼地往前伸了一下腿，秦南御的目光就移到她的腿上。她吓得往回缩去，他的眼神也跟着往回缩。

纪微甜反复试了好几次，最后原地不动。

这谁敢走？

她抿了抿唇，说道："那个，时间不早了，没事的话，我就先走了。"

见他没说话，纪微甜顿时抬头挺胸地往外走。

她刚要越过他，秦南御就伸手拦住她，手掌还在她的腰侧上按了一下。

"疼……疼……疼！"纪微甜忍不住叫出声，手不自觉地按住了腰侧，脸色有些发白，连连往后退，急着避开秦南御的手。

钱敏的椅子撞上她的时候，力度很大。

纪微甜当时就觉得腰上很痛，只是被人诬蔑的气愤压过了疼痛，加上跟钱敏比试的时候，大脑一直在运转，忽略了身体上的疼痛。直到比赛结束，她才渐渐感觉到腰上的痛。

　　原本她还想回家找块药膏贴一贴，现在被秦南御按了一下，疼得连走路的力气都没了。

　　"钱敏撞的？"秦南御将她的反应收入眼中，声音沉了下来。

　　"咦？"

　　纪微甜正疑惑他怎么会发现她腰痛时，他就已经走到她面前，伸手撩起她衬衣的下摆，拧着眉盯着她腰侧的瘀青。

　　他从比试的第二场开始就发现了她的举止有些不对劲，她不管是站立还是坐着，身体都会下意识地往另外一边倾斜，脸色苍白，他再联想他刚到实验室时发生的意外碰撞事件，不难猜出她身上的伤是怎么造成的。只是他不确定，所以才会伸手去触摸她的腰侧。

　　看见她瞬间失去血色的小脸，秦南御心头掠过一丝异样的感觉，轻声问："很疼？"

　　回过神的纪微甜眼睛一瞪，飞快地压下衣服，鼓着腮帮子看着一言不合就动手动脚的秦南御。

　　"你说话就说话，怎么突然撩我的衣服？"

　　女孩子的腰是可以随便看的吗？这个人当个"扫把星"还不够，现在还要当流氓！

　　纪微甜警惕地盯着眼前的人，脑子里闪过某人喝醉了直接把她按在桌子上亲的画面。

　　现在青天白日，朗朗乾坤，他要是再敢耍流氓，她就打爆他的头！

　　秦南御像是看出了她在想什么，眸色变暗，冷冷地说道："怕你死在我的实验室里，脏了我的地。"

　　语毕，他直接上前，一手架起纪微甜，拎着她往外走。

　　"秦南御，你干什么？你要是再不松手，我就要喊救命了！

　　"我好歹刚帮你的团队解决了问题，你不谢谢我就算了，现在趁我不舒服就要我的命，是不是有点儿过分？

　　"你能不能有点儿绅士风度……"

　　纪微甜还没有说完，秦南御已经把她拎下了楼，停在了他的车面前。

　　助理从驾驶座上下来，替他们打开车门。

　　纪微甜扶着腰，被吓得后退了一步，忘了秦南御就站在她身后，直接撞到了他的怀里，又被他顺手架住肩膀，像只被架着小鸡崽似的。

"上车，送你去医院。"

纪微甜听见"医院"两个字，吓得汗毛都竖起来了，说道："不用，我就是被撞了一下，回家拿点儿药油擦一擦就没事了。"

秦南御没给她拒绝的机会，直接将她塞到了车里。

纪微甜想要从另一边下车，秦南御的脸猝不及防地出现在她面前，吓得她又猛地缩了回去。

最后，她眼睁睁地看着秦南御弯腰坐在她身边。

她就这么被"绑架"到了医院，检查、拍片，最后回到诊室，医生说："骨头没事，但有软组织损伤，这两天最好不要再让腰部负重，少弯腰，免得加重病情。我给你开些活血化瘀的药，配合按摩，你再好好静养几天。"

"我都说了没事，非要让我来一趟医院。"纪微甜小脸煞白，缩在椅子上小声嘟囔。

闻言，给她开药的老医生动作一顿，抬手推了推鼻梁上的眼镜，沉声说道："年轻人，有病就要治啊。你现在看着是小病，但是不注意，小病也容易留下后遗症，等你年纪再大一点儿，就有苦头吃了。"老医生笔尖一转，指了指站在纪微甜身后的秦南御，"这一点，你老公就做得很好，懂得心疼老婆。小伙子，我看好你！"

纪微甜刚想说他们不是夫妻，老医生已经把药方写好，让她去拿药。她接过药方，又马上被秦南御带出诊室。

纪微甜站在楼道里，低头看着手里的药方，再抬头看眼前的秦南御，拧紧眉心，吐槽道："这医生的眼神不太好。"

"有吗？我觉得他说得很有道理。"

纪微甜顿时瞪大了眼睛："看病的事就算了，他居然把我们俩当成……算了，我还是赶紧拿药回家吧。"

她这么单纯、善良的女孩子，怎么可能跟秦南御这种"大奸大恶"的人有夫妻相？

没道理！

纪微甜转身往药房走，刚迈出步子，秦南御就已经伸手按住了她的肩。

"等等。"

他扭头在附近找什么，看起来很认真的样子。

纪微甜忍不住顺着他看的方向看，好奇地问："你在看什么？"

"医院应该有借拐杖的地方……"

秦南御话还没有说完，纪微甜就已经倒抽了一口凉气，毫不犹豫地扭头就走。她动作太猛，扯到了腰上的伤也没敢停下来，逃命似的往前走，就怕下一秒秦南御真的给她借来一根拐杖，非得让她拄着。

她刚走了几步，一道人影就飘到了她身后，她正要回头，就被人打横抱了起来。

纪微甜错愕地看着秦南御，震惊得忘了挣扎。

"秦南御，这里是医院，你放我下来！"

这个人今天怎么了？他奇奇怪怪的，看着她的眼神也怪怪的，带着几分探究，几分歉意，还有几分她看不懂的情绪……像心疼。

这个念头刚从心底滑过，就被纪微甜否决了。

秦南御能做个人，她就已经感恩戴德了，不能再奢求他做个好人。

"别乱动，医生让你这两天腰部最好别用力，避免运动。"秦南御面无表情地看了她一眼，目光从她表情丰富的脸上扫过，扬了扬嘴角，说道，"拐杖跟我，你选一个。"

"我选拐……"

她话还没说完，秦南御就已经做出了准备把她丢到地上的动作。

纪微甜立刻搂紧他的脖子，二话不说就改口："你，你，你！"

然后她就在秦南御满意的注视下，稳稳地被他抱着到药房拿药。

两个人以一种亲密的姿势贴在一起，秦南御的鼻间传来她身上淡淡的栀子花香，他有些晃神儿。

他的脑中浮现出那天晚上他抱着她在地上躺了一夜的画面。

他记得她身上的味道。

她因为不满而微微鼓起的腮帮子、樱红的唇瓣、不服气又只能憋着的样子，让秦南御觉得世界都随着她丰富的表情而变得生机勃勃了。

这个女人怎么就这么能给自己加戏呢？她如果不是个厉害的技术员，就该去当个演员。

等他们拿好药下楼，因为找不到停车位而在外面绕了一圈的助理也已经把车开回来了。

看见被秦南御抱在怀里的纪微甜，助理的眼睛瞪得老大，像是不敢相信他就离开了一会儿，之前还水火不容的两个人突然就抱在一起了！

助理下巴都要被惊掉了，被秦南御瞪了一眼，终于反应过来下车开门。

助理努力佯装自己见过世面，回到车上。

助理刚钻到车里，就听见纪微甜揉着腰，一本正经地吐槽秦南御抱人的姿势不对，害得她的腰更疼了……

"哐当"一声，助理的脑袋撞到了车门上，车子都晃了晃。

纪微甜停止吐槽，关心地问道："宋特助，你没事吧？"

"没事，什么事都没有。"助理立刻坐回驾驶座，恨不得假装自己不在。

助理慌忙地系上安全带，小心翼翼地回头问秦南御："秦总，我们现在去哪里？"

"你再去逛一圈，等我电话。"说完，秦南御伸手推开车门下车，单手撑在门框上，弯腰看着纪微甜，"不是更疼了吗？下来，我再带你进去看看。"

秦南御的表情有些僵硬，他没有太多抱女孩子的经验，也不知道自己抱她的姿势对不对，只是听她喊疼，下意识地就想带她重新检查，担心她的伤势加重。

谁知道纪微甜听见他的话之后，立刻缩到了角落里，头摇得像拨浪鼓，道："不用了，我现在不疼了，真的，一点儿都不疼！"

"讳疾忌医？"秦南御垂眸凝视着她惊慌的表情，眼神带着一丝警告的意味，像是在提醒她，不要忘了医生刚刚说过的话。

"药都开了，再进去，医生肯定也只是提醒我要注意，别再扯到腰，结果你拉着我走一趟，不想扯到腰也扯到了，你说对不对？"求生欲让纪微甜口齿都变得伶俐了。

对上秦南御深思的表情，她乖巧地坐好，眼巴巴地看着他。她的心里却在吐槽，以前怎么没发现秦南御除了喜欢警察局，还喜欢医院呀？

有事找警察，生病必须进医院……这么正的三观，简直刷新了纪微甜对他的印象。

他简直操碎了心！

"秦总，这里不能停车，再不走就要被扣分了。"助理弱弱地提醒。

秦南御微敛黑眸，目光扫过纪微甜发白的小脸，只见她的眼神里除了抗拒，还有深深的恐惧，她的右手一直紧紧地抓着车门，用力到手指关节都有些泛白了。

她害怕进医院。

秦南御眨了眨眼，重新坐到车里，吩咐助理开车。

等车子开出一段距离，纪微甜再三确定他们不会再掉头时，紧绷的身体终于放松下来，瘫到了靠背上，然后伸手揉了揉受伤的腰，刚一动，想到了什么，又停了下来。她扭头发现秦南御果然在看她，尴尬地笑了笑，心虚地解释："不疼，我就是坐久了，有点儿腰酸。"

"你很害怕进医院，为什么？"秦南御的头微微侧着，他不经意地问道。

纪微甜下意识地就要否认，对上他了然的目光，一下子噎住了，像被戳破的气球，瞬间瘪了下来。

"也不是怕，就是不喜欢。"

"嗯？"秦南御挑了挑眉。

一般人不喜欢医院也不至于到讳疾忌医的地步。纪微甜对医院的反应，与其说是讨厌，不如说是害怕。

秦南御一开始并没有注意到，直到发现她自从进了医院就变得很乖。

仿佛只要他能尽快让她离开医院，她做什么都可以。

这样的纪微甜，他还是第一次见。

这样的她有点儿可爱。

"你别用这种眼神看我，我不需要你的同情。你要是像我一样，因为生孩子差点儿在医院里翘辫子，你也会有'医院恐惧症'。"纪微甜往座位里缩了缩，脸色有些发白，小声嘟囔。

秦南御一下没听清，用疑惑的眼神看着她。

纪微甜拿起旁边的矿泉水，拧开喝了一口，瞥见他的反应，索性说得直白了一点儿："就是难产，难产你懂吧？孩子太大，卡住了，我生了一晚上没生出来，最后转的剖腹产。"

当时的情况远没有纪微甜说得那么轻松，她第一次生孩子，没有经验，养父母又都是穷苦出身，老一辈的人生孩子没有太多讲究，加上没有自己的亲生孩子，算起来，完全是三个没有经验的人凑在了一起。

宝宝顺利出生不久，纪微甜就出现了产后大出血。

医生在短时间内无法找到出血点，失血的情况得不到有效控制，她的意识开始模糊。最危险的时候，医院甚至已经下了病危通知书。

医生让纪微甜的养母签字的时候，她直接被吓得晕了过去。最后是养父签的字，医生重新进行了开腹止血手术才保住了纪微甜的命。

纪微甜在病床上昏迷了三天才醒过来，得知的第一个消息是她差点儿因为术后凝血被锯掉双腿……

纪微甜低头看了一眼还完好的双腿，再回想当时的情况，还能惊出一身冷汗。

都说女人生孩子是一只脚踏进鬼门关，以前她一直不信，现在信了。

哪怕她知道医生是在治病救人，也克制不住对医院的恐惧。

"只有你养父、养母，那个男人呢？你在拼命给他生孩子，他当时怎么没来？"秦南御的眸色变暗，声音变得有些冷淡，紧蹙的眉心像是在替纪微甜抱不平。

纪微甜瞅了一眼他显得有些愤慨的脸，忍不住撇撇嘴，故意逗他："我也不知道，没准儿在哪个小姑娘的怀里风流快活吧？"

"人渣！"秦南御低声咒骂道。

纪微甜挑眉看了他一眼，感慨道："想想好像是挺渣的，一对比，你的形象瞬间高大了，起码你除了送我进警察局，还会送我进医院。"

"你拐着弯骂谁呢？"秦南御蹙眉，垂眸凝视她。

纪微甜舔了舔唇瓣，无辜地说道："咦，我以为我刚才是在夸你……算了，当我没说。"

俗话说得好："人在屋檐下，不得不低头。"为了不被丢下车，纪微甜选择闭嘴。

秦南御盯着她明显想息事宁人的表情，俊美的脸庞上覆盖着一层阴沉之色。

他想要说什么，纪微甜却开始装睡。

他再开口时，纪微甜已经戴上了耳机开始听歌，还把音量调到了最大。

隔着一个身位，秦南御都能听见她耳机里的歌声，也不怕把耳膜震坏。

幼稚！

秦南御敛眸，拿起放在一旁的文件处理工作。

车子抵达南坡公寓后，秦南御想要提醒纪微甜下车，目光所至，纪微甜靠在车门上，小脑袋一顿一顿的，睡得正香。

午后的阳光穿过车窗，在她的脸上洒下淡淡的光晕，仿佛笼罩了一层薄雾。

从秦南御的角度看过去，他能看见她脸颊上细碎的绒毛，还有她小巧的鼻尖沁出的薄汗。像是察觉到他的目光，纪微甜在睡梦中也不安地吸了吸鼻子，脑袋歪到了一边，刚要撞上车门，秦南御已经下意识地上前，身体比理智更早地扶住了她的头。

"秦总，有你的电话。"秦南御刚想提醒助理小声点儿，纪微甜就已经醒了。

她睁着一双迷茫的眼睛，看见托着她脑袋的秦南御，眼睛眨巴了两下，瞳孔瞬间放大。

"我就知道你不可能这么好心送我回家，但我没想到你居然凶残到准备趁我睡觉时拧断我的脖子！"

秦南御意识到两个人现在的姿势是有些奇怪，抿了抿薄唇，说道："纪微甜，你听我解释……"

他没有解释的机会，因为在他开口的那一瞬间，纪微甜猛地推开车门，迅速下车，扶着腰，头也不回地往公寓里跑。

秦南御低头看了一眼自己刚才明明是"日行一善"的手……

等他接过助理手上的手机，电话已经被挂了。

"秦总，真不关我的事，是电话自己挂断的。"助理看着面色难看的秦南御，瞥见已经跑没影儿的纪微甜，又弱弱地开口，"纪小姐也是自己跑的。"

秦南御："……"

他没瞎，看见了。

她不只跑了，还跑得跟兔子一样快，活像跑慢了会被他生吞活剥。

"秦总，你没提出让纪小姐加入实验，也没把她招到秦氏科技集团，是还在怀疑我们找错了人吗？"助理等不到秦南御吩咐开车，忍不住问道。

他们花了这么大的功夫才查到卡丽背后的人，助理本以为秦南御会立刻把人招到秦氏科技集团，让对方加入他们的科研团队。谁知道他没有任何举动，只是把人送去医院，又送回家。

闻言，秦南御抬眸，看向助理："不用查了，就是她。"

"既然知道肯定是纪小姐，那我们为什么不……"

"不急。"秦南御靠到椅背上，缓缓地闭上眼。

秦南御回想起今天纪微甜在实验室里的表现，她面对钱敏的挑衅时自信飞扬的模样，还有她坐在电脑前专注解题的样子……

那时候的纪微甜，眼睛里闪烁着光芒，双手在电脑上操作的时候像是浑身发着光。

她的手指一抬一落，她仿佛一个魔术师，每一次都能给人带来惊喜。哪怕她在刻意隐藏实力，他还是能看出来，她就是卡丽背后的神秘技术员。

与此同时，他还想到，他之前下令不让纪微甜踏进实验室一步……

如果他今天就这么贸然开口，纪微甜不仅不会答应，说不定还会暴跳如雷，让他有多远滚多远。

所以他不能急。

"我让你去查纪微甜的资料，查得怎么样了？"秦南御蓦地问道。

"时间太短，我暂时没有查到太多有用的信息，只知道她是纪家大小姐，但是从小被遗落在外，是被一对平凡夫妇养大的。大学的时候，她的成绩很突出，她原本有机会被保送继续深造，可是不知道怎么了，突然怀孕生子，还因为这样，休了一年学，再后来……"

助理没往下说，秦南御都能想象出来。

老师眼中的好学生突然曝出未婚先孕，已经足够让人震撼，她还因此休学……

"那个男人呢？知道是什么人吗？"秦南御的脑海中闪过纪微甜刚才强颜欢笑地跟他说自己在手术室生孩子差点儿难产死了的画面。

"查不到，不仅我们查不到，听说纪墨峰在认回女儿之后也让人去查过，想要对方对他的女儿负责，可是最后什么都查不到，纪微甜对外也绝口不提孩子的爸爸。我觉得很大概率是纪小姐在知道自己怀孕之前就已经跟这个男人分手了。"助理猜测道。

失恋、休学、难产……

那一年，纪微甜是怎么扛过来的？

秦南御眉心紧蹙，光是想象当时可能会出现的舆论、非议，都觉得难以喘息，更何况身在其中的纪微甜？

"秦总，还要查吗？"助理问道。

秦南御眸光微闪，良久，淡淡地说道："不用了。"

过去的事情如果有太多伤痛和不堪，就不必深究，以免造成别人的二次伤害。他要的只是她这个人才和她手上掌握的技术。

"嗡嗡——"秦南御的手机又响了，这次是私人电话。

他接起电话，管家着急的声音从电话那头传来："御少，不好了，你快回家吧，小少爷他绝食了！"

等秦南御回到别墅，管家已经搓着手掌，一脸焦急地等在院子里了。

看见秦南御下车，管家忙不迭地迎上前："御少，你可算回来了！"

"怎么回事？"秦南御将手里的笔记本电脑递给管家，往客厅里走。

儿童房的方向突然传来一声巨响，随即房门打开，保姆惊慌失措地从里面跑出来："小……小少爷他晕倒了！"

秦南御眼眸一沉，顾不上问管家，大步往儿童房走去。

他看着躺在床上一动不动的小娃娃，小脸还有些发白，猛地一缩瞳孔，扭头吩咐管家："还愣着做什么？叫救护车！"

秦南御一个箭步上前，弯腰准备将人抱起来，定睛一看，演技不到家的小家伙的睫毛颤了颤。

小家伙听见他着急的声音，嘴角还扬了扬，一副因为骗到爸爸而高兴得要从昏迷中笑醒的模样。

秦南御一怔，顺着他上扬的嘴角往上看。

什么脸色苍白？全是画出来的，他满脸透着一股爽身粉的味道。

秦南御的手一顿，他转身按住准备叫救护车的管家，幽幽地问道："他是什么时候开始不吃饭的？"

"他从早上到现在一口东西都没吃，我们一开始只当小少爷是闹脾气，哄哄就好了，实在不行，饿一顿，等他受不了了，肯定会好好吃饭的，可是我们没想到，这都饿了一整天了。他还这么小，要是饿出毛病，我可怎么跟老爷子交代啊？"管家本来就着急，这会儿看见小家伙晕倒了，更是坐立不安了。

"要交代也是我交代，你慌什么？"秦南御将管家的手机拿过来，随手放到一旁，从容地坐到床边。

秦南御修长的双腿慵懒地交叠着，他打量着分明在装晕的小家伙，淡淡地问："他有没有说自己绝食的理由？"

"说……说了。"管家面露犹豫之色，半晌才开口，"小少爷说他不想住在这里，想去跟小妹妹一起住。"

"是想去跟小妹妹住，还是想去小妹妹家吃炸鸡？"秦南御平静地问。

管家："……"

小少爷的原话，确实是去找小妹妹吃炸鸡。

不仅这样，小少爷还站在客厅的沙发上，叉着腰，吐槽了秦南御好半天。

从不给他找妈妈到不给他找小妹妹，再到声泪俱下地控诉自己连炸鸡都不能吃，凭什么大家都是四岁的宝宝，小妹妹既有妈妈又能随便吃好吃的，他却只有一个魔鬼爸爸。

然后他就把自己关进房间，饿了一天。

"小少爷昨天还好好的，饭量比平时都多，我还跟老爷子说小少爷怕是要长身体了，结果第二天小少爷就不吃饭了……"管家说道。

"你真有出息，居然有脸跟小妹妹比。小妹妹会撒娇、卖萌、说好话，你会吗？"秦南御冷哼。

小家伙似乎不服气地嘟了嘟嘴，一副想要反驳的模样，但想起自己还在装晕，所以只能憋着。

管家没看到这一幕，还在紧张兮兮地问秦南御："御少，咱们真的不叫救护车吗？小少爷都饿晕了！"

"不用。"

秦南御听管家说完今天的情况，伸手拉开了床头柜，没有在里面找到吃的，又走上前，打开了衣柜，还是没有。他一眯黑眸，最后伸手掀开床笠，端出来一个盘子。

盘子里只有一点儿碎屑。

管家一看见那个盘子，立时惊呼："这不是我昨天下午给小少爷送点心的盘子吗，怎么会在这里？"

秦南御没回答，而是将手上的空盘子放到床头柜上。他侧目盯着躺在床中间的小家伙，问道："你还想躺多久？我提醒你一下，如果把你送到医院，医生可以检查出你几个小时里大概吃了什么。如果你肠胃消化速度不够快，他们甚至还能在你的胃里找到食物的残渣……只不过后果就是，你可能真的要因为这些检查，在医院里躺几天。"

秦南御话音未落，前一秒还躺在床上的小家伙飞快地坐起身。看到秦南御阴沉的面容，小家伙帅气的小脸顿时一垮。

演戏被拆穿，他的脸颊有些发烫，脸上涂的爽身粉都快盖不住泛起的红晕了，耳根也透着红。比起计划失败，秦南御鄙视的眼神更让他觉得扎心。

"小……小少爷……你是装的？"管家一脸震惊地看着这一幕，像是没反应过来，等回过神，又松了一口气，"没事就好，没事就好，我这就去让厨房做点儿好吃的。"

"我不想吃！"秦默睿一脚踢开被子，趴到枕头上，委屈地说道，"我不要吃饭，我要去小妹妹家！"

"理由？"秦南御双手抱胸，冷冷地看着撒泼打滚儿的小家伙。

小家伙想也不想地说道："小妹妹家有妈妈！"

"那不是你的妈妈。"秦南御伸手揉了揉眉心，理智地提醒他。

"那就是我的妈妈！"小家伙不服气地反驳。

在他心里，能给他买炸鸡的人就是他的亲妈！

"你妈可真多。你这样突然给我开'后宫'，问过我的意见吗？"秦南御自嘲地反问道，随即沉下脸来，"秦默睿，我以为你已经四岁了，应该明白撒泼打滚儿这种招数根本没有用了。"

秦南御从床边站起来，离开了儿童房。那个从床上坐起来、抱着枕头的小家伙盯着他的背影，不服气地嘟囔："可我只有四岁。"

于是，四岁的秦默睿小朋友丢掉枕头，从床上爬下来，走到衣柜前拖出自己的小黄鸭行李箱，开始往里面塞衣服，塞完又到浴室拿洗漱用品。

关上箱子之前，他还不忘把床头边的数学课本也放进去，之后，心满意足地拉着行李箱溜出房间去找妈妈和小妹妹！

理想是丰满的，现实是骨感的。

拉着行李箱的小家伙连大门都没有走出去就被人发现了，又被拎回了别墅。

这下他是真的伤心了。

他躺在沙发上，开始讲道理，道理讲不赢就开始装可怜，装可怜也没有用……他"哇"的一下哭出了声。

"我不管，我就是要去找小妹妹。"

强烈抗议过后，还是不能出门，这下他真的绝食了。

他一顿不吃，管家只当他在施苦肉计，没管；两顿不吃，管家开始沉不住气，到房间里去搜他可能藏零食的地方。

秦默睿的一日三餐有专门的营养师为他搭配食物，所以他吃了什么，都能查到。

除非他像之前一样，偷偷地把前一天的食物藏起来，留到第二天吃。

可同样的招数，他再用肯定会被发现。

管家在房间里找了一遍，什么都没有找到，再扭头看见趴在床上的小身影，脑子里莫名闪出一个信号：他这次好像是来真的。

第二天，秦南御没理会正在闹别扭的小家伙，很早就出门了。路上，秦南御让助理在花店门口停了车，下车亲自挑了一束香槟玫瑰。

含苞待放的花骨朵迎着朝霞，刚洒上的水珠透出莹润的光泽，清新淡雅，又很有情调。

助理看见他家秦总抱着一束玫瑰花上车的时候，眼珠子都要瞪出来了。

这是继他看见秦总居然会抱女人之后的又一个新发现——"钢铁直男"会买鲜花了！

这是送给谁的？哪怕只是香槟玫瑰，不是红玫瑰，可他家秦总西装笔挺、手持鲜花的样子还是像极了要去告白。

没等助理从震惊中回过神，秦南御已经将花放到车后座，淡淡地说道："去南坡公寓。"

南坡公寓。

纪微甜的腰被撞得不轻，她躺了一晚上，第二天醒来，动一下都疼，索性请假躺在家里睡觉。刚睡醒，她就接到了闺密的慰问电话。

"我没事，就是腰被椅子撞了一下……什么叫'会影响以后的夫妻生活'？我的腰好着呢，就是在家休养两天，你好好说话。"

电话那头的卡丽一言不合就聊起荤段子，纪微甜忍不住红了脸。

她从床上爬起来，假装若无其事地去喝水。

她将手机放到桌子上的时候，还能听见卡丽调侃的声音："你说你一个连女儿都有了的人，我不就开个玩笑吗？我都没脸红，你脸红什么？有奸情？"

纪微甜刚喝了一口水，差点儿喷出来："你胡说什么？我这是工伤，哪儿来的奸情？"

"那你倒是好好跟我说说，御少怎么会送你去医院？你们之前还针尖儿对麦芒儿的，突然转了性，我总觉得哪里怪怪的，你们该不会……"

"我们之间什么事都没有，就是我受伤了没人发现，然后他的眼神比较好，他发现我可能一个人回不了家，又怕我死在实验室里脏了他的地盘，所以勉为其难送我去医院。"

纪微甜把昨天的情况复述给卡丽听，企图还原真相，打住卡丽的胡思乱想。结果卡丽听完，兴奋地咆哮道："这么多人没注意你受伤，只有御少发现了，看来他真的很在意你呢！我看你们有戏！"

"亲爱的，你知道我今天一觉睡醒，小宝贝宁可抱着猫去找我爸妈，也不愿意留在家里陪我这件悲惨的事情了吗？她连猫都不肯留给我，说是让我一个人好好反省。"

纪微甜把水杯往桌子上一放，小声嘟囔："告诉你这件悲惨的事情，不是希望你安慰我，而是希望你行行好，别在这个时候跟我提秦南御那个'扫把星'，我已经够倒霉了。"

女儿生气了，后果很严重。

纪微甜愁得坐到椅子上，双手托腮盯着手机，认真思考要怎么哄小糯米团子消气。

电话那头的卡丽说了什么，她反而没有认真听。

直到门铃声响起，卡丽问她是谁来了，她才猛地回过神。

"一定是瑶瑶不放心我，又回来了，我就知道她是爱我的……"

纪微甜高兴地抓着手机，走到门口连门上的猫眼都没看，径直拉开房门。看见站在门外的秦南御，还有他手上的花时，她蓦地愣住了。

她呆滞了几秒，在他开口说话前，猛地关上门！

她拿着手机往客厅沙发走，表情呆滞，同手同脚。

半晌，在卡丽的追问中，她有些惊恐地回答："丽丽，我觉我昨天可能不只伤到了腰，没准儿还影响到了脊椎，压迫到了视觉神经或者大脑供血之类的……"

"说人话！"卡丽忍无可忍地打断她。

"我在我家门外看见了秦南御，他手里还拿着一束玫瑰花！"纪微甜说完这句话，表情无比惊恐，没等卡丽开口，又兀自说道，"我可能产生了幻觉，现在不知道该怎么办？"

卡丽："……"

等不到闺密安慰的纪微甜，等到了门铃声再次响起来。

她吓得把手机丢到旁边，双手捂住耳朵，躲到沙发上。

几秒钟之后，她的理智慢慢回笼。她确定自己四肢健全，脑回路清晰，完全没有半点儿产生幻觉的状况，而门外的门铃声已经变成了敲门声……

她终于重新站起来，走向门口，小心翼翼地从猫眼里看出去——秦南御还在。

不只他，还有他的助理。

除了他手上的花，助理的手里好像还提着一个果篮……探亲、访友、看病号的标配。

隔着门，她甚至能听见助理的声音："纪小姐，你的腰伤好点儿没有？我们来看看你，你方不方便开一下门？"

纪微甜回过神，尴尬地连忙把房门打开，看向秦南御的时候，忍不住抿了抿唇："那个，我刚才……"

纪微甜话还没有说完，秦南御把手里的香槟玫瑰塞到了她的怀里，然后，在她错愕的目光中越过她，进了屋。

助理也把硕大的果篮提了进来，放到客厅的茶几上，没等纪微甜说谢谢就已经转身离开。走的时候，他还虚掩上了房门。

房间里突然只剩下秦南御和纪微甜了。

纪微甜抱着偌大的花束愣在门口，呆呆地看着因为秦南御高大、挺拔的身材而瞬间显得有些窄小的客厅。

"你家里只有你一个人？"秦南御打量了一眼房间。

房间面积不大，装修得也很简单，但是布置得很温馨。

墙上还挂着一幅涂鸦作品，看起来像孩子的作品，画的是一只猫，看起来还有点儿眼熟。

不过，在秦南御的眼里，毛茸茸的小动物长得都差不多，所以他并没有放在心上。

倒是她家里随处可见的小黄鸭玩具让他有些意外。

秦南御从客厅的茶几上拿起一只小黄鸭玩偶，回头看向纪微甜。

"这是我女儿的玩具，她喜欢小黄鸭。"纪微甜扶着腰走上前，从他手里拿走玩偶，放到旁边，"你随便坐，我去给你倒杯水。"

哪怕她再不喜欢秦南御，人家来看望她，待客之道她还是有的。

纪微甜刚转身，秦南御就已经扣住她的手腕，淡淡地说道："不用了，我不渴。"

纪微甜停住脚步，拉着她的那只手就松开了。她看着秦南御坐到她家的沙发上，然后猝不及防地一声——

"噗！"

他的屁股下传来一道诡异的声音，像放屁的声音。

在纪微甜的惊愕中，秦南御猛地站起身，黑着脸从沙发上捡起一只小黄鸭塑料玩偶——洗澡的时候被放进浴缸里的那种。

他伸手一捏，小黄鸭立刻欢快地叫了一声。

他捏一下，它叫一声。

他一连捏了三下，替自己澄清道："刚才是它发出的声音。"

秦南御将小黄鸭放到茶几上，换了个位置重新坐下来。

"噗！"

又是一道声音。

这次不等纪微甜有什么反应，秦南御已经飞快地站起身，扭头在沙发上找罪魁祸首。最后，他从沙发的各个角落里找出了大大小小十个会"放屁"的小黄鸭。

他将它们摆在茶几上，列队排成一整行。

秦南御也对她家的沙发产生了抵触情绪，宁可站着，也没再往上坐。

气氛有些尴尬。

"要不，你坐椅子？"纪微甜憋着笑，建议道。

秦南御拎起其中一只小黄鸭，坐到了椅子上，冷静过后，把玩着手里可爱的玩具，问："你女儿呢？怎么就你一个人在家？"

"我爸妈带她出去玩儿了，方便我养伤。"纪微甜敷衍地应道。

她没有告诉秦南御自己被女儿嫌弃还被抛弃的事实，以免遭到对方的嘲讽。

"所以，你受伤了，还没人照顾你？"秦南御幽幽地问道。

他说这句话的时候，脸上露出了同情的表情。

纪微甜还在想自己只是腰伤不是生活不能自理的时候，秦南御突然又问："吃早饭了？"

"没，我刚睡醒……"纪微甜刚说完，立刻意识到这个回答仿佛是在印证自己此刻悲惨的处境，讪讪地不说话了。

看见秦南御站起来，她忍不住问："你会做饭？"

"不会。"秦南御回答得很干脆。

然后在她的注视下，他从口袋里掏出手机拨通了助理的电话，让助理去买两份早餐上来。

"去刷牙、洗脸，准备吃早餐。"秦南御挂了电话，垂眸看她。

命令式的语气让纪微甜在心里小声抗议了一声，可饿得"咕咕"叫的肚子还是让她选择了屈服，她拖着酸痛的腰往房间里走。

秦南御站在客厅里重新打量起眼前的公寓，公寓有三个房间，除了纪微甜住的主卧室，另一个房间的门敞开着，看家具的风格，应该是她养父母的房间。倒是另一个房间，门虚掩着，透着几分神秘感。

秦南御站在门口，刚准备推门进去看看，主卧室里突然传来一道尖叫声。

"纪微甜……"

秦南御神经一紧，想到了什么，转身冲了进去，伸手推开浴室的门。

看见弯着腰站在洗漱台前的纪微甜后，他来不及思考就上前将她打横抱起来，稳稳地将她抱出浴室，放到房间的大床上。

在她的惊呼声中，他伸手掀起她的衣角，看她腰上的伤，紧张地问："你觉得怎么样？要不要去医院？"

纪微甜微微张着嘴，半晌接不上话。她想不明白自己只是因为毛巾掉了而叫了一声，怎么就突然严重到要去医院了？

直到她捕捉到秦南御眼中的担忧，迟钝的脑神经像是终于意识到他可能误会了。

"纪微甜，你觉得怎么样？"秦南御见她脸色发白、话都说不出来的模样，拿起手机就要叫救护车。

电话还没有被拨出去，一只纤细的手就挂断了电话。

他抬起头，对上她纯净的眼睛，她小声嘟囔："我没事，只是毛巾掉了。"

他愣了愣，低头看向自己的右手。

骨节分明的手指还拎着她的衣角，而她露出大半截腰身，还有隐约可见的粉色内衣的边缘。

她腰上的红晕已经变成了青紫色，跟她白皙的肌肤形成了鲜明的对比。

两个人的距离有点儿近，安静下来之后，他们能清晰地听见彼此的呼吸声。

气氛瞬间变得有些诡异，像是一个充满了危险气体的密闭房间，只要一根火柴就能将它点燃……

"秦总，早餐买回来了。"助理的声音突然从门外传来，跟着传来的还有助理推门走进来的声音。

秦南御和纪微甜同时一怔，随即意识到他们现在的样子容易让人误会，秦南御蓦地松开了揪着她衣角的手，纪微甜也赶紧站了起来。结果因为动作太快，纪微甜撞到了秦南御，又摔了回去。更惨的是，她扯到了腰上的伤，疼得倒抽了一口气，情急之下，本能地揪住了秦南御的领带。

"砰"的一声，秦南御倒在了她的身上。

"秦南御，你蹭哪儿呢，快给我起来！"纪微甜惊慌失措地喊了一声。

秦南御呆滞了几秒，抬起头，捕捉到她眼里的惊慌和脸上的羞怯，目光缓缓地往下移。反应过来自己不小心碰到什么地方之后，他面无表情的脸开始露出一丝赧色，耳根悄无声息地红了。回过神后，他的双臂撑在她的身体两侧，他想要站起来，却发现他的领带还在纪微甜手里。

他清了清嗓子，声音低沉地说道："纪微甜，你先松手。"

纪微甜后知后觉地反应过来，连忙撒手，转过头不敢看他的脸，紧张得只想尽快打破此刻的尴尬气氛。结果秦南御还没从她身上起来，就听到了门外传来的东西坠落的响声。

纪微甜艰难地扭头，看见助理站在门口，一副活见鬼又不敢叫、甚至还得假装淡定的样子。

助理一脸惊恐的表情，仿佛发现了什么不得了的事情！

一秒，两秒，三秒……

"我没看见、没听见，我什么都不知道，你们继续，不用管我！"助理猛地回过神，无视掉在地上的早餐，连退三步，然后以百米冲刺的速度冲出了公寓，并且用力地关上了门！

秦南御终于从纪微甜的床上站了起来，在以一场猝不及防的意外活生生地吓跑自己的助理之后。

纪微甜坐在床边，因为刚刚的惊吓，正抱着一个枕头挡在胸前，看起来像个刚被轻薄的小媳妇，幽怨地盯着眼前似乎不打算说点儿什么的男人。

"宋特助好像误会了。"纪微甜提醒道。

"嗯。"

"刚才那种情况，不怪他，谁看见了都会误会的。真的要怪的话，肯定要怪……"纪微甜抬头看了秦南御一眼，他也正好低头看着她。

四目相对，两个人的脑子里同时浮现出刚才的画面，纪微甜仓皇地错开视线。

秦南御怔了怔之后，薄唇微启："怪我，对不起。"

"我也不是这个意思，是我先扯了你的领带，可我也不是故意的……"纪微甜小声嘟囔。

"如果我没掀开你的衣服，就不会离你那么近。"秦南御接着分析道。

两个人像是在开什么重大的商务会议，认真反思整个事件的起因，互相分担责任。

"我弯腰捡毛巾的时候扯到了腰伤，所以忍不住叫了一声，下次不会了。"纪微甜咽了咽口水，忍不住又看了一眼还躺在地上的毛巾。

仿佛灾难都是从那一刻开始的，她现在想把毛巾送去火化。

"我应该先问清楚再进你的房间，至少应该先敲门。"秦南御看向那条毛巾，诚恳地道歉。

说完，两个人同时陷入沉默，房间里的气氛又变得令人窒息。

秦南御和纪微甜仿佛意识到他们现在的行为幼稚得不忍直视，还暴露了他们堪比小学生的情商。

秦南御转身走到门口，弯腰将地上的袋子捡起来，发现只有一杯豆浆洒了，其他的是完好的，回头问她："早餐还吃吗？"

纪微甜抱着抱枕挪到床边，舔了舔唇瓣："吃……"

于是，两个人走出房间，坐到了餐桌前。

秦南御将完好无损的那份早餐给了纪微甜，她又把豆浆推到他面前："你喝吧，我有粥。"

"我这里也有粥。"秦南御又把豆浆推了回去。

"我食量小，吃不了这么多。"纪微甜认真解释。

秦南御"嗯"了一声，说道："你能喝多少就喝多少。"

两个人就一杯豆浆应该给谁这个问题又谦让了两分钟。

直到秦南御拿起豆浆，插了吸管，喂到纪微甜嘴边，强迫她喝了一口，简单粗暴地结束了这个话题。

纪微甜接过杯子，道谢，并试图聊天儿缓解一下尴尬。于是，她说道："我平时也喜欢喝豆浆，你知道喝豆浆可以丰……"

话没说完，她突然意识到自己在说什么，愣住了。然后她眨了眨眼，发现秦南御已经抬头看向她的胸口，像是在检验豆浆的效果……

纪微甜连忙抬手挡了挡胸口，小声嘟囔："流氓。"

她原本以为秦南御会指责她，但是他只是敛起眸，低头喝了一口粥，并没有反驳她的话。

仔细看，他的耳根有点儿红，脖子也有点儿红……看起来就像是在害羞。

纪微甜猛地一愣，想凑过去看清楚他是不是真的在脸红时，秦南御突然抬头，英俊的脸庞猝不及防地在她眼前放大。

纪微甜像受惊的兔子一样，猛地缩回椅子上，低头啃包子，再抬头看秦南御时，他的脸上已经看不见半点儿红晕，仿佛刚才的脸红只是她的错觉，现在面无表情的模样才是他的真面目。

助理买的早餐很丰盛，秉着不能浪费的原则，纪微甜吃完了，撑得瘫在椅子上，伸手摸着变得圆滚滚的肚子，抬头打量坐在她面前的男人。

跟纪微甜不一样，秦南御吃相优雅，再配上他的高颜值，一份普通的早餐被他吃出了一种高级大餐的感觉。

纪微甜担心自己再说错话，一声没吭，双手托着腮，静静地等他吃完。她等着等着，眼看就快睡着了。

"咚"的一声，疼得纪微甜一下醒了。

对上表情有些意外的秦南御，纪微甜刚想解释什么，他缓缓地说："一顿早餐而已，不用给我磕头。"

纪微甜的目光落到他已经吃完的早餐上，她眼睛一亮："你吃饱啦？我也吃饱了，所以……"

你什么时候走？

后半句话纪微甜没说出口。虽然她不知道秦南御为什么突然来看她，可无事献殷勤，非奸即盗。

纪微甜抿了抿唇，眼巴巴地看着他。

刚刚发生了那么尴尬的事情，秦南御似乎也没打算久留，深深地看了她一眼，然后从椅子上站起来，转身往外走。

"我送你出去吧。"纪微甜见他这么有自知之明，难得地露出微笑。

她扶着腰走到门口，替秦南御开门，用一个优秀员工的态度欢送来探病的老板。

直到秦南御的身影消失，她关上门后，整个人虚脱地靠在门板上，伸手按住胸口，直喘气。

过了几秒钟，她又低头看自己的胸口。脑海里闪过刚才在卧室里发生的那一幕，她双手捂住脸，一屁股坐到沙发上。

她在谁面前丢人不好，偏偏在秦南御面前丢人。万一以后他们一言不合，还没等她讲道理，秦南御就用这件事来嘲笑她怎么办？

而且她刚才居然傻眼了，没直接一巴掌甩到他的脸上，再顺便骂他一句"臭流氓"，占据道德制高点，把这件事当成制裁他的法宝。

她刚才做了什么来着？她红着脸跟秦南御分担责任……她是猪吗？

纪微甜瘫在沙发上，深刻反思自己的错误。

她瞥见茶几上的手机，突然想起她挂断了卡丽的电话。她伸手抓起不小心调成静音的手机，上面显示有十几个未接来电，全是卡丽打过来的电话。

同时，她还看见了茶几上秦南御带来的花。

他知道香槟玫瑰的花语吗？

秦南御出了公寓，一直没有下楼，而是站在电梯口盯着上上下下的数字，脑海里一遍一遍地闪过他刚才压在纪微甜身上时的画面。

她红着脸，让他快点儿起来，又紧张到手足无措，扯着他的领带不放……这样的纪微甜，跟之前在他面前张牙舞爪的她截然不同。

秦南御想起来的，还有她在实验室里表现出来的专业、干练。

他完全想象不到，有一天她会像个孩子一样缩在他的怀里，紧张到看都不敢看他，只能嚷嚷着让他轻点儿。

他从来没有见过像她这样善变的女人。

这样复杂多变的面孔，哪一个才是真的她？

"叮——"电梯在这一层停了下来。

电梯门打开，住在这一层的居民从里面走出来，秦南御回过神，敛起眸走进电梯。

助理已经坐在停在路边的车里。

见秦南御出现，助理忙不迭地替他打开车门，全程一声不吭，那双眼却不停地在秦南御身上打量，助理欲言又止。

"有话就说。"秦南御坐到车上，看了一眼苦大仇深的助理，淡淡地说道。

助理犹豫了一下，最后还是鼓起勇气问道："秦总，你跟纪小姐……完事了？"

秦南御怔了怔，微挑眉峰，冷冷地看了助理一眼："你觉得我们能发生什么事？"

秦南御像是觉得车里闷，有些烦躁地伸手扯了扯领带。

助理心想：火气这么大，看来我是坏了老板的好事。

助理默默地往工作守则上记了一笔：以后秦总跟纪小姐单独相处的时候，不能随便出现，就算不小心看见了什么，也要假装没看见。

助理做好心理建设，努力想办法补救，问道："秦总，要不我们今天先回去，明天再来？"

纪微甜的腰伤一天好不了，今天不行，他们还有明天。

闻言，秦南御眨了眨眼睛。他想起今天发生的一切，仿佛有什么东西脱离了掌控，让他心里不自觉地有些抵触。沉思片刻，他把三顾茅庐的计划改了，淡淡地说道："明、后天你一个人过来探望。"顿了顿，他又说道，"给她带早餐的时候，记得买豆浆。"

秦南御忽然想起纪微甜喜欢喝豆浆的理由，忍不住眯了眯眼睛。

没想到，助理的表情也跟着他这句话变了，他惊讶地问："那香槟玫瑰也照送？"

秦南御不怎么在意地点点头："她好像不讨厌，继续送。"

女孩子都喜欢花，果篮、鲜花也是探病的标配。

秦南御瞥见助理惊讶的表情，微蹙眉心，问道："有问题？"

助理咽了咽口水，犹豫了几秒，弱弱地开口："秦总，你是不是没谈过恋爱？"没等秦南御答话，助理又一本正经地说道，"刘备如果三顾茅庐请诸葛亮用的是香槟玫瑰，那他请回去的可能就不是军师，而是媳妇了……秦总，香槟玫瑰的花语是'爱上你是我今生最大的幸福'。"

秦南御："……"

爱上你是我今生最大的幸福。

他是真的不知道。

在秦南御过去二十多年的记忆里，他从来没有送过任何女孩子鲜花，也从来没有留意过什么花语。他之所以选香槟玫瑰，是因为店员说女孩子一般比较喜欢它。

可现在让他承认他不懂香槟玫瑰的花语，就和让他承认自己是个没谈过恋爱的愣头青、连送花都送错一样。

秦南御微沉双眸，挑眉看了助理一眼。

助理吓得一激灵，顿时跳过这个问题："其实平时很多人送花时不会留意什么花语，我就是顺嘴这么一说，说不定纪小姐也不知道。"

所以，他明天还送不送香槟玫瑰？

秦南御捕捉到助理眼中的迷茫神色，垂眸想了想，觉得玫瑰容易让人误会，于是说："换成菊花吧。"

宁可枝头抱香死，何曾吹落北风中。

他喜欢菊花的气节，纪微甜能懂他选菊花的用意吗？

秦南御的嘴角微微扬起，他刚觉得自己这个选择不错，抬头就看见了助理的嘴角抽搐了一下。

他眼眸一沉，问："菊花的花语也有问题？"

助理笑不出来了："秦总，跟花语没关系……可探病一般不用菊花，上坟才用。"

"你懂这么多，还问我干什么？自己看着办！"

第八章

最接近目标的一次机会

此时，南坡公寓里。

纪微甜的手机里爆发出一阵堪比灾难现场的尖叫声："你说什么？御少抱着一束香槟玫瑰上门告白？"卡丽的声音像是准备掀翻屋顶，她一脸欣慰地说道，"我就知道你长着一张红颜祸水的脸，一定不可能孤独终老。看看，这哪儿还需要我们瑶瑶出马？你自己都已经找着对象了，还是全 T 市最抢手的男神！"

"不是告白，是探病。"纪微甜这会儿已经从震惊中恢复理智，仔细地回想了一下今天的事情，摸着下巴嘀咕道，"我觉得秦南御压根儿不知道香槟玫瑰的花语，说不定在他眼中，全天下的花是一个意思。他没给我送菊花，我都觉得应该感恩戴德了。"

卡丽："……"

"而且我总觉得他今天哪里怪怪的……不对，好像从昨天开始他就有点儿怪怪的了。"纪微甜还在自言自语。

"哪里怪了？"

"我说不上来，就是觉得他变了，就像大灰狼突然披了一张羊皮，想要混进羊群。这是女人的第六感。"纪微甜说道。

两个人又聊了一会儿才挂了电话。

纪微甜将手机放到茶几上，伸手抱起秦南御送给她的香槟玫瑰，低头嗅了嗅。

含苞待放的鲜花很香，也很赏心悦目。不管秦南御有什么目的，她兵来将挡，水来土掩。

接下来的两天，纪微甜每天都收到了秦南御的慰问。

他没有像第一天一样亲自出现，而是让宋特助过来，仍旧是鲜花、果篮，还顺便给她带了早餐。

如果不是站在纪微甜面前的人换了一个，她几乎都要产生错觉了，以为时间停留在了第一天。

哦，还有一样东西变了。

花不再是香槟玫瑰，而是换成了探病最常用的兰花和康乃馨。

宋特助也不久留，把东西放下，再慰问几句就会离开。

纪微甜就像是秦氏科技集团的员工，因为工伤得到了大老板的深切关怀。

不过，这次的项目是秦氏科技集团跟江城大学合作的，秦南御关心她好像也说得过去。

纪微甜以为这样的情况会持续下去。结果，第四天，时间一到，她已经习惯性地站在门口等着宋特助出现了，她站了一个小时，宋特助都没来。

她的免费早餐没了。

她的手机也安安静静的。

所以，秦南御就只探望三天？

她想想好像也差不多，她的腰伤恢复得很好，现在只要不是用蛮力，基本没事。这么一想，她好像也应该复工了。

"嗡——"手机突然响了，纪微甜怔了怔，伸手接了起来。

雷云嘉的声音从电话里传出："纪老师，你的身体好些了吗？小组长让我到资料室找一份案例，可是我找了很久都没有找到，所以想问问你。"

纪微甜的腰被钱敏撞伤的事情，除了秦南御，没人知道。

纪微甜从医院回来后，想要跟主任请假，才发现秦南御已经替她请过假了。他没有说具体原因，只说她的身体不太舒服。

纪微甜也没有刻意去解释。

这会儿听见雷云嘉说找不到资料，她顿时有些坐不住了，翻身从沙发上坐起来，说道："我已经没事了，你等我半个小时，我现在就去实验室。"

她迅速洗脸、换衣服，然后拎包出门。

半个小时不到，纪微甜就已经出现在了实验大楼下。

雷云嘉看见她，兴奋地从楼上飞奔下来欢迎她："纪老师，你能回来真是太好了！你都不知道，你不在的这几天，我每天只要一听见小组长让我去查资料，我就头疼。"

"资料都用了编码的方式归档，你直接用电脑检索会很快，上去我教你。"纪微甜边往里走，边笑着说道。

"不只这个，还有上次你优化程序用的方法太厉害了。你说过会教我，可不能说话不算话啊。"雷云嘉直接抓住了纪微甜的手臂，眼睛放光。

"我之前跟钱敏分在一个小组的时候，就见过她优化程序，速度完全不如你……"雷云嘉说到一半，想到了什么，讪讪地打住。

纪微甜偏过头看他，以为雷云嘉是担心她会介意跟钱敏有关的问题，刚要跟他说没关系，忽然听见他压低声音说道："钱敏已经三天没来实验室了，听说学校很重视这次的事情，她被开除出实验小组算轻的，严重的话，怕是还会有别的处分。"

纪微甜眯了眯眼睛，又听见雷云嘉叹息："虽然知道她是咎由自取，但大家毕竟一起做了这么长时间的实验……"

雷云嘉的话没有说完，察觉到什么，扭头看向身后。

纪微甜跟着看过去。

秦南御不知道什么时候站在了他们后面，正盯着雷云嘉抓着纪微甜手臂的那只手。

纪微甜还没回过神，雷云嘉已经不自觉地松开了手，往旁边退了一步，主动开口："秦总早。"

秦南御没说话，目光一直盯着纪微甜。雷云嘉见状，打过招呼，转身先上楼。

秦南御这才上前，走到纪微甜面前停下来，垂眸盯着她的腰，像是在用眼神询问她"腰没事了？"。

"没……没事了，瘀青都散得差不多了，我觉得恢复得还不错，就先回资料室帮忙。"纪微甜有点儿尴尬地摸了摸鼻子，暗自庆幸自己不是男人，不然这问题得多让人尴尬。

为了避免秦南御一言不合又掀起她的衣服检查，纪微甜主动岔开了这个话题，把雷云嘉给她打电话的事情说了出来。

闻言，秦南御冷冷地说道："资料管理手册上有详细的检索方式。"

"有手册没错，不过他是实验室的成员，不是资料室的管理员，替他们整理资料和找资料本来就是我的工作，不怪雷云嘉。"纪微甜下意识地替雷云嘉解释。

她还挺欣赏这个孩子的，他聪明、勤奋，还特别好学……要是得到好好培养，他以后会是个人才。

纪微甜只是就事论事，没注意到秦南御的脸色又阴沉了几分，他盯着她，像是在等她还打算替雷云嘉说什么好话。

"你怎么这么看着我？我说错什么了吗？"纪微甜伸手摸了摸自己的脸。

她确定她的脸上没脏东西。

秦南御冷哼道："是不怪他，怪我。我就不应该帮你请假，就应该让你带伤坐镇资料室，没准儿你还能被评为劳模。"

这个人的脾气真古怪，他前一秒还像个人，后一秒就开始毒舌。

纪微甜假装没听懂他的嘲讽，转身上楼。

秦南御跟在她后面，见自己被无视了，眸色暗了暗，幽幽地说道："我只是好心提醒你，跟实验室的成员保持一定的距离，除了能让他们有更大的成长空间，还能避免很多不必要的麻烦。"

"你到底想说什么？"纪微甜脚步一顿，回头瞪他。

在她眼里，秦南御就是没事找事地针对她。她不过是帮雷云嘉找份资料，怎么就变成耽误雷云嘉成长了？

两个人之间的气氛瞬间变得有些紧张。

一直跟在后头的助理见情势不太对，忙不迭地上前说道："我也觉得雷云嘉同学的表现很出色，他是个可塑之才。秦总的意思是，搞科研需要专心，雷云嘉长得不错，应该是很多女孩子喜欢的类型，也不知道会不会因为感情问题耽误实验。"

"实验室不是和尚庙，搞科研也不一定就要六根清净，良好的精神状态是人类脑力活动的前提。我不觉得雷云嘉谈恋爱会对他的实验造成什么直接影响。"纪微甜不认同地蹙眉说道。

助理心里"咯噔"一下，扭头看向自家大老板，果不其然，他家秦总的脸更阴沉了。秦总说："你是不是还想说，就算来段师生恋也无所谓？"

纪微甜察觉到他们正在讨论的问题好像有点儿奇怪，狐疑地瞥了秦南御一眼，说道："你是不是误会什么了？你该不会以为我跟雷云嘉在谈恋爱吧？"

秦南御没说话，只是挑眉看了她一眼。他那眼神仿佛在说：你说呢？

他刚下车的时候，亲眼看见雷云嘉牵着她的手，笑得像个孩子。

大庭广众之中，她和雷云嘉拉拉扯扯的，她就算要谈恋爱，也该注意点儿影响。还是说，她就这么喜欢雷云嘉，喜欢到什么都顾不上了？

想到这种可能，秦南御的眼神变得复杂。

助理这个时候已经完全不敢吭声，并且已经开始后悔，刚才为什么要站出来说话。早知道会是这样的场面，他就该奉行自己"又聋又瞎"的原则，假装什么都不知道。

助理耸着肩，刚要默默地退出"战场"，就听见纪微甜的声音响起："你不要乱说，雷云嘉对我来说就是一个弟弟，他要谈恋爱，关我什么事？"她撇清关系后，又打量了秦南御一眼，说，"你这么关心雷云嘉，难不成你对他……啧啧，真会玩。"

秦南御看着纪微甜没有丝毫留恋地离开的背影，转过头看向助理。助理咽了咽口水，小心翼翼地解释："纪小姐好像误会了你的性取向。"

秦南御越过助理，迅速上楼。他走到资料室门口时，看见雷云嘉倚靠在门口，双手扒着门框，脑袋往里探，笑眯眯地夸着纪微甜："纪老师，你的速度真的好快，一眨眼的工夫就能把资料都找出来。刚才小组长看见我这么快拿着资料回去都惊呆了，让我过来谢谢你，并让我真诚地转达，我们实验小组的成员都希望你快点儿康复。"

秦南御脚步一顿，扭头从窗户看进去。

资料室里，纪微甜正在喝水，听见雷云嘉的话，差点儿把水喷出来，脸上的笑容灿烂得像朵花。

人家夸两句她就这么大反应，还跟他说只把雷云嘉当弟弟？

秦南御鬼使神差地站在原地，看着纪微甜。只见她放下水杯，笑着抬起头，说道："想让我教你上次优化程序的方法就直说，不用给我灌迷魂汤。"

她都知道是迷魂汤了，还笑成这样？秦南御在心里冷哼。

"进来坐吧，我给你倒杯水。"纪微甜说着，朝雷云嘉招招手，示意他坐到自己前面。

秦南御看见雷云嘉一点儿也不客气地往里走，一坐到椅子上就双手托腮，等着纪微甜给他倒水。秦南御拧紧眉心。

青天白日，孤男寡女共处一室，还是以这么自然的相处方式……他们很熟？

秦南御站在窗边，脸上覆盖着一层阴沉之色。

资料室里的两个人并不知道有人在外面，纪微甜把水递给雷云嘉的时候，还往他面前放了一份笔记。

"喏，这就是你要的公式推导图。"

听见"公式推导图"这五个字，秦南御脸上的情绪微微收敛，目光落到她放在雷云嘉面前的笔记本上。秦南御认出这并不是资料室里会出现的笔记本，心里刚猜测这是不是她的私人笔记，就听见雷云嘉已经问出声："我怎么没见过这个笔记本，这是你带来的吗？"

"嗯，我平时整理资料的时候，看见有意思的解题公式，会记录一下。"纪微甜说着给雷云嘉翻开，直接翻到她做公式推导的那一页。

上面有完整的公式推导过程，她甚至还做了解题要点备注，主要就是算法和优化方向的解释。

雷云嘉一看见她笔记本上的内容，眼神就变了，收起了刚才嘻嘻哈哈的表情，专注地盯着上面的内容，手指还不自觉地在桌子上写写画画，像是在计算什么。最后，他露出惊讶的表情，问道："你在实验室跟钱敏比试的时候，是现场做完这个公式推导的？"

这样高难度的公式推导，如果她没有全程参与实验，仅凭一份数据表，那么短的时间……雷云嘉根本不敢想象。

"当然不是。"

纪微甜靠到椅背上，回想起自己那天花了一晚上的时间推导完公式，第二天想要拿到实验室做验证、结果被钱敏拦住的画面。她想了想，没告诉雷云嘉，只是提醒他："所谓天才，不过是一群有天赋又比别人还努力的普通人。就是因为他们私底下足够努力，所以在任何时候看起来都很轻松。"

雷云嘉够聪明，只要愿意，也可以成为别人口中的"天才"。

雷云嘉怔了怔，低头看了一眼面前的笔记，眼底闪过一道光，像是明白了什么，点头说道："谢谢纪老师，我会好好努力的！"

纪微甜露出欣慰的笑容，喝了一口水，说道："这份笔记可以借给你，有什么不懂的，你就来找我。"

雷云嘉如获至宝，抱着笔记本往外走。走到门口，他又忽然停了下来，回头看向纪微甜，问："纪老师，你明明很厉害，为什么不从事科研工作，而是留在了教务处？"

纪微甜被问得一愣。

听见这句话的秦南御，也不自觉地微微眯起眼睛，等着纪微甜的回答。

他现在已经可以确定，纪微甜就是卡丽背后的人。唯一解释不通的就是她为什么会留在江城大学，还从事着一份跟计算机不相关的工作。

"教务处不好吗？朝九晚五，带双休，还有寒暑假。"纪微甜回过神，掰着手指头开始数自己工作岗位的优点。数到最后，她抬头看了雷云嘉一眼，微微一笑，意味深长地说道："我女儿还小，离不开我。"

雷云嘉被说服，拿着东西走了。

纪微甜刚靠到椅背上，准备松口气，门外忽然出现了一道高大的身影。

秦南御单手插在口袋里，逆着光，俊美的脸庞隐在光影中。纪微甜看不清他脸上的表情，也看不出来他来了多久，又听见了多少她与雷云嘉的对话。

纪微甜坐在椅子上，以她的高度，只能仰视秦南御。

秦南御也没有要进去的意思，隔着不近不远的距离跟她对视。

直到纪微甜从包里掏出一份早餐，并当着他的面开始吃包子，秦南御终于忍不住抽了抽嘴角。

"你看我也没用，我只买了一份。"纪微甜见他往里走，加快了吃早餐的速度，像是害怕秦南御会来抢她的包子。

她三口两口地将整个包子吞了下去，然后伸手拿起豆浆插吸管。

直到她发现秦南御一直盯着她手上的豆浆，一触碰到她的眼神，他又飞快地移开视线，只是耳根有些泛红。

某些画面浮现在纪微甜的脑海里，不出意外的话，他们两个人现在想起的是同一幅画面……

于是，资料室里忽然变得很安静，只剩下浅浅的呼吸声。

直到助理拿着合约走进资料室，说道："秦总，东西我已经准备好了……"

助理话还没有说完，察觉到资料室里气氛不对，看见里面的两个人，刚要往外走，秦南御已经回过神，淡淡地说道："钱敏已经离开实验室，实验室现在缺一个计算机专业的成员。"

助理脚步一顿，有些疑惑地看向秦南御，发现秦南御不是在跟他说话，而是在跟纪微甜说话。

他们不是说好结束"三顾茅庐"，要拿新合约把人挖到秦氏科技集团的吗？秦总怎么突然变了？

助理低头看了一眼手里的合约，有些犹豫要不要提醒秦总一下，最后还是没开口。

纪微甜显然也没想到秦南御会突然跟她提起钱敏。她想了想，问道："钱敏离开实验室是学校的处罚，还是你的意思？"

"有区别吗？"秦南御挑眉。

纪微甜抿唇，想想好像没区别。一个对科研项目没有敬畏之心，只知道攀比和炫耀的人，确实不适合留在实验室。

她的腰现在还痛着，她没落井下石已经很仁慈了，让她在这个时候还去关心钱敏，她做不到。

纪微甜沉思片刻，建议道："计算机系还有很多成绩不错的学生，虽然没有钱敏优秀，但是被好好培养，应该也能做好接下来的实验。如果你需要名单的话，我可以联系计算机系的班导，让他马上推荐给你。"

纪微甜还没有说完，秦南御的双臂就已经撑到了她的办公桌上。他微微俯身，低头靠近她。两个人的距离只有不到三厘米，一个不小心，鼻尖都能碰到鼻尖。

强大的压迫感让纪微甜吓了一跳，她刚要往后退，他低沉的嗓音就已经缓缓响起："我看你就挺合适，不需要舍近求远。"

"什么？"纪微甜像是没听懂他的话。

"我说，"秦南御的声音重新响起，他一字一顿地说道，"不需要找其他人，从今天开始，你来负责钱敏在实验室的工作。"

"你说话就说话，离我那么近做什么？"纪微甜小声嘟囔，并往后退了一点儿，仰起头，对上他询问的目光，"我拒绝。我的能力不够，我是个害人精，没有资格进实验室，而且很满意我现在的工作，并不想做任何调整。"

她用一脸真诚的表情拒绝了秦南御，干脆利落的回答不带半点儿犹豫。可仔细一听，她说的话全是当初秦南御对她说过的。

风水轮流转……

助理瞥了一眼已经看不出表情的自家秦总，不敢继续留在资料室，静悄悄地抱着合约退到门口，又不能走远。

助理害怕纪微甜再说出什么可怕的话来，会被他家秦总在盛怒之下掐死，他得拦一拦。

助理没机会拦。

在秦南御意识到自己被无情拒绝还遭到反讽时，他的电话响了。

秦南御将目光从纪微甜倔强的脸上收回来，接起电话。

他们距离很近，纪微甜不是刻意偷听，却清晰地听见了电话里传来的惊呼声："御少，不好了，小少爷因为赌气真的绝食晕倒了，现在正被送往医院……"

秦南御脸色一变，没等管家说完，已经转身往外走。

纪微甜愣在椅子上，茫然地看着他的背影，呆滞了几秒，才反应过来刚才听见了什么。

她的脑子里闪过在机场遇见的那个长得像小神仙的小家伙，他吃炸鸡都能高兴到舔干净手指，乖巧又懂事。

等纪微甜回过神，她已经不自觉地从椅子上站起来，跟着秦南御走出了资料室。

在他上车之前，她伸手拦住了他准备关上的车门。

对上秦南御的目光，她舔了舔唇瓣，无法解释自己莫名其妙的心慌，只是直接问道："我能跟你一起去看看吗？我女儿也四岁，或许有我能帮忙的地方。"

秦南御深深地看了她一眼，像是不解她前一秒还对他很不耐烦，后一秒怎么突然关心起他儿子，最后还是同意她上车了。

前往医院的路上，秦南御一直在打电话。

管家已经提前把小家伙送到医院，他还在做检查。现在可以确定小家伙没有生命危险，只是具体的检查结果还要等检查全部结束才能出来。

纪微甜在得知小睿睿是因为绝食而饿出问题时，紧蹙眉心。

秦南御刚挂电话，就发现坐在自己身边的人正苦大仇深地盯着他。

秦南御放下手机，试图解释："我没有虐待自己的儿子。"

"四岁的孩子绝食抗议，我说我信你，你自己相信吗？"纪微甜冷哼道。

哪怕她一遍遍提醒自己，这不是她的儿子，她跟秦南御甚至不算太熟，根本没立场去指责他，可一想到那么小的孩子可怜兮兮地躺在病床上……那画面还是让纪微甜有些失去理智。

她现在只想先揍秦南御一顿，再来谈孩子的教育问题。

"纪微甜，你听过'狼来了'的故事吗？"秦南御确定儿子没事，表情稍稍缓和，问道。

"这跟你虐待自己的儿子有关系？"

看来他要是不能替自己找到一个好的理由，可能从今天开始，就要全面进入纪微甜的黑名单了。

"有关系。"秦南御拿起一瓶矿泉水，拧开，递给她。

纪微甜接过水，喝了一口。

秦南御淡淡地说道："他前几天用过同样的招数。"

"纪小姐，秦总说的是真的。小少爷前几天就闹过一次绝食，最后大家发现只是一个骗局，他早就在自己的床底藏了食物，只是虚晃一招来威胁秦总，所以他这次又闹脾气，大家就以为他只是故技重演。"助理发现气氛不对，帮着解释了一句。

纪微甜对这个解释并不满意："小睿睿才四岁，多大的事能让一个孩子宁可绝食也要抗争？你们能摸着良心说，做家长的就一点儿责任都没有吗？"

虽然她也是个让孩子操心的家长，但至少很爱自己的女儿。

秦南御就不一样了，一脸"渣男"相，现在又多了一个罪名。

对于这个质问，秦南御没有反驳。

因为连他都没有想到，向来喜欢跟他斗智斗勇的臭小子这次会用这么决绝的方式来跟他抗争，就为了吃一口炸鸡？

车子抵达医院，秦南御率先下车，抬腿往住院大楼走。

检查已经做完，小睿睿的身体没什么大问题，是由于低血糖而晕倒的。

孩子年纪小，医生担心还有别的问题，所以建议住院观察两天。

秦南御和纪微甜进入病房的时候，小家伙还在睡，精致的小脸蛋儿上看不见半点儿血色，远远地看过去，他像一个脆弱的瓷娃娃，碰一下就会碎。

纪微甜看见这一幕，心脏像是被人捏了一下，在秦南御走上前跟医生交流的时候，她已经走到病床边，轻轻地握住了小家伙正在输液的手。

不知道为什么，她的胸口有些闷，眼眶也有些难受。她摸着小家伙有些冰凉的身体，忍不住鼻尖发酸。她想到了什么，扭头问助理："医生有没有说他什么时候会醒？"

"快了，管家已经回去准备吃的了，小少爷现在这个情况，别的也吃不了，只能先喝点儿大米粥。"助理正说着话，病床上的小家伙睫毛颤了颤，缓缓地睁开眼。他看见坐在自己面前的纪微甜，黑黑的大眼睛迷茫地眨了眨。下一秒，他突然可怜兮兮地张口就喊："妈妈！"

纪微甜："……"

秦南御："……"

十分钟后，医生给刚刚苏醒的小家伙做完检查，确定他已经没事，让家长放心。而此时，得到好消息的秦南御，回头看了一眼病床。

他儿子，对，亲生儿子，完全无视他的存在，正赖在纪微甜的怀里，像个奶娃娃，手脚并用地蹭在她的怀里，一口一个"妈妈"，喊得秦南御头疼。

不知道的人还以为纪微甜是他亲妈。

秦默睿那弱小、可怜又无助的模样，真是人见人心疼，直接把纪微甜喊得招架不住。纪微甜任由他说什么，又是亲亲抱抱，又是喂他喝水、吃饭，并且再三保证，就算他吃饱了、没事了，也不会丢下他就走，他就差让纪微甜给他签一份保证书了。

他这磨人的功夫，把助理看得一愣一愣的，尤其看见纪微甜温柔地哄着怀里的小家伙时，助理终于忍不住了，说道："秦总，没准儿让小少爷跟纪小姐谈合约的事情，比你亲自上场管用。"

秦南御回头瞪了他一眼，助理被吓得立马噤声。

管家站在病床边，这个时候也已经把纪微甜当成了少夫人，有问必答。

全场只剩一个完全被无视的秦南御，不只被自己的儿子无视，还被管家和医生无视。

所有人都觉得纪微甜看起来比他靠谱，自动绕过他，去跟纪微甜汇报情况。

"小孩子的肠胃比较娇弱，饿得太久不适合一下子吃太多东西……"医生站在病床前，跟纪微甜交代着注意事项。

纪微甜一边点头，一边让管家帮忙记一下。

医生又补充道："小朋友的情绪有些不稳定，如果可以的话，最好不要再刺激他，人的情绪变化也会对肠胃产生刺激，他应该是你们夫妻俩的第一胎吧？新手爸妈也不用太紧张，哄孩子嘛，多点儿耐心就好了。"

"医生，你误会了，我们不是……"纪微甜下意识地想澄清。

衣袖却被怀里的小家伙扯了扯，对上医生疑惑的目光，小家伙恰好开口："妈妈，我困了。"

这下好了，纪微甜看医生的表情，她已经解释不清了。

她只能抱着新到手的儿子，耐心地将他放平，轻轻地拍着他的背，哄他睡觉。

小家伙困得睁不开眼又不肯睡，那副害怕纪微甜会在他睡着之后离开的模样让纪微甜心疼极了。

她轻轻地摸着他的小额头，再三保证道："我不走，哪里都不去。你放心睡，我就在这里陪着你。"

鬼使神差地，小家伙听见这句话之后，终于安心地睡着了。

等小家伙睡熟，保持一个姿势太久的纪微甜的腰有些受不了。她想要换个姿势，刚一动，腰上传来的痛楚让她差点儿忍不住松开手。她刚低叫了一声，身后突然伸出一双手，轻轻地替她抱住了怀里的小家伙。

秦南御低沉的嗓音响在她的耳边："腰疼？"

他温热的呼吸喷在她的耳朵上。

纪微甜回过头，对上他深邃的眼睛，才发现他此刻的姿势是从身后抱着她，再顺势抱着她怀里的小家伙……

亲密的举动让纪微甜有些不适应，可联想到刚才的情景，秦南御应该是怕她摔了怀里的小家伙，不是故意占她的便宜。

纪微甜抿了抿唇，道："手有点儿麻，脚也是。"

"我抱着他，你松开手，慢慢从床上下来。"秦南御瞥了一眼他们的姿势，建议道。

纪微甜点点头，小心翼翼地挪动位置，免得吵醒刚睡着的小家伙。可她被秦南御圈在怀里，前面还有一个孩子挡着，一动就会碰到秦南御。

纪微甜艰难地转过身，急着从秦南御的怀里出去，一个没站稳，反而一头撞到了他的胸口。听见秦南御闷哼了一声，她连忙开口："对不起，我不是故意的。"

"嗯。"秦南御淡淡地应了一声。

纪微甜见他面色如常，又开始尝试着挪动身体，想要从他的手臂下面钻出来。可是地方太窄了，她过不去。

"要不，你先把小睿睿放到床上？"纪微甜从秦南御的怀里仰起头，小声建议。

秦南御看了一眼他们的状态，点点头，让纪微甜往旁边让一让，他先把小家伙放下来。

没人注意到小家伙的手一直拽着纪微甜的衣角。在秦南御把秦默睿放到床上的那一刻，纪微甜也被拽了一下，重心本来就不稳的身体猝不及防地倒向床上的小家伙，千钧一发之际，她想也不想就伸手勾住了秦南御的脖子。

秦南御没想到她会来这么一手，硬生生地低下头，没有任何预期地亲上了她的唇……

两个人忽然一愣，周围的空气仿佛都凝固了。

刚准备上前帮忙的管家和助理齐刷刷地愣在了原地，双眼圆瞪，张着嘴，震惊得说不出话。

他们不明白，两个人前一秒还讨论着怎么把孩子放下来，怎么后一秒突然就亲上了？！

这真是让人来不及有一点点防备。

直到床上的小家伙察觉到自己不在纪微甜的怀里，在床上翻了个身，闭着眼找妈妈，发出了动静，终于让处在惊愕中的两个人回过神。

纪微甜匆忙缩回搂着秦南御的手，抿了一下唇。她想要解释，又不知道该说什么，半晌，憋出一句："我不是故意的。"

秦南御没有动，只是盯着她抿唇的动作，眼神变得幽深，耳根透出一丝不易察觉的红晕。良久，他也只是"嗯"了一声。然后，病房内又陷入了一阵诡异的静谧。

"那你能不能先让我下去？"纪微甜瞅着一直站在床边不动的秦南御，小声嘟囔。

她也是这个时候才发现，秦南御真的很高，站在她面前，像一座大山。

他要是不主动让开，她推都推不动。

刚才发生的小意外让纪微甜不好意思看他的眼睛，如果她抬起头，就会发现秦南御这会儿比她还要不知所措……

听见她的话，秦南御有些僵硬地移动脚步，往旁边站了站。

纪微甜顺利地从床上下来，伸手擦了擦嘴，扭头看见愣在门口的管家和助理，脸颊绯红，说道："要是没事的话，我就先回去了。"说完，她仓皇地往外逃。

她刚迈出脚，手腕就被人扣住了。她回头，对上秦南御妖冶的眼睛，他说："你刚才答应了秦默睿，不会趁着他睡着的时候走。"

她刚才也没想到会发生这么尴尬的事情啊，还是当着管家和助理的面——这两个人太不淡定了，现在还一副见鬼了的模样，她想要假装什么事都没发生都不行。

秦南御将她脸上的表情收入眼中，像是读懂了她的情绪，挑眉看向还愣在门口的两个人。

管家和助理同时觉得脊背发凉，二话不说扭头往外走。

"小少爷要住院，我回去给他收拾换洗的衣服。"

"我突然想起公司里还有几份重要的文件忘了给秦总带过来，我马上去拿。"

不到三秒钟的工夫，病房里就只剩他们俩和秦默睿了。

纪微甜呆呆地看着偌大的贵宾病房。

秦南御松开她的手，转身走到旁边的沙发坐下来，从容地说道："现在你可以好好留下来陪秦默睿了。"

纪微甜："……"

秦南御伸手拿起一本财经杂志开始翻阅，像是根本没在意留在病房里的纪微甜。

纪微甜轻吐了一口气，先到阳台给家人打了个电话，把自己的情况说了一下，让养父母帮忙照看女儿，然后回到病房，搬了一张看护椅放到床边，守着刚睡着的小家伙。

瞥见他夸张的睡姿，她忍不住笑出声。

"你笑什么？"秦南御将手里的杂志合上，问道。

纪微甜正看得出神，下意识地应了句："他睡觉的样子跟我女儿的一模一样。"语毕，她回过神，抬头看向秦南御，幽幽地补充道，"不过我女儿比睿睿运气好，不需要绝食抗议。在我家，她说了算。"

"难道不是你运气好？你没摊上一个不让人省心的臭小子。"秦南御似笑非笑地说道。

"小孩子都有些淘气，家长要懂得包容和陪伴，而不是嫌弃。你这个态度，小朋友肯定不喜欢，自然会跟你作对。"纪微甜据理力争。

她女儿也很淘气，但是她从来舍不得骂。纪微甜只是告诉小糯米团子注意安全，妈咪可以尊重她的很多选择。

"睿睿已经很乖了，你别身在福中不知福，我女儿天天拿着一个小账本算我的假期，打算给我安排相亲……"

"你要去相亲？"秦南御蓦地打断她的话，目光从她身上扫过，眸色暗了暗，"跟谁？"

"我也不知道，好像是个单亲爸爸，具体的我没问……关你什么事？"纪微甜怔了怔，狐疑地挑眉看向秦南御。

这个人突然这么关心她，她总觉得他没安好心。难不成是因为当初她破坏过他的相亲，他想要借机报复？

"婚姻是人生大事，不要因为什么奇奇怪怪的原因就跟一个人在一起，对你没好处，还会害了别人。"秦南御一字一顿，认真地教育道。

他似乎很不认同她为了哄女儿就去跟一个陌生男人相亲的举动。

纪微甜撇撇嘴："我不是说我没去吗？你怎么比我女儿还能念经？难怪睿睿不喜欢你。"

秦南御："……"

"我肚子饿了，你要是闲着，能不能出去买点儿吃的？"纪微甜问道。

话一出口，她猛地想起面前的人是谁。她刚要收回自己的话，秦南御已经从沙发上站起来，走到床头，问她："想吃什么？"

"啊？我都可以，也不知道医院附近有什么可以吃的，要不然……"纪微甜刚想说随便买点儿面包什么的，先填填肚子就行，就见秦南御拿起床头的电话，不知道按了什么号码，当着她的面，点了两份套餐。

他挂电话之后，瞥了她一眼，说："医院有食堂，你不知道吗？"

那眼神像是在说：生活技能这么差，你怎么长这么大的？你小时候一定过得很辛苦吧？

纪微甜好气，偏偏一句话都反驳不了，因为莫名其妙地又在秦南御的身上看见了女儿的影子。

小糯米团子吐槽她不会照顾自己的时候也是这样……

"秦南御，你缺女儿吗？跟你一样会念经、会毒舌的那种。"纪微甜真心实意地问。

秦南御嗤笑一声，转身坐回沙发上，优雅地交叠起双腿，说道："我想要会撒娇、卖萌的小公主，你有吗？"

纪微甜认真地想了想，摇头："这个真没有。"

"那不用了。"秦南御毫不犹豫地拒绝了，并将纪微甜口中那个"会念经、会毒舌"的女儿，划进了跟秦默睿同等位置的黑名单里。

纪微甜对他的拒绝不以为意，反正也只是问问，并不想真的把自己的小宝贝给秦南御。没过多久，她的注意力就转移到了小家伙身上。她想了想，突然说道："其实撒娇不只女儿会，儿子也会。"

秦南御不明所以地挑了挑眉。

纪微甜指了指小家伙，说："你信不信，如果你能多关心自己的儿子，他也会对你撒娇？"

"那你信不信，如果我真的对他嘘寒问暖，他不仅不会跟我撒娇，还会跟我说'你好恶心'？"

"我不信。"

"然而我并不想证明给你看。"秦南御毫不犹豫地说道。

他看出来纪微甜是在用激将法。

"你就是在替自己找借口，睿睿不喜欢爸爸不是没有理由的。"纪微甜试图跟他讲道理，"你就不能多跟孩子沟通、多让着他一点儿吗？秦南御，

219

你儿子只有四岁，你又不止四岁。"

她这是在拐弯抹角地骂他幼稚？

秦南御盯着她愤慨的小脸，良久，幽幽地问道："你要帮我教儿子？"

"我以为我们是在进行良好沟通。"

秦南御沉默，让他相信他儿子会蹭在他怀里撒娇，他宁可相信母猪会上树。

纪微甜仿佛看出了他在想什么，正要说什么，他们点的套餐就送到了。

有吃的，纪微甜也就顾不上跟秦南御计较了。吃饱喝足，她也变得有精神了。

担心小家伙的情况，纪微甜又主动去找主治医师聊了一下。等她回到病房的时候，小家伙已经醒了。

小家伙醒来后没有看见纪微甜，正坐在病床上，跟秦南御大眼瞪小眼。

两个人一模一样的脸庞，像复制粘贴似的。

小睿睿：怎么是你？我不要爸爸，我要妈妈！

秦南御：没有，不存在的，别想了！

于是，在对视三秒后，小家伙伸手揉了揉眼睛，眼眶里顿时噙满了泪水，扭头趴在枕头上，像只小刺猬缩成一团，委屈地哭了起来，拒绝跟秦南御说话。

纪微甜走进来，没有急着上前哄他，而是扭头看向秦南御，用眼神示意他哄哄儿子。

秦南御冷冷地看了她一眼，像是在嘲笑她的天真。最后，他从沙发上站起来，走到床边，伸手戳了戳小家伙的肩膀，问："饿不饿？"

小家伙没吭声。

秦南御又调整了一下自己的语气，尽可能温柔地问："想吃什么？我去给你买。"

"炸鸡。"一颗小脑袋麻利地从枕头里抬起来。

"不行。"秦南御想也不想就拒绝了。

小家伙刚刚变得明亮的眼睛，马上又变暗了，他委屈地趴回枕头上。

秦南御也扭头看向纪微甜，示意她也看见结果了，好声好气儿的结果就是被蹬鼻子上脸。

臭小子都躺在医院里了，还有什么资格吃垃圾食品？

纪微甜一阵窒息，心想有他这么哄孩子的吗？他居然还一副"我已经很有耐心了，在尽力哄他，是他无理取闹"的表情。

纪微甜走上前，将自己的随身包塞到秦南御的怀里，叫他让开。

秦南御居然没生气，替她拎着包，往旁边站了站。纪微甜坐到床边，伸手去抱小家伙，手臂被小家伙不高兴地推开，小家伙闷闷地说："我讨厌爸爸，你别碰我！"

秦南御："……"

"睿睿，不是爸爸，是我。"纪微甜摸了摸他的小脑袋。

小家伙一听见她的声音，前一秒还蔫蔫的，顿时"满血复活"，立刻转过头，黑黑的大眼睛对上纪微甜的目光，像是不敢相信自己的眼睛，眨了好几下。最后确定是真的，他高兴地翻身坐起来，直接扑到她的怀里，大声喊道："妈妈！"

小家伙演绎大型"认妈现场"，堪比川剧变脸。

如果你以为这已经结束了，不，你错了，这只是开始……

"睿睿，饿不饿？"纪微甜问了跟秦南御同样的问题。

这一次，她立刻得到了小家伙的回应："饿！"

伴随着一个撒娇的动作，小家伙软乎乎的小身子蹭到她的怀里，露出一副"求抱抱"的表情。

纪微甜挑衅地看向秦南御，用眼神询问他服不服。

秦南御冷笑着让她继续。

纪微甜心里"咯噔"一下。

如果她没有记错，小家伙很喜欢吃炸鸡，大概是因为爸爸不让他吃垃圾食品，所以他对炸鸡有一种莫名的执念。

要说服小家伙为了身体健康而放弃炸鸡，纪微甜心里并没有把握。可对上秦南御冷笑的表情，她还是掂了掂怀里的小家伙，说道："睿睿，你饿了太长时间，不能吃太油腻的东西，我们今天先喝粥好不好？"说完，纪微甜紧张地屏住呼吸，害怕小家伙会不高兴，一直盯着他脸上的表情。

结果小家伙似乎并不在意，仰起头，笑眯眯地问她："是妈妈喂我吃吗？如果是妈妈喂，吃什么都可以。"

秦南御："……"

跟秦南御的震惊相比，纪微甜简直喜出望外，忍不住低头亲了小家伙一口，扭头看向秦南御，说："你看见没有？这是温柔和耐心的力量。"

"我瞎了。"秦南御面无表情地说道。

秦南御受不了作天作地的臭小子在自己面前表演花式变脸，拿着笔记本电脑走到旁边的沙发上处理工作，时不时地抬头看一眼病床。

病床上的两个人完全不像陌生人。

纪微甜像她说的那样，对孩子很细心，也很耐心，问清楚小家伙绝食的原因之后没有纵容他，而是认真地告诉他绝食的严重后果，并且让小家伙跟她保证，以后再也不会这样做。

当然，她批评的重点还是那个不会跟孩子沟通的爸爸。她骂完他，还跟他儿子抱在一起，开心地笑成一团。

要是换作平时，有人敢在他面前这么骂他，秦南御可能已经拧断她的脖子了。可看见纪微甜笑得那么开心，连带着病恹恹的小家伙也笑得像个小傻瓜，他心里莫名其妙地不想破坏眼前这一幕。

看见儿子抱着纪微甜，一口一个"妈妈"地叫着、撒娇，秦南御的脑海里突然蹦出"一家三口"这样令人匪夷所思的词汇……

察觉到自己在想什么，秦南御皱了皱眉，将注意力从病床上移开，重新看向面前的电脑，只是再也看不进半个字。

小家伙喜欢黏着纪微甜，吃饭、睡觉都嚷嚷着要妈妈。

孩子当着秦南御的面这么叫，让纪微甜有点儿不好意思。可是纠正了几次，小家伙都睁着黑黑的大眼睛，可怜巴巴地盯着她看，看得纪微甜实在不忍心，最后只能任由他叫。

她也尝试过让秦南御跟自己的儿子沟通，但被秦南御拒绝了。

"他要是听我的话，还能让自己躺着进医院吗？"

纪微甜："……"

他的理由太充分，她无法反驳。

最后，医院的医生和护士都将纪微甜当成小家伙的亲生妈妈，纪微甜已经失去了解释的动力……

纪微甜在医院里待了一整天，到了晚上，想起自己根本没有换洗衣服，可能需要回一趟家的时候，管家出现了。

管家不仅带来了小家伙的衣服，还贴心地给她准备了一套陪护服。

贵宾病房里有独立的看护间和浴室，起居上没有太大的问题。可问题是，他们不是真的一家三口。

纪微甜抱着衣服，扭头看见坐在沙发上看文件的秦南御，犹豫着要不要让他先到外面的走廊上站半个小时，等她洗完澡再进来。话还没有说出口，她又担心秦南御不仅可能不理她，还会把她当成神经病。可如果不让他出去……当着他的面，在一墙之隔的地方洗澡，纪微甜总觉得哪里怪怪的。

"你先洗还是我先洗？"秦南御仿佛察觉到她的目光，抬头淡淡地问道。

他的眼神从她局促不安的脸上一扫而过，他像是读懂了什么，将手上的文件放到茶几上，从容地站起身，问道："需要我出去？"

"不……不用了。"

纪微甜对上他戏谑的目光，不想让自己表现得像没见过世面，于是硬着头皮拿起管家带来的换洗衣服，往浴室走。

大家都是成年人，连孩子都有了。不就是在同一个浴室洗澡吗，又不是一起洗，有什么可害羞的？

纪微甜努力做好心理建设，低着头从秦南御的面前走过。

她一进浴室，就飞快地关上门，完全没有注意到一直站在浴室门口的秦南御一动不动。

听见浴室里传来的水声，他伸手扯了扯领带，耳根微微发红。

没等纪微甜出来，他就让小家伙先睡觉，自己则拿着手机出了病房，到外面去透透气。

纪微甜洗完澡，出去透气的秦南御也回来了。两个人四目相对，齐齐愣了愣。

纪微甜用毛巾擦着头发，往旁边让了让，说："我洗好了，你现在可以洗澡了。"

"嗯。"秦南御应了一声，随手抓起沙发上的衣服就进了浴室。

纪微甜看见关上的浴室门，整个人放松下来，忽然想起另外一件很重要的事情。

贵宾病房里有专门的陪护床，床不小，可只有一张。

她如果留下来守夜，就只能跟秦南御一起睡……

这个念头刚从纪微甜的脑海里闪过，浴室的门突然从里面被打开了。

秦南御光着上身，露着结实的胸膛和完美的腹肌，腰上只围了一条浴巾。打湿的头发还滴着水，水珠滑过他棱角分明的脸庞，顺着胸口往下流……

纪微甜不自觉地咽了咽口水，回过神后，刚要骂他耍流氓，就看见秦南御像是抵挡不住她的眼神，把毛巾挂到自己的胸口上，嗓音低沉，说："我衣服没拿完。"

"哦……在哪儿？我拿给你。"纪微甜下意识地应道。

说罢，她扭头在沙发上替他找衣服。

秦南御刚想说不用，让她转过身，自己出去拿，纪微甜就已经看见了落在沙发上的东西。

她盯着那条黑色的男士内裤，眼睛里全是惊慌失措的神色。她抬头看了一眼秦南御，又低头看了一眼他的内裤，来来回回看了三次。最后，她像只受了惊的兔子，"嗖"的一下转过身，支支吾吾地说："我……我什么都没看到，你自己出来拿。"

"嗯。"秦南御应道。

听见身后的脚步声，纪微甜攥了攥手心，提醒自己淡定点儿。不就是男人的内裤吗？她是连女儿都有了的人，小场面，不要慌。

直到秦南御停在她身后，她甚至感觉到属于他身上的热气随着他们距离的缩短，一点点地传递到她的身上……

脑海里顿时又闪过秦南御刚才站在浴室门口的画面，她紧张地说："我有点儿口渴，先出去买杯饮料，一会儿就回来。"说完，她就像只小鹿一样，横冲直撞地冲出了房间。

秦南御弯腰拿起自己的东西，瞥见她消失在门边的身影，眸色暗了暗。

她很怕他？

"你把我妈妈吓跑了。"躺在病床上的小家伙翻了个身，无情地"补刀"。

秦南御："……"

少说话，没人当你是哑巴！

秦南御洗完澡，连财经杂志都看完一本了，纪微甜还没有回来。

病床上的小家伙等妈妈哄他睡觉，等到忍不住打起哈欠。

小家伙一边打哈欠，一边吐槽秦南御，有理有据地分析要不是因为秦南御，妈妈不会被吓跑，让秦南御还他妈妈。

秦南御掀起被子捂住他的嘴，从床边站起来，准备出去找纪微甜。他刚转过身，病房的门就被人从外面推开了。

纪微甜拎着两杯果汁，从门外挤了进来。

原本以为她这么晚回来，他们父子俩都睡了，猛地对上一大一小两个人的眼睛，纪微甜就像个准备盗窃而被抓了现行的小偷，被吓得差点儿举起双手。

"你们怎么还没睡？"纪微甜问。

小睿睿："等妈妈。"

秦南御指了指自己的儿子："陪他等妈妈。"

纪微甜："……"

纪微甜拎着果汁上前，把没喝过的那杯递给秦南御，转身去抱小家伙，问了小家伙喜欢的故事类型，给他讲睡前故事。

纪微甜好不容易把他哄睡着了，放到被窝里，转身的时候，看见还拎着果汁、站在她身后的秦南御，被吓得差点儿尖叫，本能地往后退。

眼看她就要撞上床沿，秦南御手疾眼快地将她拦腰抱到怀里，低头问道："怎么样？人没事吧？"

纪微甜没完全回过神，抬头呆呆地看着他，直到男人身上淡淡的沐浴露香味飘进鼻间，才猛地意识到两个人此刻亲密的姿势。她立刻从他怀里挣脱，往后退了两步，抵到床边，摇头说道："没……没事。"她想到了什么，又挑眉瞪他，"你怎么一声不吭地站在我后面？"

秦南御举了举手里的果汁，薄唇微启，问道："不是你让我帮你拿着的吗？"

她能说这是买给他的吗？她的那杯已经喝光了。

纪微甜扭头看向被丢到垃圾桶里的空杯子，又抬头看秦南御。

秦南御这个时候似乎也意识到自己误会了什么，有些意外纪微甜会给他带果汁。他愣了两秒，伸手将吸管插到杯子里喝了一口。

果汁加了糖，有点儿甜，不是他喜欢的味道。他皱了一下眉，却还是淡淡地说道："谢谢。"

纪微甜看了他一眼，撇撇嘴："不喜欢喝不用勉强，反正是搞活动，买一送一。"

秦南御微微扬起的嘴角明显放了下来，看了她一眼。

纪微甜没留意他的表情，越过他，在病房里走了一圈。确定只有一张看护床，她又走回秦南御面前，问出了那个最尴尬的问题："今晚怎么睡？"

秦南御还在纠结要不要喝手里买一送一的果汁，听见她的话，微微抬眸，下意识地"嗯"了一声。

"我是问你只有一张看护床，我们两个人怎么睡？"纪微甜以为他没听清，提高音量又问了一遍。

她原本有点儿害羞，这会儿用吼的方式问出来，反而坦然了。唯一的缺点是她的声音太大，吓到床上的小家伙了。

小家伙翻了个身，迷迷糊糊地嘟囔着找妈妈。

纪微甜连忙转身去哄病床上的小家伙，也给秦南御留了足够的反应时间。

等她重新转过头，秦南御已经将手上的果汁放了下来，薄唇微启，说："你睡看护床，我睡沙发。"

纪微甜看了一眼病房里的沙发。

不得不说，贵宾病房的条件已经很好了，可以秦南御高大的身材，如果他真的在沙发上睡，怕是腿都伸不直。

纪微甜想了想，指了一下小家伙睡的地方。

"睿睿的病床挺大的，我可以跟他睡，你睡看护床吧。"

闻言，秦南御脑海里闪过小家伙今天蹭在她怀里要"亲亲抱抱"的画面，他拧了拧眉心，刚要拒绝这个提议，纪微甜已经走到床边，脱了鞋子躺了上去。对上他不认同的表情，她小声嘟囔道："沙发太不舒服了，哪儿能睡人呀，到时候你腰酸背痛可别埋怨我。"

所以，她是因为关心他，才想跟秦默睿睡的？

鬼使神差地，秦南御没有反对，盯着她看了几秒，转身走向看护床，翻身躺了上去。

"我关灯了。"纪微甜见他躺好，提醒了一句，伸手关掉床头灯。

病房里陷入一片黑暗，只剩下浅浅的呼吸声。

秦南御认床，躺了很久都没有睡着。

相比之下，累了一天，原本就有腰伤的纪微甜一躺上去就睡着了。

均匀的呼吸声带着几分安宁传到秦南御的耳朵里，让他原本浮躁的心情慢慢平复了。

窗外月光皎洁，没有拉紧的窗帘随着风轻轻地拂动，透进丝丝月光，时不时照到病床的位置。

"嗯——"

纪微甜轻哼了声，然后传来一阵窸窸窣窣的声音，像是有人在翻身。

秦南御从看护床上坐起来，扭头看过去，一眼就看见了睡在病床边缘的纪微甜。

小家伙不只是嘴上喊着要妈妈，身体也很诚实，像一只土拨鼠一样趴在纪微甜的怀里。即使这样，他也改不掉夸张的睡姿，几乎一个人占据了大半张床。

比起秦南御要缩在这比沙发上好不了多少的看护床上，小家伙幸福了何止一点点？

秦南御更加睡不着了。

他看见纪微甜被挤得随时可能从床上掉下来，直接掀开被子，走到病床边，伸手扶了她一把。

病床虽然不小，但是睡两个人还是显得不够宽敞。

他还记得纪微甜有腰伤，她要是一不小心从床上摔下来，恐怕住院的人要从一个变成两个。

秦南御想了想，伸手将趴在她怀里的小家伙抱起来，稳稳地抱到看护床上，替小家伙盖好被子。秦南御转身走回病床前，弯腰想要给纪微甜调整一下位置，让她往里睡。他刚低下头，一阵清风从窗外吹进来，掀起了窗帘的一角，皎洁的月光洒在她的脸上，带着一层柔和的光，她姣美的容颜变得无比清晰，真实地呈现在他的面前，她的身上带着一丝栀子花香，沁人心脾。

秦南御的身体微微一僵，托起纪微甜脑袋的手顿住了。

两个人的距离很近，近到他能清楚地看见她脸颊上细碎的绒毛，还有她睡梦中时不时嘟起的嘴唇……她像个孩子一样，乖巧、恬静。

秦南御忽然想起某个小糯米团子。

要是纪微甜只有四岁，大概也会跟瑶瑶一样。

秦南御的嘴角扬了扬，他仿佛发现纪微甜睡觉的样子像个孩子是件多有趣的事情。他回过神后，将她抱起来，往床中间挪了挪。

确定她不会从床上摔下来后，他想要抽回自己的手臂，刚才还睡得好好的人突然翻了个身，将他的手臂压得严严实实。她的另一只手还摸上了他的胸口，她像是嫌他离得太远，将他使劲往怀里搂了搂，嘟囔着："睿睿，睡觉要乖……"

秦南御顿时以一种别扭的姿势半躺在病床上。

纪微甜力气很大，他越想要起身，她搂得就越紧。像是感觉到了他的抵抗，她双手抱着他还不够，一条腿也跟着压了过来！

秦南御被压得死死的，起都起不来，除非他伸手直接把纪微甜推开。可这样一来，她肯定会被弄醒。

秦南御眯了眯眼睛，最后选择放弃，任由她像只八爪鱼似的缠在他身上，自己则以一种诡异的姿势半躺在病床上。

纪微甜睡熟了，渐渐松开抱着他的手臂，往旁边挪了挪。

秦南御看了她一眼，见她面色如常，呼吸均匀，睡得很舒服。反观他自己，如果此刻面前有一面镜子，他就能看见自己憋红的脸庞、额头上沁出的薄汗，以及小心翼翼地维持同一个姿势将近一个小时的已经僵硬的身体。

这大概是他有生以来睡得最艰难的一晚。难得的是，他居然没有一脚把纪微甜端下床，而是忍到现在。

从病床上下来的时候，秦南御在床边站了好几分钟，发麻的双腿才开始恢复知觉。

他抬起头，第一眼看见的是纪微甜夸张的睡姿。

秦南御的嘴角微微抽搐。

就她这样，还好意思说他儿子睡得不乖？真的要比，她的睡姿不仅碾压了秦默睿，怕是连瑶瑶都要甘拜下风。

此刻已经是深夜，秦南御站在床边，没有一点儿睡意。他看了一眼躺在病床上抱住一个枕头的纪微甜，又扭头看了一眼睡在看护床上的小家伙，眸光微敛，拿着笔记本电脑坐到了两张床中间的椅子上，打开电脑处理文件。

他用余光瞥见床头他刚才放下的果汁，脑海里闪过纪微甜拎着两杯果汁回来，把果汁递给他的画面。他想了想，拿起果汁，又喝了一口。

雪梨汁的味道还不错，只是加了糖，显得有些甜腻。

秦南御不喜欢甜味，可不知不觉还是把一杯雪梨汁喝完了。

他将空杯子丢进垃圾桶的时候，在心里告诉自己，他只是太渴了，再来一次，这么难喝的果汁，他肯定不会喝。然后，他靠在椅背上，打开助理发给他的新邮件。

CC博士下落不明，关于"冷"的消息却不少。

他们刚刚得到消息，"冷"在黑客网上公布了一项新的程序算法，不是完整的公式，缺失了核心部分，让大家破解。

"秦总，冷似乎在进行什么实验，如果能顺利破解这个算法，或许能有机会接触冷，我们要不要试试？"助理在邮件的后面询问了秦南御的意见。

秦南御看了一眼邮件发送的时间，是三个小时前。而现在秦南御登录了助理说的那个挑战网页，主页上悬挂的题目还没有人能破解。

眼底掠过一道冷光，他将完整的题目程序导出来，开始解题。

秦南御是江城大学最优秀的毕业生，曾经"制霸"整个计算机系，后来又念了经济学和管理学。

自从他接手秦氏科技集团，规模就不断扩大，很多人只知道他"商界天才"的名号，却忘了他曾经也是计算机鬼才。

此时此刻，昏暗的病房里只有电脑屏幕发出的淡淡蓝光，蓝光照在他棱角分明的脸庞上，勾勒出完美的轮廓。

秦南御修长的手指在键盘上敲打着，因为速度太快，发出了不小的声音。睡在他右边的小家伙翻了一下身，抬起手蹭了蹭小耳朵。

秦南御挑眉看了一眼，没理他。

过了几秒钟，睡在他左边的纪微甜似乎也听见了动静，脑袋往抱在怀里的枕头上蹭了蹭。

秦南御手一顿，毫不迟疑地停了下来。

他在房间里看了一圈后，最后抱着电脑进了洗手间。他坐在马桶上，继续破解程序。

秦南御一夜无眠。

窗外渐渐透出亮色的时候，秦南御终于将程序破解了，给助理回复了邮件。

他合上电脑，走出洗手间，伸手揉了揉酸痛的脖子，抬头看见各自霸占一张床，以同样的姿势睡觉的一大一小两个人，嘴角微微抽搐。

有那么一瞬间，他觉得小家伙喜欢纪微甜不是没有道理的。世界这么大，能找到一个睡姿比自己还夸张的人，也不是件容易的事情。

从某种程度上来说，他们确实很有"母子相"。

秦南御前半夜在"体力劳动"，后半夜在脑力劳动，有些疲惫，走到沙发前，刚准备躺下来休息，想到了什么，又坐了起来。他走到床头，打了一个电话……

"嗯——"

纪微甜一觉睡得很好。

原本她以为凭她对医院的抵触，哪怕只是在医院陪护，也会因为紧张而睡不好。没想到，她一觉睡到了天亮。

醒来后，她却发现床上只有她一个人。

"睿睿。"纪微甜有些紧张地喊了一声，转身就发现了睡在看护床上的小家伙，与此同时还发现病房里多出来了一张看护床。

父子俩并排睡在一起，脸庞一模一样，让眼前这一幕变得令人惊叹。

只是……她怎么会一个人睡在病床上？

病房里能加看护床，秦南御昨天晚上怎么不说？他半夜偷偷加床，她感觉哪里怪怪的……

纪微甜还在寻思昨晚睡着后是不是发生了什么她不知道的事，病房的门突然被人从外面推开了。

护士来查房了。

看见坐在病床上的纪微甜，两个人都愣了愣。下一秒，纪微甜飞快地指着小家伙解释："生病的人不是我，是他。"

护士回过神，笑着道："我懂的，病床是比看护床睡着舒服，您老公和儿子真疼您。"

纪微甜："……"

"秦太太，那我就不打扰你们了，孩子要是有什么不适的话，您按床头铃叫我就行。"护士看了一眼小家伙，确定没事，扭头就走了。

留下一个半晌回不过神的纪微甜，嘟囔着护士刚才那句："秦太太……"

就在她说这句话的时候，秦南御醒了，听见她的声音，蓦地看向她。

纪微甜对上他的目光，吓得话都说不利索了："我……我不是那个意思，是护士刚才叫我'秦太太'……我来不及澄清就顺嘴说了一句……"

看秦南御的眼神，他大概已经把她当成想成为秦太太的人了，纪微甜讪讪地闭上嘴。

直到小家伙醒了，医生来查房，顺便通知他们孩子已经没事，随时可以出院。

纪微甜像是解放了似的，毫不犹豫地拎起包包，说："睿睿没事了的话，我就先回去了。我不能离开家太长时间，我女儿肯定想我了。"

纪微甜说完，没给秦南御反应的时间便拔腿冲出了病房。

秦南御愣在原地，看着她瞬间消失在眼前的身影，微蹙眉心。他的眼前仿佛又出现了他刚睡醒时看见的那一幕，她坐在病床上，低着头，一脸认真地嘟囔："秦太太。"

秦太太……

这三个字让秦南御的心口有种不一样的感觉，没等他回过神，换下病服的小家伙已经走到他面前，幽怨地瞅了他一眼，小声嘟囔："你又把我妈妈吓跑了。"

他那委屈的表情，像是在说："要是不把妈妈还给我，我就不出院了。"

秦南御正了正色，确定小家伙的身体已经没事，沉声说道："秦默睿，她不是你妈妈，你就算在我面前撒泼打滚儿，她也不可能变成你亲妈，你明白吗？"

从昨天到现在，他一直放任小家伙的行为，是因为他知道小家伙年纪虽然小，但心智不止四岁，在数学方面的天赋更是令人惊叹，小家伙不可能不知道，"妈妈"这两个字意味着什么。

秦南御语毕，看见小家伙突然撇了撇嘴，低下头，黑黑的大眼睛盯着自己的脚尖。小家伙的两只小手揪着衣角，头顶因为刚睡醒，竖着两撮毛，他缩着肩膀的模样，有点儿可怜。半晌，秦默睿幽幽地道说："可是我喜欢这个姨姨，她身上有妈妈的味道。"

秦南御心口一室，有些接不上话，垂眸盯着第一次没跟自己大吵大闹而是显得十分乖巧的小家伙。或许是因为在医院，又或许是因为他的身体还没有完全恢复，精致的小脸蛋儿有些苍白，他抿着唇、委屈巴巴的样子让秦南御放不出一句狠话。

最后，秦南御只能俯身把他抱起来，伸手生硬地摸了摸他的小脑袋，刚想要跟他说他还有爸爸，话还没说出口，小家伙就已经嫌弃地撇开脑袋，声音清脆地问道："为什么不能用爸爸换妈妈？我其实可以不要爸爸。"

秦南御："……"

从现在开始，你也没有爸爸了。

秦南御将怀里的臭小子丢给管家，率先往外走。

秦南御下楼办完出院手续，他的手机就响了。看见来电显示，秦南御回头看了管家一眼。

莫名其妙被瞪，管家直觉不太对，连忙抱着小家伙上车。

秦南御慢一步上车，伸手接起电话。下一秒，一道中气十足的怒吼从电话那头传来："秦南御，你眼里还有没有我这个爷爷？居然把我曾孙逼到绝食，你是魔鬼吗？"

秦南御毫不犹豫地将手机挪开，伸手揉了揉眉心，试图替自己辩解："爷爷，你听我说，事情不是你想的那样……"

秦南御的话被无视了。

电话那头的老爷子真的被气得不轻，念叨了一路，直到车子抵达秦家别墅，老爷子都没给秦南御解释的机会，劈头盖脸地把他训了一顿。

这中间，也少不了小家伙的推波助澜。

例如在秦南御安慰老爷子他的曾孙没什么事，现在已经出院了的时候，他的曾孙可怜兮兮地啜泣两声，说自己想太爷爷了……

秦默睿小朋友没有告状，没有埋怨，可是这委屈的小模样，谁受得了？

这比他抱着电话控诉秦南御还狠。

刚被秦南御安抚好的老爷子一秒钟暴走，又多训了他半个小时。气得秦南御差点儿让管家打开车门，把秦默睿踹下车。

等他们进入别墅客厅，老爷子终于骂累了，要跟自己的曾孙聊天儿。

秦南御刚要拒绝，老爷子就挂了他的电话，打了别墅的内线。

小家伙则在电话铃声响起的那一刻，迅速跑到座机前接起电话。小家伙端着乖巧的表情，跟老爷子汇报自己的情况。瞥见秦南御上楼了，小家伙开始告状："太爷爷，爸爸不让我吃炸鸡，还不让我出门找小妹妹玩。"这个他真的不能忍。

"他嘲笑我，说我蠢，还说我怎么不把自己饿死算了。"然后小家伙就差点儿真的把自己饿死了。

"他不给我找妈妈，我自己找了一个妈妈，他晚上睡觉的时候跟我抢妈妈，第二天还把我妈妈吓走了。"他从未见过如此厚颜无耻之人！

"太爷爷，我想要妈妈和小妹妹……"

小家伙越说越委屈，越说越伤心，"哇"的一下哭出了声。

这一哭，可把老爷子的心都哭疼了。老爷子扭头就吩咐身边的人订机票，他要马上回国，给自己的曾孙撑腰！

书房里。

秦南御刚处理了几份文件，收到消息，错愕地抬眸。

"你说什么？我爷爷要回国？"

"是，老爷子的态度很坚决，说他马上就要回国，否则从今天开始就不吃药、不配合治疗了。"管家将老爷子的话原封不动地传达给秦南御。

"胡闹！"秦南御声音一沉，从书桌前站起来。

他爷爷有心脏病，刚做了心脏搭桥手术，需要静养，不能受刺激。

老爷子这个时候回国，不是拿命开玩笑吗？

秦南御扯了扯领带，让自己喘口气，冷静下来，说道："你去问爷爷，他到底想做什么，只要他开出条件，我都答应他。"

管家像是早就料到了秦南御的反应，说道："老爷子说了，要他不回来，除非你给小少爷找个妈妈。"

"爷爷想干什么？又帮我安排相亲？"

秦南御一阵窒息，直接把领带扯了下来，扭头看向管家："我以为他已经很清楚，感情的事情勉强不来。"

"御少放心，老爷子说了，如果你不同意，他不会再贸然骗你去相亲。"管家一板一眼地回答。

秦南御一怔，紧眯双眸："那他要我给秦默睿找个妈妈，是什么意思？"

"老爷子让我告诉你，这一次，他不会逼你相亲，也不会再强迫你跟小少爷培养父子感情，至于用什么办法替小少爷找妈妈，等他想好了会告诉你，就问你愿不愿意答应他的条件。"

语毕，管家看了陷入沉默的秦南御一眼，也不着急逼他答应，只是随手把医生刚发来的体检报告递给他，顺嘴说道："御少，老爷子年纪大了，他的身体状况一直不太好。虽然医生说手术很成功，但是他还能扛几年，谁也不知道。老爷子放不下你跟小少爷，你就当是哄老人家开心，老爷子不至于为了曾孙，把自己的亲孙子卖了的。"

秦南御挑眉，以他爷爷的性子，还真难说。

他爷爷有了曾孙，孙子还算什么？改天他要是有了曾孙女，恐怕连曾孙都得靠边站。

秦南御冷笑着接过管家递给他的体检报告，看见上面的各项身体指标后，表情忽然变得凝重。

良久，他点头答应了老爷子的条件。

等管家离开后，他走回书桌前坐下来，耳边一遍遍地回响着管家刚才说的话。

他要给他儿子找一个妈妈……妈妈……

秦南御眸光一敛，眼前仿佛出现了纪微甜坐在病床上，抱着小家伙轻轻拍着背，哄他睡觉的模样。

"我喜欢这个姨姨，她身上有妈妈的味道。"

小家伙的话重新响在他的脑海中。

那么他呢？他对纪微甜……反应过来自己在想什么，秦南御猛地回过神。

他是疯了吗？他居然想着让一个害人精当他儿子的妈妈，一定是昨天晚上没睡，累昏头了。

秦南御甩甩头，合上面前的文件，快步走回房间补觉。

第九章

命运总会眷顾善良的人

纪微甜头也不回地离开之后，在路边拦了一辆计程车回家。纪微甜在楼下买了两份早餐，还买了小糯米团子最爱的小蛋糕，拎着上楼，打算等女儿睡醒之后，给她一个惊喜。

结果纪微甜刚打开门就看见小糯米团子正抱着肥肥，穿着可爱的小黄鸭睡衣，坐在沙发上等她。

纪星瑶小朋友粉雕玉琢的小脸蛋儿上，表情严肃得像是打算当庭宣判纪微甜死刑的法官。

就连纪微甜故意举起手里拎着的小蛋糕，试图讨她欢心，都被她无视了。

纪微甜心虚地晃了晃手里的钥匙，小心翼翼地开口："我这次带钥匙出门了，是不是很棒？"

"可是你昨天忘了回家。"沙发上的小糯米团子鼓起腮帮子，将怀里的猫拎起来，奶声奶气地说道，"肥肥，你看见了吗？我妈咪很不乖，所以我不爱她了，你不能像她这样，不然你也会失去我这个小可爱，知道吗？"

软萌小公主秒变一家之主，在线教育亲妈。

纪微甜把早餐和蛋糕都放下来，坐到沙发上，往女儿身边蹭，学着肥肥的神态替自己解释："昨天有个跟你一样大的小朋友生病了，妈咪留在医

· 234 ·

院帮忙照顾了一下，妈咪给外公外婆打了电话，不是故意不回家。让我们的瑶瑶小宝贝担心了，对不起。"

纪微甜说着还举起自己的两只手，放在耳边学了两声猫叫，讨好意味十足。

小糯米团子这才扭头看了她一眼，抿了抿小唇瓣："真的吗？"

"我发誓，绝对是真的，而且那个小朋友还是一个很聪明的小哥哥，你不是一直想要一个哥哥吗？你要是看见了，肯定会很喜欢他。"纪微甜飞快地接话，趁机伸手把女儿抱到怀里，搂着女儿软软的小身子，忍不住亲了亲她的脸颊。

一晚上没见，不只小糯米团子想她，她也想小糯米团子了。

"我也认识一个长得很好看还很有钱的小哥哥，就是不太聪明，明明是个小哭包，还说要保护我。"小糯米团子从纪微甜怀里抬起头，漂亮的大眼睛眨巴眨巴，透着"小媒婆"的光芒，"就是我新爸爸家的小哥哥，我新爸爸长得好看，小哥哥也长得好看。"

纪微甜：又来了。

纪微甜应付了两句，开始找借口结束这个话题，抱着小糯米团子到餐桌上吃早餐。

吃饱喝足，纪微甜没有急着去实验室。她记得秦南御昨天知道她要留下来照顾睿睿时，已经替她请过假，她正好借着今天整理自己最近一段时间的实验结果。

沉浸在工作中的纪微甜并没有留意到，原本坐在椅子上玩猫的小糯米团子不知道什么时候从椅子上滑了下去。

纪星瑶小朋友跑进了自己的房间，拿出自己的小本子，趴在桌子上涂涂画画，不知道在算什么。

算着算着，她的脸上突然露出了震惊的表情，她像是不敢相信自己算出来的结果，嘟囔了一句"怎么不对？"，然后又算了一遍。最后，她发现结果还是一样，于是小脸黑了，"嗖"的一下抬起头问纪微甜："妈咪，你这个月的假期，怎么突然没有了？"

她排好的相亲日子全变成了工作日！

小糯米团子错愕地举着小本本，开始兴师问罪。

纪微甜正在统计实验数据，听见她的声音，顿时一阵心虚，支支吾吾地说道："这个月情况特殊，之前我受伤请了几天假，后面肯定要加班补回来……"

她总不能说是自己主动要求加班的吧？

见小糯米团子不高兴了，纪微甜忙不迭地放低姿态，说："要不，咱们等下个月？下个月我肯定努力留时间跟你的新爸爸相亲。"

"妈咪，你的表情告诉我，你是故意的。"小糯米团子一针见血地说道。

眼看谎言要被拆穿，纪微甜的手机响了，她想也不想就接了起来。

"Cindy，你让我上传到黑客网的程序，有人破解了！"冷简的声音从电话里传来。

纪微甜一时没回过神，怔了怔，下意识地问："花了多长时间？"

"这就是我特意给你打这个电话的原因，根据我发布的程序的页面显示，这个人进入页面的时间是凌晨两点四十分，程序破解时间是凌晨三点三十分，也就是说，他只花了五十分钟。"

接下来，这个人还在页面里停留了将近三个小时，直到天快亮的时候才退出页面，目的是追查冷简发布程序的源 IP 地址，一直追到他设置的最后一道防火墙。

如果不是冷简早有准备，用了多重伪装，怕是这个时候已经被人发现了。

"我敢肯定，对方是个计算机方面的高手。"冷简眯了眯眼睛，眼底迸发出纪微甜看不见的冷光。

那是男人在遇见旗鼓相当的对手时激发出的胜负欲。

"跟你比，那个人能赢吗？"纪微甜抿了抿唇，接着问道。

她跟冷简认识很多年了，是最清楚冷简实力的人。

能让他这么重视的人，应该不是普通人，只是她想知道这个人到底不普通到什么程度。

"没有正面交手，我很难说，但是从对方展示出来的实力来看，这个人不容小觑。"冷简声音低沉，表情也有些严肃。

他在拿到纪微甜设置的题目之后，试图破解过，当时他花的时间是一个半小时，几乎是对方的两倍。

可对方在追踪他的时候，却没能突破他设置的障碍，这说明在某种程度上，他们互有优势。

单就目前的情况来说，看不出谁更胜一筹。

"那就再试试他的水平，给我一点儿时间，我再给你发一道新的题目。"纪微甜笑眯眯地说道。

仿佛她嘴里的"题目"只是一加一等于二这样简单的计算题，而不是难度极高、万里挑一的人才能算出来的"烧脑题"。

听见她轻松的语气，冷简的神色也有所缓和，语气平静地说道："随你。"

挂了电话，纪微甜正想着接下来要设置什么样的题目，等她重新坐到椅子上时，一抬头，突然发现对面没人了。

纪微甜吓得一激灵，连忙把手机放下，扭头到房间里去找纪星瑶。

她找了一圈，发现不只纪星瑶不见了，连肥肥也不见了……

小糯米团子再一次生气地"携猫出走"，这一次连招呼都没跟她打，估计是被气狠了。

纪微甜哪里还敢耽误，抓起钥匙就去找小糯米团子。

纪微甜一路跟着定位走，最后发现跟到了她养父母的小吃店门口，刚要进去，忽然发现路边停着一辆车，车牌号有点儿眼熟。

没等她反应过来，已经听见小吃店里传来一道熟悉的声音。她抬起头，看见坐在店里的纪墨峰和苏素媚，猛地缩紧瞳孔！

他们来这里做什么？

"呦，微甜也来了？"苏素媚最先发现纪微甜，笑得一脸谄媚的表情，招呼道。

她半点儿长辈的架子都没有，主动走上前，要拉纪微甜的手。

纪微甜避开了她的触碰，面无表情地往店里走，径直走到纪墨峰面前。

"你们怎么会来这里？"

"看见长辈，你连问候都不会吗？"纪墨峰对上她的目光，表情忽然变得阴沉，呵斥道。

他那高高在上的样子，哪里像个长辈？他更像个来巡视疆土的君王。

看看他们现在的架势，这是在她养父母的店里，可坐在椅子上的人是纪墨峰跟苏素媚，她养父母进进出出地给他们端茶倒水，还得小心翼翼地伺候他们……

纪微甜心里憋着一股气，只想把这两个人轰出去！

可她还来不及开口，站在一旁的沈义献已经拉了她一把："甜甜，这是你爸爸，你不能这么跟他说话。"

林慈也附和道："是呀，他们难得来看你，你好好陪他们说说话，都是一家人。"

"爸，妈！"纪微甜不认同地拧眉。

沈义献和林慈同时冲着她摇了摇头，像是在说：没关系，他们不委屈，平白捡了一个这么好的女儿，只要纪家人不跟他们抢孩子，他们什么都不在乎。

这让纪微甜的胸口像挨了一记闷拳，她憋屈又说不出话。

"微甜，你别跟你爸爸计较，毕竟是亲生父女，你爸爸会来，也是因为关心你。"苏素媚在一旁有意无意地提醒，"我们之前给你打了这么多电话让你回家一趟，你都不肯。你爸爸见不到你，担心你过得不好，所以才想着过来看望你，毕竟血浓于水。"

"亲生父女""血浓于水"这样的词，听到沈义献和林慈的耳朵里，像是在他们的心口上扎刀子，时时刻刻提醒着他们要对纪家人感恩戴德，他们这辈子有子孙福都是纪家的功劳。

纪微甜瞥见她养父母的脸色不好，眸色暗了暗，语气变得强硬："你们到底来做什么？有话就直说，我失踪了这么多年，纪家人都没有想过要找我，现在突然跟我说什么父女情深，也不怕说话闪了舌头？"

"妈咪说得对！"一直趴在桌子上用双手托腮看戏的小糯米团子突然兴奋地鼓起掌来。

"啪啪啪"的掌声，像是打在纪墨峰和苏素媚的脸上，两个人的脸色齐刷刷地变得很难看。

"微甜，你不尊重我就算了，墨峰是你的亲生爸爸，你怎么能这么跟他说话？"苏素媚趁机挑拨。

苏素媚瞥见纪墨峰的脸色变得更难看了，刚要加大火力，发现纪微甜压根儿没理她。

纪微甜只是淡淡地说道："我记得我已经年满十八周岁，有独立的民事行为能力，用不着你们担心。你们若真的当我是纪家的女儿，就少来打扰我的生活，我替我全家谢谢你们。"

"你——"苏素媚一口气呛得上不去下不来，见纪微甜压根儿没把她放在眼里，就将炮火对准沈义献和林慈，"是你们，对不对？纪家把女儿交给你们养，你们就是这么教育她的？你们把她教得这么六亲不认，当面忤逆自己的亲生父亲，让长辈难堪，你们就不怕遭报应吗？"

沈义献和林慈面对这样的指责，脸色顿时苍白如纸。

"不是的，我们没有……"林慈一开口，纪微甜就已经拦在了她的面前："妈，你跟她说那么多做什么？我可以告诉你们，我已经长大了，有自己的想法。你们不用担心什么，我是你们养大的孩子，在我心里，你们才是我的亲生父母……"

"你别说了！"林慈打断了纪微甜的话，伸手挽了她的手臂一把，有些着急地说道，"这是你的亲生父亲，你这么说话，以后是要被人戳脊梁骨的！我不许你胡说！"

"我不在乎。"纪微甜想也不想地说道。

"可是我跟你爸爸在乎！"林慈紧紧抓着纪微甜的手，眼眶有些红，"甜甜，你还年轻，不知道人言可畏。听我们的话，别吵了，有什么事好好商量，就当是为了我跟你爸爸，好好跟纪总说话。"

纪微甜抬头看向沈义献，他的眼眶也有些红，像是觉得自己拖累了孩子，沉默着。

在苏素媚指责他们的第一时间里，憨厚的老人家已经把瑶瑶护在身后，担心会吓着自己的外孙女。

这一幕，看得纪微甜有些鼻子发酸。

养父母观念传统，纪微甜一时半会儿改变不了。可是两个老人家一心一意为了自己的女儿和外孙女着想，她不想让他们难过。

她深吸一口气，平复自己的心情，扭头看向纪墨峰，问道："你们今天来，到底要做什么？"

无事不登三宝殿，纪家人哪一次找她不是带着目的？

纪微甜要是真的相信他们嘴里那套关心她的说辞，就是她脑子坏了。

"你这是什么眼神？我一个做父亲的，来看看自己的女儿还不行吗？"纪墨峰从椅子上站起来，沉声说道。

自始至终，他除了最开始的一句话，一直没再说什么。

纪微甜想了想，叫了一声"爸"。

只有一个字，纪墨峰脸上的怒气顿时消散了些，表情也没有刚才那么强势和僵硬了。

苏素媚注意到了这一点，想要说什么，又忍住了，反而走到纪墨峰身边，伸手挽住他的手臂，扭头看向纪微甜："微甜，不管你信不信，你爸爸心里都是有你的，你就不要再伤他的心了。"

纪微甜皱了皱眉，没接话。

倒是林慈回过神，忙不迭地开口："都是一家人，大家和和气气的就好。"

苏素媚跟着笑了，说："是呀，说起来，我们也是一家人，何必一见面就弄得剑拔弩张？其实我出门前就吩咐了管家，准备上好的食材，想着邀请你们去纪家吃顿便饭，也不知道你们愿不愿意？"

"我们……都去？"林慈愣了愣，有些迟疑地转身看老伴儿。

两个人对视了一眼，又不约而同地看向纪微甜。

"怎么了，吃顿饭而已，也不行吗？"苏素媚故作惊讶地问。

纪微甜刚要拒绝，林慈已经拉住她，沈义献也抢在她前面开口："可以是可以，只是我们夫妻俩没什么文化，也没见过什么世面，怕到纪家会给你们添麻烦。"

"你们太客气了，你们抚养微甜长大，这份人情，我们是记在心里的。以前是墨峰太忙，顾不上。这不，现在一有时间，我就想着两家聚聚，多联络一下感情，熟悉了，自然就没有误会了。"苏素媚笑吟吟地走上前，握住林慈的手，"你说是不是？"

"是，你说得是……"

纪微甜全程没有拒绝的机会。

苏素媚很懂怎么抓她的软肋，一直用道德绑架沈义献和林慈。沈义献和林慈答应了去纪家，纪微甜也只能抱着小糯米团子跟着他们。

一路上，车子里全是苏素媚的声音。她就像只花蝴蝶似的，满场找话题聊。

沈义献和林慈拘谨地坐在车子里，也不敢随便接话，害怕说错什么，给女儿丢脸，只在苏素媚追问的时候，勉强应付一两句。

倒是趴在纪微甜怀里的小糯米团子抱着猫，嘟了嘟小嘴，说道："吵死了。"

她的声音不大不小，刚好能让一整车人听见。

苏素媚面上挂不住，想要发作，但对着一个四岁的孩子，又显得她太小肚鸡肠。

说也不是，不说也不是，最后她很有心机地提了一句："这孩子真是活泼，只是这伶牙俐齿的，跟咱们微甜不太像，也不知道像谁。"

孩子不是像妈妈就是像爸爸，可谁都知道，纪微甜是未婚先孕。

苏素媚这句话等于提醒了所有人，纪星瑶生父不详。

小糯米团子不高兴了，仰起粉雕玉琢的小脸蛋儿，鼓了鼓腮帮子，把猫放下来。她刚要让肥肥去咬苏素媚，突然听见纪墨峰呵斥了一句："瑶瑶只有四岁，你也只有四岁吗？不会说话就少说两句，没人当你是哑巴！"

瞥见苏素媚瞬间变得有些难看的脸，小糯米团子这才满意地按住肥肥准备扑出去的身子。她重新把猫抱起来，趴回纪微甜的怀里睡觉。

车子很快抵达纪家别墅。

纪微甜刚下车，她的手机就响了。她低头看了一眼，是秦南御发来的短信，问她在哪里。

想起今天早上两个人分开时尴尬的场景，纪微甜看了一眼信息，莫名其妙地心虚了一阵，把手机塞回口袋，没回。

谁知道她刚无视了秦南御的短信，他的电话紧跟着就来了。

纪微甜一紧张，就把他的电话挂了。回过神，她咬了咬唇，在回他电话和短信之间，选择了回短信。

她告诉秦南御她在纪家别墅，然后弯腰抱起小糯米团子，进了纪家别墅。

沈义献和林慈是第二次来纪家，第一次来的时候，是来求纪家人不要跟他们抢女儿……虽然过去了好一阵，但一踏进纪家别墅，迎面而来的压迫感还是让他们有些不自在。

苏素媚适时上前，摆出女主人的姿态，笑着开口："都先坐吧，马上就可以开饭了。"

沈义献和林慈有些拘谨，犹豫着，没有坐下来。

苏素媚漂亮的丹凤眼眯了眯，想起了什么，说道："我好像忘了，你们这是第二次来纪家吧？不然这样，我让管家带你们参观一下吧？"

沈义献和林慈看了一眼纪微甜，她朝他们点了点头，他们这才答应，跟着管家离开。

纪微甜将怀里的小糯米团子放到沙发上，冷冷地转过身："有什么话就说吧。"

自从上次宴会结束，纪微甜跟纪家人就再也没有来往。

纪墨峰和苏素媚突然这么殷勤，又是去看望她，又是请他们全家来纪家聚餐，纪微甜心里早就做好了准备。

现在她的养父母不在，她也不用跟纪家的人拐弯抹角。

"微甜，你这是什么语气？我跟你爸爸让你们来纪家，真的是因为关心，你如果把我们当成居心叵测的人来猜忌，真的会伤你爸爸的心……"

"我在跟我爸说话，你插什么嘴？"纪微甜瞥了苏素媚一眼，冷漠地打断她的话。

在她眼里，纪家唯一跟她有关系的人就是纪墨峰，那点儿关系也仅限于血缘关系。

"你……我好歹是你的长辈……"苏素媚被讥讽了一句，顿时觉得委屈，看向纪墨峰，"都说后妈难当，我看我还是别说话好。"

纪墨峰的眸色变得很深，他板着脸看向纪微甜，将她脸上的不羁表情收入眼中。他的脑海里闪现出另一道人影，曾经，他们发生争执的时候，她也是这样桀骜不驯地看着他，像是在嘲笑他不懂她的世界……

同样的表情在两个人身上出现，像是将纪墨峰拉回到了二十多年前。如果当时他能控制自己的脾气，一切是不是就会变得不一样？

纪墨峰晃了晃神儿，等意识到自己在想什么时，紧蹙眉心，扭头看了苏素媚一眼，训斥道："别动不动就哭哭啼啼的，你不烦，我都烦了。"

"还好纪家还有你懂我……我……"苏素媚听清纪墨峰说的是什么后，猛地一噎，难以置信地眨了眨眼睛。

以往她只要故意激怒纪微甜，让纪微甜骂她，纪墨峰就会站在她这边。

这次她也以为会这样，没想到纪墨峰会骂她。

苏素媚被纪墨峰呵斥了一句，眼眶真的红了，闷着坐在一旁，怨恨地瞪了纪微甜一眼。

看见她不舒服，纪微甜舒服了，连带着对纪墨峰的态度都变得好了一些。她从容地坐到沙发上，伸手端起水杯喝了一口，又喂小糯米团子喝了一口。

这时，她听见纪墨峰问道："那天从家里的宴会上把你带走的人，是秦南御？"

纪微甜微微一怔，挑眉看向纪墨峰。听见他这句话，她像是忽然明白过来纪家人怎么会突然找上门。

"嘀嘀！"纪微甜的手机恰好在这个时候响了。

她低头看了一眼手机，看见是冷简发来的信息，她的嘴角勾起一抹嘲讽的笑容。

信息里写道："已经帮你查过了，纪家前段时间的投资出了问题，融资失败，资金链断裂，正在寻求愿意给他们提供资金援助的大集团。在T市，最有实力帮纪家又有合作空间的集团，应该就是秦氏科技集团。"

从看见纪墨峰和苏素媚找上门时起，纪微甜就已经想到了他们别有目的，只是没有想到他们的目标是秦南御。

现在听见纪墨峰的话，纪微甜眨了眨眼睛，淡淡地说道："是。"

秦南御出现在纪家的宴会上已经是众所周知的事情，他从宴会上带走纪微甜也是在众目睽睽之下做的事，纪微甜没必要否认。

她只是在看见纪墨峰露出欣喜的神态，甚至连苏素媚的眼色都变了的时候，淡淡地补充道："秦氏科技集团跟江城大学最近有合作项目，我是项目联络人，他只是来喊我回去加班的。"

纪墨峰："……"

苏素媚："……"

"他是一个喜欢压榨员工又冷酷无情的老板，谁要是认识他，就是谁倒霉。"纪微甜瞥见两个人心存希冀、还想问什么的表情，加大力度"黑"秦南御，"听说他的性取向也有问题，不喜欢女人，所以这么多年一直单身。实验室里本来还有一个女成员，前不久被他赶走了，你们说这个人是不是有毛病？"

眼看着纪墨峰和苏素媚的最后一点儿希望破灭，纪微甜差点儿笑出声。

此时此刻，还能说出话的人也就剩她身边的小糯米团子了。

听见"秦南御"三个字，纪星瑶小朋友粉雕玉琢的小脸蛋儿一扬，眼睛都变成了星星眼。

她最爱的新爸爸！

小糯米团子刚要说什么，听见纪微甜一连串诋毁她新爸爸的话，气得腮帮子都鼓了起来。纪星瑶小朋友扯着纪微甜的衣袖，当场就要跟纪微甜讨论秦南御有没有毛病这个问题。

纪微甜猛地想起来，小糯米团子是秦南御的"颜粉"。

之前小糯米团子还天天抱着印着秦南御的杂志睡觉，最近有了一个"新爸爸"，转移了目标，倒是没再提秦南御，只是天天喊着自己的新爸爸。纪微甜都差点儿忘了这些事。

见她情绪这么激动，纪微甜连忙用只有她们两个人能听见的声音安抚她："妈咪知道秦南御是你的偶像，妈咪跟你道歉。今天情况特殊，咱们先一致对外好吗？"

"好吧。"小糯米团子闷闷不乐地答应。

纪星瑶小朋友抱着肥肥继续看纪微甜表演，心里默默地反驳纪微甜的话。

她的新爸爸才不是冷酷无情的老板，对她可好了！

新爸爸长得又帅，又有钱，家里还有一个蠢萌蠢萌的小哥哥……简直就是完美爸爸！

"所以，你跟御少根本不熟？"苏素媚从震惊中回过神，意味深长地看了纪微甜一眼。她刚才还忌惮纪微甜跟秦南御的关系，没敢真的跟纪微甜计较。

现在看来，她完全是多虑了。

秦南御是什么人物？怎么可能看上纪微甜这种未婚先孕还带着一个"拖油瓶"的女人！

纪微甜正忙着跟秦南御撇清关系，听见苏素媚的话，难得没给她脸色看，还耐心地解释："我们见过一两次，都算不上认识。平时来我们学校接洽工作的人基本上是他的助理，秦南御哪儿有这么闲，天天往大学跑？"

闻言，纪墨峰的脸色变得不那么好看了，他像是对纪微甜的回答很失望。

苏素媚在失望的同时，心里多了一丝痛快！

她就说，哪儿有男人会放着他们纪家清清白白的女儿不要，去要一个被市井小民养大的女儿，这不是让上流社会的人看笑话吗？

既然纪微甜跟秦南御没关系，那就成不了她的威胁，她正好可以趁这次机会……

苏素媚眼底掠过一抹幽光，扭头看向纪墨峰，说道："我早就说过了，微甜从小不在纪家长大，这消息瞒得住别人，瞒不住御少，你非不信。"苏素媚一屁股坐到纪墨峰身边，伸手挽住他的胳膊，"别的事也就算了，这次关系着纪家公司的存亡，你当初费了这么多心思替微甜办宴会，也该是她回报纪家的时候了。我看上次宴会结束，对她感兴趣的公子哥儿不在少数，咱们找一个靠谱的人谈婚事，不仅帮了纪家，也帮微甜解决了终身大事，你说是不是？"

纪墨峰看了她一眼，将目光缓缓移到纪微甜身上，说道："你跟秦南御……"

"真的不熟！"纪微甜直接回道。

纪墨峰还想说什么，突然听见楼上传来一道巨响。紧接着，纪开穗匆匆忙忙地跑下来，惊慌地道："爸爸，不好了，他们……他们弄坏了你收藏的画！"

纪墨峰有收藏的爱好，每隔一段时间就会买一些藏品回来放着。别的东西也就算了，他收藏的画大多是价值连城、有价无市的。

听见纪开穗的话，他立刻从沙发上站起来，往楼上走。

纪微甜听见纪家的画被弄坏跟她养父母有关，眼神忽然变了。

纪微甜抬头看了纪开穗一眼，从她脸上看不出什么，只能先跟着纪墨峰上楼。走到二楼的楼梯口，纪微甜看见她养父母惊慌失措地站在书房门口，急得像没头的苍蝇。

纪微甜走上前喊了一声，看见她，林慈立刻跑上来，紧紧地抓住她的手："甜甜，不是我们，我跟你爸爸都没有碰到那幅画……"

纪微甜抱住她，抬头看向书房。

靠近门口的位置，一幅水墨画掉在地上，画框上的玻璃碎了，画被划出了一道痕。

上好的画作算是废了。

纪墨峰此时正蹲在地上，小心翼翼地拨开画作上的碎玻璃，脸色阴沉到了极点。

"都说市井小民做事没担当，原来我还不信，现在我倒是不得不信了。"纪开穗提着裙摆，从楼下上来，站在苏素媚身后，鄙夷地打量着沈义献和林慈。

"爸，我是亲眼看见他们弄坏你的画的。你要是不信，可以问管家，他就是人证！"

"不是的，不是这样的……我们根本没碰到那幅画……"林慈变得更加惊慌，见纪家的人不信他们，只能看着自己的女儿。

"妈，没事，你别着急，一幅画而已。"纪微甜拍着她的手背，安慰道。

林慈的神色刚缓了缓，纪开穗就已经在旁边嗤笑道："说得可真轻巧，'一幅画而已'，你知道这幅画值多少钱吗？怕是卖了你们全家都赔不起！"

闻言，林慈的脸色"唰"的一下变得苍白，眼眶也红了。

他们原本跟着管家参观别墅，并没打算进书房，担心万一有什么商业机密，是纪家二小姐跟他们说书房里有很多好看的东西，一定要让他们进来看看。

他们本想拒绝，但怕伤了情面，才会过来看看，没想到会发生这样的意外。

可他们真的没有碰这些画，别说是这些画，纪家别墅里的东西他们一样都不敢碰，就是走马观花地看看。

现在面对纪开穗的指控，他们百口莫辩！

"你们也不要这么激动，弄坏了就弄坏了，我们又没有让你们赔，知道你们赔不起。"苏素媚淡淡地说道，轻蔑的语气比起纪开穗的话更加羞辱人。

软刀子诛心，当下就让沈义献和林慈羞愤得憋红了脸。

他们虽然穷，但是人穷志不短，他们也是有骨气的！是他们做的就是他们做的，不是他们做的就不是他们做的，不能任由纪家人胡说八道。

沈义献憨厚的脸上闪过一丝决绝的神色，咬咬牙，说道："甜甜，你妈妈说的是实话，我们真的没有碰到那幅画。我们也不知道怎么回事，画突然就掉了，然后纪家二小姐就指着我们说是我们弄坏的。"

"当时书房里就我们几个人，我跟管家一直站在一起，你们走到画前面，画才掉到地上的，不是你们弄坏的，难不成还是我弄坏的吗？"纪开穗双手叉腰，理直气壮地说道。

她的嘴里还不干不净地嘀咕，说什么纪家看得起他们，请他们来吃饭，没想到好心没好报。她还猜测沈义献和林慈见钱眼开，想要偷纪家的画，情急之下才把画弄坏的……

如果说纪开穗前面的话只是在争论事情，那么后面这些话就是实打实的人格羞辱了。

沈义献和林慈都是老实人，从来没有遇见过这么不讲理的人，又急又气，指着纪开穗，气得声音都在颤抖，说道："你们有钱也不能这么羞辱人！"

"那你们有证据证明画不是你们弄坏的吗？"纪开穗双手抱胸，得理不饶人地说道。

她就是看不惯纪微甜从小在市井长大，在她面前还像公主般高傲的模样。

纪微甜不是宝贝这两个没见过世面的乡巴佬吗？她非要让纪微甜难受。
两个贼养大的女儿是什么？小毛贼？
看纪微甜以后还怎么有脸跟她抢男人，在她面前横！

"书房这么重要的地方，应该有监控吧？"纪微甜眯了眯眼，没找管家，而是冷冷地开口。

纪开穗既然敢把管家推出来，那么管家就一定是她的人。当着纪开穗的面，管家不可能不帮她说话。

纪微甜没给管家诬蔑她养父母的机会，而是抓了一个纪墨峰一时都没有想起来的重点。

书房不比其他地方，里面除了昂贵的收藏品，还有很多商业文件，纪墨峰这么谨慎的人，当然装了监控！

听见纪微甜的话，纪墨峰放下手里确定已经作废的画，扭头吩咐管家："去把书房的监控调出来。"

"墨峰，我看没必要吧？"苏素媚这时候说话了，摆出一副和事佬的模样，替两边打圆场，"画都已经坏了，再追究下去也没有太大的意义，他们赔不起，反而闹得更难看……我的意思是，不如就算了吧？"

看似苏素媚在打圆场，实则在嘲讽纪微甜不自量力。

"谁说我们赔不起？"纪微甜的嘴角噙着一抹似笑非笑的弧度，她走到苏素媚面前，一字一顿地说道，"只要能证明这幅画的损坏跟我爸妈有关，我会一分不少地赔给纪家；可如果有人刻意动了手脚，想要诬蔑我爸妈，我会立刻告她诽谤！"

纪微甜的气场完全把苏素媚镇住了，她眯了眯漂亮的丹凤眼，一时忘了接话，倒是她身后的纪开穗，满是讥讽地开口："少吹牛了，你赔得起吗？"

纪微甜用余光瞥了她一眼："我说了能赔就会赔，你这么害怕调监控，在心虚什么？"

"我哪儿心虚了？我只是怕你把话说得太满，之后做不到，被打脸。"纪开穗当着众人的面信誓旦旦地反击。

纪微甜等的就是她这句话，当即扭头看向管家："既然大家都没意见，你还不去调监控吗？"

管家怔了怔，回过神，忙不迭地往监控室跑。没过多久，管家带着结果回来了："纪总，查过了，书房里的两个摄像头都没有拍到画是怎么损坏的，唯一能拍到的摄像头三天前就坏了，所以……"

现在死无对证。

管家话都没有说完，大家就听出了他的意思。

纪开穗顿时变得神气起来："没有监控，我们还有人证呀！我跟管家都是亲眼看见他们靠近画之后，画就掉下来摔坏了的，地上的画框大家也都看见了。人证、物证都有，纪微甜，你还有什么话说？"

"这么巧，三台监控器，偏偏就坏了那一台。"纪微甜嘴角的笑意变得嘲讽，她打量了一眼得意扬扬的纪开穗。

纪微甜是由养父母一手拉扯大的，太清楚养父母的性格。他们虽然没什么文化，但活得很坦荡，不会因为害怕承担责任就否认自己做过的事。

他们既然说画掉在地上跟他们没关系，肯定就没关系，倒是纪开穗……

纪微甜从让管家去调监控开始，就一直注意着纪开穗的神态，见纪开穗脸上没有半点儿惊慌，反而一副胜券在握的模样，她心里大概已经有了几分猜测。

再听见管家说监控坏了，她立刻就明白纪开穗为什么会这么淡定了。看来，他们从踏进纪家别墅起，就已经进了别人的圈套。

摄像头三天前就坏了……怕是纪开穗故意抓着这个空当，算计她养父母。

纪微甜敛起眸，没有第一时间开口说话，而是进了书房，观察三个摄像头的位置。

纪微甜打量一圈之后，嘴角勾起一丝不经意的笑。她指着最靠角落的一个摄像头问："这台机器应该是好的吧？"

"是好的，但是这个位置的监控拍不到靠近门口的画面。"管家在一旁解释道。

"拍不到门口没关系，它能拍到书柜就行。"纪微甜转身走回沈义献和林慈面前，握住他们的手，安抚道，"爸、妈，别慌，我能证明你们的清白！"

"管家不是说监控拍不到吗？书柜离门口很远……"沈义献和林慈有些不放心。

纪微甜微微一笑，说："书柜上有玻璃门，玻璃有折射作用，如果镜头能够拍到书柜，那么根据书柜的位置，最中间的那扇玻璃门对准的位置，就是那幅画的位置。"

只要放大书柜玻璃门上的画面，就能看见在画掉到地上前发生了什么。

纪微甜说完，纪开穗和管家的脸色齐刷刷地变了！

"纪总，咱们别墅里没有会倒腾这个的人，又要放大监控视频，又要保证分辨率和清晰度……这怕是要专业的人才会弄。"管家回过神，连忙扭头看向纪墨峰。

纪开穗也紧跟着说道："我妈都已经说了，知道你们穷，不会让你们赔。你们好好地道个歉认错不行吗？闹到最后，对你们有什么好处？"

"闹到最后对我有没有好处我不知道，但是对你，绝对没好处！"纪微甜一字一顿地说。她越过管家和纪开穗，走到纪墨峰面前，"你们不用去找人，把监控视频交给我，我来处理。"

纪墨峰疑惑地说："你行吗？"

纪微甜轻描淡写地回道："试试就知道了。"

纪微甜当着所有人的面，轻松将监控画面放大，柜上的玻璃清晰地显示出沈氏夫妇在走到山水画之前，纪开穗伸手抬了一下画框，在画框明显摇晃时，她抽身走了，碰巧慢一步走到那幅画前面的沈氏夫妇成了替罪羊。

实际上，他们连那幅画都没来得及抬头看，也完全没接触那幅画……

真正弄坏那幅画的人是纪开穗！

什么叫贼喊捉贼？这一刻，没有人还能装傻。

"我就说不是我们……真的不是我们……"沈义献和林慈沉冤得雪，激动地牵着彼此的手，眼眶里泛着泪，庆幸没给女儿带来麻烦。

纪开穗前一刻还站在电脑前，在看见监控画面后，脸色顿时变得苍白，仓皇地往后退，想要往外跑。

她刚迈出脚，突然一只脚绊了她一下，她猝不及防地扑到地上，摔了个狗吃屎！

"好痛——"

她抬起头，看见纪微甜慢悠悠地收回自己的脚，还嫌脏似的拍了拍鞋面，气得她要爬起来骂人。

下一秒，纪开穗看见暴怒的纪墨峰朝着她走来，二话不说，抬手往她脸上狠狠地扇了一个耳光！

"不孝女！你怎么能做出这么阴暗的事情？还拿我收藏的画当你算计人的筹码，你知不知道这些画多贵？我平时就是这么教你做人的？"

纪开穗刚爬起来，立马被扇趴在地上，她的半张脸都肿了起来。

纪墨峰正在气头上，还要动手，苏素媚连忙抱住他，扭头喊自己的女儿："穗穗，到底怎么回事？你快跟你爸解释清楚，你从小就最听爸爸的话，是不会故意做这些让爸爸生气的事情的，对不对？"

纪开穗已经被打蒙了，听见苏素媚的声音，隔了好几秒回过神，捂着脸开口："爸，我不是故意的，只是不小心撞到了你的画，害怕你会生气，情急之下，才会说是别人撞的，我真的不是故意的……"

纪开穗边说边哭，用年轻不懂事的模样加上诚恳的认错态度，一瞬间就从阴暗的角色变成了被逼无奈的孩子。

苏素媚也在这个时候帮腔，替自己的女儿解释。

眼看纪墨峰就要被说服，纪微甜不轻不重地提醒："情急之下诬蔑我爸妈，还能想到拉管家当证人，真是厉害。"

站在一旁恨不得所有人忘记他的管家对上纪墨峰阴沉的脸色，被吓得差点儿跪下来，刚要开口替自己求情，纪墨峰一脚把他踹开。

"给我滚！别让我再看见你！"

管家被开除了。

苏素媚和纪开穗的脸色都不好看。

纪开穗还在哭，鸡飞狗跳的场面让气压变得低沉。

"你消消气，别气坏身体，穗穗不懂事，都是我没教好……"苏素媚哽咽地自责道，紧紧地抓着纪墨峰的手臂，"你打也打了，骂也骂了，到底是自己的亲生女儿，你从小看着她长大，穗穗从小就善良，连只蚂蚁都舍不得踩死，她哪里有那个心机去算计别人？

"好在就是弄坏了一幅画，不管是谁弄坏的，今天肯定都追究不了。不如这事就先这么算了，厨房还等着开饭招待客人呢，别让别人看笑话了。"

苏素媚的三两句话，点的都是要害。

纪墨峰脸色稍缓，刚要答应，纪微甜已经冷冷地打断他："不能就这么算了。"她走上前，面无表情扫了纪开穗一眼，脑海里全是纪开穗和苏素媚刚才羞辱她养父母的画面。她眯了眯眼，说道："你们纪家要怎么处理你们的家事，我不感兴趣，但是你们刚才诬蔑了我爸妈，是不是应该给他们一个正式的道歉？"

"你什么意思？"苏素媚和纪开穗同时问道。

纪微甜从容地勾起一丝笑："媚姨别紧张，你是长辈，让你道歉不合适，不过……"纪微甜话锋一转，指向纪开穗，"她必须跪下来向我爸妈认错！"

"你做梦！"纪开穗想也不想地拒绝。

让她给一对乡巴佬下跪，这比杀了她还难受。

"凭你刚才诬蔑我爸妈的话，我完全能够告你诽谤，是要现在下跪道歉，还是等到事情闹大之后在媒体记者面前公开道歉，你自己选。"

纪微甜强势地开口，丝毫不给纪开穗留余地。

人不犯我，我不犯人，可谁要是碰了她的逆鳞，她必遇神杀神，遇魔杀魔！

纪微甜强硬的态度让纪墨峰的眼神开始微微起了变化，他打量起自己这个刚刚认祖归宗的女儿。

原本他以为在市井小巷里长大的孩子，私生活又不检点，只会丢纪家的脸，可他刚刚亲眼看见纪微甜是怎么发现玻璃折射画面，又是怎么处理视频的……她那缜密的心思，跟她平时表现出来的模样完全不同。

"爸，她欺人太甚！"

纪开穗一想到自己要在记者面前给纪微甜的养父母道歉，吓得躲到苏素媚身后，哭着向纪墨峰求救。

这件事不能闹大，要是真的闹大，她的名声就毁了。

面对态度强硬的纪微甜，纪墨峰皱了皱眉，似乎很不满她这么逼迫自己在两个女儿之间选一个。

纪墨峰与纪微甜顿时陷入了对峙状态。

"甜甜，算了，事情弄清楚就好，我跟你爸不在乎道歉。"林慈见气氛不对，扯了扯女儿的衣袖。

沈义献跟着附和："家和万事兴，吵吵闹闹确实不好，纪家二小姐应该也不是故意的，算了吧。"

没人会在被这样羞辱之后觉得不憋屈，可他们没钱没势，真的闹大了，纪家肯定不会放过他们，到时候，还会害女儿陷入舆论的非议。

这样的亏，他们已经吃过一次，他们舍不得让女儿再面对非议。

"不能就这么算了！"纪微甜说道。

如果这次不能给纪开穗一点儿教训，以后同样的事情不知道还会发生多少次。有些人不懂什么叫见好就收，只会得寸进尺。

纪开穗如果真的知道错了，现在就该老老实实地跟她爸妈道歉，而不是仗着纪家的权势逃避责任。

"穗穗怎么说也是你的亲妹妹，你这么逼她，不会心疼吗？"苏素媚一听见纪微甜的话，顿时将矛头指向她，"沈义献和林慈是你的家人，难道你爸爸跟穗穗就不是吗？你要替你的养父母讨回公道是吧？行，我替你妹妹给你跪下！"

苏素媚说着，装出一副委曲求全的模样，作势要跪下来。

纪墨峰伸手抱住她。

苏素媚刚要继续装可怜，纪微甜已经冷冷地开口："养不教，父母之过。媚姨要是真的想替自己的女儿下跪认错，我爸妈也受得起！"

苏素媚怎么可能真的愿意给纪微甜的养父母下跪？她顿时哭倒在纪墨峰的怀里，要他做主。

可纪微甜把话说得很清楚，要么现在下跪道歉，要么等事情闹大之后，当着记者的面下跪道歉。

纪家丢不起这个人。

纪墨峰的眸色暗了暗，他抬头看向躲在一旁的纪开穗："还愣着做什么？过来认错！"

"爸……"纪开穗错愕地看向纪墨峰，不敢相信她真的要给纪微甜的养父母下跪。可当着纪墨峰的面，她不能拒绝。

纪开穗咬咬牙，走上前，跪了下来。

"算了，算了。"沈义献和林慈不想闹得太难看，伸手想要去扶纪开穗。

纪开穗不领情地推开他们，一口气道完歉，哭着跑下楼。

"穗穗！"苏素媚喊了一声，想要追出去，纪墨峰不让。

"是该给她点儿教训，否则她就真的无法无天了。"

苏素媚不敢反驳纪墨峰的话，只能憋着一口气，扭头看向沈氏夫妇，佯装落落大方地开口："都是孩子不懂事，现在既然已经查清楚真相，该道歉的人也道歉了，这事就算过去了。大家都饿了吧？下楼去吃饭。"

纪家还是纪墨峰说了算，苏素媚陪在纪墨峰身边这么多年，深知再厉害的男人也扛不住女人的似水柔情。

她越是表现得委曲求全，纪墨峰便越会心疼她。因此，她愣是忍住了自己的不满，对沈氏夫妇万分客气地招呼。

沈氏夫妇原本觉得事情闹到这个地步，两家人都有点儿难看，这顿饭肯定是吃不成了，现在听见苏素媚的话，他们都愣了愣。

沈义献和林慈不约而同地看向纪微甜。

"来都来了，当然要吃饱了再走。"纪微甜干脆利落地说道。

她养父母折腾了这么久，大老远地过来，总不能让他们饿着肚子回去吧？更何况他们留下来，硌硬的是苏素媚，他们怕什么？

餐厅里。

纪家准备的菜品确实很丰盛，满满一桌子的菜，海、陆、空都有了。

苏素媚仿佛刚才什么事都没发生，分外热情，站在桌子旁边给沈义献和林慈介绍——

"这道东坡肉，是我们家厨师的拿手菜。

"那是刚空运过来的鱼，国内一般没有，你们尝尝。

"还有这道……你们可能都没见过，据说要配着上好的鱼子酱吃，味道才正宗……"

餐厅里，只有苏素媚一个人的声音。

纪微甜把小糯米团子抱到儿童椅上，想要喂她吃饭，却被拒绝了："我已经是四岁的大朋友了，可以自己吃饭。"说着她的小手抓起勺子就往嘴里塞好吃的。

嘴角不小心沾到米粒，她用灵活的小舌头立马又舔了回去，埋着头继续吃。

她一口一口吃得很香，完全不需要人操心。

没等苏素媚介绍完桌子上的菜，小糯米团子已经把自己喂饱，嫌弃地瞥了苏素媚一眼，嘟囔着就要带肥肥出去玩。

纪微甜没拦纪星瑶，因为她也觉得苏素媚很吵，难为她养父母能听苏素媚念叨这么久。

纪微甜无视苏素媚的存在，给养父母夹了他们喜欢吃的菜。等她抬起头，小糯米团子已经抱着肥肥跑到院子里溜达去了，一人一猫玩得不亦乐乎。

纪微甜这才放心地收回目光，继续低头吃饭。

纪微甜想到了什么，看了一眼自己的手机，屏幕上干干净净。秦南御就问了她在哪里，然后就没影儿了？

"你大学念的是计算机专业？"纪微甜正晃神儿的时候，纪墨峰突然问道。

她怔了怔，点了下头。

"怎么没有从事跟计算机相关的工作？我看你学得还不错。"纪墨峰又问道。

纪墨峰的脑海里还是刚才纪微甜调出监控和处理视频的画面。

他眯了眯眼睛，说道："要是你想要换份工作，可以搬回家里住，纪家旗下不少公司都有跟计算机相关的产业，可以让你慢慢学。"

纪微甜挑了挑眉，有些意外纪墨峰会给她介绍工作，还打算把她安排到纪家的公司。

没等她开口，苏素媚已经打断他们的对话："吃着饭呢，怎么突然聊起工作了？再说了，微甜年纪也不小了，最要紧的是给她找个好婆家，以后也好有个依靠，哪儿有你这样想着让女儿上班的？"苏素媚说着，虚伪地问道，"微甜，你喜欢什么类型的男孩子，跟媚姨说，媚姨一定给你物色一个合适的好人家！"

"不用了，我对结婚不感兴趣。"纪微甜看穿苏素媚的心思，面无表情地拒绝。

苏素媚哪里会放过这么好的机会？她当即劝道："女孩子终归要嫁人，趁着还年轻，可以选个好人家，再拖下去，等大家都知道你已经生过孩子，再想找个门当户对的男孩子，怕是难了！"苏素媚当着纪墨峰的面，抓住纪微甜的手，苦口婆心地说道，"你过去吃了这么多苦头，现在我们既然把你找回来了，就肯定会好好给你筹谋。"

"不必了。"纪微甜抽回自己的手，冷漠地说道，没有给苏素媚继续表演的机会，然后将筷子放下来，"我吃饱了。"

沈义献和林慈在纪家原本就拘谨，再好的饭菜也是食不甘味，听见她的话，连忙跟着放下筷子："我们也吃饱了。"

几个人刚要起身，突然听见院子里传来一道尖叫声。

纪微甜想起在院子里玩的小糯米团子，连忙推开椅子往外跑。

沈义献和林慈回过神，也连忙跟了出去！

纪家别墅很大，光是院子就分了好几块。

正对着别墅客厅的院子是一片修剪整齐的绿色草坪，很适合带着小动物嬉戏。但因为纪开穗不喜欢猫猫狗狗，所以纪家别墅里什么宠物也没养。

纪开穗刚才算计纪微甜不成，反被打脸，还要被迫给纪微甜的养父母下跪道歉，气得连保姆喊她去吃饭都没理，正郁闷地在院子里溜达，没想到会看见纪微甜的私生女。

小小年纪，她就生得一副狐媚模样，跟纪微甜一模一样。

小丫头身边还有一只肥到快迈不动腿的猫，那肥猫正开心地翻着小肚子晒太阳，一副悠闲惬意的模样，仿佛是这幢别墅的主人。

这一幕刺痛了纪开穗的眼。

她刚刚在纪微甜手里吃了亏，瞬间怨恨的心情涌上心头。

她眯了眯眼，想也不想就朝草坪上的小糯米团子走过去……

小糯米团子虽然年纪小，但是个人精，警觉性也很高，刚听见有陌生的脚步声靠近，就已经从草坪上坐了起来，伸手捞过肥肥，抱到怀里。

纪星瑶抬头看见纪开穗，眨着漂亮的大眼睛，在纪开穗打量她的时候，她也打量着纪开穗。

"你就是纪微甜的女儿？果然跟你妈妈一样没礼貌，见到人都不会叫吗？"纪开穗双手抱臂，嫌弃地呵斥道。

只有四岁的小孩子，稍微她大声点儿，怕是都会被吓破胆吧？

纪开穗嘴角噙着笑，等着她乖乖道歉。

结果纪开穗等了几秒钟，只看见小糯米团子看了她几眼，又跟什么都没看见似的，盘腿坐到草坪上，拔了几根草，捏在手里逗猫。

仿佛眼前的纪开穗就是空气。

"我说话你听见没有？"纪开穗接二连三地吃瘪，心里的愤怒顿时达到顶点，伸手就要拎小糯米团子的衣领。

"喵——"

纪开穗的手刚伸出去，还没有碰到纪星瑶，她怀里的肥肥已经夵毛，朝她挠了过去。

肥肥竖着尾巴，警惕地盯着纪开穗，像个忠心护主的小斗士。

谁想要碰纪星瑶，都得先问它的意见。

纪开穗被吓了一跳，飞快地缩回手，只差一点儿，手就被挠破。

"这里是纪家，你是什么东西，居然敢放猫咬我？"纪开穗气愤地喊道。

她声音太大，小糯米团子像是嫌吵，伸手抠了抠小耳朵，奶声奶气又理直气壮地说："是你先动手的，肥肥只是正当防卫。"

四岁的小娃娃跟你说正当防卫，是一种什么概念？

纪开穗有几秒钟回不过神，等她反应过来，自己居然被一个小娃娃镇住了。她眼底闪过一抹阴狠的光，仿佛在眼前的小娃娃身上看见了纪微甜的影子。

都说吃一堑长一智，她刚刚在纪微甜手里栽了跟头，还有几分忌惮。可一想到对面只是一个四岁的娃娃，根本不是她的对手，纪开穗就放松了下来。

她想到了什么，露出一丝讥诮的笑容，蹲了下来，跟小糯米团子平视，一字一顿地说："你叫纪星瑶对吧？你长得是挺可爱的，只可惜是个私生女。你知道私生女是什么吗？就是像你这样，连自己的亲生爸爸都不要的孩子，说得难听点儿，就是个野种……啊！"

纪开穗还没有说完，肥肥就朝她扑了过来，像是要撕烂她的嘴巴。

纪开穗吓了一跳，惊慌中抬手护住脸，锋利的猫爪子划破了她的衣服，在她的手臂上挠出了两道血痕。

她尖叫着刚想躲开，落到草坪上的肥肥就又朝她扑了过来。

纪开穗哪里会想到一只猫有这么恐怖的攻击能力，连续被挠了两下，纪开穗疼得在草坪上直打滚儿。

"来人呀，给我抓住这只猫，我今天要杀了它！"

小糯米团子听见纪开穗的话，又见周围出现了很多人，都在朝她跟肥肥围过来。

小糯米团子立刻把肥肥喊了回来，抱起猫，拔腿往别墅里跑。

"想跑？没那么容易！"纪开穗狼狈地从草坪上爬起来，咬牙切齿地道，"给我抓住她，要是敢让她跑了，你们就等着被我开除！"

纪开穗话音一落，靠近别墅客厅的保姆立刻拦住了门口。

纪开穗很快又从后面追了上来，情急之下，小糯米团子只能抱着肥肥往别墅大门处跑。

她人小腿短，很快就被纪开穗的人拦了下来。

她软软的小身子紧紧护着怀里的肥肥，不让任何人碰它。

纪开穗走过来，盯着无处可逃的小糯米团子，说："你个小野种，居然敢放猫咬我，现在落到了我的手里，看我怎么收拾你！"

"我不是野种！我有爸爸！"小糯米团子鼓着腮帮子，朝纪开穗吼了回去。

闻言，纪开穗愣了愣，随即嘲讽道："你说什么？你有爸爸？你是在开玩笑吗？这里谁不知道你是纪微甜跟人鬼混生的女儿？连她都不知道你的爸爸是谁，你哪儿来的爸爸？"

"我就是有爸爸！"小糯米团子吼道，伸手从口袋里掏出一张照片，大声说道，"这就是我爸爸！"

纪开穗这下愣住了。

除了震惊于纪微甜的女儿居然有爸爸，她还很好奇那个男人到底是谁，直到看清照片上的人，她的脸色"唰"的一下就变了！

秦南御！

这不可能！

御少是什么人，怎么可能看上纪微甜？

秦家对外公布的家庭成员里，只有一个小少爷，根本没有小小姐！

纪开穗看小糯米团子手里的照片好像有点儿不对劲，她怔了怔，一步上前从小糯米团子手里将照片抢了过来。

看清所谓的"爸爸"的照片居然是从杂志上剪下来的封面图后，纪开穗笑出了声："哈哈，你怎么这么可怜？居然拿着御少的杂志封面自欺欺人，想要御少当你爸爸，下辈子吧！"纪开穗将手里的照片丢到地上，伸手就要去抓小糯米团子。

她的手刚伸出去，余光瞥见了什么，动作猛地一顿。纪开穗难以置信地抬起头，看着正从纪家大门外走入的尊贵身影，惊愕到声音都在颤抖："御……御少……"

在餐厅里听到动静赶出来的纪微甜刚走到院子就愣住了，呆呆地看着出现在纪家别墅里的秦南御。

在她身后，沈义献、林慈、纪墨峰、苏素媚……都在看见秦南御的那一刻，定在了原地。

没等他们回过神，最后一个看见秦南御的纪星瑶的眼睛忽然一亮，她丢下肥肥，像一颗小鱼雷似的，迈着小短腿兴奋地冲向秦南御。

"爸爸——"

一声"爸爸"只有两个字，却让在场所有人如遭雷击！

如果说刚才看见秦南御，纪家的人只是惊讶，那么现在，他们已经没有人能从眼前的场景里回过神，都难以置信地看着眼前这一幕。

前一秒，还有人怀疑会不会是纪星瑶年纪小，想要一个爸爸，所以见人就乱喊；后一秒，众人就见秦南御熟稔地弯腰将她抱起来，伸手捏了捏她的小脸蛋儿，一脸宠溺的表情……

他们已经疯了！

那是秦南御，是坐拥秦氏科技集团的商界天才！

他们只见过秦南御面无表情的样子，何曾见过他这么温柔地抱着一个小娃娃，还任由小娃娃蹭在他怀里撒娇？

纪星瑶无法无天的模样让围观的人都恨不得赶紧把她抱下来，他们就怕秦南御下一秒就将她丢到地上，可等了半天，发现秦南御除了看见小糯米团子第一眼时，脸上露出过惊讶的表情，随后只剩下宠溺……

这眼神，像极了他在看自己心尖上的小宝贝，让人一点儿都不怀疑，要是谁欺负了他怀里的小糯米团子，他就会当场将那个人五马分尸！

而纪开穗就是那个感觉自己马上就要被五马分尸的人……

她错愕地盯着秦南御，又盯着他抱着的小糯米团子，脑子里想起的是她刚才骂纪星瑶的话……

纪开穗咬着唇，仓皇地转身，拔腿就要跑。可她还没来得及迈出脚步，耳边就传来小糯米团子的声音："爸爸，那个姨姨好凶，她说我是爸爸不要的孩子，还骂我是野种……哇！"一直憋着委屈的小糯米团子看见可以信赖和依靠的人，突然哭了出来。

她的小胳膊搂着秦南御的脖子，粉雕玉琢的小脸蛋儿靠在秦南御的肩膀上，豆大的泪珠一颗一颗地往下掉。

她那哽咽到抽搐的模样，看起来要多可怜就有多可怜。

秦南御听见那些难听的字眼，心脏猛地收紧，像是被一只无形的手用力掐着。

他看着小糯米团子哭得上气不接下气的模样，锐利的目光如同箭矢，扫向纪开穗，阴鸷的眼神让人丝毫不怀疑，如果眼神能杀人，纪开穗此刻已经是一具尸体。

"砰——"

纪开穗被吓得跌坐在地上，试图替自己解释："御少，不是这样的……

我不知道她是你的女儿，而且她故意放猫抓我，我一时气极了才会口不择言……"

纪开穗说着将自己被猫抓伤的手臂抬了起来。手臂上面带血的伤痕证明她说的不是假话，她确实被猫抓了，还伤得不轻。

"穗穗，你怎么被伤成这样……"苏素媚也注意到了女儿身上的伤，冲上前抱住她，扭头就要让人叫医生。

秦南御让助理把人拦了下来。

苏素媚想说什么，对上秦南御冷漠的眼神，一声不敢吭。

"纪夫人这就心疼自己的女儿了，那我女儿受到的身心伤害，又该跟谁算？"秦南御薄唇微启，一字一顿地说道。

秦南御将目光收回来，垂眸看向怀里的小糯米团子，鼓励她继续说。

"肥肥从来不会无缘无故抓人，是她骂我，还骂我妈咪，还要来揪我的衣服……肥肥只是为了保护我，她就说要杀了肥肥，让好多人来抓我们……"小糯米团子从秦南御的肩上抬起头，小手握成拳，擦了擦眼泪，把刚才发生的事情说了一遍。

说话的时候，她还时不时抽噎一下。

秦南御全程安静地听着，只是在她把自己的小脸擦红的时候，忍不住按住她的小拳头，从口袋里拿出手帕，温柔地给她擦掉眼泪。

他懊悔自己没有早一点儿出现，以至于让只有四岁的小糯米团子独自面对这样的羞辱和恐惧。

他再看向纪开穗的时候，眼神已经如同利刃。

纪开穗被这样的眼神看得浑身发抖："御少，你听我解释，事情真的不是她说的那样……是纪微甜，对！一定是因为纪微甜不喜欢我，故意让她女儿诬陷我……她们母女俩串通好的！"

纪开穗已经疯了。她就是再蠢，也知道站在自己面前的人是谁，得罪秦南御，纪家也保不了她。

她像抓住了最后一根救命稻草一样，努力想要撇清自己的责任。

她话音刚落，注意力一直在小糯米团子身上的秦南御明显一怔。

他突然想起自己今天来纪家的目的……他抬眸看向站在不远处的纪微甜，此刻才忽然意识到一个被他忽略的问题。

他的脑海里回荡着纪开穗刚才说的那句话。

她们母女俩……所以，瑶瑶是纪微甜的女儿？

瑶瑶就是纪微甜曾经在他面前提过的那个不会撒娇、只会念经和毒舌的女儿？

秦南御像是不敢相信自己的耳朵，垂眸盯着怀里的小糯米团子，努力让自己的语气听起来正常，问道："瑶瑶，告诉我，你全名叫什么？"

"纪星瑶。"小糯米团子说道。

纪星瑶想到了什么重要的事情，小手指往纪微甜站的方向指了指，小声嘟囔："爸爸，那个就是我妈咪，我没有骗你，对不对？我妈咪是不是长得可好看了？"

秦南御已经无法形容自己此刻的感受，眼睛一眨不眨地盯着纪微甜。所以，她就是小糯米团子要给他介绍的相亲对象？

等秦南御认出站在纪微甜身边的沈义献和林慈，再联系到纪微甜曾经在他面前提到过的养父母时……他已经完全肯定了自己的猜测，微微眯起眼睛，抱着怀里的小糯米团子，一步一步地朝着纪微甜走过去。他在距离纪微甜不到一米时停了下来，在她震惊的目光中，他突然扭头问候沈义献和林慈："伯父，伯母。"

猝不及防的问候，除了沈义献和林慈，其他人的脸色全变了。

尤其是纪墨峰。

他才是纪家的大家长、纪微甜的亲生父亲。

纪微甜从一开始就否认了自己跟秦南御的关系，可秦南御突然出现在纪家，又这么护着纪星瑶。纪墨峰现在才明白，秦南御跟他的女儿和外孙女的关系非比寻常。

现在他就站在这里，秦南御却完全无视他，而是问候了那对市井夫妇，这等于往他的脸上狠狠甩了一个耳光，让他的面子荡然无存。

纪墨峰的脸色立时变得难看，当着秦南御的面，他又不敢发作，眨了眨眼睛，说道："微甜，御少是客人，哪儿有让客人一直站在院子里说话的道理，还不请人进去坐坐？"

一直处在神游状态的纪微甜直到此刻才回过神。她眨了眨眼睛，先确定秦南御怀里的小糯米团子安然无恙，又上下打量了一眼出现在自己面前的男人，确定不是她眼花，也没有产生幻觉，脱口而出："你怎么会在这里？"

到哪里都受到万众瞩目、无时无刻不被人群簇拥的御少大驾光临他们纪家，居然还被质问为什么出现在这里……

纪家所有人在听见纪微甜那句话的时候，不自觉地替她捏了一把汗。他们甚至在心里觉得她疯了，竟然敢对御少出言不逊。

然而，下一秒，秦南御微挑眉峰，语气万分宠溺地说道："我来接你。"

　　只有四个字，却让人酥进了心里。

　　纪微甜已经不知道该是什么表情了，只是呆呆地看着秦南御，像是不明白他在唱哪一出。直到秦南御说完那句话，又抱着小糯米团子熟稔地跟她的养父母聊天儿。

　　交谈间，他们时不时提到"错过""相亲""缘分"这类词汇。纪微甜慢半拍的神经终于回来，她渐渐意识到，秦南御似乎就是她女儿一直提到的"新爸爸"。

　　"我也认识一个长得很好看还很有钱的小哥哥，就是不太聪明，明明是个小哭包，还说要保护我。

　　"就是我新爸爸家的小哥哥，我新爸爸长得好看，小哥哥也长得好看。"

　　所以，她女儿口中的"小哥哥"，就是小睿睿？

　　纪微甜同时想起的，还有卡丽曾经给她的忠告："我记得瑶瑶好像很喜欢御少。你说，她给你介绍的相亲对象，会不会就是御少？"

　　她当时怎么回答来着？她说了不可能！

　　卡丽还不死心地问她万一呢？她好像大言不惭地说……她会当场去世……

　　她临死前，请求好心人告诉她，她女儿为什么会认识秦南御，还把他拐回家，甚至连她爸妈认识他了……

　　她想死个明白。

　　纪微甜张了张嘴，心里有千言万语要问，可还没来得及说出口，秦南御就已经走到了她的面前，将怀里的小糯米团子递给了她。

　　在她下意识地伸手接住女儿的时候，他温热的掌心已经放到她的头顶，像是在给她撑腰，他轻轻地揉了揉她的头发，说："我们的事回去再说，先解决欺负瑶瑶的人。"

　　纪微甜将到了嘴边的话咽了回去，想起纪开穗对小糯米团子说的那些话，暂时顾不上去分析秦南御那句话的含义，扭头看向纪开穗。

　　纪开穗原本以为把纪微甜推出来，自己就可以逃过一劫，没想到，秦南御居然对纪微甜这么温柔。相比之下，她的挑拨离间显得又傻又蠢。

　　听见秦南御说要解决她，她吓得面无血色，紧紧抓着苏素媚躲在身后。

　　"妈，你一定要救我……"

　　"闭嘴！你还有脸让我帮你求情？穗穗，你让我说你什么才好？就算你姐姐当着你的面说御少的坏话，你替御少抱不平，也不能对瑶瑶说那样的话。瑶瑶只是个孩子，你怎么能把微甜的过错算在她身上？"苏素媚呵斥道。

没头没脑的一句话把纪开穗骂蒙了，她下意识地想要问苏素媚在说什么，还没问出口，苏素媚已经扭过头，看向秦南御。苏素媚露出恨铁不成钢的神情，红着眼眶解释："御少，说出来不怕你笑话，我女儿喜欢你很久了，她今天会这么失态，都是因为不小心听见了我们跟微甜的对话。"苏素媚故作神秘地顿了顿，吊足了秦南御的胃口才继续说道，"微甜当着我跟她爸爸的面，说你只会压榨员工、冷酷无情，还怀疑你的性取向……穗穗为了维护你，才会一时情绪失控。你要是不信，可以问墨峰，或者微甜，看微甜是不是说过这样的话。"

纪微甜在听见苏素媚提起那段对话的瞬间，心里就有了一股不祥的预感，只是她没想到苏素媚这么厉害，在这么短的时间之内就已经替纪开穗想了这个祸水东引的好办法。

纪微甜对上秦南御隐晦的目光，想要解释，又不知道该怎么解释。她当时只是不想让纪家人觉得她有利用价值，所以故意撇清自己跟秦南御的关系。再说她也预料不到秦南御会突然来纪家接她，反而给了苏素媚绝佳的挑拨机会。

话是她故意说的，如果她现在告诉秦南御，等于在纪墨峰面前承认她从一开始就是在演戏，只怕后患无穷。

可如果不解释……纪微甜瞅了秦南御一眼，寻思着他会是什么反应的时候，秦南御已经走到她面前，单手搂住她的腰，将她连同自己怀里的小糯米团子一起搂住。他垂眸盯着她想要往后退的身体，黑眸幽深得令人心悸。

他的举止像是在问她，需不需要他向她证明自己的性取向。

"秦南御，我可以解释……"纪微甜紧张到声音都在抖。

她的话还没有说完，刚才还压迫感十足的男人突然松开了她，他那复杂的眼神像是在说他们的账慢点儿算。

纪微甜动了一下唇瓣，想说什么，瞥见小糯米团子已经用小手掌捂住了眼睛，忽然一愣。

"爸爸放心抱妈咪，我什么都没有看见！"

纪微甜：我是养了一个女儿，还是一个小奸细？

261

第十章

亲爱的，这就是爱情

　　纪微甜抬头看向她的养父母，两个老人家也是一副喜闻乐见的神态，看着秦南御的眼神，就像看着自己的女婿……

　　算了，纪微甜算是明白了，她的家人已经全部倒戈，现在她是被孤立的那一个。

　　秦南御没注意她此刻的神态，而是看向苏素媚。

　　苏素媚还想等着秦南御听见纪微甜诋毁他的话之后变得失望、震怒，最后一气之下把怒火都转移到纪微甜身上。

　　她怎么都没有想到，秦南御不仅没生气，还抱了纪微甜。

　　"一家三口"亲密无间地不知道说了什么，秦南御又把矛头对准了她！

　　一时之间，苏素媚也慌了，下意识地去找纪墨峰，想让他帮女儿求情。

　　换作平时，纪墨峰只怕会大发雷霆，可这个时候，平息秦南御的怒火，免得波及整个纪家的产业更重要！

　　纪墨峰脸色一沉，冷冷地扫了苏素媚母女俩一眼，走上前，对秦南御说道："御少难得来纪家一趟，就让你看见了纪家鸡飞狗跳的场面，让你见笑了。"

　　秦南御单手放在口袋里，冷漠地看着打圆场的纪墨峰，没有接话。

　　纪墨峰脸上露出一丝尴尬的神色，随即又恢复了平静，继续说道："御少应该也知道，微甜虽然不在纪家长大，但毕竟是我的亲生女儿，瑶瑶也是我的亲外孙女，不管是从法律上还是从血缘上，我们都是一家人。她们母女受了委屈，我肯定会替她们讨回公道。"

纪墨峰有意无意地提醒秦南御，同时也很快表态，今天的事情，纪家会给出一个让他满意的答复。

现在是法治社会，秦南御不至于真要了纪开穗的命。既然纪墨峰要自己出面，他就等一个处理结果好了。

秦南御想起小糯米团子刚才哭成"小汤包"的样子，心口还是微微收紧，幽幽地说道："纪总最好说到做到，否则纪总言而无信的事情传出去，想要顺利融资，就绝不可能了。"

听见这句话，纪墨峰的脸色"唰"的一下变白了！

秦南御这才满意地走到纪微甜面前，从她怀里接过小糯米团子，另一只手牵住她。他对上纪微甜错愕的目光，面无表情地转身，牵着她离开了纪家别墅。

只是转身的瞬间，他的嘴角不经意间扬起了一丝弧度，他似乎被她吃惊的模样取悦了。

直到走出纪家别墅，看见秦南御停在路边的车，纪微甜才回过神，将手从他的掌心里抽回来。

手心一空，秦南御的脚步顿了顿。

他看了一下自己空荡荡的手心，紧蹙眉心，抬头对上纪微甜的目光。她一脸不自在地开口："刚刚谢谢你。你放心，我知道你刚才帮我说话，只是为了替瑶瑶出气，我不会多想。"

纪微甜不傻，她跟秦南御的关系没那么好。虽然她也不知道秦南御为什么会来接她，但是看得出来，他在纪家这么配合她，是在故意演戏给纪家的人看。

纪墨峰和苏素媚现在猜不准她跟秦南御的关系，自然不敢随便得罪她。算起来，他现在是她的靠山。

莫名其妙地欠了人情，纪微甜没想好怎么还。

她停顿了几秒，没注意到秦南御脸上不认同的神情，担心地问："你怎么会突然过来接我？是实验室又有什么事了吗？"

秦南御："没有。"

"那你来这里……"

"顺路。"秦南御的态度一下变得冷淡，语毕，他径直拉开车门，将小糯米团子放进去，然后提醒沈义献和林慈上车。

直到所有人坐到车里，秦南御转头看了一眼坐在他身边的纪微甜，微微颤动睫毛。

他的脑子里闪过她刚才问的问题。

他为什么来纪家？

他也不知道。

收到她短信的时候，他还在公司开会。

他原本以为她从医院回去之后，会留在家里补觉。看见她说自己在纪家，秦南御很快想起了关于纪家的传闻，还有她之前提过要相亲的事情……

他来不及理清自己到底在担心什么，就提前结束会议，开车来了纪家别墅，没想到先看见了瑶瑶。

他更没想到的是，他想拐回家养的小糯米团子是她的女儿。

秦南御回过神，听见纪微甜在他身边说："那个，你其实不用送我们回家，随便找个路口停下来，我们可以自己打车回去。"

秦南御瞪了她一眼。

纪微甜觉得莫名其妙，心想：我好心好意不麻烦你，你不领情就算了，瞪我是怎么回事？

倒是坐在车后座的小糯米团子听见秦南御要走，立刻从沈义献的怀里坐了起来。

"爸爸，你要去我家吗？我外公外婆的店里有好吃的，你也可以去我妈咪家，你都还没有跟我妈咪相亲……"

纪微甜瞬间扭头捂住了她的嘴。

纪微甜总算意识到为什么今天跟秦南御之间的气氛怪怪的了。

相亲局……她跟秦南御……画面太惊悚，她不敢想。

提到相亲，纪微甜想起了另外一件更重要的事，扭头问秦南御："你能告诉我，你是怎么认识我女儿的吗？"

纪微甜在秦南御和自己的女儿之间来回打量。

见秦南御不说话，她又扭头看向自己的养父母。

沈义献和林慈齐刷刷地摇头，说道："我们也不知道，是瑶瑶把人带回来的！"

林慈想起了什么，又补充道："其实我们跟你说过的。甜甜，你还记得吗？当初瑶瑶捡了一个孩子回咱们店里，那个孩子就是秦总的儿子，后来……"

后来他们也不知道怎么回事，还了孩子并离开警察局之后，原本以为不会再有机会碰面，谁知道有一天瑶瑶突然把秦南御领回了小吃店里，还说要给妈妈安排相亲。

沈义献和林慈当初只知道秦南御不是普通的人物，没想到他不普通到了这种程度。

纪家人那么强势，在他面前却像是熄了火，连纪墨峰都对他毕恭毕敬的。

一时之间，他们夫妇俩都有些拿不准该怎么跟秦南御说话了，好在秦南御对他们很客气，还主动跟他们打招呼，否则林慈怕是到现在都不敢说话。

"你是说，你们那天捡到的孩子是小睿睿？"纪微甜惊讶得瞪大了眼睛。

这次没等林慈开口，小糯米团子已经凑上前说道："妈咪也知道那个爱吃的小哥哥吗？他在外公外婆的店里吃东西又没有钱给，就把这个给我了。"

小糯米团子嘟囔着，从衣领里掏出一块玉佩，在纪微甜面前晃了晃，认真地解释："小哥哥后来还我钱了，但是爸爸答应我要跟你相亲，没有相亲之前，这块玉佩可以继续抵押给我，等你们相亲完再还。"

纪微甜看清楚她脖子上的玉佩后，一脸震惊。纪微甜再看向她的养父母，两个老人家神色平静，显然也是知道这件事的。

纪微甜无语地抬头看秦南御，他居然会宠着一个孩子宠到答应这种无理的要求，还抵押了秦家的祖传玉佩……

"秦南御，你真的要跟我相亲？"纪微甜小心翼翼地问。

"吱——"

车子猛地在路边停了下来。

所有人忍不住往前晃了一下，纪微甜坐在副驾驶座，一只手臂撑在车门上，勉强稳住身体。她错愕地扭过头，秦南御已经解开安全带，伸手推开车门，说："车里有点儿闷，我下去抽根烟。"

然而，他的口袋里压根儿没烟。

据纪微甜的观察，他平时并不抽烟，因为实验室里禁烟。而且，他下车的时候，脸和耳朵看起来都红红的……他该不会是生气了吧？

纪微甜后知后觉地回头，问车后座的沈义献和林慈，两个憨厚的老人家也是一副不明白的神情。

倒是他们怀里的小糯米团子摸着小下巴，说道："我爸爸肯定以为你不想跟他相亲，所以生气了。"

"我觉得他现在是在懊悔，当初瞎了眼，没看出你是只小狐狸，被你坑惨了。"

毕竟秦南御跟她是死对头，昨天还一脸嫌弃地提醒她，不要随随便便跟别人相亲，免得害人又害己。

没想到，他第二天就发现自己是那个倒霉鬼，现在内心受不了这种刺激，所以需要下车透透气，冷静冷静？

这个推测，纪微甜觉得有点儿靠谱。

今天发生的事情有点儿刺激，她也需要冷静一下。

她女儿跟秦南御……哎哟，八竿子打不着的人，她女儿突然一口一个"爸爸"地叫秦南御，秦南御居然也没反驳。

纪微甜回想起小糯米团子扑到秦南御的怀里，张开小胳膊让他抱抱的时候，纪家别墅里的其他人被惊得下巴都要掉了的画面，忍不住想笑。

神奇的是，秦南御居然也任由小糯米团子胡闹，还一副是亲爸的架势，霸气十足地替小糯米团子讨公道。

这一点，纪微甜是感激他的。

瑶瑶就算再懂事，也只是个孩子，会有在意的人、在意的事。

今天如果不是秦南御突然出现，小糯米团子怕是真的会因为纪开穗的话而留下不好的回忆。

没等纪微甜琢磨出他到底在气什么，车门已经被拉开，秦南御回来了。

他现在脸不红了，耳朵也不红了，就是面无表情。

秦南御发现纪微甜在看他，挑眉看了她一眼，平静地说道："我先送你们回去。"

一路上，纪微甜憋了一肚子话都没机会说。因为她每次一打算开口，秦南御就会让她别说话，影响他开车。

车子在南坡公寓停下来的时候，纪微甜终于找到机会开口了，结果一张嘴，秦南御就已经下了车。他绕到车后座，给她养父母开车门，并从他们怀里接过昏昏欲睡的小糯米团子。

小糯米团子一靠到他的肩膀上，立马乖巧地搂着他的脖子睡着了。

看这黏人的模样，不知道的人还以为他们是亲生父女呢。纪微甜的爸妈也成了他的爸妈，而她才是多余的……

纪微甜慢一步下车，有些茫然地看着这一幕。

直到林慈开口喊她："甜甜，我跟你爸爸得回店里一趟。瑶瑶睡着了，你先带她回去休息，顺便帮我们谢谢秦总，我跟你爸……就不打扰你们了。"林慈说完，拉着沈义献就走了。

愣在原地的纪微甜一脸蒙。

一眨眼的工夫，秦南御已经抱着睡着的小糯米团子走到了她的面前。

"外面太阳很大，你还打算在这里罚站多久？"

纪微甜抬起头，对上他平静无波的眼睛。

他毒舌归毒舌，手一直挡在小糯米团子的头上，舍不得晒到她。纪微甜又心软了。

纪微甜没跟他计较，伸手要接过他怀里的小糯米团子。

"现在要是换人抱，瑶瑶会被弄醒，我帮你抱她上去。"秦南御淡淡地说道。

"那你的车怎么办？"纪微甜指了指车，南坡公寓楼下的停车位满了，门口不能停车。

秦南御把车钥匙递给她，吩咐道："这里你熟悉，你去找个地方停车，停好了再回来，我先带瑶瑶回家。"

他从她手里拿走了公寓的钥匙，抱着小糯米团子进了公寓，留下呆若木鸡的纪微甜。

纪微甜：兄弟，能不能等一等？我们没那么熟啊！

纪微甜愤愤不平地拿着车钥匙打开车门，心里嘀咕着要不要趁机把他的豪车开卖了泄愤。

她的余光瞥见一只毛茸茸的肥猫窝在车后座下面，它睡得昏天黑地，完全不知道自己已经被小主人抛弃。纪微甜的心里总算找到了一丝安慰，她绕到后面，伸手将肥肥捞了起来，揉了揉它的脑袋。

"肥肥，我们现在同病相怜，你知道吗？"

"喵——"

胖乎乎的猫被弄醒，看清眼前的人是纪微甜，叫了一声，嫌弃地从她身上跳了下去，迈着高傲的步伐去找小主人了。

纪微甜觉得她在一天之内被全世界抛弃了……

等她找到车位停好车，带着满腔怒火回到家时，发现门没关，只是虚掩着。她推门走进去，没有看见自己的女儿，只看见了坐在客厅沙发上的秦南御。

他拿着手机，像是在回信息。屏幕上的光反射在他高而挺的鼻梁上，勾勒出立体的弧度。他那俊美的脸庞从侧面看过去，带着几分魅人的气质。

有人说，秦南御如果不做生意，不做科研，可以进娱乐圈，光靠脸都能火得一塌糊涂。

纪微甜原本对这个说法嗤之以鼻，现在突然发现不论人品，单说秦南御这张脸，还是赏心悦目的。

"你打算看多久？"秦南御回完信息，突然抬头看向她。

偷看被抓了个正着，纪微甜的脸上闪过一丝尴尬的神色，她佯装若无其事地往里走："没看你，我在找肥肥。它比我先进来，也不知道它回家没有。"

纪微甜做出认真找猫的模样，没留意秦南御开口问她的时候，他的耳根都红了。半晌，他深深呼出一口气，淡淡地说道："猫回来了，跟瑶瑶睡在一起。"

"那我也去和瑶瑶睡一会儿，你……自便？"纪微甜弱弱地问道。

秦南御终于抬眸正视她，黑眸里隐藏着一丝她看不透的情绪。两个人对视三秒钟后，秦南御幽幽地说道："你爸妈让你感谢我。"

"大恩不言谢，我厨艺不佳，改天请你吃饭。"

"什么时候？"

"啊？"纪微甜愣了愣。

"请我吃饭。"秦南御说道。

他似乎打定主意，不给她敷衍的机会。

可如果两个人单独去约会的话，真的像极了相亲呢……

纪微甜蒙了，还没等她反应过来秦南御到底在想什么，他已经从沙发上站起身，走到了她的面前。

他高大的身躯微微往前倾，带着强烈的压迫感，眼神变得幽深，像是让她尽快给他一个答案。

纪微甜脑子一抽，嘴巴比理智反应更快："要……要不然……你挑日子？"

挑日子什么的，除了像相亲，更像准备结婚。等纪微甜意识到自己说了什么时，已经无地自容。

再看向同样愣住的秦南御时，纪微甜刚要解释，就听见他说："好，你等我电话。"

他真的准备回去挑日子？纪微甜惊呆了。

直到秦南御走了，纪微甜还保持着他离开前的姿势，呆呆地靠在门板上，看着他离开的方向……

公寓楼下。

秦南御刚走出电梯就接到了助理的电话。

"秦总，黑客网上有新的内容了，冷又放出了一个程序，已经在网上挂了半天，到现在还没有人能破解。"

"新的？"秦南御眯了眯眼，冷冷地问道，心里大概有了猜测。

秦南御在公寓附近找到自己的车，径直回了公司。

助理已经在办公室等他了，见他出现，将手里的笔记本电脑递给他。

秦南御扫了一眼电脑屏幕上的新程序，嘴角一勾，说道："跟上次那个是一个系列的，只不过是升级版。"

"难怪挂出来这么长时间都没人破解出来，这个冷想要做什么？以武会英雄？"助理在一旁嘀咕道。

秦南御没说话，拿着电脑坐在一旁的会客沙发上，开始破解。

他尝试了十分钟，眸色蓦地变暗："好聪明的陷阱。"

助理好奇地站在他身后，闻言后伸直了脖子往他的电脑屏幕上看，可是看了半天，也没看明白什么情况。

"秦总，陷阱还能聪明？"

"对方不是简单地在试探我们的实力，而是在算计我们，让我们免费替他打工。"

秦南御今天的心情似乎不错，难得没有瞪助理，而是将手里的笔记本电脑一转，指着上面的数据，说道："这组数据跟我上次破解的小程序是递进关系，数据是相连的，设计这个程序的人，在诱导我根据他设计的程序去完成他指定的目标，一旦我破解了程序，他就能同时获取破解程序的步骤，并给我设置新的陷阱。"

如果他看不出这个陷阱，就算破解成功，应该也会被视为挑战失败。

对方为了试探他的能力，下了不少功夫。

秦南御的眼神变得饶有趣味，他没再破解程序，而是让助理给他拿来一张白纸和一支笔，开始在上面记录数据。直到一步步推导出破解程序的步骤，并且找出规律，他的脸上才露出了一丝会心的笑容。

他用自己推导出来的答案，重新设置了一道关卡，让助理发上去。

"秦总，冷是要答案，我们给他发了一个问题，他会理我们吗？"助理不放心地问道。

"这个小程序背后的人不是冷。"秦南御笃定地说。

这个人严谨又不失风趣,跟冷的作风明显不同。

他很好奇对方会是什么样的人。

秦南御合上电脑,端起面前的水杯喝了一口,想起了什么,扭头问助理:"最近有什么好日子吗?"

"干什么用的?"助理没太在意地问,毕竟他日常帮秦南御安排行程,看日子也是常有的事。

秦南御低头,认真地想了想,薄唇微启,说道:"适合两个人吃饭的日子。"

助理:"……"

这是什么问题?

助理只听说过订婚、结婚要看日子,跟重要的客户会面要避开特殊节假日,还从来没有听说过两个人吃饭也要看日子!

助理微微抽搐嘴角,他正打算问自家秦总是不是表达错误的时候,脑子里灵光一闪,忽然想到了什么,脱口而出:"秦总,你要约会的对象是纪小姐?"

"嗯。"

秦南御的眼里闪过一道光,他想起纪微甜,眼神变得有些复杂。他明明觉得她是个害人精,又忍不住想要靠近她。

没等秦南御想明白,助理已经懂了,一副过来人的模样,尽职尽责地提醒:"秦总,其实约女孩子吃饭,什么日子都可以。只要你喜欢,纪小姐也不反感,每天都是黄道吉日。"

"每天都是黄道吉日?"秦南御愣了愣,像是觉得这个说法有点儿新鲜。想了想纪微甜当时有些抗拒的神态,他微蹙眉心,下意识地问道:"怎么判断她不反感?"

助理想要跪下了,这可是名震 T 市的御少啊,众多女性眼中的香饽饽,声称抢到就是赚到的"钻石王老五",现在……担心自己被人反感!

不过,一想到秦南御之前对纪微甜的态度,助理又觉得合情合理。

有句话怎么说来着?出来混,总是要还的。

秦总曾经有多毒舌,如今就有多活该。

这些话,助理只敢在心里想,不敢说出口。

秦南御见他不吭声,抬头看了他一眼,像是看出了他在想什么,眸光一敛，说："她在医院照顾了秦默睿一晚，秦家欠她一个人情。"

"可你今天不也去纪家帮纪小姐解围了吗？你们应该算扯平了。"

相比纪微甜帮忙照顾孩子，秦南御今天帮的忙明显分量更重。

现在消息怕是已经传开了，秦氏科技集团总裁冲冠一怒为红颜，只身前往纪家别墅，替纪家流落在外的大小姐撑腰，两个人的关系成谜！

听说已经有记者到纪家别墅去埋伏，想要深扒纪家今天到底发生了什么事，是不是得罪了秦家，要遭到秦家的封杀？

"秦总，刚刚秘书部的人来汇报过，说纪总亲自来过电话，纪家二小姐会被禁足一个月，面壁思过，出来后，纪家也会没收她的银行卡，直到她深刻意识到自己的错误。"

纪开穗被惩罚得不算重，可也不算轻。

他们这些人最丢不得的是面子，纪开穗这次算是踢到铁板了。

一个月的禁足期结束后，她再出来，只怕走到哪里都会被人嘲笑，一个在纪家养大的女儿，还不如一个流落在外的大小姐。

纪墨峰这次倒是一点儿都没有袒护纪开穗。

算起来，这都是秦南御的功劳。他这样替纪微甜撑腰，只怕是打得纪家那对母女措手不及。

"秦总，算起来，应该是纪小姐欠了你的人情。"助理诚实地说道。

"是吗？"秦南御低头认真思考片刻，"那就当我给她一个还我人情的机会，让她请我吃饭？"

助理莫名其妙地觉得"狗粮"在脸上胡乱地拍是怎么回事？

秦总为了让纪小姐还人情，要一起吃饭……两个人吃顿饭还要看个好日子……

这谁顶得住？

以后谁要是说他家秦总冷酷无情，他肯定会一巴掌拍上去，让大家来看看这教科书级别的"还人情"！

助理抱着惹不起但躲得起的美好愿景，拿着电脑去帮自家秦总看日子。

直到下班，秦南御才离开公司。

秦南御回到秦家别墅时，已经临近晚饭时分。

他解开领带，随意地丢到沙发上，扭头要进房间去看看刚出院的小家伙。

他走到儿童房门口，发现房间里是空的。

别墅客厅里也没有看见小家伙跑动的身影，外面的院子里也一样。

秦南御眉心一拧，刚想要叫管家，发现连管家也失踪了。

负责照顾小家伙的保姆连忙上前解释道："御少，小少爷今天闹脾气不肯吃东西，管家带着小少爷出去了。"

"去哪儿了？"秦南御脸色微沉。

"好像是老爷子打电话吩咐，让他带小少爷去看小妹妹。他们具体去了哪里，我也不知道。"保姆见秦南御脸色不好，诚惶诚恐地应道。

秦南御："……"

"御少，要不要我给管家打个电话问问？"

"不用了。"

他今天刚去过，很清楚小妹妹在哪里。

秦南御拿起车钥匙，转身出了别墅。

下班时间，路上有点儿堵车。等秦南御开车抵达沈氏夫妇开的小吃店时，天色已经暗下来。

此时正是下课的高峰期，不少大学生在外面吃东西，小巷里人来人往。

秦南御花了些时间，在附近找到了一个停车位，步行前往小吃店的途中，还因为帅气的外貌和独特的气场，引起了一阵小骚动。

不少女生拿出手机偷拍，边拍边感慨："这是我们学校的同学吗？白衬衫配西装裤，他简直太帅了！"

"我怎么觉得他有点儿眼熟啊，这是不是回我们学校做过演讲的学长？"

"好像是计算机系的学长，超级学霸。"

"计算机系居然有这么帅的学长？我决定明天就去计算机系找个男朋友……"

秦南御面无表情地往前走，被人堵住要合照的时候，默默地在心里替秦默睿记下一笔。秦南御打算一会儿找到臭小子后，要好好教他什么叫"闹脾气的代价"！

秦南御穿过人群，抵达小吃店门口的时候，他身上的白衬衣已经变成了灰衬衣，全是人挤人挤出来的，靠近手臂的位置还有几个手印……

他俊美的脸上没有什么表情，额头上覆盖着一层薄汗，短发有些凌乱。他双眼盯着小吃店里正靠在椅子上的小家伙，看见小家伙左手一个鸡蛋饼，右手一个鸡腿，正吃得不亦乐乎。

小家伙明显没有感觉到危险来临，正仰着小脸蛋儿对林慈撒娇："外婆，你真好，不像我爸爸，他是个大坏蛋，连饭都不让我吃饱。"

很好，秦默睿背着他吃垃圾食品，还骂他。

秦南御盯着面前的臭小子。

小家伙还在不遗余力地吐槽自己的爸爸。

"外婆，你知道吗？我爸爸还特别凶，只会吼我，像这样……"小家伙放下手里的鸡蛋饼和鸡腿，板起小脸，学着秦南御的模样，大声吼道，"秦默睿——"

小家伙的小身板还特别配合地抖了抖，他拍着小胸脯，一副被吓坏了的样子。

秦默睿将秦南御生气的样子模仿得惟妙惟肖。

小家伙"戏精"上身，还演上瘾了。

他把自己形容得楚楚可怜，活像个在后爸手里艰难求生的小可怜，真是闻者伤心，见者落泪。最后，他还摆出弱小、可怜又无助的神情，舔了舔小嘴巴，眼巴巴地看向林慈，问："外婆，我还没有吃饱，可以再要一个炸鸡腿吗？"

林慈哪里扛得住？

虽说小孩子不应该吃垃圾食品，可这么久吃一次，没关系的。

瞧把孩子馋的，都憋坏了。

林慈到底还是担心他的身体，没去给小家伙买炸鸡，而是扭头进了厨房，又给他摊了个煎饼馃子。

管家看着桌子上越来越多的食物，忍不住想要提醒，余光瞥见站在小吃店门口的高大身影，猛地一怔："少爷……"

小家伙不知道"死神将至"，抹了抹嘴，心情很好地纠正道："我不是少爷，是小少爷。"

管家："……"

管家努力地给他使眼神，无奈小家伙吃得太高兴，完全没理会。

见管家一直冲着他眨眼睛，他歪了歪小脑袋好奇地问："管家爷爷，你的眼睛是不是不舒服？"

管家：我心脏不舒服，心累。

管家硬着头皮转身，喊道："御少。"

清清楚楚的两个字瞬间让坐在椅子上的小家伙身体猛地一僵，侦察危险的那根雷达终于重新运转。下一秒，他以迅雷不及掩耳之势，伸手将桌子上所有的东西倒到一个碟子里，藏到桌子底下。

做完这些，他抽出一张纸，擦了擦油汪汪的小嘴，佯装自己什么都没吃，面无表情地转过身，跟从门外进来的秦南御大眼瞪小眼。

小家伙的动作速度之快，堪比川剧变脸，小吃店里的其他食客都看蒙了。

前一秒还在夸他长得可爱，想要"组团"偷孩子的人，此刻全趴在桌子上笑得停不下来。

"我不行了，怎么会有这么萌的孩子？吃个饭还能长见识，我以后就是这家小吃店的'脑残粉'了。哈哈哈！"

"嘤嘤嘤，又想骗我生孩子，然而我是个连男朋友都没有的'单身狗'。"

"扶我起来，我还能笑……"

有个客人笑得太激动，直接从椅子上摔了下来，顿时，小吃店里又响起了一阵疯狂的笑声。

整个小吃店里，只有成为焦点的父子俩没有笑。

小家伙的身板挺得直直的，他一脸"我没做错，我不慌"的表情，小手却已经紧张地攥着衣角，扭头找能保护他的小妹妹。他突然想起外婆说过小妹妹不在店里时，小脸顿时垮了下来。

面对已经走到他面前的秦南御，秦默睿黑黑的大眼睛里满是焦虑的神色。

秦默睿抱着死马当成活马医的心态，扑到了林慈的怀里。

"外婆，救命！"

林慈愣了愣，看见扑到她怀里的小家伙，下意识地抱住他，回过神后才发现是秦南御来了。她再看一眼怀里瑟瑟发抖的小家伙，一下就心疼了。

碍于秦南御的身份，她也不敢说什么。

小家伙见她沉默着，已经露出绝望的表情，仿佛预见了自己即将被揪着衣领，拎出去暴揍一顿的画面……

下一秒，一直冷着脸的秦南御面容突然变得和缓，主动问候："伯母。"

咦？

小家伙像是怀疑自己听错了，猛地扭头看向秦南御。

秦南御无视了他，语气温和地跟林慈解释："伯母别听他胡说，我从来没有打过他，也不会虐待孩子。"

秦默睿自己找打不算，那叫作死。

秦南御话音一落，林慈明显放松下来，说道："我就觉得你不是那样的人，毕竟你对瑶瑶那么好……睿睿是你的儿子，你肯定会对他更好。"

"嗯。"秦南御应了一声。

林慈不怀疑他，直接把怀里的小家伙还给了秦南御。

小家伙还来不及拒绝，秦南御就已经伸手按住了他的后脑勺儿，把他的脑袋往自己的肩膀上按，不让他有任何说话的机会。

"唔唔！"秦南御肩膀上的小家伙试图垂死挣扎，以失败告终。

"他说他困了，我先带他回去。"

秦南御确定店里只有沈氏夫妇，没有过多打扰，很快便带着小家伙离开了。

管家跟在他们父子身后，每经过一个垃圾桶就提心吊胆，担心秦南御会转身把亲生儿子丢进去！

直到他们走出巷子，管家才发现这不是离开的方向，眼前出现的是一幢老式的公寓楼。

秦南御的脚步停了下来，他松开按着小家伙的手，小家伙立刻抬起头，说："太爷爷答应让我出门的，我不是离家出走，你不能打我，也不能关我禁闭！"

"偷吃炸鸡，也是太爷爷答应的？"秦南御把他放下来，冷冷地问道。

小家伙无话可说了。

他刚出院，要是太爷爷知道他偷吃了炸鸡，会生气的。

他也就只能骗骗不知道内情的外婆，现在到秦南御面前，全露馅了……

小家伙像斗败的小狮子，耷拉着小脑袋，已经做好迎接秦南御疾风暴雨般的嘲讽，弱弱地请求道："我今天还没有见到小妹妹。我想小妹妹了，可以见过小妹妹再回家关禁闭吗？"

虽然希望很渺茫，但做人还是要有梦想的，万一哪天美梦成真了呢？

"可以。"

小家伙一愣，小嘴微张，盯着秦南御，惊讶得说不出话。

秦南御瞥见他眼底的亮光，像是炸开的一簇烟花，突然想起纪微甜跟他说过的话。他缓缓地蹲下身子，跟眼前的小家伙平视，说："要是你能答应我，以后不再拿自己的身体开玩笑，我就答应带你去见小妹妹。"

小家伙眨了眨黑黑的大眼睛，愣着没动，向来聪明的孩子在这一刻像是傻了一样。

秦南御眨了眨眼，想到了什么，淡淡地说道："不只小妹妹，还有纪微甜。"

"我们今天见完小妹妹，还可以去见妈妈吗？"小家伙终于回过神，一脸期待的表情问道。

秦南御蹙了蹙眉，想提醒他不是分开见，而是一起见。他想了想，没解释，只是"嗯"了一声。

"成交！"眼前的小家伙立刻激动地伸出小手指，要跟他拉钩。

"幼稚。"秦南御刚要拒绝，瞥见他失落的小眼神，又忍不住伸出手指跟他拉钩。

秦南御打发管家一个人先回去，自己带着儿子进了南坡公寓。

父子俩同行，难得没有大眼瞪小眼，而是十分和谐地大手牵着小手。

一路上，小家伙格外安静，只是一双炯炯有神的大眼睛泄露了他的期待。

这还是他第一次来小妹妹家里……

想到这里，小家伙怔了怔，跟着秦南御进了电梯，有些疑惑地歪着脑袋看爸爸，问道："你怎么会知道小妹妹住在哪里？你是不是背着我偷偷来过？"

秦南御："……"

"你刚才还说你会带我去找妈妈，那你也知道妈妈住在哪里！所以，你也背着我偷偷去找过妈妈！"小家伙智商上线，举一反三地说道。

秦南御一时语塞。

还好电梯很快就到了，"叮"的一声响，秦南御拒绝回答小家伙的问题，拎着他下电梯，直接把人带到了房间门口，让他敲门。

"咚咚咚——"

房门从里面被打开，出现在眼前的是小糯米团子软乎乎的小身子，粉雕玉琢的小脸蛋儿上带着几分奔跑过后的绯红。她的怀里还抱着刚跟她玩捉迷藏被她抓到的肥肥，肥肥正伸着舌头舔她的手背。

"小哥哥……"小糯米团子看见秦默睿惊讶地喊道，漂亮的大眼睛亮晶晶的。

小糯米团子再看见站在小哥哥身后的秦南御时，二话不说就松开了怀里的肥肥，张开小胳膊跑上前，说道："爸爸，抱抱！"

那奶声奶气的模样，她把秦南御的心都喊软了。

秦南御弯腰将她抱起来，替她擦掉额头上的汗水，刚想要问她纪微甜在哪儿，卧室的门就被打开了，纪微甜从里面走出来。纪微甜刚洗完澡，长发还是湿的，搭在肩膀上，她手里拿着一条毛巾在擦头发，漫不经心地问："瑶瑶，是外公外婆回来了吗？"

话音刚落，纪微甜抬眸看见站在门口抱着女儿的秦南御，身体猛地一僵，擦头发的动作也停了下来。她难以置信地看着明明已经从她家离开、现在又出现在她家门口的男人。

什么情况？

"妈妈——"伴随着纪微甜的惊讶，一抹软乎乎的小身影像颗小鱼雷，"嗖"的一下朝她扑过来，结结实实地抱住了她的大腿。

小人儿仰着精致帅气的小脸蛋儿，兴奋地叫她。

睿睿……他怎么也来了？

纪微甜将手里的毛巾丢到旁边，弯腰把小家伙抱了起来。

小家伙像是没想到会在这里看见她，小胳膊用力地搂着她的脖子，"妈妈""妈妈"地叫个不停，把纪微甜的心都叫软了，她任由他蹭在怀里撒娇。

直到秦南御抱着小糯米团子上前，伸手将他从纪微甜的怀里拎出去，放到沙发上。

小家伙不高兴地鼓起腮帮子，刚要抗议，秦南御突然弯腰，把小糯米团子也放到沙发上，让他们两个人一块儿玩，这才把小家伙哄住。

小家伙时不时地就瞅一眼纪微甜，半晌才从惊喜中回过神，看向坐在他面前，正从沙发底下掏出一只只小黄鸭的妹妹，羡慕地感慨道："这就是你妈妈吗？你妈妈真好！"

他喜欢的妈妈和喜欢的小妹妹齐了，觉得自己像是在做梦。

"我妈咪很迷糊的，都不会照顾自己。"小糯米团子头也没抬地应道，又从沙发背垫下面掏出一只"放屁鸭"，放到小哥哥面前，盘点完，又嘟囔了一句，"不过我妈咪很爱我，我已经是四岁的大朋友了，可以照顾妈咪。"

沙发上的两个娃娃在讨论四岁是小朋友还是大朋友的问题，秦南御走到纪微甜面前，对上她错愕的目光，慢条斯理地说道："秦默睿又闹脾气、绝食，非要见你。我搞不定他，只能带他过来，是不是打扰你了？"

秦南御的目光从纪微甜身上一扫而过，薄唇抿了抿，他突然侧过身，没再看她。

纪微甜刚想说没关系，她也很喜欢小睿睿，突然看见她面前举止有些奇怪的男人，怔了怔，想起了什么，低头看了一眼自己身上穿着的衣服。

白色的棉质睡裙，很可爱，很保守。

她刚洗完头，头发上还滴着水，连带着打湿了领口的衣服……

"我去换件衣服！"纪微甜拔腿冲回房间，用力地关上门。

客厅里的秦南御转过头，看见她消失在门边的身影，后知后觉地"嗯"了一声，有些不自在地轻轻咳了两声，英俊的脸庞和耳朵染上了一抹清晰的红晕。

他走向客厅的阳台，打开窗吹冷风。

等纪微甜换好衣服出来，秦南御也已经回到客厅里，坐在椅子上，不知道在跟谁打电话。

余晖从窗外照进来，照在他棱角分明的脸庞上，浮现出一层圣光，像将他们隔绝成了两个世界的人。

不知道为什么，她在他身上看见了孤独。

纪微甜看得有些入神，等她反应过来时，秦南御已经挂了电话，定定地看着她。

"管家跟我说厨师今天有事请假了，家里没人做饭。"

"哦……啊？"纪微甜一脸蒙地抬头看他，眼神中带着一丝不解，像是不明白他为什么要跟她说这个。

她反应了几秒，客气地问："那你跟睿睿晚上要留下来吃饭吗？"

"好。"秦南御一点儿也不客气地应道。

她真的只是随便客气一下。

秦南御答应得这么快，她连反悔的机会都没有。

"其实，我不太会做饭。"纪微甜尴尬地摸了摸鼻子说道。

一般情况下，小糯米团子的三餐都是由纪微甜的养父母解决，她平时忙着做实验的时候，经常连饭都忘了吃，还要靠小糯米团子监督。

在这种情况下，她根本不想学做饭。

现在家里突然来了客人，还是秦南御这样一尊"大佛"，纪微甜压根儿不敢问他能不能将就一顿，一人一碗泡面应付一下……

"要不然我们出去吃吧？正好我还没谢谢你在纪家帮我解围。"

纪微甜为自己的机智点赞。

秦南御对她要感谢自己的提议不评价，只是对感谢的方式提出了异议："带着两个孩子出门吃饭不方便。"

"要不我们叫外卖？"纪微甜试探性地问道。

她有些不确定秦南御这样挑剔的人能不能接受外卖。

结果他答应了……

沙发上的两个孩子听见有吃的，齐刷刷地丢下玩具，围到准备点菜的纪微甜身边。

瑶瑶："妈咪，我想吃南瓜蛋挞。"

睿睿："妈妈，我也想吃南瓜蛋挞。"

瑶瑶嘟了嘟嘴，扭过头，说道："你为什么要学我说话？这是我妈咪！"

睿睿扬起帅气的小脸，想了想，说道："只要你叫我一声'哥哥'，从今天开始，你妈妈就是我妈妈，我爸爸就是你爸爸，咱俩都不亏。"

小糯米团子歪着脑袋想了一会儿，漂亮的大眼睛瞅了瞅站在旁边的秦南御，她好像觉得有道理，点点头："成交！"

纪微甜："……"

被两个小娃娃包办婚姻是一种什么感受？他们俩还当着秦南御的面……纪微甜感觉自己的老脸都要被丢光了，打断他们，说："你们还点不点菜？"

"点！"两个孩子异口同声地说道。

这默契程度，知道的人当他们是吃货，不知道的人还以为他们是亲兄妹。

解决了爸爸妈妈的问题，睿睿顿时变得很有绅士风度，处处让着妹妹。等小糯米团子点好了想吃的东西，他才蹭到纪微甜怀里，眨巴着黑黑的眼睛，问："妈妈，我想吃炸鸡，可以吗？"

纪微甜怔了怔，看见他眼巴巴的小模样，差点儿心软答应。想到他刚出院，肠胃可能还没有恢复好，她犹豫了一下，说道："炸鸡太油腻了，换成烤鸡翅好不好？"

小家伙眼睛一亮，刚要答应，秦南御已经冷冷地说："不行！纪微甜，慈母多败儿，你这样会惯坏他。"秦南御不容置喙地说道。

他用小家伙一天到晚不想着好好吃饭，只想着离家出走找小妹妹吃垃圾食品的事情，试图说服纪微甜站在他的立场。

纪微甜不认同地拧眉，说："你的意思是，睿睿喜欢我跟瑶瑶，是因为我们会纵容他？你为什么不反思一下自己对儿子是不是太严格了？小朋友都有逆反心理，你越是束缚，他就越是想要挣脱束缚，适当尊重他的选择，我觉得没什么问题。"

"哪怕他的选择是错的？"秦南御声音微沉。

"对错不能一棍子打死，你凭什么说我'慈母多败儿'？我这叫尊重。"纪微甜据理力争。

她从来不限制瑶瑶的喜好，瑶瑶现在不也没长歪吗？秦南御还不是喜欢她女儿喜欢得不得了？

纪微甜气呼呼地说道："我觉得是你太霸道了，不懂尊重孩子。"

"不让他吃垃圾食品也是我的错？"秦南御幽幽地说道。

两个人的争执仿佛回到了原点，谁都没能说服谁。

看见旁边因为他们突然吵起来而有点儿蒙的两个小孩，秦南御和纪微甜同时意识到自己现在的行为有点儿幼稚，只是谁也没先开口说话。

反倒是两个小孩害怕他们再吵起来，主动退让。

睿睿："我其实可以不吃炸鸡。"

瑶瑶："我也可以不吃南瓜蛋挞。"

最后秦南御亲自下单，叫了烤鸡。

秦南御看着坐在沙发上陪着孩子玩游戏的纪微甜，想要说什么，纪微甜却看也不看他一眼。

沙发的那头是"一家三口"，沙发的这头是孤家寡人的他。

秦南御拿出手机，给助理发短信：女孩子生气了要怎么哄？

助理：要看对方为什么生气，具体问题具体解决。

秦南御想了想刚才的场景，一个字一个字地编辑短信：吵架，因为教育观念不同。她觉得我对自己的儿子不好，我觉得是她没看清那个臭小子在装可怜。

助理隔了足足一分钟才回短信：秦总，有句话不知当讲不当讲……上一个试图跟女孩子讲道理的男人已经在"火葬场"里躺着了，我这么说，你能明白吗？

助理的言外之意：你也不远了，请好自为之！

秦南御放下手机，抬头重新看向纪微甜，认真反思自己刚才的话是不是太重了。

看似在陪两个小孩玩游戏的纪微甜察觉到一道灼灼的目光一直停留在她身上，不自在地抿了抿唇，眼底也是掩不住的懊恼神色。

是她太冲动了，秦南御要怎么教自己的儿子，跟她一点儿关系都没有，她不能因为心疼睿睿就去干涉他的教育方式。

算起来，他们连朋友都算不上，她这叫多管闲事。

想到这里，纪微甜的眸色暗了下来，听见门铃声，她站起来去拿外卖。

她拎着外卖袋子转身的一瞬间，突然看见秦南御站在她身后。只见他双臂一伸，就将她锁在了门板后面！

纪微甜被吓了一跳，瞪大了眼睛看他。她攥紧了手里的外卖袋子，谨防自己一紧张，一袋子砸到他脸上，将他砸出一脸血。

两个人的距离有点儿近，近到纪微甜能看清他脸上的毛孔……不对，他脸上没有毛孔。

他的皮肤比女孩子的还好，这就过分了。

纪微甜不习惯跟异性这么近距离地对视，忍不住开始胡思乱想，试图缓解心里的紧张。同时，她也等着秦南御解释自己的行为，可等了半天，他只是这么看着她，没有要说话的意思。

"秦南御，外卖要凉了。"纪微甜忍无可忍地说道。

"嗯。"秦南御应了声，瞥见她眼底蹿起的火光，隐约能感觉到自己好像又惹恼她了。

他一开始只是想要道歉，但是又担心她会像刚才一样无视他，等他把人拦下来的时候，却不知道该说什么了。

他的脑子里第一次一片空白，他怎么都回忆不起来助理刚才说的要怎么哄女孩子开心。

他从来没有哄过女孩子。

"嗯什么嗯？你倒是让我过去啊。"纪微甜努了努嘴，示意他让开。

她的两只手都拎着东西，他不帮忙就算了，还来挡道，他到底在想什么？奇奇怪怪的。

"对不起。"秦南御终于开口了。

简单的三个字让纪微甜愣了愣，她狐疑地打量着他，疑惑地想，他怎么突然道歉了？

她又没真的生气，只是担心两个小家伙饿了，想要喊他们吃饭而已。

想起两个小家伙，纪微甜这才发现客厅里似乎安静得有些过分。

纪微甜扭头往旁边一看，沙发上的两个孩子不知道什么时候并排坐到了一起。睿睿一只手捂着妹妹的眼睛，另一只手捂着自己的眼睛，手指缝却没合紧，他正在偷窥。

小糯米团子什么都看不见，着急地问道："哥哥，怎么这么久？爸爸跟妈咪亲上了没有？"

秦南御收回手，看了纪微甜一眼，像是也觉得自己刚才的行为不妥，伸手接过她手里的外卖，转身放到餐桌上。

纪微甜怔了怔，等回过神，手上已经什么都没有了。

沙发上传来两个小家伙的叹息声。

"我爸爸真笨。"

"是我妈咪先害羞的。"

"没关系，下次还有机会……"

突然画风一转，两个人互相安慰起来。

纪微甜微微抽搐嘴角，心想：她跟秦南御没有下次。她走上前，弯腰将看戏的两个人拎起来，分别敲了一下他们的脑袋。

"小孩子不许胡说八道。"

说罢，她就牵着他们去吃饭了。

有吃的，两个孩子格外安静，埋头扫荡着食物，吃饱后就手拉手回房间玩去了。

餐桌边一下就从四个人变成了两个人，纪微甜矜持地抽了张纸擦嘴。她正担心自己的吃相会不会太难看，突然发现秦南御给她夹了一个鸡翅。

她有些意外地看着他。

"关于儿子的教育方式，我不应该说得太绝对，以后会学着尊重他的想法。"秦南御对上她的目光，缓缓地说道。

他的声音很好听，尤其语速放慢的时候，像大提琴发出的声音，有磁性又很有质感，带着安抚人心的魔力。

纪微甜抿了抿唇，说道："我不了解秦家的规矩，又没有照顾过睿睿，我其实不应该对你的教育方式指手画脚，我也要跟你道歉。"

"没关系。"

"对不起。"

两个人异口同声地说道，突然变得客气起来。

"那个，鸡翅味道不错，你也吃一个。"纪微甜往秦南御的碗里夹了一个鸡翅。

想起他不同意儿子吃，可能自己也不喜欢，她刚要拿回来，秦南御已经把鸡翅夹起来，低头吃了一口。

他的吃相很优雅，即使吃外卖，也能吃出一种在高级餐厅里用餐的感觉。

只见他慢条斯理地将纪微甜夹给他的鸡翅吃光，从容地抬眸，认真评价道："嗯，还不错。"

谁说男人认真工作的样子最帅？明明是长得帅的男人干什么都帅。

顶着这样一张脸，除非是真心作死，不然哪个女人受得了他突然从"小狼狗"变成"小奶狗"的模样？

纪微甜合理怀疑他在用美男计，只是她找不到证据。

好在一顿饭很快吃完了，纪微甜让秦南御去照顾两个小家伙，自己收拾桌子上的垃圾。

她将东西收拾好，还没有来得及洗手，忽然瞥见站在儿童房门口的秦南御。

他不是刚进去吗，怎么又出来了？

他那高大的身躯半倚在门框上，单手放在口袋里，棱角分明的脸看不出太多情绪，眼睛深深地盯着她看。

纪微甜茫然地眨了眨眼，问道："怎么了？他们打架了？"

不应该呀！她女儿很乖的，睿睿看起来也不像是会欺负妹妹的孩子啊。

秦南御没说话，只是示意纪微甜自己来看。

纪微甜担心孩子，匆忙将垃圾往门口一放，洗了手就朝着秦南御走过去。

她站在儿童房门口，刚要伸手推门往里走，秦南御突然扣住她的手腕，朝她做了个噤声的动作，然后轻轻推开门。

房间里很安静，吃饱喝足的两个小家伙已经趴在床上睡着了。

两个人都是"大"字形的睡姿，一人占据了半张床，像占据着自己的半壁江山。

纪微甜扭头看向秦南御，两个人默契地用眼神交流完，秦南御虚掩上门，转身走回客厅，纪微甜跟在他身后。

"现在怎么办？"秦南御薄唇微启，问道。

"要不，让睿睿今晚睡在我这里，等明天醒了再回去？"纪微甜说道。

"嗯。"秦南御点了点头，又挑眉问，"那我呢？"

什……什么意思？

他又不是孩子，而且也没在她家睡着，关她什么事？

纪微甜下意识地就要这么回答，还没来得及开口，秦南御已经淡淡地说道："我儿子从来没有离开过我。"

他的言外之意：如果小家伙睡醒了看不见爸爸，会害怕。

纪微甜的嘴角抽了抽，她不太相信地瞅了他一眼。

她怎么觉得睿睿要是看不见他，会高兴得敲锣打鼓，大笑三百声呢？

纪微甜意识到自己的想法可能不太对，毕竟父子之间有着切不断的血缘关系，说不定睿睿只是嘴上说讨厌爸爸，实际上很黏秦南御？就像之前在医院，小家伙生病了，秦南御也放下工作，留在医院看护他。

这样一想，纪微甜突然觉得秦南御的话有几分可信度。

那就难办了……

她家里没有多余的客房。

睿睿就算了，还是个孩子。秦南御这么大个人了，总不能跟她睡吧……

"砰——"没等纪微甜想好解决办法，儿童房里突然传来一声闷响。

两个人都愣了愣。

纪微甜像是想到了什么，先回过神，忙不迭地走到儿童房门口，推门进去。

小糯米团子没事，舒舒服服地睡在被窝里，怀里还多了一只肥肥。

睿睿就比较可怜了，被妹妹一脚踹到了地上，迷迷糊糊地睁开眼，看见纪微甜后就可怜巴巴地伸手要抱抱。

纪微甜连忙上前把他抱起来，心疼地哄着他，确定小家伙没摔着才松了口气。

纪微甜扭头看了一眼儿童房里的小号床，犹豫了一下，把睿睿抱到了她的房间。

她把小家伙哄睡后才走出房间，在沙发上坐下来。

她发现秦南御还站在她的房间门口，盯着睡在她床上的小家伙。

纪微甜以为他担心儿子，认真地解释道："瑶瑶睡觉太不乖了，总是滚来滚去，我怕再把睿睿踹下去会摔伤。为安全起见，睿睿今晚就睡在我的房间里吧。"纪微甜说完，想起他们刚才讨论的问题，又说道，"我爸妈的小吃店里有休息室，他们基本都住在店里。如果你不嫌弃的话，可以睡在他们的房间里……或者，楼下就有旅馆……"

纪微甜话音未落，站在她面前的秦南御已经伸手推开房门，大步往里走去。在她没来得及反应时，他就弯腰把睡在她床上的小家伙抱了起来。

纪微甜惊讶地从沙发上站起来，错愕地看着抱着睡眼惺忪的小家伙和从她房间里出来的男人。

秦南御对上她困惑的表情，沉吟片刻，幽幽地说道："我突然想起来，他明天还要上幼儿园，留在这里不方便，还是不打扰了。"

直到秦南御的身影消失在眼前，纪微甜都没有从错愕中回过神。她见过翻脸跟翻书一样快的女人，还没见过翻脸跟翻书一样快的男人。

秦南御带着儿子没有任何停留地离开了南坡公寓。

秦南御怀里的小家伙接连被吵醒两次，嘟囔着"妈妈"。他用小拳头揉了揉眼睛，看清抱着他的人不是妈妈而是黑着脸的爸爸之后，顿时垮下小脸，闹着要去妈妈家。

"妈妈没有，垃圾桶要不要帮你预订一个？"秦南御指着路边一个绿油油的塑料垃圾桶问道。

小家伙撇着嘴，敢怒不敢言。

父子俩的和谐从离开纪微甜公寓的那一刻起就不复存在，两个人一路上都是大眼瞪小眼。

父子俩回到别墅时，管家还在客厅里候着，见小家伙活着从秦南御身边回来，长长地松了一口气。

"御少，小少爷还没洗澡？先交给我吧。"

闻言，秦南御看了小家伙一眼，见他鼓着腮帮子气呼呼的模样，难得没扭头就走，而是伸出手指戳了戳他鼓起的小脸，说："跟我撒什么气？有本事你去让纪微甜答应当你的妈妈。"

语毕，秦南御瞥见管家震惊的表情，才意识到自己刚才那句话有歧义。

秦南御蹙了蹙眉心，想要解释什么，又觉得没必要，转身上楼进了书房。

他打开电脑，想要工作，却一个字都看不进去，脑子里全是这几天发生的事情。

秦南御察觉到自己的情绪变得起伏不定，像被人攥在手里的风筝，他的眸光微微一沉。

偏偏这个时候，助理还给他发了一条短信，问他进展如何，有没有哄好纪微甜。

秦南御拿着手机，把眉心拧成了一条线，盯着屏幕看了一会儿，又把手机丢到旁边。

没过多久，助理又给他发了一条提醒信息：秦总，咱们给纪小姐准备的合约还没签。

纪微甜……

从她第一次出现在他的面前开始，他的生活就无声无息地发生了改变。

他不喜欢这种控制不了自己情绪的感觉。

秦南御像是想起了什么不堪的往事，眼神忽然变得冷漠，将手机关机，好像这样就能将纪微甜彻底拦截在他的世界之外。

"咚咚——"

书房的门被人敲响了。

管家端着一杯牛奶，推门从外面进来。

"御少，晚饭吃了吗？要不要我给你准备消夜？"

"不用了，我不饿。"秦南御的神色已经恢复如常，他淡淡地说道。

"秦默睿睡了？"秦南御问。

"是的，小少爷已经睡着了，睡前闹了一会儿要去找妈妈，我哄哄他就乖乖地睡了。"管家毕恭毕敬地回答。

秦南御没说话，端起牛奶喝了一口。

自己的儿子自己最了解，小家伙越是乖巧，心里越是憋着坏，他指不定要出什么幺蛾子。

秦南御抬头见管家还站在书房里没走，问："还有事？"

"御少，老爷子让我告诉你，给小少爷找个妈妈的事已经安排好了，只要你在这份合约上签字，马上就能兑现承诺。"管家一板一眼地说完，将一份文件放到了秦南御的面前。

秦南御只当老爷子又要逼婚，似笑非笑地想提醒管家，契约婚姻可能涉嫌违法。下一秒，他瞥见合约的内容，瞳孔猛地一缩！

"单亲家庭送温暖"，秦南御盯着合约上的标题，嘴角微微地抽搐。

秦南御难以置信地看向管家，像是在问他是不是拿错了。

秦南御怀疑自己眼前放着的不是结婚协议，而是一个活动的合作协议！

活动的形式是挑选十个单亲家庭，分成五组，互换孩子，单亲妈妈家庭的孩子换给单亲爸爸，单亲爸爸家庭的孩子换给单亲妈妈。活动的目的是帮助从小生活在单亲家庭里的孩子感受到缺失的父爱或者母爱，所以活动的名字叫"单亲家庭送温暖"。

秦南御看完整个合约，表情一点儿都不温暖。他将合约放到桌子上，幽幽地说道："我记得秦氏科技集团经营状况良好，上个季度的财务报表显示，我们的营业额增长幅度达到了历年最高。"

他说这么多，只是想要确认秦家应该还没有破产，不需要他去参加活动赚钱。

难道是他爷爷有了曾孙，已经看孙子不顺眼到真的打算将他卖了？

他当初就不该答应他爷爷……

"老爷子说了，御少你既不愿意结婚，又不愿意相亲，他尊重你的选择。但是小少爷需要一个妈妈，这是摆在眼前的事实，哪怕是个假的，也要给孩子一个完整的童年，让小少爷真切地感受一下母爱。"管家顿了顿，清了清嗓子，继续说道，"老爷子还说，如果你不同意也行，只要你能在三天内给小少爷找到一个妈妈，他可以不勉强你。"

三天内找个结婚对象，他得去骗婚吧？

他爷爷这是不出手则已，一出手就要人命呢。

秦南御伸手捏了捏眉心，烦躁地在书房里走了一圈，最后指着桌子上的合约，狠狠地咬着牙说道："所以我要是三天内不结婚，就必须带着儿子参加活动？"

"是。"管家没有犹豫地回答道。

秦南御倒抽一口凉气，试图讲道理："跟我合作的单亲妈妈是谁？"

"这属于活动保密内容，现在还不能说。"管家机械性地回答。

秦南御瞪了管家一眼，知道管家是他爷爷的人，只能忍了，换个方式问："秦默睿从小跟在我身边，爷爷就不担心自己的曾孙在外面遇到什么危险吗？"

这个问题，管家似乎早有准备，解释道："御少放心，为了不影响孩子们的正常学习和生活，活动只在周末两天进行，摄影师会全程、全机位跟拍，确保孩子们在活动中的安全。家长不放心的话，也可以跟着，具体的保障条款都附在合约后面了。还有，小少爷已经答应了。"

老爷子这是做了万全的准备，不让秦南御有半点儿拒绝的可能。

秦南御眯了眯眼，总觉得哪里不对劲，说："你老实告诉我，爷爷到底图什么？"

"这……"管家犹豫片刻，开口说道，"大概是上次强行把你跟小少爷绑在一起，老爷子发现没能让你们父子的关系缓和，就想试试反其道而行之，想看看你们分开之后，会不会想念彼此。"

彼此想念？不存在的。

想到以后每个周末都不用见到儿子，秦南御怀疑他可能睡觉都要笑醒。

他拿起笔，迅速在合约上签下自己的名字，将合约丢给管家。

"御少，其实你有三天的考虑时间，要是三天之内能替小少爷找到一个妈妈，就不用答应老爷子的条件了。"

他给秦默睿找个妈妈……

秦南御的脑海里鬼使神差地浮现出一道人影。

如果是她，小家伙应该会很高兴，他也能多一个会撒娇、卖萌的女儿，皆大欢喜……

等他意识到自己居然又在想纪微甜时，表情瞬间冷了下来。

管家见情势不对，连忙拿着合约离开书房，偷偷给老爷子汇报情况。

秦南御失眠了一整晚。第二天一早，他吩咐管家送小家伙去幼儿园，自己开车去了公司。

办公室里，助理抱着文件在等他。

"通知九点开会，讨论这次新项目的研发进度。"秦南御一边低头在文件上签字，一边吩咐道。

助理忙不迭地记录下来，同时问道："那我们今天还去江城大学实验室吗？"

秦南御顿了顿，眼底掠过一丝复杂的情绪，说："这周我都没有时间，有什么需要，你过去处理就行。"

"是。"助理虽然纳闷儿，但不敢多问，抱着签好的文件走到门口，想起了什么，又回过头说道，"秦总，秘书处的人刚刚来说纪夫人在楼下，想要见你。"

"纪夫人？"秦南御蹙眉。

"纪小姐的后妈，纪总的第二任夫人，苏素媚。"助理解释道。

秦南御记得这个人，如果他没有记错，她是个挺有手腕的女人。

纪墨峰当着他的面尚且会忌惮几分，倒是苏素媚，九曲心肠，又能说会道，几句话就能挑拨到要害。

一般人在她面前，怕是讨不到便宜。

有这么一个厉害的后妈，难怪纪微甜这个大小姐在纪家毫无分量可言，只能带着女儿住在破旧的小公寓里。

他原本已经忘了，现在一提到苏素媚，他立刻又想起当时在纪家别墅，小糯米团子是怎么被他们欺负的了。

秦南御眸光微敛，问："她说有什么事吗？"

"没有，她只是一直强调有重要的事情要见你，说是跟纪小姐有关。因为她没有预约，所以秘书不敢让她上来。"助理说道。

"做得很好。"秦南御拉开办公椅坐下来，随手拿过一份合作方案，打开批阅，"暂时不用理她，就说我很忙，让她先等着。"

助理愣了愣，有些意外地抬头看他。

秦家家规很严，秦家的人从不仗势欺人，身为继承人，秦南御虽然性格冷漠，但很少故意刁难人。可看他刚才的吩咐，他明显要故意晾着苏素媚。

秦南御嘴上说着不想去江城大学，结果一碰到与纪小姐有关的事，还不是方寸大乱，急着替人出气？

男人的嘴，骗人的鬼！

助理摇摇头，抱着文件离开总裁办公室。

为安全起见，他决定给纪小姐打个电话，问问纪家是什么情况。

秦氏科技集团大堂。

苏素媚拎着包，踩着高跟鞋来来回回地走了不知道多少遍。眼看就要腿麻站不住了，她又绕到前台问："御少忙完了吗？他什么时候能见见我？你们到底帮我传话了没有？"

她从早上站到中午，别说连秦南御的面都没见到，这秦氏科技集团的人连一杯水、一张椅子都没给她准备。

看见大堂里放着的会客沙发，她刚要坐过去，保洁员就放上了"正在保养"的工作牌。

苏素媚只能一直站着等，一等就等了好几个小时！

她嫁进纪家这么多年，都忘记"吃苦"这两个字怎么写了，头一回等人等得这么憋屈！

她想也不想就将牢骚都发泄到了前台接待员身上。

"纪夫人少安毋躁，我们已经通知了总裁办公室，只是我们秦总很忙，一直在开会，恐怕还没有时间见您。您要是不想等了，可以改天再来。"

前台接待员将宋特助早就安排好的说辞，一字不落地转达给苏素媚。

苏素媚不是没见过世面的无知妇人，跟在纪墨峰身边这么多年，早就摸透了商场上敷衍人的那一套说辞。

一听见前台接待员的话，她立刻就察觉到不对劲，脸色顿时变了，说："你在糊弄我？你们根本没有帮我通报对不对？是谁？是谁在耍我？今天的事，要是你不给我一个合理的说法，等我见到御少，看我不扒了你的皮！"

苏素媚像是故意的，说话的音量越来越大。

周围不少人被她的声音吸引，扭头看向这边。

前台接待员记得宋特助只交代她把人晾着，没让她得罪人，于是连忙又往总裁办公室通报了一声。

"告诉她，秦总已经开完会了，让她上来吧。"助理冷漠地说道。

听见自己终于能见到秦南御了，苏素媚揉了揉发胀的小腿，扶着墙往电梯里走。结果到了顶层的总裁办公区，她还是见不到秦南御。

秘书只把她带到了会客室，说秦南御临时有一个重要的视频会议，连杯水都没有给她倒，又让她等着。

这一次，秘书直接把会客室的门锁上了。苏素媚就算在里面喊破喉咙，都不会有人理她！

总裁办公室里。

秦南御坐在电脑前，冷漠地看着监控视频里困兽般坐立不安的苏素媚，眼神冷得让人看一眼就忍不住打寒战。

不知道的人还以为苏素媚跟他有深仇大恨。

助理硬着头皮上前，提醒他午饭时间要到了，需不需要订盒饭。

"先不用。"秦南御抬手扫了一眼腕表，闪了闪黑眸，像是觉得时间差不多了，伸手合上面前的笔记本电脑，"把人带过来吧。"

苏素媚等了这么久，人已经等蒙了。

发现会客室里没有信号，连电话都打不出去的时候，她甚至怀疑自己是不是进了贼窝，要被人活活关死在里面。

突然见到秦南御，她愣了半晌都没想起来自己要说什么，浑身发抖，对上他冰冷的眼神，像是看见了死神。

她已经开始后悔来秦氏科技集团了，可一想到秦南御背后的权势，她的眼神又变得贪婪，连带着胆子都变大了。她主动走上前，挤出一丝笑容，说："没有跟御少打声招呼就过来，是我失礼了。"

闻言，秦南御眉峰微挑，眼底掠过一抹暗光，他多打量了苏素媚一眼。

她保养得是挺不错，一双眼皆是媚态，丝毫看不出真实年龄，可真正让秦南御另眼相看的是她的心态。

正常人被人晾了这么久，哪怕没动怒，也会抱怨几句。可苏素媚不但没有半句抱怨，反而主动致歉……

她这服软的手段，钢铁汉子都要化成绕指柔，难怪纪墨峰会觉得她是贤妻。

"有事？"秦南御放下手里的钢笔，淡淡地说道，语气里听不出情绪。

苏素媚没有马上接话，而是扭头看了一下周围的座位。

秦南御瞥见她站得太久而有点儿发抖的腿，轻笑着让助理给她搬了一把椅子。

"其实我今天来，说到底，都是因为我家微甜。"苏素媚一坐下来，便开始抹着泪开口，"她虽说不是我亲生的，但不管怎么样都是墨峰的孩子，我心里是有她的。我今天来只是想要问问，御少对我家微甜……你们两个年轻人的关系……"

看起来，她像是个担心女儿被骗的老母亲。其实，她包藏祸心。

现在谁都知道纪家背着债，又疑似得罪了秦家。秦南御要是愿意帮他们渡过难关，那是皆大欢喜，可要是不能……她也不能便宜纪微甜！

那天在纪家别墅，秦南御出现得太突然，他们谁都没有心理准备。等冷静下来，她立刻让人调查了纪星瑶跟秦南御的关系，如他们所料，两个人根本不是父女关系。

秦家怎么可能舍得让自家的小公主流落在外？听说秦家的老太爷可是出了名地喜欢女孩。

秦南御小时候经常被老爷子捉弄，老爷子将他打扮成小姑娘带出去见人。真是要有个曾孙女，秦老爷子怕是要乐翻天了，哪儿能像现在这样把孩子丢在外面不闻不问？

纪星瑶能跟秦南御扯上关系，只不过阴错阳差地认识了秦南御，秦南御见她可怜，就宠着她而已。纪微甜也是仗着女儿才能巴结上秦南御。

都说最了解男人的人一定是女人，在苏素媚的眼里，像秦南御这样有身份、有地位又有钱的男人，怎么可能看上纪微甜？

就算他们现在在一起，秦南御肯定也只是玩玩而已，一旦家长开始逼婚，他肯定会觉得反感。到时候，他要么甩了纪微甜，要么给纪家人一点儿好处，堵住他们的嘴……总之，不管哪一样，对苏素媚来说都是稳赚不赔！

想到这里，苏素媚说话的底气也足了，她端出家长的架势，问道："御少，我直说吧，我今天来，其实是想问你一句，你打算什么时候跟我家微甜结婚，对她负责？"

苏素媚语毕，已经做好秦南御会变脸的准备。

她没想到，秦南御双手撑在桌面上，缓缓地站起身，认真地说道："三天之内。"

浮屠妖

著

Sweet

你是我戒不掉的甜

下　册

青岛出版集团 | 青岛出版社

第十一章

我愿意娶，你愿意嫁吗

休息室里。

"噗——"盯着监控画面的纪微甜刚喝了一口水，就被秦南御的话吓得把水喷在了屏幕上，立刻手忙脚乱地抽纸擦屏幕。

她刚擦干净电脑屏幕就看见画面里的苏素媚一直是静止状态——整整一分钟，苏素媚一动不动，嘴巴张得像是能吞下一个鸡蛋。

看起来，苏素媚也被秦南御的话吓傻了。

纪微甜心里稍稍平衡了一点儿，拍着胸口，重新坐下来。她将目光落到秦南御身上，仿佛隔着屏幕都能感受到他的强大气场。

想到他刚才说的那句话，纪微甜的心跳莫名乱了节奏，她不自觉地盯着监控画面里的男人……

苏素媚足足花了三分钟才从秦南御那句"三天之内"中回过神。她怀疑自己听错了，又问了一遍："御少，你说三天之内，是我理解的'三天'吗？我的意思是……你刚才是不是听错了，我是问你什么时候娶纪微甜？"

这跟苏素媚预想中的场景完全不一样。

这可是秦南御啊！他的身份、地位，还有他拥有的财富，是多少人一辈子求不来的。再加上他的样貌和才华，他要什么样的女人没有，怎么会喜欢纪微甜这样带着一个四岁"拖油瓶"的女人？

秦南御没理会她疑惑的表情，从容地坐回椅子上，慢条斯理地说："我说话不喜欢重复第二遍。纪夫人如果没什么事，慢走不送。"

他说话只说一半，话里话外透露出和纪微甜关系匪浅，这让苏素媚一时半会儿找不到机会开口。还没等她想明白事情怎么会发展到现在这个样子，人已经被请出了秦氏科技集团。

就在苏素媚离开秦南御办公室的下一秒，纪微甜推门从外面走了进来。

因为太着急，她甚至没注意到门口的地毯，被绊了一下，差点儿摔个狗吃屎，一路跌跌撞撞地冲到秦南御面前，眼神幽怨地盯着他。

"秦总，纪小姐……"助理刚把苏素媚送走，正急着进来汇报，看见纪微甜以一种诡异的姿势"挂"在秦南御办公桌前并且随时可能扑到秦南御身上，千言万语都被堵在了喉咙里。助理最后憋出一句："打扰了，秦总！"

助理转身离开，顺带关上了门。

纪微甜没回头，直勾勾地盯着眼前的人，幽幽地说道："秦南御，我刚才都听见了。"

他跟苏素媚说的话，她全都听见了。

"嗯，所以呢？你是特意来谢谢我的？"秦南御看见她出现的那一秒，是有那么一丝诧异的，随即想到应该是助理让她来的，他的脸色便转为平静。

看见她气鼓鼓的表情，秦南御的嘴角勾起一丝不易察觉的笑意，他甚至想伸手戳她的脸。

"我谢谢……谢谢你什么？！"纪微甜双手撑在他的办公桌上，瞪大了眼睛看着他，"你是不是疯了？居然在苏素媚面前说你三天之内娶我？！兄弟，你当我们三岁玩儿过家家啊？三天哪里来得及办婚礼……不对，我的意思是，谁要三天之内嫁给你？"

秦南御眯了眯黑眸，像是一点儿都不意外她会拒婚，伸手擦了擦脸上的口水，蹙眉，嫌弃地说道："女孩子说话就说话，能不能别吐口水？"

"不吐口水，给你表演吐血行不行？"纪微甜气愤地说。

"难不成要我告诉苏素媚，你跟我一点儿关系都没有，我去纪家纯属多管闲事，让纪家继续给你安排相亲？"

"那倒也不是多管闲事……"纪微甜小声说道。她觉得秦南御说得有道理，顺便找了把椅子坐下："我就是担心苏素媚嘴上没把门的。纪家现在融资有问题，万一苏素媚为了帮纪家拉到投资，到处宣扬我们的婚事怎么办？那个时候，你真的要娶我吗？"

"你嫁吗？"秦南御毫不犹豫地反问。

纪微甜再一次惊呆，瞪大了双眼，看着眼前不知道是在开玩笑还是认真的秦南御，只觉得一阵窒息。等回过神后，她立刻从椅子上跳起来，说道："你想得美！就算全天下的男人死光了，我都不会嫁给你！"

"我们的思想达成了高度一致。"秦南御面无表情地瞥了她一眼，"所以，你还担心什么？"

"我……"纪微甜张了张嘴，半晌才回过神，发现自己的逻辑被他带歪了。

现在不是讨论他们结不结婚的事，而是苏素媚会不会出去胡说八道这件事。

"你就一点儿都不担心，苏素媚会利用这件事，打着你的旗号去融资？"

纪微甜总觉得秦南御不是这么好说话的人，但是见他冷静的模样，又看不出他心里憋着什么坏。

"商场上没有傻瓜。纪家的资金缺口我查过，不是小数目，仅凭三两句谣言拉不到投资。你说，如果纪家把我们的婚事闹得人尽皆知，最后却没有举办婚礼，丢脸的是谁？"秦南御薄唇微启，一字一顿地说道。

"当然是纪家！所有人都会觉得是纪家想攀龙附凤，想发财想疯了，居然臆想跟秦家联姻……等等！"纪微甜脑子里闪过什么，立刻抬起头，"倒霉的人除了纪家，还有我！"

作为谣言的女主角，纪家出了丑闻得她"背锅"！

到时候，只怕所有人都会认为是她倒贴秦南御，秦南御还不要她，最后她落得人财两空……

"秦南御，你故意的是不是？"

"我刚才只想着替瑶瑶出气，把你忘了。"秦南御没什么诚意地道歉，同时安慰道，"换个角度想，这么一闹，纪家声名狼藉，你也声名狼藉，以后就不用担心纪家会再替你安排相亲了，一举两得。"

"有你这么安慰人的吗？"纪微甜恨不得扑上去咬他！

秦南御黑眸微垂，盯着她，说："不然呢，娶你好不好？"

三天之内结婚。

你嫁吗？

娶你好不好？

这三句话连在一起，简直有毒！

纪微甜立刻给秦南御表演了什么叫"我被吓坏了！你再说话，我就死给你看"。她突然伸手捂住他的嘴，说："求求你了，做个人吧！动不动就跟女孩子求婚，你姓'流'名'氓'吗？我要是当真了，今晚就收拾行李带着女儿搬进你家，你信不信？"

"唔。"秦南御想说什么，发现嘴巴被她捂着，用眼神示意她松手。

"为了防止你耍流氓，我不松手，顺便还要调戏你，让你也感受一下，什么叫被人耍流氓……哎！"

纪微甜狠话还没有说完，秦南御已经扯掉她的手，并且给了她一个白眼。

纪微甜打不过他，还威胁他，幼稚！秦南御心想。

"啧，男人果然是说一套做一套的生物，前一秒还说要娶我，现在已经一脸嫌弃了。"纪微甜拍拍手，往后退了两步，瞥了他一眼，说道，"你放心，我不会把你说的话当真，也会转告瑶瑶你今天特意帮她出气的事，让她在小本本上给你记一朵大红花……虽然你的帮助是建立在践踏我尊严基础上的。"

"我说的话，也不全是假的。"

"哪句？"纪微甜下意识地应了句，随即了然，心想，以他毒舌的程度，秦南御肯定要说她身败名裂不用相亲的事。于是纪微甜伸手捂耳朵拒绝沟通。她扭头往外走，嘴里还哼着歌："太美的承诺因为太年轻，但亲爱的那并不是爱情……"

秦南御："……"

纪微甜表面平静地离开秦南御的办公室，走进电梯时还是忍不住捂了一下胸口，靠在电梯的内壁上，长长地吐了一口气。

平时一直在实验室里忙碌的她，从来没有经历过这么惊心动魄的"告白"场面，哪怕知道是假的，她的心还是"扑通扑通"地跳个不停。

还好她够冷静，要不然被秦南御发现，他恐怕要嘲笑到她死的那天……

想起苏素媚，纪微甜总觉得她要搞出点儿什么事情，于是伸手从包里翻出手机看了一眼新闻。

她刚发现有秦氏科技集团的新闻动态，还没来得及点进去看，手机就响了，是卡丽打来的电话。

电话接通之后，卡丽对着她就是一顿夸："我就知道我没看错你！我早就说过了，你这脸蛋儿、这身材，天天躲在实验室里做研究简直就是暴殄天物。你要是愿意出道，可以秒杀一大堆女明星！不过现在干的事，可比当明星厉害多了。作为你的闺密，我觉得我的人生此刻也到达了高光时刻！苟富贵，勿相忘啊！"

"喂？喂？是你打错电话了，还是我在电梯里信号不好？怎么净听你胡说八道呢？"

纪微甜有些迷糊地挪开手机，确定给她打电话的人就是卡丽，是她认识多年的闺密。但是卡丽说的话，她一句都没听懂。

"你跟御少的婚讯都公布了，你居然还想瞒着我？"卡丽怒吼道，声音大得隔着手机都能让人耳鸣。

纪微甜突然反应过来，立刻点开刚才没来得及看的新闻。果然，那条置顶的、新鲜热乎的、跟秦氏科技集团有关的动态就是有人曝光秦南御即将跟纪家大小姐结婚。

消息发出不到十分钟，评论数和转发数已经高得相当惊人！这流量，堪比一线明星！

纪微甜看了一眼评论数，没敢点开看具体内容，直接关闭了网页。

想起秦南御说让她跟纪家同归于尽，纪微甜在心里诅咒了他千万遍才按捺想掉头回去杀人泄愤的冲动，然后拿起手机跟卡丽解释。

"叮——"

纪微甜刚要说什么，电梯到达了一层。她顿时挂断电话，像做贼一样，用包包挡住脸，一路疾跑，冲出秦氏科技集团，直到上了计程车才敢给卡丽打电话。她嘴里还在碎碎念："记者的动作不够快，我刚才离开秦氏科技集团的时候，外面居然没人堵我。"

电视剧里不是经常会有新闻刚曝光，绯闻女主角就被各种记者围追堵截的画面吗？亏她刚才还紧张了。

"孩子，醒醒，那是因为记者不知道你在秦氏科技集团——全去纪家了！"

卡丽随手就给纪微甜甩了好几个八卦新闻的链接。

纪微甜点进去一看，全是记者堵在纪家别墅门口的照片，下面还有一些文字说明，大概意思是纪家没有回应两家的婚事。不过照片里苏素媚一直笑吟吟地招呼着记者，又是让管家给记者送矿泉水，又是请大家吃点心，一副好事将近的模样。

造谣一张嘴，辟谣跑断腿。

纪微甜气呼呼地关了页面，把今天苏素媚跑到秦南御面前做的事跟卡丽说了一遍。她原本以为卡丽会帮她痛骂苏素媚一顿，结果卡丽关注的重点完全跑偏了——

"御少跟你告白了？我的天啊！他要是当着我的面问我要不要嫁给他，我直接把心掏出来给他！你居然拒绝了！你还是人吗？！"

纪微甜嫌弃地"啧"了一声，嘟囔道："心掏出来就死了吧？人家告白是要情，你告白要命。我说了，秦南御只是为了帮瑶瑶出气。虽然我也不清楚他们什么时候认识的，但是秦南御好像很疼爱瑶瑶。之前在纪家起冲突的时候，他比我还护着我女儿……总之，我和他的关系很纯洁。他就是为了气苏素媚，故意挖坑给她跳的，还顺带坑了我。"

说到这里，纪微甜觉得好生气，她的名节就这么被秦南御毁了，给纪家当了陪葬品。

偏偏这个时候卡丽还在说风凉话："谁知道他是真的为了瑶瑶还是趁机'夹带私货'？毕竟你身败名裂，对他也不是没好处。他从此以后都可以放心——除了他肯定没人要你了。我们御少连喜欢一个人都喜欢得这么阿骚吗？"

"姐妹，你上次给我那张精神科医生的名片你还有吗？抽时间去挂个号吧，臆想症挺严重的，得治！"纪微甜真诚地建议道。

"有你这么说话的吗？！"卡丽忍不住戗她，"我们是好姐妹我才这么真诚地提醒你，像御少这么优秀的男人，你打着灯笼都难找了。现在他自动撞到了你的怀里，你竟然不趁机把他拐到手，简直是暴殄天物！"

他有钱、有颜，又喜欢瑶瑶。卡丽不知道纪微甜还有什么可挑剔的？

"他毒舌、小气，还特别记仇。我遇见他准没好事……总结就是，秦南御中看不中用。"纪微甜有理有据地反驳。

卡丽突然贼兮兮地笑出声，说道："什么中看不中用？你用过？别一言不合就'开车'，我没吃晕车药。"然后，卡丽又义正词严地说："这个世界上根本不存在完美的男人，咱们别吹毛求疵——御少难道不比那些阿猫阿狗强一百倍吗？"

纪微甜不知道卡丽是在夸秦南御还是骂秦南御。她想了想，认真回答："谁都可以，就他不行。"

"为什么？"卡丽蒙了。

"没有为什么。"纪微甜眼眸微垂，眼中闪过一丝复杂的光。

计程车已经到了自家公寓门口，她连忙跟卡丽道别并挂了电话。

站在公寓楼下，纪微甜接到了养父母的电话。

两位老人看到了新闻，正着急地问她怎么回事。

纪微甜没有隐瞒，把苏素媚做的事情一五一十地告诉了他们。

沈义献和林慈感叹了一阵。

最后林慈又忍不住可惜地说道："妈妈还以为你真的要跟秦总在一起了。我跟你爸都觉得秦总人不错，唯一不放心的就是秦家家大业大，豪门规矩多，怕你真的嫁过去会受委屈。不过看秦总疼爱瑶瑶的样子，妈妈觉得他应该是个可靠的人……"

担心林慈跟卡丽似的把秦南御大夸一顿，纪微甜连忙按住了手机，以信号不好为由挂了电话。

最近是怎么了，她身边的人都在替秦南御这个"扫把星"说话。

知人知面不知心，秦南御哪儿有他们说得那么好？他能想出让她给纪家陪葬的阴损招数……他就是一只披着羊皮的狼！

眼看外面谣言四起，纪微甜担心有人顺藤摸瓜查到她在江城大学工作，继而找到学校来，影响学校的正常秩序。于是她主动给教务主任打电话，请了几天假。

好在她平时跟纪家也没什么往来，露面的机会更是少之又少。这次舆论的焦点是纪家是否即将跟秦家联姻、秦家会不会为纪家提供资金这两个问题，关于纪家大小姐是谁，大家关注得并不多。

只有秦南御的"颜粉"，"嗷嗷"叫嚷着要跟纪微甜决斗，报"夺夫之仇"。

纪微甜开了一个小号，回复了几个哭得比较惨烈的女粉丝，告诉她们御少还是她们的御少，没人稀罕……结果安慰不成，纪微甜反被狠狠骂了一顿。

女粉丝们说她诋毁秦南御，在帮纪家大小姐说话，还说正常女人怎么可能不稀罕秦南御？

行吧，她现在连正常的女人都算不上了。

纪微甜最后的善良也没了，气得直接退号，将手机揣进包里，抬腿上楼。

这个时间，小糯米团子应该在幼儿园。

纪微甜从包里摸出钥匙开门，踩着拖鞋就要回房间整理文献，结果一转身，看见双手托腮蹲在椅子上、像个瓷娃娃似的睁着大眼睛看她的小糯米团子，硬生生被吓出一身冷汗。

"妈咪！"小糯米团子见她回来，眨巴着水盈盈的大眼睛，奶声奶气地喊道。

纪微甜连忙走上前，把包放到桌子上，弯腰将她抱起来，问道："宝贝，你怎么没去幼儿园？

"幼儿园今天放假了。"小糯米团子睁着眼睛说瞎话，隐瞒了故意让外婆帮她请假的真相。

"是吗，我怎么没接到老师的通知？"纪微甜拿出手机刚想问老师，还没来得及把电话拨出去，手机已经被一只小手拿走了。

她被女儿指挥着坐到了椅子上。对上小糯米团子神情严肃的小脸，直觉有大事发生，不禁正襟危坐。下一秒，原本坐在她怀里的女儿已经盘腿坐到了她对面，手里还拎着一个被打得"啪啪"响的银色小算盘。

"妈咪，有几笔账，我们得好好算一算了。"

粉嘟嘟的小糯米团子无视纪微甜困惑的表情，小手拨弄着算盘，小嘴飞快地报账——

"你这个月的奶粉钱还没有给，幼儿园的生活费也没有交，水果涨价了，还有小区的物业费、水费、电费、电梯维修费……你还答应今年要给我买一个金算盘。"小财迷顿了顿，抬头看向纪微甜，说道，"妈咪，我们没有钱了。"

小财迷又补了一句："听说你最近一直请假，肯定连奖金也没了。"

谈到钱，纪微甜面露窘态。

她可以搞定数学建模、计算机程序，甚至物理实验……却唯独对金钱没有概念，生活技能基本为零，是个"技术宅"。

要一个四岁的孩子替她操持家务，她内心很愧疚。

听见小糯米团子说她们没钱了，纪微甜第一反应不是怀疑，而是小心翼翼地询问："能不能先找你外公外婆要点儿？我马上就发工资了。"

小财迷眉头一皱，问道："妈咪，你要啃老吗？"

这帽子扣的，纪微甜哪里敢接话？

"其实也不是没有办法。"小糯米团子贼溜溜的大眼睛一亮，早有准备似的从身后拿出一份宣传单、一份活动说明，还有一份正式的活动报名表，"我帮妈咪报名了一个活动，已经交了照片。妈咪只要能答应去参加活动，就可以获得奖品、奖金等奖励！"

"什么活动？"纪微甜茫然地眨眨眼。

她的小宝贝终于忍受不了自己有个"拖油瓶妈妈"，决定要把她卖掉换钱了吗？

纪微甜的心里一阵不安，她拿过宣传单看了一眼，发现是一项亲子活动，叫"单亲家庭送温暖"。

活动规则很简单，一目了然，宣传单上写了具体的活动参与方式和奖励……

"宝贝，咱们能换个别的方式赚钱吗？"纪微甜用商量的语气问道。

听见要跟女儿一起参加公开的亲子活动，她总担心万一自己表现不好，会被女儿当场卖掉。

"要不然，我找你干妈先借点儿钱？干妈有钱，应该能借给我们很多，够给你买奶粉的。"纪微甜毫不犹豫地把闺密推出来挡枪。

小糯米团子明显不买账，冷冷地说道："那也不够。"

"要不，我再跟你冷叔叔借点儿？"纪微甜绞尽脑汁地想办法，想着想着，忽然觉得自己不应该这么穷。

卡丽之前还说过，幸好纪微甜这么能赚钱，不然都养不起一个小财迷，还嚷嚷着要再多培养一个像纪微甜这样有钱的闺密……怎么突然之间，自己连女儿的奶粉钱都掏不出来了？

等等！

纪微甜想起什么，抬头看着小糯米团子，问："宝贝，我记得你有一个小金库，里面是不是有很多小钱钱？"

"那是用来养肥肥的，不能动！"小财迷义正词严地说道。

纪微甜扭头看了一眼趴在沙发上，体重已经严重超标的肥猫，叹息着人不如猫。她还在为养女儿发愁，肥肥已经领到了"养老金"。

"真的没有别的办法了吗？"纪微甜仔细想了想，总觉得她的账户里应该还有钱，刚拿起手机要查账，她的手机又被小糯米团子抢走了。

小糯米团子转而笑眯眯地看着她说："还有一个办法！"

纪微甜如释重负，忙不迭地把小糯米团子抱进怀里，化身为全世界最温柔的妈妈："你说，妈咪都听你的。"

只要不参加亲子活动，就是上刀山下火海她都不怕！

"跟我的新爸爸相亲。"小糯米团子认认真真地回答。

纪微甜愣了三秒，面无表情地接过女儿递给她的活动报名表。

没有对比就没有伤害，她突然觉得，和跟秦南御相亲比起来，参加亲子活动也不是什么不能接受的事情。

纪微甜拿起笔，干脆利落地在正式的活动报名表上签下了自己的名字。

小糯米团子接过报名表，高兴地滑下椅子，连一个吻都没给她，带着猫就进了自己的房间。

唉，纪微甜总觉得女儿最近没有那么爱她了。以前她一回家，女儿就会黏在她身边——现在女儿连陪她一会儿都不愿意，难道是因为她没钱了吗？看来她得让冷简帮她多接一点儿工作，努力赚钱！

就在纪微甜为了赚钱在房间里埋头加班的时候，外面已经因为纪家和秦家的"联姻"掀起了轩然大波。

婚讯公布的第三天，纪微甜刚结束工作就接到卡丽的电话，得知纪家果然打着秦家的旗号想要融资。

"你这个后妈还真有点儿本事，靠着一些子虚乌有的谣言，差点儿拉到了一个大投资——谁知道关键时刻，秦氏科技集团的法务部找上门来，那个投资人和纪家的合作当场就黄了！现在他们还得担心秦氏科技集团会不会追究他们的责任。"卡丽幸灾乐祸地说道。

偷鸡不成蚀把米，说的就是现在的苏素媚。

"御少威武霸气！"卡丽对秦南御赞不绝口。

纪家现在已经成了豪门中的笑话，说好的三天办婚礼，结果却竹篮打水一场空。苏素媚想要找个说理的地方都没有，毕竟秦家从一开始就没有承诺过这门婚事。只有纪家又是放出消息，又是招待记者……

"卡丽女士，允许我提醒你一句——虽然我不在乎纪家的死活，但是你好像忘了，现在大家嘲笑的对象里也包括我这个绯闻女主角。"纪微甜幽幽地说道。

接到卡丽电话的时候，纪微甜已经打开电脑，看了网上的新闻。

纪家被骂得很惨，但是身为"纪家大小姐"的她貌似更惨。

"有人骂我，说我想要攀高枝儿，妄想跟秦南御结婚，故意放假消息。"纪微甜念完，又径自补充道，"说我想攀高枝儿，我勉强认了；说我想跟秦南御结婚，我不认，我的眼睛又没瞎。"

"还有人说我败坏了秦南御的名声，下次看见我，要往我脸上泼脏水。"

纪微甜念完这条留言，表情变得更加愤怒，开始隔空跟网友对骂："这位朋友，醒醒吧，现在名誉受损的人是我。我是被你们口中完美无缺的御少算计的，你们知人知面不知心啊！"

卡丽问道："姐妹，你还好吗？"

纪微甜回答："不好。网友居然还担心我会羞愤到自杀谢罪——我现在只觉得自己的胸腔内仿佛有一团怒火在燃烧，让我想提着刀冲到秦氏科技集团，把秦南御大卸八块！"

"哦，那我劝你还是先吃点儿东西冷静一下。秦氏科技集团外面全是记者，你现在去就是自投罗网。"卡丽提醒。

纪微甜一怔，问："为什么会有记者？"

"采访啊！你想想，前两天大家还热热闹闹地讨论联姻，突然之间纪家翻船了，大家得多好奇这背后的真相。你没发现网上的评论问得最多的就是你跟御少到底有没有在交往吗？"说话间，卡丽给纪微甜发了一个视频链接，又说道，"在现场的热心网友正在直播，建议你看看御少庞大的'老婆粉'人数，想要命的话，还是留在家里继续当个安静的美少女。"

"我是那种怕死的人吗？别以为你用一两句话就能劝退我。"

纪微甜点进视频链接，看见秦氏科技集团门口黑压压望不到边的人群，默默退出了网页，清了清嗓子，说："你说得对，我一个高智商的'技术宅女'，确实没必要跟秦南御一般见识。再说了，纪家是纪家，我是我。我没有第一时间说清楚，让他的粉丝们误会了，不能怪他们。"

卡丽已经笑得上气不接下气："我就喜欢你这种胆小起来连自己的脸都打的人。"

作为抗议，纪微甜气愤地挂掉了电话，并在心里暗暗发誓——她跟秦南御这个"扫把星"势不两立！

纪微甜将网上那些骂她的帖子都看了一遍，挑了几个看起来比较理智的网友回复，试图告诉他们事情的真相。

然而，没用。

哪怕是路人，都觉得在这场联姻中，纪微甜是那个死缠烂打还被秦南御无情抛弃的人。他们骂纪家的时候，都会顺带骂纪微甜两句。她的名声算是完了，比当年她未婚先孕的时候还惨。

纪微甜愤愤不平地关掉网页，正犹豫要不要打个电话骂秦南御一顿消消气，苏素媚的电话已经先一步打到她的手机上。

纪微甜愣了愣，目光变得冷漠起来。散播谣言的罪魁祸首居然还敢来找她？虽说秦南御有点儿腹黑，故意设套引苏素媚入局，可但凡纪家有一点点顾虑纪微甜名声的想法，遇到这种事都应该先跟她打声招呼再对外宣扬。

苏素媚一离开秦氏科技集团，婚讯就立刻被传了出去，可见纪家一开始只想利用她跟秦南御的关系炒作——哪怕最后两个人没结婚，纪家能拉到投资也不亏。

她的名声，纪家根本没人在乎。

现在纪家偷鸡不成蚀把米，还想来她这里要说法不成？

纪微甜想也不想，挂了电话。苏素媚又打了几个，她都没接。她明明白白告诉纪家人，自己就是故意的。

打了将近十个电话，苏素媚终于消停了。

纪微甜把手机一放，准备回房间睡一会儿。

此时纪墨峰也打来电话了。她看见手机上的来电显示，眼睛眯了眯，伸手接了起来。

"你跟御少到底是怎么回事？"纪墨峰愠怒的声音传来。

听见纪墨峰质问的语气，她差点儿气笑了，还没来得及开口，隐约听见苏素媚在旁劝说——

"墨峰，微甜年轻不懂事，不懂顾全大局很正常。你好好问她，别生气。让她也别生气，好好跟御少说说，可千万别连累了纪家。"

纪微甜今天真的长见识了，敢情纪家干出这么不地道的事是被自己连累的？还想要她去收拾烂摊子，帮纪家跟秦南御求情？做梦吧！

纪微甜烦透了跟苏素媚虚与委蛇的那一套，直言道："我从来没有说过我跟秦南御有任何关系，更没让人去跟记者说我跟他有婚约。这件事是谁惹出来的就让谁去处理，还有……"纪微甜顿了顿，话锋直指苏素媚，"纪家散播谣言，导致我的名誉受损，我会保留起诉你们的权利。劝你们离我养父母远一点儿，否则我会让你们知道我跟秦南御到底是什么关系！"

她一口气说完，没给任何人反应的机会，挂了电话。

她用脚指头都能想象纪墨峰和苏素媚此刻难看的脸色，再加上自己又利用秦南御狐假虎威了一次，她的心里平衡了！

因为男女主角一直没有出面回应，在纪家挨了一轮又一轮的嘲讽后，风风火火的联姻事件终于渐渐平息。

某一天，纪微甜睡醒打开网页，发现自己的名字终于消失在热搜里，甚至秦南御的名字也落到了热搜最后一栏，连忙激动地拨通了卡丽的电话。

"我终于活过来了，再也不用担惊受怕！我这几天连带女儿出门逛超市都要小心翼翼的，生怕被秦南御的爱慕者发现，迎面给我泼硫酸。你能想象那种痛苦吗？我幼小的心灵受到了惊吓！"

"想象不到，我只知道今天是周末，你一大清早打电话给我就是为了告

· 304 ·

诉我，你终于跟御少撇清关系了？"卡丽有气无力地说道。

秦氏科技集团那么大，哪怕只是一个分公司，工作量也是普通公司的好几倍。

卡丽新官上任，需要交接的工作本来就多，集团最近又给她安排了一个重要客户，偏偏还是个拥有低级趣味的二世祖。卡丽接待了几次，每次都强忍着把高跟鞋砸他脸上的冲动，咬牙走完接待流程。

卡丽都累得没力气调侃纪微甜了，抱着手机话还没说完，人已经快睡着了。

她听见纪微甜的声音，又醒了过来——

纪微甜嘟囔了一句："也不全是为了秦南御，我这不是想着周末快到了，问问你要不要来一场'我带着你，你带着钱'的美好约会，就当庆祝我劫后余生？"

"第一次听见蹭饭蹭得像你这么清新脱俗的，我累死了，今天要补觉，你自己去吃吧。"

"别呀，姐妹一场，你就请我吃顿大餐呗。"纪微甜抱着手机，可怜巴巴地恳求道，"我没钱了，这个月的工资还没发，女儿都养不起了。你不去，我吃不起大餐。"

"你说什么？"卡丽愣了好几秒，正打算问她一个揣着金山银山的小富婆，连女儿的小金库里都有八位数存款的人，怎么会到她这里装穷人的时候，电话那头的纪微甜突然"啊"了一声。

"我突然想起来今天还有一件重要的事情，不能一起吃饭了，拜拜！"她丢下这么一句，然后挂了卡丽的电话。

纪微甜触电似的从床上蹦起来，拖鞋都没穿好，光着一只脚走出卧室，抓起放在客厅电视柜上的小台历，果然看见今天的日期被画了一个红圈圈。

小糯米团子在台历上面用红色蜡笔端端正正地画了钱袋的图案，后面还画了一双星星眼，表达她对"小钱钱"的喜爱之情。

今天是亲子活动的第一天。

纪微甜还在努力给自己做心理建设，儿童房的门突然被打开了。

已经刷好牙、洗完脸、换了一身衣服的小糯米团子背着小背包从房间里走了出来。

看见愣在客厅的纪微甜，她的眉头皱了皱，问："妈咪，你怎么还没有换衣服？"

纪微甜刚要解释，甚至还想找个借口反悔。小糯米团子不容分说地拉着她回房间，催促她洗漱。

监督纪微甜洗漱的间隙，糯米团子小脑袋一转，拎起纪微甜的随身包，替纪微甜收拾东西。她还检查了一遍身份证、银行卡、钱包这些重要物件，确保纪微甜没有任何理由打退堂鼓。

被自己的亲生女儿哄上贼船是一种什么感受？

牵着小糯米团子出门的时候，纪微甜一直在认真反思，绞尽脑汁也没想出拒绝参加活动的理由。不一会儿，两个人就到了活动现场。

根据纪微甜收到的消息，今天不是活动正式开始的时间，而是主办方安排了最终参加亲子活动的十个家庭提前过来见面。

主办方租了一个很大的场地，设置了十个房间，前五个房间为一组，后五个房间为另一组，门对门排列，悬念感十足。

一到五号房间供五个单亲妈妈家庭选择，六到十号房间则供五个单亲爸爸家庭选择。

单亲妈妈从一到五号这五个房间中抽签，抽到哪个数字就到哪个房间里等待，五个单亲爸爸则从六到十号这五个房间中抽签。房间相对的两个家庭组成一组，一同参加活动，互换孩子过周末，让彼此的孩子感受缺失的父爱或者母爱。

活动全程会有主办方安排的摄影师跟拍，确保孩子的安全，同时为这些家庭拍摄一些值得纪念的画面。但主办方不会将照片对外公开，仅在活动结束后，提供给参加本次亲子活动的家庭作为纪念。

纪微甜抽到的是五号。

五号房间和十号房间相对，两个房间都在走廊的尽头。

她带着女儿登记完信息进入场地，发现这里只有四个完全不认识的单亲妈妈家庭，单亲爸爸家庭集合的地点好像跟她们不一样。

主办方存心要把悬念留到最后一刻。

纪微甜原本就对参加亲子活动没什么信心，一想到接下来好几个周末她都要照顾一个陌生的孩子，更是隐隐有些担忧。

小糯米团子从她包里拿手机打电话的时候，纪微甜正坐在椅子上祈祷，希望老天爷能给她分配一个像她女儿这么聪明的孩子，最好会照顾自己，免得这个孩子在她手里活不过一个周末。不然，像睿睿那样乖巧懂事的孩子也行，只要吃炸鸡、汉堡就能搞定，不用纪微甜做饭。

实在不行，她只能把孩子带去她养父母的店里，让两个老人家赏口饭吃。

纪微甜越想越悲凉——最惨的是，她可能会连累一个无辜的小生命……

这个时候，她只能自我安慰分散注意力，比如忍受几个周末的活动，总好过跟秦南御相亲。

这么一想，纪微甜的心情果然好多了。想通之后，她终于发现小糯米团子一直神神秘秘地在墙角打电话，对方粉雕玉琢的脸蛋儿上带着一丝严肃，整个人像是正在执行任务的小间谍。小糯米团子对上她的目光，不知道跟电话那头的人说了什么，就把电话挂了，软糯糯的小身子蹭到纪微甜身边，抬起胳膊让纪微甜抱抱。没等纪微甜问，她就主动开口解释："我只是给外公外婆打电话，说我们中午不回去吃饭了。"

纪微甜抱起小糯米团子，接过手机刚要查看通话记录，门外就响起一阵脚步声。

纪微甜忙把手机胡乱塞进包包，抱着女儿坐好，眼睛直勾勾地盯着房门。

等了一会儿，她发现声音的源头是在隔壁。

纪微甜还隐约听见有孩子在喊"爸爸妈妈"，看来是隔壁房间组队成功了。

接下来，又传来别的家庭组队成功的声音。

纪微甜掰着手指头数了数，已经有四组家庭组队成功了，一共就五组家庭，下一组就是自己了。

这么一想，纪微甜正襟危坐，紧张地等着敲门声。可她等了好一会儿，一直不见有人来。

眼看快到十点了，距离上一组家庭完成组队已经过去了半个小时。

十号家庭怎么还没来？

纪微甜问了主办方几次，得到的回复都是——对方正在路上，因为堵车，耽误了一点儿时间，希望她跟女儿再等等。

纪微甜几次想走，可是小糯米团子死活不让。她只能坐回椅子上，撇了撇嘴，说道："什么堵车？看主办方刚才心虚的模样，肯定是对方不肯来。真不知道是哪个爸爸跟我这么有默契……"

见对方不来，纪微甜也不紧张了。

她心里盘算着，主办方什么时候会通知她取消今天的见面。

果然，又过了不到十分钟，房门就响了。

纪微甜美滋滋地带着女儿上前，心里已经想好不管主办方用什么理由挽留，她都要趁机退出活动。纪微甜深吸一口气，打开门，下一秒，看见站在门外单手抱着儿子的秦南御。纪微甜被自己深吸的一口气呛到了！

"咯咯咯……"

什么叫"不是冤家不聚首"？

纪微甜觉得她可能被鬼缠上了，还是个倒霉鬼！

她咳了半晌都没有停下来，脸憋得通红。

门外，秦南御看清站在他面前的人是纪微甜后，身体也变得僵硬，眼中闪过一丝错愕。

因为被老爷子逼着参加亲子活动，所以秦南御故意迟到这么久，等着被主办方取消参加活动的资格。

他完全没有想到会在这里看见纪微甜。

看见她胸口贴着的五号号码牌，秦南御下意识地抬起手，看了一眼主办方刚刚塞进他手里的号码牌。

他是十号。

所以，跟他配对的人是纪微甜？他要交换照顾的孩子是瑶瑶？

秦南御的眼神变得复杂，让人看不出他在想什么，只是他身上的戾气明显比刚走进活动现场时减弱很多。

主办方的工作人员没注意到秦南御的变化，想起他进门时一副不耐烦的样子，担心他下一秒就会甩手走人，连忙开口说道："感谢秦氏科技集团对我们活动的支持！御少愿意来参加活动是我们的荣幸！您放心，我们的活动不会耽误您太长时间，要是您对我们的工作有什么意见或者建议，随时可以提出来……"

"号码牌是贴在胸口上？"秦南御蓦地问道，打断了工作人员的话。

"啊？"正在努力说服他留下来的工作人员愣住了，呆呆地抬头看着态度突然转变的秦南御，半晌回不过神。

倒是纪微甜，听见秦南御的声音并确定他的出现不是幻觉之后，毫不犹豫地问道："你怎么会来这里？"

"我来参加亲子活动，难道你不是？"秦南御轻飘飘地反问，语气里带着一丝连他自己都没有察觉到的愉悦。

纪微甜笑不出来。她没瞎，也看见了秦南御手里拿着的号码牌，当然知道他是来参加活动的。

她想知道的是，他怎么会来参加亲子活动？

秦氏科技集团要倒闭了吗？他一个集团总裁不好好待在办公室里处理

工作，居然还有时间参加亲子活动？

纪微甜受不了这个刺激，只觉得一股热血直冲脑门儿。她伸手捂着额头，往后退了两步，深呼吸，提醒自己要冷静。

秦南御坑了她并让她名誉扫地的事，她还记在小本本上。

纪微甜好不容易克服面对镜头的紧张，说服自己答应小糯米团子来参加活动，就是为了逃避跟秦南御相亲。结果现在，她避之不及的人成了她在活动里的组队对象。接下来一个多月的活动中，他们都将一同出现在记录亲子活动过程的镜头里……

纪微甜强撑着最后一口气，正打算"以死相逼"，让女儿同意她退出亲子活动，结果一扭头，看见刚才还站在身边的小糯米团子已经拔腿跑向了秦南御。她张着小胳膊，扑腾得像只掉进水里的小黄鸭，兴奋地喊着"爸爸"。

"瑶瑶！"纪微甜试图阻拦，但已经来不及了，转而抬头瞪向秦南御说道："我还没答应跟你交换孩子，你不许抱我女儿！"

秦南御置若罔闻，放下怀里的儿子，弯腰就将小糯米团子抱了起来，甚至还挑衅地睨了纪微甜一眼。

纪微甜气得胸口痛，一心想要抢回女儿，离秦南御越远越好，却没有注意到一个落单的小家伙丝毫没有留恋自己的爸爸。

睿睿扭头走到纪微甜面前，怯生生地抓住了她的小拇指，眨着黑漆漆的大眼睛，喊道："妈妈！"

这一声"妈妈"把纪微甜的心都喊软了，她仿佛回到了在机场第一次看见这个小家伙的时候。那时睿睿也是这么小心翼翼地蹭到她身边，可怜巴巴地跟她说自己走丢了，他的小脸精致帅气，表情跟现在一样。

当时的纪微甜面对完全陌生的睿睿尚且不忍心丢下不管，更何况是现在……

睿睿见纪微甜愣住，像是知道她心软了，贴到她身边，抿了抿嘴唇，充满期待地问："妈妈，我以后周末可以跟你住在一起吗？我喜欢妈妈！"

这谁扛得住？！

都说儿子是妈妈上辈子的小情人，撇开睿睿跟秦南御的关系，他简直就是纪微甜能想象到的最完美的儿子！睿睿要是她亲生的，她怕是做梦都能笑醒！

可如果答应睿睿，就意味着她真的要跟秦南御一起参加活动……

纪微甜轻轻咬着嘴唇，有些犹豫。

没等她拿定主意，身边的小家伙就忽然耷拉着脑袋，肩膀一抽一抽的。

纪微甜的心顿时一紧，她连忙蹲下来，轻轻地抓住他的肩膀问："睿睿，怎么了？"

睿睿委屈巴巴地抬起脑袋，眼眶里已经盛满了泪水，小扇子似的睫毛都被打湿了，眨一眨眼睛泪珠就要掉下来了。他哽咽着开口说："妈妈，你是不是跟爸爸一样也不喜欢我？"

纪微甜的心像是被重拳捶了一下，那一刻她根本无法思考，伸手将面前的小家伙抱进怀里，不假思索地说："妈妈喜欢睿睿，很喜欢睿睿！"

连她自己都没有意识到，她并不排斥睿睿喊她"妈妈"，甚至已经将自己当成睿睿的妈妈了。

"那我可以跟妈妈一起参加活动吗？"睿睿抽噎着问道。

睿睿这副模样，让纪微甜心疼得无以复加。她抱紧睿睿软糯糯的小身子，果断答应了。

"真的吗？！"刚才还埋在她怀里的小脑袋立刻抬起来了，眼泪说没就没了，睿睿一脸兴奋地看着纪微甜。

现在小孩子的情绪都这么收放自如的吗？

纪微甜有一种上当受骗的错觉。

可睿睿这么乖，肯定不会骗人，一定是被秦南御虐待得太久了，没有安全感。这么一想，纪微甜摸着睿睿的脑袋，说："睿睿，你真的想跟我一起参加亲子活动吗？"

"嗯嗯！"睿睿点头如捣蒜，搂着纪微甜的脖子不肯撒手，红着小脸撒娇道，"我喜欢妈妈，只喜欢妈妈。"

纪微甜举手投降了，再也说不出一句拒绝的话。

主办方的工作人员见双方家长在两个小宝贝的努力下，从针锋相对转为和谐相处，都感动得快哭了。

秦南御自从拥有了女儿就变得面色温和，连嘴角都开始上扬了。刚才一直试图说服秦南御留下来参加活动的工作人员见到这一幕，难以置信地掐了自己好几下，瞅准时机上前说："御少、纪小姐，第一次见面的两个家庭要先站在一起拍个合照。"

秦南御抱着女儿走出房间，走到主办方指定的合影位置。

纪微甜迟疑了一秒，见小糯米团子靠在秦南御怀里，一脸满足的模样，于是抱着睿睿站起来，配合地走过去。

纪微甜虽然讨厌秦南御，但是不得不承认，把女儿交给他很放心。她一直很愧疚，没有给女儿一个完整的家庭。如果秦南御能让小糯米团子感受到父爱，那么她可以忍受跟他出现在同一个活动里。

另外，她记得这个亲子活动是两个家庭分开进行的——她跟秦南御除了第一天需要见面，之后都是各自带着孩子，完全不会有交集。

纪微甜正想着心事，摄影师突然从镜头后面探出脑袋，一脸无奈地说："纪小姐，你跟御少离得太远了，能不能靠近一点儿？"

远吗？纪微甜扭头看了一眼自己的位置。秦南御站在合影位置的正中间，她站在最边上，看起来确实有点儿偏。

虽然很想跟秦南御这个"扫把星"站在两个不同的世界，但对上摄影师祈求的目光，她还是抱着"儿子"往中间挪了挪，站到秦南御身边。这下，两个人的距离只差半个身位了。

摄影师还是不太满意。好在纪微甜是个决定要参加就不会扭捏的人，一咬牙，一跺脚，又往秦南御身边挪了一点儿。现在她稍微一动，都可能碰上秦南御的手臂，这个距离够近了吧？

果然，摄影师对两个人现在的站位露出了满意的笑容。

随着"咔嚓"几声响，纪微甜刚要松口气，没想到摄影师又从镜头后面探出头，表情仍旧无奈。

这次被批评的人还有秦南御。

"两位能不能笑一笑？别干巴巴地站着，你们这样拍出来，像两个捆绑在一起的仇家，太勉强了。"

"仇家"这个形容很准确。

纪微甜扯了扯嘴角，努力扯出一抹微笑。

她讨厌秦南御，却不想为难摄影师，只是自己一面对镜头就紧张，总觉得浑身不自在。

刚开始拍摄的时候，她就紧张到把身边的秦南御忘记了，努力让自己看起来自然一点儿，没想到结果还是不行。

让她惊讶的是，秦南御这样经常面对采访的人，居然也会不自然。

纪微甜疑惑地扭头看向身边的人，问："你行不行？"

秦南御对上她的目光——她似乎并不知道问一个男人这种问题会有什么严重的后果。

秦南御眉峰微挑，淡淡地问道："你要试试吗？"

纪微甜以为他是说拍照技巧，便说："算了算了，这个我不跟你争。我有点儿紧张，本来还想让你分享一点儿经验，不过现在看来，你跟我也差不多……哎！"

纪微甜话音未落，秦南御已经换了一只手抱女儿，空出另一只手揽过纪微甜的肩膀，换了一个站位。

这样一来，就变成了纪微甜抱着"儿子"站在秦南御前面。

与此同时，秦南御单手稳稳地抱着女儿，另一只手从纪微甜身旁环过，捏了捏儿子的脸。

不只是纪微甜愣住了，连摄影师也愣住了。

眼前宛如一家四口的画面，让摄影师顿时眼睛一亮，对准镜头疯狂拍了十几张！

等纪微甜回过神，摄影师也拍完了。

她刚要问秦南御为什么揽着她的肩膀，就听见摄影师兴奋地说——

"这照片简直太完美了！"

纪微甜看见传送到电脑上的照片时，就明白摄影师为什么这么激动了。

照片拍得很好。

秦南御抱着女儿，她抱着儿子。

两个人抱着孩子一前一后站着，因为秦南御的身高，这样的站位不仅不会让纪微甜挡住他，更衬托出他强大的气场。两个人的身高差也给纪微甜的气质又添了一抹乖巧恬静。

照片里，秦南御揽住纪微甜的肩膀，她下意识地抬头看他。那一刻，秦南御也低头凝视着她……

虽然两个人都抱着孩子，可两个小家伙仿佛都成了背景板，只有"深情对视"的父母才是整张照片的焦点。

如果非要用一句话来形容这张照片，那就是：父母才是真爱，孩子都是意外！

别说其他人，纪微甜看见那张照片的时候，都有一瞬间觉得她和秦南御不像来参加亲子活动的陌生人，而像真正的一家人。

纪微甜眉心一拧，戳了戳秦南御的手臂，小声嘟囔道："你觉不觉得这几张照片拍得有点儿奇怪？"

说好的"单亲家庭送温暖"，怎么好像变成了一个相亲活动？刚才有不少路人经过，都在好奇地探头往他们这边看。

"而且你刚才为什么突然揽住我的肩膀？"

秦南御眸光微敛，垂眸睨了她一眼，说："不是你说自己不行，让我带带你？我是'日行一善'，应该受到夸奖。"

秦南御的语气虽然没什么变化，可纪微甜听着觉得他好像有点儿委屈。

好像如果她不说一声"谢谢"，他就要自闭了。

纪微甜的想法就这么被他带歪了，她也忘了深究那几张"一家四口"的照片合不合适，而是开始思考自己是不是真的应该跟他说谢谢……

没等她思考出结果，工作人员已经走上前提醒，他们还需要在正式活动开始前接受一个小采访。

采访是两个人分开进行的，虽然镜头里只会出现一个人，但另外一个人就坐在对面，说的话对方能听见。

女士优先，纪微甜先坐到了采访席上。

睿睿坐在妈妈旁边，穿着小西装，系着小领结，挺直腰杆，再配上那张酷似秦南御的脸，足以令大家尖叫。

面对镜头，睿睿似乎有点儿不耐烦，表情酷酷的，像个小大人儿。

直到听见纪微甜提起他，睿睿的表情瞬间变得天真无邪，他乖巧地蹭到"新妈妈"怀里。

"冷酷小正太"秒变"贴心小暖男"，睿睿变脸的速度惊呆众人！

纪微甜没注意睿睿的变化，一直在努力缓解面对镜头时的紧张，认真回答主办方的问题。

被问到对睿睿的印象时，纪微甜伸手摸了摸小家伙的脑袋，说："睿睿很乖，很懂事。如果让我想象自己将来有一个儿子的话，他就是我最想要的儿子的样子。"

这句话不只让身边的小家伙高兴地扑进她怀里喊"妈妈"，也让坐在对面的秦南御挑了挑眉，眼神变得复杂。

纪微甜浑然不觉自己的话有歧义，只是发现秦南御看她的眼神有点儿奇怪。

工作人员问她："为什么会参加这个活动？"

纪微甜一愣，心想要是说自己被女儿挟持来的就太丢人了。于是，她换了个说法："我女儿一直想要个爸爸，所以我就陪她来了。"

工作人员又问了几个问题，纪微甜都回答得中规中矩。

前段时间纪家和秦家的婚讯闹得沸沸扬扬，虽然知道纪微甜就是纪家大小姐的人少之又少，可秦南御刚曝光过婚讯就立刻带着儿子参加亲子活动，还似乎跟一个单亲妈妈关系熟稔——不管纪微甜是谁，只要愿意提一嘴跟秦南御的关系，都会引起各方关注。

结果纪微甜从头到尾无视秦南御。工作人员提出跟秦南御有关的话题，她也完全不接，恨不得把自己跟秦南御的关系撇得干干净净。

在纪微甜这里问不出什么，工作人员只好要求换秦南御接受采访。

等秦南御坐到采访席上，工作人员对上他冷漠的目光，才猛地想起这人可是秦氏科技集团的总裁，是动动钱包就能给这个亲子活动更换主办方的御少！

秦南御愿意来参加亲子活动，已经够让人跌破眼镜，谁还敢在他面前搞事情？

工作人员心里苦，于是按捺住八卦的心，小心翼翼地提问。结果，秦南御自己搞事情——

工作人员问："听说御少很喜欢孩子，从带儿子变成带女儿，现在是什么心情？"

秦南御一本正经地说："澄清一下，我只喜欢女儿，现在心情很好。"

莫名被"插刀"的睿睿无语凝噎。

父子不和"实锤"了！

第一个回答就这么刺激，工作人员慌忙调整情绪，接着问："大家都知道御少很忙，是什么原因让您从百忙之中愿意抽时间参加我们的活动？"

工作人员以为秦南御会随便夸夸主办方，说几句场面话，比如活动形式比较新颖、主题很有意义，所以他来参加之类的。结果秦南御一开口就说："家里逼婚，如果三天之内不结婚，就要我参加亲子活动给儿子找一个临时妈妈。"

他这句话一出，全场哗然！

所有人都联想到之前纪家跟秦家联姻的谣言。

秦南御的话，等于将纪家搬上台面打脸。

纪家用根本不存在的婚事炒作，还失败了。秦南御宁可来参加活动，找个陌生女人给自己的儿子当妈妈，也不愿意娶纪家大小姐。

这纪家大小姐得多差劲？

纪微甜立刻从座位上站起来，下一秒，就听见秦南御慢悠悠地补充道——

"我原本对这个活动没抱什么期待，没想到会在这里看见想见的人，现在感觉还不错。"

秦南御这句话一出，全场都愣住了。

大家的目光在纪微甜和小糯米团子之间来回扫，猜测着让秦南御改变主意来参加活动的人是哪一个。又或者，他们忽略了什么神秘人物？

纪微甜也愣住了。她能清楚地看见，秦南御说那句话的时候，他的眼睛是看着她的……

这算什么？打一个巴掌给一颗甜枣？他以为说两句好话，他们俩就能扯平了吗？

没门儿！

纪微甜坐下来，从口袋里掏出小本本，认认真真记上一笔。

某年某月某日，某人当着镜头的面，亲口说……

纪微甜写到一半，手突然顿住了，她的脑海里闪过秦南御曾经说过的话——

"三天之内结婚。

"你嫁吗？

"娶你好不好？"

所以，他当时会跟她说那些话，是因为他家里让他三天之内结婚……如果她当时答应的话……纪微甜拿着笔的手不自觉地用力，待笔尖戳破了纸才回过神。

她停止胡思乱想，将东西收回包里，重新看向秦南御。

工作人员已经问到最后一个问题："御少第一次参加这种形式的亲子活动，有没有什么想说的话？"

秦南御眸光微闪，看向镜头，嘴角忽然勾起一丝似笑非笑的弧度，抱起身边的小糯米团子，声调平缓却带着几分宠溺，说："给大家介绍一下，这是我的女儿。"

纪微甜一脸见鬼的表情，什么叫"他的女儿"？他睁着眼睛说瞎话的时候良心不会痛吗？

纪微甜又从椅子上站起来，刚要上前，下一秒，现场的镜头已经齐刷刷地转向了她。

包括房间里的其他工作人员，全都是一副被雷劈过的惊愕神情，瞪大了眼睛看着她，就差直接开口问她跟秦南御有什么关系了。

"这里面有误会，不是大家想的那样……你们给我一点儿时间让我组织一下语言！我可以解释！"纪微甜有了危机感，她的脑海里瞬间浮现出那天在直播里看见的秦南御的"老婆粉"。

纪微甜担心如果不马上解释清楚，误会被传出去，自己肯定会被秦南御"老婆粉"的口水淹死！

没等她缓过神，秦南御像是故意跟她作对似的，忽然说道："你儿子要掉下来了。"

"睿睿！"纪微甜来不及思考，飞快地转身，打算抱起椅子上的睿睿。

随即，她发现睿睿好好地坐在椅子上，压根儿没事。倒是睿睿被她突然用力抱起来，有点儿发蒙。

纪微甜磨牙，狠狠地瞪了秦南御一眼，瞥见他嘴角噙着的弧度，恨不得上去一拳揍他脸上。

很快，她突然意识到什么，扭头看向众人，说："秦南御说的没错，睿睿现在是我的儿子。我们正在参加活动嘛，既然交换了孩子，作为一个负责任的父亲或者母亲，当然会把对方的孩子当成自己的孩子。"

解释完，纪微甜松了一口气，也算是替秦南御解释清楚了。

工作人员回过神，立即转移话题："今天两个家庭的会面算是告一段落了，为了促进两个家庭互相了解，主办方特意在隔壁餐厅订了位置。御少和纪小姐可以移步过去用餐，顺便交换双方孩子在生活上需要注意的细节信息，以便'新手爸爸'和'新手妈妈'能更好地照顾彼此的孩子。"

闻言，秦南御率先抱着女儿出了房间，纪微甜抱着儿子跟在他后面。

不得不说，主办方的安排很贴心。让两个家庭的父母先接触一下，交流照顾孩子的心得，可以避免很多问题。

主办方预订了餐厅的五张桌子，其中四张桌子已经坐了人。大家正在交流孩子的培养和教育问题，气氛看起来相当和谐。秦南御他们是最后一组抵达餐厅的家庭。

秦南御一出现，原本和谐的气氛瞬间变得有些不一样。没人想到他这样身份的人会低调地出现在亲子活动里。

秦南御的儿子如果需要一个妈妈，怕是有一堆人挤破头想要"竞争上岗"，还需要秦南御参加"单亲家庭送温暖"活动吗？

"我原来在财经杂志上看过他的采访，没想到真人比封面照好看这么多！"

"御少，我是你的粉丝！我跟我女儿都很喜欢你！"

耳边传来打招呼的声音，秦南御没有说话，只是微微颔首示意，然后加快脚步往餐桌那边走。走了几步，他察觉到身后的人没有跟上来，又顿了顿，回头看落在后面的纪微甜。

纪微甜原本是故意跟他拉开距离，避免被他的女粉丝误伤，没想到秦南御会突然停下来等她。

四目相对时，瞥见他挑起的眉峰，纪微甜心中暗叫："不好。"

她刚准备跟上去，秦南御就在众目睽睽之下说道："你走得这么慢，腿短？"

他才腿短！他全家都腿短！

纪微甜气成河豚，走路带风，每一步都踩得特别用力，像是将脚下的地板当成了秦南御那张欠揍的脸，恨不得多踩两下。她刚走到餐桌前坐下，便立刻从包里掏出一个记事本，准备赶紧把事情说完，然后离秦南御这个"扫把星"越远越好。

她还没来得及开口，秦南御就淡淡地说："没人告诉过你，吃饭的时候要专心吗？"

纪微甜一愣。

秦南御拿起菜单，开始点餐："两份青菜瘦肉粥，两份牛排。"

话音刚落，坐在儿童椅上的睿睿突然拉了拉纪微甜，委屈巴巴地问可不可以不喝粥。

"秦南御，我儿子不喝粥。"纪微甜如实转达，没理会皱眉的秦南御，反而接过菜单，又补充道，"我也不喜欢吃牛排，要吃你自己吃。"

纪微甜给睿睿点了一份烤鸡翅、一份菠菜鸡蛋面，又给自己点了一大碗炸酱面。

等她下完单再抬头，发现秦南御的眉心拧得更紧了。纪微甜觉得出了一口恶气，心情都变好了。她扭头在睿睿的脸上亲了一口，说："睿睿，你真是我的宝贝！"

秦南御这次不是皱眉，而是直接黑脸了。他紧紧盯着赖在纪微甜怀里还打算亲回去的睿睿，突然转身抱起旁边的小糯米团子，问道："瑶瑶，告诉我，你喜不喜欢爸爸？"

"喜欢！"小糯米团子说着，开心地往他脸上亲了一口。

秦南御顿时嘚瑟起来，睨了纪微甜一眼。

服务员很快就把他们点的东西都上齐了。

四人的餐食，四种风格，摆在同一张餐桌上，看起来格外奇怪。

两个小朋友的自理能力都很强，吃东西的时候完全不需要大人帮忙，自己一口一口地吃。

纪微甜拌好炸酱面，吃了一口，刚幸福地眯起眼睛，一把不属于她的叉子突然伸到了她的碗里……

纪微甜怔了怔，抬头看向叉子的主人，满脸问号。

对上她的目光，秦南御浑然不觉自己做了什么事，从她的碗里卷了一叉子面，若无其事地问："好吃吗？"

没等纪微甜回答，他就已经吃了一口。秦南御像是觉得味道还不错，又向她的碗里伸手，准备再来点儿。

纪微甜终于回过神，想也不想地护住她的碗，往旁边挪了挪，怒视他，说："这是我的面！"

"我知道是你的，吃一点儿怎么了？小朋友都知道好东西要分享。"秦南御慢条斯理地说道，伸手指了指旁边的两个小朋友。

正在啃鸡翅的睿睿见小妹妹看他，便立刻主动递上了一个鸡翅。相比之下，秦南御只是尝了一口纪微甜碗里的面，她就开始护食，确实显得有点儿小气。

只是……小朋友跟大人怎么能一样？这面是她吃过的……纪微甜在心里嘟囔。

再说了，睿睿喜欢瑶瑶，照顾妹妹是应该的。她又不喜欢秦南御，为什么要把自己的面分给他？

"你要是想吃，可以再点一碗，这是我的。"纪微甜理直气壮地说道。

"我一个人吃不完一碗。"秦南御淡淡地道，目光却一直停留在纪微甜的炸酱面上。

看起来，他是打定主意要吃她的面了。

秦南御甚至还抬手推了一下自己面前盛着牛排的盘子，示意纪微甜："我拿牛排跟你换点儿炸酱面，这样我们两个就可以吃到不同的食物了。"

这是什么神仙逻辑？小孩子现在都不这样了。

幼稚！

纪微甜拿起旁边的小碗，往小碗里夹了一点儿面条，然后递给他，说："喏，只能给你这么多，不能再多了！"

秦南御看了一眼面前的小碗，又瞥向她的碗，"啧"了一声，像是在嫌她小气。然后他端起小碗，三两下就吃完了里面的炸酱面，又把碗递给她。

刚准备吃面的纪微甜一激动，差点儿把嘴里的面喷到秦南御脸上。她好不容易把面咽下去，端起碗，"呸"了几声，往面碗里吐了好几下口水，然后得意扬扬地挑眉看秦南御。

看见他紧蹙的眉心，纪微甜顿时笑得像迎光盛开的向日葵。她还没来得及嘚瑟，就听见旁边传来两道嫌弃的声音。

"妈妈，吐口水是不对的。"

"妈咪，你这样不乖哟。"

"对不起，我错了。"纪微甜泄气地说道。

两个小家伙吃饱喝足，手拉着手到旁边的儿童游乐区玩耍，餐桌上只剩下两个家长。

纪微甜靠着一手"口水"操作，成功保住了炸酱面，也得罪了秦南御。

接下来的十分钟，她说什么，秦南御都置若罔闻，只低着头优雅从容地切牛排。

纪微甜憋不住了，伸手揪住他的一只耳朵，愤怒地低吼道："喂，有人在吗？能不能回个话！"

她正在跟秦南御说照顾女儿的注意事项，秦南御却一点儿回应都没有。她也是气极了，才敢来揪他的耳朵。

等她意识到自己做了什么，已经来不及了。

纪微甜刚要缩回手，就瞥见秦南御放下餐具，朝她伸出手。纪微甜心里"咯噔"一下，心想自己肯定要挨揍了，便下意识地躲。但秦南御的修长手指只落到她的嘴角，轻柔地替她擦掉了嘴角上的酱汁，然后他抬起那张祸国殃民的脸，淡淡地问道："你刚才说什么？"

纪微甜也很想知道自己刚才说了什么，可是现在她的脑子只剩一片空白，看着眼前放大的俊脸，她的眼睛却不自觉地盯着他刚才摸过她嘴角的手指。

见秦南御搓了搓手指，纪微甜莫名有一种对方在评估她皮肤细腻度的错觉……她红着脸紧张地咽了咽口水，猛地缩回座位，拿纸巾擦了擦嘴，支支吾吾地说："没……没说什么，吃你的。"

话一出口，她都想扇自己一耳光。

没出息！说好要给他点儿颜色看看，结果人家就替她擦了一下嘴角她就怕了。

两个人吃完，纪微甜擦干净嘴才重新开口说话。

纪微甜从包里掏出记事本，递给秦南御，说："我把瑶瑶的喜好都记在上面了，你可以看看，不懂的我给你解释。"

秦南御没说话，接过记事本，打开看了一眼。

第一页写的是小糯米团子的最爱——

"排在第一的不是妈妈，是钱。"

秦南御明显愣了愣，有些意外地抬头看纪微甜。

纪微甜面色微赧，虽然承认自己不是女儿的最爱有点儿尴尬，但还是如实相告："瑶瑶是个小财迷，如果生气了哄不好，肯定是钱没到位。"

纪微甜语毕，见秦南御没说话，担心他误会自己贪财，忙不迭地解释道："你放心，你哄瑶瑶花的钱，等亲子活动结束，我都会还给你。"

"不需要。"秦南御淡淡地说道，眼神变得复杂。

跟纪微甜不同，他对此表示很高兴。女儿喜欢钱？刚好，他最多的就是钱。四舍五入，女儿最喜欢的就是他。

秦南御很满意这个结果。

他再往下看，毋庸置疑，小糯米团子第二喜欢的就是妈妈。

这一点秦南御能感觉得出来，小糯米团子看似黏着他，但只要纪微甜不在她的视线范围内，她就会下意识地找妈妈。

第三名是外公外婆，这一点也不需要解释。

秦南御继续往下看，看到第四名，眉心微微一拧，问道："肥肥？"

"对，瑶瑶的猫，就是你上次在纪家别墅见到的那只肥猫。别小看肥肥，瑶瑶都给它准备养老金了。我最近总觉得肥肥的家庭地位快要超过我了！"纪微甜喝了一口汤，越说越愤愤不平。

所以他要在小公主的心里占据一席之地，还得先打败一只猫？秦南御脑子里闪过一些熟悉的画面，突然觉得那只叫肥肥的猫有点儿眼熟……

他好像在哪儿见过一只这样的猫。

秦南御眯了眯眼睛，陷入回想。

他对小动物不怎么在意，平时也不会留意，倒是对这只猫，有一种熟悉的感觉。

"这么肥的猫，应该很少见……"

"肥肥是一只布偶猫。这个品种的猫看起来毛茸茸的，所以显胖，但是肥肥是真的胖。"纪微甜看出他对猫似乎不了解，便解释了两句。

秦南御微微挑眉，问道："长得像它这样的猫多吗？"

"你是说外形吗？都差不多吧。我在宠物店见过其他布偶猫，有的猫跟肥肥长得几乎一模一样，就是没有肥肥这么胖。"

纪微甜发现炸酱面的配汤很合口味，忍不住多喝了两口。

秦南御眸光微闪，没再深究这个问题，继续翻看记事本。

除了小糯米团子喜欢的东西，纪微甜还记录了小糯米团子的禁忌。

"讨厌别人说她是爸爸不要的孩子。"秦南御看到第一条，心口微微抽痛了一下。他瞬间想起当初在纪家别墅，小糯米团子搂着他的脖子，哭得上气不接下气，一遍遍说着她有爸爸，她不是野种……

这条禁忌，让他莫名难受。

秦南御不需要问——他懂这条禁忌的意义。

可纪微甜还是轻声解释道："你放心，瑶瑶没有那么敏感。如果是出于善意，你问她什么，她都不会生气——纪家那次是意外。"

当时纪开穗摆明是故意用小糯米团子的身世刺激她，所以小糯米团子才会那么伤心，看见秦南御就像看见自己的爸爸，委屈到不行。

"她很爱自己的爸爸？"秦南御见纪微甜主动提起，忍不住多问了一句。

他突然忌妒起那个未曾谋面的男人，黑眸一动不动地盯着纪微甜，想知道纪微甜对小糯米团子的爸爸又是什么态度。

"瑶瑶没见过自己的爸爸，说不上爱不爱吧，只是小朋友知道爸爸妈妈是自己的家人，肯定会刻意维护。"纪微甜有些不确定地说道。

"那你呢？"秦南御蓦地问道。

"我？我有爸爸呀，而且是两个。"纪微甜一脸蒙地回答。

相比正常人，纪微甜还多了一个爸爸。

如果可以，她只想要一个，像以前一样，跟着养父母简简单单地生活就好。

秦南御盯着她，想看出她到底是真傻还是装傻。半晌他也看不出纪微甜在想什么，于是眸光微敛，继续往下看。

"禁忌第二条：不许别人欺负她妈妈。"

"我女儿很爱我。要是有人在她面前说我坏话，她就会生气。"纪微甜语气里莫名带上一丝骄傲。

她跟秦南御这种新手爸爸不一样，很受女儿的喜爱——不像秦南御，只有被自己儿子嫌弃的份儿。

"瑶瑶只是不让别人说你坏话，但喜欢自己吐槽妈咪。你嘚瑟什么？"秦南御瞥了她一眼，冷冷地说道。

纪微甜脸上的笑容一僵。

要是秦南御不拆穿真相，他们还能愉快地聊天儿！

"秦南御，有没有人说过，你很毒舌？"纪微甜喝汤喝撑了，把勺子一放，整个人半趴在餐桌边缘，问道。

纪微甜一双眼睛亮晶晶的，直勾勾地看着秦南御。餐厅里的灯映照在她的眼底，像是一闪一闪的星星。

秦南御喉头微紧，耳根不自觉地染上一抹红晕，声音干涩，说：

"没有。"

没人敢。

"哦，那现在有了。"纪微甜指了指自己的鼻子，"就是我。"

美好和谐的气氛瞬间消失殆尽。

秦南御换了个姿势，靠到椅背上，举起记事本正准备往下看，发现后面已经没有内容了。

小糯米团子的禁忌只有两条？他有些诧异地看向纪微甜。

"对，你没看错。我女儿又可爱又乖巧又懂事，你知道这一切都跟谁有关系吗？"纪微甜坐直了身体，拼命给秦南御使眼色，让秦南御识相一点儿，夸夸她。

"反正肯定跟你没关系。"秦南御瞥了她一眼，假装什么都没看见。

这么不识相的男人，难怪他家里人都担心他娶不到老婆。真是谁嫁给他谁倒霉！

纪微甜跟他聊不下去，扯下餐巾丢到餐桌上，朝他伸出手，问："照顾睿睿的注意事项呢？"

秦南御没接话，像是在思考什么。

纪微甜将他从头到尾打量了一遍，没从他身上看出一丁点儿做过准备的模样，难以置信地问："你该不会连自己的儿子喜欢什么、讨厌什么都不知道吧？"

"我知道。"秦南御笃定地说。随即，他的语气变得诡异，在纪微甜挑衅的目光中，秦南御磨着牙回答："喜欢妈妈，讨厌爸爸。"

"噗——"纪微甜没忍住，一下笑出声。

她抱着肚子在椅子上笑弯了腰，直到发现秦南御的目光像是要杀人，忙不迭地忍住笑意。纪微甜在心里默默给睿睿点了赞，一本正经地问："你这样不行啊，一点儿信息都不给我，我怎么照顾睿睿？"

秦南御早就想好答案，说："你看着办，他不死就行。"

兄弟，是个狠人！

第十二章

慢慢步入他设下的温柔陷阱

儿童游乐区里，两个小家伙趁家长没注意，偷偷摸摸地躲到角落里，认真地开着座谈会。

"爸爸今天怎么来得这么慢？我妈咪差点儿生气走掉了。"小糯米团子唔叹。

睿睿连忙解释道："我爸爸不想参加亲子活动，故意睡过头不肯来。我给太爷爷打电话，我爸爸没办法才答应来的，路上还故意叫司机开慢点儿。"

虽然跟睿睿的计划有点儿偏差，但好在有惊无险，他们最后还是及时赶到了。

小糯米团子似乎不太满意，抿了抿小嘴，说："我妈咪这么好看，爸爸不喜欢吗？"

两个小家伙齐刷刷地抬起头，往餐桌那边瞅了一眼，确定坐在那边的两个大人没有打起来，又扭过头。

显然，两个小家伙都能感觉到两个大人之间不对劲的气氛。秦南御和纪微甜像两个赌气的孩子，非要惹对方不高兴。

两个小家伙面面相觑，同时叹了一口气。

"我爸爸平时不这样的。他很少跟人说话，总是板着一张脸教训人，还特别喜欢凶我，但是不会凶别人。我也不知道他为什么老是惹妈妈不高兴。"小睿睿双手托着腮，眨着亮晶晶的大眼睛，说道，"他不喜欢妈妈没关系，我喜欢妈妈就好了。正好没人跟我抢妈妈。"

妈妈对他可好了，给他买烤翅，还从来不凶他。

"啪！"睿睿的算盘还没打响，他的后脑勺儿就被妹妹拍了一下。他捂着头，扭头看向身边的小糯米团子。

小糯米团子已经开始碎碎念："你可以不管爸爸了，可是我不能不管妈咪。要是我跟爸爸跑掉的话，我妈咪怎么办？我妈咪有点儿迷糊——我不在，她照顾不好自己的……"

她本来是想拐个帅爸爸跟她一起照顾妈咪。现在好了，要是帅爸爸不喜欢妈咪的话，她也不能喜欢帅爸爸了。而且她还多出一个傻乎乎又特别能吃的哥哥……她亏大了！

"我爸爸虽然有点儿凶，但是其实对我挺好的。"睿睿似乎想到自己离开秦南御的画面，小脸蛋儿上流露出一丝不舍。他一脸别扭地小声嘟囔："其实我也有一点儿舍不得离开爸爸……就一点点！"

两个小家伙抱在一起，突然伤感起来，像是两只受伤的小兽，抱在一起互相安慰。

秦南御跟纪微甜走到儿童游乐区，看到的就是这一幕。

"你别看我，我也不知道发生了什么。"纪微甜对上秦南御困惑的目光，跟着摇头。

听见他们的声音，两个小家伙抬起头，下一秒，不约而同地开口——

"我不想跟小妹妹分开！"

"我不想跟小哥哥分开！"

气质出众又乖巧可爱的两个小家伙这副相亲相爱的模样，引得周围不明真相的群众纷纷看过来，七嘴八舌地讨论起来。

"兄妹两个都好可爱呀！"

"爸爸妈妈就别让他们分开了，看着怪可怜的。"

"是呀，我要是有这么一对龙凤胎，怕是舍不得让他们兄妹嘬一下嘴。"

周围的人越说越离谱儿，活像纪微甜跟秦南御离了婚，非要拆散一对宝宝。纪微甜忙不迭地解释："你们误会了，他们不是亲兄妹，只是一起参加活动……"

话还没说完，她的衣领突然被秦南御揪住，纪微甜一抬头就看见他那张冷漠的脸。秦南御说："你有空解释，不如赶紧搞定他们。"

秦南御朝缩在儿童游乐区角落里不肯出来的两个小家伙看了一眼。

纪微甜回过神，看见围观的人好像越来越多，觉得他说得对，赶忙抬腿走进游乐区，去哄两个小家伙，完全忘了澄清她跟秦南御的关系……

秦南御跟在她身后，双手揣在口袋里，眼神落在她身上。

明明他的眼神并不温柔，可当一个男人的目光一直追着一个女人的时候，格外容易让人误会。

于是，加入劝和他们"小夫妻"的人越来越多，甚至还有不少人被他们"一家四口"的颜值吸引，偷偷拿出手机拍照。好在主办方的工作人员发现得早，及时上前制止。

秦南御和纪微甜把两个小家伙抱回了餐桌边。

跟四个人吃饭时相比，现在的气氛显得有些沉闷。

两个小家伙都不说话了，耷拉着小脑袋，撇着嘴，一副委屈巴巴的模样。

纪微甜连忙抱起睿睿，摸着他的小脑袋，问："怎么了？刚才不是还好好的吗？"

"我想跟妈妈回家。"睿睿从纪微甜的怀里抬起头，黑漆漆的眼睛里充满不舍。

纪微甜差点儿就答应了，但很快又想到亲子活动只在白天举办，晚上孩子们要回家。

参加亲子活动的爸爸妈妈们都担心孩子太小，到了晚上见不到自己的家长会没有安全感。所以一天的活动结束后，他们都要把别人的孩子送回去，然后接回自己的孩子，而且一般是由单亲爸爸负责接送。

纪微甜倒不担心接送的问题，只是睿睿想去她家过夜的话，就必须先征得秦南御的同意。

"可以。"没等纪微甜问，秦南御已经主动开口。

对上她难以置信的目光，他表现得很大度，说："不是你让我学会尊重儿子吗？我现在很尊重他。"

纪微甜表示：我假装信了他的鬼话。

然而，这还没完。秦南御在尊重完儿子之后，又提出了别的意见："我突然想起来，你的公寓没有客房，瑶瑶房间的儿童床好像睡不下两个孩子，而且秦默睿没有带换洗的衣服和日常用品。不如，我带他们两个一起回我那里。瑶瑶之前在我那里住过，她的东西我都还留着。你要是不放心两个孩子，可以跟他们一起过去。"

等一下……纪微甜的脑子有点儿转不过弯，刚才他们讨论的明明是秦南御是否同意她把两个孩子带回家，怎么忽然变成是秦南御要带两个孩子回家，还得搭上她当贴身保姆？这是什么情况？

纪微甜刚想拒绝，秦南御已经无视她，抬眸问儿子的意见。

睿睿像是发现了什么好机会，忙不迭地点头，然后扭头看向坐在对面的小妹妹，朝她眨了眨眼。

小糯米团子接到信号，立刻扭头抱住秦南御，可怜巴巴地撒娇道："我也舍不得爸爸，想要跟爸爸回家。"

看着临阵倒戈的两个小家伙，纪微甜的心碎成了渣，她用仅存的理智提出抗议："那我呢？我也没有换洗的衣服。"

秦南御意味深长地瞥了她一眼，幽幽地说道："别墅里有。"

纪微甜："什么？"

他的别墅里为什么会有她能穿的衣服？

没等纪微甜问清楚，秦南御已经伸手把女儿抱起来，转身往餐厅外走。

她一着急，只能抱起儿子，追在他后面。

他们两个人本来就体力悬殊，纪微甜还抱着比妹妹高小半个头的哥哥。秦南御要是不等她，她压根儿追不上他的脚步。后来她索性不追了，抱着儿子慢慢走在后面。

直到秦南御发现她没跟上来，才停下脚步回头看她。

这次没等他开口讽刺，纪微甜已经挺起胸脯，理直气壮地说道："你腿长了不起？"

秦南御接不上话，盯着她看了将近十秒钟，最后折回她面前，从她怀里接过睿睿，一手一个，轻松抱起两个孩子。

纪微甜还愣着神儿，秦南御已经重新抬腿往外走。

这人……要帮她不会直接说？他的性格怎么这么别扭？

纪微甜抿了抿唇，嘀咕了两句。

不用抱着孩子，她想要追上秦南御的脚步还是很容易的。为了防止秦南御再嘲笑她腿短，纪微甜亦步亦趋地跟在他身后，像一条小尾巴。跟着跟着，她忽然发现有点儿不对劲。

秦南御像是个天然的发光体，走到哪里都是人群的焦点。这一点，纪微甜早就见识过。然而，她忽略了另外一点——两个小家伙也是高颜值，年龄又相仿，看起来像一对龙凤胎。

现在秦南御一个人抱着两个孩子，还没离开餐厅，餐厅里就已经掀起了一阵惊呼声。

"这也太帅了吧！超级奶爸啊！"

"我从来没有见过这么可爱的龙凤胎，长得好好看！"

"儿子像爸爸，女儿像妈妈吗？这是什么神仙家庭！今天又是羡慕别人的一天。"

餐厅里越来越多的人注意到这边的情况。

主办方当时为了避免引起围观，预订了餐厅最靠里面的位置，并且专门做了一个小分区。这就导致他们要离开餐厅反而要走比较长的一段路，路过更多的人。

秦南御抱着两个孩子走在前面，将整个餐厅中人群的目光都吸引了过来。

一楼的客人还好应对，主办方发现情况不对劲，及时上前制止他们拍照，可是对二楼的客人就来不及阻止了。最后主办方到底是怎么处理的，纪微甜也没找到机会问。

四个人刚离开餐厅，秦南御就单方面宣布今天的活动结束，将两个孩子带上车，把他们安置在儿童座椅上，系好安全带。纪微甜上车的时候，一切已经准备就绪——只有她还是蒙的。

哪怕她的脑子转得再慢，当她看见秦南御的车子上居然准备了两张儿童安全椅的时候，也意识到了哪里不对。

"你是不是一早就打算把睿睿和瑶瑶都带回你家？"纪微甜扭头看向秦南御，眼神里带着怀疑和探究。

秦南御堂堂正正地坐在那里让她研究，面不改色地说道："秦默睿总念叨着要去找妹妹。两个孩子在一起，坐车不方便，我就让助理多买了一张安全椅。"

"哦。"纪微甜打消了心里的怀疑，只是目光一直没离开秦南御。

她之前总认为秦南御不喜欢孩子，对睿睿的态度也很差，所以睿睿才会天天想着离家出走找妈妈。可是现在看来，他对孩子其实还可以。

车子很快抵达秦家别墅，纪微甜看见秦家别墅大门时，神经突然变得有些紧绷。

秦南御没察觉到她的情绪，刚停稳车就把两个小家伙抱了下来。

脚一沾地，睿睿立刻带着妹妹往家里跑，开心地玩儿着你追我赶的游戏。

午后的阳光照耀在刚刚浇过水的青草地上，叶子上的水珠泛着光，宛如散落在草地上的钻石。

两个孩子的身影在草地上拉长，他们银铃般的笑声让冷清静谧的别墅变得热闹非凡。

"睿睿、瑶瑶，跑慢点儿，别摔了！"

纪微甜此时把紧张情绪全抛到了脑后，一边跟着他们往别墅里走，一边提醒他们慢一点儿。

一回头，发现秦南御正慢悠悠地走在后面，纪微甜忍不住瞪他："你笑什么？"

"我笑了吗？"秦南御敛起嘴角的弧度，一脸无辜地问。然后他抬腿上前，居高临下地看着纪微甜，薄唇微启，一字一顿地说道："纪小姐，欢迎来到秦家。"

他突然这么正式，让纪微甜的心漏跳了一拍。

她刚刚消失的紧张感一瞬间又回来了。

她盯着秦南御的脸，觉得自己应该说点儿什么，可只是翕动了一下唇瓣，说不出一个字。纪微甜总觉得他刚才那句话里有说不清道不明的意味。秦南御像是老练的猎人，在森林里挖了一个陷阱，然后在陷阱的周围放上诱饵，最后对即将踏进陷阱的猎物说："嗨，小可怜，欢迎你来送死……"

等纪微甜走进别墅，看见准备齐全的换洗衣物时，这种感觉更强烈了。只是她来不及思考，睿睿已经兴奋地拉住她，要带她和妹妹参观别墅。

对上睿睿充满期待、跃跃欲试的眼神，纪微甜不忍心拒绝，跟着两个小家伙认认真真地逛了一圈秦家别墅。最后她又陪着两个孩子玩儿游戏，把自己的智商强行退化到四岁孩子的水平，被两个真正的四岁孩子碾压……

纪微甜原本以为，遗传她计算能力的女儿已经是少有的出色，完全没想到睿睿的计算能力可能在妹妹之上。睿睿在计算时表现出的状态，跟平时撒娇打滚儿就为吃一口炸鸡时的他判若两人。

这样的小家伙让纪微甜莫名觉得熟悉……他就像在实验室里的自己！

"纪小姐有所不知，我家小少爷打出生就跟别的孩子不一样。他的数学特别好，给他上专业课的老师评估说，他天赋异禀。"管家看出纪微甜惊讶的神情，在一旁解释。管家顿了顿，又补充道："只不过小少爷跟御少不一样，只喜欢算数，不太喜欢计算机。"

"我喜欢！"管家话音刚落，一旁的小糯米团子已经举起小胳膊，站到了秦南御的战线上。

小财迷除了爱钱，对电脑也很着迷，操作计算机的时候，她的手速快得让人眼花。

这一点，纪微甜觉得她不如女儿。

说起来，两个孩子的爱好正好分别与她和秦南御相同……秦南御的儿子像纪微甜，纪微甜的女儿像秦南御。

纪微甜下意识地抬头看向客厅的落地窗——秦南御正站在落地窗前接电话。他像是察觉到什么，忽然回头朝纪微甜这边看过来。

四目相对时，两个人都怔了怔。

纪微甜移开目光。下一秒，秦南御已经挂了电话，将手机放进口袋，走上前，问："怎么了？"

他的目光扫过面前的几个人。

纪微甜还没开口，小糯米团子已经蹭到秦南御身边，仰着粉嘟嘟的小脸汇报："管家爷爷说，小哥哥像我妈咪，喜欢算数。我就不一样了——我像爸爸！"

"是吗？"秦南御黑眸微闪，弯腰将小糯米团子抱起来，用手指刮了刮她的鼻尖。不知道他是顺着小糯米团子的话说，还是故意的，幽幽地说道："你是我的女儿，当然像我。"

两个小家伙玩儿累了，天色也晚了。他们吃饱喝足之后又洗了澡，钻进被窝立马就睡着了。

两个孩子的房间是挨在一起的，纪微甜看完女儿，又到隔壁去看儿子。

管家守在睿睿的房间里，见纪微甜进来，连忙给她让开位置。

"小少爷很喜欢纪小姐，刚才还念叨着要跟妈妈一起睡。我还从来没有见过他这么黏着一个人。"管家笑着说道。

纪微甜跟着笑了笑，提到孩子，眉眼都变得温柔："睿睿很乖，我也喜欢他。"

她走到床边替睿睿盖好被子，扭头看见放在床头上的数学课本，身子一顿，伸手拿了起来。

翻了几页，看见上面有睿睿做的笔记，她忍不住坐下来继续看。

纪微甜在他打问号的地方，拿起笔给他做了注释。

管家说得没错，睿睿的数学天赋很高。

秦南御似乎没有限制他的爱好，反而给了他很好的引导。只是睿睿毕竟年纪小，不需要急于求成。睿睿只是把学数学当成玩儿游戏，掌握一个公式就像通过一道关卡，直到最后通关。

纪微甜想了想，把自己做计算题的小技巧用画图的方式备注在书本的空白页上，打算等睿睿醒了再好好教他。

做完这一切，纪微甜才放心地离开房间。她刚在客厅沙发上坐下来，准备用一会儿手机，看看有没有需要回复的工作邮件，结果不小心打开了之前的新闻页面。

看见刚才的热门新闻，纪微甜被吓得直接从沙发上蹦了起来，拿着手机往楼上跑。

"秦南御——"

纪微甜火急火燎地冲到主卧室门口，敲着房门。她敲了好几下，门终于被打开了。

秦南御已经换了一身休闲的深灰色居家服，衣领的纽扣没有全部扣上，敞开的领口露出结实的胸肌。

秦南御的黑眸幽幽地盯着突然冲到他房间的纪微甜，见她惊慌的模样，他单手抓住她的肩膀，眉峰微挑，问："发生什么了？你这么慌慌张张的。"

纪微甜跑得太急，举着自己的手机，上气不接下气道："你……你自己看，看头条……我们今天中午在餐厅吃饭的画面被人拍下来了，又被曝光到了网上。"

秦南御淡定地从她手里接过手机，扫了一眼上面的新闻。

纪微甜还踮着脚，伸着脑袋来看手机上的照片，像个小老太太似的碎碎念："你看见没？现在大家都在猜瑶瑶是不是你的亲生女儿，还说我就是睿睿的妈妈。"

"'秦氏科技集团神秘少奶奶现身知名餐厅，与御少携俩娃共进午餐，龙凤胎终曝光'……这么惊悚的标题，哪个记者想出来的？你快告他！

"下面还有人说，秦家跟纪家联姻失败是不是我这个神秘少奶奶在背后搅弄风云。拜托！兄弟，你先去打听一下谁是纪家大小姐好吗？我能自己挖自己墙脚？

"唔……"

纪微甜的嘴突然被捂住，她一脸茫然，抬头对上秦南御的目光。

"别聒噪，秦家少奶奶。"

纪微甜："……"

秦南御看完新闻，把手机还给纪微甜，若无其事地转身回房间。

纪微甜忙跟进去，道："不是，兄弟，记者这么造谣，你不生气？"

"谁跟你是兄弟？"秦南御脚步一顿，回头冷冷地瞥了她一眼。

她说了这么多，他就只注意到这句话？

行吧，她就当他们是陌生人。

可人家都造谣到他头上了，他就不打算请几个律师，打几场官司，告八卦记者造谣、诽谤？

"事情很严重吗？我觉得还好。"秦南御像是看出她想说什么，淡淡地说道。

纪微甜愣了愣："新闻都已经上头条了，还有照片……"

照片拍到的是秦南御抱着两个孩子，纪微甜跟在他后面——她被他挡住，只露出一个模糊的侧脸。

消息一经曝光，网上全是秦南御的粉丝在哀号。偶尔也有几个理智的粉丝，但被淹没在人海里。

纪微甜那个模糊的侧脸也被做成了各种表情包，怎么丑怎么来……纪微甜看得鸡皮疙瘩都起来了，下一秒，一只大手突然把她的手机拿走，点击退出网页。

秦南御将她脸上惊恐的神色收入眼中，神情忽然变得严肃，身体微微前倾，靠近纪微甜，一字一顿地说道："粉丝行为不能上升给偶像，这个道理你应该懂吧？"

他想说什么？纪微甜没听懂。

见秦南御一副不想管的样子，她抿了抿唇，有些担心地问："我看网上的谣言好像越传越厉害了，万一亲子活动还没有结束，事情闹大了，会不会影响到其他参加活动的家庭？"

纪微甜说完，从秦南御手里拿回自己的手机，点开网页看见的第一个消息就是有人放出了秦南御带着儿子参加活动的照片！

标题很醒目："辟谣！秦氏科技集团总裁带儿子参加亲子活动，龙凤胎实属谣言！"

下面的评论精彩万分。

有人震惊秦南御怎么会带着儿子参加亲子活动；有人遗憾没在活动现场附近，不能近距离偶遇男神；还有人发出给纪微甜道歉的表情包。

更有趣的是网友们还谢谢纪微甜放过了他们的男神，顺带夸她女儿长得真可爱……

粉丝的世界，纪微甜真的不懂。

秦南御不就是长得好看一点儿吗？他脾气这么差，又毒舌，那些粉丝是没被他骂过才会喜欢他。要是粉丝们像纪微甜这样被秦南御毒舌几次，就会知道什么叫心如死灰。

纪微甜翻着评论，又在底下发现一些发表"阴谋论"的网友。他们说她就算跟秦南御没关系，也是个想借着亲子活动跟秦南御攀上关系的女人，不然怎么好端端的，不抱着自己的女儿，非要让秦南御抱她的女儿？还有人说她是个连亲生女儿都利用的心机女人……

纪微甜瞪了秦南御一眼，扭头要走。

"又怎么了？"秦南御看出她不对劲，伸手把人拦住，看了一眼网页上的讨论，眯了眯黑眸，说道，"跟我没关系，不是我让他们说的。"

"撒手，我现在很生气，要去找我闺密在背后说你坏话，替自己出一口气，反正你也听不见。"纪微甜提出了一个"相恨相杀"的办法。

纪微甜刚觉得这个办法可行，秦南御就淡定地松手，然后走到旁边给自己倒了一杯水，慢悠悠地说："你是说卡丽？最近她应该工作压力很大，可能没空理你。"

"你怎么知道她的工作压力大……"纪微甜刚问出口，立即反应过来，卡丽已经是秦氏科技集团旗下的员工了。

算起来，卡丽正是秦南御手底下的员工。

但卡丽只是一个分公司的负责人，秦南御怎么会留意到卡丽最近在忙什么，还确定她压力很大？

"秦南御，你公报私仇故意针对卡丽？"

"你觉得我会这么做？"秦南御眉峰微挑，看向她的眼神变得复杂，嘴角的弧度带着一丝嘲弄，像是在对她的怀疑表示不满。

纪微甜不敢吭声。她就是随口一问，正常人都不至于拿自己的公司开玩笑。

虽说卡丽只是一个分公司的负责人，可那也是秦氏科技集团的一部分。

伤敌一千自损八百，卡丽应该还没有这么重的分量让秦南御做这种失去理智的安排。

纪微甜眨了眨眼，想起什么，说："卡丽最近很少给我打电话。我问她具体情况，她也只说工作还过得去，就是天天得应付一个'二世祖'……什么'二世祖'？"

"她是这么跟你说的？看来她对新工作适应得还不错。"秦南御给了卡丽不低的评价，端着水杯走回纪微甜面前，"没你想的那么严重，那家伙只是玩儿心重，有点儿吊儿郎当，但人还不错。如果卡丽能顺利谈下这笔生意，将有助于她在集团站稳脚跟。"

"那人是你朋友？"纪微甜从他的语气里听出几分熟稔的意味，下意识地问道。

秦南御没否认。

看来，那个"二世祖"跟他的关系还不错。

纪微甜现在更不放心了。

能跟秦南御当朋友的人，绝对也是个狠人！

卡丽是个公私分明的人。只要是跟工作有关的事情，她就会拿出百分之百的努力。哪怕明知对方故意刁难，只要还有争取的空间，她就不会轻易放弃。

现在她遇见有背景的"二世祖"，还是个不正经的人，万一吃亏了怎么办？

纪微甜想了想不放心，走出秦南御的房间，给卡丽打电话。

电话响了很久才有人接。

纪微甜还没来得及开口问，就被电话那头震耳欲聋的音乐声吓到了，错愕地问："你在酒吧？怎么这么吵？"

"嗯。"卡丽简单回了一声。

听起来她的声音有点儿不对，纪微甜还听到电话那头好像还有人在喊她的名字。

"你跟谁在一起？那个难缠的客户？你喝多了吗？要不要我去接你？"纪微甜一连串问题问出来，音量都不自觉地变大了。

"没醉，我压根儿没怎么喝，是之前跟你提过的那个'二世祖'喝醉了……我这边有点儿忙，先收拾那个'二世祖'去了，明天给你打电话。"说完，卡丽把电话挂了。

纪微甜听见卡丽和"二世祖"真的在一起，"二世祖"还喝醉了酒，哪里还冷静得下来？她扭头就要去找秦南御，结果刚转身，秦南御就当着她的面把门关上了。

"我准备洗澡。你如果打算进来跟我一起洗，我不介意你撞门。"

纪微甜恨不得把门板瞪出两个洞来，最后还是没有勇气撞门。

她在门外徘徊了一阵，直到再次联系到卡丽，听见卡丽说已经平安回家，这才松了一口气，转身下楼。

客房里，小糯米团子睡得正香，粉雕玉琢的小脸蛋儿粉扑扑的，像个小天使——如果忽略她夸张的睡姿和被蹬到地上的被子。

看见女儿，纪微甜的心一下变得柔软，她走上前捡起被子，低头亲了亲小糯米团子。

纪微甜洗好澡，钻进被窝抱着女儿睡觉，结果做了个奇奇怪怪的梦，最后还把自己冷醒了。她打开床头灯，看见被子又掉在地上，迷迷糊糊地捡起来，刚要盖上，一扭头，发现原本睡在身边的小糯米团子不见了！

纪微甜被吓得瞬间清醒过来。

"瑶瑶——"

纪微甜把房间找了一个遍，没有看见小糯米团子，脑子里顿时乱成一团。

秦家别墅对她这个成年人来说尚且是一个陌生的地方，对一个四岁的孩子来说就更加陌生了。

瑶瑶大半夜突然不见了，会发生什么事情纪微甜想都不敢想。她面色惨白，冲出房间就往楼上跑。

她一口气跑到秦南御的房间，刚抬手准备敲门，房门突然从里面被打开。

纪微甜来不及收回来的拳头捶到一个结实的胸膛上。

她一愣，抬头对上秦南御妖冶的黑眸，再低头看一眼捶在他胸膛上的手，被吓得打了一个激灵，立刻把手缩了回来。

纪微甜刚要开口，秦南御已经抬起手，轻轻捂住她的嘴，说道："嘘，别吵，瑶瑶刚睡着。"

纪微甜这才注意到，秦南御神色慵懒，带着一丝刚刚睡醒的疲态。

"难道你不是上来找女儿的？"秦南御见纪微甜发蒙，淡淡地说道。

纪微甜点点头——她确实是上来找女儿的。

"瑶瑶在我房间。她不习惯睡在陌生的地方，可能是觉得没安全感，所以跑到了我这里。"秦南御侧开身，将房门推开了一点儿，抬腿先往房间里走。

纪微甜轻手轻脚地跟在他后面，刚踏进房门，就一眼看见霸占了大半张床且怀里还抱着一只布娃娃睡得正香的小糯米团子，再联想到秦南御刚才那句话……

女儿睡在她这个亲妈旁边没有安全感，然后跑到了假爸爸这里？

"你被吓到了？要不要喝一杯压压惊？"秦南御不知道什么时候倒了两杯红酒，端着酒杯走向纪微甜。

纪微甜确实被吓得不轻，接过酒杯，把红酒当成白开水，"咕咚咕咚"

一口气喝光了。

秦南御转身给她再倒了一杯。

纪微甜跟在他后面，不服气地嘟囔道："秦南御，我女儿刚才是从我身边跑到你这里的。"

秦南御瞥了她一眼，嘴角噙着揶揄的笑，说："所以呢？你觉得被女儿抛弃，要怀疑人生了？"

"不，我有理由怀疑是你绑架了我女儿。你们认识的时间这么短，瑶瑶没道理跟你这么亲近。她以前从来不会这样。"

纪微甜越想越不明白——就连跟她认识这么多年、几乎是看着小糯米团子长大的冷简，都不会让小糯米团子表现出如此依赖的状态。

纪微甜不知道怎么形容这种感觉。

小糯米团子很喜欢冷简，总是一口一个"冷叔叔"，黏着冷简让他教她玩儿电脑，但仅限如此。可对秦南御……小糯米团子似乎很依赖秦南御，像是真的把他当成了自己的爸爸。

"醒醒，承认我有魅力会让你的思维变得正常一点儿。"秦南御端着两杯红酒往阳台的方向走。

酒杯被放到茶几上，秦南御自己坐到了一张躺椅上，对面还有一张空着的躺椅。

纪微甜慢一步过来，坐到躺椅上面。

秦南御这才满意地敛起眸，端起红酒杯，轻啜一口。

瞥见她有些发白的脸，他淡淡地说道："还在后怕？"

"有点儿，做了个噩梦，醒来又发现女儿不见了。"纪微甜端起酒杯，喝了一小口，抿了抿嘴唇。

比起后怕，她现在还有点儿懊恼。

她居然忘了自己的手机能定位到女儿的位置。她发现女儿不见的第一反应不是拿手机查看定位，而是冲上来找秦南御，还让他看见自己这么狼狈的样子。

纪微甜低头瞅了自己一眼。

她穿着管家准备的家居服，光着脚丫子，头发也散着……

再对比同样刚刚睡醒的秦南御——他整齐地穿着睡衣，黑色的短发丝毫没有凌乱，半点儿都看不出刚睡醒的样子，简直可以直接出门了。

她现在觉得，如果她是小糯米团子，也会喜欢秦南御这种靠谱的爸爸，而不是她这样生活无法自理的妈妈。

"梦见什么了？"秦南御眸色微深，薄唇微启，问道。

纪微甜正担心自己会不会被女儿嫌弃，听见秦南御的话，下意识地回答："梦见你了，我还在梦里把你打了一顿，特别解气，还梦见……"

纪微甜话还没有说完，突然察觉到身边一股冷气袭来，回过神后打了一个寒战。

纪微甜扭头看向秦南御，见他的脸上已经覆盖了一层阴影。

秦南御一字一顿地问道："你打了我一顿？"

"也不是这个意思……主要还是因为你要流氓了，跟我说睿睿和瑶瑶都是你的孩子，还拿着 DNA 检验报告非要跟我抢孩子的抚养权！我一着急就……就动手了。"纪微甜一着急把梦到的场景全说出来了，然后拼命解释，"我知道剧情很荒诞，所以一开始没打算告诉你，只是梦里揍你的时候揍得比较痛快……"

她也不知道自己在说什么，感觉越描越黑了。

"你的红酒后劲太强，我可能喝醉了，睡一会儿。"纪微甜往躺椅上一躺，开始装死。

她蜷缩成一团，装得像真睡着了一样。秦南御盯着她，表情看起来很淡定，眼神却变得越来越复杂。

他的脑海里闪过她刚才的话。

两个孩子都是他的……

他的心口微微一动，他竟然因为这句话，生出带小糯米团子去做 DNA检验的冲动。

如果纪微甜知道了，会不会觉得他的想法比梦境更荒诞？

秦南御的心跳得很快，目光穿过阳台的落地窗，他看向大床上睡得香甜的小糯米团子。

他第一次发现，小糯米团子跟纪微甜长得这样像。

他的目光在母女之间来回移动，不知道过了多久，秦南御听到了从躺椅上传来均匀的呼吸声。他微微一愣，走上前，发现刚才还在装睡的人居然真的睡着了。

秦南御哭笑不得，弯腰把人从躺椅上抱起来。近距离看她恬静的睡颜，他微微一怔，不自觉地低下头，就在秦南御的薄唇要亲上纪微甜的时候，一阵细微的声响从门口传来。

一抹小小的身影吃力地推开房门，往房间里走，着急地喊道："爸爸，妈妈和小妹妹都不见了……咦！"

睿睿急刹车，黑漆漆的大眼睛难以置信地看着站在阳台落地窗前抱着纪微甜的秦南御。

秦南御被他弄出的声响打断，人没亲到，回过神后，拧紧眉心。看见纪微甜似乎要被吵醒，他扭头瞪了一眼大呼小叫的秦默睿。

睿睿被瞪得后退了两步。他什么也不知道，什么也不敢问。感觉到秦南御身上的怒气，睿睿往旁边挪了挪，贴着墙角站好。直到看见秦南御抱着纪微甜往床的方向走，他才像做贼似的，也悄悄往床边挪。

"小妹妹……"

发现自己最喜欢的两个人都在爸爸的房间，睿睿顿时不高兴了。

哼！

有的人嘴上说不要，其实背地里趁他睡着，把妈妈和妹妹都拐到自己房间了！

还好他已经不是三岁的孩子，半夜睡醒没有看见妈妈，懂得自己找上来。

睿睿瞅见秦南御将纪微甜放到床上，便立刻一脚蹬掉鞋子，跟着钻进被窝里。他刚要蹭进妈妈怀里，又被秦南御瞪了一眼。

"如果还想睡在这里，就给我安分一点儿。"

"哦，爸爸晚安。"睿睿难得没跟秦南御顶嘴，乖巧地应了声。

等秦南御转身，睿睿飞快地蹭到妈妈怀里。

左边是妈妈，右边是妹妹，睿睿心情美的哟！就算现在被秦南御打一顿，他也不会哭。

秦南御回头看见挤在纪微甜和小糯米团子中间的睿睿，拧紧眉心，转身回去想将臭小子拎出来——睿睿却机警地抱着纪微甜喊"妈妈"。

纪微甜眼睛都没睁开，却自然地抬起手抱住他："妈妈在这儿。"

这边一家三口美滋滋地睡觉，那边床被占了的秦南御只能睡沙发。

一想到儿子能左右拥抱，而他只能睡沙发，秦南御就翻来覆去，怎么也睡不着，恨不得把臭小子拎出来，直接丢进垃圾桶。

最后他翻身坐起来，扭头看着床上的三个人，鬼使神差地上前将睡着的两个小家伙都抱下楼，把他们放回各自的房间，然后再回到自己的房间，看着独自睡在他床上的纪微甜。

他想了想，拿了一条薄毯，在沙发上睡了下来。

纪微甜睡得很沉，醒来的时候，窗外的光已经有些刺目。她下意识地抬手挡了一下，回过神后从床上坐起来。

被子从身上滑落的时候，她微微怔了怔，看着眼前的房间，有些反应不过来。

半响，记忆一点点清晰，她终于记起来，因为女儿不见了，所以自己上楼找秦南御，然后跟秦南御喝酒，说了那个奇奇怪怪的梦，最后……最后她装睡，结果真的睡着了。

她居然一觉睡到天亮。

所以，她现在还在秦南御的房间，甚至睡在了他的床上。

那秦南御人呢？

昨晚明明睡在这里的小糯米团子也不见了……

纪微甜光着脚踩在地板上，刚要往门口走，结果脚尖踢到了什么东西。她低头一看，她的拖鞋不知道被谁拿上来了，就放在床边。

纪微甜穿好鞋子在房间里找了一圈——小糯米团子不在，秦南御也不在，昨天晚上发生的一切仿佛都是她的一场梦，现实跟记忆唯一重合的地方就是她真的在秦南御的房间里。

这种诡异的感觉让纪微甜有点儿紧张。

确定房间里没人，她很快转身往外走，打开房门，看见管家正站在门口等她。见她出来，管家笑着说道："纪小姐，你醒了？御少正带着两个孩子吃早餐，请跟我来。"

"那个……"纪微甜跟在管家身后，几次想要开口问她为什么睡在秦南御的房间，秦南御昨天晚上又睡在哪里。可话到嘴边，她又尴尬地咽了回去，直到走进餐厅。

对上秦南御那双黑眸，纪微甜不知道怎么回事，突然就心虚起来。她不敢看他，错开视线往前面走，然后拉开椅子坐下来，低头吃早餐。

直到离她最近的小糯米团子小声嘟囔道："妈咪睡了爸爸的床，还吃爸爸的早餐。"

纪微甜被吓了一跳，立刻低下头，发现她面前的粥是秦南御的——属于她的那一碗正放在她的左手边，被她无视了。

还好两碗都没人吃过，纪微甜直接把自己那碗粥换给秦南御。

但是，"睡了爸爸的床"是怎么回事？

纪微甜呆呆地抬起头，看着自己的女儿，一本正经地解释："我是上去找你的，发生了一点儿小意外，不小心睡着了。"然后她扭头看向秦南御，补充道："下次要是再有这种情况，你可以直接把我喊醒，不然就让我睡在躺椅上。"

她看似是在淡定地解释，可脸已经不自觉地红了。

她等着秦南御解释一句"我们没睡在一起，我下次会注意"之类的，这件事就可以顺势翻篇儿。

偏偏秦南御看了她一眼，慢悠悠地说道："没事，够睡。"

"妈咪骗人，我都没有跟爸爸睡，而是睡在自己的房间里。"小糯米团子往自己的嘴里喂了一口粥，鼓着腮帮子吐槽道。

旁边的睿睿跟着附和："我也是。我明明上去找妈妈和妹妹了，最后也是睡在自己的房间里。"

说完，他还瞥了瞥秦南御，怨气十足。

"所以……"纪微甜绷紧脊背，有些难以置信地盯着两个小家伙，"你们昨天晚上都睡在自己的房间，那主卧里岂不是只有我跟……"

纪微甜的手指指向旁边的秦南御，她傻眼了！昨天晚上，她真的跟秦南御一起睡了？

"我们……我们昨天晚上……"纪微甜紧张到说话都结巴了，支支吾吾半天，没能说出一句完整的话。

秦南御抬眸，从纪微甜那张抱着一丝希冀的小脸上扫过，"嗯"了一声。

他这一声，把纪微甜吓得差点儿从椅子上摔下去！

她瞪大了眼睛，直勾勾地盯着秦南御看，想知道他的回答到底是不是她理解的那个意思……

结果秦南御不说话了，将她面前的粥拿走，慢条斯理地喝着，见她一直愣着不动，反而提醒道："吃饭的时候要专心。"

这种情况，她真的专心不了。

纪微甜低下头，佯装喝粥，眼睛却忍不住检查自己身上的睡衣。衣服虽然有点儿皱了，但还算完整，就算她跟秦南御睡在一张床上，应该也是单纯地睡觉。

纪微甜越想脸越红。一想到自己居然蠢到在秦南御的房间睡着，还睡到了他的床上，她就想伸手掐死自己。

关键是秦南御现在一副避而不谈的模样，好像他们之间真的发生过不可告人的事情。

纪微甜吃不下了，放下勺子，打算等秦南御吃饱就问个清楚。然而，秦南御吃饱之后，他的工作电话就来了。

秦南御接过管家递过来的手机，走到一旁谈生意，一谈就是半个小时。

等他挂了电话，回头看向餐厅，纪微甜已经不在了。

管家在一旁解释道："纪小姐回客房了，小少爷和小小姐都跟着她。"

闻言，秦南御抬腿往客房走。

走到门口，听见里面有声音传出来，他停下脚步，脑海里又闪过她刚才在餐厅憋红了脸想要问他昨晚发生了什么的模样。

原来，她也会害羞？

秦南御的嘴角勾起一丝弧度，他抬手刚要敲门，客房的门正好从里面打开。

纪微甜已经换回了自己的衣服，正在替他儿子整理衣服。

小糯米团子有些失落地跑到秦南御跟前，抱住了他的大腿，说："爸爸，妈咪要带小哥哥回家了，不能带我。"

秦南御抬头看纪微甜的时候，纪微甜正好也听见小糯米团子的话，抬头看向他。

两个人四目相对，纪微甜很快又挪开目光，尽量让自己看起来正常一点儿，解释道："我刚刚接到主办方的通知，今天是活动正式举办的第一天，按照活动规则，我们要分开单独带着对方的孩子——睿睿跟着我，瑶瑶跟着你。一会儿主办方的工作人员来，我得先带着睿睿离开。"

秦南御从头到尾就没在意过活动规则，此时听见纪微甜的话，眼眸微闪，薄唇翕动了一下，打算说什么，最后却什么都没有说。

只是在纪微甜要带着他儿子离开别墅的时候，秦南御开口提了一句："我让司机送你们。"

"不用不用，我们不回家，我准备带睿睿去逛街。"

纪微甜说着，已经弯腰把睿睿抱起来，捏着他精致的小脸蛋儿，边往外走边嫌弃地说："也不知道谁给你买的衣服，把四岁的你打扮得老气横秋，太没眼光了。"

秦南御："……"

纪微甜平时周末都是闷在实验室里——女儿太有主见，基本上不需要她照顾。

她自己一个人更不会出来逛街。对她来说，有那个时间不如待在实验室里做研究。所以，今天是她第一次主动带着别人逛街。

都说儿子是妈妈上辈子的情人，纪微甜紧紧牵着睿睿的手，第一次有这么强烈的被需要的感觉。

纪微甜找了一家大商场，开始给儿子买买买！

衣服、鞋子、帽子、小墨镜……

活动跟拍的摄像大哥都有点儿走不动了，然而纪微甜还没有买够，意犹未尽地提着大袋小袋，找了一家饮品店暂时休息。她给睿睿点了他爱吃的冰激凌，又给自己和主办方跟拍的工作人员点了西瓜汁。

一坐下来，她也觉得有点儿累了，捏了捏自己的腿，刚准备问睿睿还有没有什么想要的，忽然瞥见饮品店外一抹熟悉的身影。

不对，是两抹。

不只是纪微甜看见了，主办方的工作人员也看见了，纷纷惊讶地从座位上站起来，看向推门而入的秦南御。

他怀里还抱着一个粉雕玉琢的小糯米团子。

看见纪微甜，小糯米团子立刻高兴地喊了一声"妈咪"。

纪微甜愣了愣，下意识地看向摄影师，不确定自己能不能跟女儿同框互动。下一秒，秦南御已经抱着女儿走到她面前，轻描淡写地道："纪小姐，好巧。"

纪微甜嘴角微微抽搐："好……好巧，我带着儿子来这里买东西。"

"我也是。"秦南御笑着说道。

她从未见过如此尴尬的偶遇——偶遇得这么生硬，让人都分不清是真是假。

可秦南御一副他们很熟的样子，纪微甜想要假装不认识都不行。

两个摄影小组撞到了一起，大家的反应都有点儿蒙。只有秦南御表情淡定，仿佛早就知道他们会遇见。目光落到躲在旁边正在大口吃着冰激凌的睿睿身上，他眉心一拧。

"秦默睿——"

"妈妈给我买的。"睿睿将最后一口冰激凌塞进嘴里，小舌头舔干净嘴角，意犹未尽地拿起纸巾擦嘴，理直气壮地解释道。

"你身上穿的又是什么东西？"秦南御将目光落到那条膝盖上破了好几个洞的牛仔裤上。

粉色的小 T 恤，搭配一条白色牛仔裤，衣服领口挂着一副黑色墨镜，他脑袋上还戴着一顶黑色的鸭舌帽……之前贵族绅士范儿的小王子瞬间变成了一个阳光帅气小男孩。

"是不是特别好看？"睿睿从椅子上跳下来，炫耀似的在秦南御面前转了一个圈。

秦南御一阵窒息，说："你管这一身破烂儿叫好看？"

"这也是妈妈给我买的。"

"哥哥好帅！"小糯米团子从秦南御的怀里跳下来，跑到睿睿面前，围着他看了两圈，眼睛变成了星星眼，歪着脑袋问秦南御："爸爸，小哥哥帅帅的，对不对？"

他除了说"对"，还有别的选择吗？秦南御佯装自己刚才什么都没有说过，弯腰把小糯米团子抱回怀里，淡淡地说："还行吧，衣服可以，就是人丑了点儿。"

这么帅的儿子，他还嫌丑？！现在的人对颜值的要求都这么高了吗？还有御少你是不是忘了，你儿子长得跟你一模一样……大家面面相觑，纷纷在心里嘀咕。

"你们吃完打算去哪里？"秦南御见纪微甜又给自己儿子买了一份薯条，眉心拧了拧，开口问道。

纪微甜头也没抬，专心照顾儿子，下意识地回答："游乐园吧，睿睿说他想去。"

想到什么，纪微甜突然抬头给了秦南御一个鄙视的眼神。

她儿子的原话是这样的："妈妈，我们可以去游乐园吗？我爸爸从来没有带我去过。他说游乐园是正常小孩子去的地方，不适合我这种不正常的小孩。"

她从未见过这么不负责任的家长，说自己的儿子不正常，他的良心不会痛吗？

秦南御莫名其妙地被鄙视，只能扭头用眼神询问儿子，想知道臭小子又背着他说了他什么坏话。结果睿睿高兴地吃着薯条，糊了一嘴番茄酱，压根儿没空搭理他。

秦南御觉得自己作为家长的权威已经完全不存在了，而这一切的变化都是因为他的儿子有了一个"妈妈"，并且跟这位"妈妈"达成了某种共识，比如一起说他的坏话，一起讨厌他。

秦南御眉心微蹙，正想说什么，怀里的小糯米团子搂着他的脖子问："爸爸，我也想去游乐园，我们可以跟妈咪他们一起去吗？"

"可以。"秦南御毫不犹豫地说道。语毕，发现纪微甜在看他，他意识到自己回答得太快，放下嘴角的弧度，淡漠地说道："我虽然对游乐园没什么兴趣，不过我女儿想去，勉强跟你们一起。"

御少，一点儿都看不出来你的勉强。

于是，本该分开活动的两个家庭莫名其妙地偶遇了，现在又莫名其妙地结伴同行。

纪微甜可以拒绝跟秦南御同行，但是拒绝不了自己的宝贝女儿。在询问主办方能不能一个人带两个孩子出门被拒绝后，她只能勉强把秦南御也带上。

就这样，两人亲子游变成了四人家庭游。

秦南御负责开车，纪微甜负责坐在后面照顾两个小家伙。一路上，秦南御还要听他们一唱一和地提问。

"妈咪，你喜欢爸爸还是喜欢哥哥？"小糯米团子在安全座椅上转了个身，笑眯眯地问。

"哥哥。"纪微甜正在给两个小家伙倒水，随口答道，随即便察觉到车子里的温度低了下来，刚怀疑是不是自己产生了错觉，就听见小糯米团子接着问——

"那你觉得哥哥长得好看吗？"

"好看，哥哥是妈咪见过最好看的小男孩。"纪微甜夸起儿子来没有丝毫犹豫。伸手捏了捏睿睿的脸蛋儿，见小家伙笑得很开心，她也忍不住跟着笑出声。

这一次，她是真的感觉到车里的温度变低了。

刚想要问秦南御是不是把空调温度调低了，小糯米团子突然贼兮兮地笑起来，捂着嘴，小声嘟囔道："妈咪喜欢小哥哥，小哥哥长得跟爸爸一模一样，所以妈咪肯定也喜欢爸爸，对不对？"

纪微甜没想到还能这样类推，错愕地抬起头，发现秦南御听见这句话了——他正从后视镜里看她，眼神幽深。

她想要解释，结果还没有开口，身边的小家伙已经一脸委屈地扯着她的衣袖提问了。

"虽然我长得很像爸爸，可是我比爸爸可爱，妈妈能不能喜欢我比喜欢爸爸多一点儿？一点点就好……"

软萌小正太，在线求关爱。

这谁顶得住？

纪微甜完全没时间思考，双手捧住他的小脸，认真保证："可以，妈妈跟你保证，一定会喜欢你比喜欢你爸爸多一点儿……"

等等！

纪微甜察觉到哪里不对，猛地抬头！她刚才说了什么？

她喜欢秦南御……

"不是，我不是这个意思。睿睿，我是想说，我只喜欢你……啊！"

车子突然晃了一下，纪微甜下意识地护住两个小家伙，发现两个孩子坐在儿童专属座椅上很安全，倒是她的大脑已经完全忘了刚才想说的话。

跟刚才不一样的是，车子里的温度好像也恢复了正常。

纪微甜呆呆地抬头看秦南御，发现他不知道吃错了什么药，嘴角一直噙着淡淡的笑意，像是心情很好的样子。

一家子奇奇怪怪的……

游乐园很快到了。

四个人一起下车，秦南御去排队买票，纪微甜带着两个孩子先找阴凉的地方等着。

抬头发现售票窗口前排着长长的队伍，她心里忽然有些担忧。按照睿睿的说法，秦南御从来没有来过这种地方，出门基本上都有助理跟着，排队买票这种事情只怕从来没做过——他能行吗？

纪微甜越想越担心，站起来准备牵着两个孩子过去看看，刚一动，就见秦南御颀长的身影已经从人群里出来了。

他迈着矫健的步伐往纪微甜的方向走。

他手里拿着四张票，身后还有不少年轻的女孩偷偷举着手机在拍他，秦南御的表情虽然有些不耐烦，但是并没有动怒的迹象。

"买到了。"秦南御很快走到她面前。

纪微甜听见他的声音，忽然回过神，低头盯着他手里的票，有些不可思议地说："你都没排队，是怎么买到票的？"

纪微甜接过他手里的票，仔细看了一眼。

他没买错——两张大人票，两张儿童票，还是套票。

唯一不合理的地方是秦南御买票的速度快到不可思议。

纪微甜将视线越过他，往售票窗口看了一眼。因为是周末，带孩子出来玩儿的人比较多，黑压压的全是排队买票的人，再对比秦南御这速度……

"你花钱找黄牛了？虽然你很有钱，但是这样做不太好，何况我们还在参加活动，要给孩子当榜样。你刚才去排队买票的时候，我看到有摄影师跟在你后面，你找黄牛肯定被拍下来了，妥妥地成了反面教材……"纪微甜拿着票凑到秦南御面前，压低了声音提醒他，眼神还有些不放心地往秦南御身后看，确定跟拍的摄影师听不见她说什么。

纪微甜完全没有注意到，面前的男人因为她的靠近而身体瞬间变得僵硬。他耳根泛红，盯着她翕动的唇瓣，眼神渐渐变得复杂……

他们两个人现在几乎靠在一起，秦南御的鼻息间多了一抹清甜的栀子香，是纪微甜身上的体香。

香味夹在微风中，很淡，但秦南御闻着很舒服。

秦南御不自觉地眯起双眸。耳边响着纪微甜的声音，他听不进半个字，注意力全停留在纪微甜表情生动的脸上。

"秦南御？秦南御？你看够没有？我在跟你说话呢，你发什么愣？"

纪微甜久久等不到回应，抬手想要戳他的手臂。

秦南御忽然抓住她的手，手腕轻轻翻转，姿势瞬间变成手牵手，像是两个人在亲密地聊天儿……

纪微甜有些错愕地抬头看他，想问他要干什么。

秦南御对上她的目光，认真回答起她第一个问题："我没找黄牛。票是我在售票窗口买的。"见纪微甜不说话，他又径自解释，"我也没有插队，是有个人把靠前的位置让给我了。"

纪微甜被这种天上掉馅儿饼的故事情节震惊了，倒吸了一口气，问："是女生吗？她是不是还夸你长得好帅，问了你的名字，想要你的联系方式？你给了吗？"

纪微甜一气呵成地问了一连串问题。她从来没发现，自己体内有这么强大的八卦因子。

秦南御也没想到，怔了怔，跳过最前面的几个问题，直接回答最后一个："联系方式我没给，但是有说'谢谢'。"

"做得好！"纪微甜鬼使神差地夸了一句，夸完觉得哪里怪怪的，又补充道，"我的意思是，别人帮助你，你确实应该道谢。这一点你做得很好。"

说完，她在心里吐槽这个看脸的世界。

长得好看的人连排队买票都能遇见"好心人"。

纪微甜沉浸在自己的想法里，完全没注意到站在她面前的人一直牵着她的手没放开。

两个小家伙嚷嚷着要进游乐园玩儿，回过神来的纪微甜还没来得及说话，秦南御已经牵着她，带着等在旁边的两个小家伙，一起往游乐园里走。

前面是哥哥牵着妹妹，后面是秦南御牵着纪微甜。检票的时候，见纪微甜想要把孩子抱起来，秦南御把她拦了下来，说："他们难得这么开心，不要打扰他们，让他们自己玩儿。"

"那我们呢？"纪微甜疑惑地歪了歪头。

她和秦南御陪孩子来游乐园，不就是陪他们玩儿吗？

"他们玩儿他们的，我们可以玩儿我们的。"秦南御将最后一张票递给检票员，拉着纪微甜进了游乐园。

纪微甜还在琢磨他刚才那句话是什么意思，就看见两个小家伙朝旋转木马飞奔过去，忙不迭地甩开秦南御的手，跟上前去。

"你们慢一点儿，别坐太高的位子，选马车最好。"纪微甜叮嘱两个孩子。

被丢下的秦南御盯着落空的手，眉心紧蹙。

等秦南御走到旋转木马边，两个小家伙已经各自找到了喜欢的位子，乖乖坐好。

纪微甜为了方便照看他们，选了距离孩子最近的一匹白马，抓着扶手，大声提醒秦南御："你快点儿上来呀，再不上来旋转木马就要启动了！"

秦南御将目光扫过整个游戏区域——成年人出现在这里的概率极低，而像他这样的成年男人，出现在这里的概率更是几乎为零。

全场只有一位年轻爸爸——因为妻子怀着二胎，所以他亲自上阵陪女儿坐旋转木马。

秦南御内心十分抗拒这种幼稚的游戏项目，正要拒绝纪微甜，木马上的小糯米团子突然奶声奶气地喊："爸爸快一点儿，快要来不及了，一家人就要整整齐齐！"

秦南御不知道自己是怎么走上旋转木马的……因为机器就快启动了，时间紧张，他只能选择距离他最近的南瓜马车坐了下来，成了一位坐在南瓜马车里的王子，就因为小糯米团子的一句"一家人就要整整齐齐"。

如果这还不够让他绝望，那么纪微甜一边拿手机拍他，一边笑得上气不接下气，说他长得真好看，反串公主也没有违和感的时候，秦南御差点儿冲上去拧断她的脖子。

好不容易结束了，旋转木马还没有完全停下来，秦南御已经从南瓜马车上下来了。

一转头，摄影师突然扛着机器凑到他跟前问："御少是第一次坐旋转木马吗？您感觉怎么样？"

秦南御瞪了一眼毫无眼力见儿的摄影师，没回答这个问题，越过镜头，转身往旁边的休息区走。他打算等纪微甜来跟他道歉，还要考虑要不要原谅她。

结果他等了三分钟，身后迟迟没有响起脚步声。

秦南御回头一看，没有看见追上来哄他的纪微甜，却看见她带着两个小家伙正无比开心地奔向下一个游戏区！

秦南御仿佛远远地听见小糯米团子在问"爸爸去哪儿"了。

他心里一暖，准备上前。下一秒，纪微甜说话的声音清晰地传到他耳朵里："嘘，别出声，咱们偷偷把他丢了！"

接下来的全程，秦南御寸步不离地跟着纪微甜。只要有纪微甜的地方，后面都会跟着一个黑着脸的秦南御，活像个黑面罗刹。

纪微甜去买饮料，他跟着；纪微甜去帮两个小家伙兑换礼物，他跟着……

于是，摄影师的镜头里出现了十分诡异的画面。

两个家庭不再是合理分工，而是纪微甜走到哪里，秦南御就带着两个孩子跟到哪里，仿佛担心自己一不注意，纪微甜就会消失。

纪微甜抗议了几次，秦南御都没理。纪微甜最后忍无可忍，说要去洗手间。

她去了女厕所，秦南御总不可能还跟着吧？结果一扭头，秦南御真的跟在她后面……

"秦南御，我是要去上厕所。"纪微甜停在洗手间门口，指了指洗手间门上的女性标志，像是在提醒他：要是他就这么跟着她进去，会被人当成变态报警抓走。

秦南御冷冷地抬眸睨了她一眼，眼神带着一丝她看不懂的诡谲神情。他径直越过她，进了旁边的男洗手间，留下一个愣在原地半晌回不过神的纪微甜。

面对同样一脸蒙的两个小家伙，纪微甜他们三个人面面相觑。

纪微甜再迟钝也能感觉到，秦南御从某一个时刻开始变得有些不对劲。她忍不住问："他怎么回事，你们谁惹到他了吗？"

"我也觉得爸爸有点儿奇怪。可是我很爱爸爸，爸爸肯定不是生我的气。"小糯米团子率先自信满满地撇清关系。

纪微甜将目光看向睿睿。

小家伙愣了几秒，举起手保证："我刚才一直在照顾妹妹，真的没有时间惹爸爸生气。"

这么说，就只剩下纪微甜了。

纪微甜的表情有些呆滞，她不记得自己做了什么过分的事情。要说她对秦南御的态度，今天大概是有史以来最好的一天，他还有什么不高兴？

没等三个人讨论出结果，秦南御已经从洗手间里出来了。

看见纪微甜没去洗手间，他明白了纪微甜刚才急着来洗手间的举动只是为了避开他，秦南御的脸色越发阴沉。

纪微甜犹豫了几秒，鼓起勇气上前，小心翼翼地开口："那个，我有点儿憋不住了。你要是方便的话，能不能先照看两个孩子，我去上个洗手间？"

秦南御愣了愣。等他抬头看向纪微甜，纪微甜已经冲进洗手间，速度如风驰电掣，仿佛慢一秒就要弄脏裤子似的。

秦南御盯着她消失的背影，脸上阴郁的神情消散了些，嘴角勾起一抹上扬的弧度。

笨蛋。

纪微甜不知道在自己上洗手间的工夫，秦南御的心态到底发生了什么转变。等她出来之后，秦南御的脸色似乎没那么难看了，只是他不跟她说话。

综合之前的分析，纪微甜觉得秦南御大概率是生气了，而且是生她的气，像是幼稚的小朋友在跟家长赌气。

他就是不看你，就是不理你，就是不跟你说话……

这人简直幼稚到了极点！

"我要去买冰激凌，你吃吗？"纪微甜眨了眨眼睛，主动开口问秦南御。

"吃！"

"吃！"

两个小家伙异口同声，回应得飞快。

唯独纪微甜问的那个人没有吭一声。

纪微甜自讨没趣，只能带着两个听见冰激凌就来兴致的小家伙去买冰激凌。

往前走了几步，她发现身后好像有人没跟上来，以为是自己的错觉，结果一回头，真的没看见秦南御。

他还站在原地，拿着手机，不知道在跟谁打电话。他的目光对上她的，然后冷漠地移开了，像是他根本没看见她。

纪微甜的心里顿时有些不舒服，她也说不上来是什么感觉，赌气似的没理会秦南御，带着两个小家伙往前走。

纪微甜带着小家伙们买了三支冰激凌，又找了一个凉快的地方坐下来休息。

有了好吃的，两个小家伙便开心地并排坐着，一人拿着一支冰激凌互相品尝。

睿睿虽然贪吃，但是很照顾妹妹，一边吃冰激凌，一边拿纸巾替小糯米团子擦嘴，免得她把衣服弄脏。

"小哥哥，这个草莓味的好吃，你多吃一口。

"我也给你擦擦。"

兄妹两个相亲相爱。

相比之下，孤零零的纪微甜显得有点儿惨，独自啃着一支冰激凌，并不怎么快乐。

纪微甜吃了两口，无聊地低头玩儿手机，想找个人说说话。于是她点开跟卡丽的聊天儿框，发了条信息，等了一会儿没有收到回复。

这年头，闺密在关键时刻都靠不住了。

都怪秦南御这个浑蛋"奴役"她的丽丽，害她连吐槽的伙伴都没有了……

纪微甜正在腹诽，手上突然一空，她的冰激凌不翼而飞。她错愕地抬头，对上秦南御的黑眸，看见她的冰激凌在他的手里。

因为时间久了，冰激凌已经开始融化。

"这是我的冰激凌，刚才问你，你没说话，我以为你不吃就没给你买，要不现在去给你买一支？"纪微甜难得好脾气地问道，并且已经做好了秦南御会拒绝的准备。

果然，他真的拒绝了——

"我觉得这支就挺好。"秦南御拿着纪微甜只吃过两口的冰激凌，低头尝了一口，眉心微微一蹙，看起来像是不喜欢这种甜腻的口感。

但是他认真品尝冰激凌的模样带着一股说不出来的禁欲感。

纪微甜愣在原地，呆若木鸡，瞪直了双眼，盯着正在吃冰激凌的秦南御。她几次想要提醒他，这支冰激凌是她吃过的，但还没有来得及开口，秦南御已经在她吃过的地方咬了一口……

纪微甜的小心肝颤了颤，她脊背一阵酥麻——眼前的画面仿佛不是秦南御在吃冰激凌，而是秦南御在一口一口地把她吃进肚子里……

吃了几口，秦南御勉强给出一个评价："还行。"

什么还行？

冰激凌还行，还是她还行？

纪微甜觉得自己要疯了……从脖子到脸颊都像着火似的变得红扑扑的，

她猛地伸手捂住脸！

她在想什么乱七八糟的东西？秦南御只是吃个冰激凌而已。

纪微甜深呼吸，强迫自己冷静下来。

她刚要放下手，旁边的小糯米团子突然"咦"了一声，满脸惊奇地开口："妈咪，你的脸怎么红红的？"

纪微甜一抬头，发现秦南御听见女儿的话，正好扭过头来看她。

四目相对，纪微甜心虚地解释："不是的，我不是害羞，只是天气太热了，太阳晒的。"

"瑶瑶没说你害羞。"秦南御蓦地提醒道，瞥见纪微甜瞬间呆滞的表情，嘴角微微一勾，"所以，你看着我在害羞什么？"

被这么直白地拆穿，纪微甜是真的害羞了。

刚才好不容易消退的红晕瞬间又浮现在脸上，纪微甜奋力狡辩："都说了我不是害羞，是太阳晒的！你看今天的太阳这么大……"

纪微甜还没有说完，这一次是吃完冰激凌的睿睿忍不住提醒道："妈妈，我们坐的这个地方是凉亭，太阳晒不到的。"

感受到了来自这个世界深深的恶意，纪微甜自闭了。

看着两个小家伙手拉着手准备去玩儿碰碰车，纪微甜一声不吭地跟在他们后面，没脸看秦南御，就怕被他抓着问，她刚才看着他在脸红什么……

好在秦南御做了回好人，没再追问，反而贴心地问她渴不渴，说他去买水。

此时纪微甜只要能不看见他，就高兴得像过年一样，连忙佯装自己快渴死了，催他快点儿去买水。

秦南御深深地看了她一眼，转身去买水。

不一会儿，看见他只拎着三瓶水回来，纪微甜一脸茫然，眨了眨眼，确定自己没数错，不解地看他。

秦南御没说话，只把其中一瓶递给她，另外两瓶留给两个小家伙。

"只有三瓶，那你呢？"她还以为秦南御是因为自己渴了才主动提出要去买水，没想到他没给自己买。

"矿泉水只剩下三瓶了，得到下一个场馆才能买。"秦南御淡淡地说道。

纪微甜愣住了，低头看了一眼手里的水。所以，他是自己不喝，特意把水让给她了？

她的心微微一动。

纪微甜看着还没喝的水，拧开盖子递给他，说："我其实没那么渴。你先喝，一会儿换场馆的时候我再买。"

秦南御没接，只让她先喝。

见纪微甜坚持要给他，他索性把水接过来，喂到她嘴边。

纪微甜被迫低头喝了一口，正想跟他说谢谢，然后赶紧找个卖水的地方给他买一瓶，下一秒，就瞥见秦南御收回手，拿着刚才她喝过的那瓶水，仰头喝了两口。

纪微甜好不容易恢复的面色又一点点变红，最后紧紧盯着他喝水的动作，看着矿泉水的瓶口抵着他的薄唇，水随着他微微仰起的头流进他的嘴里，伴随吞咽的动作滑过他的喉结……

明明只是一个简单的动作，纪微甜却莫名看得脸红心跳。她抢过他手里的另外两瓶水，努力让自己看起来很淡定，说："我拿去给睿睿和瑶瑶。"

然后，她拔腿就跑！

等秦南御回过神，她已经跑没影儿了。

纪微甜一秒钟都不愿意跟他多待的架势让秦南御微微蹙眉。他将喝完的空水瓶丢到垃圾桶里，抬腿跟上去。

碰碰车场馆里，人多到超出意料，远远就能听见场馆里传来的惊呼声和笑声。

纪微甜正带着两个小家伙在排队。

小糯米团子看见秦南御，立刻兴奋地招手："爸爸，我们在这里，你快点儿来！"

听见女儿在喊他，秦南御加快脚步上前，弯腰将她从排队的人群里抱起来。

轮到他们，秦南御跟小糯米团子坐在一辆车上，纪微甜带着儿子坐在另外一辆车上。

秦南御开过跑车，开过赛车，但第一次开碰碰车……他还没坐稳，车屁股就被人用力撞了一下！他整个人都往前倾，手臂下意识地护住怀里的小糯米团子，确定她系好了安全带，才回头看撞他的人。

这人是个陌生人。

没等他回过神，又一辆不认识的碰碰车往他们的车子上撞了一下。

坐在他怀里的小糯米团子着急了，说："爸爸，再不快点儿，我们就要被撞'死'了！"

如果说受到来自女儿的嘲讽还不够惨，那么等纪微甜带着儿子把车子开到他们旁边，围着他转圈圈，用实力碾压他的时候，秦南御就笑不出来了。

"秦南御，我儿子要跟你单挑，看看你们谁能先把车子从这边开到对面？"纪微甜把方向盘交给怀里的小家伙，朝秦南御喊话。

秦南御没回答，他怀里的小糯米团子已经先答应了："爸爸加油！赢了可以把妈咪和小哥哥都带回家，冲呀！"

纪微甜只当这是一个游戏，毫不犹豫地跟着喊："要是我们赢了，不要你，只要瑶瑶！"

秦南御黑眸一沉，眼底掠过一抹危险的光，伸手把女儿身上的安全带系得更紧一点儿，然后让她抱紧自己。他转头看向纪微甜，薄唇微启，一字一顿地说道："一言为定，你来喊'开始'。"

纪微甜怔了怔，被他突然认真的眼神震慑住。她怀里的小家伙已经喊了一声"开始"，趁着秦南御没反应过来的时候，耍赖先开车了！

纪微甜正要回头去看秦南御，身边突然一辆车"唰"的一下开过。她定睛一看，这不是秦南御吗？

他一路风驰电掣，把碰碰车开成了赛车——周围的路障仿佛都消失了，挡在他前面的车仿佛也消失了。

秦南御精准地算出了一条没有障碍的线路，然后以不可思议的速度冲到了终点。他轻松掉转车头，单手抓着方向盘，嘴角噙着一抹弧度，目光直直地看向还在赛场中间的纪微甜。秦南御低沉的嗓音带着撩人的磁性："纪小姐，你输了！"

纪微甜心口一震，一股无法言喻的悸动从心头闪过。

她呆呆地看着不远处对她放狠话的秦南御，周围的人仿佛在这一瞬间消失了。

没有嘈杂的喧闹声，没有热闹的碰撞声，纪微甜的眼里，只剩下秦南御。这个平时冷漠毒舌、一开口就要人命的男人，此刻嘴角带着邪气的笑容，把一句普通的话说得像情话似的……

纪微甜的心漏跳了一拍，连睿睿把车子开到男人边上都没有发现，她只觉得自己坐的车距离秦南御越来越近、越来越近，最后停在了他面前……

"妈妈，我们输了。"她怀里的睿睿有些不服气地嘟囔着。

纪微甜忽然醒过神，连忙从秦南御身上收回目光，把睿睿抱起来，安慰道："没关系，这只是游戏而已。你这么聪明，我们下次再努力，肯定可以赢！"

"可是你刚才一直看着爸爸，都没有看我。"睿睿满是失落地说道。

有这么明显吗？她就是多看了秦南御一眼而已。

纪微甜心虚地眨眨眼，没敢再看秦南御，抱着儿子先走出场馆。

第十三章

我会忘记所有人，唯独你例外

夕阳的余晖洒满大地，淡淡的橘色光芒照耀在充满童趣的游乐园——游乐园仿佛被镀上了一层梦幻的光。

逛了半天，又玩儿了半天，纪微甜怀里的小家伙已经有些累了，正靠在她的肩膀上昏昏欲睡。

见主办方的工作人员已准备收工，纪微甜问了一下，确定今天的活动可以结束了，便抱着睿睿走回秦南御面前，说："明天是周一，我们不用参加活动了，把孩子换回来吧。"

秦南御没有接话，静静地看着她，似乎在试图提醒纪微甜什么。

比如，他们刚才的赌约。

见纪微甜没意识到，他径自说道："我跟瑶瑶刚才赢了。"

"然后呢？"

"赛车，我们赢了。"秦南御见她打算赖账，沉下声音，一字一顿地说道，"是你自己答应，如果我们赢了，你和孩子都要跟我走。"

纪微甜总算反应过来，眨了眨眼，说："那个是哄小孩子玩儿的，你不会当真吧？明天是工作日，不只我们要上班，睿睿跟瑶瑶也要上幼儿园，不提前把孩子换回来会很麻烦……"

"我当真了。"秦南御打断纪微甜的话。

纪微甜猛地一顿，一脸错愕地看着眼前跟她说当真了的男人。

这较真儿的表情，仿佛他们四个人里秦南御才是年纪最小的宝宝，要是她愿赌不服输，就会伤害到他幼小单纯的心灵……

纪微甜觉得自己疯了，居然想踮起脚尖摸摸秦南御的头，像哄小宝宝似的哄哄他。她甚至差点儿脱口而出，让他乖一点儿，等她下个周末再过来陪他玩儿。

纪微甜庆幸自己还算有点儿理智，控制住了想要朝秦南御脑袋伸出去的手。如果秦南御发现她内心的想法，可能会把她的手打骨折！

她想了想，用商量的语气问道："那要不把瑶瑶留在秦家别墅，明天一早你再送她去幼儿园？"

纪微甜见秦南御很疼爱自己的女儿，心想他可能是舍不得小糯米团子。愿赌服输，她把女儿留给他，就算扯平了。

可是纪微甜的话音刚落，两个小家伙跟约好似的，突然都扑到她身上，一个搂脖子，一个抱大腿。

睿睿泪眼汪汪地说："我舍不得妈妈，我也要跟妈妈走。"

小糯米团子也眼泪汪汪地说："我也舍不得妈咪和哥哥！"

这下谁也走不了。

纪微甜发现旁边本来打算收工看见这一幕又重新扛起摄影机的工作人员，吓得连忙把两个小家伙抱起来，顾不上跟秦南御磨蹭，把其中一个孩子递给他，拉着他就跑。

如果这一段被工作人员拍下来，不知情的人看到可能还以为他们一家四口要生离死别。

一口气跑出游乐园，纪微甜让秦南御把两个孩子先带上车，自己转身往回走。

"你去哪儿？"秦南御扣住她的手腕，蓦地问道。

纪微甜回头看见两个人牵着的手，突然想起刚才跑得太着急，自己一直牵着他的手。

神奇的是，秦南御居然没生气，就这么让她牵着，还牵了一路……

她咽了咽口水，说："我去跟主办方的工作人员打个招呼，这么跑了太没礼貌。"

纪微甜趁着自己还没脸红飞快地解释，然后抽回手，扭头就跑。

秦南御站在原地，确定她还会回来，表情稍微变得缓和。他没有急着上车，而是盯着她跑开的身影。

纪微甜跑到商店里，买了饮料和点心，又跑到主办方的工作人员身边，把手里的东西分给大家，鞠躬道谢。她开心地跟大家挥手道别，像个散发着温暖光芒的小太阳。她表现出来的样子跟秦南御之前想象的截然不同——似乎除了他，她对谁都和颜悦色。

　　这让秦南御嘴角的笑意凝固了。

　　"好了，时间不早了，我们回去吧。"纪微甜回来的时候，主动招呼了秦南御一声，发现他在走神儿，下意识地在他面前挥了挥手，"嗨，兄弟，你还好吗？能不能听见我说话……"

　　纪微甜挥在半空的手蓦地被人抓住了。

　　秦南御的手腕微微使劲，他将她往自己面前拉。

　　纪微甜脚下一个趔趄，直接撞进他的怀里。她抬起头，对上他突然变得有些复杂的眼眸，听见他低沉地开口——

　　"纪微甜，你是不是很讨厌我？"

　　他猝不及防的问题让纪微甜有些蒙。

　　她不明白他哪根筋不对，要跑来问这个。纪微甜忍不住抬手摸了一下他的额头，说："不烫啊，你怎么不发烧也说胡话？"

　　秦南御盯着顾左右而言他的纪微甜，想要弄清楚她是不是在刻意回避话题。无果，他转身上车，用力关上车门。

　　纪微甜怔了怔，听见两个小家伙喊她，连忙坐到车上。

　　气氛有些怪，一路上车里很安静。纪微甜几次想找点儿话题聊聊，可弄不懂秦南御在想什么，又不敢随便开口。倒是坐在她旁边的两个小家伙，聊得很起劲。

　　"爸爸跟妈妈吵架了，现在都不跟对方说话。你说他们下一步是不是就要离婚？我马上又要变成没妈的孩子了吗？"刚刚收获了母爱的睿睿担忧地问道。

　　旁边的小糯米团子顿时给了他一个复杂的眼神，用水瓶往他脸上滋了一点儿水，说道："哥哥，醒醒。虽然我也跟你一样很想要个爸爸，可是爸爸跟妈咪还没有结婚。"

　　被凉水滋醒的睿睿发现自己原来还是没妈的孩子，这下真的要哭了。

　　睿睿紧紧抱着纪微甜的手不肯松开，可怜巴巴地在心里说：妈妈，我知道我爸爸不讨喜，你不喜欢他没有关系。你看看我，我长得比他好看又特别乖，只要你愿意带我回家，从今天起，我就是你的亲生儿子。

　　这都什么情况？她只是跟秦南御参加亲子活动，怎么突然演变成他们要结婚然后又离婚？

纪微甜抬头试图让秦南御解释两句，发现秦南御压根儿没理她，像是查无此人。

直到下车秦南御都没有理她。纪微甜一个人带着两个小家伙往别墅里走的时候，他还坐在车上。如果她没有看错，在她回头的瞬间，好像看见秦南御拿出了一包烟，点了一根……

升起的车窗，挡住了纪微甜的视线。

纪微甜在门口愣了几秒，转身带着两个孩子进客厅，陪他们吃饭、洗澡，准备明天去幼儿园要带的课本。

秦南御一直没出现。

纪微甜一个人搞定所有事情，最后抱着电脑处理工作，看着钟表的指针一分一秒地走到十点的位置。这时隐约从客厅传来脚步声，还有管家说话的声音。

好像是秦南御进来了，管家问他要不要吃饭。

秦南御先是问了两个孩子的情况，听见管家说他们都在纪微甜这里，也不打算来看一眼，只淡淡地说自己什么都不吃，就抬腿上楼了。

纪微甜没有勇气开门，贴在门板上只能听见这么多。她转身靠在门板上，微微垂眸盯着自己的脚尖，耳边回想起秦南御今天跟她说的最后一句话。他问她，是不是很讨厌他……纪微甜眼眸微沉，眼底掠过一抹复杂的情绪。

这个问题，她没有办法用一句话回答。

对她而言，秦南御曾经是偶像一样的存在。他是江城大学每个导师都会提及的优秀学长，是她不遗余力想要超越的目标。哪怕那个时候对他一无所知，跟他几乎没有任何交集，她也清楚地记得"秦南御"这个名字。

后来……

纪微甜的眸色又沉了沉，没让自己再想下去，她转身走回床边，看见睡在一起的两个小家伙，眼神变得柔和。她低头在他们可爱的小脸蛋儿上亲了亲，抱着电脑坐在床边，点开冷简给她发来的邮件。

邮件里面只有一个链接和一句话："碰到个有两把刷子的人，这是对方给你下的战帖，我觉得你可能会有兴趣。"

能让冷简开口夸奖的人，实在少见。

纪微甜顿时来了兴趣，点进链接，查看了里面的小程序。她看了好一会儿才看出破解的规律，眼神变得专注，双手飞快地在键盘上输入，有几次差点儿掉进了对方的圈套。等她完全破解出来，时间已经过去了半个小时。

这个冷简……

对方明明是个顶级高手，到他嘴里居然只是"有两把刷子"，害她轻敌，差点儿陷在小程序里出不来。

纪微甜已经很久没有遇见这么厉害的对手了。

对方似乎已经发现她在试探他的能力，现在用同样的办法试探她。

这个小程序里包含了她之前用过的算法，又在她的基础上实施了高阶优化。看起来只是细微的改动，实际上已经产生了质变。

纪微甜盯着电脑屏幕看了许久，最后忍不住给冷简打了一个电话。

"你给我发的邮件我看了。这个代号Y的人，你能查到他的真实身份吗？"纪微甜单刀直入地问道。

"查不到，但是我可以很肯定地说，他在查你的身份。"说话间，冷简又给纪微甜发了一份邮件，是他的防火墙遭到追踪和攻击的数据图片。

很明显，对方在处心积虑地追踪，小心翼翼地试探。

冷简不得不承认，这是他近几年遇到的最难缠的对手！他等了一会儿，没有等到电话那头的回应，发现纪微甜似乎在走神儿。

冷简声音微沉，带着几分担忧，问道："你怎么了，最近通话总感觉你有些恍惚，是不是身体不舒服？"

"没有不舒服，可能是今天参加亲子活动，我带两个孩子在外面玩儿了一天，有点儿累。"纪微甜回过神，伸手揉了揉眉心，说道。

"参加亲子活动？"冷简明显吃了一惊。

听闻纪微甜去参加亲子活动已经十分意外，再得知是小糯米团子为了赚钱养家替她报名的活动，冷简半晌才从震惊中找回理智，声音里带上几分严肃地问道："Cindy，你查过你的账户吗？你确定你真的没钱了？"

纪微甜没听出他语气里的错愕，只当冷简是关心自己，有些尴尬地挠头："你知道的，我们家是瑶瑶管家。她说没钱了，应该就是真的没钱了。"

果然跟他猜的一样，冷简想，纪微甜可真是个被女儿卖了还要帮着数钱的妈妈。

可冷简确定，小糯米团子是个出了名的"妈妈控"。虽然总是像个小管家似的念叨纪微甜，可实际上，谁要是敢说她妈妈一句坏话，小糯米团子都会生气。

她怎么会突然想要逼纪微甜参加亲子活动，还用参加活动赢奖励这样拙劣的借口？

想起自己曾经跟小糯米团子的对话，冷简一颗心突然往下沉。

"瑶瑶在吗？"

纪微甜看了一眼床上的小糯米团子，说："在，不过她睡着了。"

冷简鬼使神差地开口："瑶瑶平时不会跟你睡，你们今天不在家里？"

纪微甜忘了冷简不清楚情况，点点头："嗯，没在家，我跟瑶瑶打赌输了，在她新爸爸家里。"语毕，纪微甜意识到这句话有歧义，又补充道，"瑶瑶认的新爸爸，跟我没关系。"

秦南御再好，也不是她的菜。远离"扫把星"，保一生平安。

"瑶瑶口中的新爸爸是秦氏科技集团总裁——秦南御？"冷简语气越发低沉。

纪微甜隔着电话都感觉到了冷简情绪上的变化。她情不自禁地眨了眨眼，有些好奇地问："你怎么知道？瑶瑶跟你说的吗？"

小糯米团子喜欢秦南御，这是纪微甜很早就知道的事情。

自从有一次在电视上看见秦南御的专访，小糯米团子就费尽心思弄到了以秦南御照片当封面的杂志，天天抱着睡觉，嘟囔着这是她的新男神，让纪微甜给她骗回来当新爸爸。

纪微甜自认没这个本事，也没这个想法，当场拒绝了。

母女俩还约法三章，纪微甜不强迫小糯米团子跟她同仇敌忾一起讨厌秦南御，小糯米团子也不许逼她喜欢秦南御。只是纪微甜当时以为，小糯米团子的喜欢仅限于小粉丝对偶像的喜欢——她隔着遥远的距离默默关注，充其量对着杂志封面喊一声"帅爸爸"。

纪微甜怎么都没有想到，小糯米团子会把这段关系发展到现实生活中……在她没有一点儿心理准备的情况下，小糯米团子偷偷认识了秦南御。纪微甜更没有想到，小糯米团子还能把秦南御这座大冰山变成自己的靠山，让他一口一个"我女儿"。他叫得纪微甜这个亲妈差点儿精神错乱，几次怀疑女儿到底是她的还是秦南御的……

纪微甜自认没有这种本事，正打算跟冷简吐槽几句，发现对面没声音了。

纪微甜"喂"了两声，冷简才缓缓地说："嗯，她之前跟我提过。"

冷简的眸色沉了沉——何止是提过，小糯米团子喜欢什么东西恨不得昭告天下。

看见秦南御的第一眼，她就高兴地抱着小电脑，跟冷简视频通话，张口就说自己有爸爸了，就是电视里看见的那个帅爸爸。然后她虚心请教冷简，看中一个爸爸，要怎么动手把他拐回来，跟自己一起照顾妈咪。

冷简忘了自己当时是怎么回答的，又或许，根本不想回答这个问题，只是敷衍了几句。他跟纪微甜一样，没有把小糯米团子的话放在心上，没想到……

冷简眉心紧蹙，眼底掠过一丝懊恼的神色："瑶瑶很喜欢她的新爸爸？"

"嗯，不是很喜欢，她是超级喜欢。我现在已经开始担心，她会不会有了爸爸，就不要我这个妈妈了……"纪微甜担心地说道，想到什么，又接着吐槽秦南御，"你说一个'扫把星'，对人冷漠又毒舌，除了长得还行，其他基本都不行，怎么就能把瑶瑶迷得七荤八素？"

"他还特别幼稚你知道吗？他一生气就不理人，一个人躲在车里自闭，想让我哄他。我才不干！他最好一直生气，这样我就可以一个人美滋滋地带着两个孩子……"

"对了，我还没跟你说，虽然秦南御讨人厌，但是他儿子很可爱，是个小暖男，瑶瑶也特别喜欢……"

纪微甜很少会跟冷简聊生活上的事情，今天也不知道怎么了，或许是因为心里憋着一些情绪，又联系不上卡丽，难得有冷简这个好朋友在，忍不住跟他多说了几句。

冷简一直静静地听着，没有接话，也没有挂电话，不知道在想什么。直到纪微甜想起正事还没说完，主动切换了话题。

"我一会儿再设计一个小程序，你帮我放上去，看看能不能试出这个代号Y的人到底是什么身份。"

如果对方在试探她，且没有不怀好意的话，这样旗鼓相当的对手有可能成为纪微甜的朋友——常与同好争高下也是一种进步的方式。

闻言，一直没有开口的冷简终于应了声："据我观察，对方是个很有耐性的人，我怕他会一直跟你周旋。"冷简的眸色微沉，他想到什么，又开口道，"Cindy，其实我有一个想法……"

秦家别墅的书房里。

秦南御一个人坐在书桌前，冷着一张脸处理文件。他打开一份文件，看了半个小时都没有看完，听见敲门声，立刻抬起头，定定地看着推门进来的人。

发现只是管家，秦南御脸上又覆盖了一层阴影，将手里的钢笔丢到桌上，往椅背上一靠，问："有事？"

"御少，你晚上什么都没吃，我让厨房炖了汤，你好歹先喝一点儿再加班。"管家端着炖盅上前，硬着头皮劝道。

秦南御刚想说自己不喝，想到什么，话锋一转："纪微甜知道我晚上没吃饭吗？"

"啊？"这下愣住的人成了管家。愣了几秒，他忙不迭地回答："应该不知道，纪小姐今天胃口很好，吃完饭就带着小少爷和小小姐回房间了。"

他没吃饭，她却胃口很好。她是想要气死谁？秦南御汤都不想喝了。

"拿出去！"

管家莫名其妙地被嫌弃了，端起炖盅，扭头就跑。

管家的身影一消失，秦南御便合上文件，把它丢到一边，烦躁地扯了扯脖子上的领带，抓起手机正准备打电话，然而书房的门又被敲响。

"秦总，有好消息！"助理深夜赶来别墅，神情激动地把怀里的电脑放到秦南御面前，说道，"冷破解了你的程序，还下了新的战书。他承诺只要你能破解，就答应见你一面！"

他们想要查到 CC 博士的下落，这个人是唯一的线索。

秦南御一直跟对方周旋，就是为了通过他找到自己想找的人，只是对方的警惕心明显比他的还强。

秦南御已经做好周旋到底的准备，对方却突然答应见他。

"你确定信息是冷发出来的？"

"确定！"助理说着，打开网页，将冷发给秦南御的战书调出来，"就是这个，下面还附带着一个小程序，指定要你来破解。"

秦南御看清上面的文字，嘴角一勾，伸手接过电脑，靠在椅背上的身躯微微坐正。他盯着电脑上面的小程序，很快开始尝试破解……

尝试了几个算法之后，秦南御终于找到一点儿头绪，破解的速度也越来越快。就在他接近成功的时候，屏幕上突然有一串代码自动发生了变化。尽管只是 0.1 秒的闪动，秦南御出色的动态视觉也将其瞬间捕捉到。

他猛地一缩瞳孔，回过神，立时扭头对助理说："快，把信号屏蔽器打开，立刻断网！"

助理赶忙按照秦南御的吩咐，将书房里的特殊装置打开，同时听见秦南御在懊恼地低声咒骂。

助理后知后觉才反应过来，问道："秦总，小程序里有自动追踪系统？"

秦南御没有说话，脸上覆盖着一层阴影，盯着屏幕上破解到一半的程序。

他今天的状态不是很好，注意力没集中，导致在破解程序时，没有留意到对方设计的一个小陷阱，这才让追踪系统有机会启动。

这种低级错误，秦南御都忘了自己多久没犯过。好在他发现得早，对方应该没有来得及锁定他的具体位置，只能确定一个大致区域。

"都是我的错，冷突然同意见面，我就应该想到他是不是有什么暗招儿，先让集团里的程序员检查一下这个程序才对。"助理回味过来刚才的突发情况有多严重，十分自责。

秦南御合上电脑，伸手捏了捏眉心，说："跟你没关系，他每次设置的程序里面都会藏着追踪系统，是我自己的问题。"

破解程序的难度升级，他却不够专注。今晚他确实不适合处理工作。

"还有别的事吗？"秦南御端起水杯喝了一口，挑眉看向助理。

助理忙抱起自己的电脑，扭头往外走。走到门口，他想起什么，又转身走了回来："秦总，那个……纪小姐的合约，什么时候能签？"助理没注意到秦南御脸色一瞬间的变化，仍旧径自说道，"实验室那边还缺人，再不把成员补上，只怕要耽误后面的实验进度……您要是实在搞不定纪小姐，考虑一下让小少爷问她？我看纪小姐好像很喜欢小少爷……"

话音未落，助理已经感到一股寒气袭来。他一脸茫然，瞪大了眼睛，反省自己刚才是不是说错了什么。

仔细想了想，他也没说错啊。他家秦总从一开始就制定了三顾茅庐策略，打算礼贤下士，好好挽回自己的形象，于是趁着钱敏出事把纪小姐安排到实验室。结果也不知道哪里出了错，他折腾到现在，合约都还没签上。

看样子，秦总的形象也没挽回多少。

"纪微甜的合约……"秦南御眸色微沉，整个人的反应变得有些不对劲。

如果不是助理提醒，他已经忘了，自己最开始接近纪微甜只是想挖掘人才，把她带进实验室。可不知道从什么时候起，他对纪微甜开始变得不一样……

"秦总？秦总？"助理见秦南御迟迟没说话，有些紧张地站直了身体，已经打好腹稿准备认错。他还没来得及开口，秦南御已经让他把合约留下，先回去等消息。

助理一走，书房里只剩下秦南御一个人。他盯着面前的合约，眼前闪过最近发生的所有事情，细细想来，别的事情都渐渐变得模糊，唯独纪微甜在他的脑海里越来越清晰……

她的一颦一笑、一嗔一怒，他都记得很清楚。

她吃东西的时候不顾形象——一杯热豆浆都能让她幸福地眯起双眼；吵架吵不过他的时候喜欢瞪他；觉得憋屈的时候总是像只土拨鼠似的鼓着腮帮子……

她喜欢他儿子，不喜欢他，总是跟秦默睿联手气他，没事就喜欢"兄弟、兄弟"地喊他，导致他现在听见这两个字就想捂她的嘴。

还有……她会对着他脸红。

秦南御缓缓地合上眸，脑海中的一切却变得更加清晰，包括那位不知不觉走进他心里的人。

她就像他人生规划里猝不及防的意外，来得这么突然，这么真实。

理智告诉他，他要像一个完美程序一样，修复所有漏洞。可是经验告诉他，女人天生都是骗子！

秦南御将面前的合约塞进抽屉，从书桌前站起身，不自觉地走到楼下。盯着客房的门，看了将近一分钟，他仿佛要隔着门板看到房间里的人……

意识到自己在做什么，秦南御皱着眉转身要走，然而身后突然传来脚步声，像是从餐厅方向传过来的。

秦南御脚步顿了顿，抬头发现餐厅的灯还亮着。他正打算过去看看，脚步声的主人已经走到他面前，看见他站在楼梯的拐角，被吓得后退了两步。

"秦……秦南御？"纪微甜举着手机当防身武器，呆呆地抬头看他，"你为什么站在这里吓人？！"

秦南御没回答，只是看着她，用眼神询问她又怎么会出现在这里。

纪微甜这才想起来，她原本就是要上楼叫他，于是说道："你忙完了？正好，管家说你没吃晚饭，我想了想觉得不吃饭不行，就把刚才吃剩的菜给你热了一下。"

纪微甜说着，把秦南御拉下来，像拽一个闹脾气的孩子，直接把人拽到餐厅里，指着她费了老大劲用微波炉热好的菜。

热过的菜，色、香、味已经不如原来。

"我能力有限，只能这样。你爱吃不吃啊，再生气就只能饿肚子了。"纪微甜底气不足地用舌尖顶了顶腮帮子，一口气把话说完。

她不知道自己哪根神经抽了。明明觉得他小气，饿死了活该，可听见管家端着汤下楼说他一口没喝的时候，她就怎么都睡不着，最后忍不住爬起来，到厨房给他找吃的。

　　"你特意帮我热的菜？"秦南御眼底的寒气如同遇见夏日骄阳，开始一点点散去，黑眸牢牢地盯着纪微甜。

　　"嗯，虽然看起来没原来的好吃，但是总比吃凉的好……"

　　纪微甜的话还没有说完，秦南御就突然低头，吻上她的唇！

　　"唔！"纪微甜瞪大了眼睛，错愕地看着突然耍流氓的秦南御，半晌都没有回过神。

　　这一瞬间，纪微甜只觉得脑子空白如纸，眼前能看到的只有他，能感受到的也只有他，仿佛她的生命里只剩下一个秦南御，如影随形。

　　回过神后，她立刻意识到自己被人占了便宜，可身体的反应比脑子要快——她抬起手就要朝着他的脸挥出去！

　　比纪微甜出手更快的是秦南御突然重重倒下来的身体。

　　纪微甜伸手扶了他一把才没有让他磕到餐桌。但是她的力气不够，下一秒她就抱着秦南御摔到了椅子上。

　　"砰——"

　　看见面前的人紧闭着双眼，脸色有些苍白，纪微甜愣了，完全忘了自己刚才被他占了便宜。

　　"秦南御，你别以为现在装死，我就会放过你……你再不醒过来，我要报警抓你了……"

　　纪微甜叫了两声，发现面前的人没有回应，心一下就慌了，扭头开始喊管家。

　　很快，家庭医生赶到别墅。

　　秦南御被抬回了自己的房间，纪微甜全程陪同——因为秦南御晕倒的时候，他的手一直紧紧抓着她的手。

　　任凭纪微甜怎么抠，都没有办法把秦南御的手抠掉。两个人只能像个连体娃娃，秦南御被抬到哪里，她就跟到哪里。

　　"好端端的，御少怎么突然晕过去了，脸色还这么难看，要不要送医院？"管家绕着床边着急地走来走去，担心地问医生。

　　纪微甜原本还因为刚才那个吻心乱如麻，现在听见管家的话，也忍不住开始担心秦南御。

　　明明他下楼的时候还好好的，虽然脸色有点儿难看，但看起来像是闷闷不乐，没有身体不舒服的迹象。

怎么好好的，人突然就晕了……

"你能查得出来他晕倒的原因吗？"纪微甜加入管家的询问大队，两个人并排站在一起问医生。

家庭医生替秦南御检查了一遍，神情晦暗，轻咳了两声，从床边站起身，说："没什么大事，御少疲劳过度又没吃晚饭，有点儿低血糖，加上情绪波动过大，所以才会晕过去。"

"低血糖？御少每年体检都是你做的，我记得他以前没这个毛病呀！"管家一脸蒙，听见秦南御身体出了问题，拉着医生要问个清楚。见医生没说话，管家纳闷儿地看向纪微甜："纪小姐，你跟我家少爷在餐厅吃饭的时候说什么了吗？他怎么突然情绪激动？"

"我们没说什么，也没做什么！"纪微甜毫不犹豫地撇清关系。

他们确实没说什么，倒不是她不想说，而是秦南御没给她机会。她一开口，秦南御就要流氓了……

纪微甜想起当时的画面，脸颊不自觉地变得绯红。

秦南御现在这样，她都分不清当时的状况到底是他故意的，还是不小心发生的意外。

好在医生说了秦南御没事，人也已经醒了。他缓缓地睁开眼，看起来没有什么大问题，只是精神不太好。

纪微甜想要给他倒杯水，秦南御却牵着她的手不肯放，最后让管家去倒了。

"御少，你现在觉得怎么样？"管家端着水杯凑上前。

纪微甜下意识地往旁边让了一下，把床边的位置让给管家，自己站得离秦南御远了一点儿。

秦南御立刻拧紧眉心，瞪了管家一眼。

管家不明所以，怎么关心自家少爷还被瞪了？一放下水杯，管家二话不说就溜了。

"口渴。"管家一走，秦南御就抿了抿薄唇，眼神幽幽地看向纪微甜。

纪微甜愣了愣，见他生病的样子有点儿惨，也顾不上跟他算刚才的账，端起床头的水杯，喂他喝水。

见他的脸色还是有些苍白，纪微甜伸手摸了摸他的额头，问了管家刚才问过的问题："你还觉得难受吗？"

"有点儿头晕。"秦南御没有自己端水杯，就着纪微甜的手低头喝了一口，又靠到床头，虚弱得像个孩子。

嚷嚷完口渴，见纪微甜喊医生过来给他检查，秦南御黑眸微闪，又说自己饿了。

"我不会做饭……要不我去问问管家，让他给你煮点儿吃的？"纪微甜不疑有他，转身去找管家。

卧室里，只剩下秦南御和家庭医生。

看着纪微甜离开的背影，医生小心翼翼地关上门，回头朝着秦南御示意："御少放心，你的身体很好，没灾没病，只是因为饮食不规律，胃可能会有些不舒服，以后稍微注意一点儿就好。"

"低血糖最多会有多严重？"秦南御仿佛没有听见医生的话，径自问道。

"啊？"医生愣了愣，本能地回答，"严重起来还是挺可怕的，如果昏厥的时候没有被人发现，病人很可能因为一次小意外就要了命。"

"你的意思是，安全起见，我今天晚上不适合一个人待着，最好是有人陪同照顾，对吗？"秦南御慢条斯理地问道。

"能这样是最好的。"医生颔首同意，随即又愣住了，"可是御少你的低血糖症状并不严重啊……"医生没说完的话被秦南御瞪了回去。

迟钝的他突然开窍了。

等纪微甜再回到房间时，医生已经开始收拾东西准备离开。临走前，他特意嘱咐道："纪小姐，低血糖的危险性可大可小，御少的情况虽然现在还好，但是也不能大意。今晚可能要劳烦你留下来照顾他，要是他的身体有任何不对劲的话，可以随时联系我。"

"我？"纪微甜临危受命，一脸蒙。

她刚要说秦南御生病关她什么事，医生已经往她手里塞了一张名片和写着照顾病人注意事项的纸条，拎着药箱走了。

"不是，医生你先等等！"纪微甜追到门口，只来得及看见医生逃命般飞速离开的背影。不知道的人，还以为他后面跟着洪水猛兽。

纪微甜的嘴角抽了抽，她低头打开医生留给她的纸条。

下一秒，她惊呆了——

"注意事项第一条：温柔。"

医生还在后面注明了温柔的定义，具体到她需要将说话音量控制到多少分贝，还有要根据秦南御的情绪调整自己说话的方式等等……

总而言之，就是她千万不能惹他生气，免得他情绪一激动，又昏厥过去。

"注意事项第二条：体贴。"

所谓体贴，在纪微甜看来，大概跟千依百顺一个意思。医生只差没跟她说，要把秦南御当成一个襁褓里的小婴儿，细心呵护。

下面还有第三条、第四条、第五条……很多很多条注意事项。

她下楼的那短短几分钟的时间里，医生估计都在忙着写这玩意儿。

纪微甜有理由怀疑医生在针对她，并且已经掌握了证据！

她深呼吸了好几次，试图让自己冷静下来，拿着手里的东西，走到秦南御面前，递给他让他自己看，说："我觉得医生太小题大做了，你只是低血糖，又不是生活不能自理，应该不需要让人这么小心翼翼地照顾。"

而且她跟秦南御又没关系——孤男寡女的，她要是留下来照顾他，多别扭……

纪微甜刚要再说什么，秦南御突然伸手按了按自己的眉心，说："头有点儿晕，胸口也有点儿闷。"

纪微甜呆滞了几秒，瞥见他似乎真的很不舒服的样子，连忙扶他坐起来，替他调整枕头的位置，让他靠着床头坐一会儿，又端起水杯喂他喝了两口水。

"现在觉得好点儿了吗？"纪微甜问。

秦南御明明一脸虚弱的样子，却强撑着点点头："我没事了。你如果觉得累的话，先去休息吧，不用勉强留下来照顾我。"

纪微甜看他不像没事的样子，想要走，又有点儿不放心。

管家在楼下煮东西，要是她真的走了，房间里就只剩下秦南御一个人。

纪微甜咬着唇犹豫片刻，还是没有离开，说："你脸色太差了，管家现在顾不上你，我先帮他照顾你一会儿，等他上来或者等你脸色好点儿再说。"

她说完，打算把椅子搬到床头，方便照顾秦南御。

纪微甜还没动，秦南御已经往里面挪了挪，把床边的位置让出来，让纪微甜可以坐在他身边。

见纪微甜愣着没动，秦南御又开始嚷嚷着自己不舒服，想要喝水，最后成功把纪微甜骗到他身边。

管家端着刚煮好的粥上来时，秦南御正舒服地靠在床头，让纪微甜替他揉着太阳穴。

平时相处完全不融洽的两个人突然变得关系和谐了。管家错愕地看着眼前这一幕，被吓得差点儿摔了手里的碗。

纪微甜看向他，像是看见了救星。

"管家！"纪微甜立刻从秦南御身边离开，拉着管家走到一旁，"既然你来了，我就不打扰你们了。我先回自己房间，明天睡醒了再来看他。"

纪微甜说完就要走。

管家还有些回不过神，只隐约感觉到秦南御看着他的眼神有点儿冷，像是责怪自己不应该这个时候出现。

鬼使神差地，管家伸手抓住了纪微甜："纪小姐，稍等！"管家清了清嗓子，难得聪明一回，将端着的粥放到纪微甜的手里，表情也变得有些无奈，"纪小姐，我知道照顾御少是我分内的事，可是实不相瞒，我的心脏不太好，扛不住长时间熬夜。我出事就算了，要是连累御少有个意外——我真是死也不能瞑目！"

管家说着说着，嗓子哑了，眼眶也红了。

纪微甜心里有些不是滋味。没等管家说完，她已经主动开口："还是我来吧。我平时工作忙的时候经常熬夜加班，已经习惯了。我会看好秦南御的，你放心交给我吧。"

"真的吗？你愿意帮我照顾御少？那真的太谢谢你了！"管家感激地看着纪微甜。

纪微甜哪里受得了一个老人家对自己如此感谢，忙不迭地端着粥往秦南御那边走，同时催管家快点儿去休息。

等管家离开房间，她扭头对上秦南御幽深的黑眸，这才意识到自己刚才答应了什么……

此时，秦南御注意到的则是另一件事——她对管家都比对他好。

应该说，她对谁都比对他好。

没准儿路边的流浪猫、流浪狗在她眼里，都长得比他顺眼。

要是给她一个好感度排序表，秦南御有理由相信，他一定是那个表上最末尾的一个。

两个人四目相对，相顾无言。

纪微甜最先反应过来，端着手里的粥上前，递给他："给你的，粥可能有点儿烫，你慢点儿吃。"

秦南御没动手，神色看起来越发虚弱，无精打采地看着纪微甜，眼神疯狂暗示着什么。

纪微甜眉心一皱，问："你这么看我是什么意思？该不会是要我喂你吃？"

他要是敢说"是"，她就把碗扣到他脸上，抠都抠不下来的那种！

秦南御似乎看出她的底线在哪里，虽然心里想让她喂，但还是拿捏好分寸，让纪微甜帮他端着碗，自己拿勺子喝粥。

两个人配合得还算默契。

吃饱喝足，秦南御还没困，纪微甜倒先困了。但是，既然答应管家留下来照顾生病的秦南御，她也不矫情，拿了条毯子躺到沙发上。

"我就在这里，你有事喊我。"

秦南御没说什么，房间顿时变得安静。不知道过了多久，直到沙发上的人睡着了，秦南御才起身走到沙发前。

借着窗外皎洁的月光，他看着在沙发上蜷缩成一团的人。白天带着两个孩子在外面玩儿了一天，她真的累坏了，恬静的睡颜带着几分乖巧。

秦南御看着她，脑海里闪过当时在餐厅里自己情绪失控的那一幕……

他很想知道——如果他当时没有晕倒，她会是什么反应？

她大概会揍他一顿，然后更加厌恶他吧。

因为心里有数，所以他没有去赌那一丝丝未知的可能性。

看着眼前的人，秦南御的眼神变得温柔，他低头想要给她一个晚安吻。就在他要吻上纪微甜那一刻，纪微甜突然睁开了眼睛！

视线对上的那一刻，两个人都被吓了一跳。

纪微甜眨了眨眼睛，怀疑自己产生了幻觉，呆呆地看着眼前的人。她刚想问他半夜不睡觉，耍什么流氓，下一秒，秦南御已经一头栽倒在她身上……

纪微甜这下连最后一点儿瞌睡虫都被吓没了。回过神来，她忙不迭地把倒在身上的人给扶起来，伸手用力往他的脸上拍了两巴掌，也不知道是担心他还是趁机泄愤。

"秦南御，你醒醒！"

"嗯？"

秦南御醒了，靠在她身边的沙发上，想要往她怀里倒。

纪微甜没给他机会，一只手替他撑着脑袋，垂眸凑近了看他："你怎么回事，要不要送你去医院？"

"不用。"秦南御想也不想地拒绝道。

叫家庭医生已经是他的底线，真的闹到医院去，明天"秦氏科技集团总裁是个病秧子，因为低血糖进医院"的消息只怕会传得满天飞。

秦南御的脑袋在她手心上蹭了蹭，他声音嘶哑："我头有点儿晕，想喝水，叫你但是你没反应……"

他在解释自己刚才的举动——他不是故意占她便宜，只是因为叫她没反应，所以过来找她。

虽然纪微甜也不明白——既然他有力气过来叫她，干吗不自己端水杯喝水？但毕竟她领了任务留下来照顾他，自己却呼呼大睡，把病人忘记了，确实不太好。

"你先自己坐着，我去给你倒水。"纪微甜一手推开他的脑袋，让他坐着别动，然后转身走到床头，把房间里的灯打开，顺手端来水杯，递给秦南御。

秦南御没有伸手接，只是张开嘴。

喝水都要人喂，他怎么不干脆退化成一个宝宝？

纪微甜腹诽，目光却不自觉地打量着他棱角分明的脸庞。

秦南御的五官很立体，高挺的鼻梁为他添了一丝冷峻的气质，他微微侧过脸，鼻翼就会在脸颊上勾勒出一小片阴影……

他轻抿薄唇的时候，明明一脸虚弱，气场却依旧强得让人无法忽视。

他拿着大魔王的人设，却非要装宝宝……纪微甜看不懂。

秦南御喝完水还赖在沙发上不走。

纪微甜的小脑袋一顿一顿的，她半眯着眼看他，用眼神询问还让不让人睡觉了？

"你困了？"秦南御半躺着，占据了半张沙发，看见纪微甜抱着抱枕一副无精打采的模样，开口问道。

废话！

纪微甜差点儿要骂人了，抬头瞥见他苍白的脸庞，硬生生忍住，点了点头，说："你坐在这里，我没地方睡觉。"

秦南御像是听不懂，下巴朝床的方向抬了抬："我有点儿失眠，想在沙发上坐一会儿，你到那边去睡。"

纪微甜确定他真的不是开玩笑，也不跟他客气，丢下一句"你别后悔"后就钻进被窝里，成功霸占了他的位置。

没过半分钟，房间里已经安静下来，只剩下她轻轻的呼吸声。

她到底对他有多放心？秦南御郁闷了。

他见过很多女人。平时在会议、饭局上，就有各色各样的女人往他身边凑，她们使尽浑身解数，想要引起他的注意。他遇到的女人，哪怕没有妄想他，也不可能无视他的存在，唯独纪微甜……

她到底是不是女人？有没有把他当男人？在他的房间里，她说睡就睡，还睡得跟死猪一样。是他的脸上写着"人畜无害"四个字，还是他长得太安全，让她没有一点点危机意识？

秦南御伸手捏了捏眉心，第一次觉得对一个人无从下手。最后也不知道是在跟谁赌气，他径直走上前，掀开被子睡到她身边，心想实在不行等她醒了，倒打一把让她负责。

秦南御越想越觉得这个办法可行，下一秒，身边的人突然翻身，一脚把他踹到了床下……

纪微甜醒来的时候，房间里很热闹——两个小家伙围在她身边，都闹着让她抱。她缓了缓神，在房间里找了一圈，没有看见秦南御。带着两个小家伙下楼刷牙、洗脸后，纪微甜进了餐厅但是没有看见秦南御，便忍不住问管家。

管家深深地看了纪微甜一眼，欲言又止道："御少他……身体不太舒服。"

"他又怎么了？"纪微甜惊讶地问。

昨天她睡着之前，他不是还好好的吗？难不成他后面病情又加重了？

没等管家回答，秦南御出现了，黑着一张脸，表情凝重，步伐也显得格外沉重。他缓缓挪着脚步，往餐厅里走。

"爸爸！"

纪微甜刚瞥了他一眼，怀里的小糯米团子已经先一步从椅子上滑下去。她开心地往他的方向跑，张开小胳膊要抱抱。

按照之前的惯例，秦南御肯定会把小糯米团子抱起来，一脸嘚瑟地跟纪微甜炫耀。可是今天，秦南御居然站着没动，表情有些诡异地看着纪微甜。小糯米团子连喊他几声，他都没反应。反倒是管家出来打圆场，先一步上前替他把小糯米团子给抱了起来。

"爸爸怎么了？不爱我了吗？"小糯米团子揪着手指，失落地撇了撇嘴。

纪微甜从管家手里接过小糯米团子，见秦南御走到她面前，下意识地问道："你还觉得头晕吗？"

闻言，秦南御的眼神变得复杂，他深深地凝视她，一字一顿地道："低血糖没事，你挺要人命的。"

没等纪微甜问他又吃错了什么药，助理已经从门外匆匆忙忙地走进来，举着手里的药膏贴，说："秦总，你要的腰伤贴买到了，你的腰……"

助理还没来得及说出"还好吗"三个字，就已经被秦南御瞪得不敢吭声。

"什么东西？"纪微甜走上前，接过助理手里的东西，扭头打量秦南御，大声地念着包装上的说明，"'专治跌打损伤、腰肌劳损，活血化瘀'……你的腰怎么了？"

秦南御黑着脸，从她手里抢回药膏贴，冷冷地道："没事。"

"哦。"纪微甜随口应了一句，没理会他差劲的态度，伸手往他腰上掐了一把。

秦南御顿时倒抽了一口气，脸色变得青紫，同时听见她"啧"了一声。然后她嫌弃地小声嘟囔："你们男人真是奇怪，腰不好就说腰不好，也不知道在死撑什么，面子能比命重要？"

面子有没有命重要秦南御不知道，只知道他现在很想拧断她的脖子，打开她的脑子看看里面装的都是什么东西！怎么会有睡相这么差还理直气壮地反过来教训他的女人？

"你这么看着我干吗？二十一世纪了，我不过是掐了一下你的腰，你该不会要我负责吧？"纪微甜警惕地瞄了他一眼，察觉到气氛不对，往后退了两步拉开距离，说道。

秦南御眼眸一眯，似乎觉得这个提议不错："你想负责吗？"

"不想。"

纪微甜拉开椅子坐回餐桌前继续吃早餐。吃饱喝足，她没给秦南御说话的机会，抱起女儿往外走，瞥见伤心落寞的睿睿，还顺手把儿子也捎上了。

"我送睿睿和瑶瑶去幼儿园，那个……你腰不好就注意休息。"

倒打一耙失败，伤了腰还赔上儿子的秦南御一脸气愤。

纪微甜把两个小家伙分别送到各自的幼儿园，自己却没有第一时间回江城大学，而是绕道去了卡丽的公寓。

虽然她看不懂秦南御在想什么，但是总觉得秦南御这两天有点儿怪怪的。他对她的态度很奇怪，行为举止也很奇怪。

俗话说得好，事出反常必有妖！

纪微甜是个宅女，平时在实验室里只跟仪器、数据打交道。卡丽不一样——她是职场精英，跟人际关系有关的问题，纪微甜觉得问她就对了！

"咚咚——"

纪微甜站在门口，抬手敲了几下门。

等了一会儿，不见人来开门，纪微甜有些困惑地拧眉，心想卡丽是去上班了吗？可时间还这么早，根本不是卡丽出门的时间。

估计是卡丽睡得太沉，没听见门铃声。

纪微甜抿了抿唇，扭头从门口的鞋架上掏出藏在一双运动鞋里的备用钥匙，自己打开了房门。

推开房门的那一瞬间，卧室的门正好从里面被人打开。

"丽丽……"纪微甜下意识地喊闺密的名字，下一秒，瞥见一个只穿着睡裤的年轻男人睡眼惺忪地从房间里走了出来。

纪微甜猛地一愣！

对方看见纪微甜也愣了一下。

"对不起，我敲错门了。"纪微甜用力关上门，扭头往电梯的方向走。

正懊恼自己怎么能蠢到连房号都记错，她走到电梯门口，看见楼层显示的数字，忽然回过神——楼层没错。她转身又走了回去，确定房间的位置也没错……最关键的是，她刚才是用备用钥匙开的门！

那里面的男人是谁？

遭贼了！

纪微甜重新打开门，掏出手机就要报警。随即，她看见卡丽抓着头发从房间里走了出来。

卡丽打着哈欠问："谁呀，这么早来敲门？"

"不知道，这人看见我像见鬼一样跑了。"只穿着睡裤正在窗台前倒水喝的年轻男人慵懒地应道。

卡丽半眯着眼看他，不客气地开口，嘲讽道："身材这么辣眼睛，你能穿件衣服吗？"

"不能，除非你替我穿。"

"还没睡醒建议你再去睡一觉，梦里啥都有。"

房间里的两个人浑然不觉门口站着再次到访的纪微甜——她正因为他们的对话而瑟瑟发抖。

大人的世界都这么恐怖吗？他们吓坏她这个单纯的小宝宝了。

纪微甜正犹豫是进去还是默默转身离开的时候，卡丽终于察觉到哪里不对劲，扭头看向门口。

四目相对，两个人表情都有些凝滞。

纪微甜努力装出一副善解人意的样子，主动开口："我本来有事想问你，不过你现在好像不太方便。我改天再来找你，你们接着聊……”

纪微甜最后还是被拉进了客厅。

刚才死活不愿意穿衣服的年轻男人，在看见她之后自觉地把衣服穿上，给卡丽留下一句"我改天再来"，然后轻飘飘地走人。

门一关，纪微甜就疯了。

"你……你……你……说好一起单身到白头，你却悄悄找了个……野男人？"纪微甜震惊到说话都不利索。

她认识卡丽这么多年，别说男朋友，就是男性朋友都没有见卡丽往家里带过一个，现在卡丽一上来就同居……

纪微甜的心脏不好，她有点儿承受不住。

"你冷静点儿，我发誓我的身心依旧属于你。何非臣不是我的男朋友，我们的关系也不是你看见的那样。醒醒，姐妹！"卡丽给纪微甜倒了杯水，面色如常地说道。她随手扎起长发，整个人显得十分清爽干练。

"咦，他叫何非臣？脸长得挺帅，名字也挺特别的，不过怎么听起来有点儿耳熟……"纪微甜嘟囔两句，突然想到这是谁，眼睛顿时瞪大。

"对，就是你想的那样——他就是何家最小的'二世祖'，花名在外的浪荡公子哥儿，最近差点儿把我逼疯的重要客户。"卡丽大气儿没喘，把何非臣吐槽了一顿。

何家五个兄弟，前面四个个个精明能干、严于律己，偏偏到了何非臣这里，像是非要在白纸上添点儿黑一样，从小就不安分。

传闻他交往过的女明星和"网红"已经可以列一张百人名单，但凡关注点儿娱乐八卦的人，时不时就能看到这位何家小少爷的花边新闻。

连纪微甜都听过他的名号，他的情史有多丰富可想而知。

"姐妹，这种男人虽然长得好看，但就是毒药，碰不得。"纪微甜真诚地奉劝道。

这是她第一次在卡丽这里看见活的男人，虽然很想恭喜她开启人生新阶段，但想想还是觉得这个人不靠谱。

卡丽皱眉，说："他昨天喝多了不能开车，又说头晕不舒服，不敢一个人在家待着。没办法，我只能先把他带回来。我们之间清清白白的，你别瞎想。"

纪微甜将信将疑，摸着下巴小声嘀咕道："现在的男人，体质都这么差，动不动就头晕吗？"

"你在说谁？"卡丽狐疑地看她，"何非臣是喝醉了，跟体质有什么关系？你说话怪怪的，从实招来！"

不得不说，卡丽在事不关己的时候敏锐得像只猫。

纪微甜原本就是来找她吐槽的，听见她的话，就把昨天发生的事简单说了一遍，感叹道："你说秦南御平时看着人高马大的，怎么说晕就晕？事实证明，人真的不能看皮囊，外强中干靠不住……"

"等等！"卡丽激动地打断她，"你现在跟御少参加同一个亲子活动？还是情侣档？"

姐妹，你关注的重点是不是有点儿不太对？好端端的一个亲子活动，哪里来的情侣档？

"我们只是合作家庭——我帮他照顾儿子，让睿睿感受母爱；他帮我照顾瑶瑶，让瑶瑶感受一下父爱……简单来说，就是给单亲家庭的孩子一次圆梦的机会。"纪微甜认认真真地解释道。

结果卡丽完全没听进去，激动地抓住她的手臂，使劲摇晃："我之前说什么来着？你长着这张脸，就不是做科研的命！婚讯的事情虽然是一场乌龙，但是我总觉得有点儿奇怪——御少是什么人呀？要是他真的不愿意，不想让新闻流传出去，事情能闹得那么大吗？现在又这么巧，他跟你参加同一个亲子活动……我控制不住我的脑洞了，什么让儿子感受一下母爱？他这分明是想让你当他儿子的妈妈！"

她们不是在讨论秦南御体质差、喜欢晕倒的话题吗？怎么就成她跟秦南御你侬我侬、暗通款曲了？

纪微甜用力按住卡丽无处安放的小手，说："醒醒，姐妹。我跟谁都有可能，只有跟秦南御是不可能的。我们两个之间没交情，只有深深的积怨。连他晕倒摔在我身上，我都想趁机打他两巴掌，你懂吗？"

"什么？御少还摔在你身上了？那不是近距离的亲密接触？摔着摔着，没准儿你们两个就能摔出爱情的小火花……"卡丽拼命朝着纪微甜使眼色。

纪微甜没眼看，双手捂住脸。

她怎么就忘了卡丽是秦南御的"脑残粉"呢？纪微甜吐槽不成功，还要被迫接受洗脑。

"摔出爱情的小火花"，这种话只有卡丽能说得出来。

诡异的是，纪微甜居然会因为卡丽这句话，想到秦南御晕倒前那个突如其来的吻……

要是让卡丽知道，她的脑洞就真的要控制不住了。她绝对会坚信秦南御不可能这么弱，然后一口咬定他是故意的，没准儿还能编出"秦南御一时无法自持，占了纪微甜的便宜怕被揍，故意假装晕倒"这种令人匪夷所思的小故事……

算了算了，纪微甜惹不起卡丽。

纪微甜伸手摸了摸卡丽的头，语重心长地说："宝贝，工作忙记得多休息，没事少看八点档狗血剧，知道吗？"

卡丽还想说什么，纪微甜的手机响了，是教务主任的电话。对方说有突发状况，让她尽快回学校一趟。

"我得先走了。"纪微甜站起身。她今天来除了找卡丽吐槽，主要还是想要提醒她："我帮你打听过了，那个难缠的'二世祖'跟秦南御是朋友，两个人是一丘之貉。听秦南御的意思，对方的为人他也很清楚。这生意咱们能做就做，不能做你也千万别委屈自己。"

"行了行了，我知道，会小心的。公归公，私归私，何非臣要是敢蹬鼻子上脸，我会连他鼻梁都打断。"卡丽淡定地挥挥手。

纪微甜这才放心地往外走。

回到江城大学，她发现秦南御也在会议室里，剩下的人除了教务主任，全是实验小组里的人员。

教务主任看见她，抬手招呼她先坐下。

秦南御身边的助理这个时候站了起来，解释道："今天这么着急把大家都叫过来，是因为秦氏科技集团这边刚刚收到消息——我们跟江城大学合作的实验项目被竞争对手公司得知，对方似乎有意抢在我们前面制造出同样的产品跟我们竞争。"

助理语毕，会议室里顿时如同"炸"了"锅"。

"我们的研究项目是完全保密的，怎么会有人知道？"

"项目内容是保密的，不过项目在启动的时候应该就已经有人知道研究方向了。只是他们光知道研究方向，拿不到我们研究的成果，按理说没办法跟秦氏科技集团打擂台。"有人解释道。

"我们自己的实验目前也遇到了瓶颈，正在攻坚克难。一个新团队，一上来就说比我们先做出了成果，我有点儿不信。"

"秦总，是哪家公司放出来的消息？"有人好奇地问道。

"Re集团。"秦南御眉峰微挑，幽幽地说道。

闻言，会议室里顿时变得安静。

秦氏科技集团在业界的地位超然，根本不会把普通的竞争对手放在眼里，可Re集团不一样。

这大概是为数不多的敢跟秦氏科技集团在科技创新方面一较高下的竞争对手。

助理见气氛不对，连忙开口："消息现在还没有得到证实，就算是真的，大家也不需要担心，只要我们的研究顺利进行，秦氏科技集团就有信心战胜任何竞争对手。"

"是呀，实验项目是第一位，研究成果比什么都重要。"大家纷纷附和。

这时，教务主任领着一个新人进来，笑着道："大家都轻松一点儿，今天让大家过来，也是想正式给大家介绍我们实验小组的新成员——计算机系的王熙。"

王熙是一个瘦瘦小小的男生，长得白白净净，一头乌黑的短发让整个人显得乖巧温和。

教务主任让他自我介绍。

半晌，他小声地憋出一句："大家好，我叫王熙。"

一双眼怯生生的，他抬头看大家一眼又飞快地低下头，看起来有点儿内向。

纪微甜忍不住看向秦南御，她的眼里掠过一丝惊讶的神情。

"王熙"这个名字她并不陌生——他在建模大赛和计算机编程大赛都拿过不错的奖项，按能力有资格进入实验室。

纪微甜意外的是秦南御前两天还在挖她，说实验室的位置非她莫属，现在居然一声不吭找了个新人……

果然男人的话，一点儿都不可靠！

"纪老师有意见？"秦南御像是感应到什么，突然扭头看向她，点名问道。

她当然有意见！

她不仅有意见，而且觉得心里憋着一股闷气。

她明明不想进秦南御的实验室，觉得跟他在一起准没好事，可当意识到他放弃了自己的时候，心里还是有种说不上来的情绪。

被点到名的纪微甜立刻站起来，在所有人惊讶的目光中走上前，却在走到秦南御面前时突然绕过他，走向站在教务主任身旁的王熙，伸手握住了王熙的手。

"王同学，欢迎你！我之前就留意到你的成绩和综合能力，加入实验小组是一次很好的机会，希望你能好好表现，老师会为你们加油！"

纪微甜说完，挑眉看向秦南御，捕捉到他一瞬间皱起的眉心，开心地笑了。

哼！他以为这样就可以刺激她吗？

她才不会上当。

换人就换人，她继续当她的项目联络员，坐在办公室里整理资料，还能给新人机会。最重要的是，看见秦南御生气，她就觉得心里舒服了。

"王同学，欢迎欢迎。"

"欢迎加入我们。"

"大家都自我介绍一下吧！我叫雷云嘉，你叫我小雷、云嘉、嘉嘉都可以……"

场面一下变得热闹了，大家不约而同地站起来，热情地欢迎新加入的成员。

王熙被气氛带动，表情变得没那么木讷了，还主动接其他成员的话，跟大家聊他最近在尝试的小实验。

聊着聊着，不知道谁提议带王熙到实验室去看看，熟悉环境。教务主任同意后，所有人都离开了。

纪微甜也想走，步子刚迈开，手腕就被人拉住了。她怔了怔，扭头看了一眼身后，发现那只手的主人是秦南御。

对上她疑惑的目光，秦南御显得神情很淡定，薄唇微微翕动，说："头有点儿晕，你扶我一把。"

"宋特助呢？"纪微甜眉心微蹙，扭头替他找人。

刚发现他的助理站在门口，她还没来得及开口——助理拔腿就跑，一溜烟跑没影儿了。

这怕不是个假助理。

"宋书还要回集团准备下午开会的资料，没时间。"秦南御缓缓地收回瞪人的目光，毫不心虚地给纪微甜解释。

"哦，我也很忙的。我还要回去给新成员准备一份资料，毕竟王熙刚来，还不清楚我们的实验进度……"纪微甜絮絮叨叨地说了许多，最后一根手指一根手指地抠掉秦南御抓着她的手，笑眯眯地拍了拍他英俊的脸庞，"御少要是一个人生活无法自理，我可以帮你请一位护工，保证能把你照顾得舒舒服服！"

原本她以为这么说，秦南御大概要生气。结果他只是勾了勾嘴角，认真地抬眸看她。

"纪微甜，你在跟我赌气，气我在实验小组安排了新人，而不是等你。"

他不是疑问句，是陈述句。

纪微甜想也不想地否认道："我有什么好赌气的？我根本不想跟你在一个团队……"

"我们现在就在一个团队里。"秦南御淡淡地打断她的话。

纪微甜怔了怔，毫不犹豫地开口："我是被逼的。"

当初要不是教务主任指定她当项目的联系人，她一定会选择离秦南御越远越好。

秦南御似乎看出她在想什么，伸手揉了揉眉心，声音软了下来："我想喝水。"

"你说你一个大男人，动不动就头晕，像话吗？"纪微甜嘴里碎碎念，可下意识地端起水杯，喂到秦南御嘴边，同时真诚地建议，"你现在这样，还是别去工作了吧。在这里还有我不计前嫌地为你鞍前马后，去了公司，你这么矫情，我怕没人会搭理你。"

换作平时，秦南御只怕早就开始毒舌。

纪微甜已经做好被语言攻击的准备了，却见他喝完水突然点了点头。

"你说得有道理。"

什么玩意儿？！

她在调侃他，他居然回答有道理？

纪微甜已经开始怀疑自己幻听了，忍不住想要伸手去摸秦南御的额头，看看是他发烧了，还是自己发烧了。

秦南御瞥了她一眼，眼神有点儿可怜地说："所以，安全起见，你今天愿意照顾我吗？"

他说的每个字拆开她都懂，可是合在一起，再从他嘴里说出来——她就听不懂了。

让她照顾他，是秦南御不想要命，还是她不想要命？

兄弟，放过彼此不好吗？

纪微甜不用思考，张口就要拒绝。下一秒，秦南御已经幽幽地说："你知道我的腰怎么受伤的吗？"

"什么？"纪微甜一愣。

他腰伤跟她有什么关系？

秦南御示意她搭一把手，一手扶着她，另一只手扶着腰，缓缓地从椅子上站起来。

对上纪微甜好奇的目光，他的视线在她身上兜了一圈，他眼里全是戏，嘴上却欲言又止，让纪微甜觉得莫名其妙。

"你到底说不说？不说我走了。"纪微甜抬手要推开他。

秦南御转身把她圈在桌子的边缘，垂眸盯着她错愕的小脸，薄唇微启，一字一顿地说道："我的腰伤，是因为你。"

"胡说八道，我压根儿没碰你，怎么可能伤了你的腰？再说了，我昨天晚上很早就睡了……"纪微甜想到什么，眨了眨眼睛，有些惊讶地看向秦南御。

"想起来了？"秦南御捕捉到她表情的变化，径自说道，"你昨天睡着了踢被子，我好心好意去帮你盖被子，谁知道你突然抓着我的手不肯放，非要拉着我一起睡……我宁死不从，你就一脚把我踹到了地上，害我闪了腰。"

纪微甜憋红了脸，听不下去，捂住他的嘴，说："你胡说！我哪儿有要对你这样？我明明只是做梦，梦见自己揍了你一顿……"

话音未落，纪微甜自己傻眼了。

她意识到说了什么，眼泪差点儿流出来。

秦南御则一脸"破案了"的表情，单手揣在口袋里，勾起嘴角："纪小姐，在我伤势痊愈之前，有劳照顾。"

天底下怎么会有她这么蠢的人？纪微甜三番五次被秦南御套路，无法翻身。

从正正经经的项目联络员变成了端茶倒水的小妹，她还要时不时应付他突如其来的"娇弱"——

"纪微甜，你扶我的姿势不对，光抓着我的胳膊我不好走路。你过来点儿。"

秦南御一只胳膊搭在她的肩膀上，几乎整个人都靠在她身上。要不是惦记着他腰上有伤，纪微甜差点儿要怀疑他是不是在趁机占她便宜。

"扫把星"就是矫情！

喝水要人喂，走路还要人扶，是不是她还得去借一把轮椅，干脆让他坐在上面，去哪里都推着他？

"坐轮椅太丑了，不适合我。"秦南御瞥了一眼把心里话写在脸上的纪微甜，脸不红气不喘地应道。

"婴儿车行不行？我看挺适合你的，宝宝！"纪微甜咬牙切齿道。

正好经过一个垃圾桶，纪微甜忍着冲动没把他丢进去。

秦南御脚步忽然一顿，转头看她，嘴角轻扬，问："你刚才叫我什么？"

"什么？"纪微甜一脸蒙，仔细回想自己刚才说了什么，眨了眨眼，"我问你要不要坐轮椅。"

"不是，后面一句。"

"婴儿车？"纪微甜歪着脑袋，认真回想。

秦南御摇头，又说道："再后面一点儿，两个字。"

"宝宝……"纪微甜重复完这句话，回过神，脸颊不自觉地红了。

对上秦南御意味深长的目光，她解释道："你别这样看我，这句话不是你想的那样！你听我解释！"

秦南御没等她说完，径直迈开步子往前走，丝毫没有了之前的"娇弱"。任凭纪微甜在后面怎么追，他都没有停下来。

纪微甜一路追到实验大楼，见秦南御终于在资料室门口停下了脚步。他回头看着气喘吁吁的纪微甜，在她喘着气想要说什么的时候，抬起手："钥匙。"

纪微甜怔了怔，下意识地伸手从包里掏出钥匙递给他。

秦南御转身打开了资料室的门，径直往里走，像是走累了，拉过椅子坐了下来。

纪微甜跟在他身后，终于找到说话的机会，瞥见他屁股下面的椅子，拧起眉，说："秦南御，这是我的位置！"

"嗯，可是我腰疼，你要跟一个病人抢椅子？"秦南御冷冷地道。

他那副样子，简直在说：要是纪微甜真的要抢椅子，他可能要再跟她聊聊他的腰是怎么受伤的。

纪微甜蔫了。什么叫一失足成千古恨，她现在深有体会。

她拉过另一把椅子，鼓着腮帮子，像只河豚似的瞪着秦南御："你今天的工作忙完了吗？Re集团都要跟你们打擂台了，你是不是得回公司想想应对策略？"

"你担心我？"秦南御挑眉，心情很好地问她。

纪微甜气到说不出话。

什么关心？她是在赶他走！是秦南御脑子太迟钝，还是她嘲讽得不够明显？

"这次的事情，你怎么看？"秦南御收起语气里的戏谑，蓦地问道。

纪微甜愣了愣，确定秦南御是真的在询问她的意见，想了想，认真回答："感觉很诡异。"

纪微甜对Re集团并不陌生。相比秦氏科技集团致力于科技创新，Re集团的经营策略攻击性更强一些——他们会在自己擅长的领域攻击对手，直到把对手彻底击垮，这是一种猛虎般的进攻方式。

第十四章

她有一颗赤诚之心

这几年，Re 集团的发展势头很猛，曾经跟他们竞争过的企业接连被并购或是宣告破产。

提起 Re 集团，更多对手公司会觉得不寒而栗。

这次 Re 集团突然宣布要开发新产品，矛头却无预警地指向了秦氏科技集团。纪微甜从专业的角度分析，发觉事情并不简单。

"秦氏科技集团新产品的核心技术就是我们这次实验要攻克的内容，如果 Re 集团没有跟我们默契十足地研究了同一个方向的课题，又恰好做得比我们优秀……那你猜，他们要开发同样的新产品，技术会从哪里来？"

纪微甜要拿自己的水杯喝水，手刚伸出去，见秦南御先端起杯子喝了一口。

"你是在提醒我，小心有人泄露我们项目的研究成果？"秦南御喝完水，将杯子放下，定定地看着她。

纪微甜的杯子被抢了，水没喝到，她心情不太好，不想跟他聊天儿了。

秦南御像是看出她的小心思，把水杯放到她面前。

纪微甜看着他喝过的水，喝也不是，不喝也不是，更气了！

"我不会怀疑自己团队里的任何人，疑心易生暗鬼，一不小心外患没有解决。就会有内忧。到时候 Re 集团什么都不用做，就已经把我们击垮了。"

纪微甜顿了顿，说道："除了收买实验小组成员获取核心技术，我确实想不到 Re 集团还有什么更好的取胜办法。"

她刚说完，秦南御突然喊了她的名字。

"嗯？"纪微甜有些呆呆地抬头看他，用眼神询问好端端的为什么突然喊她。

秦南御薄唇轻抿，眼底泛着光，说："如果 Re 集团要收买你，你会出卖我吗？"

纪微甜只愣了一秒，随即甜甜地笑了，说道："卖呀，为什么不卖？按个儿算或者论斤称都行，价高者得，做完这一单，我就发财了，可以带着瑶瑶和我爸妈环游世界，吃香喝辣……哦，要是万一你破产了，我可以帮你养睿睿，反正我有钱了。"

她每说一句，秦南御的脸色就黑一分，最后彻底黑成了锅底色。如果不是理智尚存，他可能已经掐死这个女人了。

纪微甜憋了一上午的闷气，总算舒畅了。

秦南御一回集团去，纪微甜就立刻开始处理手上的工作，下班时间刚到，她的手机就突然响了。她把手上的文件归档，拿起手机发现是个陌生电话。

她刚要接，电话已经断了。

纪微甜没放在心上，把工作收尾，拎着包下班。她刚走出实验大楼，一辆黑色的车子蓦地停在她面前。

车窗降下来，露出一张中年男人的脸，这人带着一抹隐晦的笑意，道："纪小姐，我是 Re 集团的项目经理，有笔生意想要跟你谈谈，不知道能不能占用你一点儿时间？"

餐厅里。

纪微甜搅着杯子里的果汁，安静地听对面的人说话。

"纪小姐，初次见面，我先做一下自我介绍。"中年男人将一张名片递给纪微甜。

纪微甜低头看了一眼名片——赵照，Re 集团项目部经理，上面还有一个联系电话。

名片上面的电话号码就是刚才她没来得及接的未知来电。纪微甜眸光微闪，很快又收起眼中的情绪，低头喝了一口果汁。

赵照将她的反应收入眼中，也包括她一闪而过的惊讶，很满意自己的名号影响到了纪微甜的情绪。他伸手整理了一下领带，挺直腰杆道："我听说纪小姐在教务处工作，平时工作那么忙，又要照顾父母和年幼的女儿，生活应该不是很轻松吧？如果经济上宽裕点儿，既能给家人更好的生活条件，你也不用这么辛苦了。"

纪微甜微微抬头。赵照这么了解她的家庭情况，她对此没有感到半点儿意外，想了想，说了句"现在就挺好"。

赵照愣了愣，没想到她的反应会突然变得这么冷淡，随即又想，一个人对陌生人有防备心很正常。纪微甜防备他是因为不知道他能为她带来什么样的好处——等她知道了，应该会是另一种情况。

想到这里，赵照的脸色恢复如常，他继续说道："我今天的来意纪小姐想必也猜到了，就不拐弯抹角。Re 集团想在新项目上超越秦氏科技集团，但是目前我们缺乏像纪小姐这样的人才。如果纪小姐愿意跟我们合作，想必双方能各取所需。"

赵照说着，将一张支票放到纪微甜面前。支票上的金额，连纪微甜这种对钱没什么概念的人都忍不住眯了眯眼睛，暗暗在心里感叹命运的安排怎么会如此神奇。她前一秒刚想把秦南御卖了换一笔巨款，下一秒巨款就送到眼前。

她现在是卖呢？还是卖呢？还是卖呢？

纪微甜伸手拿起支票，盯着上面的数字，眼睛忍不住发亮。要是她能把这张支票带回家，女儿肯定会很高兴，没准儿还会因为太高兴，直接答应把秦南御这个半路杀出来的假爸爸踹了，专心宠爱妈咪一个人。

纪微甜抿了抿唇，将手里的支票认认真真看了一遍，第一次觉得当一个守财奴是件幸福的事情。

可是君子爱财，取之有道。

纪微甜看够了，又把支票放回原位，说："我只是江城大学教务处一名不起眼的合同工，Re 集团就算要挖我，也不用花这么多钱吧？"

"跟纪小姐这样的聪明人聊天儿，真是让人心情愉悦。"赵照笑了笑，继续道，"我个人非常看好纪小姐的潜力，相信你如果来我们公司，肯定会有很好的表现。尤其你参与了秦氏科技集团那么重要的实验，要是能把实验相关的数据带来，在我们这里绝对前途无量。当然，如果团队中有其他人愿意跟你一起过来，那就更好了。我可以向你保证，Re 集团一定会给你们业内最好的待遇！"

能把这么卑劣的竞争手段形容得这么光鲜，这位赵经理也是个人才。

纪微甜离开餐厅的时候，天已经暗了下来。她婉拒了赵照开车送她回家的提议，一个人走到街边，拦了一辆计程车。

车子还没开，她的手机就响了。

"你在哪里？"秦南御低沉的声音从电话那头传来。

"我已经下班了，现在是私人时间。"纪微甜警惕地回答。

她总觉得秦南御不会无缘无故问她这种问题。

果不其然，他下一句就说："我腰疼，需要人照顾。"

"秦家别墅里这么多人，还不够你使唤？我不去！"纪微甜义正词严地拒绝，没等秦南御开口，又径自补充道，"你不要太过分啊！就算是我踹伤了你的腰，也已经跟你道歉并且补偿你了。我女儿还这么小，从幼儿园放学回家看不见妈妈会哭的，你忍心吗？"

"不忍心。"

"算你有点儿良心。"纪微甜紧绷的神经顿时放松下来。

她正打算好好使用一下女儿需要照顾这个借口，秦南御已经缓缓地说道："我在别墅里等你。"

"秦南御，你刚才是不是没听见我说了什么？我说我女儿还小，离不开我，我要回家照顾她……"

"瑶瑶在我这里。"秦南御薄唇微启，一字一顿地说道，"我下班去接儿子的时候，顺便把女儿也接回来了，等着你来照顾。"

纪微甜彻底蒙了，不自觉地拔高音量："明天不是周末，又不用参加亲子活动，你把我女儿接过去做什么？幼儿园怎么可以让你随便接走孩子，我要追究他们的责任！"

秦南御似乎早就料到她的反应，等她说完，慢条斯理地解释："这可能跟幼儿园没什么关系——瑶瑶一看见我，就高兴地扑到我怀里亲了我好几下，抱着我一个劲地叫'爸爸'。"

这种情况下，老师不让他接孩子才是怪事。

秦南御好心，没告诉纪微甜，老师还邀请他去参加下个月的幼儿园家庭日活动。

纪微甜扎心了！自己养大的小心肝转眼投了敌营，现在她只能绝望地让计程车司机掉头去秦家别墅。

车子抵达秦家的时候，第一个冲出来的人是睿睿。

睿睿精致的小脸蛋儿上满是委屈。

他抱住纪微甜的大腿，蹭到她怀里开始质问："妈妈，你是不是不爱我了？"

纪微甜的心瞬间拧在了一起，她掂了掂怀里的小家伙，摸着他的小脑袋说："胡说，妈妈爱你。"

"可是你都没有来接我放学。其他的小朋友都有妈妈接，就我没有。"睿睿说着，又委屈地在纪微甜的肩膀上蹭了蹭。

女儿太独立，纪微甜从来没有感受过这种被深深依赖的感觉，心软得一塌糊涂。

"妈妈在上班。你爸爸不是去接你了吗？还顺路给你把妹妹接回来了，你不高兴？"

"爸爸是专门去接妹妹，顺路接的我！他还威胁我说，我要是再惹他生气，他就在路边找个垃圾桶，把我丢进去！"

秦南御刚牵着女儿从客厅里走出来，就听见自己的儿子在告状。睿睿惨兮兮的模样，如果不是在说他的坏话，他差点儿都要心疼了。

秦南御想要上去收拾臭小子，走近了发现纪微甜的脸色不对，猛地意识到，她可能信了睿睿的话。

秦南御脚步一顿，说："纪微甜，你已经是个成熟的大人了，要有自己的判断能力。秦默睿只是在装可怜，博取你的同情！"

"睿睿只有四岁，想让人关心、照顾怎么了？你都这么大了，不也老是让我照顾你吗？难不成，你也是在装可怜？"纪微甜抱着儿子，有理有据地反驳道。

秦南御就是在装可怜，博取同情。现在被睿睿有样学样，他突然有种搬起石头砸自己的脚的感觉。

这算什么？上梁不正下梁歪？

他好歹是真的伤了腰，臭小子啥事没有，挤两滴眼泪就把纪微甜哄得一愣一愣的。

秦南御还想说什么，纪微甜已经抱着睿睿走进客厅，让管家吩咐厨房给他烤几个鸡翅。

"这……"管家一脸犹豫，瞥见走进客厅的秦南御，左右为难。

"纪微甜，你这是溺爱他。"秦南御试图讲道理。

纪微甜撸起袖子跟他理论："睿睿好歹是你的亲生儿子，你就不能对他温柔一点儿吗？"

"那你能对我温柔一点儿吗？"秦南御蓦地说道。

"我当然能……什么玩意儿？"纪微甜顿时噎住了，眨了眨眼，盯着他。

他们在讨论孩子的问题，他扯自己干吗？他又不是四岁的宝宝！哪儿有他这种用自己儿子来跟别人谈条件的爸爸？

"妈妈，我不想吃鸡翅了，你能不能带我回家？"睿睿委屈地搂住纪微甜的脖子，像个被抛弃的小可怜。

纪微甜的心都揪起来了，可她毕竟不是睿睿的亲生妈妈，不可能真的跟秦南御抢儿子。她能做的，只是努力改善他们父子之间的关系。

纪微甜抿了抿唇，用商量的语气对秦南御说道："这样吧，只要你不惹我，我尽量控制自己对你的态度，你也对睿睿好一点儿。"

"怎么样算惹到你？"秦南御问。

"现在就算。"

秦南御："……"

这边三个人吵得如火如荼，那边被遗忘的小糯米团子则像只警犬，靠在纪微甜的身上嗅来嗅去。

小糯米团子闻到不属于纪微甜的气息，大眼睛亮晶晶的，突然凑到秦南御身边小声嘟囔："爸爸，妈咪刚刚跟别人约会了。"

"纪微甜，你刚刚跟谁约会了？"秦南御想也不想就问出口，回过神后，意识到自己似乎没有盘问她的立场，随手指了指怀里的小糯米团子，"瑶瑶说的。"

见纪微甜沉默，他眼眸微沉。下一秒，纪微甜突然朝他勾了勾手指，让他靠近点儿，压低声音，神神秘秘地开口："秦南御，我跟你谈笔交易怎么样？你如果答应我，一个月之内，不管发生什么都不对睿睿发脾气，做一个温柔的爸爸，我就告诉你一个天大的秘密。"

秦南御挑眉，用眼神表示自己同意了。

纪微甜这才低头从包里翻出一张支票，拿在手里让他看。

看见支票上的金额，秦南御黑眸微闪，定定地盯着纪微甜。

纪微甜眉眼弯弯，勾勒出一抹笑意，说："是不是很大一笔钱？知道这是哪儿来的吗？Re 集团的项目部经理给我的……"

纪微甜话还没有说完，手里的支票已经被秦南御抢走了。她着急地喊了一声，想要抢回来。秦南御却单手扣住她的手腕，脸上也覆盖了一层阴影，声音阴沉，说："你真的把我高价卖了？"

"你小心点儿，别把支票弄破了。"纪微甜提醒道。

秦南御没管支票，倒是抓着她的手微微用力。

纪微甜疼得眉心微拧，忙不迭地解释道："没卖没卖，你哪儿值这么多钱呀，这是那个赵经理买我的钱！"

"你把自己卖了？"秦南御不可思议地盯着她，脸更黑了。

自从认识纪微甜，秦南御觉得自己心脏的承受能力变得有点儿差，具体体现在她总能轻而易举地把他惹怒，让他分分钟想掐死她！

"什么卖不卖的，你先安静两分钟，听我把话说完。"纪微甜终于瞅到机会，从他手里把支票抢了回来，小心翼翼地叠好，收进包里。

瞥见她财迷的模样，秦南御眉心微蹙，担心她真的把自己卖了。

"纪微甜，我给你十倍的钱，你要卖就把自己卖给我。"秦南御声音喑哑地说道。

纪微甜用看疯子似的眼神瞥了他一眼："Re集团的人是想用这笔钱收买我，替他们窃取实验的数据。你买我干吗？跟你吵架，气死你？"

秦南御："……"

她说得好有道理，他无法反驳。

"再说了，买我这点儿钱哪儿够，起码得……让你倾家荡产倒贴我！"纪微甜说完，扭头想要寻求女儿的认同，结果发现小糯米团子不知道什么时候爬到了沙发的边缘。小家伙正伸着小爪子，悄悄拉开拉链，将她包里的支票拿了出来，叠得整整齐齐，放进自己的小口袋。

钱进了小糯米团子的口袋，比放在任何地方都安全。

纪微甜没急着把支票要回来，而是把今天发生的事情原原本本告诉了秦南御。

"Re集团的人下手比我想象中要快，看样子是打算尽快拿到我们的实验数据，然后赶在我们之前完成实验，提前发布新产品。只是有一点我想不明白。"纪微甜盘腿坐到沙发上，单手支着脑袋，问身边的秦南御，"你说我一个联络员，这个赵经理随便打听一下都知道我根本没有进入实验室的资格，Re集团收买谁不好，为什么要来收买我？"

秦南御迅速捕捉到她话里的重点，眼色忽然变得冷厉："除非对方是冲着你来的！"

无须多言，他已经猜到纪微甜收下这笔钱的目的了——引蛇出洞！

"喏，找我的就是这个人。"纪微甜将揣在口袋里的名片递给秦南御。

秦南御看了一眼，不认识。他只关心纪微甜，问道："你答应他了？他现在让你做什么？"

"我还没答应。他也什么都没让我做，只是让我好好考虑，支票就先留给我了。你说他就不怕我揣着支票跑了，让他鸡飞蛋打？"纪微甜歪着头，好奇地问。

秦南御眯了眯眼睛，什么都没有说，只是眼神变得复杂。

商场上的竞争手段层出不穷，秦南御接手秦氏科技集团之后，见过太多不堪入目的东西，根据他的经验来看，对方越是不着急越是有鬼。

"你现在考虑好了吗？"秦南御端起水杯喝了一口，问道。他表面上不动声色，余光却一直关注着纪微甜的反应。

秦南御心想，纪微甜要是敢说再三考虑之后还是打算出卖他，他就当场把她掐死，免得以后气死自己。

"这有什么好考虑的？我是个很有立场的人！"纪微甜想也不想开口道。

秦南御面容变得温和，嘴角也隐隐勾起笑意，眼神宠溺地看着她。他等着纪微甜说出那句"我永远也不会出卖你"。

结果，下一秒——

"不过这个赵经理给的钱真的有点儿多，要不然我们黑了这笔钱，一人一半，然后给他一点儿实验数据，就当收他的专利费了……"

纪微甜话音未落，脑袋就被人狠狠敲了一下。她疼得伸手抱住头，瞪着秦南御。

"你干吗动手打人？"

"你的立场就这么不值钱吗？"秦南御黑着脸，咬牙切齿地说道。

秦南御恼羞成怒地质问着她——在她心里，他就这么不值钱吗？

"我就是随口说说。再说了，Re集团如果真的是个靠卑劣手段发展起来的企业，我们给他们一部分实验数据，他们也玩儿不出花样。到时候新产品做得不如秦氏科技集团，你也不亏，这钱就当他们提前交学费了。"

她想得倒是挺多。

听见纪微甜不是真的想出卖他，秦南御脸色又缓和下来。

这一天天的，秦南御只要跟她在一起，心情就像在坐过山车。

"商场上的事情没有你想得那么简单。支票给瑶瑶，这件事你暂时不用管，看看Re集团的人什么时候再联系你。"秦南御终止了这个话题。

倒是小糯米团子听见秦南御让她管钱，顿时笑眯了眼睛，扑进他怀里要抱抱，搂着秦南御的脖子奶声奶气地撒娇："我最爱爸爸了！"

秦南御的眼神顿时变了，他宠溺地揉着小糯米团子的脑袋，扭头挑衅般地看着纪微甜。

支票是她带回来的，秦南御凭什么在小糯米团子跟前邀功？纪微甜气呼呼地要抢回自己的女儿，手刚伸出去，就看见小糯米团子捧着秦南御的脸问——

"爸爸的小钱钱也会给我管吗？"

纪微甜把停在半空的手默默收了回来，挡住自己的眼睛。

小糯米团子的套路又开始了。

想当初，纪微甜就是这么被一个三岁的奶娃娃，一步一步挖坑骗出了家里的财政大权，从此家庭地位一落千丈……

往事又在纪微甜眼前重现，只不过这一次小糯米团子套路的不是她，而是秦南御……

纪微甜不忍心看！

有那么一刻，她想提醒秦南御。

结果她还没来得及开口，秦南御已经干脆利落地答应："给！"

这个世界上，马上又要多一个倾家荡产的人了。

纪微甜伸手抱起儿子，摸着他可爱的小脑袋，感慨道："睿睿，你放心，以后要是你爸爸没钱了，妈妈一定会努力赚钱养你！"

自从在秦南御身上看见"金主爸爸"的气质，小糯米团子说什么也不肯离开他身边，像个小跟屁虫似的，跟在秦南御身后。她吃饭的时候会举着小胳膊，用勺子给他舀菜；她喝水的时候自己喝一口，也要喂爸爸喝一口；秦南御在沙发上看书，她坐在旁边扇风；秦南御到书房处理工作邮件，她就搬着椅子站在上面，趴在桌子上，歪着脑袋等爸爸……

书房的另一边，纪微甜带着儿子，给他辅导数学作业。纪微甜正惊讶睿睿的数学天赋，就听见他声音闷闷地开了口。

"妈妈，小妹妹是不是不喜欢我了？她今天一晚上都没看我一眼。"他言语间全是失落。

睿睿喜欢小妹妹，想跟小妹妹玩儿。

纪微甜心疼完自己，又心疼儿子，最后也不知道是在安慰睿睿还是安慰自己："小妹妹不是不喜欢你了，只是更喜欢钱。"

"我也有钱！"睿睿小脑袋一扬，像是终于找到了自己的存在感，扭头从自己的书包里翻出一把银行卡，"哗啦啦"倒在纪微甜的面前，说，"这些都是太爷爷给我的压岁钱，还有平时爸爸给我的零花钱，我都没有花，可以给小妹妹！"

纪微甜看着眼前这些银行卡，眼花缭乱，突然觉得自己过得真惨，之前不如四岁的女儿就算了，现在又不如四岁的儿子。这年头，连个奶娃娃都比她有钱。

纪微甜替他把卡收起来，抿了抿唇，解释道："小妹妹也有钱。她只是喜欢收集钱……你能懂吗？"

"小妹妹喜欢钱，我有很多钱，为什么不可以给小妹妹？"睿睿逻辑清晰地问道。

"可这些都是你的钱，你为什么要给小妹妹？"纪微甜问。

纪微甜原本是想要教育睿睿，不能任性地处置自己的财物，再顺带告诉他，妹妹也不应该不劳而获。结果下一秒，睿睿突然扬起头，一字一顿地回答："妹妹高兴，我就高兴！哥哥要照顾妹妹！"

完了完了，这"妹控"的气质，怎么像极了某人？

她扭头看向对面，秦南御正在小糯米团子的忽悠下，一张又一张地开支票……

纪微甜神色一凛，把儿子放下来，冲上前抓住秦南御的手。

"你这样会把瑶瑶宠坏的……"纪微甜话刚出口，就发现支票上的金额并没有她想象中那么大。

秦南御还是有分寸的，只是在哄小糯米团子高兴，并不是无节制地给她钱。

纪微甜松了一口气，回过神后，发现自己还抓着秦南御的手，忙不迭地松开。

"对……对不起，我不是故意的。我刚才以为……"

"以为什么？担心我用钱收买瑶瑶？你是小看我，还是小看瑶瑶？"秦南御伸手抱起小糯米团子，自信地扭头问她："瑶瑶，告诉她，你最爱的是妈妈还是爸爸？"

他跟小糯米团子培养了一晚上感情，笃定小糯米团子肯定会站在他这边。小糯米团子张嘴的那一刻，他也同步开口。

"妈妈！"

"纪微甜，听见没，我女儿说她最爱……"话还没说完，秦南御一脸错愕地看向怀里的小糯米团子。

叛变的小糯米团子好像这个时候才想起来他们的"父女"感情，伸手摸了摸他的头，安慰道："爸爸不哭，我爱完妈咪和小哥哥就爱你。"

他输给纪微甜就算了，为什么秦默睿那个臭小子也排在他的前面？

小糯米团子像是看出秦南御的疑惑，小爪子麻利地把桌子上的支票一张一张叠好，收进自己的小书包里，笑眯眯地回答："我从爸爸这里赚到小钱钱，可以养小哥哥了！"

向来人见人爱的御少，惨遭滑铁卢！

纪微甜美滋滋地带着两个孩子下楼洗漱睡觉。

秦南御跟在他们后面，想要跟着蹭进房间，却在门口被纪微甜无情拦下，吃了一个闭门羹。

秦南御成了一家四口里唯一一个彻夜难眠的人，更惨的是，还没到起床时间，他的手机就响了。

一晚上没睡着的秦南御，带着浓浓的怨气接起电话："有事？"

远在电话那头的助理仿佛也感应到了他的心情不佳，小心翼翼地开口："秦总，Re集团今天一早公布了一组实验数据，说是他们实验取得的最新进展。我们实验小组的成员发现异常，第一时间上报了。"

一般在实验取得突破性进展之前，重要的实验数据是不会对外公布的。

Re集团突然做出这样的操作，大有示威的意味。提前公布部分数据，除了表明他们的自信，也在说明他们根本没有将秦氏科技集团这个竞争对手放在眼里。

从消息传出来那一刻，媒体就竞相报道Re集团这么高调的举动。天亮时，这件事已经传得沸沸扬扬。

随着这个消息出现的还有各种各样的小道儿消息，舆论纷纷猜测秦氏科技集团是不是不行了——明明是他们先开始的实验项目，却被Re集团后来居上。

还有人猜测，秦氏科技集团会不会从此一蹶不振，像之前所有跟Re集团竞争过的公司一样，被Re集团取而代之……

秦南御安静地听完助理的汇报，嘴角一勾，发出一声冷笑。

不过是一组实验数据，能说明什么？类似的数据秦氏科技集团能每天换着花样发，不带重复。

舆论现在就开始断言秦氏科技集团不行了，未免太早！

"Re集团是故意引导舆论，想要动摇我们集团在消费者心目中的形象。空口解释太多无用，反而有点儿像心虚，不必理会，等真正的实验结果出来，那就是我们给消费者最满意的回复。"秦南御沉吟片刻，冷静回答。

"秦总，真正严重的问题还不是这个。"助理说着话，往秦南御的手机上发了一份数据，"这份数据就是Re集团今天公布的，雷云嘉是第一个看见的人——他认出上面的数据跟我们之前的实验数据很相似，第一时间召集了整个实验小组的人。经过仔细辨认，基本可以确定，Re集团的这份数据是从我们这里流出去的！"

也就是说，他们的实验室里出现了叛徒，这也就能解释，为什么Re集团会这么高调地宣扬手里的数据。

Re集团是故意的，想一石二鸟！

如果找不出叛徒，所有的实验数据都会落到Re集团手里，可要是秦南御他们因为这件事停下实验去查叛徒，能不能查出来不说，在人心惶惶的情况下，如何保证实验质量？拖延的时间越长，Re集团就越有可能利用手里已经窃取的数据，赶在他们前面完成实验。

真到那个时候，他们就彻底输了！

秦南御退出通话页面，点开了助理发给他的数据，扫了一眼之后，瞳孔微微收缩。

Re集团公布的这份数据，说跟他们的数据相似，真是太客气了，这完全就是复制粘贴！

秦南御拿着手机下楼，敲开客房的门，想要找纪微甜。

开门的人是刚刚睡醒还在打着哈欠的儿子。

睿睿往门外瞅了一眼，发现是秦南御，立刻笔直地站好："爸爸早。"

"你怎么会在这里？"秦南御眉心一拧。

这里是纪微甜的房间，臭小子昨天晚上跟她睡在一起？

秦南御脸色微沉，念着正事，就越过自己的儿子往里走。

房间里，只剩下一只趴在床上——因为被敲门声吵醒而正在伸懒腰的小糯米团子。

瞥见进来的人是秦南御，小糯米团子从枕头上爬起来，小手握成一个拳头，揉着眼睛，奶声奶气地喊："爸爸！"

秦南御的面容变得温和，他走上前把她抱起来，捏了捏她粉雕玉琢的小脸蛋儿，问："你妈咪呢？"

"妈咪在这里……"小糯米团子往自己的身边指了指，发现纪微甜不见了，自己也愣了一下，"妈咪不见了。"

秦南御想到什么，垂眸看着怀里的小糯米团子："瑶瑶，你昨天从你妈咪那里拿到的支票呢？收在哪里了？"

提起钱，刚才还迷迷糊糊的小糯米团子立时变得清醒，睁着大眼睛，提防地看着秦南御。

"嘘！这个是秘密，不能告诉别人！"

提到钱，小糯米团子的警惕性高得离谱儿，难怪纪微甜会放心让一个四岁的奶娃娃管家。

这小管家简直是一只小貔貅，只进不出。

"爸爸不要你的钱，只是想要看看支票还在不在你那里。你检查下，你妈咪今天走的时候，有从你那里拿走支票吗？"

"妈咪肯定没有拿。妈咪身上有银行卡，这个月的零花钱我已经给她了……"小糯米团子确定秦南御不是要拿她的钱后，基于对爸爸的信任，从他怀里爬出来，爬到床头翻自己的小书包，嘴里还在碎碎念替纪微甜解释。话说到一半，她突然"咦"了一声。

秦南御神经一紧，凑上前，看向她的书包，发现里面原本放支票的地方空空如也。

"支票被人拿走了？最清楚你放东西习惯的人是你妈咪，对吗？"秦南御盯着眼前的小糯米团子，一字一顿地问道。

他努力克制自己的情绪，以免吓到小糯米团子，可脸上还是有几分难掩的愠怒。

察觉到他情绪的变化，站在门口的睿睿原本要跑，想起还留在房间里的妹妹，又忍不住转身回来把小糯米团子从秦南御面前拉到自己身后，用小小的身躯挡在她前面。

秦南御怔了怔，拧起眉，问："秦默睿，你做什么？"

"你太凶了，会吓到妹妹。"睿睿精致的小脸蛋儿微扬，端出做哥哥的架势。

也只有纪微甜在的时候，他会表现得像个爹不疼妈不爱的孩子，博取同情。

纪微甜不在，他就是个随时会把秦南御气死的"熊孩子"，现在还多了一个缺点，会跟秦南御抢小糯米团子……

秦南御瞥了他一眼，忍住想要把他塞进垃圾桶的冲动，伸手将他拎开，抱回小糯米团子，耐心地解释："爸爸没生你的气。"

"可是爸爸生妈咪的气了，对不对？"聪颖的小糯米团子歪着小脑袋问。

因为刚睡醒，她细软的头发有些凌乱，看起来十分蓬松，衬得她的脸蛋儿只有巴掌大。她蹭在秦南御怀里说话的时候，软软乖乖的音调听着就像撒娇。

四岁的奶娃娃，眼神却精明得很。秦南御不过说了几句话，她就能准确地捕捉到他情绪上的变化，还能判断出他是因为谁生气。

秦南御眼眸微闪，没回答这个问题。他单手抱着女儿，另一只手拎着儿子走出房间，把两个小家伙都交给管家，让管家照顾他们吃早餐，然后把他们送去幼儿园。

他自己早餐都没吃，转身上楼换衣服，拿起车钥匙赶到江城大学。

路上的时候，秦南御打过纪微甜的电话，想要问她在哪里，可她的电话没人接。

秦南御赶到江城大学实验大楼的时候，助理已经先一步抵达，站在楼下等他。看见他下车，助理迎上前，汇报事情的新进展："秦总，刚刚已经让人查过所有实验室成员的账户，只有……"

助理欲言又止。

秦南御转头瞟了他一眼，像是早就猜到了答案，冷漠地说："只有纪微甜的账户里突然多了一大笔资金而且来路不明，对吗？"

"对……"助理感受到秦南御身上散发出来的冷意，浑身禁不住一阵哆嗦，硬着头皮回话。

秦氏科技集团跟江城大学的合作，虽说是建立在学术研究的基础上，可也有相关的合作条例。

整个实验小组的研究成果，秦氏科技集团拥有优先知情和使用权。所有实验室成员应对项目的核心数据和成果做到绝对保密，否则秦氏科技集团有权追究其法律责任。

"纪微甜人呢？"秦南御问道。

"纪小姐现在在楼上，大概是十分钟前到的。"助理恭敬地回话。

闻言，秦南御将黑眸眯了眯。

他问过管家，纪微甜很早就出门了。在 Re 集团的消息刚传出来不久，她就一个人离开了别墅。

按路程来算，她不可能这么晚才到实验室，除非出门之后先去了别的地方，紧接着才赶来实验室……

"秦总，不只是纪小姐，所有实验小组的成员现在也都在上面。"助理又开口说道。

发生了这种事情，大家除了震惊，更多是不解。

实验数据怎么泄露出去的？Re 集团这个时候故意放出这些数据，到底有什么目的？他们实验室里真的有人被 Re 集团收买了吗？

有人甚至已经开始担心，他们的实验还能不能顺利地进行下去……

"秦总，你说纪小姐是不是真的被 Re 集团的人收买了？"助理问完，发现秦南御的脸色并不好看，刚要岔开话题，秦南御已经幽幽地开了口。

"等一下上去，不要提纪微甜银行账户的事。"

助理愣了愣，刚要问为什么，又猛地意识到秦南御是要保护纪微甜。在纪微甜极有可能出卖秦氏科技集团的情况下，秦南御居然还是选择先护着她！

助理看着自家秦总的背影，越看越觉得秦总跟以前冷冰冰的样子不一样了。虽然依旧高冷毒舌，可是助理总觉得他身上有人气了……或许用烟火气来形容更准确一点儿，看起来像极了爱情……

察觉到自己想得太远，助理忙不迭地收敛思绪，赶在秦南御回头瞪他之前跑着追上去。

然而事实证明，任凭秦南御再怎么想保护一个人，也得对方给机会。

很明显，纪微甜天生就是要气死秦南御的！

他们刚走到实验室门口，实验室里就传出纪微甜的声音。

她字字清晰，掷地有声："我手上的支票就是 Re 集团项目经理赵照收买我的钱，而且我刚去银行查过，昨天下午我的账户里确实突然多了一笔钱，这笔钱的数额跟支票上的数字一模一样……不出意外，我应该就是你们要找的内鬼。"

实验室里响起一阵抽气声！

大家见过被人收买的人，没见过被人收买后还自己站出来承认的人。

纪微甜这一手操作像一记重锤，直接把在场的人都锤蒙了！

大家面面相觑，一时之间都不知道该说什么。

"纪老师，你知不知道自己在说什么？被 Re 集团收买的人怎么可能是你？你只是实验室小组的联络员——外泄的那些数据很多你根本都没有看过，就是想要出卖我们也没这个机会呀。"最先回过神的雷云嘉想也不想地说道。他一说完，反应过来的小组成员也纷纷表示认同。

实验室里谁都有可能被收买，唯独纪微甜……秦南御在实验开始第一天，明说过不让纪微甜踏入实验室半步，他们都是有印象的。

后面纪微甜虽然进过实验室，可每次实验室里都有人，而且还有监控……

一个不直接参与实验的人员，想要在众目睽睽之下盗窃实验的核心资料，再扭头卖给秦氏科技集团的竞争对手，难度可想而知。

Re 集团的人如果不是脑子进水了，收买他们当中的任何一个人都比纪微甜来得有价值。

"相比起让我相信你被收买了，我反倒更加好奇 Re 集团到底开了多少钱要收买我们实验室里的人。"雷云嘉跟纪微甜最熟，走到她身边，嬉笑着从她手上抽走支票，低头看了一眼。下一秒，他猛地愣住了，像是不敢相信自己的眼睛，反复看了好几遍，又忍不住抬头看向纪微甜。他说话的时候声音都变了："纪……老师……"

雷云嘉在实验室成员里算家庭比较优渥的一个。连他都露出这种吃惊的表情，其他人立刻好奇地凑上前，围在他身边，伸头看他手里的支票。等大家看清上面的金额，又是一阵抽气的声音。

这么大一笔钱，别说纪微甜，给他们当中任何一个人，要说没有一秒钟的动摇那是骗人的。

"支票是昨天下午 Re 集团项目经理给我的。他确实跟我提过，想要我为他窃取实验室里的核心资料，并且让我说服你们跟着我一起离开实验室，加入 Re 集团的团队。"纪微甜将所有人的反应收入眼中，主动开口解释，"我没有当场拒绝，也收下了支票。但今天 Re 集团公布的数据与我无关——我跟你们一样，只是很想知道 Re 集团为什么会放弃收买团队里的核心成员，而找上我这个无足轻重的联络员。"

没等其他人有所反应，纪微甜已经淡定地走上前，从雷云嘉手里将支票拿回来，同时开口说道："这张支票我在来实验室之前已经去银行问过了，并没有兑现，但是我的账户里莫名其妙多了一笔钱，这笔钱的数额正好跟支票上的数字一模一样。"

"哒——"

这一次，除了震惊，大家眼中多了一份警惕。

跟秦南御想象中不同，纪微甜虽然看起来没什么攻击性，但是她的智商在线，处理事情直截了当，坦荡荡的作风反而让人挑不出毛病。

有时候，往往因为人们想法太过复杂，顾虑太多，才导致不断发生误会，最后发展到人与人之间互相猜忌，失去对彼此的信任。

如果大家都愿意在第一时间开诚布公，或许很多误会就能消失在最开始的时候。

"纪老师，你的意思是，有人先给了你一张支票，然后又往你账户里转了一笔钱？"雷云嘉终于反应过来，难以置信地问。

纪微甜点头，说："我昨天就一直在好奇，Re 集团的人到底看上了我什么，居然愿意出这么大一笔钱收买我。直到今天早上，我收到实验室数据外泄的消息。"

Re集团根本不是要收买她，而是要把她拉出来当替罪羔羊！

如果她没有猜错，很快就会有她昨天下午跟Re项目经理一起吃饭的照片流传出来，再加上她的账户里多出来的钱……

等到那个时候，只怕纪微甜有十张嘴，都解释不清楚。

这个局，布得很精妙。

Re集团从放话要推出新产品开始，就利用媒体将大家关注的焦点吸引到两家集团的竞争上。

大家纷纷猜测Re集团要如何在这场竞争中取得技术上的领先，实际上，他们可能早就掌握了纪微甜他们实验室的核心数据，只不过为了保护真正的内应故意设了一个局，把纪微甜推出来当替死鬼。

一个无足轻重的联络员，又背负着出卖大家的嫌疑，到时候纪微甜被调离实验室或是严重到被江城大学开除都不奇怪。

谁这么恨她？特意为她织了一张精密的罗网。

能接触到实验资料的都是实验室里的人，纪微甜肯定自己是无辜的，那么也就是说，真正的叛徒就在他们当中！

"不是我，我发誓！我这段时间一直留在实验室里做实验，恨不得睡在实验室里，头都熬秃了，绝对不可能出卖大家。"雷云嘉第一个跳起来，撇清关系。

"也不是我！大家认识这么长时间了，我的为人你们知道的，我绝不会做这种事！"

"对对对，大家一路同甘共苦过来的，都不是认识一天两天了……"

雷云嘉一开口，剩下的人也纷纷自证清白。

每一个实验项目，都是实验人员的心血，试问谁又愿意亲手葬送了自己的心血？

大家说着说着，忽然将目光齐刷刷集中到刚来的王熙身上。

他是新加入实验室的成员。论起来，他跟大家相处的时间最短。好巧不巧，他刚来，实验数据就泄露了……

被大家盯着，内向的王熙吓得语无伦次："不……是我！"

恰好此时，秦南御从外面走了进来，黑色西装包裹的强健身躯带着十足的威慑力。

"秦总！"

不知道谁先喊了一声。

纪微甜背对着门口，是最后一个发现他进来的人。纪微甜愣神儿的间隙，秦南御已经走到她面前，冷漠的目光从她脸上一扫而过，重新看向实验室里的众人。

"这件事，秦氏科技集团会让人调查，在调查结果出来之前，所有人的重心还是继续放在实验上。"秦南御薄唇微启说道，每一个字都带着强烈的气场。

能加入实验室的人，智商都不低，大家很快明白秦南御话里的意思。Re集团想做什么，他们不知道，但是有一点很清楚——倘若他们因为这次的事情放慢实验的脚步，最后结果就是伤敌一千自损八百。

秦氏科技集团跟江城大学合作的出发点并非商业竞争，而是科技创新。从这个角度出发，实验室里的每一位成员需要担心的只是如何高效完成自己的实验目标。

商场上的事情，自会有秦氏科技集团替他们担着。

秦南御的话无形中给每个人吃了一颗定心丸。大家互相鼓励一番，重新投入手中的实验……

秦南御单手揣在口袋里，转身看向愣在他身后的纪微甜。

纪微甜手里还拎着从小糯米团子包里偷出来的支票，对上他的目光，莫名有些心虚，弱弱地把手里的支票递给他。

"你跟我出来。"秦南御看都没有看她递过来的支票，冷漠地说完，随即抬腿走出实验室。

纪微甜愣了愣，跟在他身后。

雷云嘉看见他们离开，忍不住跟王熙说："你说秦总跟大家说没事，扭头又把纪老师叫走是什么意思？他该不会怀疑这件事跟纪老师有关吧？"

"不……不清楚。"王熙突然被问，结结巴巴地应道。

雷云嘉瞥见他不擅社交的模样，意识到自己找错聊天儿的对象，于是扭头去问别人。

"说实话，我相信纪老师。我总有一种直觉，纪老师是真正的大佬，是那种不只颜值高而且技术也很顶尖的小仙女。她之前还教我怎么优化程序，你们是不知道，那份笔记现在已经成了我放在床头供起来的宝贝。她要是想换个工作，肯定不会用这种偷偷摸摸的方式，只要抬抬小手，就会有猎头公司高价来挖。"

"虽然我跟纪老师不太熟，但是我也觉得她不是这种人。"组长刘盼跟着附和道。

他是负责保管实验数据的人——纪微甜能不能接触到核心数据，他最清楚。他虽然跟纪微甜没有太多交情，但也知道无故造谣会对一个人的声誉产生多大影响。

"好了，既然秦总说了没事，大家专心做实验就行。纪老师本来就不负责实验操作部分，秦总让她离开实验室，应该是希望她能配合调查，大家不要多想。"

刘盼安抚了大家两句，也拍了拍雷云嘉的肩膀。

雷云嘉确定自己的女神不会有事，扭头去干活儿。

王熙这个时候才走到刘盼面前，问道："组长，我来得比较晚，能给我一份完整的实验数据吗？"

"给你准备好了，在这里。"刘盼将整理好的资料递给王熙。

王熙性格内向大家都知道，怕他不能适应实验室里的节奏，刘盼还特意抽了一些时间，帮他了解这次实验的内容和进度。

实验室里渐渐恢复了正常的工作秩序。

实验室外，跟着秦南御走出来的纪微甜，有一种自己进入冰库的错觉。

盯着一直往前走没打算停下来的男人，纪微甜忍不住冲着前方喊了一声："秦南御，你走慢点儿，我跟不上了！"

他的腿长了不起吗？秦南御至于这么故意打击人吗？

秦南御蓦地停下来。

纪微甜来不及刹车，直接撞到他后背上，正伸手揉着额头准备骂人，眼前的人突然回过身，冷冷地盯着她看。

纪微甜被他盯得汗毛都竖起来了，一头雾水。理智告诉她不能怕，身体却不受控制地往后退了两步。

"你……你……你……你想干吗？"

他不说话。见纪微甜刚要说什么，秦南御忽然一步上前，扣住她的手腕，转身把人按到墙上，堵在她身前。

纪微甜身后是墙，前面是秦南御，单薄的小身板挺得笔直，一脸错愕地抬头，对上他的目光。

他的眼神很冷，眼底带着愠怒，攥着她的手也在收紧，抿紧的薄唇像是在努力克制自己的脾气，免得一气之下捏碎她的骨头。

等等！

纪微甜脑筋有点儿转不过来。

她得罪他了？不应该啊。

她昨天不是已经提前把支票的事情告诉他了，跟 Re 集团项目经理见面的事他也知道。哪儿有人像他这样，跟个宝宝似的，话也不说，一言不合就生闷气？

纪微甜舔了舔唇瓣，尝试着询问："那个，你该不会怀疑我真的出卖大家吧？"

"纪微甜，在你心里，我算什么？"

两个人几乎同时开口，然后又同时陷入沉默。

秦南御这句话说出来，感觉整个人的情绪都起来了。从听见核心数据泄露，再到下楼找她发现她已经一个人先走，然后就是刚才在实验室……

她从一开始就想好了要怎么处理这件事，并且准备充分。来实验室之前，她还记得去银行检查了自己的账户。明明她做得很对，用干脆利落的方式最大程度替自己澄清。

作为一个旁观者，秦南御都想为她鼓掌，可他的心里就是莫名憋着一股气。

从最初担心她被人算计，到后来发现她不见时担心她的安危，再到刚才……他发现她完全可以独当一面，根本不需要自己。秦南御已经分不清，他是在气她，还是气自己。

秦南御气她根本不信任自己，遇事从未想过跟自己商量；他气自己在她心里这么没有存在感，更气自己完全没有立场指责她做的任何事情……

复杂的情绪积聚在秦南御的心口，最后只能化作一个眼神，秦南御狠狠地瞪着她！

"咦？我以为你怀疑我，我才这么问的。你要是不怀疑我，你在我心里当然算一个好人，一个聪明的好人，虽然聪明得不那么明显。"纪微甜没看懂眼前的人在生什么气，只是下意识地回答。说完她又觉得安慰得不到位，于是学着小糯米团子的样子，抬手拍了拍秦南御的头。

"把你手上的支票交给宋书。从明天开始，你不用再来上班，停职留薪，配合调查。"秦南御薄唇微启，一字一顿地说道。

"为什么？"纪微甜愣住了。她以为秦南御不信任她，眉心微蹙，刚要撸起袖子跟他讲道理，发现自己的手还在人家手里。

秦南御似乎也没要放开她的意思，一只手的指腹在她的手腕上摩挲，最后牵住她的手，另一只手臂撑在她身侧的墙壁上，不让她乱跑。

这姿势，但凡现在有个人看见，都会以为秦南御在耍流氓。结果他一副没事人的模样，牵够了她的手，淡淡地问道："你刚才在实验室里不是分析得头头是道？既然 Re 集团的人想要利用你保护真正泄露资料的人，那么我只有处理了你，才能让对方安心，不是吗？"

他这么分析不是没有道理。

一旦纪微甜离开自己的岗位，知道的人当她是配合调查，不知道的人就会认定她做了坏事被发现。

不管是 Re 集团还是藏在背后的泄密者都会放松警惕，人一旦放松就容易露出破绽。

纪微甜点头表示同意。

秦南御又开口道："南坡公寓的门禁不够严，别人很容易打听到你的情况。保险起见，这段时间你先别回去，带着瑶瑶住在我那里，有什么情况我也方便第一时间通知你。"

"我只是一只替罪羊，已经被停职留薪，还会有人留意我吗？"纪微甜问。

"会。"秦南御眸光微闪，笃定地说道，"事情是因你而起，我需要你的配合，揪出背后的人。"

如果揪出背后的人，还能顺便拐她回家，那他就是一举两得。

后面这句话秦南御没有说出口，反而敛起眸，掩下眼底的情绪，表情淡淡的。

在纪微甜开口前，秦南御又说道："你就不好奇是谁在背后算计你？想不想听听我的计划？"

纪微甜虽然觉得哪里不对劲，可扛不住内心的好奇，说："想。"

于是，纪微甜被秦南御拐上了车，带回秦家别墅。

秦南御美其名曰调查真相，实际上是金屋藏娇！

纪微甜一连三天大门不出二门不迈，就住在秦南御家里。

管家对她很客气，好吃好喝供着她。一日三餐菜不重样，水果全是最新鲜的，房间里还摆着鲜花……

纪微甜这个"技术宅"第一次觉得自己像个娇滴滴的公主，更幸福的是，秦南御怕她无聊，给她安排了一间书房，里面配备的全是最高级的电子设备。

秦南御不在家，她就忙自己的工作，等秦南御回来的时候，两个小家伙也放学了，完美避开了和秦南御单独相处的尴尬。

纪微甜就像是找了个安静的地方度假，小日子过得别提多美。

纪微甜拉开窗帘看着外面的大太阳，怀里抱着一半切开的大西瓜，一勺子挖了最中间最甜的一块，塞进嘴里，幸福地眯起眼睛……

门突然从外面被打开了。

秦南御穿着简洁的白衬衫，搭配着黑色的西装裤，出现在门口。目光扫了一圈书桌，没有在桌子前看见纪微甜，秦南御刚要往外走，像是感应到什么，突然转头看向窗台的位置。

正好纪微甜从窗户边上回过头。

四目相对时，两个人都愣了愣。

纪微甜嘴里还塞着一块大西瓜，看见秦南御一紧张就囫囵咽下去了，差点儿没把自己噎死，呛得咳了两声。

她错愕地看了一眼时间，确定还不是下班时间，又扭头看了一眼从门外往里走的秦南御，问道："你今天怎么回来得这么早？"

语毕，意识到自己坐在窗台上的姿势有点儿不雅，她连忙爬了下来。

纪微甜怀里抱着刚吃一口的大西瓜，吹着凉爽的空调，再瞅一眼刚从外面回来额头还淌着汗水的秦南御，突然觉得自己好幸福。

纪微甜举着手里的西瓜，弱弱地问："你要不要吃一口？很甜。"

话一出口，她恨不得咬掉自己的舌头。

这是什么问题？

她的勺子上都沾了她的口水了，秦南御怎么会想吃？保不齐他还会以为她在肖想他。

纪微甜越想越严重，刚准备解释，就见秦南御已经走到她面前，语气轻松地说了一个"好"。

她没幻听吗？纪微甜呆愣的瞬间，某个等她喂西瓜的人已经不耐烦了。那人自己伸手拿起勺子，从她吃过的地方挖了一块，放进嘴里。对上她的目光，秦南御认可地点了点头："是很甜。"他随即又问，"你很喜欢吃西瓜吗？"

纪微甜处在震惊中，本能地跟着点头。下一秒，秦南御已经将一块西瓜喂到她嘴边。

"张嘴。"

最后也不知怎么，原本属于纪微甜一个人的西瓜，变成了两个人一起吃，还是在秦南御的投喂之下，你一口我一口……

纪微甜仔细回想，觉得他们还有点儿傻。哪儿有人放着椅子不坐，面对面站着吃西瓜？

秦南御脑海里浮现的则是他刚才推开门看见的那一幕：被风轻轻吹起的薄纱窗帘遮住了骄阳，纪微甜抱着西瓜坐在窗台上，娇美的脸庞上全是甜甜的笑，那样的笑容像是能传递到人的心底……

"你还没回答我，今天怎么这么早就回来了？"纪微甜吞下嘴里最后一口西瓜，仰头问道。她完全没有意识到，自己的语气很像在盘问外出归来的丈夫。从秦南御手里接过勺子，纪微甜还嘟囔了一句："我本来只打算分你一口的，怎么被你吃了一半？"

她的关注点难道不应该是他们是一起吃的西瓜吗？

秦南御想要提醒，又觉得主动提醒很奇怪，最后盯着她，一句话都说不出来。

纪微甜等不到他的回答，回头看他，问："你怎么不说话？奇奇怪怪的，我来这儿都三天了，你还没有告诉我，到底打算怎么揪出背后的卧底？"

秦南御眸光一敛，幽幽地道："跟踪。"

"跟踪？"纪微甜疑惑地问道，像是不明白他说的跟踪是打算跟踪谁。

秦南御也不着急，转身走到她的书桌前，拉开椅子坐下，目光扫过她桌子上放着的东西。电脑是打开的，只是太久没动，屏幕已经暗了。电脑的左边放着水杯，里面的水已经喝光了，右边的鼠标上贴着一只猫的贴纸——如果他没有记错，那贴纸就是小糯米团子养的那只叫肥肥的猫。再往右一点儿放着一个笔记本，笔记本是打开的，记录了一些数据，数据的旁边还画了一幅画，看起来像人物素描，还是个男人……

秦南御黑眸微微眯起，正打算伸手拿过笔记本来仔细看看她画的是谁，纪微甜已经先一步盖上笔记本。

"这是我的宝贝笔记本，不能乱看的！"

"我已经看见了。"秦南御像是故意气她，淡淡地说道。

纪微甜护着笔记本，撇撇嘴，道："不知者无罪，我选择大方地原谅你。"

"我需要说谢谢吗？"秦南御瞥了她一眼，调侃道。

看见她大大咧咧坐到桌子上，秦南御眉心微微拧紧。直觉告诉他，一般女孩子在异性面前丝毫不在意自己的形象，那就意味着她根本没有把你当成异性。

果不其然，纪微甜下一句就是——

"兄弟，你说话别说一半啊！你这几天都在跟踪谁？我跟你说，其实这几天我也没闲着。仔细琢磨了一下，我这段时间得罪的人只有一个……"纪微甜朝着他挤弄眼睛，"你知道是谁吗？"

秦南御不知道她得罪了谁，不过她这句"兄弟"已经成功得罪了他。

像是为了抗议她那句"兄弟"，秦南御伸手拿起纪微甜的水杯递给她："我有点儿渴了，给我倒杯水。"

纪微甜嫌弃地瞅了他一眼，最后还是拿着自己的杯子去给他倒水。看见她丝毫没见外的模样，秦南御心里舒服了点儿。

接过水杯喝了一口，正高兴自己的小心思得逞，秦南御突然想起什么，狐疑地挑眉看纪微甜。她该不会是因为把他当兄弟，所以才跟他一起吃西瓜，还把自己的杯子给他用吧？

"你快点儿喝完，我有正事跟你说！喝个水都磨磨蹭蹭的，不知道的人还以为你才是女孩子。"纪微甜打断了秦南御的思绪，见他不喝了，径直抓过杯子放到旁边，炯炯有神地看着他。

所以，她现在不仅把他当兄弟，还想跟他做姐妹？

她想死吗？

"你干吗这样看我？我说错什么了吗？"纪微甜被他瞬间变得锐利的眼神吓了一跳，往桌子边缘挪了挪，警惕地盯着他，想了想又觉得自己也没说什么过分的话，还把自己的水杯让给他。

这还不够？

"秦南御，你已经是个成熟的大人了，要学会控制自己的脾气，知道吗？"纪微甜认真教育道，像是觉得上次的办法有用，犹豫了几秒，又挪到他面前，抬手摸了摸他的脑袋。

秦南御真的很想敲开她的脑袋，看看里面装的都是什么。他遇见过无数的人——无论男女从来没有人会觉得他是个弱者，需要安慰和照顾。

唯独她，不是打算气死他就是把他当成宝宝哄。

情侣间的"摸头杀"他不是没见过，但绝对不是像纪微甜这样，她的眼神分明是把他当成一个孩子……

秦南御深呼吸，尽量让自己冷静下来。反正纪微甜现在在他的别墅里，来日方长。

"你刚才想说什么？"秦南御淡淡地说道，声音变得平缓。

纪微甜眼睛一亮，发现"摸头杀"对他似乎意外地好用，跃跃欲试想再多摸两下，但又忌惮他阴晴不定的脾气，想了想，还是谨慎地缩回手，努努嘴，说："我这几天认真反思过了——我真的没跟什么人起冲突。要说得罪人，我唯一能想到的只有钱敏，可是她已经离开实验室了。而且当初是她针对我，不是我针对她，你说她现在有必要冒这么大风险报复我吗？"

秦南御对这个猜测没有给予评价，只是眼底掠过了一抹危险的光。

人性的善恶有时候并不是那么简单。你以为不可能发生的事情，或许已经发生了。

"对了，你刚刚说的跟踪，是跟踪谁？我倒是觉得可以考虑一下跟踪那个联系我的 Re 集团项目经理。不管将核心资料泄露给他的人是谁，在得知我被处理后，这个人肯定会跟他再见面。到时候我们顺藤摸瓜，就能揪出内鬼！"纪微甜有理有据地分析道。

闻言，秦南御脸色微微一变，转头看向她，黑眸里隐藏着复杂的光，薄唇紧抿着，像是在压抑着自己的情绪。

纪微甜被他看得心里"咯噔"一下，伸手摸了摸自己的嘴角："我脸上有什么东西吗？还是我说错了什么？"

"你说对了，我让人跟踪的就是赵照。"秦南御说道，带着几分咬牙切齿的意味，眼神充满探究，盯着纪微甜，像是分不清她到底是真傻还是装傻。为什么在这种事情上她的智商能随时在线，在他面前却像永远看不懂他在想什么？

"纪微甜，你是在针对我吗？"秦南御鬼使神差地问道。

话一出口，不只纪微甜愣住，他自己也愣住了。

回过神后，秦南御从椅子上站起来，抬腿往外走，说："等跟踪出结果了，我会来告诉你。"

纪微甜有些蒙地看着他的背影，想起什么，突然起身去追他："秦南御，你等等……"

恰好这时秦南御回过身想说什么，纪微甜就这么猝不及防地冲到他面前，一头撞进他怀里。

秦南御被她撞得后退了两步，反手抱住她，后背抵上没来得及拉开的门板。他本来想低头问她有没有事，恰好这时纪微甜抬起了头，两个人的唇瓣突然碰到了一起！

只是那么一下，两个人都愣住了，然后反射性地分开，像是什么都没有发生。

两个人你看着我，我看着你，谁都没有想到会发生这样的意外，也不知道要怎么处理，不约而同地别开头，不敢看对方的眼睛。

纪微甜脸皮薄，悄悄红了脸，发现秦南御面色如常的时候，还在心里吐槽他厚脸皮。但她想了想，是自己先叫住秦南御的——这次意外她要负很大的责任，于是抿了抿唇，主动解释："我刚才只是想要问你，能不能把肥肥接到这里来养。肥肥很黏瑶瑶，要是一直看不见瑶瑶，会不开心。"

"可以。"秦南御没有丝毫犹豫地答应了。

"谢谢。"纪微甜也应得很快。

两个人看起来都很正常，可仔细观察又会觉得哪里不对。

纪微甜觉得气氛有点儿尴尬，又开口问："你刚刚回头，是不是有话要跟我说？还有，你干吗一直捂着耳朵？"

"我还有事，晚点儿再跟你说。"秦南御丢下一句，逃命似的飞快拉开房门，往外走。

留下一个愣在原地的纪微甜呆呆地看着他的背影，伸手摸了摸自己的鼻子。

要不是秦南御没有脸红，她都要怀疑他跑这么快是不是害羞了。

卧室里。

秦南御推开门坐下来，确定不会有人看见他现在这个样子，终于松开捂着耳朵的手。他毫不意外地从镜子里看见自己发红的耳根，红得像要滴血。骨节分明的修长手指轻轻拂过薄唇，秦南御仿佛还能看见纪微甜撞进他怀里，跟他亲吻的画面。

如果那不是意外……

秦南御一对耳朵红得更明显了，就连脸上的淡定神色也维持不住。他扭头进了浴室，用冷水洗了一把脸，刚扯过毛巾准备擦脸，房门就被敲响了。以为是纪微甜来找他，秦南御拿着毛巾往外走，拉开房门看见的却是助理。

"秦总，我来得不是时候？"助理明显感觉到自己不受欢迎，小心翼翼地询问。

秦南御敛起眸，淡淡地问道："有事？"

助理忙不迭地回话："有好消息，跟踪赵照的人有收获了！"

从将纪微甜带回家的那一刻起，秦南御就打算利用她的消失设计一出好戏——让 Re 集团的人得意忘形，露出马脚。蹲了三天，他终于等到了！

纪微甜被管家叫到秦南御房间的时候，还以为是秦南御回过神，要因为刚才在书房里发生的意外跟她秋后算账。她提心吊胆地走进房间，没想到会在房间看见第三个人。

纪微甜笑着跟助理打招呼："宋特助，好久不见，没想到在这里看见你……"

助理的嘴角微微抽搐，他想说：纪小姐，我们昨天刚见过。

助理似乎也看出秦南御和纪微甜之间发生过什么，总觉得气氛怪怪的。他对纪微甜莫名其妙的寒暄看破不说破，只想尽快解释自己今天过来的目的："我们的人这几天一直跟着赵照，前两天都没有什么发现，直到今天中午——他在参加完一场商业会议后，突然绕道去了江城大学，车子停在学校的后门，一停就是一个小时。"

"他在等人，而且没跟对方约好？"纪微甜猜测道。

"是，我们的人很小心，一直不敢靠得太近，远远地守在一旁，蹲到最后，终于看见一个熟悉的人影上了赵照的车，跟着他一起离开。"助理说到这里的时候，表情已经变得有些愤怒。很显然，他们要等的内鬼出现了。

纪微甜说："是钱敏，对吗？"

助理扭头看向秦南御，见秦南御的表情没有丝毫意外。

看来他们都已经猜到了。

助理点点头："就是钱敏。她上车的时候还带着一个文件袋，下车的时候文件袋就不见了，应该是留给了赵照。"说到这里，助理扭头看向秦南御："秦总，钱敏虽然已经不在实验室，但是作为实验室曾经的一员，也是签过保密协议的。她离开实验室的时候，私自带出实验的核心资料，已经违反了规定，现在又将资料泄露给我们的竞争对手。证据确凿，我们随时可以告她！"

助理拿出一个 U 盘，里面是钱敏跟赵照接触的录像视频和照片。

助理在来之前调查过钱敏的家境和最近的资金流水，所有情况完全符合他们的猜测。

在纪微甜的账户里多出一笔钱的那天，钱敏的个人账户虽然没有动静，但是在第二天，钱敏亲自去银行往自己家人的账户里分别汇了几笔不小的款项。所有款项加起来，虽然没有纪微甜收到的多，但数额也很惊人。

现在人证、物证俱全，钱敏根本抵赖不掉。

这件事要怎么处理，全看秦氏科技集团打算怎么维权。

"你怎么看？"秦南御没有急着做决定，而是走到纪微甜面前，低头看她。

秦南御发现纪微甜从听见出卖实验室的人真的是钱敏之后神态就不对劲，怕她多想，于是直接将问题丢给她。

纪微甜低着头，没有要开口的意思。秦南御眉心拧了拧，直接伸手捏住她的下巴，强迫她抬头看自己，声音低沉又有磁性："走错路、做错事的人是钱敏，不是你。你不高兴什么？"

见纪微甜还是沉默，秦南御突然弯腰将她打横一抱，转身往沙发走，把人放到沙发上，双臂撑在她的身体两侧，沉声说道："纪微甜，再不说话我要亲你了！"

"砰——"

被眼前这一幕吓到想跑的助理，一激动撞到了门板上！捂着脑袋回过身，正对上秦南御因好事被打断而宛如死神的目光，助理两眼一闭，直挺挺地躺到地上，选择自我了断！

"宋特助……"纪微甜瞥见倒在地上的宋书，回过神来，想要从沙发上站起来看看他有没有事。

秦南御抓着她的肩膀，不让她起身。

纪微甜有些错愕地抬头看他。捕捉到秦南御眼中的担忧，她怔了怔。

"秦南御，我没事。"

"我没瞎。你有没有事，我看得见。"秦南御说道，像是在嘲讽她死鸭子嘴硬。

纪微甜眨了眨眼睛，指了指门口的位置："你眼睛没瞎，就没看见晕倒在地上的人是宋特助吗？你还不快点儿去看看。"

纪微甜话音刚落，就瞥见本来倒在地上已经晕倒的助理正像一条倔强的毛毛虫，努力往门外爬。

发现有人看过来，助理赶忙继续闭上眼睛装死。

纪微甜：这演技，哄我女儿都哄不住。

纪微甜抬头看向秦南御，发现他似乎早就知道自己的助理没事。

秦南御眉峰微挑，继续用眼神询问她，刚才为什么不开心。

"纪微甜，钱敏不管做了什么事，都跟你没有关系，你不需要为她的错误背负任何心理负担。"秦南御像是看穿了她的心思，语气强硬地说道。

闻言，纪微甜的眸光沉了沉，她难得没有反驳，只是乖巧地点点头。

"我知道。我没有多想，只是觉得有点儿可惜。钱敏能力不差，学习也算刻苦，还把你当成她的偶像，要不是行差踏错，将来或许会有很好的成就……唔！"

纪微甜的声音戛然而止，她瞪大了眼睛，错愕地看着突然亲她的秦南御。

蜻蜓点水的吻，像是她的错觉。

纪微甜呆若木鸡，半晌都不知道自己该怎么反应。等她想起什么，扭头去看助理，发现刚刚还倒在地上的人，已经靠着毛毛虫般的蠕动消失在了门口……

第十五章

有一种默契，与生俱来

房间里只剩下她跟秦南御。

纪微甜瞬间紧张地咽了咽口水，想要问秦南御干吗突然要耍流氓，话还没有说出口，见他已经抬起了手。

他轻轻抚过她的唇瓣，幽幽地道："纪微甜，我跟钱敏没关系，也不想当她的偶像。"

"知……知道了。"

可是他干吗突然这么认真地解释自己跟钱敏的关系，还是在占了便宜之后？

秦南御突然跳到另外一个话题，仿佛刚刚根本没有耍流氓，也不打算为自己的流氓行为做解释。

纪微甜慢半拍的神经重新接上的时候，已经错过了质问他的最佳时机。她纠结地咬住唇，不知道应不应该找他算账。

秦南御还在说话："我跟钱敏没关系，你跟她也没关系，她做的任何事情都是她自己的选择。每个人都要为自己的错误买单，而不是试图从别人身上找犯错的理由，你明白吗？"

"明白。"她只是感慨一下。

秦南御捏了捏她的脸，道："乖女孩。"

这宠溺的语气，这怜爱的眼神，纪微甜怎么感觉怪怪的？

他该不会是对她……

"秦南御，你别用哄瑶瑶那套来哄我，我可不是四岁的小朋友。"纪微甜一脸正经地强调，"我不懂为啥你儿子这么可爱你却不爱他，非要跟我抢我女儿。虽然我可以勉强同意我们临时组成合作伙伴，一起照顾两个孩子，但是可不想当你女儿。"

纪微甜继把他当兄弟、当姐妹之后，现在又准备把他当爸爸？

她爸爸会一言不合就亲她吗？秦南御气得不想说话。

他的沉默看在纪微甜的眼里却成了默认，两个人顿时相顾无言。

直到管家进来问他们要不要一起去幼儿园接两个快要放学的孩子，两个人才回过神来，齐刷刷地从沙发上起身。

"我去接瑶瑶？"纪微甜瞅了一眼身边的人，用询问的语气开口。

她预料到秦南御要跟她抢女儿。

果不其然，秦南御下一句就是："我跟你一起。"

"那睿睿呢？"纪微甜皱眉问道。

秦南御想也不想地说："让管家去接。"

睿睿已经是四岁的小男子汉，秦南御没让他自己走路回来已经很客气了。

秦南御是魔鬼吗？睿睿好歹是自己的亲生儿子，他就不能上点儿心？难怪睿睿上次会那么委屈地问她能不能去幼儿园接他放学，还说羡慕别的小朋友都有爸爸妈妈接，只有他没有。

纪微甜忽然就心疼了，抿了抿唇，说："要不然你去接瑶瑶，我去接睿睿。"

秦南御眉心一拧，像是不高兴纪微甜想跟他分头行动。

他原本就是因为不想跟她分开，才特意陪她去接小糯米团子，不过要是能一家三口去吃个烛光晚餐再回来，也是个不错的选择。

很显然，纪微甜跟他想的完全不一样。在她的心里，他的儿子永远排在他前面，不知道的人还以为她是那个臭小子的亲妈。

见纪微甜一副不打算改变主意的样子，秦南御没好气儿地伸手拎起旁边的外套，一手抓住她的手腕，拉着她往外走。

秦南御经过管家身边的时候，吩咐道："备车，我们提前一点儿出发，先去接瑶瑶，再去接秦默睿。"

"可是这样来得及吗？"纪微甜刚开口，就被秦南御瞪得把话咽了回去。看着眼前莫名其妙突然生气的男人，纪微甜感慨这人脾气也太差了，阴晴不定到让人害怕，难怪他自己的儿子都不喜欢他。换成她，她也不喜欢。还是她的女儿比较幸福，有她这样讲道理的妈妈。

纪微甜伸手戳了戳秦南御的手背："一起接孩子就一起接孩子，你可以放手了吗？你这样牵着我，别人看见了还以为我不会自己走路。"

她的脑子里就不能装点儿别的东西吗？秦南御暗想。

他这是在宣示主权，在故意占她的便宜！

秦南御活了这么多年，第一次觉得拿一个人完全没有办法，甚至被逼到一而再、再而三地要流氓，希望能让她发现——他对她有企图，而不是把她当兄弟、姐妹或是女儿！

"纪微甜，你有驾照吗？"秦南御问道。

"有呀，怎么突然问这个？"纪微甜有些意外地看他。

"一会儿你开车。"秦南御没有松开她，反而拉着她走得更快。

纪微甜为了跟上他的脚步，不得不"吭哧吭哧"地往前走，根本没有精力再去思考他为什么非要抓着她的手不放。

上了车，纪微甜坐在驾驶座上，秦南御坐在副驾驶座上——管家没跟着他们。

纪微甜双手抓着方向盘，心情还很不错地看身旁的男人，调侃道："坐稳了，虽然这是一辆开往幼儿园的车，但我可是个老司机。"

"老司机？"秦南御准备系上安全带的手一顿，转头看她。

秦南御的黑眸里闪烁着令人心动的光，仿佛纪微甜只要一个不小心，下一秒就会被里面的旋涡吸进去……

纪微甜看得有些出神，反应过来，认真地回答："我真的是个老司机。"

"纪微甜。"秦南御蓦地喊了她的名字。

简简单单的三个字从他嘴里喊出来，多了一丝缱绻的意味。

纪微甜没吭声，只是疑惑地看着他，不明白离得这么近，他有话不直说，喊她干吗。

"你知道什么叫老司机吗？"秦南御扭头睨了她一眼，淡淡地说道。

纪微甜原本以为他要说什么，听见只是这简单的问题，便自信地从包里掏出驾照给他看，等着秦南御跟她道歉。

下一秒，秦南御突然松开手，任由安全带滑回原位。他单手撑着椅背，俯身靠近她，低头在她的嘴角亲了一下。

纪微甜愣住，呆呆地瞪着大眼睛看秦南御。

秦南御又低头在她脸上亲了一下，一脸傲娇地说："这才叫老司机，懂吗？"

纪微甜像是被他的一顿奇怪操作弄蒙了，呆滞了几秒，伸手摸了摸嘴角，随即，又摸了摸脸颊。

他刚才亲了她两下……

等等！

他们这是开往幼儿园的车，他在干什么？

"秦南御，你不可以这样……你这样我是可以报警抓你的……"

纪微甜想要硬气地教训他一顿，结果刚开口，脸颊已经不争气地红了。她赶紧用双手捂住脸，没再说下去。不知道为什么，她总觉得秦南御的眼神里带着浓浓的狩猎感。仿佛她要是敢凶他，他就敢再亲她，亲到她服气为止！

纪微甜的汗毛都竖起来了。她是司机，打不过秦南御，两个人又坐在同一辆车上。除了能带着秦南御一起共赴黄泉，在其他方面她没有半点儿胜算。

想了想，纪微甜决定先忍气吞声，跟他讲道理："我跟你说，就算你不是故意的，也不能随随便便亲一个女孩子。今天要是换成别人，要么报警抓你，要么肯定赖着让你负责……"

"我就是故意的。"秦南御蓦地打断她的话，"所以，你现在要报警抓我，还是要赖着我，让我负责？"

秦南御像是从一开始上车就没打算让她活着下车。他说的话、问的问题，一句比一句犀利。

纪微甜被吓得差点儿把油门当成刹车，真的带他共赴黄泉。

最后纪微甜一脸见鬼的表情，在心里默念"疯子惹不起"，强行替他解释："行吧行吧，我跟你道歉还不行吗？知道你是帮我验证'老司机'这个称号，我发誓以后再也不在你面前自称'老司机'了。"

纪微甜用舌尖顶了顶腮帮子，想起刚才发生的事，不敢再看秦南御，一路默念清心咒，顺利把车开到幼儿园。下车的时候，她因为太紧张，还差点儿摔了个狗吃屎。电光石火之间，秦南御伸手抓了她一把，成功把她带进怀里。

"你是三岁的小朋友吗？连路都不会走。"

"嘘——"纪微甜说时迟那时快，伸手捂住秦南御的嘴，警惕地往四周看了一眼，小声嘟囔，"我第一次来儿子的幼儿园接他，你能不能给我留点儿面子……"

秦南御总算知道小糯米团子撒娇的功力是从哪里学来的了。

面对服软的纪微甜，他愣是说不出一个"不"字，连带着也忘了，他们刚才明明说好先去接女儿，纪微甜却悄悄地把车开来了儿子的幼儿园。

"睿睿的幼儿园离得近，我们先接一个是一个。"纪微甜给了一个理由，强行糊弄过去，拉着秦南御往校门口走。其实，她就是心疼睿睿，觉得跟瑶瑶相比，睿睿有秦南御这样的爸爸，其生活环境堪称水深火热！

秦南御跟在她身后，不知道纪微甜正在腹诽他，只是一直盯着她主动牵着他的手，眼神变得柔和……

算了，难得她这么主动。

先接谁就由她决定吧。

睿睿的幼儿园管理非常严格，老师核对过纪微甜和秦南御的身份后，领着小家伙从教室里出来，指着等在外面的秦南御，笑着开口："小睿睿，你看看是谁来接你了？那是你爸爸……"

"妈妈——"睿睿瞥见站在门外的纪微甜，兴奋地喊了一声，拔腿朝她飞奔过去，二话不说就扑进了她的怀里，搂着纪微甜的脖子，亲了她好几下，"妈妈、妈妈"叫个不停。

被完全无视的秦南御一阵无语。所以，他到底为什么要过来接这个臭小子？秦默睿无视他就算了，还当面抢他的人？

这些秦南御还暂且能忍。接下来，睿睿拉着纪微甜进到教室里，给自己的同学介绍。

"小丽，这是我妈妈。"

"大雄，我妈妈是不是特别好看？"

"我有妈妈了！"

"你们知道吗？我妈妈特别爱我……"

高冷的小正太化身"炫妈狂魔"，小伙伴们都惊呆了！

在他打算给班上所有同学都介绍一遍自己妈妈的时候，秦南御终于忍无可忍走进教室，把人拎了出来。太傻了！这肯定不是他儿子，秦南御的脸都被丢光了！

"你小心别伤到睿睿。"纪微甜怕他们父子起冲突，回过神，忙不迭地追出去，从秦南御手里把小家伙抢了回来。她瞥见睿睿憋红的小脸、委屈的表情，心疼地抬起头质问："秦南御，你是不是忘了你答应过我，这一个月都不许对睿睿发脾气，要做一个慈父？"

他现在想反悔，还来得及吗？被这个臭小子气一个月，他可能会被气死。秦南御试图替自己争取一点儿活路，说："纪微甜，父慈的前提是子孝，你懂吗？"

"睿睿很好啊，有问题的是你。"纪微甜干脆利落地回答。

秦南御聊不下去了。

睿睿是个人精，知道有纪微甜护着他，秦南御也拿他没办法，这时候更是紧紧地抱着妈妈，一脸弱小可怜又无助的模样，惹得纪微甜母爱泛滥。她正眼都不给秦南御一个，跟老师打过招呼后，就抱着儿子往外走。

纪微甜也不开车了，抱着儿子坐到后面。

秦南御看了一眼，眉心拧成一个结。

"纪微甜，我一个人开车容易分神，秦默睿有儿童座椅很安全，你坐到前面来。"

他话音刚落，纪微甜身边立刻传来一道委屈的呼喊——

"妈妈，我想跟你坐在一起。"

纪微甜不忍心拒绝，点头答应。

秦南御一阵窒息，尤其在抬头捕捉到自己儿子眼底一闪而过的狡黠神情时，差点儿没忍住把他吊起来打！

论跟他作对，秦默睿认第二，没人敢认第一。然而，纪微甜还在教育他："秦南御，你知道吗？家长如果太凶的话，很容易让孩子缺乏安全感。"

秦默睿缺不缺安全感，他不知道，但是这个臭小子现在看起来挺缺一顿揍的！

"我不是在教训你，只是觉得睿睿已经很乖了，如果你能温柔一点儿，他肯定会很爱你。"

秦南御不需要儿子的爱。如果爱他的人换成纪微甜，他勉强可以考虑一下。

"我们之前约定好的，要做一个讲道理的家长，尊重孩子的想法，你还记得吧？"纪微甜见他一直不说话，提高了音量问道。

秦南御不能继续装聋作哑，幽幽地说道："我有答应过吗？可能是你记错了。"

父子关系拯救失败，纪微甜歉疚地看了睿睿一眼。

小家伙却一点儿都不在意，拉着她就开始给她讲今天在幼儿园里发生的事。

"老师让我们做题……她讲的算术题我都会，但是我也有乖乖听课……"从上课的情况到幼儿园发生的小趣事，他一一讲给纪微甜听。最后，睿睿还从小背包里掏出一把棒棒糖，递给纪微甜。

各种各样的棒棒糖，什么口味都有。

纪微甜第一次发现，原来市面上会卖这么多种棒棒糖。她惊诧地看着小家伙，问他怎么买到的。

睿睿扬起酷似秦南御的傲娇小脸蛋儿，笑眯眯地说道："不是买的，是幼儿园的同学给我的。每天都有很多人给我送礼物。"

他长得好看，外加是个小天才，别说老师喜欢他，同学们也喜欢他。睿睿在幼儿园可是个香饽饽。

"睿睿真棒！"纪微甜笑弯了眉眼，低头在他小脸上亲了一口，以示嘉奖。

"叭——"车子的喇叭突然响了。

纪微甜被吓了一跳，抬头看向前方，发现这条路上只有他们一辆车。

秦南御按什么喇叭？

"手滑。"坐在驾驶座上的男人慢条斯理地说道，语气里带着一丝咬牙切齿的意味。

纪微甜也不知道谁惹他了，刚要问怎么回事，身边的小家伙突然朝她招了招手。

纪微甜低下头，脸颊被亲了一口。

"妈妈，我最爱你了！"

"吱——"

秦南御将车子停到路边，回头对上纪微甜错愕的目光，挤出睿睿同款的弱势表情："我头晕，开车太危险了，你来开。"

鉴于秦南御之前又是按错喇叭又是急刹车，纪微甜真的有点儿不太放心让他开车了，就跟他换了位置。

于是，车后座的气氛变了。

刚才的其乐融融瞬间变成相顾无言，用更贴切的词形容大概是"大眼瞪小眼"。

秦南御确定纪微甜在专注开车，没注意到后面的情况，用只有两个人能听见的声音，一字一顿地说道："秦默睿，你别得寸进尺。"

睿睿扬起精致帅气的小脸蛋儿，一脸欠揍："我没有。明明是因为我长得比你可爱，所以妈妈比较喜欢我。"

睿睿一副"你要是不信，我们可以找妈妈评评理"的架势，张嘴就准备喊纪微甜。

秦南御想也不想就伸手捂住他的嘴，盯着眼前摆明是故意在跟他作对的臭小子，黑眸微眯，语气冷冷地提醒："你真的以为，没有我，纪微甜会一直留下来照顾你？我以为你应该很清楚，纪微甜能当你妈妈的前提是我能留住她，否则你这辈子就没机会喊她'妈妈'，懂吗？"

内斗不可取，强强联手才能共赢！以睿睿的智商，他立刻懂了。

他抿了抿小嘴，麻利地伸出小爪子跟秦南御达成交易，说："妈妈今天可以先让给你。"

秦南御说了这么多，只争取到一天？

"纪微甜，在前面一个垃圾桶附近停一下车。"他要把这个不识相的臭小子塞垃圾桶里！

车子抵达小糯米团子的幼儿园的时候，车上只剩下了两个人，被丢下车的人是秦南御……

两个孩子都接到之后，纪微甜带着他们回家吃饭、洗澡。将近晚上九点，她收到了秦南御的短信，短信内容只有一个地址。

纪微甜把孩子交给管家，让管家帮忙照顾，自己回房间换了一身衣服，拎着包出门了。

秦南御给她发的地址是一条著名的小吃街。到了晚上，各种小吃店铺开始营业，热闹非凡，不少小情侣手牵着手在街上散步。

霓虹灯的光照耀在每个人的脸上，带着属于这个城市的气息。

纪微甜到的时候，秦南御正站在街头等她，一身很有气质的休闲装勾勒出其挺拔的身躯，没有西装那么禁欲，却多了平时很少看见的清爽。

秦南御单手插在裤袋里，斜靠在路灯杆上，如炬的黑眸带着少有的迷离神色，却在看见她那一瞬间变得炙热。他抬腿上前，将她从人群里带出来，顺势牵着她的手放进口袋，在纪微甜没来得及反应时淡淡地说："你要见的人已经来了。"

纪微甜顺着他的目光抬起头，看向不远处的一家烧烤店，店面装潢得很雅致，不像一般烧烤摊似的闹哄哄，但也不算冷清。

他们现在站的角度很好，透过玻璃窗能看见店里面坐着好几桌客人。一抹熟悉的身影单独坐在角落的一张椅子上，正四处张望，像是在等人。纪微甜眼眸眯了眯，说："走吧，别让人等急了。"

秦南御牵着纪微甜，往烧烤店的方向走。

街上行人虽多，但像他们这样俊男美女的组合，还是在第一时间引起了人群的关注。刚才看见秦南御独自站在街头，酝酿着想上去要联系方式的人，这会儿看见纪微甜他们两个人手牵手亲密无间的模样，心碎到散落一地。

"秦南御，你有没有觉得好像有很多人在看我们？"

纪微甜平时出门不是没有遇到过搭讪，但是像现在这样走到哪里都有人围观的场景，还是很少见的。

"有吗？"秦南御攥紧了身边人的手，一副浑然不觉的模样。

纪微甜发现自己的手在他的口袋里，手指在他掌心上挠了挠："你怎么还牵着我？"

"街上人多，你万一走散了，耽误事。"秦南御理直气壮地说道。

"我又不是三岁的小孩，怎么可能走丢？这样手牵手走在街上，不知道的人还以为我们是情侣。"纪微甜小声嘟囔。

闻言，秦南御垂眸看她，像是意外她脑子里居然还有"情侣"这种概念。他嘴角微微上扬，这下更是说什么都不肯松开手了。

纪微甜就这么被他牵着走进烧烤店。

"两位吗？"店员问。

"不是，我们约了人。"秦南御淡淡地说道，朝店员微微领首，带着纪微甜往烧烤店角落靠窗的位置走，径直走到还在四处张望的钱敏面前。

钱敏这个时候已经看见他们，像是不敢相信自己的眼睛，呆呆地愣在座位上。等她想到要跑时已经来不及了。

秦南御就站在她唯一能离开的通道上。

"御……御少……"钱敏大概做梦都没有想到会在这里遇见秦南御。

明明发信息约她出来的人是 Re 集团的人，结果来的人却是秦南御……

如果这不是巧合，那代表的意义不言而喻！

钱敏的脸色瞬间变得苍白。

"坐吧。"

跟钱敏的惊慌失措相比，秦南御的反应很平淡。按照以往的作风，他根本不会多此一举再来验证什么，而是直接将事情交由法务部处理。

钱敏将会连辩白一句的机会都没有。

不过现在……

秦南御拿起菜单，扭头问纪微甜："想吃点儿什么？这家店的烧烤还不错，适合小酌一杯，撸个串。"

"我不饿，你点吧。"纪微甜的心思不在吃的上面，她一直看着钱敏。

跟之前在实验室里的意气风发相比，如今的钱敏看起来十分憔悴。大热天的，她的脖子上还围着一条丝巾，她遮住半张脸，像是怕被人认出来。

秦氏科技集团是这次资料泄露最大的受害者，纪微甜原本以为秦南御看见钱敏会先问些什么，结果他只关心吃。

纪微甜转头，发现秦南御还在拿着菜单认真研究如何点菜，嘴角微微抽搐。

"你有没有什么忌口的？"秦南御将菜单看了一遍，扭头问纪微甜。

纪微甜终于忍无可忍，扯了扯他的衣袖，说："随便点点儿就行了，我们先聊正事。"

"你们聊你们的，我负责点菜。"秦南御说。

他们明明是布好局来抓内鬼的，现在怎么好像朋友出来聚会？

集团都要被人卖了，他还有心情吃？！

纪微甜恨铁不成钢。坐在他们对面的钱敏终于从震惊中回过神，注意到两个人的互动，张了张嘴，想要说什么，想起自己现在的处境，又忍住了。

纪微甜转头看了她一眼，说道："你是不是很好奇，为什么约你出来的人明明是赵经理，结果现在看见的却是我们？"

钱敏咬着唇，眼神飘忽。她还存有一丝希望，只当在这里遇见秦南御和纪微甜是巧合——结果纪微甜的一句话将她彻底打进地狱。

"那条消息是你们发的？你们已经知道是我泄露了实验室的资料？"

她没有傻傻地以为秦南御和纪微甜给她发那条消息只是巧合，对方既然找上她，就应该是什么都知道了。

瞥见纪微甜似笑非笑的目光，钱敏顿时像泄了气的皮球，瘫坐在椅子上。

"我不记得得罪过你，但你似乎从一开始就很针对我。这次你离开实验室，带走实验室的核心资料，原本就已经违反了实验室的规定，竟还联系秦氏科技集团的竞争对手……赵经理会找上我，给我那张支票，也是你安排的吧？"纪微甜缓缓地开口，目光定定地看着钱敏。

秦南御先是主动联系了 Re 集团，又跟 Re 集团的人联手设了一个局，请君入瓮。从一开始，钱敏的目标就不只是赚钱。她是想要对付纪微甜，看着纪微甜被实验室里的其他人怀疑、鄙夷，最后身败名裂。

对方这么强烈的恨意让纪微甜有些摸不着头脑。

秦南御安慰她说，钱敏会被赶出实验室，跟其他人没有关系，是钱敏自己的思想出了问题。可是在钱敏的眼中，似乎不是这样……

就像现在，钱敏听见纪微甜的话，情绪瞬间变得很激动。

"如果不是你，我怎么可能会被赶出实验室？又怎么会成为大家嘲笑的对象？！"钱敏咬牙切齿地说道。

回想起自己被选进实验室的那段时间，她不管走到哪里，都能收获一片艳羡的目光和称赞——那是众人对她能力的肯定。更重要的是，她能跟自己崇拜的偶像一起完成项目……

那时的钱敏觉得自己的人生仿佛走上了一条康庄大道，前途一片光明。如果不是因为纪微甜，她不会情绪失控，也不会因为忌妒失去理智，惹怒秦南御，最后还被学校调离实验室。

就算秦氏科技集团没有追究她的责任，离开实验室对她而言已经是最大的惩罚！

她一夜之间从人人羡慕的计算机系大才女变成了大家茶余饭后的笑料。关于她被调离实验室的原因，更是传出了上百个版本，每一个版本的故事都在使劲将她往泥里踩……

这让自尊心本就很强的钱敏怎么受得了？如果不是因为纪微甜，她根本就不会经受这一切！她现在承受的痛苦，纪微甜全都应该尝一遍！

"你是不是忘了，从一开始就是你在针对我。"纪微甜脸色微沉，一字一顿道。她的脾气好，但不代表她好欺负。

不客气地说，钱敏今天的下场全都是她咎由自取。时至今日，她却将责任全都推到别人头上。

纪微甜想见见她，是不想可惜了一个人才，但是见到之后，只有失望。

"我错了？"钱敏突然冷笑起来，指着纪微甜，又指向秦南御，笑得像个疯子。周围客人的目光都被吸引过来，钱敏却丝毫不在乎："在今天之前，我也怀疑过我是不是错了，是不是误会了你，但是你自己睁大眼睛看看，御少什么时候会纡尊降贵来这种地方？

"今天是你想要见我吧？你想要见我，御少就陪你来见我。你说一句'自己是无辜的'，他就信了，陪你一起找内鬼。纪微甜，你们刚才走进来的时候，好像在手牵手，别告诉我你大热天还怕手冷，非要靠着别人取暖！"

钱敏歇斯底里地吼出声，把纪微甜吼蒙了。她呆呆地扭头看向秦南御，脑子里隐约捕捉到什么，但一闪而过没有抓住，倒是看见了秦南御一瞬间皱起的眉头。

钱敏还在继续说："明明是你犯贱，为了进实验室，不惜勾引御少！我亲眼看见你们在资料室里过了一夜！你骗得了别人，骗不了我！像你这样的女人，就该人人得而诛之！我有什么错？！"

钱敏越说越激动，伸手端起面前的水杯就要朝纪微甜泼过去。

纪微甜见她情绪激动，早有防备，刚要往旁边躲，一抹高大的身影立刻挡在她面前。

"哗——"

一整杯水全泼到了秦南御身上。

不只钱敏愣住，纪微甜也愣住了，呆呆地看着站在她面前的男人，眼睛茫然地眨了眨，只听见他的声音在头顶响起——

"你没事吧？"

纪微甜没来得及回话，秦南御已经扭头瞪向钱敏。

他凌厉的目光像是要将钱敏千刀万剐！

钱敏只是自尊心太强，并不是十恶不赦，被秦南御的目光一扫，吓得杯子都掉了。她难以置信地盯着挡在纪微甜面前的男人，像是忽然明白了什么。眼前这样的场景，说秦南御深爱纪微甜，远比说纪微甜勾引秦南御来得更让人信服……那她之前为他做的又算什么？

自我感动吗？

"不……不可能的……"钱敏像只斗败的母鸡，瘫坐在椅子上，双手捂着脸，泣不成声。

"你先擦一下，外套都湿了，要不要先脱下来？"纪微甜从服务员的手里接过毛巾，替秦南御擦了擦他衣服上的水渍。

他今天穿的是白色的休闲装，外套不厚，薄薄的一件，水渗到里面，打底的 T 恤也被弄湿了。

纪微甜没等他回答，已经上手替他把外套给扒了下来，给他擦衣服上的水，嘴里还碎碎念："我没事的。其实刚刚你要是不挡在我前面，我可以躲开的，这种事以后不要做了，今天幸好只是白开水，万一是硫酸怎么办？你这张脸这么好看，要是被毁容了多可惜……"

纪微甜自己都没有注意到，虽然在抱怨，可语气里却不自觉地流露出担忧。

秦南御心口微微一悸，伸手抓住她的手腕。

纪微甜愣了愣，抬头看他，对上他仿佛闪烁着星光的黑眸时，她的灵魂仿佛被一点点吸纳进去了……

"纪微甜。"秦南御的声音带着一丝缱绻，他低喃着她的名字。

"嗯？"纪微甜下意识地回应。

秦南御突然笑开了，嘴角勾起的弧度带着她看不懂的愉悦，令纪微甜忍不住跟着他一起笑。

发现自己在傻笑之后，纪微甜又收敛住笑容，嘟囔道："你被水泼傻了？都这么狼狈了，你还笑得出来。"

扭头看了一眼钱敏，纪微甜最后的仁慈也消失殆尽。她从包里翻出几张钞票丢到桌上让服务员结账，拉着秦南御往外走。

秦南御原本不想这么放过钱敏，但当纪微甜主动牵起他的手，他的黑眸微闪，便顺从地跟着她往外走。

两个人走出烧烤店，迎面吹来一阵凉爽的风，仿佛把刚才发生的烦心事件吹得一干二净。

纪微甜的脑子慢慢变得清醒，她原本今天来这一趟是想给钱敏一个辩白的机会，毕竟钱敏是一棵好苗子，如果能意识到错误，还是未来可期的。

只可惜……

纪微甜在实验室待了这么多年，深知培养一个好的科研人员有多不容易，但钱敏错了就是错了，每个人都要为自己的错误买单。

纪微甜还在叹息，身边突然黏上来一个人。他紧紧挨着她，说："纪微甜，我有点儿冷。"

秦南御刚刚没了外套，T恤还湿着，被风这么一吹，这一声"冷"喊得没有半点儿毛病。

毕竟秦南御是为了保护纪微甜弄湿的衣服，纪微甜责无旁贷要照顾他，于是拉着他走到路边就要拦车赶紧回别墅。

秦南御拉着她，没让她上车，反而把计程车赶走了。

"时间还早，来都来了，这附近都是小吃，我们不逛逛再回去？"

"可你的衣服湿了，你一会儿着凉怎么办？"纪微甜蹙眉，摸着他身上的T恤，不放心地问。

他刚刚还喊冷呢。

秦南御貌似就在等她这句话，纪微甜话音未落，一只强健的手臂已经把她拉到跟前，单手搂着她的肩膀，将半个身躯倚靠在她身上，嘴角微微一勾："靠得紧一点儿就不怕冷了，我受得了！"

他们这样勾肩搭背逛街，会不会太亲密了点儿？

秦南御没有给她反对的机会，搂着她往热闹的街区走，指着前面正在给男朋友挑衣服的小姑娘，怂恿纪微甜："你敢不敢也给我挑一件？"

"挑什么？衣服吗？"纪微甜顺着他的手指看过去，正想说有什么不敢的，目光落到服装店里的小情侣身上。

年轻的女孩正拿着一件衬衫往自己男朋友身上比画，站在她面前的男孩含情脉脉地看着她，时不时低头在她脸上偷香。

隔着一段距离，纪微甜听不见他们说了什么，可两个人的脸上都挂着甜甜的笑。看嘴型，女孩推搡着男孩时，带着娇态好像说了一句"别闹"。

纪微甜愣住了，扭头看向秦南御："像这样挑吗？"

那她是不敢的。

秦南御明显看出了她的疑惑，没给她打退堂鼓的机会，拉着她往服装店走。

在纪微甜准备抗议的时候，他突然抖了抖身上的湿衣服："有点儿冷。"

纪微甜突然一噎，任由他拉着自己进了服装店。

刚才的小情侣已经选好了衣服。纪微甜走进去时，他们正好买完单，拎着袋子往外走。擦身而过的时候，纪微甜听见女孩朝着自己的男朋友抱怨——

"让你陪我来逛街，你还不乐意。看看隔壁这个大帅哥，比你帅，还比你会体贴女朋友。我怎么就看上了你这么个'钢铁直男'……"

她承认秦南御长得帅，但体贴女朋友……纪微甜歪着脑袋，瞅了一眼站在她身边的秦南御，惊慌失措地眨了眨眼。

别人是不是误会了什么？

秦南御的反应很平淡，像是根本没有听见别人说了什么。

纪微甜轻吐了一口气，还好还好，他没听见最好，不然多尴尬。

"你喜欢哪种款式的？我可能不太会挑衣服。"纪微甜扫了一眼架子上的男士衬衫，抿了抿唇，陷入思考。

她没帮成年男人买过衣服。自己的衣服大部分都是卡丽帮她买的，她只负责穿。

纪微甜原本以为自己这么说，秦南御就不会再对她抱有什么希望，结果发现他居然笑了，好像她没有挑衣服的经验是什么值得高兴的事情。

好在下一秒秦南御说："没关系，只要是你挑的，我都喜欢。"

纪微甜表示很满意，径直越过他，往前面一排架子走，摩拳擦掌准备好好给他挑一挑。刚走了几步，又像是察觉到哪里不对劲，她回头看了看秦南御。

只要是你挑的，我都喜欢……

这话听起来莫名像情话，要不是从他嘴里说出来的，她都要当成告白了。

"怎么了？"秦南御踱步到她身边，自然地抬起手揉了揉她的脑袋。

在小糯米团子变成"小魔王"之前，纪微甜也很喜欢抱着小糯米团子摸她的小脑袋，像秦南御现在这样。所以，秦南御是把她当成瑶瑶了吗？

算了，看在他今天英雄救美的分儿上，纪微甜决定不跟他这个"女儿控"计较。

纪微甜随手从架子上挑了一件白色的衬衫，在秦南御身上比画了一下，眼睛一亮。随即，她又挑了一件浅蓝色的，发现也很好看。

灰色、黑色、米色……

纪微甜最后不得不承认，不是她的眼光好，是眼前这个人身材太好。

天生的衣架子，再配上这张"祸国殃民"的脸，一件普普通通的衬衫穿在他身上都会变得高级。

可他们又不能全买。

就在纪微甜从一堆五颜六色的衬衫里试图找出一件最顺眼的衣服让秦南御换上的时候，导购员忍不住在旁边夸赞："小姐你眼光真好，男朋友又帅又有型。"

"我们不是……"纪微甜拎着衬衫的手一顿，刚要解释，秦南御突然走到她面前。

他从她手里接过衬衫，垂眸问："是换这件吗？"

"嗯。"纪微甜本能地点头，见秦南御离开的方向不是更衣室，连忙跑上前把他拉到对的方向，最后也忘了要跟导购员解释。

选好了衣服，纪微甜很满意。

白色的衬衫虽然没有像T恤看起来那么休闲，但是跟秦南御身上的裤子也很搭。

"这个款式的衬衫，我们店也推出了女款，作为情侣装销售。两位郎才女貌，要不要试试？"女导购员尽力推销。

弄湿衣服的人是秦南御。钱敏那杯水泼过来的时候，纪微甜被秦南御护得严严实实，一滴水都没有沾到，并不需要换衣服。

纪微甜下意识地要拒绝，一直站着不动的秦南御已经伸手从导购员的手里接过女式衬衫，递给她。

"试试不要钱。"

他一个大总裁，最不缺的就是钱，说这个话合适吗？

"让我乖乖试了这么多件，你就试一件给我看，我们扯平。"秦南御又讨价还价道，像是根本不记得，从头到尾想要买衣服，非要拉着纪微甜过来挑衣服的人是他。

可纪微甜跟秦南御能讲道理吗？

纪微甜还没有捋清他们之间谁欠谁，人已经被秦南御推进了更衣间，衬衫也被塞进她的怀里。秦南御还体贴地替她关上门，一副她要是不换就别想出来的架势。

纪微甜没办法，只能把衬衫换了。休闲风的白色衬衫像是为她身上的牛仔裙准备的——穿到纪微甜身上的效果非常好。

纪微甜走出更衣间的时候，站在不远处的导购员已经忍不住夸赞："很少看见像你们这样的情侣，把这个款式的衬衫穿得这么好看！衣服太适合你们了！"

接二连三从导购员的嘴里听见"情侣"这个称呼，纪微甜本能地看向秦南御，希望他能开口解释一下，却发现他黑眸中泛着隐晦不明的光，正直勾勾地盯着她。

秦南御专注的目光带着压迫感，让纪微甜不自觉地紧张。她扯了扯身上的衬衫，忍不住问："不好看吗？我去换下来……"

"别动！"秦南御快一步抓住她的肩膀，把人带到自己面前，上上下下打量一遍，"好看，适合你，也适合我。"

这话说得……纪微甜不知道怎么接。也不知道秦南御是在夸她，还是在夸他自己，纪微甜总感觉怪怪的。

跟秦南御一起逛街就够奇怪了，她再穿同款衬衫……

别说不知道的人误会他们的关系，就连她自己都要误会了。

秦南御丝毫不避嫌的样子，又是什么意思……

纪微甜脑子转不过来，刚想说自己不缺衣服，要把衬衫换下来，就见秦南御已经掏出卡让导购员去买单。

"衣服不用打包了，我们直接穿着走。"说完，秦南御没给纪微甜反应的机会，拿起她换下来的衣服让导购员装起来，并把袋子拎在手里。好像要是纪微甜不同意，他立刻就把她的衣服丢进垃圾桶里，让她只能跟他穿同款。

纪微甜的眉心拧了拧，她垂眸看了一眼身上的衬衫，又看了一眼秦南御，越看越觉得不对劲。

结果秦南御压根儿没给她弄明白的机会，见她愣着不动，幽幽地说："纪微甜，我只是想谢谢你帮我选了一件好看的衣服，顺便送你一件，你该不会以为我……"

秦南御说话说一半，剩下的要纪微甜自己想象。

纪微甜果其不然想歪了，道："你别想多了，我没心虚。我就是觉得无功不受禄。但是你非要送我，我也没什么不敢要的。"

纪微甜抬头挺胸，整理好身上的衬衫，扭头往外走。

秦南御眼底掠过一抹幽光，嘴角微微上扬，抬腿跟在她后面。

俊男美女的组合本就惹眼，再加上情侣装的加持，二人更加吸引路人的注意了。这下不是纪微甜的错觉，是真的走到哪里都有人在看他们。

偏偏秦南御还跟没骨头似的，换了衣服还嚷嚷着夜里有点儿凉，非要跟她挨在一起走。

纪微甜欠了人情，不服也只能憋着，看见路边的小吃店，想起什么，扭头问身边的人："秦南御，你怎么会对这里的烧烤店这么清楚？还懂'撸串'这种话，你经常来？"

不应该呀。

纪微甜想象着秦南御经常出现在烧烤店里的样子：他敞开了怀，左手一杯扎啤，右手拎着烤串……怎么看怎么跟他的形象不搭。

秦南御确实不懂，只是把从助理那里打听来的"撩妹技巧"现学现用。

如果她喝醉了，他也能送她回家。可这话，他不能在纪微甜面前说。好在她也就随口一问，没有要深究的意思。

提起烧烤店，纪微甜又想起了钱敏。

"秦氏科技集团会追究钱敏的责任吗？"

"会。"秦南御干脆利落地回答。

原本还有人情可讲，只要钱敏配合调查，及时止损，秦南御或许会给她一次机会。可从钱敏今晚对纪微甜动手那一刻开始，他就知道这个人没救了。

刚才没对钱敏动手已经是他最后的仁慈。至于以后，钱敏该负的法律责任，秦氏科技集团会追究到底！

"你想帮她求情？"秦南御眯了眯黑眸，问道。

"我只是在想，泄露实验室资料的事情真相大白，我明天是不是就可以搬回自己家住了？"

纪微甜歪头看了他一眼，发现秦南御的脸色一下僵住，以为自己说错了话。

下一秒，秦南御面色恢复如常，对上纪微甜的目光，有条不紊地道："马上就周末了，我们要一起参加亲子活动，你搬来搬去太麻烦。而且今天回去有惊喜，你不想看看？"

"什么惊喜？"纪微甜好奇地问。

秦南御三缄其口，不说了，只是拉着纪微甜继续往前逛。纪微甜说渴了，他给她买饮料；纪微甜说饿了，他给她买吃的。两个人一路从街头走到街尾，像是能这样相伴一直走下去……

"秦南御，我有点儿走不动了，我们能回家了吗？"纪微甜靠在街边的护栏上，有气无力地道。

城市的夜景很美，但逛久了也会累。走到最后，已经不是秦南御靠在纪微甜身上，而是纪微甜紧紧抓着他的胳膊，把他当拐杖。

纪微甜实在走不动了，只能像个孩子似的抱着护栏耍赖，说什么都不肯再逛了。

秦南御在她面前蹲下来，说："上来，我背你。这里是步行街，打不到车，你要是不上来，就要自己原路走回去。"

秦南御语毕，开始在心里数数，数到第三声的时候，秦南御的后背小心翼翼地趴上来一个人。

秦南御眼底的笑意加深。他宛如一只掌控全局的猎豹，看着自己的小猎物一步步踏入他布下的陷阱。把人背起来之后，他走了两步，故意颠了一下，将纪微甜吓得搂紧他的脖子。

秦南御终于走稳了，轻轻松松地背着纪微甜，往步行街外走。

等他们回到秦家别墅的时候，时间已经很晚了。两个小家伙都睡了，别墅里，只有管家在守夜。

纪微甜放轻脚步想要进房间看看两个小家伙，刚走到门口，突然听见一声熟悉的猫叫声。她愣了愣，以为是自己幻听了。

"喵——"又是一声猫叫声从楼梯口的方向传来。

纪微甜抬头，看见一只肥肥的猫正趴在台阶上跟她打招呼。对上她的目光，它慢悠悠地站起来，迈着矫健的步子走到她面前，带着猫主子的傲娇蹭着她这个"铲屎官"。

"肥肥！"纪微甜弯腰把猫抱起来，回头看向慢她一步走进客厅的秦南御，举着手里的猫问他："这就是你说的惊喜吗？"

她今天刚跟他说了想要把肥肥接过来，晚上就在秦家别墅里看见了自由漫步的肥猫。

这种感觉，纪微甜形容不上来。

"嗯，高不高兴？"秦南御走到她面前，看见她嘴角掩不住的笑意，已经得到了答案。一只猫就能让她这么高兴，她怎么这么好哄？

纪微甜没高兴太久就抱着肥肥回到房间，发现今天的秦家别墅除了多出一只猫，还多出很多东西。

她看见了她的行李箱、小糯米团子的行李箱，还有小糯米团子的猫玩具、小黄鸭玩具……

房间被人重新布置过，乍一看，好像她回到了南坡公寓。

她刚想要搬回去，秦南御就帮她把家都搬过来了？

纪微甜回头想要找秦南御问清楚怎么回事，秦南御却在她回头的那一瞬间转身往外走，一副"我什么都不知道，你别问我，问了我也不会说"的架势。

两个小家伙都睡着了，纪微甜就算不想留在秦家别墅也没办法马上搬走。看着眼前熟悉的房间，想到要离开秦南御的别墅，她心里竟莫名生出一丝不舍。

察觉到自己的想法，纪微甜回过神，蓦地抬手用力拍了拍自己的脸。

这是秦南御，不是别人。他是什么人，她比谁都清楚，不能因为他对自己的女儿好，就相信他是个好人。

论"渣男"潜质，秦南御称第二，没人能认第一！

四年前亲眼看见的事情，她现在还历历在目……跟秦南御保持距离是最明智的做法！

纪微甜轻吐一口气，让自己冷静下来，冲个凉，抱着女儿很快入睡了。

主卧室里。

秦南御确定纪微甜没有坚持离开秦家别墅，嘴角勾出一抹弧度。他走到阳台，拨通了助理的电话。

"让你查的人，你查到了吗？"

"秦总，我已经让人去打听了，纪小姐是未婚先孕。可奇怪的是，她当时并没有交往的对象。准确地说，纪小姐根本没有谈过恋爱，不知道怎么回事，突然就怀孕了。所以关于孩子的生父，无迹可查。"

听着助理的声音从电话那头传来，秦南御眉心微蹙："她当时有没有发生过什么意外，或者是不寻常的事情？"

没有交往对象的情况下她突然怀孕……

他已经往最坏的方向去想了。

"这个……时间过去太久了，这种往事除非被曝光过，否则我们根本打听不到。真的要问，就只能问当时在纪小姐身边的人。"助理说着说着，想到什么，蓦地开口，"秦总，你说卡丽会不会知道什么？"

闺密之间，无话不谈。

如果纪微甜真的遇到过什么意外，卡丽作为她最好的朋友，应该是最清楚的人。可如果找卡丽，意味着让纪微甜知道秦南御在调查她的过去。

秦南御不介意她的过去——只是一想到她一个人顶着这么大的舆论压力下女儿，独自一人抚养，他就忌妒那个没有好好珍惜她的男人。

他调查清楚是为了能更好保护她们母女俩，可如果让纪微甜知道，难保她不会误会。

"不能找卡丽。你继续查，扩大范围悄悄地查，把当年跟她有过交集的异性都查一遍。"

"有交集的都要查吗？"助理明显吃了一惊。

跟大学时代的纪微甜有交集的异性非常多，全部查一遍可真是大海捞针。

不说别的，单就助理调查到的资料里就有一个令他诧异的人物。助理原本还在犹豫要不要汇报，现在倒是不敢隐瞒了。

"秦总，实不相瞒，真的要说跟纪小姐有过交集的人，你也是其中一个。"助理心想，您二位还不是普通交集。

"什么意思？"秦南御搭在阳台护栏上的手蓦地收紧。

在那一瞬间，秦南御努力把在大学发生的事情都回忆一遍……

没等他想到什么，助理已经开口道："纪小姐刚进入江城大学的时候，填过一份调查问卷，上面写着她最大的梦想是成为一名优秀的科研人员，问卷上还提到了你……"

说话间，助理将查到的那份老旧的调查问卷发到了秦南御的手机上。

泛黄的纸张带着岁月的痕迹，纪微甜字迹清秀，一笔一画都带着认真。她在偶像那一栏清清楚楚地写着三个字——

"秦南御"。

秦南御点开问卷的手微微一颤，他的心在那一瞬间像是被电流穿过，眼神都变得温柔了。

他是跳级进入江城大学的，比纪微甜早了三年。纪微甜大一的时候，他已经大四。

看问卷上的日期，如果没记错，那个时候他刚率领团队在国际赛场上拿到一个含金量很高的程序设计大奖。所以，她是因为这个成了他的小粉丝？

从小学妹到小粉丝……为什么最后她看见他却无动于衷？

想起他们第一次在机场相遇时，她态度冷漠，仿佛对他毫无印象。秦南御怀疑手上这份问卷调查真正的主人根本不是纪微甜。

这四年到底发生了什么事，让她对他的态度有了这么大的转变？

"秦总，其实你跟纪小姐以前应该见过。你大四那年作为优秀毕业生做毕业演讲，纪小姐作为大一新生优秀代表也出席了那次毕业典礼……还有后面的程序设计大赛，纪小姐曾跟你报名了同一个项目的比赛，那次比赛选出了两个并列第一名……"助理汇报的声音不断从电话那头传来。

随着助理的提醒，秦南御脑海里终于缓缓浮现出一个模糊的人影，像她，又不像她。

学生时期的秦南御一心扑在程序设计上。因为家庭的缘故，他对周遭所有向他示好的异性全都视而不见。

记忆中，似乎真的有过一个女孩，怯生生地喊他学长，跟他说，以后会成为像他一样优秀的人，甚至超越他。

他隐约还记得，女孩干净的笑脸像一朵栀子花，清甜，还带着几分羞怯……

那个女孩是纪微甜？

有那么一秒，秦南御想要下楼把纪微甜叫醒，问清楚到底是不是她。

可理智很快让他冷静下来。

他问清楚了又能怎么样？过去的事情已经过去了，谁没有年少轻狂的时候？纪微甜到时候一句"不记得了"，他还能抓着她逼她继续把他当偶像吗？

"秦总，还要继续查吗？"助理久久等不到秦南御开口，小心翼翼地询问。

秦南御从回忆里回过神，黑眸里隐藏着复杂的光。

哪怕他知道事情已经过去，能从中找寻到跟纪微甜一点点的联系也足够让他上瘾。

这仿佛是命运的恩赐，在某个不经意间，原来他要的人早就出现在他的生命里，只是自己当时并不知道……

秦南御敛起眸，一字一顿地说道："查，我要知道我跟她之间所有的过去！"

第二天秦南御起来的时候，纪微甜已经先一步跟管家一起送两个孩子去幼儿园了。

他看着手机上管家发来的消息，眉心微蹙，拨通了纪微甜的电话，问："怎么没等我？"

电话那头的纪微甜愣了愣，紧接着纳闷儿地嘟囔："你又不是幼儿园的小朋友，上班还需要人送？"

她说得太有道理，他没法反驳。

秦南御想了想，换了一个说法："我只是担心你送两个孩子去幼儿园会来不及去上班。"

"没关系，瑶瑶的幼儿园就在江城大学附近，我正好顺路。"

秦南御再一次被噎死。就在纪微甜要挂掉电话的时候，他佯装镇定，说："纪微甜，你觉不觉得两个孩子很投缘？如果他们能在一起上课，不仅在幼儿园里能互相照应，我们接送起来也会方便很多。"

纪微甜只愣了一秒："我问过主办方，亲子活动不会超过两个月，等结束了我们肯定会搬走。如果按照你说的做，到时候我们还要再办一次转学手续，太麻烦了。"

说完，车子刚好到幼儿园，纪微甜便匆忙挂了电话。

秦南御看着黑掉的手机屏幕，到嘴边的话还来不及说出口，就被拒绝了。等他到达江城大学的时候，纪微甜已经送完女儿回到资料室。

秦南御让助理去召集实验室的所有人，包括纪微甜在内。他要针对实验资料外泄的事情做一次正式澄清和解释。

听见是钱敏出卖大家的时候，所有人的脸色都有些诧异，他们不约而同地扭头看向纪微甜。显然，他们都还记得当初钱敏离开实验室是跟纪微甜有关系的，所以这次纪微甜成了唯一受牵连的人。

还好大家足够冷静，没有从一开始就怀疑自己身边的人。

"资料泄露的事情已经解决，大家接下来放心进行实验。同时需要提醒各位的是，我们的时间有限，即使没有强大的竞争对手，这次实验要突破的难关也不容小觑，希望大家都可以拿出百分之百的努力，尽快完成我们预先设定的目标。"助理在解释完事情的前因后果后，传达了钱敏已经被警方带走调查的消息，然后给大家鼓舞士气。

雷云嘉这个时候已经蹭到纪微甜身边，一副"求夸奖"的样子，开口道："纪老师，我就说肯定不是你，你可是我的偶像！看在我这么信任你的分儿上，你是不是应该请我吃顿饭？"

名为联络感情，其实就是雷云嘉想蹭饭。

"吃吃吃，你就知道吃！大家都相信纪老师，凭什么纪老师就要单独请你吃饭啊？"刘盼站得离雷云嘉最近，故意调侃道。

雷云嘉急眼了："当时一个劲帮纪老师澄清的人明明只有我，怎么现在提到吃饭你就冒出来了？！你还是不是人啊？"

两个大小伙子开始了唇枪舌战，看得出来，实验室里的氛围在变好。

纪微甜见大家没有被之前的意外影响，连忙拦住正在跟刘盼闹得起劲的雷云嘉。

"这次的事情也算是跟我有关，今天实验结束之后，我请大家吃饭！"

"那可不行，我刚才随口说说的。"刘盼没想到纪微甜真的答应了，连忙停止跟雷云嘉斗嘴，"纪老师这次受了无妄之灾，应该是我们大家请你吃饭，给你压压惊。"

刘盼的提议得到了大家的一致同意，聚餐的事情就这么定下来了。

正当大家准备回各自岗位上继续手里的工作时，雷云嘉不知道哪根神经抽了，突然蹦到秦南御面前，一脸真诚地问："秦总，你晚上有约吗？要是没有，你要不要跟我们一起？"

刚走到门口的纪微甜脚步一顿，错愕地回头看雷云嘉，回过神后，又看向秦南御。

她正想说秦南御应该很忙，没时间跟他们瞎闹的时候，秦南御已经答应了下来。

"既然是实验室聚餐，就应该由秦氏科技集团来买单。你们想吃哪家餐厅？我让人提前订位置。"

秦南御如此平易近人，别说雷云嘉看愣了，纪微甜也愣了半晌。

好一会儿大家才反应过来，秦南御真的答应了跟他们聚餐。

走出实验室的时候，纪微甜忍不住跟在秦南御身后，像个小老太婆似的嘟囔："这种团队聚餐，大家一般都会玩儿得比较晚。你要是不方便的话，其实不用勉强，大家都是可以理解的……"

她话还没有说完，走在她前面的秦南御突然停了下来，转过身，垂眸盯着她，眼神怪怪的。

纪微甜刚要抬手摸摸自己脸上有没有脏东西，就听见秦南御幽幽地发问。

"纪微甜，你现在的偶像是谁？"

"啊？"猝不及防被提问的纪微甜茫然地眨了眨眼睛，呆呆地看着他。

大约过了三秒，纪微甜终于想起，刚才在实验室里雷云嘉好像确实提了一句偶像的话题。她压根儿没有放在心上，怎么秦南御突然认真起来了？

"我又不是小孩子了，要什么偶像？我现在的偶像是当红的'小鲜肉'组合，个个长得英俊潇洒、风流倜傥……"

没等纪微甜说完，秦南御已经听不下去，气得转身走了。走了几步，又像是忍无可忍，他重新走了回来，低沉的嗓音带着几分恼羞成怒："纪微甜，你能不能有点儿梦想？"

"我怎么就没有梦想了？聊天儿聊得好好的，你干吗人身攻击？你别看不起'小鲜肉'，没事看看'小鲜肉'组合，养眼又解压，益寿延年。"

纪微甜成功把秦南御气得脸色发青。

他在忍不住动手掐死她之前，转身走了。

看见他愤怒离开的背影，纪微甜轻轻抿了抿唇，眼神有些发沉。

偶像……她曾经是有的。

远在天边，近在眼前。

那时候的她很单纯，单纯佩服强者，单纯想要让自己变得更优秀。所以在很长一段时间里，秦南御都是她努力想要超越的目标。

"嗡嗡——"

突如其来的电话打断了纪微甜的回忆，她接了起来，听了不到三秒钟，脸色"唰"的一下变了！

"甜甜，你说这是怎么回事？秦氏科技集团已经举报了钱敏，钱敏已经被警方带走调查，按理说，Re集团不可能再拿到你们实验室的核心资料！可他们刚刚真的发布了新的实验进度……"卡丽纳闷儿的声音从电话那头传来。

纪微甜已经一个字都听不进去了，她的耳边一直回荡着卡丽刚才那句——"你们真的确定实验室只有钱敏一个内鬼吗？"

她回过神，顾不上跟卡丽解释，退出手机通话页面，打开了卡丽说的新闻发布会链接。

Re集团在一个小时前公布了他们最新的研究数据。这是继上次数据公布后，他们做的第二次升级。

倘若放在平时，纪微甜不会有这么大的反应。可钱敏今天刚刚被带走调查，秦氏科技集团为了杀鸡儆猴，警告 Re 集团别再试图通过这种卑鄙手段进行不正当竞争，所以没有将钱敏被抓的消息低调处理，而是任由媒体报道。

按理说，Re 集团看见收买的人被发现，应该做贼心虚，缩着头做乌龟，努力撇清关系。结果偏偏在这个时候，他们公布了新的数据，还是上一次的升级版……

这架势，半点儿不像他们由于狼子野心被发现而计划受挫的样子。

纪微甜心里突然有一股不祥的预感，挂了电话，扭头往实验室走。

她想要赶紧找刘盼核对一下，看看实验室新的实验数据跟 Re 集团公布的这份有没有什么雷同的地方。

纪微甜走到实验室门口，发现实验室里已经乱作一团。

Re 集团公布新数据的事情已经传到实验室，此时，实验室里的众人全都在忙着核对手里的数据，每个人脸上的表情都万分凝重——

"我这边重合了。"

"我这边的实验结果也重合了。"

"钱敏离开实验室已经有一段时间了……她完全没有参与这段时间的实验，也没有来过实验室，根本不可能知道我们的实验结果。"

"你这话什么意思？你怀疑我们实验室里还有第二个内鬼？"

"我肯定相信团队里的每一个人。我只是就事论事，分析一下现在的状况，大家都不要过度敏感。"

纪微甜站在门口，原本心里还存着一丝侥幸，心想或许只是她太敏感了，就算 Re 集团公布了新数据，也未必就跟他们实验室的最新成果一样。

只要数据内容不一样，那就是各凭本事竞争。

可是现在……

如果还有什么值得纪微甜高兴的，大概就只剩下没有看见实验室里众人因猜忌而争吵的画面。

大家虽然震惊，但还是在第一时间选择了相信自己的团队。实验是团队协作的任务，一丝一毫的不信任都有可能对项目产生不好的影响。

"纪老师，你怎么过来了？"雷云嘉眼尖，看见站在门口的纪微甜后连忙走上前问，"你是不是也听说实验数据又被泄露的事情了？组长已经上报给秦总，秦总那边还没回信……"

雷云嘉话音未落，秦南御的身影已经出现在纪微甜身后！

纪微甜浑然不觉，径自说道："我又不是来找他的，他在不在都没关系。"

"纪老师……"雷云嘉的嘴角微微抽搐，他看见秦南御一瞬间黑下来的脸色，努力朝着纪微甜使眼色，想要提醒她身后有人。

纪微甜跟他没有半点儿默契，不仅没察觉到危险来临，还有些纳闷儿地伸手指了指雷云嘉的眼角。

"眼睛怎么了？你是不是不舒服，我陪你到医务室去看看？"她说着，准备去拉雷云嘉的胳膊。

雷云嘉麻利地往后退，用下巴指了指她身后，让她赶紧回头。

然而纪微甜还是没接收到信号。

雷云嘉憋不住了，说道："纪老师，秦总来了。"

纪微甜眉心一蹙，根本不信雷云嘉的话，只当他是讳疾忌医，眼睛不舒服也不想去医务室，故意搬出秦南御分散她的注意力。

她清了清嗓子，说："秦南御来了又怎么样？他凶就了不起？我告诉你，今天别说秦南御来了，就是玉皇大帝来了我也不怕。你要是以为搬出一个秦南御，就能让我……"

纪微甜还没有说完，刘盼从实验室里走出来，对着她身后恭敬地喊了一声"秦总"。

纪微甜再抬头看雷云嘉——

雷云嘉已经伸手捂住眼睛，不忍心看她。

刘盼跟秦南御打完招呼，见气氛不对，也没敢多问，找个借口去拿资料，又扭头扎进实验室了，就连雷云嘉也跟着他跑了。

实验室门口只剩下一脸阴沉的秦南御和迟迟不敢回头、宛如雕塑的纪微甜。

问君能有几多愁？恰似一江春水向东流。

这完全就是纪微甜此刻内心的真实写照！

她深吸一口气，在直面死亡和死里逃生之间毫不犹豫地选择了后者，拔腿就往实验室里跑。

实验室里人多，秦南御总不至于在众目睽睽之下跟她算账。只要她跑得够快，秦南御的怒火就追不上她！

然而理想是丰满的，现实是骨感的。纪微甜刚迈出脚步，她的衣领就被人揪住了。

秦南御提着她的衣领，转身将人按到墙面上，垂眸盯着她，冷冷地挑眉。只是一个简单的动作，就泄露了他内心所有的不满。

要是纪微甜不能给他一个合理的解释，她今天可能真的就要"交代"

在这里了。

"秦南御，我刚在雷云嘉面前夸你特别绅士，对女孩也很温柔。你要是动手揍我，传出去你的形象就毁了，你知道吗？"求生欲让纪微甜开始睁着眼睛说瞎话。瞥见秦南御抬起拳头，她以为他恼羞成怒打算对她动手，吓得又闭上眼睛，开始胡说八道："我刚才就是跟雷云嘉开玩笑。我特别想你，做梦都想赶紧见到你。你一点儿都不可怕，长得又帅，智商又高，要身材有身材，要钱财有钱财，简直就是亿万少女暗恋的对象。谁要是得你高看，那绝对是上辈子拯救了银河系……"

纪微甜夸到最后，几乎把能想到的吹捧的词汇全都说了一遍！等了半天，她感觉眼前什么动静都没有。秦南御的拳头没有落下来，人也没说话，空气中带着诡异的静谧……

纪微甜小心翼翼地睁开眼睛，瞅了瞅眼前的场景。秦南御还在，只是脸上的阴沉明显消失了，眼神隐晦不明。

纪微甜仿佛从秦南御的眼神里看出了一点点喜悦的痕迹，似乎对方还在期待她继续往下夸，也不知道这是不是她的错觉。

见她停下来不说了，秦南御眉心还微微皱了皱。

因实验室里的人都在等自己，秦南御敛起眸，越过纪微甜往里走。

纪微甜死里逃生，紧绷的神经刚要放松，就听见秦南御低沉又有磁性的嗓音清晰地从实验室里传了出来——

"你还不进来，愣在外面做什么？"

纪微甜扭头往实验室里看。

秦南御已经脱了外套，接过助理递给他的实验服。

长款的实验服穿到他身上，将其原本就高挺的身躯勾勒得气势逼人。

望着男人冷峻的面容配上严肃的表情，纪微甜把提醒他并不是实验人员的话默默咽了回去。她也很想弄明白，资料泄露的问题到底是怎么回事。

看样子，秦南御已经决定亲自处理这件事。

纪微甜眨了眨眼眸，跟在他身后，换上了实验服，跟他一起走到了总控台上。

刘盼是个很负责的组长，早在秦南御来之前就已经将所有资料准备好，站在旁边解释："秦总，左边这一份是我们近期实验的成果，是我们在钱敏离开后取得的进展，她并没有直接接触过这些资料。"

刘盼移动鼠标，调出了 Re 集团刚刚公布的新数据。

两边的数据一对比，结果一目了然，他们的资料再一次被泄露了。

Re集团一而再、再而三地违反原则，不断抢在他们前面公布研究成果，看起来完全有把握战胜他们。

所有的调查结果加在一起，让人不得不怀疑他们身边还有内鬼！

只是，内鬼会是谁呢？

"大家很长时间没放假了，今天都先休息一天。"秦南御将所有数据都看了一遍，淡淡地吩咐下去。

实验室里的人面面相觑，谁都不敢走。

出了这么大的纰漏，现在秦南御让他们休息，他们哪里有那个心情？

可秦南御的话就是命令，实验室里很快被清空，只剩下站在秦南御身后还在伸着脖子看数据的纪微甜。

秦南御回过头的时候，她正摸着自己的下巴，小声嘀咕什么。

对上他的目光，纪微甜下意识地解释："我只是在研究 Re 集团的数据，不是在说你坏话！"

他原本是信的，现在又有点儿不信了，因为她的脸上活脱脱写着"做贼心虚"四个字。

"你一会儿吃什么？"秦南御蓦地问道。

纪微甜被他问得有点儿蒙。

他把所有人赶回去休息，自己留在实验室里，就是为了问她一会儿吃什么？

下一秒，秦南御用 U 盘将所有实验数据导出，然后从电脑前站起来，转身面向她，薄唇微启，说："集团今天有高层会议，我晚上可能没时间陪你跟孩子们吃饭。"

"嗯。"纪微甜本能地应了一句。

她下意识地想要问他大概几点回来，要不要让管家给他留点儿吃的。话还没有出口，纪微甜猛地愣住了！

二人这对话……怎么怪怪的？

他们又不是夫妻，秦南御几点回家关她什么事？

纪微甜没入套，绕过秦南御，坐到他刚刚的位置上，盯着电脑上的数据开始做对比。

秦南御发现自己被无视，眉心紧蹙，正打算说什么，助理突然从门外急匆匆地走进来。发现实验室里只有两个人，气氛还有点儿不对劲，助理被吓得卡在门口，进退两难，问道："秦总……我可以进来吗？"

秦南御冷冷地瞥了一眼助理，像是不满意他这个时候出现，开口问了一句"什么事"。

助理松了一口气，想到自己过来的目的，神经又绷了起来。

"秦总，我们刚刚发现一些照片。"

助理手中的照片是江城大学摄影协会新一期的摄影作品，这一期作品的主题正好是母校，因此，所有照片的拍摄地点都在江城大学。

秦南御接过手里的照片，第一眼注意到的不是美丽的校园风景，而是照片里出现的人。

"王熙跟钱敏认识？"秦南御微眯黑眸，指着照片里并排坐在长椅上的两个人。

看两个人亲密的坐姿，他们不像是刚认识。

照片里的王熙也并不像他在其他人面前一样内向，看起来很高兴。白白净净的小男生笑起来露出一颗小虎牙，跟平时的形象截然不同。

后面几张照片是王熙跟钱敏在食堂一起吃饭的画面。

可能因为两个人都是计算机系出类拔萃的学霸级人物，拍摄者对好几张照片都给了特写，照片上两个人的表情被拍得清清楚楚。

这些照片给人最直观的感受就是被拍摄的人相谈甚欢，而照片右下角显示的拍摄时间则正是实验室资料再次被泄露的前一天……

"我让人打听过，王熙跟钱敏是老乡，因为都是资质优秀的学生，所以他们经常在各类比赛上遇见，在进入江城大学之前就已经认识了很多年了。"助理解释道，"王熙性格内向，又不善交际，所以朋友很少。从某种程度上来说，钱敏应该是他唯一的好朋友。"

助理说完，久久等不到秦南御跟纪微甜开口，于是小心翼翼地询问："秦总，现在要怎么处理？"

如果实验室的资料真的被泄露了，王熙就是最大的嫌疑人。

这个时候，为了避免实验室再有损失，他们应该尽快把王熙叫回来配合调查。

"你怎么看？"秦南御将手里的照片递给纪微甜，问道。

"我们不能这个时候叫王熙回来。"纪微甜毫不犹豫地回答，"如果因为这几张照片就叫他回来，等于告诉其他人他就是内鬼。我们现在根本不确定 Re 集团到底有什么目的，这么做就是自乱阵脚！"

"嗯。"秦南御扭头看向助理，吩咐道："你到摄影协会把这些照片都处理一下。"

"秦总，可能已经来不及了。"助理一脸为难，"我们的人会发现这些照片是因为摄影协会做了展板，把照片作为优秀作品进行了展示。这个时候，怕是所有人都看见这些照片了。"

秦南御眉心皱了皱，没有说话。

纪微甜则捏紧了手里的照片，问："摄影协会的展板放在哪里？"

"图书馆前面，还有好几个教学楼的前面……对了，学校食堂前面也有！"助理越说越觉得情况可能有点儿严重。

这几个都是学校里人流量最多的地方，保不齐会被实验室的成员看见。万一大家因为照片产生了误会，只怕心里都会有嫌隙。

"钱敏被抓的消息并没有被封锁，实验室资料被泄露的事情也已经闹得沸沸扬扬。不只我们团队，学校里其他人看见这些照片肯定也会联想……王熙现在在哪里？"纪微甜说到这里，脸色忽然一变。

"好像是在图书馆。"助理不确定地开口。

闻言，纪微甜立刻从椅子上站起来，扭头往外跑。

秦南御伸手拉住她："慌什么？王熙已经成年了，就算真的有什么事，也有能力应对。"

纪微甜脚步一顿，呆呆地回头看他。

秦南御松开她的衣领，顺势牵住她的手："我陪你去看看。"

纪微甜心里担心王熙，糊里糊涂地被秦南御牵着往外走。走到图书馆楼下，他们还没有找到王熙，却先一步看见了实验室的其他人。

雷云嘉走在最前面，看见纪微甜，高兴地迎上来："纪老师，你跟秦总来图书馆看书吗？咦……你们怎么还牵着手？"

纪微甜甩开了秦南御的手，顾不上解释，径自问道："你们有没有人看见王熙？"

"我们也是来找王熙的。"雷云嘉伸手摸了摸脑袋，眼中流露出担心的神情。他凑到纪微甜身边说："纪老师，你们来找王熙，是不是也因为那些照片？"

纪微甜意外地挑眉，看了一眼站在雷云嘉身后的人。她数了数，实验室的成员几乎都来了。

"你们都是看见照片特意来找他的？"

"嗯，钱敏的事情影响太大了，现在所有人都在关注这件事。别人要是注意到照片，可能会误会王熙。我们想着先找到他，提醒他一声，让他有点儿心理准备。"雷云嘉解释道。

语毕，其他人纷纷点头。

第十六章

团队的意义

纪微甜心里那颗悬着的石头落下了一半，她的眼眶有些发热。她最担心的就是那些照片被实验室其他人看见，大家会误会王熙。毕竟王熙是新成员，刚加入实验室不久，实验室就接连出事。

令她感动的是大家在看见照片的第一时间都不约而同地选择相信王熙——大家担心他的性格无法面对流言蜚语，想要保护他。

"他不在图书馆里。我刚进去问了，王熙在我们来之前就已经离开图书馆了。"刘盼从图书馆里出来，着急地开口，"据说好像是有人看见了那些照片，当着王熙的面说了一些难听的话。王熙是红着眼圈离开图书馆的……"

秦南御眉目一沉，刚想说什么，雷云嘉突然挥舞着手机开口："有王熙的消息了，他在综合教学楼的自习室！"

大家急忙又往综合教学楼走。

纪微甜还记得秦南御说自己要开会，想跟他说如果赶时间可以先走，结果话还没有出口，秦南御就已经牵住她的手了。

这一次，他牵得特别紧，像是还在记恨之前被她甩开的事。

他们赶到自习室的时候发现王熙被围在人群里。

果然，摄影协会展出的照片，所有人都注意到了。

钱敏的事情造成了非常恶劣的影响，现在又出现了类似的事情，所有人都在好奇，王熙跟钱敏看起来关系这么好，实验室资料被泄露的事情是不是跟他有关……

一开始大家或许只是好奇地询问，可王熙不善言辞，一到人多的地方就容易紧张到说不出话，他的沉默在所有人的眼中仿佛成了默认。

周围好奇的声音渐渐地变成了质疑，再到后面变成了谴责……

王熙白净的脸庞憋得通红，想要解释什么，却被周围的声音包围，根本没有喘息的机会。最后，他脸色惨白地抱着头，蜷缩在自己的座位上。

"不是我……我没有……"

他细弱的声音被淹没在人群里。无情的嘲讽和谩骂比他的声音更大，周围每一个人都在用尖锐的语言攻击着他。

"王熙！"

王熙听见一声熟悉的呼唤，抬起头，看见人群之外的雷云嘉，眼睛里闪过一丝希望的光芒。但他随即想到什么，眼神又黯了下来。

雷云嘉是个暴脾气，见王熙被围在中间，哪里还顾得上别的，挤上前就推开围在王熙身边的人："这里是自习室，都闹哄哄地吵什么呢？只是几张照片，能证明什么？"

雷云嘉挡在王熙前面，确定他没事后，伸手把他拉起来。

王熙抗拒地往后躲，直到听见雷云嘉的那句"我们都相信你"，忽然一怔，随即跟在雷云嘉身后，走出了自习室。

来到自习室外，看见实验室的其他成员，王熙抬手擦了擦眼睛。

大家都没有说话。刘盼最先上前，伸手给了他一个拥抱。其他人也跟刘盼一样，一个接一个地上前，全都抱在了一起。

男孩子的友谊有时候很奇怪，不需要语言，所有的情感都在一个拥抱里。

前一秒还在怀疑自己是不是产生错觉的王熙，这一刻哭得像个孩子。

秦南御没有上前，也没让纪微甜上前，确定王熙没事就拉着她先下楼了。

原本秦南御还担心纪微甜不肯走，结果发现她乖得像只兔子，一路跟着他走到停车场。

"我先送你回去。"秦南御拉开车门。

纪微甜没上车，抿了抿嘴唇："我有资料还没有整理完，先回实验室一趟，一会儿自己回家。"

说完，她扭头就跑了。

纪微甜一口气跑回实验室，重新打开电脑。

秦南御刚才输入密码的时候，她就站在他旁边。秦南御没有防着她，她已经记住了所有的密码。

纪微甜没有迟疑，重新打开这次被泄露的资料，仔仔细细地看了一遍。看完了实验室的资料，她又接着看 Re 集团公布的数据……

在成年人的世界里，理智和情感往往会有冲突。即便现在实验室里的所有人都相信王熙，可如果找不到证据证明他是清白的，他还是会不断遭受误解的眼光。

王熙性格内向，自尊心的强度不亚于钱敏。

纪微甜担心流言再这么传下去，他未必承受得住。重要的是，实验室的成员需要给秦氏科技集团一个交代。

实验室接连出状况，秦南御今天的高层会议恐怕也跟这个有关。

如果他们不能妥善处理这件事，王熙作为最大的嫌疑人，要面临的状况只怕会比现在更糟糕！

纪微甜在看见实验室的大家一起抱住王熙并选择相信他的那一刻，一直悬着的心忽然就落回了胸口。紧绷的神经放松下来之后，她试图让自己冷静地分析现在的局面。她眼前忽然闪过刚才在实验室里跟秦南御一起看数据的画面，一些被忽略的细节渐渐浮现在脑海里……

此刻的实验室只有纪微甜一个人，电脑屏幕泛出的淡淡蓝光照在其白皙的脸庞上。纪微甜专注地盯着电脑上的数据，用强大的记忆力和专业能力对两份数据进行深入分析……

时间一分一秒地过去，纪微甜一直没有离开实验室。等她发现问题的关键在哪里，激动地从电脑前站起来的时候，才发现窗外夜色正浓，静谧的空气带着丝丝的凉意。

她的肚子也已经饿得"咕咕"叫，纪微甜想要拿手机看一眼时间，发现手机没电了——电脑显示屏上的时间提示她现在是深夜了。

她这一忙，不只把自己忘了，也把女儿忘了。

纪微甜回过神后，连忙将东西都收拾好，离开实验室。等她回到秦家别墅的时候，两个等不到妈妈的小家伙都睡着了。

管家见她回来，给她汇报了两个孩子今天的情况：除了都嚷嚷着想妈妈外，其他一切都好。

"纪小姐，你的手机一直打不通，你应该还没吃饭吧？厨房留了菜，我去帮你热一下。"管家十分贴心地说。

纪微甜不会做饭，又饿得不行，实在不敢跟管家客气，于是乖乖地跟在管家身后。想到自己带回来的资料，她下意识地问道："秦南御是不是还没回来？"

管家脚步一顿，像是想到什么，皱了皱眉头："御少今天回来得很早。只是很奇怪，他今天一回来就去了书房，还交代不让任何人打扰，晚饭也没出来吃……"

最奇怪的是，往常他家少爷一回来就会问纪小姐的行踪，今天像是忘了这件事，把自己关进书房再也没有出来。

"他一直在家？"纪微甜愣了愣。

他不是说今天有高层会议，要去公司吗？

纪微甜知道秦南御就在别墅里，饭也顾不上吃，扭头先往楼上跑。她一口气跑到秦南御的书房，伸手敲门。

看见房门打开，纪微甜想也不想地开口："秦南御，实验室第二次资料被泄露可能只是个误会，王熙是无辜的……"

她还没有说完，突然瞥见秦南御的神情有些疲惫。

听见她的话，他表情没有半点儿变化。他像是早就知道了这件事，只是伸手捏了捏眉心，侧开身，让她先进来。

纪微甜跟在他后面，主动关上门。她低头想从包里把 U 盘找出来，还没有找到，眼前就先出现了一份文件。

她有些不解地抬头，对上秦南御的黑眸。

秦南御用他那一把好嗓音缓缓地道："我重新核对了两家公司的数据资料，发现虽然推算出的结果一样，但是运用的公式和算法在关键部分有些出入。"

秦南御说完，示意纪微甜看他手上的资料。

纪微甜粗略地看了一眼，发现秦南御的猜测跟她的一模一样。

他们这算默契吗？

"你今天没去公司开会，就是为了分析 Re 集团公布的资料跟我们的核心资料有什么不同吗？你也相信王熙没有出卖实验室？"纪微甜忍不住问。

秦南御的身份跟她不同——她是江城大学的员工，愿意相信自己的学生很正常。但是秦南御代表着秦氏科技集团——实验室出了这么大的纰漏，他没有追究任何人的责任，还愿意跟她一样相信王熙。纪微甜心里有种说不上来的感觉，一股暖意淌过心田。

这个人……或许没有她想象中那么糟糕。

"疑人不用，用人不疑。"秦南御没有发现她在走神儿，淡淡地道，"Re集团从一开始就表现得很反常。按理说，钱敏被抓之后，如果王熙真的是他们仅剩的内应，他们就不应该再高调地公布最新数据，这样只会暴露内应。"

可偏偏 Re 集团这么做了。也就是说，他们根本不怕暴露。

为什么？

因为他们根本没有内应了。

Re 集团放出这样的消息，是想要故意引导秦氏科技集团的科研团队内部成员互相猜忌。军心不稳，难打胜仗，这是谁都明白的道理。

秦南御深谙商场竞争之道，在猜出 Re 集团的意图后，便开始分析 Re集团是怎么在钱敏被抓之后仍旧拿到实验室核心资料的。

如果实验室内部真的没有内鬼，那么唯一的可能就是 Re 集团的人利用之前钱敏泄露的核心资料抓紧研究，追上了秦氏科技集团科研团队的实验进度！

"我跟你想的一样，两份数据的关键部分虽然并不完全重合，可是对方能在这么短的时间内摸清我们的实验目标，利用已有数据进行下一步推导，并几乎抢在我们前面得出结果，其实力绝对不容小觑。"

纪微甜终于明白，秦南御为什么在确定王熙不是内应之后，脸色反而更难看了——Re 集团内有真正的技术高手！

Re 集团能在商场上立足，除了外界传言他们无所不用其极，只怕强悍的技术实力也是他们无往不利的制胜法宝！

"你是不是还没有吃晚饭？"纪微甜蓦地开口。

秦南御挑眉看她，有些意外她怎么突然问这个。

"我也没吃，你要不要一起？"纪微甜摸了摸自己的肚子，主动邀请道。

她原本担心秦南御会因为照片的事情对王熙心存芥蒂，现在发现一切都是自己多虑了。

秦南御从没想过怀疑自己团队的人，反而推了集团会议，亲自分析实验资料，帮王熙证明清白。

纪微甜看着眼前因为疲惫而神态慵懒的男人，莫名有些心疼。没等秦南御回答，她已经抓住对方的胳膊拉着他往外走："实验数据放在那里又不会跑，就算跑了我 U 盘里也还有一份。我们先去吃饭吧，吃饱了才有力气想解决办法。"

她雄赳赳气昂昂地拉着秦南御出了书房，正好碰见从楼下上来的管家。

　　看见两个人手牵手，管家明显愣了愣，随即又像是意识到自己撞破了什么不该撞破的画面，拔腿就准备跑。

　　管家跑，纪微甜也跟着跑。秦南御被她抓着，只能跟着她一起跑。

　　管家被追上那一刻，脸色都吓白了，忙不迭地摆着手："我……我刚才什么都没有看到，就是想上楼喊你们吃饭……"

　　纪微甜被管家这么提醒，红着脸松开秦南御的手，小声解释："我不太会做饭，只是想请你帮忙热一下菜。"

　　最后三个人一起走进了餐厅。纪微甜为了避嫌，坐在距离秦南御最远的位置上。秦南御脸都黑了，高大的身躯往椅背上一靠，眼神幽幽地瞟向管家。

　　管家脊背一凉，忙不迭地走到纪微甜身边："纪小姐，你坐得离御少太远不方便我布菜，能不能麻烦你换个位置？"

　　纪微甜下意识地站起来，发现管家已经替她拉开了秦南御身边的椅子。

　　见她愣着不动，秦南御黑眸微闪，抬手揉了揉自己的眉心。原本就有些发白的俊脸看起来越发疲惫，他像是坐都坐不住了。

　　"纪微甜，我有点儿头晕，好像低血糖又犯了。"

　　等纪微甜坐到他旁边后，他顺势就往她怀里靠，让纪微甜帮他揉揉太阳穴。

　　他上次晕倒的时候，纪微甜就在身边。

　　这次知道他忙了一个晚上，饭都没有吃，又说自己头晕，纪微甜担心他又跟上次似的晕过去，几乎有求必应，完全没有注意到某人微微上扬的嘴角压都压不住了！

　　吃完饭，纪微甜想回自己的房间睡觉，发现秦南御又进了书房。

　　"你不是不舒服吗，怎么还要工作？"纪微甜扯着他的手臂问，完全没有察觉到自己的语气像个管家婆，"年纪轻轻就不爱护身体，以后老了你肯定会后悔。"

　　她越是念叨，秦南御嘴角的笑意越是明显。他像是哄孩子似的伸手按住她的脑袋，薄唇微启："还有两个越洋会议电话要接，接完就睡。"

　　闻言，纪微甜抬头瞥了他一眼，不太放心地跟着他进了书房。

　　"我钉着你，等你打完电话一起去睡觉。"说完，不只秦南御愣住，她自己也愣了愣。

　　对上秦南御的黑眸，纪微甜呆滞了几秒，察觉到自己刚才那句话带着歧义。她刚想要解释自己不是那个意思，秦南御已经缓缓地说道："好，书房里有沙发，你坐在上面等我。"

秦南御指了指落地窗前的懒人沙发，然后拿着手机坐到电脑前打电话，整整打了两个小时。

电话会议期间，秦南御很少主动开口，都是安静地听着，时不时指出对方语言中的漏洞或是数据有误的地方。他的坐姿很好看，哪怕是在开电话会议，他也把脊背挺得很直，挺拔的身躯带着让人无法忽视的强大气场。

纪微甜原本坐在沙发上玩儿手机，但自从歪着脑袋看了他一眼后，她的目光就一直没能从他身上挪开……

秦南御有所察觉，回过头看她。他还在讲电话，对上她目光的瞬间，他的嘴角勾起一抹弧度，似笑非笑，眼睛也好像会放电。

纪微甜的心脏漏跳了半拍，她莫名觉得自己被撩了，连忙别开头，不敢看他。

她在实验室忙了大半天，此时身体放松下来，疲惫感顿时涌了上来。等着等着，没等到秦南御开完电话会议，她已经靠在沙发上沉沉地睡了过去。

"今天先到这里，剩下的内容用邮件发给我。"秦南御说完，没等对面回复，已经先一步挂了电话，扭头看向像小虾米一样蜷缩在沙发上的纪微甜。

她恬静的睡颜显得十分乖巧，带着岁月静好的感觉。

秦南御将手机放到桌子上，放轻脚步走到她身边，修长的手指轻轻拨开挡在她脸上的发丝，帮她缩到耳后。

秦南御坐到纪微甜的对面，把双肘放在膝盖上，撑着下巴，若有所思。

机会难得，他要不要把她抱回自己的房间呢？

秦南御抬起手表，扫了一眼时间，慢慢等着。

一直等到纪微甜睡熟，确定她不会被轻易吵醒，他终于放心地伸出手，把人从沙发上抱了起来，转身出了书房，抬腿往自己的卧室走。

纪微甜睡得很沉，恍惚间好像感觉到身边有人。她下意识地以为是小糯米团子，于是反手将其抱住继续睡。

她一觉睡醒，天已经亮了。纪微甜的头有点儿疼，她伸手按了按太阳穴，刚要喊小糯米团子起床，扭头发现身边没人，再仔细一看，房间里的布置跟自己记忆中的好像不太一样……

她呆滞了几秒，慢慢反应过来这是秦南御的房间。发觉身上还盖着秦南御的被子，纪微甜直接蹦了起来！

一想到昨天晚上可能发生的意外，她吓得鞋子都没有穿，拔腿就往房间外跑。

她刚拉开房门，脑袋就撞上了一堵墙！纪微甜被撞得后退了两步，错愕地抬头，看见站在她面前的是秦南御，脸色"唰"的一下变了。她张了张嘴，想要问什么，又什么都不敢问，只是紧张地看着他，有些说不上来的心虚。

秦南御淡淡地扫了她一眼，靠到了门框上，双手抱臂："醒了？昨晚睡得好吗？"

纪微甜抿着嘴唇，恨不得间歇性失忆，把在他房间里醒来这件事忘得一干二净，脑海里却不自觉地回忆昨晚的事情。她隐隐约约记得睡觉的时候一直抱着什么东西，原本以为是自己的女儿，现在发现很可能是……

"秦南御，我昨天明明在你书房里，为什么睡醒却在你的房间里？"纪微甜问道。

"我忙完的时候，你睡着了，不把你抱回来的话，你只能在沙发上睡一晚。"秦南御好心解释。

乍一听秦南御很贴心，可纪微甜仔细想一想还是觉得不对劲。

"你可以把我抱回我自己的房间。"

秦南御站直身体，朝着她走过去，直到把纪微甜逼到门板上。他垂眸盯着她，一字一顿地说："不是你自己说的，等我忙完一起睡觉？"

他把说话的重音放在了"一起"两个字上。

纪微甜呆呆地瞪着他，无法反驳。

秦南御将她的反应收入眼中，体贴地问："还有什么问题吗？如果你没有问题，我这里可能有点儿问题，需要你帮忙解决一下。"

秦南御一副老谋深算的模样，单手撑在纪微甜的脑袋旁边，嘴角勾起一抹弧度。

明明他还没有说什么，纪微甜就感觉到了一股危险的气息，想也不想地推开他的手臂，拔腿往楼下跑，边跑边大声喊："我帮不了你！你有问题就去找医生，有病治病，没病强身！我提前祝你长命百岁！"

纪微甜逃命似的冲回自己的房间，早餐都不敢吃，简单收拾了一下，拎着包就去上班了。

纪微甜出门前，小糯米团子坐在餐厅的儿童椅上，摇晃着小短腿，好奇地问哥哥："我睡醒都没有看见妈咪，妈咪是不是被你骗走了？"

小睿睿一脸无辜地说："不是我！我没有！"

纪微甜有种奸情被发现的紧张感，连招呼都不敢跟两个孩子打，就做贼心虚般低头往外跑。

秦南御下楼时，只看见纪微甜仓皇逃窜的背影……他把目光落到餐厅里，发现两个小家伙已经破案了。

"妈咪没有在我这里，也没有在你那里，那肯定是偷偷跟爸爸在一起！"

秦南御眸光微闪，仿佛已经猜到纪微甜刚才落荒而逃的原因，他的嘴角勾起一抹得逞的笑。

"阿嚏——"

刚刚走出秦家别墅的纪微甜莫名打了一个喷嚏，总觉得脊背发凉，像是有人在盯着自己。

一想到可能是秦南御追上来找她算账，纪微甜吓得连忙拦了一辆计程车。等她抵达实验室的时候，其他人都已经到了。

雷云嘉一看见她，立刻高兴地喊："纪老师，你终于来了，我们有个重要的发现要跟你说！"

纪微甜第一眼看见的不是雷云嘉，而是站在他身边的王熙。

跟昨天相比，王熙今天的气色看起来好了很多，身上阴郁的气息也已经消失了。对上纪微甜的目光，他还朝她点了点头，算是问候。

看到王熙的转变，纪微甜已经隐约猜到雷云嘉要说什么了。

下一秒，雷云嘉就激动地抓住了她的手臂："纪老师，你都不知道王熙有多厉害！他昨天一晚上没睡，盯着电脑分析数据，结果你猜他发现了什么？Re集团公布的数据看似跟我们一样，其实很多细节并不相同！我们要是能确定这些细节的话，就能证明王熙是被冤枉的！"

刘盼欣喜地上前，想要把他们最新的发现告诉纪微甜。没等他开口，纪微甜已经点了点头，让雷云嘉先冷静下来，说："你们要说的事情，我已经知道了。"

纪微甜话音刚落，实验室里所有人全都愣住了，齐刷刷地抬头看她，眼里流露出惊讶的神色。

尤其是王熙——他看纪微甜的眼神都变了。

他刚进实验室，实验室就"状况"不断。见大家还愿意相信他、鼓励他，他已经很感动了。他完全没有想过，会有人比他还在意自己的清白，抢在他前面来核对数据，还有能力在这么短的时间内分析出两份数据细微的不同之处……

要知道，他一整晚都没有睡才只看出一点儿端倪！

纪微甜对上王熙崇拜的目光，眼前莫名浮现出秦南御的冷漠脸庞。她抿了抿嘴唇，开口解释："大家别误会，发现数据有差异的人不是我，是秦南御。"

纪微甜将自己的那份资料藏了起来，只把秦南御整理出来的结果递给大家。

想起自己昨天推开书房的门时，看见疲惫憔悴的秦南御，纪微甜忍不住向大家夸了他一顿："秦南御这个人可能看起来比较冷漠，但是对自己团队的成员真的很好。这些资料就是他昨天推了所有会议，亲自找出来的。秦氏科技集团今天应该就会发出一个声明稿，帮王熙澄清真相。"

王熙看着手里的资料，想到这两天发生的事情和感受到的温暖，不禁哽咽："谢谢秦总，谢谢大家……"

他不太会说话，从来都是人群里最不起眼的一个。他从没有想过，自己有一天能交到这么多朋友，能得到大家的信任。

"我们是一个团队。"他仿佛到此刻才明白这句话的含义。

"高兴的事情说完，我可能还要告诉你们一个坏消息。"纪微甜看着面前的成员们，犹豫了一秒，还是直截了当地开口，"如果只是资料被泄露，那么找到内应事情就算解决了，可是现在摆在我们面前的是更严峻的形势——Re 集团已经利用之前泄露的数据进行研发，并且追上了我们的实验进度。"

如果他们不能以领先对方的速度完成实验目标，那么 Re 集团的新品发布会就会抢在秦氏科技集团之前举办，那秦氏科技集团就算彻底输了！

纪微甜的话一出口，实验室里的气氛立刻变得凝重起来。

大家都是聪明人。有些话不用全都说出来，稍微一提，所有人就都明白了。原本 Re 集团想要跟他们竞争是很难的——秦氏科技集团在时间上有绝对优势，只要他们顺利完成目标，率先推出产品，哪怕 Re 集团之后做出一个类似的产品投放到市场中，在大众眼中这样的产品也只是仿制品。可如果倒过来，Re 集团抢在秦氏科技集团前面研发出产品，那局面就完全不一样了……

当中的利害关系一目了然，所有人脸上的喜悦都消失殆尽。

王熙的事情一解决，大家立刻回到自己的实验岗位上，开始埋头做实验。

秦南御抵达实验室的时候，大家正忙得不可开交。他站在门口看了一圈，没有惊动任何人，扭头去找资料室里的纪微甜。

纪微甜坐在办公桌前也很忙，忙着整理实验资料。

每一个实验都需要大量的数据支撑，有些数据是算出来的，有些数据需要用前人留下来的资料作为参考。

纪微甜没有直接参与实验，却是实验室的"大后方"，要为成员们整理有可能用到的资料，帮他们节省时间。

秦南御进来的时候，她正低头翻阅一组数学公式的资料，嘴里念念有词，像是在心算，还用手指在桌子上比画……纪微甜专注的神情让她整个人看起来跟这个世界隔离了。

她的脑中、她的心里、她的眼睛里都只有眼前的资料。

秦南御站在门口，单手放在裤袋里，身躯挺拔如松，巍然不动。隔着短短的距离，他打量着全身心投入工作的纪微甜。

认真的女人最有魅力，眼前的纪微甜让人挪不开视线，秦南御只想这么一直看着她……

纪微甜整理好手上的资料想要送到实验室，抬头发现办公室门口站着一个人，那人的眼神还直勾勾地盯着她，被吓得差点儿尖叫起来！

纪微甜抱着资料连连后退，差点儿撞到桌子上，惊魂未定地按住胸口，说："你……你……你，你干吗站在那里不出声？"

秦南御没回答她的问题，抬腿走到她面前，接过她手里的资料，顺便把她拉起来，淡定地说道："属老鼠的？这么胆小。"

他才属老鼠！换他被人这么吓一次试试？！

纪微甜在心里嘀咕，又觉得掰扯这个没有意义。她可不敢这么吓秦南御。万一惹怒他，她会被就地正法，那就得不偿失了。

做人，最重要的是要认清自己的实力。勇敢是好事，可盲目的勇敢就是自寻死路。

活着不好吗？

纪微甜瞟了秦南御一眼，拿上自己的资料，转身往门外走。走到门口想起什么，她回头看秦南御，说："你要是现在不忙的话，能不能先把王熙的澄清公告发一下？虽说实验室里的成员没有因为这个影响工作，但是王熙毕竟还要面对其他同学和老师。一直让他背着污名，我怕他再被人针对。"

秦南御原本想要跟她一起去实验室，听见这些话，忽然伸手拉开一把椅子坐下来，慵懒地交叠双腿，单手撑在桌面上，悠闲地说："我现在很忙。"

他看起来哪里忙了？他这架势完全像是在海边度假，好意思说自己忙？

纪微甜呆滞了几秒，随即抱着资料又往回走，站在这个男人面前，认认真真地打量着他。确定他是故意的之后，她用舌尖顶了顶腮帮子，用脚踢了一下他的鞋子。

"说吧，你又想干吗？"

一天天的，秦南御不是傲娇就是闹别扭——不知道的人还以为他是个宝宝。

小睿睿都没他矫情。

不就是刚才她没搭理他吗？这也值得他生气？

纪微甜发现他抬头瞥了自己一眼，没吱声，看起来像是不满意她的态度。她忍住把资料砸在他脸上的冲动，嘴角扯出一抹笑，说道："你要不要喝水？我给你倒杯水。"

"不用，我有水喝。"他这次应得很快。

纪微甜刚纳闷儿他又没带水杯进来，哪儿来的水可以喝，下一秒，瞥见秦南御伸手端起她放在桌子上的水杯……

没等她开口，他已经喝了。

"这是我的杯子！"纪微甜义正词严地提醒。

"是吗？"秦南御怔了怔，转头看了她一眼，像是才发现自己拿错了水杯，没什么诚意地把杯子放下来，"还你。"

秦南御这个人，毒舌起来常常让人恨得牙痒痒，但纪微甜觉得他毒舌的时候反而比较正常——反正她不怕。

而现在的秦南御让她有点儿捉摸不透。他有时候很正常，有时候很不正常，看起来像间歇性精神病。

惹不起！

"王熙现在是实验室的成员，也算是你团队的一分子，要不要帮他澄清你自己看着办吧。"纪微甜撂下狠话，转身要走。

秦南御跟着站起来，伸手揪住她的衣领，在纪微甜就要被惹毛的瞬间，淡淡地说："澄清稿已经让人发了，我过来就是为了让他们安心做实验。"

画风突变的秦南御让纪微甜有些反应不过来。

秦南御倒是很享受这种逗猫一样的相处方式，见她愣住，便从她手里拿走资料，率先往门外走。

这下子变成了纪微甜跟在秦南御后面，两个人一前一后进入实验室。

实验室当前的处境，秦南御比任何人都清楚。

他在告知大家已经发布澄清稿后并没有立即离开实验室，而是穿上实验服接手新人王熙的工作，这让程序优化的速度快了不止一倍。

王熙在得知秦南御帮自己查了一晚上资料并帮他证明清白的时候，就已经对秦南御崇拜万分。此刻他看见秦南御展现出来的强大专业能力，更是彻底变成秦南御的小"迷弟"，直勾勾地盯着对方看……

纪微甜送完资料也没离开，而是留在实验室里帮忙。她不经意地抬头，顺着王熙崇拜的目光看过去——秦南御那实验服也掩盖不住气质的矜贵身影坐在电脑前面，十指如钢琴弹奏般飞快地敲着代码。

他帅得有点儿让她顶不住！

接下来的好几天，实验室的成员都在加班加点地赶进度。

秦南御待在实验室的时间也越来越长。

纪微甜不直接参与实验，但也一直在帮忙查找资料……顺便偷看秦南御。

自从那天被王熙小迷弟般的眼神吸引，不小心多看了秦南御一眼之后，纪微甜好像染上了一个坏习惯，那就是总忍不住想要偷看秦南御。

虽然顶着同一张脸，但是工作时秦南御整个人的气场变得完全不一样。纪微甜明明跟他站在一个空间里，却觉得两个人仿佛被隔绝在两个不同的世界。没有人能靠近那种状态下的秦南御。

他高冷、孤傲，又无所不能……纪微甜在他身上感受到一种熟悉的感觉，像是从一面镜子里看见另一个自己。

纪微甜看得正起劲，秦南御接了一个电话，脱了实验服递给王熙，拿着手机往外走。

他不只是普通的实验人员，还是秦氏科技集团的总裁——太多事情需要他拿主意。

秦南御一连几天都泡在实验室里，集团那边的工作已经受到一定程度的影响。

纪微甜再次扭头看他的时候，秦南御已经穿上了西装外套，用口型跟她示意他要赶回公司。没等她说什么，他已经转身走了。

偌大的实验室里，大家都在忙碌着，可纪微甜就是觉得心里莫名地空了一块……

"这组数据怎么优化都不行，每次测试到这里就会出问题，你们谁能来帮我看看？我要死了。"雷云嘉绝望的声音传了过来。

连续加班已经让大家疲惫不堪，可现在正是跟 Re 集团争分夺秒的时候，谁都不敢休息。

其他人都忙着手里的工作，也已经累得喘不上气。

听见雷云嘉的呼救，此时只有刘盼和王熙能腾出手，上前帮他查一查原因。

临近傍晚，伴随着雷云嘉的一声欢呼，实验室里的众人终于激动地抱到了一起！

"搞定了，搞定了！现在只差将程序全部组合到一起，做最后的优化，只要不出问题，我们就算成功了！"雷云嘉的性子最急，他一直催着身边的刘盼。

其他人虽然没有说话，但是目光也都集中在刘盼身上。

刘盼走到总控台上，开始操作电脑，将数据进行合并……旁边已经有人忍不住开始求神拜佛了，神经紧绷的大家被这突如其来的话逗得纷纷笑出声。

刘盼重新把气氛稳下来，目光紧紧盯着屏幕。

最后一步了，只要成功，今晚大家都能睡一个好觉！

数据完成合并，程序开始自动测试……

百分之十……百分之五十……百分之七十……

每前进一个百分点，大家提着的心都要跟着抖一抖。所有人都不自觉地屏住呼吸，盯着电脑屏幕上的进度条。

"叮——"

突然一道刺耳的提示音响起，进度条卡住了。随即，屏幕上绿色的进度条变成了红色。

第一次尝试，失败了。

大家的脸上不约而同地露出失望的神色，失望过后，向他们袭来的是重重的压力。

Re 集团步步紧逼，留给他们的时间不多了。

"重新检查程序的每个步骤，看看能不能找出问题，进一步优化。"刘盼推了推鼻梁上的眼镜，扭头吩咐道。

现在这种情况，他们除了继续努力，没有别的选择。

天色渐渐暗下来，实验室里的气氛变得没有之前那么活跃了。

大家都有些累了，只是谁都没有说，都默默坚持着，想要做到更好。可一次次尝试换来的还是只有失败。雪上加霜的是，Re 集团在官网上又公布了他们实验的最新进展。从数据层面来看，Re 集团已经再一次追上了他们的实验进度！

现在要拼的就是在最后时刻谁能率先完成程序优化……

纪微甜得知 Re 集团发布实验进展后，没有第一时间将此事告诉实验室的成员们，而是走上前建议道："大家都很累了，再熬下去怕是身体会吃不消，不如先回去好好休息一晚上，等明天再说吧。"

"现在我们哪里睡得着？纪老师，你是不知道这次的实验有多难搞，现在就是卡在一个衔接程序上。我们总觉得可以有更好的处理方式，可偏偏就是想不到……"雷云嘉累得已经开始耷拉脑袋，蹭到纪微甜面前求安慰。

纪微甜像安慰大型犬似的拍了拍他的头，扭头看向其他人，说："想不出来就先别想了，大家这样低效率地工作没有任何意义。"

刘盼作为组长，表情有些忧虑："万一 Re 集团赶在我们前面……"

"他们就算拿了我们的核心资料，也需要时间消化，要赶上我们的进度已经很难了，更何况是在这么短的时间内超越我们，放心吧。"纪微甜有理有据地分析道。

闻言，大家脸色缓和了些。似乎是真的太累了，大家没有再硬扛，约定天一亮在实验室集合后，就都抓紧时间收拾东西回去休息。

"纪老师，你不走吗？"雷云嘉临走前不放心地问，一副想要充当护花使者送纪微甜回家的模样。

纪微甜笑了笑，说："实验我帮不上忙，打扫卫生和整理资料还是在行的。你先走吧，我收拾一下就回去。"

知道纪微甜就住在江城大学附近不需要人送后，雷云嘉乖乖地点头先走了。

纪微甜站在实验室门口将他们一个个送走，直到最后一抹身影消失在楼梯口。然后她眼底的光芒一敛，转身进了实验室。

她手机屏幕上的内容还停留在 Re 集团官网刚刚公布消息的页面。

纪微甜将手机调成静音后放在旁边，拉开椅子，坐到了总控台前。

时间真的不多了，要是再不能突破目标，他们真的要功亏一篑了。

纪微甜不想看见大家失望的表情，更不想秦氏科技集团输……

她下意识产生的一个念头让她鬼使神差地把所有人支开，自己上阵。

而且大家都走了，她就不用再担心自己的身份会被发现了。

纪微甜身体微微前倾，盯着屏幕上不断滚动的程序，最后将程序暂停在雷云嘉说出现问题的那一处。

扫了一眼问题程序，纪微甜眼睛微微眯起来！

这个程序……突如其来的熟悉感让纪微甜愣了愣。

她确定了问题的症结所在之后，瞬间就明白为什么团队做了这么长时间的优化都没有成功。

这次的实验目标并不是简单地做一个产品，而是要完成一项技术的突破。

一项纪微甜从三年前就一直在研究的技术，属于 CC 博士的专利。

纪微甜认认真真地看了一遍问题程序，确定能直接套用自己的公式解决，然后嘴角露出了自信的笑容。她把双手放在键盘上，白皙的手指宛如在舞蹈的精灵。屏幕上的数据随着她的敲击不断发生变化，淡淡的蓝光照在她的脸上，勾勒出她娇美又带着几分冷艳的容颜。

沉浸在自己的世界里，她就是独一无二的女王。

时间一分一秒地过去，纪微甜飞快地敲击键盘，数据也随着程序的改写不断调整。在敲下最后一组代码之后，她终于长长地吐了一口气，有些脱力地靠到椅背上。

缓了几分钟，纪微甜将鼠标移到测试键上，按了下去。程序开始测试，绿色的进度条不断往前推进。跟之前测试时不同，纪微甜这次显得很平静，仿佛已经看见了测试的结果。

纪微甜数着时间，盯着不断跳动的进度条，重新在脑海里回顾自己刚才编写的程序，看看还能不能进一步优化，不给 Re 集团留任何一点儿超越秦氏科技集团的机会。

"叮——"

随着一道清脆的提示音响起，屏幕上的程序测试完毕，所有数值都达到了完美！

纪微甜眯了眯眼睛，露出了今晚第一个开心的笑容。想到什么，她又对自己改过的程序做了小部分的覆盖，把跟 CC 博士有关的数据做了一些隐藏。

做完这一切，她扭头看向窗外，天际已经泛起鱼肚白，一晚上就这么过去了。

从高强度的工作中脱离，浓浓的疲惫感袭来，纪微甜没有急着从座位上站起来，而是伸手端起水杯喝了口水，靠在椅子上闭目养神。

　　实验室的人很快就回来了。大家没有完成任务，睡觉都睡不踏实，天没亮就纷纷赶在约定的时间前抵达实验室。

　　刘盼作为组长，是第一个到达实验室的。看见留在实验室里的纪微甜，他惊讶地瞪大了眼睛："纪老师，你是刚来还是没回去？"

　　"我刚来。"纪微甜看见刘盼，睁着眼睛说瞎话，想到什么，又指着自己面前的大屏幕说道，"我看你们太忙了，想着自己也是计算机系的，'三个臭皮匠顶个诸葛亮'，就尝试着想想办法看能不能帮到你们。我好像运气不错，误打误撞把程序优化了。"

　　"你说什么？"刘盼猛地一愣，眼神都变得不一样了。

　　因为找不到解决问题的办法，他紧张得一晚上都没有睡着，这会儿听见纪微甜的话，一瞬间反而不敢相信。

　　等回过神，刘盼包都忘了放下，立刻冲到纪微甜身边，低头看向电脑屏幕。看见屏幕上绿色的进度条和程序测试成功的标志，刘盼傻眼了！

　　第二个来的人是雷云嘉。

　　虽然平时咋咋呼呼的，但论团队精神和责任心，雷云嘉在团队中也是数一数二的。他刚走到实验室门口，就被激动的刘盼一把抱住，整个人都是蒙的。

　　"成功了！我们成功了！"

　　刘盼高兴的呐喊声让雷云嘉眼神都变了。

　　雷云嘉战战兢兢地伸手摸向刘盼的额头，谨慎地问："组长，虽然我们现在压力很大，但是你放心，大家都很团结。你不用把压力都扛到自己身上，万一精神出什么问题就不好了。"

　　"你胡说八道什么？"刘盼盯着说话完全跟他不在一个频道的雷云嘉。

　　雷云嘉见他这样，越发肯定自己的猜测，双手抓住刘盼的肩膀："组长，你醒醒，现在胡说八道的人是你。"

　　他们都是刚到实验室，实验怎么可能这么快成功了？

　　组长在做梦吗？梦里确实啥都有。

　　刘盼还没机会解释，第三个人就来了。

　　相比刘盼和雷云嘉，刚刚抵达的实验室成员们脸上都带着几分凝重。他们看见刘盼后立刻围上前。

　　"组长，Re 集团昨晚又公布了一组数据，他们已经赶上了我们的进度，我们……"

"我们的实验已经成功了！"刘盼打断了他们的话。

这一次，愣住的人不只有雷云嘉，所有人齐刷刷地露出雷云嘉同款表情，几乎是同时用同情的眼神看向刘盼。

"组长，我们还没有输，你真的没必要这样。"

"是呀，我们还有时间，大家都会努力的。"

大家你一言我一语地安慰着刘盼。

刘盼都傻眼了。他只不过说了一句"实验成功了"，看起来就这么像疯子吗？

刘盼被淹没在安慰声中，只能用眼神向纪微甜求救。

纪微甜忍不住笑了，没有开口解释，只是将程序调回测试模式，直接在大屏幕上当着大家的面操作起来，想让他们亲眼看看。

测试一开始，所有人的注意力就被大屏幕吸引了过去，昨天晚上测试失败的画面也几乎同时回到大家脑海里。

大家纷纷变了表情，紧紧攥着手心，咬着牙往下看。

最后一刻，屏幕上显示出成功页面，实验室里的空气仿佛在这一刻凝固了。

没有惊喜，没有欢呼，只有一张张震惊到呆愣的脸庞。

不知道过了多久，终于有人回过神。大家瞳孔里的喜悦开始一点点往外流淌，仿佛深山里的清泉，"叮咚叮咚"着欢腾而出。

"我们成功了？我们真的成功了？"雷云嘉高兴得扑到刘盼身上，紧紧抱住他。

周围的成员也都抱作一团，互相喊着——

"你快掐掐我，看我是不是在做梦，往死里掐！"

"如果是梦，你们谁都别叫醒我，我觉得活在梦里挺好……"

纪微甜站在旁边，看见大家高兴地庆祝，也跟着笑出声，熬了一晚上的疲惫感仿佛也在这一刻变得有意义。就在她转身收拾东西准备回去的时候，突然感觉到身边有人靠近。

她警惕地回头，发现刚才还抱在一起庆祝的一群人，现在已经齐刷刷地站在她身后。没等她反应过来，大家已经上前把纪微甜抱起来，抛到了半空。

"啊——"

纪微甜忍不住叫了一声，连忙让大家把她放下来。

"我只是运气好，辛苦的都是你们。要不是你们前面的实验都做得特别好，我也帮不上什么忙。"

纪微甜将自己的功劳推得一干二净。虽说有故意掩饰的意思，但她说的也是实话。

这么重要的实验，光凭某一个人的力量是无法在短期内完成的。

大家的实力都不容小觑，没有她，他们也配得起其他人的赞誉。

"刚刚不是有人说，Re 集团公布新数据了吗？你们要不要先把实验结果整理一下，通知秦氏科技集团？"

纪微甜用一句话成功把大家的注意力从自己身上转移走。见他们都分头去忙，她猛地想起什么，伸手去拿手机。

时间不早了，她可能来不及赶回去送女儿到幼儿园，得跟管家说一声。

纪微甜抓起手机，刚要往秦家别墅打电话，发现手机上有很多未接来电，全是来自秦南御。

她下意识地以为发生什么大事了，想到自己女儿还在他手上，忙不迭地回了电话。

电话打通了，没有人接，可是她好像都能听见秦南御的电话铃声……

纪微甜怕打扰大家工作，拿着手机往外走，耳边的铃声越来越清晰。就在她怀疑自己是不是因为太累开始产生幻听的时候，伴随着一道熟悉的脚步声，一个高大的身影出现在她面前。

秦南御拿着手机，冷峻的面容上覆盖着一层阴影，冷冷地盯着愣住的纪微甜。

纪微甜看着仿佛从天而降的男人，"咦"了一声。

秦南御只看了她一眼，便敛起眸，冷漠地勾起嘴角，说："你彻夜不归，还不接电话。"

他幽怨的语气好似还带着几分委屈。

纪微甜呆了一秒，立马指了指手机，认真解释："我不知道手机静音了。"

说完她又皱起眉，像是懊恼自己为什么在他面前这么胆小。

明明他们之间什么关系都没有，她回不回家为什么要跟他交代？不过见秦南御好像在担心自己，纪微甜刚硬气起来的气势又蔫了。

安慰自己多一事不如少一事后，纪微甜开口哄他："你吃早餐了吗？要不要一起吃？"

秦南御没回应她的邀请，而是越过她看向实验室。

她昨天晚上一直跟团队留在实验室？

秦南御垂下眸，抬手揉了揉眉心。昨晚他有越洋会议，一直在开会，等忙完才从管家那里得知纪微甜一晚上没回来，她的电话还一直打不通。

担心她出什么事，秦南御一刻都不敢休息，直接找到实验室来。

看见她好好的，秦南御知道只是虚惊一场，庆幸之余却发现她完全没把他放在心上，心中有些说不上来的郁闷。

秦南御刚准备开口说什么，实验室里的人已经看见了他。

刘盼迎上来，满脸欣喜，道："秦总，我们的实验成功了！"

刘盼刚刚跟团队成员们分析过纪微甜改动的部分，确认了数据完全没有问题。这就意味着，他们抢在了 Re 集团前面完成了目标，大获全胜！

秦南御的眼底掠过一丝诧异的神色，他微微挑眉："你昨晚不是还跟我说，实验遇到不小的问题，可能短时间内无法完成优化？"

"原本是这样，可是因为有……"刘盼刚要夸纪微甜，就瞥见站在秦南御身后的纪微甜在拼命朝他摇手，一时间茫然地眨了眨眼。

"因为什么？"秦南御注意到他的异常，回头看向身后。

在他转头的瞬间，纪微甜已经把疯狂摇摆的手规规矩矩地放了下来，乖巧地冲他微笑。

秦南御的心微微一动，心跳漏了半拍，他用眼神示意她安分一点儿。再这么撩他，后果她承担不起。

刘盼虽然看不懂两个人的互动，但也感受到了他们两个人之间不同寻常的气场。见纪微甜不愿意邀功，他顿了顿，换了个说法："纪老师一直留在实验室帮忙，给了大家很大的鼓励。这次能顺利攻克难题，纪老师是最大的功臣。"

"最大的功臣？"秦南御细细咀嚼着这两个字，目光打量着纪微甜，像是在从她身上寻找"功臣"的影子。

"我其实就是帮忙打打杂儿，算不上功臣，辛苦的都是团队。大家已经顺利完成实验，你是不是该给点儿什么奖励？"纪微甜岔开话题，端出跟资本家谈判的架势，歪头问秦南御。

实验室里的人听见纪微甜的话，纷纷期待地看向秦南御。

秦南御是出了名的看重人才，倒是没让纪微甜失望，承诺了一系列奖金和福利，还放话让大家整理好手上的资料，立刻回去休息！

"太棒了！"雷云嘉第一个欢呼，搂着不苟言笑的王熙高高兴兴地收拾东西去了。两个人还商量着一会儿忙完，到底是要先去吃一顿庆祝，还是要先回去睡一觉。

提到吃的，秦南御想起纪微甜刚才问他的问题，转头对所有人说："大家辛苦了一晚上，先吃点儿东西休息一下吧，我让助理订餐厅。"

秦南御看得上眼的餐厅，绝对是万里挑一的。

实验顺利完成，又听见有好吃的，大家都兴奋了，纷纷开口感谢秦南御。

"应该的。"秦南御客气地颔首，随即扭头看向纪微甜："你不是说饿了吗？我带你去吃早餐。"

她能说她想象中的早餐就是在路边早餐店买的豆浆、油条吗？

有人掏钱，纪微甜也乐得吃好吃的。

团队里都是高智商的人才，聚在一起就忍不住聊起实验室里的事。雷云嘉这个"粗神经"，一直蹭在纪微甜身边想跟她聊天儿，莫名其妙地被秦南御瞪了几眼之后，便从口袋里掏出手机，准备到网上看看新闻，安抚自己受到惊吓的小心脏。

结果雷云嘉一打开手机，瞬间惊叫出声："纪老师，你上头条了！"

"什么头条？"最先反应过来的不是纪微甜，而是距离雷云嘉比较近的几个人。大家听见他的话，凑上前看了一眼他的手机。

"真的是头条。"刘盼接过雷云嘉的手机，下意识地将新闻上的标题念了出来，"'秦氏科技集团总裁首次携子亮相，参与单亲家庭亲子活动'……怎么秦总的新闻配的是纪老师的照片？"

刘盼念着念着，脸上也露出了疑惑的表情。他接着往下一翻，发现后面还有一段亲子活动的视频，应该是路人拍的，不是很清晰。

视频里出现了五组家庭，只不过秦南御和纪微甜的镜头占比最高，整个视频几乎二分之一都是他们。

高颜值的组合外加两个可爱的宝宝，这段视频一经曝光便立刻吸引了大家的关注。

短短半个小时，评论页面已经长得翻不到底。

看到这里，实验室的大部分人都反应过来，错愕地看向走在后面的秦南御和纪微甜。

雷云嘉耿直地问道："纪老师，你跟秦总早就认识？你们居然还瞒着大家一块儿参加亲子活动。"

纪微甜参加活动前跟主办方确认过，主办方的摄影师跟拍，只是为了确保双方孩子的安全，顺便拍一些视频和照片给大家作为纪念，未经家长允许，不会私自曝光。连纪微甜都没想到会有路人拍了他们参加亲子活动的视频放到网上，还刚好在这种大家聚到一起的情况下被关注到。对上大家八卦的目光，她下意识地要撇清自己跟秦南御的关系，想也不想就说："不是，这个只是巧合，活动是我女儿……"

"现在已经是我的女儿了。"秦南御蓦地说道，淡定地打断她的话。

纪微甜愣了愣，扭头看他。只见秦南御像是忍了很久，无视她错愕的眼神，嘴角噙着一抹笑意，抬眸看向雷云嘉，替她回答："一起参加亲子活动是意外，不过抽到一组就是缘分。"

虽然这句话说得有点儿道理，但是大家怎么感觉这句话带着点儿"狗粮"味？

正当大家疑惑哪里不对劲的时候，秦南御已经走上前看了一眼网上的视频："拍得还行，就是没把我女儿对我的爱拍出来。"

一口一个"我女儿"，实验室的众人都要分不清秦南御到底是带儿子参加活动还是带女儿参加活动了。

最后还是纪微甜听不下去了，扭头跟大家解释："两个孩子分别是我女儿和他儿子，只不过在活动里我们换着照顾，所以我女儿跟着他。"

秦南御还想说什么，被纪微甜瞪了一眼。

纪微甜趁着秦南御不说话的空当，让大家赶紧进餐厅吃饭，自己则坐到座位上拿出手机刷新闻。

视频不长，就几分钟。

只是这几分钟视频的焦点全都集中在秦南御一个人身上。

"秦氏科技集团总裁""秦氏科技集团未来的继承人""第一次带着儿子参加公开的亲子活动"，光是有关秦南御的这些噱头就充满了话题性。

秦南御的盛世美颜完全扛住了摄像头三百六十度的拍摄，全无死角。

视频被放出的第一时间，评论里全是网友的截图，外加一堆花痴留言。

"这颜值，我爱了。"

"我原本以为我不是个肤浅的人，现在发现我错了——肤浅使我快乐！"

"啊！他真的好帅！"

"我又初恋了……"

纪微甜翻了整整十页评论，全都是在夸秦南御那张脸。

纪微甜忍不住扭头看了秦南御一眼，像是要确定一下他到底有没有网友们说的那么帅。结果她一扭头，正好对上了秦南御的目光。

秦南御从容地抬起筷子，往纪微甜碗里夹了一个小猪流沙包，淡淡地道："你这么盯着我看，觉得我秀色可餐？"

有种人只可远观不可亵玩，比如秦南御！他有毒！

纪微甜不死心地继续翻着评论，终于发现了不是在讨论秦南御的评论。

"这真的不是龙凤胎吗？怎么会有这么可爱的小孩子？！"

"楼上加一，我看见御少抱着女儿的画面，真的以为他们是亲生父女。"

"这算什么？御少的儿子那张帅气的小脸蛋儿，简直跟御少一模一样！"

"又想骗我生孩子系列……"

从秦南御到两个小家伙都得到了广大网友莫大的关注，唯独被当成视频封面的纪微甜被彻底忽略了。偶尔有一两个网友注意到她，居然还是羡慕她运气好，有机会跟秦南御一组参加活动。

明明她女儿跟她长得一模一样，这些网友一个劲夸她女儿长得好可爱，像个白乎乎的小糯米团子的时候，就不能顺带夸夸她这个妈妈吗？

还有那位说她女儿跟秦南御有父女相的网友，眼睛不要可以捐给有需要的人。

纪微甜腹诽，气愤地拿起筷子夹起碗里的小猪流沙包，用力咬了一口，像是把小猪流沙包当成了秦南御，趁机泄愤。

"纪老师，有人夸你跟秦总有夫妻相，还说你们两个一起带孩子的样子像极了一家四口。"雷云嘉一边吃着早餐，一边刷着八卦。他把嘴里的点心咽下去，大声给大家念了一段网上的评论，念完又小声嘀咕："怎么大家都喜欢帅哥？我虽然没有秦总帅，但纪老师是我的女神，如果我跟她一起参加活动，也会对她很好的。"

"你赶紧闭嘴吧！"刘盼发现秦南御目光凉飕飕地往他们这边扫了一眼，抬手往雷云嘉的嘴里塞了一块桂花糕。

"这么多吃的都堵不住你的嘴，你早晚死于话多！"刘盼把雷云嘉按了下来。

纪微甜却因为雷云嘉那句话面色微红，觉得有必要给大家解释一下她参加这个活动的原因。话还没有出口，坐在她身边的秦南御已经将手机放到她面前，指着屏幕上网友截出来的照片让她看——就是雷云嘉刚刚说他们像极了一家四口的那张照片。

纪微甜记得那张照片——就是当时他们都抱着孩子，秦南御突然揽住她的肩膀，她回头跟他"深情对视"的那张……

她没想到这张照片也会被曝光到网上。

纪微甜还记得自己刚看见这张照片时，脑海里闪过的第一反应是"父母才是真爱，孩子都是意外"这句话。

显然网友们也是这么想的。

"这真的是临时组建的家庭吗？主办方你直接告诉我这是一家四口，我也信啊。"

"来来来，大文豪们，给这张照片取个名字，你们觉得叫什么最合适？"

底下一片回复整整齐齐地刷屏——"一家四口"。

纪微甜茫然地抬起头，不明白秦南御为什么特意给她看这张照片。

秦南御的嘴角微微上扬，他带着一丝戏谑地说道："我现在是不是该顺应民意，叫你一声'秦太太'？"

被曝光到网上的视频让纪微甜这一顿早餐吃得压力很大。她没机会跟实验室团队解释清楚，身边的家人、朋友看见新闻也纷纷打电话询问她。

养父母的反应还好，他们只是担心秦南御的爱慕者太多，怕一些狂热粉丝会对纪微甜有敌意，叮嘱她一个人出门千万要小心。

林慈在电话里察觉到纪微甜没把这件事放在心上，不禁提高音量教育道："甜甜，别的事妈妈就不管了，但是安全的事不能大意。你要是不听话，爸爸妈妈只能麻烦秦总多多照顾你跟瑶瑶了。"

听见林慈要去找秦南御，纪微甜神经一凛："别别别，妈，我会注意的。"

家长出面让人照顾她，怎么看都像是小学生的操作，她自己都是有孩子的妈妈了，传出去多丢人。再说了，秦南御弱不禁风的，他们两个在一起，还不知道谁照顾谁呢。

纪微甜站在包间的落地窗前，见秦南御一直往她这边看，像是嫌她聊得太久了。她伸手捂住手机："妈，我真的没事。我这边还跟实验室的同事们在一起吃饭呢，你跟爸爸放心，我先挂了。"

她挂了电话回到餐桌前，手机又响了，电话是卡丽打来的。

纪微甜想了想，先挂了，给卡丽回了一条信息。

秦南御开口问："谁的电话？"

纪微甜撇撇嘴："我妈妈。她看到新闻了，担心你的粉丝看见我们在一起参加活动会有什么过激行为，让我注意安全。"

纪微甜顿了顿，刚要说哪儿有这么夸张，网上的大部分评论都挺理智。

她话还没说出口，秦南御突然认真额首道："你妈妈说得有道理，安全问题确实不能大意。既然问题是我引起的，就应该由我负责你的安全。"

纪微甜猛地一愣，呆呆地看向他，说："我们只是一起参加活动，又不是公开恋情，没有必要这么草木皆兵吧？"

"我觉得有必要。"秦南御一字一顿地说道，然后从网络大环境和他数量庞大的粉丝群体等方面有理有据地给纪微甜分析，最后总结道，"就算不是为了你自己，为了瑶瑶你也要小心。所以以后你去哪里，最好都先跟我说一声。"

这话听着怎么像是她被他监管了？纪微甜刚要抗议，手机又响了，是纪家那边打来的。看见是苏素媚的电话，纪微甜想也不想就挂断。

结果下一秒，纪墨峰又将电话打了过来。

纪微甜刚拿起手机准备接起来，一只手已经横到她面前，替她把电话挂断了。

她错愕地看向秦南御。

秦南御对上她的目光，伸手替她把落在脸颊上的碎发别到耳后，淡定地说道："不想接的电话就不用接，你的安全现在由我负责，出什么事，都有我在。"

纪微甜一时有些接不上话，意识到他是看出她的不便而特意给她撑腰，她的心微微一动，一丝暖流淌过心田。

她已经不记得这是第几次了——秦南御不经意间的一句话让她觉得十分感动。心里虽然不断地提醒自己这个男人有毒，可她还是会被他的话影响。

一顿饭吃完，纪微甜忍不住打起哈欠。相比实验室的其他人，她可是熬了一整个晚上，一分钟都没有休息过。

"实验资料让其他人去整理，我先送你回去。"秦南御看出她的状态不太好，没有给她拒绝的机会，从餐厅出来便吩咐助理送大家回实验室，自己则带着纪微甜回秦家别墅。

纪微甜是真的累了，高强度的脑力劳动过后整个人都有些虚弱。她一上车就靠在车门上沉沉地睡了过去。

抵达秦家别墅的时候，秦南御没有叫醒她，而是径直把人抱到自己的房间。

看见纪微甜疲惫的睡颜，秦南御眼底闪过一丝心疼。他吩咐管家不要让任何人进来打扰她休息，然后转身拿着手机去了书房，给在实验室的助理打电话。

"秦总，实验的成果已经整理好发给技术部门了，宣发部也会马上安排新产品发布会，媒体方面也已经联系好了……"

所有的工作都已经准备就绪。

秦南御坐在办公桌前，看着助理发给他的邮件，黑眸微微闪烁。

"我让你问的事情，你问了吗？这次实验最后的优化部分是谁负责的？"

"这个……我问是问了，但是刘组长的意思是，这是团队一起努力的结果。真的要说功劳的话，刘组长倒是一直强调纪小姐的功劳最大，还说他们能顺利完成实验多亏了纪小姐……但具体什么功劳，他不愿细说。"助理有些迟疑地开口道。

"我知道了。"秦南御挂了电话，将手机放到桌子上，双手交叠撑着下巴，盯着屏幕陷入沉思。

这次实验完成得很漂亮，程序的算法优化也达到了极致，远远超出了他预计的目标。可以说，他们完胜了 Re 集团。可他总觉得哪里不对劲……他之前最担心的问题好像并没有出现，又有可能，问题其实出现过，只是被人解决了。

刘盼为什么一直强调纪微甜的功劳？这其中还有什么事情是他不知道的？

秦南御站起来，重新回到卧室。他坐在床边，看着睡在床上难得乖巧的纪微甜。修长的手指轻轻拂过她的眉，他幽幽地问："纪微甜，是你吗？"

纪微甜醒来的时候，发现房间里只有她一个人。她伸手抓了抓头发，迷糊地眨了眨眼，半晌才反应过来——秦南御又把她抱到了他的房间。

一回生二回熟，这次纪微甜没有被吓到，反而很淡定地起床、下楼、回自己的房间刷牙洗脸。她睡了一整天，早就饿得肚子"咕咕"叫。

纪微甜刚要去问管家有没有吃的，走到客厅发现秦南御居然在家。他站在客厅的落地窗前，身姿挺拔，手里拿着电话，正在给助理交代着什么。

午后的阳光透过玻璃窗照进来，洒在秦南御棱角分明的俊脸上，在他周身笼罩了一层橘色的光，这场景远远看过去像一幅画。

纪微甜忍不住多看了两眼。

秦南御像是感觉到什么，突然回头朝着她的方向看过来。

看见她醒了，秦南御眉峰微挑。

纪微甜努努嘴，算是跟他打过招呼，扭头进了餐厅。

管家很贴心，虽然没有到晚餐时间，但是见纪微甜饿了，立刻给她煮了一碗面。

纪微甜低头吃了一口面，满足地眯起眼睛，正想谢谢管家，眼前忽然投下来一片阴影。

秦南御不知道什么时候已经挂了电话，走到她面前，见她在吃面，扭头让管家给他拿个小碗。

纪微甜伸手护住自己的碗："这是我的，不分给你！"

管家也在一旁开口："御少想吃的话，我再去给你煮一碗。"

"不用，我就吃一点儿。"秦南御指了指纪微甜面前那一碗。

人在屋檐下，不得不低头。纪微甜最后还是分给他一小碗，嘴里碎碎念："秦南御，我要是得罪你了，你就跟我直说，我保证跟你道歉，只要你别再跟我抢吃的、喝的。"

这人最近越来越过分了。先是喝她的水，现在又要跟她抢吃的，他还是不是人？

"愿意熬夜帮我的团队完成实验，不愿意分我一小碗面条？"秦南御将手机放到餐桌上，淡淡地说道。

纪微甜愣了愣，有些惊讶地看他，下意识地想要解释，想了想，又觉得秦南御在诈她，小声嘟囔道："你少往自己脸上贴金，我留在实验室帮忙不是为了你。大家好歹是一个团队，我是为了帮我的团队。"

"不是因为担心秦氏科技集团会输给 Re 集团？"秦南御一双黑眸定定地盯着她，像是想要从她脸上看出什么。

结果纪微甜的注意力全在吃上面，一口汤一口面，她吃得不亦乐乎。

秦南御等了半天，等不到纪微甜的一句回答。

她吃饱了，还一脸嫌弃地问他："你怎么吃得这么慢？"

秦南御："……"

"我妈经常说，吃饭不积极，脑子有问题。"纪微甜说完，没理会黑脸的秦南御，拿起手机拍拍屁股走了。走到餐厅门口，想起什么，她回头跟秦南御说："我今天去接瑶瑶放学，顺便带她回去看我爸妈，晚上不回来了。"

前一秒还在郁闷的秦南御，听见这句话，危机感十足地看向她："明天是周末，我们要参加亲子活动。"

纪微甜显然忘了，怔了怔，提出折中的办法："要不，我把睿睿也一块儿接走？"

"那我呢？"秦南御幽怨地问。

纪微甜刚想说你不是宝宝，秦南御已经抬腿走到她面前，抓住她的手臂，一字一顿地强调："活动要求的是两个家庭参与，不是只要两个孩子。我不在，你一个人不行。"

纪微甜想想好像是这样，而且以秦南御的高人气，他要是不出现，主办方只怕要找她的麻烦。

纪微甜撇撇嘴，问道："那我今天先带两个孩子回去，明天给你送一个回来，这样行不行？"

"不行。"秦南御想也不想地拒绝，扭头吩咐管家去给他准备一套换洗衣服，再连同睿睿的衣服一起准备好。

安排好一切，他垂眸盯着纪微甜："要走就一起走，正好我也有段时间没有见伯父伯母了，理应上门拜访。"

秦南御说完，没有给纪微甜反对的机会，拉着她就往外走。

等到秦南御把纪微甜塞到车上的时候，管家也已经替他收拾好行李箱。

秦南御亲自开车去接了儿子，又掉头去接女儿。

每当纪微甜提出拒绝跟他住在一起的时候，秦南御总能先一步提起给女儿换幼儿园的事。

"睿睿跟瑶瑶同龄，两个孩子念一个学校能互相照应，我们接送起来也更方便。你要是不愿意让瑶瑶转学，我可以让秦默睿转到瑶瑶的幼儿园。"

第十七章

晚安，我爱你，爱你

纪微甜成功被他转移了注意力，开始认真思考让睿睿跟瑶瑶念同一所幼儿园这个问题。车子在她养父母开的小吃店前停下来，秦南御从后备厢里拎出两盒中老年人高档补品。

"这些是给我爸妈的？"纪微甜看见秦南御点头，直接傻眼。她只想问一句，他是什么时候准备这些东西的？他们来看她爸妈不是临时决定的吗？

纪微甜忽然想起他们来之前，秦南御说的那句"想念她父母"……他该不会不是随口说说，而是真的惦记两位老人家吧？

纪微甜目光微微闪动，看向秦南御的眼神都变了。

纪微甜愣怔间，林慈已经从小吃店里出来，牵着两个孩子往里走了，同时开口招呼道："甜甜，外头人多，快带秦总先进来！"

由于网上流传出视频，秦南御现在的人气堪比一线男明星，所到之处总有人拿着手机偷拍他，大胆的路人还会上前问他要签名。

林慈注意到店门口有不少人往这边看，这才着急让他们进来。

纪微甜刚要喊秦南御，秦南御已经将两盒补品换到一只手上拿，空出另一只手，熟稔地牵着她往店里走。

纪微甜愣了一秒，发现周围有人在拍他们，想要让秦南御放开她。

他们既不是情侣，也不是夫妻，总牵手秦南御不觉得奇怪吗？

结果秦南御没松手，还故意攥得更紧了。

纪微甜瞪他，秦南御假装看不见，生拉硬拽地把她拉进了小吃店。

沈义献和林慈好几天没见到自己的外孙女，正轮流抱着小糯米团子。小睿睿也没被落下，哄得两个老人家都高兴得合不拢嘴。

"瑶瑶重了，肯定是秦总照顾得好。"沈义献抱着外孙女跟秦南御道谢。

秦南御拎着礼盒上前放到收银台上，态度谦逊地说道："伯父过誉了。瑶瑶很乖，是你们教育得好。"

沈义献和林慈因为纪家的门第，一直内疚于出身不好导致女儿被人嘲笑。如今听见秦南御的肯定，沈义献眼睛都亮了，噙着一抹泪。

秦南御又适时地开口："伯父伯母也别叫我'秦总'了。我毕竟是晚辈，二位叫我'南御'就好。"

"这……"

沈义献和林慈向来优先考虑女儿的想法，于是下意识地看纪微甜，询问她的意见。

纪微甜还在生气刚才秦南御抓着她不放的事，鼓着腮帮子瞪他。秦南御一个劲地给自己爸妈献殷勤，熟练得像是演练过几百遍，三两句话就把她爸妈哄得要把他当亲生儿子，简直让人目瞪口呆！

这会儿纪微甜见她爸妈扭头问她，气得差点儿揭开秦南御的真面目，告诉大家他就是一只大尾巴狼。然而她没机会——因为，在她开口之前，秦南御的出现引起了众人的围观，乌泱泱的人群堵在小吃店门口，把人来人往的小街道都给堵住了。

不明真相的围观群众都以为店里来了大明星，纷纷探着脑袋往里看。

场面有些失控。

沈义献和林慈没想到会出现这样的状况，回过神后，连忙让纪微甜带着秦南御从小吃店后厨的小门离开。

"秦南御！"纪微甜看了一眼愣在原地半晌没有动作的男人，忍不住喊了他一声。

秦南御回头看她，还是没动，手倒是朝她抬了抬，像是在说：要我跟你走可以，你来牵我呀。

要不是当着她爸妈的面，纪微甜真想直接赏他一榔头，让他知道花儿为什么这样红！

纪微甜往小吃店门口看了一眼。眼看小吃店就要被人群挤爆了，她顾不上跟秦南御计较，一步上前，抓着他就往后门跑。

两个小家伙的动作比他们快多了。

瑶瑶一早就拉着睿睿从后门溜了出去，见纪微甜跟秦南御姗姗来迟，嘟着小嘴跟身边的哥哥吐槽："我妈咪笨笨，牵手都不会，什么时候才能把帅爸爸拐回家？"

睿睿蹲在小妹妹身边，摸着小下巴若有所思道："看起来，好像是我爸爸想拐你妈妈。"

纪微甜正好走到他们面前，没听清睿睿说什么，刚要问他，秦南御已经把她从儿子面前拉走了。

"秦南御，睿睿跟瑶瑶还在后面！"纪微甜错愕地扭头，对上秦南御的目光，只见他淡定地勾唇，丝毫不担心两个只有四岁的孩子会走丢。

"要是能把妹妹带丢了，秦默睿也不用回来了。"

纪微甜："……"

有纪微甜的养父母在，秦南御和纪微甜不用担心谁做饭这个问题。

两个老人家好久没有这么高兴了，见秦南御带着睿睿来家里做客，提前关了小吃店，回家给他们做饭。

纪微甜是个厨房小白——下厨的事情向来没有她参与的份儿。

在她心里，厨房里的活计，秦南御做得还不如她。他要是识相点儿就该像她这样，佯装自己要照顾儿子和女儿，想办法离厨房远远的。结果他倒好，不仅没躲，还主动凑上前，挽起衣袖，真诚地询问："伯父伯母，我能帮忙做什么？"

他这突如其来的神奇操作让纪微甜愣住了，也让沈义献和林慈吃了一惊。他们回过神跟秦南御说"不用"，然后让他先到客厅坐一会儿，很快就可以开饭了。

"真的不用吗？我可以帮忙洗菜。"秦南御很坚持。

纪微甜站在客厅里，用见到鬼一般的眼神看着无事献殷勤的秦南御。她爸妈脸上的神色因为他这句话变得不一样了，目光里全是赞赏。

林慈还特别不客气地招呼纪微甜："甜甜，你这孩子怎么不懂事？快带秦总到客厅去休息，再给他泡一杯你爸爸喜欢的普洱茶！"

突然被点名的纪微甜嘴角微微抽搐。沈义献的普洱茶是她上次出差的时候，特意给他带的。

老人家节省惯了，贵的东西哪怕再喜欢也舍不得天天喝，所以一直珍藏着，结果现在他们居然让她把茶叶拿出来招待秦南御……

一顿饭，纪微甜吃得如坐针毡，总担心她的爸爸妈妈会不会跟秦南御聊着天儿，突然扭头问他们什么时候结婚。

纪微甜几次想要解释她跟秦南御只是一起参加活动，不是在交往。可每次她刚开口，秦南御就往她的碗里夹菜。

纪微甜被打断了好几次，找不到说话的机会，只能被动听着她爸妈跟秦南御聊天儿，从他平时的工作聊到他的家庭情况……

"我们听睿睿提起过他太爷爷。听说老人家在国外养病，身体还好吗？"林慈抽了张纸巾，替身边啃完鸡腿的睿睿擦嘴，同时关心地问道。

纪微甜神经一凛，忙不迭地抢在秦南御前面开口："妈，食不言寝不语，咱们吃完再说！"

她跟秦南御的关系，真的还没有熟到要交流双方家庭情况的地步。

纪微甜的提醒被他们无视了。

面对林慈的询问，秦南御放下筷子，耐心回答："爷爷的手术很成功，静养一段时间他就能康复。"他顿了顿，又补充道，"爷爷见过瑶瑶的照片，也很喜欢瑶瑶。"

"你爷爷怎么会见过瑶瑶的照片？"这下好奇的人变成了纪微甜。

她茫然的眼神在小糯米团子和秦南御之间来回移动。

纪微甜突然有一种被抛弃的失落感。

她的女儿都跟秦南御有小秘密了，她失宠了吗？

"瑶瑶第一次见我的时候，带着我的杂志封面到秦氏科技集团说要见自己的爸爸。"秦南御慢条斯理地道，像是在暗示什么，"也许这就是缘分，因为她身上戴着秦默睿的玉佩，所以助理把她带到了我面前……这件事后来让我爷爷知道了，就非闹着让我带瑶瑶去验DNA。"

秦南御说得很简单，大致把他跟小糯米团子的初遇描述了一下，餐桌上的其他人却是倒抽了一口凉气。

沈义献和林慈像是在看八点档狗血剧，难以置信地看着秦南御。

四岁的奶娃娃带着一张照片找爸爸，最后还真的领回了一个"高富帅"爸爸……电视剧都不敢这么演好吗？！

令纪微甜惊讶的则是另外一个问题："所以，你真的听你爷爷的话，带瑶瑶去验DNA了？"

语毕，沈义献和林慈再次惊讶地看向秦南御。他们想了想，觉得不太可能——秦南御得多天真，只凭着一面之缘就相信对方是自己的亲生女儿？

"要是没去验的话，你是怎么应付你爷爷的？"纪微甜见他不说话，又径自问道。

秦南御低头喝了两口汤，淡淡地说："我没跟爷爷聊过这个问题，是管家去汇报的，你得问他。"

秦南御说了等于没说。

不过纪微甜没深究这个问题，觉得既然没验DNA，管家应该会把情况跟秦爷爷说清楚。

她女儿可跟秦南御这个"扫把星"没什么关系。

这顿饭大家吃得很融洽，沈氏夫妇已经开始毫不掩饰地吩咐纪微甜，让她又是给秦南御倒茶，又是给他切水果——两位老人家只差没开口喊秦南御"女婿"了。终于，在林慈开口让纪微甜把秦南御的行李拿到纪微甜的房间的时候，她吓得连忙把林慈拽到了洗手间。

"妈，我跟秦南御不是你们想象的那样，我们的关系只是……"纪微甜一时半会儿不知道该怎么定义她跟秦南御的关系，微微噎住了。

林慈一副过来人的模样，拍了拍她的手，说："行，妈妈不催婚，知道你们年轻人谈恋爱需要空间，就按照你们的想法来。"

"不是，妈，我跟秦南御根本没有谈恋爱。我们只是合作关系，一起参加活动而已。"纪微甜试图说服林慈，话一出口，见林慈的脸色微变，又担心自己是不是说得太直接了。

纪微甜正要委婉一点儿跟林慈好好解释一下时，林慈突然伸手捏了捏她的鼻子。

"我的傻女儿，就算不是在跟秦总谈恋爱，可秦总喜欢你，你总该知道吧？"

纪微甜怔了怔，嘟囔："妈，你瞎说什么呢？秦南御怎么可能喜欢我？我俩就是兄弟，还是互相看不顺眼的那种……"

纪微甜越说声音越小，脑海里蓦地浮现出很多画面。

她一直回避的那个问题仿佛一瞬间被人拉到眼前。

秦南御最近对她确实有点儿怪怪的。

她一开始没有放在心上，后来是懒得跟他计较，觉得多一事不如少一事，尽量让着他。可仔细回想，秦南御最近不只对她的态度变了，整个人好像都变了，喜欢黏着她，傲娇又要人哄。

说出去都没人敢相信，这是名震商界的秦南御。

"他也不一定喜欢我，没准儿是看在瑶瑶的分儿上，对我客气一点儿。你是没见到他宠瑶瑶的样子，说'睿睿不是他儿子，瑶瑶才是他女儿'都有人信。"纪微甜试图替秦南御的反常找理由。

林慈也迟疑了，但还是劝道："秦总是个好孩子。现在这年头，像他这样出身名门又事业有成的男人，有几个对长辈谦逊有礼又喜欢小孩子的？都说有钱人容易看不起人，我看秦总就没有这些毛病。"林慈怕念叨多了女儿嫌烦，但又忍不住多说两句，"妈妈不是要逼你，咱们不求富贵，只想找个真心对你好的。我跟你爸年纪大了，不知道还能陪你几年。你一个人带着瑶瑶，让我跟你爸爸怎么放心？"

"妈！"

养父母就是纪微甜的逆鳞——别说别人欺负他们，就是他们说自己一句不好，纪微甜心里都会不舒服。

"你跟爸身体好着呢！别说我了，就是瑶瑶结婚，你们都能看见！"

林慈被纪微甜逗笑了，担心说多了给女儿压力，也没再开口。

秦南御最后没在南坡公寓住下来，而是主动提出带儿子回秦家别墅，明天再来接纪微甜参加活动，让她好好陪陪父母。他的绅士举动又得到了沈氏夫妇的一致好评。

这次是沈义献没忍住，在秦南御带着小家伙往外走的时候，催促纪微甜去送他们父子。

"不用了吧？他对这里很熟的，而且车子就停在楼下，不麻烦……"纪微甜因为林慈的话脑子有点儿乱，现在一看见秦南御就紧张，顾不上礼不礼貌，只想拒绝。只是话还没有说完，纪微甜就已经被推了出去。

见家门在她身后被迅速关上，纪微甜只能牵着儿子跟在秦南御后面。

好在秦南御似乎也在沉思什么，没有主动跟她说话。

纪微甜的父母回家时，已经帮他们把车开了回来，停在了小区停车场。纪微甜和秦南御相安无事地下楼，一直走到车前。

纪微甜把小家伙抱到儿童安全座椅上，正准备跟他们说拜拜，秦南御突然抓住她的手腕，将她拉到了自己面前。

纪微甜对上他的目光，总觉得他的眼神很危险，带着她看不懂的情绪。她脊背有些僵硬，心乱如麻。

没等秦南御说话，她已经抢先开口："时间不早了，你们早点儿回去吧，有什么事明天再说！"

语毕，她扭头就跑，一口气冲进公寓楼。

秦南御看着她消失的身影，俊脸神色微沉。偏偏旁边还有一只小魔鬼从车子里探出小脑袋，说："你好像又把我妈妈吓跑了！"

纪微甜跑进公寓楼，靠在墙上停了下来，像是害怕秦南御会追上来，小心翼翼地往外看了一眼。确定没人跟上来，她才蓦地松了一口气，眼前不断浮现出刚才的情景，好不容易平复的心情又变得波澜起伏。

秦南御专注的目光带着浓烈的感情，直勾勾地盯着她……就像要告白。那一刻，纪微甜也不知道自己在慌什么，从脚指头到天灵盖都一阵阵发麻。她紧张到手足无措，脑子里一片空白，下意识地想要捂住脑海中秦南御的嘴，让他别说了，可她的耳边仿佛又响起养母说的话——

"……秦总喜欢你，你总该知道吧？"

秦南御……喜欢她……这个想法让纪微甜的心一阵悸动。

她低头从口袋里掏出手机，打开了热搜。果然，秦南御带着儿子出现在她养父母小吃店的照片被人传到网上，掀起了新一轮讨论的热潮。

这一次，大家的焦点不再是秦南御的盛世美颜，而是秦南御牵着她的手这件事……

"谁来告诉我，是不是我看花了眼？他们这是……假戏真做了？"

"牵手算什么？看看御少的眼神，就差没把'我的女人'四个字刻在自己脸上了！"

"十分钟内，我要知道这个女人的全部信息！"

"都别说了，刚恋爱就失恋的我等一个恋情公布，新闻标题都替他们想好了，就叫'王子遇见灰姑娘，高冷御少秒变"牵手怪"'。"

"楼上这位朋友，'情场失意，职场得意'了解一下？诚邀你明天立刻到我们公司宣传部上班！"

评论的内容褒贬不一，网友们说什么的都有。

有人出来辟谣，说这是主办方故意炒作；有人说他们两个非常般配；有人出来骂纪微甜，说她参加活动就是想攀上秦南御，妄想嫁入豪门，飞上枝头变凤凰；还有人开始扒纪微甜的身份背景……

纪微甜表情有些呆滞，手指却灵活地翻着手机页面，将网友们上传的她跟秦南御的合照都看了一遍。

尤其是秦南御含情脉脉地看着她的那张照片，纪微甜反反复复看了十遍——最后连她自己都觉得，那张照片里的秦南御眼神有毒。

没等纪微甜分辨出自己对秦南御到底是什么感觉，手机就突然收到一条短信，是个陌生的号码发来的，上面只有简单的四个字——

"我回来了。"

纪微甜眉心微蹙，盯着号码看了一会儿，只当作是垃圾短信，退出收件箱，把手机塞回口袋，然后挪着脚步蜗牛似的往外走。她发现秦南御停车的地方已经空无一人，愣了愣，感到莫名的失落。

纪微甜双手揣在口袋里，踢着小石子儿往前走，像是把地上的小石子儿当成了秦南御的脑袋。她不知不觉走到街道上，在来来往往的人群里搜寻秦南御的踪迹。等意识到自己在想什么，她愣住了。

她茫然地眨了眨眼睛，心里突然有些躁动，忍不住拿出手机想给秦南御打电话。电话还没有拨出去，她眼前突然出现了一个人影。

这个人身材窈窕，穿着亮眼的短裙，举止优雅，身上还带着淡淡的香水味……熟悉的感觉让纪微甜有些出神。

纪微甜眼前的人高兴地抓住她的手，说："微甜，真的是你！我还以为是我认错了！你还记得我吗？我是心妍呀！"

纪微甜抬起头，看清眼前的人，大脑有一瞬间的空白。

时间仿佛倒退回到四年前，那时纪微甜验孕后不敢相信自己怀孕了，一个人偷偷到医院做检查。对未知的恐惧、对生命的敬畏都让当时的她紧张不已。也是在那个时候，她遇见了跟她同病相怜的骆心妍。在她最彷徨、最无助的那一年，是骆心妍陪她一起度过的。也是在那一年，她亲眼看见了秦南御身为男人最冷酷无情的一面……

骆心妍的出现，像是一盆冷水狠狠地浇到纪微甜的头上，将她刚刚悸动的心浇了个透心儿凉。

"微甜，你怎么了？你是不记得我了吗？"骆心妍久久等不到她的回应，有些失落地垂下眸，但是抓着她的手一直没松开。

"记得……"纪微甜终于找回自己的声音，说道，"你四年前突然消失了，我找了很久都没有你的消息，没想到会突然遇见你，所以有些惊讶。"

不只是惊讶，还有很多复杂的情绪，纪微甜一时半刻也厘不清。只是一想到自己现在跟秦南御的关系，再看见骆心妍，纪微甜百感交集，又无从说起。

骆心妍像被她的话牵动了情绪，轻叹了一口气："四年前的事说来话长，你有时间吗？我们找个地方喝杯饮料。"

纪微甜说不出拒绝的话。

两个人没有走远，就在江城大学附近的一间水吧找位置坐了下来，各点了一杯果汁。

"我没想到你毕业后会留在江城大学，一晃四年都过去了……这些年你过得好吗？"骆心妍搅着杯子里的果汁关切地询问，语气亲昵得仿佛从未离开过，跟纪微甜还如四年前那般亲密无间。

"挺好的，我后来重新回到学校念书，毕业后就继续留在学校工作。"纪微甜眼眸微抬，看着眼前熟悉又陌生的骆心妍。

骆心妍跟四年前不太一样了。她的外貌变了，从青涩的模样蜕变得成熟妩媚，也更加时尚。她的气质也变了，以前的她胆子很小，总是小鸟依人，说话都不会大声，现在她的气场看起来一点儿都不输在职场上摸爬滚打的卡丽。还有她穿的衣服、用的包，纪微甜虽然不崇尚奢侈消费，但是对国际知名品牌还是认得出来的。

纪微甜喝了一口果汁："你现在过得怎么样？当初怎么一句话都不说突然就走了？"

看着纪微甜的眸光微闪，骆心妍眼底掠过一抹幽光，随即，她的嘴角扯出一抹苦笑："不走又能怎么样？我什么都做不了，留下来只会让自己难堪。"骆心妍说到这里，眼含热泪，突然伸手抓住纪微甜的胳膊，满含歉意地开口，"微甜，当年我受到那样的屈辱，也是一时冲动才会头也不回就走，没顾得上跟你说一声，希望你不要怪我。"

纪微甜喉头微涩，说不出话。

她的脑海里浮现出骆心妍说过的爱情故事——骆心妍跟秦南御的爱情。

计算机系年轻漂亮的小学妹跟才华出众的学长一见钟情。

秦南御太优秀了。在江城大学，他做任何事情都是万众瞩目的，当他的女朋友等于活在显微镜下，要接受众人的探究。

骆心妍说，秦南御是为了保护她，所以没有公开他们的恋情，选择了地下恋爱。

秦南御很爱她，生死契阔，与子成说。

纪微甜能想象到的情侣间最浪漫的事，骆心妍和秦南御都一起做过。

骆心妍在纪微甜面前说起她跟秦南御交往的点滴时，绘声绘色的模样让纪微甜真切地感受到秦南御有多宠爱自己的女朋友。

按理说，他们就该这么幸福地交往下去，等着毕业后光明正大地结婚。可是江城大学突然有了个交换生名额，秦南御是首选。

骆心妍的成绩远不及当时的纪微甜，再加上要越级申请名额，骆心妍想要在一众佼佼者中脱颖而出几乎是不可能的。

"我是爱他的，可又不得不跟他分手。南御要为了我放弃出国当交换生的资格，我不能看着他为我牺牲……我当时只是想着为他好，不知道他会这么在意这个名额，也不知道他会因此认定我从来没有爱过他……"当时的骆心妍哭倒在纪微甜的怀里，抓着她的手臂一遍遍问她，"微甜，你说南御会不会因为这件事不愿意再要我？他还会爱我吗？愿意再跟我重新开始吗？"

当时是怎么安慰骆心妍的，纪微甜记不清了。她当时只是坚定地相信，秦南御不是那样不负责的人。

全心全意爱过的人怎么会说不爱就不爱了，更何况骆心妍和他还有一条切不断的纽带，可后来发生的事情完全出乎了纪微甜的意料……

纪微甜目光闪了闪，从回忆里抽身，再看向坐在她面前的骆心妍，抿了抿唇，说："我没怪你。只是你突然不见了，我担心你出事，找了你很久……这几年，你过得好吗？"

"不好。"骆心妍眼底的苦涩越发明显，像是终于找到一个倒苦水的地方，两只手都抓着纪微甜的手臂，还没有开口，眼泪先落了下来，"我还没有毕业就休学、出国……家里虽然托了关系让我在国外继续念书，但是我发现我根本忘不掉南御。我每天都失眠，好不容易睡着也会从梦中惊醒……最初的两年，我都不知道自己是怎么熬过来的。"

骆心妍哭得声泪俱下，楚楚可怜。

纪微甜除了安慰她也不能说什么，只是听见她说忘不掉秦南御，纪微甜的心里有些说不上来的烦闷。

骆心妍抓着纪微甜的手突然用力，像是攥着最后一根救命稻草。

"微甜，我这次回来是因为实在太想念我的儿子了。我当年离开的时候，他还只是一个婴儿。我想见他……可是秦家别墅门禁森严，我根本进不去……我们是最好的朋友，你帮帮我好不好？只有你能帮我了！"

骆心妍突如其来的请求，让纪微甜心里"咯噔"一下。

自从知道睿睿是秦南御的儿子的那一刻起，纪微甜就猜到了睿睿跟骆心妍的关系，也将自己对睿睿的亲近感归结为自己曾与骆心妍关系亲密。

猜到睿睿的身世后，纪微甜总忍不住想要多照顾他一点儿，也算是自己唯一能为朋友做的事情。只是后来，她似乎渐渐控制不住自己的感情，反而将自己当成了睿睿的亲生妈妈……

"微甜？微甜？"骆心妍见纪微甜迟迟不说话，忍不住开口喊道。

纪微甜回过神，局促地抿了抿嘴唇，同时想起另外一件事，眼神有些复杂地看向骆心妍："我跟秦南御现在的情况，你都知道了？"

纪微甜虽然用的是疑问句，但心里已经有了答案。骆心妍并不知道纪微甜是纪家的大小姐——正常来说，她想要进秦家别墅看自己的儿子，找谁帮忙都不可能想到找纪微甜这个八竿子打不着的人。可骆心妍回国后，第一时间就找到了纪微甜。再联想到这两天热搜上全是自己跟秦南御传的绯闻，纪微甜觉得，只要稍微留心一下八卦的人都会看见这个消息。

骆心妍会怎么想？

纪微甜眸光微沉，犹豫片刻，想要解释："心妍，我跟秦南御现在……"

"你不用解释，我相信你！"骆心妍打断她的话，松开她的手臂，双手牵住她的手，真诚地看着她，"微甜，你什么都不用说。我当你是最好的朋友，相信你是不会在知道我跟南御关系的情况下，还当我们之间的第三者的。你只是为了帮我照顾睿睿，才会跟南御一起参加亲子活动的，对不对？现在媒体的炒作方式越来越没有下限，南御的名气这么高，用他的绯闻来炒热度是连我都能想到的招数。我怎么可能误会你？"

纪微甜眉心微拧，咬着唇，不知道该说什么。

她一开始确实不想跟秦南御一起参加活动，后来为了睿睿跟瑶瑶参加活动也是事实。可现在她跟秦南御……

纪微甜的思绪到这里突然卡壳了，她解释不了自己跟秦南御的关系。

面对骆心妍无条件的信任，她丝毫感觉不到快乐，只有心虚和内疚。

偏偏这个时候，骆心妍伸手抱住她，哽咽出声："微甜，你帮我挽回南御，让我们一家三口团聚，好不好？"

"不好！"纪微甜蓦地站起身，往后退了一步。

骆心妍没想到纪微甜的反应这么激烈——纪微甜突然跟她拉开距离，令她差点儿摔到地上！

骆心妍勉强稳住身体，错愕地看向纪微甜，不敢相信纪微甜会拒绝自己。

纪微甜也愣住了。对上骆心妍难以置信的目光，她才猛地意识到自己刚才说了什么，但又不后悔。

"我跟秦南御只是普通朋友没错，就是因为这样，我才不能帮你。亲子活动有明确的规定，不能未经合作家庭的允许擅自把孩子带到其他地方。我不能违反规定，带睿睿出来见你。"纪微甜深吸一口气，没等骆心妍开口，又径直道，"至于你跟秦南御的感情……如果你们还有感情的话，想必你亲自去跟他谈，会好过由我这个无关紧要的人插手。感情的事情，外人帮不上什么忙。"

纪微甜说完，又说了一声"抱歉"，察觉到自己精神状态不太好，扭头叫服务员过来，买单想要离开。

她刚迈出脚步，骆心妍突然伸手抱住她，号啕大哭："微甜，是我不好，我不应该一回来就跟你说这些。我只是憋得太久了，身边又没有一个朋友可以诉苦。我心里有多难受，你知道吗？你也是有孩子的人——如果有人把你的女儿抢走，四年都不让你见她一面，你心里会有多苦？我是真的受不了了，每天都过得浑浑噩噩，生不如死……"骆心妍哭诉着跌坐在地上，伸手抓着纪微甜的衣摆，楚楚可怜，"微甜，如果我刚才说错什么话，我给你道歉。我真的不是故意为难你，只是太想儿子了……他都四岁了，我还没有听他叫过我一声'妈妈'！"

骆心妍的话让纪微甜心里微微抽痛。

身为一个母亲，最痛苦的事情莫过于失去自己的孩子。

光是想象有人要跟她抢瑶瑶，她整颗心就跟被人揪着一样，一秒都忍受不了。

可同情归同情，原则是原则。

她不能因为同情就违背做人的原则，利用秦南御对她的信任，把骆心妍带进秦家别墅。

那么小的孩子，突然被带到一个陌生人面前，又被告知这个人是他的亲生妈妈……这对孩子而言，很可能不是美梦，而是一场惊吓！

"我没有生你的气，只是帮不了你。"

纪微甜努力让自己冷静下来，见周围的人都在看她们，伸手想要把骆心妍拉起来。可她的手伸出去后，骆心妍不仅没顺势站起来，反而朝她跪了下来。

纪微甜猛地一愣，问道："心妍，你这是干什么？"

骆心妍无视了周围的目光，眼中只有纪微甜。她原本妆容精致，哭过好几次后，脸上的妆已经花了。她现在看起来，跟美丽、优雅没有一点儿关系。可眼泪就是女人的武器，她哭成这样，陌生人看见都觉得揪心，更别说身为朋友的纪微甜。

纪微甜越是想要扶她起来，骆心妍哭得越是凄惨。骆心妍一动不动地跪在纪微甜面前，哭诉自己这几年的经历。

"你知道我有多喜欢孩子吗？我刚开始跟南御交往的时候就幻想过，如果有一天我们有了属于自己的孩子，我一定要好好照顾他，陪伴他成长。我从来没有想过，自己有一天要跟亲生骨肉分离。

"这几年，我只要在路上看见小男孩就会忍不住想，我的睿睿是不是也这么高，也这么大了……因为太过思念儿子，我得了很严重的抑郁症。如果不是舍不得儿子，我可能都没有勇气坚持到今天！

"为了缓解对儿子的思念，我只要一有空就会到福利院帮忙照顾孩子。我一边看着那些可爱的孩子，一边想，如果有一天自己能见到睿睿，他会不会也像这些小朋友一样，亲切地叫我'妈妈'，赖在我的怀里撒娇？可我连他的面都见不到……"

骆心妍哭到最后，突然对着纪微甜磕头，恳求道："微甜，你就帮我一次好不好？一次就好，哪怕让我远远地见睿睿一面，我都心满意足了！"

"心妍，你别这样！"

纪微甜手忙脚乱地想要把她拉起来，可骆心妍就是跪在地上，说什么都不肯起来。

周围看戏的人越来越多。

纪微甜看见有人拿出手机好像在拍照，于是想也不想地抓起自己的包，扭头就走。

"微甜……"

骆心妍跟纪微甜相处的时间不短——纪微甜怀孕的时候，都是她陪在纪微甜身边。骆心妍自以为深知纪微甜的脾性，可完全没想到，四年不见，纪微甜除了那张脸依旧美得令人忌妒之外，其他方面判若两人。骆心妍都已经跪下来请求了，纪微甜居然还是不为所动，甚至扭头就走。

骆心妍忙不迭地站起来，拎起包包追了出去。她跑得太急，没注意到门外有几个孩子在打闹，推开门刚要往外走，就有个孩子跟跄地撞到她身上——孩子手里的冰糖葫芦蹭到了她的裙子。

骆心妍的脸色"唰"的一下就变了，刚要呵斥"是哪里来的野孩子，走路都不看路"，忽然瞥见站在墙边等她的纪微甜，到了嘴边的话被她硬生生憋住了。

骆心妍扯出一抹温柔的笑，蹲下来摸了摸孩子的头，说："小朋友，走路要小心呀。我没撞疼你吧？"

"我不疼，请你吃糖。"小孩子大方地将手里的冰糖葫芦递到骆心妍面前。

骆心妍嫌弃地看了一眼上面的口水，身体比理智反应更快，后退了一步，拉开自己跟小孩的距离，像是在避开什么脏东西。

此时，骆心妍嘴角的笑容已经有些僵硬。可当着纪微甜的面，她还是佯装开心地夸奖道："真乖。阿姨牙齿不好，不能吃太多糖，你留着自己吃吧。"然后她又亲昵地在小孩子的脸上亲了一下，才扭头走向纪微甜，语气中夹杂着失落："如果睿睿也能这么喜欢我就好了。"

她原本以为这么说，纪微甜会安慰她两句——可等她抬起头，发现纪微甜看向她的眼神莫名冷漠。

只是瞬间，纪微甜的眼神恢复如常，骆心妍甚至觉得上一秒纪微甜眼中的冷漠是自己的错觉。

骆心妍还想说什么，纪微甜已经开口打断她："时间不早了，你是不是该回去休息了？你现在住在哪里？"

"我刚回国，在 T 市没有住处，现在住在酒店里。"骆心妍察觉到纪微甜并不想再聊，没有逼得太紧，主动说道，"酒店离这里不是很远，你不用送我，我自己回去就可以。等下次你有空，我们再好好聚聚。"

说完，骆心妍给纪微甜留了自己的联系方式，然后离开了。

纪微甜站在原地，看着她离开的背影，眸光微闪，良久，转身回家了。

"是甜甜吗？是不是甜甜回来了？"纪微甜刚进门，听见开门声的沈义献和林慈就都出来了。

看见纪微甜，沈义献明显松了一口气。

林慈在一旁解释道："你爸见你出去送个人半天不回来，担心你出什么事，差点儿下楼去找你。"

纪微甜看向沈义献。

憨厚的沈义献神色赧然，像是怕自己太过担心女儿，会让女儿有压力。

沈义献没问纪微甜刚才干什么去了，倒是林慈凑到纪微甜身边，关心地问道："甜甜，你送完秦总，是不是还去了别的地方？"

沈义献和林慈在这里住了几十年，对南坡公寓里里外外几个犄角旮旯儿都一清二楚。下楼送个人怎么着也用不了这么长时间，除非女儿和秦南御还做了别的事，比如一起喝杯饮料，或是绕进江城大学散个步……

"没有，秦南御下楼就走了。我遇见一个老朋友，聊了一会儿。"纪微甜简单解释过后，见时间不早，催促着两个老人家去休息。

沈义献和林慈都不是会干涉女儿私事的人，确定她没事就安心去睡了。

客厅里很快只剩下纪微甜一个人，她的表情有些复杂，微微垂着眸，让人看不出她在想什么。

今天发生的事情实在太多，多到让纪微甜没有办法消化。秦南御好像喜欢她……她刚刚发现，她似乎并不讨厌他了……

骆心妍回来了，为了秦南御回来的。

还有睿睿……

纪微甜想到什么，从沙发上站起来，抬腿走进了儿童房。

小糯米团子已经睡着了，软乎乎的小身子横在床中间，睡成了一个"大"字，小脑袋蹭在枕头上，以一种诡异的姿势睡得香甜。

纪微甜原本冷冽的目光在看见女儿的一瞬间变得柔和。

她走上前坐到床边，低头在小糯米团子粉雕玉琢的小脸上亲了一口，脑海里浮现出四年前的画面。

在医院确诊自己怀孕的那一刻，纪微甜宛如遭到晴天霹雳。可只犹豫了几秒，她就决定把孩子生下来。

那个时候，她没有想好怎么跟养父母说，也不知道自己的决定是对是错，甚至不敢想象将来自己要面对的一切……

骆心妍跟她是同一个系的同学，可她们不在一个班，上课基本是分开的。

如果不是在医院遇见，纪微甜几乎不知道还有骆心妍这么一个同学。

可命运就是这么神奇，纪微甜偏偏就在医院遇见了同样去做检查的骆心妍。骆心妍怀孕比她早，也比她有经验，两个年纪相仿的女孩在机缘巧合下成了朋友。

第一次听见骆心妍提起秦南御的时候，纪微甜愣了很久。她知道秦南御，很早就知道。

秦南御很强，而且跟纪微甜一样喜欢人工智能。他擅长计算机，当时纪微甜的计算机能力没有他厉害，但是数学很好——他们经常在各种比赛上遇见，棋逢对手。

只是私底下，他们从未说过话。

曾经，秦南御是纪微甜的偶像，是她立志要超越的对象。

虽然有过交集，但那时候的秦南御于纪微甜而言，实际上是距离很远的陌生人。他很冷漠，对所有人都是这样。

纪微甜听过很多关于秦南御的传闻，包括他不喜欢跟异性接触这件事。事实上，她确实也感觉到了秦南御对异性的排斥。印象最深的一次是他们参加了同一场比赛，两个人获得并列一等奖，领奖的时候，自己在老师的示意下跟秦南御握手，可等她走到秦南御面前朝他伸出手时却被他无视了。当时，秦南御径直从她面前越过，扬长而去……

所以，当纪微甜第一次从骆心妍口中听说他有女朋友的时候，表现得很震惊，盯着骆心妍，足足十分钟没有说话，甚至怀疑骆心妍是不是在跟她开玩笑。

可骆心妍信誓旦旦，把自己和秦南御交往的故事说得绘声绘色。骆心妍的手机里还有很多跟秦南御的合照，都是很亲密的照片。

和纪微甜相处的那段时间，骆心妍几乎每天都要给她说一遍自己跟秦南御谈恋爱的过往……纪微甜只是安静地听着，也曾经怀疑过骆心妍说的是不是真的。可后来，她在医院看见了秦南御——他是来看骆心妍的。

纪微甜亲眼看见秦南御和骆心妍抱在一起，然后两个人像是起了争执。纪微甜听不见他们说了什么，只见秦南御推开了骆心妍，冷漠地转身离开，骆心妍站在原地，泣不成声……

那是纪微甜第一次发现，原来知道秦南御有喜欢的人，自己的心里会有一点点不舒服。

纪微甜拿出手机，想要给秦南御打电话，却迟迟按不下拨号键。

她第一次这么想要听见他的声音，又害怕听见他的声音。

"嘀嘀！"

手机突然响了。纪微甜被吓了一跳，手忙脚乱地按了静音，扭头看向儿童床。

小糯米团子睡得很沉，丝毫没有被吵醒的迹象，倒是小腿一蹬，把一个玩具踹到了床下。睡在她身上的肥肥"嗖"地跳下去，把玩具叼上来，放好，又继续蹭到小主人身边陪她睡觉。

纪微甜放松下来，替小糯米团子盖好被子，转身走出房间。她站在门口，拿出手机看了一眼。

秦南御给她发了短信，告诉她，他到家了，亲自帮儿子洗了澡，还给小家伙讲了睡前故事，小家伙今天很开心，还有……晚安。

他发的不是汉字，而是拼音——"wǎn'ān"，正是由"我爱你，爱你"这五个字的拼音首字母组合而成。

纪微甜一晚上都睡得很不踏实，犹豫着要不要把骆心妍回来的事情告诉秦南御。如果她说了，等于告诉秦南御她知道他过去的事，没准儿还会让他发现，自己曾经这么关注他，但凡对他的消息都会留意。

那个时候，纪微甜的爱好除了做实验，就是看秦南御的"八卦"。

江城大学很大，可大家的交际圈很小，关注的人都一样。

多少人暗恋秦南御，哪些人告白被拒绝了，谁偷偷给他塞了情书……

这些消息表面上没人议论，实际上在校内网上已经不知道被传成什么样子了。

纪微甜即使不刻意去找这些消息，做网页设计的时候也免不了会看见一些。后来毕业了，她经常看到他的八卦消息，不过都是媒体报道出来的。

秦南御就像个顶级流量明星，三不五时就会跟女明星传绯闻，但又从来没有跟任何人公开过恋情，是出了名的"万花丛中过，片叶不沾身"。

在目睹秦南御和骆心妍吵架后的很长一段时间里，纪微甜对秦南御的印象都是一个"渣男"！就算现在纪微甜对他稍有改观，可对他的私事也没有立场过问。

她假装不知道反而没有那么尴尬。

唯独有一点很奇怪，以前单方面听骆心妍说他们的事情，她总觉得秦南御太过冷血无情，现在接触过他本人后，不知道为什么，便有一种说不上来的感觉。

心里仿佛有个声音在告诉她，秦南御并没有骆心妍说得那么爱骆心妍。

算了，还是等明天跟秦南御见面，她先打探一下情况再说……

纪微甜在胡思乱想中睡了过去，大清早就被小糯米团子叫醒。

秦南御昨天送他们回来的时候，还记得把肥肥捎上，真是出乎纪微甜的意料。

这个人能记得她女儿的所有喜好，无条件地宠着她女儿，却不愿意多关心关心自己的儿子——不知道的人还以为儿子是他捡来的。

"我想爸爸了，我们可以现在就去爸爸家吗？"小糯米团子趴在纪微甜床边，冲着睡眼惺忪的纪微甜撒娇。她怀里的肥肥跟她摆出同款姿势，漂亮的猫眼眨巴着，帮着小主人撒娇。

一人一猫共同撒娇，纪微甜哪里顶得住，再困也从床上爬起来，一头扎进浴室刷牙洗脸。她嘴里含着泡沫，想到什么，又忍不住碎碎念："纪星瑶小朋友，秦南御又不是你的亲生爸爸，你对他是不是太好了？以前我加班没时间陪你的时候，也没见你这么想我。"

成功把妈咪叫起床的小糯米团子正拿着外婆的手机跟秦南御暗中汇报情况，见纪微甜从浴室里伸出头看她，小手飞快地把手机藏起来。等纪微甜缩回脑袋，她又重新把手机掏出来，小声冲电话那头嘟囔："爸爸，不能再说了，再说要被妈咪发现了。"

汇报完毕，小糯米团子心满意足地挂了电话，小身子蹭到浴室门口，漂亮的大眼睛瞅了吃醋的纪微甜一眼，真诚发问："我喜欢爸爸家的小哥哥，不去爸爸家的话，你可以跟爸爸给我生一个吗？"

没来得及漱口的纪微甜被吓得吞了一口泡沫，呛得咳了起来。

纪微甜收拾好自己，连忙把小糯米团子抱到"安全区域"，垂眸盯着她可爱的小脸蛋儿，严肃地说："瑶瑶，小哥哥不是随便就能生的！"

"也对。"小糯米团子点点头，说道。

正当纪微甜松了一口气，心想总算躲过一劫的时候，她又奶声奶气地补充道："爸爸和妈咪现在生的话，只能是小弟弟了。"

为了防止女儿逼自己给她生弟弟，纪微甜快速换好衣服，然后带着她出门。没等秦南御过来接，纪微甜自己打车去了秦家别墅。

纪微甜抵达秦家别墅时才从管家那里得知，秦南御临时有个重要会议，一早就赶去了秦氏科技集团。他走之前吩咐助理把小糯米团子带到他公司，说等他忙完再带着女儿去跟纪微甜和儿子会合。

亲子活动原本就是两个家庭分开进行的，纪微甜负责带着儿子，秦南御负责带着女儿。秦南御这样安排，倒是没有问题。

纪微甜把女儿交给管家，自己领着睿睿出门。

她等了一晚却没有见到秦南御，人有些出神，好在小家伙平时跟她在一起总是特别高兴。

纪微甜被他感染，心情也放松下来，牵着儿子去逛儿童书店。

在秦家别墅住了一段时间后，纪微甜发现睿睿要承担的学业压力比正常的四岁孩子大很多。光是兴趣班就排得满满当当，从周一到周末，睿睿连一天休息时间都没有。如果不是因为要参加亲子活动，他根本没有周末可言。

纪微甜知道睿睿喜欢看书，趁着机会难得，便带他去买书。

小家伙很高兴，一个人在书店找书看。纪微甜跟在他身后，拿出手机，给他记录成长的片段。

两个人在书店里泡了一上午，出来的时候，手上还拎了很多书。

两个人逛累了，就在附近的餐厅吃东西。

纪微甜给睿睿买了他喜欢吃的薯条，又买了果汁，坐他对面，翻看着手机里的消息。

都中午了，秦南御还没忙完吗？电话没人接，短信他也不回。

纪微甜在心里嘀咕，然后又忍不住把她和睿睿现在的位置发给他。这里离秦氏科技集团很近，秦南御如果要过来找他们的话，只需要十五分钟。

要是换作以前，他这个时候应该已经打电话过来问她在哪里，要不要一起吃午饭，可是今天居然一个电话都没有。

纪微甜说不上来哪里怪，就是有些不习惯。

秦南御还是没有回她的信息。见睿睿吃饱，她替小家伙擦了擦嘴，牵着他准备离开。

刚走到店门口，一道人影突然扑到她面前，准确地说，是扑到小家伙面前。

没等纪微甜回过神，骆心妍已经用力抱住小家伙，在人前激动地哭喊："睿睿，我的睿睿，妈妈好想你！我终于见到你了！"

突如其来的一幕让许多人愣住了。

纪微甜没想到会在这里看见骆心妍，她们昨天分开后就没有再联系。

亲子活动的地点是随机的，她带睿睿来书店也是临时决定的，骆心妍不可能提前知道，如果不是偶遇，那就是对方一直在跟踪自己……

这个想法从心底闪过，纪微甜脸色沉了下来。

主办方的工作人员显然也没想到会发生这样的意外。大家都没回过神，震惊地看着抱在一起的"母子俩"。

秦南御儿子的生母一直是个秘密，多少记者挤破头想要查到秦家继承人亲生母亲的身份，却始终查不到半点儿线索。

现在骆心妍突然出现在众人面前，还是以这样直接的方式。

摄影师扛着机器的手有点儿抖。直觉告诉他，这是个大新闻，可求生欲提醒他，要是再拍下去，可能没等活动结束，他就要被秦南御收拾了。

摄影师还在拍与不拍之间犹豫，纪微甜已经上前将情绪激动的骆心妍拉开。

"你放开我，让我抱抱我儿子！微甜，算我求你了，睿睿是我亲生儿子啊！我想他想了整整四年……"

骆心妍挣扎着不肯松手，哪怕勒疼了睿睿也不肯松开。

纪微甜瞥见睿睿呆滞的小脸——他像是被吓坏了。她心里一紧，直接将骆心妍拉开，将小家伙拉到自己身后，同时呵斥道："你闹够了没有？这里这么多人，睿睿还这么小，你有没有想过你这么做会伤害到他？"

"我顾不了这么多了！"骆心妍像是疯了，双眼赤红，瞪着纪微甜，话一出口，眼泪跟着流下来。她看起来像个羸弱又无助的母亲，为了见一眼自己的亲生儿子，可以豁出命来："我已经忍了四年了，只是想要见一眼自己的儿子，有什么错？是你不肯帮我！是你眼睁睁地看着我痛苦、难受，却不愿意帮我……"

骆心妍双手捂着脸，崩溃似的瘫坐在地上，瞥见纪微甜放松警惕，又扑上前抓住小家伙的手。

"睿睿，我是妈妈！我是你的亲生妈妈！你让妈妈抱抱，好不好？"

纪微甜皱着眉，发现周围的人越来越多。

大家看见这边又哭又闹的，已经全都聚了过来。

纪微甜扭头跟主办方的工作人员打了声招呼，让他们帮忙上前拦住骆心妍，自己则先带睿睿离开。结果刚要弯腰抱睿睿，纪微甜就发现睿睿从自己身后走了出来，迈着小步子，主动走到骆心妍面前。

纪微甜的身体僵住了，她有些意外地看着眼前这一幕，心里说不上什么滋味。

难道，这就是母子亲情吗？哪怕他们一次都没有见过，哪怕骆心妍的举止在纪微甜看来已经接近疯魔，小家伙还是没有被她吓到，想要跟她亲近？

纪微甜一时间忘了该做出什么举动。

骆心妍也惊呆了，完全没有想到睿睿会主动靠近她。她回过神，立刻激动地朝睿睿张开双臂，用最温柔的声音对他说："睿睿，来妈妈这里，让妈妈抱抱你。"

就在她以为睿睿即将扑进她怀里，两个人上演感天动地的母子相认的戏码时，小家伙突然在距离她一步之遥的地方停了下来。

睿睿表情紧张，黑漆漆的大眼睛上下打量了骆心妍一眼。他奶声奶气地问："你是我妈妈？"

"对，我是你妈妈，你的亲生妈妈！"骆心妍急着想要认儿子，见睿睿站着不动了，伸手想要去抱他。结果她刚把手伸出去，小家伙就机警地避开了。睿睿那小身子灵活得像一条小泥鳅，令骆心妍几次要抱他都扑空了。当着摄像头的面，骆心妍不能表现得太过勉强，只能先忍下来，准备继续哄他。

骆心妍煽情的话还没有出口，睿睿突然扭头看向周围的人群，开口替自己解释："这个阿姨认错人了！她不是我妈妈，我有妈妈的！"

睿睿同情地瞥了骆心妍一眼，像是在看一个得了精神病的可怜人，随即小身子一扭，迈着小短腿跑到纪微甜面前，张开小胳膊求抱抱。

纪微甜抱起了睿睿。

小家伙搂着纪微甜的脖子，学着妹妹撒娇的样子，嘟起小嘴往纪微甜脸上亲了一口，一脸嘚瑟地给大家介绍："这才是我妈妈！"然后睿睿把小脑袋蹭进纪微甜的怀里，像是说给纪微甜听，又像是说给自己听，小声嘟囔道："我只要这个妈妈。"

纪微甜心口一震，无言的悸动让她的眼眶有些发热。抱着怀里软乎乎的小家伙，她在那一刻感动得无以复加。

峰回路转的剧情让周围的看客都傻眼了，更别说主办方的工作人员。

不知道的人还以为这是在拍电视剧，只有主办方的工作人员自己知道，这哪里是电视剧呀？他们才是实实在在的围观群众！

主办方意识到不能让事态继续这么发展下去，想要把骆心妍他们先转移到安静的地方，最好大家都能坐下来，冷静地谈一谈。但主办方这时才发现，这个安排骆心妍根本不配合。

骆心妍压根儿没给主办方调解的机会，也根本不在意自己的举动会对孩子造成什么伤害。在听见小家伙喊纪微甜"妈妈"的那一刻，骆心妍就疯了，整个人暴跳如雷，像是抓住了什么把柄，声嘶力竭地朝纪微甜怒吼："你为什么要这么对我？我把你当成最好的朋友，你却要抢我的儿子……你是不是觊觎秦家的钱，所以故意拆散我们母子，想要借着这个机会自己上位？"

"没有人要抢你的儿子。你想让睿睿认你，前提是你真的在乎他。"纪微甜没理会她宛如泼妇的举动，只当她是个为了孩子变得疯魔的可怜母亲。

现在的骆心妍显然没有可以沟通的理智。

纪微甜声音微沉，一字一顿地说道："你如果真的关心睿睿，最好先让自己冷静下来，好好想想怎么做才是对他好！否则别说秦南御，就连我都觉得你没资格当睿睿的妈妈！"

纪微甜不愿意在人群面前跟骆心妍纠缠——这件事闹得越大，对孩子的伤害就越大。她按捺着脾气，也在试图说服骆心妍能替睿睿考虑。

言尽于此，她抱着小家伙准备离开，然而骆心妍不愿意这么放他们走。

骆心妍进不去秦家别墅，想要把事情闹大，这就是唯一的机会。今天的事闹得越大，关注的人就越多，她是秦南御儿子的亲生妈妈这件事知道的人也越多……她不能放过这个好机会！

"这是我的儿子，你不能把他带走！你把我的儿子还给我！"骆心妍发疯似的哭喊着，朝纪微甜扑过去，要抢她怀里的睿睿。

纪微甜完全没有想到骆心妍会疯狂到这种程度，不由得在那一瞬间微微愣怔。等回过神后，抱着小家伙的纪微甜已经完全来不及避开。

眼看骆心妍就要扑到她面前，母亲的本能让纪微甜毫不犹豫地抱住睿睿的脑袋，侧过身把他牢牢护在怀里！

"砰——"

一声闷响随即响起，是人倒在地上的声音。

周围的人群紧跟着发出声声惊呼，像是被眼前这一幕惊到了。

纪微甜在最后关头下意识地闭上眼睛，可等了一会儿，身体完全没有感受到撞击的剧烈疼痛，有些惊讶地睁开眼。

看见挡在她身前的秦南御时，纪微甜忽然一愣，眼睛眨了好几下都没有回过神，像是担心眼前的景象只是幻觉。

他怎么会在这里？

纪微甜想到刚才那声闷响，目光越过秦南御的高大身躯，往前瞅了一眼。

果然，情绪激动的骆心妍也不是秦南御的对手。她撞到秦南御身上，摔得四仰八叉，正狼狈不堪地倒在地上，难以置信地看着护着纪微甜的秦南御。

对上秦南御凌厉的眼神，有那么一瞬间，骆心妍眼底掠过一丝慌乱的神色。可想到什么，她又变得冷静，跟跟跄跄地从地上爬了起来，含情脉脉地看着秦南御，什么话都没有说，眼泪却已经淌了下来。这眼泪中包含的，既有骆心妍看见自己深爱多年的人产生的思念，也有秦南御当着她的面护着别的女人让她感受到的心痛……

柔弱的母亲费尽心思想要见自己的孩子，可昔日的爱人已经另觅新欢，现在连孩子也不认自己……

骆心妍这样的神情比发疯、哭闹还有用。

周围已经开始有人同情骆心妍，看向纪微甜的目光也变得犀利起来，像是在看一个破坏别人家庭的第三者。

骆心妍很会审时度势，见有人开始支持自己，便把戏演全，迈着跟跄的脚步缓缓走上前，潸然泪下："南御，我知道你厌恶我，不想再见到我，但我是睿睿的妈妈……你不能这么狠心，不让我们母子见面……"

她说着话，伸手想要去抓秦南御的衣袖，手还没碰到他，已经被秦南御先扣住了手腕。

秦南御的手一用力，骆心妍就痛得忍不住叫出声。

秦南御的眼神很冷，他像是从地狱来的修罗，阴鸷的目光从骆心妍身上扫过，像是一眼看穿了她拙劣的演技。

被这目光看得脊背一阵发凉的骆心妍想要说什么，但手腕还被秦南御捏在手心里。

秦南御越攥越紧，像是要捏碎她的手骨。

骆心妍痛得脸色"唰"的一下白了！

此刻，秦南御眼前闪过的却是他刚刚来时看见的那一幕：在最危险的时刻，纪微甜想都没想就用自己的身体护着他的儿子。

如果他晚来一步，不敢相信纪微甜会受到什么伤害。只要一想到这里，秦南御就恨不得掐死眼前这个疯女人！

"从今天开始，你把秦默睿送到秦家别墅的恩情两清。往后，你再敢胡说八道一句，我会让你后悔来过这个世界。"

秦南御甩开骆心妍的手，像是沾到了什么细菌，浑身上下都带着嫌恶之感。然后他认认真真拿出手帕擦了手，才转身把纪微甜拉到身边，确定她没事后，从她怀里接过睿睿，想要带他们离开商场。

他刚转头，视线正好对上摄影师手里的摄像机镜头。

秦南御阴森的目光让摄影师不自觉地抖了抖。摄影师默默把机器放下，不敢再拍，就连看见秦南御牵着纪微甜的手，都没敢跟上去。

秦南御的助理留了下来，第一时间带人疏散人群，然后走到摄影师身边，道："刘师傅，有些画面可能不太合适留下来……"

没等助理说完，摄影师已经飞快地接话："宋特助什么都不用说了，我懂，我都懂！"然后摄影师二话不说把手上的机器交给宋书，让他处置，并且再三保证，"今天的事，我保证一个字都不会往外说。"

另一边，秦南御带着纪微甜离开了商场。

管家已经开着车，带着小糯米团子在路边等。

坐在儿童安全座椅上的小糯米团子一看见妈咪和哥哥，立刻高兴地蹬着小短腿，大声呼唤他们。

看见女儿，秦南御冷漠的目光变得温和，牵着纪微甜准备上前。纪微甜突然从他的手心挣脱，先一步朝女儿走过去，安静地坐到小糯米团子身边。她脸上的神色不太好，像是刚刚受了惊吓。纪微甜刚坐稳，想到什么，又扭头看向秦南御怀里的睿睿。

睿睿一看见妈妈，精致的小脸立刻挤出可怜巴巴的表情。纪微甜一想到他可能也受到了惊吓，哪里忍心不管他，于是主动从秦南御怀里抱过他，轻轻拍着他的背，垂眸想着应该怎么跟一个四岁的孩子解释刚才发生的事情。

如果睿睿问她，刚才那个女人是不是自己的亲生妈妈，她应该怎么回答？

　　更让纪微甜好奇的是，秦南御刚才抓着骆心妍的手跟她说了什么？

　　纪微甜的脑子变得有些乱，复杂的情绪充斥在胸口，等她回过神，发现秦南御正单手撑在车门上。

　　他黑眸幽幽地盯着她，一字一顿地道："那个女人不是秦默睿的妈妈！"

　　纪微甜没想到会听见他这么说，整个人都愣住了，呆呆地看了他半晌，像是在消化这句话的意思。直到她怀里的小家伙搂紧她的脖子，用力蹭她的肩膀撒娇道："爸爸说得对，那个不是妈妈，这个才是！"

　　睿睿黑漆漆的眼睛里全是认真，像是从头到尾都不好奇刚刚出现的人到底是不是自己的亲生妈妈。毕竟，他已经找到妈妈了——从他第一眼看见就想要的妈妈……还有小妹妹。

　　纪微甜只当睿睿受到了惊吓，缺乏安全感，下意识地抱紧他。等她想要再抬头看秦南御时，发现他已经上车，没有再跟她聊任何关于骆心妍的话题。

　　因为骆心妍的出现受到影响的人，似乎不只有睿睿一个人，秦南御也……

　　毕竟是爱过的人，哪怕分手了他们也是有感情的。如果可以，谁又愿意跟前任闹得这么难看？

　　纪微甜原本着急见秦南御，是想提前试探一下他对骆心妍的反应，然后再决定要不要告诉他骆心妍回国的事情。没想到，自己突然在商场遇见骆心妍，大家又猝不及防地见面……

　　"对不起，今天是我没有保护好睿睿。"纪微甜想了想，开口道歉。

　　不管怎么说，就算不是她把骆心妍带到睿睿面前的，秦南御放心把孩子交给她，她却让小家伙受到这么大的惊吓，确实也是她的责任。

　　秦南御看了她一眼，薄唇翕动，想要说什么却放弃了，只是脸色不太好，像是憋着一股气没地方撒。

　　如果不是因为今天这场意外，他几乎都要忘了那个姓骆的女人——那个自称是他儿子妈妈的女人。

　　秦南御连她的名字都没有记住。他承认自己是个冷漠的人，冷漠到无关紧要的人根本不会被他放在心上。对不重要的人，哪怕明知道有误会，他也懒得开口解释。

　　秦默睿的出现是一场意外，这是秦南御人生中犯过的唯一一次错误。

秦南御的确有不可推卸的责任，但并不傻。不是任何一个陌生女人抱着一个婴儿到他面前，说自己是他的女人、他儿子的妈，他就会相信。儿子是他的，毋庸置疑，但是那个女人跟他没有任何关系，跟他的儿子也没有任何关系！

这些话，他没有办法对纪微甜说。

因为秦默睿的存在已经告诉所有人，秦南御曾经有过一个女人。他可以否认那个姓骆的女人，但是否认不了秦默睿亲生妈妈的存在。

这样的解释苍白无力。

一路上，车子里的气氛有些压抑。

下车的时候，纪微甜抱着儿子，秦南御抱了女儿。

经过刚才的事情，睿睿格外黏纪微甜，像是担心自己一松手妈妈就要没了。

纪微甜担心会给他留下什么心理阴影，也一直抱着他。不管小家伙说什么，她都答应——

"可以吃炸鸡吗？"

"可以。"

"可以喝可乐吗？"

"可以。"

"妈妈可以跟爸爸结婚吗？"

"可以……"

等等！

纪微甜说完才发现哪里不对劲，错愕地垂眸看向怀里给她挖坑的小家伙。

睿睿觍着帅气的小脸蛋儿，听见她这句话像是整个人都被治愈了，哪里还有半点儿受过惊吓的样子？

小家伙对上纪微甜的目光，一本正经地提醒她："妈妈，大人说话要算话，不可以骗四岁的小朋友！"

别的事情就算了，结婚的事情她怎么能一个人说了算？就算她愿意嫁，也得秦南御愿意娶。纪微甜想到这里突然脊背一凉，想起她刚才跟小家伙说话的时候并没有压低音量，那岂不是……

她立刻抬起头，看到走在她前面的秦南御抱着小糯米团子站在总裁办公室的门口，黑眸宛如一汪深潭，正目不转睛地盯着她。秦南御像是在用眼神询问她：你刚才答应儿子的话，是认真的吗？

纪微甜哑火了，愣在原地，进也不是，退也不是。

偏偏怀里的睿睿看出她的迟疑，精致的小脸又垮了下来，挤出可怜巴巴的表情，伸出小胳膊轻轻勾住她的脖子，小脑袋靠到她的肩膀上，奶声奶气地问："妈妈，你不想要我了吗？"

孩子她是想要的，但是孩子的爸爸……有待商榷。

秦南御似乎读懂了她的表情，俊脸一沉，抱着女儿转身进了办公室。

没一会儿，助理回来了。

"秦总，我都处理好了。主办方保证不会让任何关于今天的消息流传出去，我们也一一查过现场的人群，以需要保护孩子的隐私为理由让大家配合删除了有关的照片和视频。"

至于骆心妍……

助理眸光闪了闪，瞥见纪微甜在场，特意没有提骆心妍。秦南御既然说了两清，就不会再主动过问骆心妍的事情。

纪微甜听见助理的话，确定现场视频不会被流传出去，进而对小家伙造成二次伤害，心里蓦地松了一口气。她现在有很多疑问想要弄明白，比如骆心妍怎么会找到商场？骆心妍是偶然遇见，还是真的在跟踪她？还有，骆心妍这次回国到底是为了什么？

纪微甜总觉得骆心妍变得跟四年前很不一样，跟印象中的那个人截然不同。

曾经的那个骆心妍会在她失落的时候安慰她，告诉她只要有宝宝，生活就会有新的希望，让她一定要把孩子生下来……曾经纪微甜也因为骆心妍的鼓励，一个人强忍着孕期的所有不适，跟骆心妍互相扶持，一起迎接新生命。可是现在，那个口口声声说爱儿子胜过一切的人，怎么突然变成这样？

骆心妍今天的举动像是在纪微甜的心里撕开一个口子。

有的事情，一旦开始被怀疑，种种蛛丝马迹就都会显露出来……

例如她们昨晚的"偶遇"，或许并不是偶遇，而是骆心妍一早就在那里等着纪微甜出现。

骆心妍口口声声说自己喜欢孩子，还经常去福利院帮忙——可是昨天晚上她们离开水吧的时候，纪微甜看得清清楚楚，骆心妍在被孩子撞到的那一瞬间露出了非常厌恶的表情！

"今天我们还要继续参加活动吗？如果不参加的话，我想先带瑶瑶回去。"纪微甜眸光微闪，开口问秦南御。

她想去找骆心妍问清楚。她心里有很多的疑惑，只有骆心妍能给她答案。

"现场的问题我们已经解决了。因为现在网上有很多人关注这个亲子活动，贸然取消活动反而会引起外界的猜测，所以今天的活动恐怕没有办法被取消。"助理解释道。

实际上，就算活动可以被取消，秦南御今天也不会让纪微甜走。昨晚想说的话没有机会说出口，他一夜都没有睡着，一大早给何非臣这个花花公子打电话取经，还被嘲笑了。最后还是女儿贴心，又是给他当间谍，又是帮他出谋划策。

好不容易准备的惊喜被那个突然出现的女人破坏了……要是现在再让纪微甜当着他的面离开，秦南御可能会当场气死！

"我们继续参加活动也可以，那我带睿睿先走，把瑶瑶留下来？"纪微甜仰头询问秦南御的意思。

秦南御则像是被她急着离开的态度惹毛了，突然把小糯米团子放下来，径直走上前抓住她的手腕，拉着她往办公室外面走。

纪微甜被他拉着往前走，着急地开口："秦南御，这里是你的公司，有什么话你好好说。你这么拉着我，要是被人看见，我们有十张嘴都解释不清楚……"

"砰"的一声，纪微甜话还没有说完就撞上了一堵肉墙。

走在她前面的男人忽然停了下来，回头看她，幽冷的眼神带着她看不懂的情绪。只见秦南御薄唇一张一合，霸气地说道："那就别解释。"

男人突然的一句话，像极了告白。

然而纪微甜满脑子都在想骆心妍，根本没注意秦南御说了什么，只是察觉到他的怒气，小声嘟囔："我刚才在商场被人吓得半死，现在你还吓我，你是不是人呀？"

她声音很小，带着几分娇态，像在抱怨，又像在撒娇。

秦南御满腔的火气就像大火遇见了暴风雨，顷刻被浇得透透的，连小火苗都没了。

有那么一秒，他甚至怀疑纪微甜是老天爷派来克他的。他从来没有想过，有一天自己会为了一个女人夜不能寐。他的心脏像是被人埋下了一根线，线的那头被纪微甜攥在手里——她随时随地可以牵动他的情绪。

纪微甜就是他的晴雨表——不管风和日丽还是狂风骤雨，都是她说了算。

秦南御牵着纪微甜的手紧了紧，身上的冷漠全都被卸了下来，但他还是拉着她往前走。

两个人一路穿过总裁办公区，走到顶层的玻璃房门口。秦南御脚步一顿，身体往旁边让，示意纪微甜开门。

纪微甜对上他的目光，不自觉地有点儿紧张，总觉得房间里会有什么恐怖的东西……以秦南御的性格，他应该不会在自己的办公楼层搞什么休息区。她觉得眼前这个房间八成是间"刑房"，谁得罪秦南御，就会被抓到这里关小黑屋。

"我可以不开吗？"纪微甜往后退了一步，警惕地问道。

秦南御没说话，只是挑了挑眉，眼神冷得像是要吃人。

这让纪微甜更紧张了。

如果是好事，他的表情怎么可能是这个样子的？

大概是因为她在商场没有保护好小家伙，秦南御要"体罚"她了。

纪微甜抿了抿唇，抱着"是福不是祸，是祸躲不过"的心态，伸手拧开房门，小心翼翼地挨着门边，眯着眼睛往里看。

下一秒，纪微甜的身体僵住了，她松开门把手，房门自动打开，露出玻璃房里所有的布置。

纪微甜站在门口，错愕地看着眼前的一切，仿佛不敢相信自己的眼睛，又扭头看向身边的秦南御。

秦南御拉着她的手，把她带进玻璃房里。

采光极佳的玻璃房被精心地内置了一个城堡，阳光被特殊的玻璃折射，柔和地洒在城堡的每一个角落。最前面是花园，最后面是园林，中间是美轮美奂的城堡，城堡旁是仿真的山脉、河流……眼前的一切，像一个童话世界的缩影。

光影流转，泉水"叮咚"，让人身处其中也成为美景的一部分。

纪微甜看呆了，就连秦南御抬手替她拨开脸颊上的碎发都没注意到，只隐约听见他用低沉又有磁性的嗓音在她耳边轻柔地问——

"喜欢吗？"

这么好看的城堡，没有人能拒绝。

纪微甜想要说什么，瞥见城堡上有两个小人儿。小人儿们熟悉的造型让她忍不住好奇地走上前。

她走近了才发现，这两个小人儿好像是她跟秦南御，再仔细一看，小人儿的数量并非两个，而是四个——"秦南御"的怀里抱着粉雕玉琢的"小糯米团子"，"纪微甜"则牵着帅气可爱的"秦默睿"。

"一家四口"齐聚在城堡的弧形阳台上，眺望着远方，每个人的脸上都是幸福的模样……

这一幕让纪微甜的心口蓦地一震，一股无言的悸动顺着血液在她身体里流淌。

她震惊得完全说不出话。

在他们身后，主办方的摄影师不知道什么时候已经抵达了秦氏科技集团，正扛着自己失而复得的摄像机记录着这感人的一幕……

秦南御看着纪微甜的眼神充满宠溺，像极了爱情。摄影师的手又抖了，他总觉得自己撞破了什么不得了的秘密！

这哪儿叫亲子活动？这分明是大型告白现场！

摄影师被强行喂了一嘴"狗粮"，还得兢兢业业地跟拍。

从商场里消失的骆心妍已经回到住宿的酒店，刚才对着人群表现出来的柔弱此刻已经消失殆尽。她擦掉眼泪，补了个妆。

骆心妍拿着手机走到房间的阳台上，拨通了一个号码。

电话接通的那一瞬间，骆心妍嘴角露出笑意，道："赵经理，我答应加入 Re 集团，你现在就可以替我安排住的地方了。"

电话那头的赵照明显因为她的话变得有些兴奋："你的意思是，你已经有对付秦氏科技集团的办法了？"

"你会找上我，不就是因为知道我有办法吗？"骆心妍摸了摸贴了亮片的美甲，眼底的笑意变得冷漠，"你放心，就算我不行，还有 CC 博士呢。"

听见这句话，赵照二话不说，答应了骆心妍提出的所有条件。

骆心妍自视甚高，根本没有把赵照这样小小的项目经理放在眼里，说完自己的要求后直接挂了电话，将手机丢到茶几上。

骆心妍双手抓住阳台的扶手，俯瞰整个 T 市的美景。

她回来了！整整四年，她终于回来了！

骆心妍闭上眼睛，眼前浮现出来的场景仿佛又把她拉回到了四年前，那个她抱着刚出生的小婴儿找到秦家别墅的日子。

那天的阳光也是这么热烈、毒辣，晒得人眼前发昏。

秦家别墅门禁森严，她根本进不去，想要见秦南御只能在别墅的大门口等着。

那天她等了多久，自己都记不清了，只记得站到腿麻了，嘴唇也干得皲裂。

小婴儿已经哭得睡着了，精致的睡颜丝毫不像刚刚出生的模样，在把小眉头皱起来的时候像极了秦南御。

骆心妍从来不是喜欢小孩子的人。如果不是为了自己喜欢的人，她哪里能坚持抱着一个孩子这么久？

好在后来门卫见她可怜，让她在值班室里坐了一会儿。

饿了一天，她怀里的小家伙早没有了哭的力气。就在她快要绝望的时候，秦南御终于回来了！

看见车子在别墅门口停下来的那一刻，骆心妍的心跳得很快，她好像看见了成为秦家少奶奶的机会。她毫不犹豫地抱着婴儿冲到秦南御面前，告诉他，自己怀里的是他的亲生儿子，是秦家未来的继承人！

她原本想着，秦南御可能会质疑这个孩子不是他的，可父子俩的长相就是铁证。再不行，他可以验 DNA，只要验了，就能百分之百肯定这是他的亲生儿子！

至于自己……骆心妍早就准备好了亲生母子的 DNA 检验报告。只要秦南御想看，要多少份她都有。

她准备了整整一年，就为了这一天……

她以为，秦南御再怎么怀疑，都会看在孩子的分儿上先安顿好他们母子。只要能接近他，她就有机会成为他真正的女人，成为秦家的少奶奶。

到时候，不管出于什么理由，她都有了留在他身边的资格。

骆心妍冲到秦南御面前之前已经想过一百种可能，却唯独没有想到秦南御的反应远远超出了她的预料……

他没有验 DNA，而是直接认了儿子。

正当骆心妍激动地想要告诉他自己是孩子的妈妈时，却听见他冷漠地开口。

"你不是她。"

秦南御没有任何解释，也不需要任何证据，用简简单单的四个字打断了骆心妍的所有妄想。

你不是她……

骆心妍准备了这么久，怎么可能会因为这四个字放弃？

她当即就要拿出自己早已准备好的 DNA 检验报告。

秦南御却连看都不肯看一眼那份报告，微微俯身靠近她，冷厉的目光从她身上一扫而过。他像在看一粒尘埃，薄唇微启，一字一顿地说道："我只要孩子，别让我再看见你。"

从头到尾，他只说了两句话，然后抱走了儿子。

骆心妍被无情地丢在了别墅门口，像一个垃圾，任凭吼破嗓子也没有人理会。最后她因为中暑晕倒，被人送到了医院。

醒来后，骆心妍去秦家别墅哭过、闹过。她打定主意，就算不能马上让秦南御对她负责，也要要回孩子。

只要那个孩子在她的手上，她就有跟秦南御谈条件的资本！实在不行，她还可以联系记者。只要曝光这件事，秦家这样的大家族一定会迫于舆论压力给她一个名分。

只是她没想到，等自己再到秦家别墅的时候就被告知秦南御已经带着孩子出国，短期内都不会再回来……

从满怀希望到彻底绝望，骆心妍在短短几天里经历了人生中最大的起伏。

她恨秦南御的冷酷无情。可一想到没有她，秦南御这辈子都别想知道他儿子的亲生母亲是谁，这辈子都不会知道他还有一个亲生女儿，骆心妍又觉得痛快。

她得不到的男人，谁也别想得到！

可她怎么也没有想到，秦南御现在不仅带着儿子回国了，还跟纪微甜在一起！

两个明明根本不会有交集的人突然一起带着孩子参加亲子活动。

那个当年被她从医院里抱出来，只比巴掌大不了多少的小婴儿，如今长成了酷似秦南御的模样。

更令她想不到的是，秦南御这么冷血的人，竟然会对一个陌生的小女孩百般宠溺……

之前网络上流传的视频和路人拍摄的照片里，秦南御尽显慈父形象。任凭谁看见那些视频和照片，都会觉得秦南御、纪微甜和两个孩子像极了一家四口。

一家四口……

这四个字像是一柄利刃，扎在骆心妍的心口，将她过去所有的不甘和怨恨全都翻搅了出来……是纪微甜抢走了原本属于她的一切！

她得不到的东西，宁可把它毁了也不会让给别人，尤其不会让给纪微甜！骆心妍眼底掠过一丝恨意，重新拿起手机，拨通了一个号码，说道："让你准备的东西都准备好了吗？"

对方不知道说了什么，骆心妍听到后嘴角露出满意的笑容，语气中掺杂着咬牙切齿的意味："发出去，现在就发。我要在最短的时间内看见所有媒体报道这件事情！"

第十八章

当真相浮出水面

秦氏科技集团。

纪微甜呆呆地坐在总裁办公室，两个小家伙围在她身边。

三个人一起搭积木，轮到纪微甜了，两个小家伙喊了几声她都没有反应。

睿睿有些不放心，扭头问妹妹："妈妈是不是不舒服？"

小糯米团子双手托着腮，认认真真地看了纪微甜一眼，一本正经地开口："不是，妈咪肯定是在想爸爸！"

纪微甜回过神，正好听见两个小家伙凑在一起说悄悄话。

她刚才真的是在想秦南御，想他设计的那个玻璃屋……

他说，这是他亲自设计然后特意让人打造的玻璃屋，问她喜不喜欢。

当时他看向她的眼神带着纪微甜看不懂的情绪，仿佛不是问她喜不喜欢玻璃屋，而是在问喜不喜欢他……

纪微甜心尖微颤。

没等她想明白这个问题，落地窗被拉开了，在阳台上接完电话的秦南御从外面走了进来。

四目相对时，两个人都愣了愣。

纪微甜刚要说什么，刚刚还跟哥哥趴在茶几上聊天儿的小糯米团子已经站起来，迈着小短腿奔向秦南御，抱着他的大腿出卖亲妈。

"爸爸，妈咪刚刚在想你！"

秦南御怔了怔，看向纪微甜。

纪微甜表情一僵，随即毫不犹豫地开口："我不是，我没有，跟我没关系！"

亲子活动还没有结束，办公室里还有摄影师在场。摄影师看见纪微甜做贼心虚的模样，忍不住笑出声。刚一笑，他就被秦南御瞪了一眼。

下一秒，秦南御也笑了，心情很好地将手机放进口袋里，抬腿上前对纪微甜说："你可以想我。"

接二连三被撩，别说主办方的工作人员受不了，纪微甜也有点儿绷不住了。

她脸颊微红，鼓着腮帮子瞪着秦南御。

秦南御也在看纪微甜，像是在看着自己心尖上的人，目光专注而深情。在纪微甜愣怔间，他缓缓低下头，想要趁机吻她。

在镜头前，他要给她盖上属于他的印章，最好能宣告天下……

"咚咚咚——"一阵急促的敲门声响起。

助理着急的身影从外面冲了进来。

"秦总，不好了……"助理的声音戛然而止，他看见被纪微甜用力推开的秦南御，显然意识到自己坏了他们的好事。

对上自家秦总想要杀人的眼神，助理紧张地咽了咽口水，进退两难。最后他硬着头皮开口："秦总，网上有人曝光了小少爷生母的身份，还有今天在商场母子相认的视频。"

"你说什么？"秦南御面色微沉，周围的气压都低了下来。

"我确定主办方已经把视频全删了。我们赶到之后，检查了现场所有人的手机，并给大家提供了补偿，确定没有人被遗漏掉。"助理补充道。

"这不是我们主办方拍的视频，因为拍摄角度不对。但从拍摄手法来看，这应该是专业人士偷拍的。"负责跟拍的刘师傅第一时间查看了网上的视频，笃定地开口。

外行人看热闹，内行人看门道。刘师傅的这句话已经说明了很多问题。

网上的舆论已经发酵了。之前路人拍的视频有多火，现在这件事的热度就有多高，甚至远远超过之前的热度。

"今天的活动就到这里，你先带睿睿和瑶瑶回去。"秦南御第一时间把孩子交给纪微甜，让助理送他们回去。

出了这么大的新闻，记者很快会找来秦氏科技集团。把两个孩子留在这里，到时候被记者堵住，反而让他们很被动。

纪微甜明白他的意思，于是带着两个小家伙离开了。

回到秦家别墅，纪微甜哄睡了两个小家伙，打开手机浏览网页的时候才发现事情已经全面失控。

"母子相认"的视频被曝光后，大部分网友都在同情骆心妍，心疼她这么多年都见不到自己的亲生儿子。也有不少人保持中立，甚至还有人站出来维护秦南御，认为感情的事情应该只有当事人知道，外人看见的未必是真相。况且秦家条件优渥，孩子跟着秦南御能得到更好的照顾，秦南御带走孩子也无可厚非。

秦氏科技集团一开始保持缄默，并不回应。直到有人扯出了纪微甜，用亲子活动里她跟秦南御的互动作为证据，把她臆想成第三者。

还有人脑洞大开，猜测是纪微甜插足秦南御和骆心妍的感情，导致两个人分手，一家三口分离……

网上的舆论莫名其妙地从谴责秦南御是"渣男"变成了骂纪微甜是第三者，说她插足别人的家庭。

这个时候，秦氏科技集团发出正式公告。

秦南御以强硬的态度否认了骆心妍是自己儿子的亲生母亲，并且保留追究造谣者法律责任的权利。

事情到这里，已经发生了巨大的反转。

网友一下就"炸锅"了，纷纷掉头指责骆心妍居心叵测，居然不惜利用一个孩子蹭热度。

就连纪微甜都愣住了，难以置信地看着秦氏科技集团发出的公告。

她原本以为，秦南御否认骆心妍是睿睿的妈妈只是赌气的话。可是发出这种正式公告，他绝对不是在闹着玩儿！

就在纪微甜震惊的时候，更大的反转出现了——

有人曝光了一份 DNA 检验报告，报告的结果显示，骆心妍跟秦默睿是亲生母子关系！

一石激起千层浪。

局面到这里已经完全失控，秦氏科技集团的股价也受到了波及。

如果这个时候纪微甜还看不出来有人在背后操控一切，那就是傻了。

而现在，她最怀疑的人……

纪微甜伸手抓起手机，拨通了骆心妍的电话。

电话占线，她打不通。

她回想起这几天发生的事情，从第一次遇见骆心妍，再到今天在商场的偶遇，还有刘师傅说的偷拍……如果纪微甜没有猜错，这些全都是骆心妍一手策划的。

骆心妍根本不是想要见睿睿，而是一早就安排了人偷拍，故意在大庭广众之下"偶遇"纪微甜和睿睿，想要上演一出母子相认的戏码。

当时围观的人那么多，一旦视频被曝光，会有源源不断的目击者帮她做证，秦氏科技集团想要压新闻都压不下来！

骆心妍先是放出认子的视频，紧接着对纪微甜发起人身攻击逼秦氏科技集团出来回应，最后甩出一份铁证如山的 DNA 检验报告……

好精密的策划！骆心妍把每一步都算计好了，就等着秦氏科技集团人套。

如果这真是骆心妍做的，那么她的目的是什么？她口口声声地说把纪微甜当成最好的朋友——这就是她对待好朋友的方式？

纪微甜的眼底闪过一抹危险的光，她让管家照顾两个小家伙，自己拎包出了秦家别墅，直接赶往骆心妍留给她的酒店地址。

纪微甜去得很突然，没有给骆心妍任何准备的机会。走到酒店房间门口的时候，纪微甜发现房门开着，靠近门口的位置放着一个行李箱。

看起来，住在里面的人正准备离开，却因为什么事耽误了。

纪微甜下意识地抬头往里看——

骆心妍正逆着光站在茶几前，不知道在跟什么人打电话，得意扬扬地道："就算我没怀过孕又怎么样？我不说，他们做梦都想不到……"

纪微甜身体猛地一僵，错愕地看着骆心妍，不敢相信自己的耳朵。

骆心妍没有怀过孕，那当年跟她一起挺着大肚子在医院待产的人是谁？如果骆心妍从来没有怀过孕，那睿睿又是谁的儿子？那份被人传到网上的 DNA 检验报告是从哪里来的？

无数的问题一瞬间涌入纪微甜的脑子。与此同时，骆心妍也察觉到什么，突然扭头看向门口。

看见站在门口的纪微甜，骆心妍的脸色蓦地一变，她直接把电话挂了，说："微甜，你怎么来了也不提前给我打个电话……我的意思是，我可以下去接你。"

骆心妍将手机放进口袋，一副刚才什么都没有发生的模样，笑着走向纪微甜，想要拉她的手。

纪微甜避开骆心妍的触碰，既然被发现了，也不想回避，径自问道："我们今天在商场遇见，是因为你一早就让人跟踪我，对不对？"

骆心妍没想到纪微甜会这么直接，被问得有些愣怔，嘴角的笑意也僵住了。她暗暗懊恼自己太大意。

不确定纪微甜是刚到还是已经听见了刚才的电话内容，骆心妍小心翼翼地回答："微甜，我们是最好的朋友，我怎么会跟踪你？我只是太想念自己的儿子，所以特意出去透透气，没想到会看见睿睿。我一时情绪激动……"骆心妍脸上露出悔意，抱歉地看向纪微甜，"我已经知道错了。我不该在大庭广众之下跟你抢孩子，不仅伤害了你，还伤害了睿睿。你放心，有任何流言出来，我都会第一时间帮你做证，一定不会让你受委屈。你能体谅我这一颗做母亲的心吗？看在我只是太想念儿子的分儿上，你可以原谅我这一次吗？"

纪微甜静静地看着眼前的人。从前看见骆心妍哭，她总觉得有几分不忍。毕竟在她最无助的时候，是骆心妍陪在她身边，一直给她鼓励，跟她互相扶持。

人总会对在自己危难时候结交的朋友格外包容。

可是经历过这几天的事，她忽然发现自己根本不了解骆心妍……

来的路上她特意让冷简调查过发布视频账号的 IP 地址，发现所有视频都从同一个地方流传出来，并且跟骆心妍脱不了关系。如果不是知道这些，她现在很可能被骆心妍"真诚的道歉"打动了。

纪微甜利用技术还原了当时商场里的画面，利用视频的拍摄角度分析出偷拍者的位置。

正常客人根本不会走到那个位置，明显是有人看见纪微甜带着睿睿在店里，推测他们要出来的时间，提前到那个位置蹲好等着偷拍。

纪微甜来之前就想过骆心妍不会承认这些，还让宋特助替她查过骆心妍的资金状况，确认骆心妍在几个小时前往几个陌生账户汇了款。

其中一个账户的持有人是娱乐圈臭名昭著的偷拍狗仔——此人专门做偷拍明星隐私卖钱的勾当。

骆心妍刚回国就给这样的人汇款，目的不言而喻。

纪微甜不傻，不认为冲到酒店凭着几句质问就能让骆心妍承认自己做的事情。

她只信证据。

只是当所有证据摆在眼前，告诉她眼前这个人根本就是在彻头彻尾地利用自己，她又犹豫了。

她还是对人性保留着一丝期待，希望能听听骆心妍的解释，想要问问骆心妍，怎么忍心利用舆论伤害自己曾经深爱过的人，伤害自己的亲生儿子……

可是纪微甜完全没有想到，还有更大的"惊喜"等着她——睿睿根本不是骆心妍的儿子！

那她就能合理解释为什么骆心妍能不管不顾地找人偷拍，甚至故意放出这样的视频给秦南御施加压力。

因为儿子是秦南御的，不是她的，骆心妍完全不用心疼睿睿。她表现得越柔弱，大家就会越心疼她。

一位脆弱的母亲，为了儿子独自对抗大集团，这样的新闻多么牵动人心。

秦南御的强势正好凸显了骆心妍的无助和可怜，她什么都不用做，只要使劲哭，使劲卖惨，就会有越来越多的人同情她、帮助她。人们一人一口唾沫星子都能淹死秦南御。

在秦氏科技集团即将发布新产品的关键时刻，秦南御的名誉受损会直接影响到秦氏科技集团。

牵一发而动全身。

这就是骆心妍的目的吗？她由爱生恨，继而开始报复……

骆心妍还在解释，见纪微甜没说话，又开始哭。

骆心妍哭诉着自己这四年过得有多惨：一个人在国外孤苦伶仃，每天都在想念自己的儿子……

"微甜，你也是有孩子的人，你应该能明白我的。"骆心妍哭得嗓子都哑了，红肿着双眼，楚楚可怜地抓住纪微甜的手。她要是进军娱乐圈，怕是早就出道并一炮而红了。

纪微甜冷漠的目光从骆心妍的脸上移开，像是多看一眼都嫌脏了眼。瞥见放在门口的行李箱，纪微甜嘴角勾起一抹嘲弄的弧度。看来骆心妍也很清楚，跟秦氏科技集团对着干，秦南御不会放过她。

她已经准备走人了。

骆心妍真是把每一步都想好了。

"你接下来打算去哪里？"纪微甜没有再纠缠视频的事情，淡淡地问道，像是关心老朋友。

骆心妍听见她的话，明显怔了怔，随即又叹了口气，说："还能去哪里？我只不过是换个地方住，现在太多记者想要找我，住酒店太不方便了。我已经做错过一次，不会再错第二次，你相信我。"

"我信。"纪微甜点点头，主动拉着骆心妍坐下来，"我主要是担心睿睿。你是睿睿的妈妈，应该比我更关心他，你说对不对？"

"当然……我是睿睿的妈妈，怎么可能不关心他？"骆心妍就差没拍着胸脯保证。

纪微甜又笑了，像是想起什么，忽然说道："你还记不记得，当年我们两个人在医院遇见，后来成为好朋友的事情？时间过得真快呀，转眼都过去这么多年了。"

骆心妍只当纪微甜原谅了自己，立时高兴地附和："是呀，时间过得真快。好在我们虽然分开多年，但还是相聚了。"

骆心妍不遗余力地打感情牌。

纪微甜顺着骆心妍的话继续说："说起来，当年要不是有你，我都不知道自己能不能挺过来。那个时候，我不敢告诉爸妈和身边的朋友，只有你，一直陪在我身边照顾我。有时候我都忘了，你其实跟我一样也是个孕妇。"纪微甜说到这里，故意顿了一下，抬头看向骆心妍，"说起这个，我真的很羡慕你，怀孕了既不发胖，也不孕吐。哪里像我，挺着个大肚子，觉都睡不好。"

骆心妍脸上的表情变得有些僵硬，扯着嘴角想要笑得自然一点儿。

"有吗？时间过得太久了，我记得不太清楚了。可能是睿睿心疼我，在我肚子里的时候格外乖，一点儿都不闹腾。"

纪微甜听见她的话，突然笑出声，不经意地问道："提起睿睿，你看没看网上的评论？就是那个你们母子相认的视频的评论。"

骆心妍嘴角的笑容彻底僵住了，表情又变得楚楚可怜："微甜，你还是不能原谅我吗？我承认，我在商场的时候确实情绪太激动了，说的话也不好听。但我真的不是故意的，只是被刺激到了……"

"我不是跟你说这个，过去的事情已经过去了。"纪微甜打断她的话，主动打开手机，从网上找到那个视频，让骆心妍自己看。

骆心妍拒绝不了，只能跟着看了几眼，又重新跟她道歉。

"微甜，我……"

骆心妍刚开口，纪微甜的手一滑，将手机页面滑到评论区，她指着视频下面的一条热评让骆心妍自己看。

"有一说一，秦南御是'渣男'没错，但是我真的没看出来这个女人像小男孩的妈妈，长得一点儿都不像！"

底下有很多人附和，甚至还有网友评论，如果让他们相信骆心妍是睿睿的亲生母亲，他们反而觉得睿睿跟纪微甜长得更像。

"微甜，你让我看这个是什么意思？连你也不相信我吗？我们是一起十月怀胎把孩子生下来的，所有人都可以怀疑我、不理解我，你怎么可以跟他们一样？"

骆心妍语气忽然变了，眼神也变得尖锐。

从让骆心妍看评论开始，纪微甜就一直注意她的表情。

正常人听见别人质疑孩子长得不像自己，要么一笑了之，要么说一句"孩子随爸"。

纪微甜从来没有见过像骆心妍这样的反应，她的脸上全是心虚，甚至恼羞成怒。

她在慌什么？又想让自己相信她什么？相信一个亲口说自己从来没有怀孕的人有一个四岁大的儿子？

如果说刚才在门口听见骆心妍说出那句话的时候纪微甜还怀疑自己是不是听错了，或者误会了她话里的意思，那么现在看见骆心妍的反应，纪微甜的心里已经可以完全肯定睿睿根本就不是骆心妍的儿子！

"我今天心情不好，不想再说了，我们改天再聊吧。"骆心妍站起身，急着往门口走，拉着行李箱想要离开。

纪微甜没有拦她，而是慢悠悠地收起手机，双手揣在口袋里，跟在她后面，继续展现作为朋友的关心，问道："你要搬到哪里住？你刚回国，T市这几年变化挺大的，你可能不太熟，需要我送你吗？"

骆心妍脚下一个趔趄，差点儿一头栽到地上，难以置信地回头看纪微甜。

今天的纪微甜热情到让人招架不住。

以往她们相处，都是骆心妍在说，纪微甜在听。

纪微甜什么时候变得这么主动了？

"心妍，你怎么了？脸色这么难看，你是不是身体不舒服？要不我先送你去医院看看？"纪微甜走上前扶了她一把。

骆心妍被吓得后退了两步，见纪微甜挑眉看她，连忙开口解释："我……我没事，可能是这两天情绪起伏太大，又没有休息好。我自己可以的，你不用送我了。"

说着，她不敢再看纪微甜的眼睛，拉过箱子，扭头就走。

纪微甜站在骆心妍身后，静静地看着她离开酒店并在路边拦了一辆计程车……

直到骆心妍的身影彻底消失，纪微甜才缓缓抬起手，手心里是一枚微型追踪器的启动器。她轻轻打开按钮，手机屏幕上立刻显示出骆心妍离开的路线和骆心妍的实时位置。

纪微甜面无表情地看着手机，目光深沉。

离开酒店后，纪微甜没有去秦家别墅，而是回了一趟南坡公寓，将她为女儿保留的小箱子从衣柜里抱了出来。

老旧的小箱子带着岁月的痕迹，纪微甜将其打开，记忆扑面而来。

她翻出放在最上面的牛皮纸袋，拿出里面放着的孕检照片，耳边响起的全是她刚抵达酒店时骆心妍说的那些话——

"就算我没怀过孕又怎么样？我不说，他们做梦都想不到……"

骆心妍从来没有怀过孕，却假装自己怀孕了，定期到医院做孕检，天天陪纪微甜聊孩子的事情，想象她们肚子里宝宝的模样。

纪微甜此时此刻才想起来，每一次孕检，骆心妍都会抽空陪她，没有一次例外！

纪微甜怀孕四个月的时候，因为肚子比一般的孕妇大一些，所以一直担心宝宝是不是有什么问题，特意去找骆心妍商量。骆心妍二话不说就陪她到医院做四维彩超，然后告诉她宝宝很健康，让她不用担心。

纪微甜第一次当妈妈，对一切一无所知。拿着骆心妍给她的四维彩超图，看着上面小小一只的宝宝。她从来没有怀疑过什么，还在心里感激骆心妍，庆幸有这个朋友一直陪在自己身边。后面每一次孕检，哪怕骆心妍不主动提出陪她，她也会特意等骆心妍一起。

曾经她还开过玩笑，说如果她们肚子里的宝宝分别是一男一女，以后就给两个孩子定"娃娃亲"。如今想起来，骆心妍这么主动热情的一个人，天天帮她照顾她的宝宝，却从来没有主动提起过自己的孩子。

回想起来，骆心妍听见"娃娃亲"的提议时，脸色明显变了，不仅没有答应，还笑着说纪微甜想得太远了，以后的事情以后再说。

现在想想，如果骆心妍根本没有怀孕，那纪微甜确实想得太远了。

骆心妍连孩子都没有，拿什么结娃娃亲？

纪微甜是意外怀孕，没有经验，但有对孩子的爱。所以从怀孕到把孩子生下来，这期间所有关于宝宝的东西，她把能保留的都保留了下来。

在宝宝出生之前，她就是靠着一遍遍看这些彩超图给自己动力，让自己继续坚持下去。

现在重新看到这些照片，纪微甜忽然发现每一张彩超的成图角度都很奇怪，似乎只拍了一侧。她当时从来没有怀疑过这些图片的角度，是因为从图片上可以很清晰地看见宝宝的小脸蛋儿，有的还拍到了宝宝的小手和小脚……

纪微甜不知道自己是不是疯了，从听见骆心妍说从来没有怀过孕，再到看见这些角度奇怪的彩超图，她的脑子里竟然控制不住地有了一个大胆的猜测：如果，只是如果，从她遇见骆心妍开始，这一切就不是意外……

骆心妍没有怀孕，只是特意到医院跟她制造偶遇，然后跟她成了好朋友。骆心妍在之后每一次孕检都陪在她身边，给她鼓励，其实并不是因为同病相怜，而是因为一早就算计好了，想要偷她肚子里的宝宝……

纪微甜刚想到这里，脸色就变得苍白。

她生产那天，腹痛剧烈又大出血，意识都很模糊。醒来之后，医生告诉她，她生了一个可爱的女儿。与此同时，她听说骆心妍在那天也生了一个儿子。

因为自己九死一生，又确定宝宝没事，所以纪微甜当时满心都在高兴小生命的到来，抱着小小的女儿亲了一遍又一遍。

她从来没有想过，自己可能还有另外一个孩子，而这个孩子在自己还不知道的时候就被人抱走了……

纪微甜被这个猜想吓得浑身一震，攥着照片的手不自觉地收紧。同时被想起的还有另外一件重要的事情，她怀孕的时候肚子一直比其他孕妇大一点儿，但因为她的身形纤细，加上宝宝很乖，极少闹腾，所以看起来并没有那么明显。当医生告诉她，她的宝宝很健康，肚子大只是因为小家伙个头儿有点儿大的时候，她一点儿疑心都没有。可她记得很清楚，瑶瑶出生的时候连五斤都不到，小家伙还在保温箱里住了一段时间。

她当时看在孩子身体健康也没后遗症的分儿上，并不计较医生的误诊。

现在想起来，纪微甜脊背一阵发凉……

回过神，她猛地盖上小箱子，从地上站起来，出了公寓，拦了一辆计程车回秦家别墅。

抵达别墅的时候，纪微甜看见管家正带着两个小家伙在客厅里搭积木。

睿睿很宠妹妹，总是让她先放。见管家端着水果过来，他从果盘里叉起一块水果，往小糯米团子的嘴里喂，然后问妹妹："甜不甜？"

小糯米团子说"甜"，然后小手也叉起水果给哥哥喂一块……

这一幕看得纪微甜眼眶有些发热，眼泪一瞬间就涌了出来。

"纪小姐，你回来了。"管家看见她，开口招呼道。

两个玩儿得正开心的小家伙也齐齐地从地上爬起来——

"妈妈！"

"妈咪！"

然后他们齐刷刷地朝纪微甜跑过来，一左一右抱住她，像左右护法。

从前纪微甜并没有觉得他们这样的举动有什么奇怪，直到今天……

就连她自己都忍不住问，这真的只是巧合吗？

两个生活环境完全不一样的孩子，竟然下意识地做出了一模一样的举动。

管家在一旁笑道："小少爷是真的很喜欢纪小姐，我以前从来没有见他这么喜欢一个人。两个孩子也是真的投缘，在一起默契十足，不知道的人还以为他们是亲兄妹。"

亲兄妹……

纪微甜咀嚼着这三个字，蹲下来轻轻抱住两个小家伙，低头在睿睿的脸上亲了亲，努力控制自己的情绪，不让两个小家伙有所察觉。见时间晚了，纪微甜便把他们带回房间，哄他们睡觉。

小孩子格外敏感，哪怕秦南御和纪微甜都没有刻意在孩子面前表现出什么，可他们还是感觉到了。

"妈妈，我今天可以跟妹妹一起睡吗？"睿睿蹭在纪微甜怀里，奶声奶气地问道。

纪微甜低头看着眼前酷似秦南御的小脸，伸手摸了摸睿睿的小脑袋，把他抱起来。

从前她都是带着两个孩子一起哄，等他们睡着了再把睿睿抱回自己的房间。

见睿睿今天突然想要跟妹妹一起睡，纪微甜没有急着答应，先扭头看了看小糯米团子，询问她的意见。

小糯米团子今天也格外让着哥哥，乖巧地点头，软糯糯的小身子又往旁边挪了一点儿，让出更多位置，然后嘟着小嘴保证："我今天努力不把哥哥踢下床。"

睿睿高兴得不行，钻进被窝里乖乖躺好，等着纪微甜给他们念睡前故事。

两个小家伙的智商太高，普通的童话故事已经糊弄不住他们，纪微甜就给他们念科学家的故事。

她念着念着，见刚才还乖乖躺在床上的两个小家伙的睡姿已经越来越奔放……

等他们彻底睡着，便又一人占据一半床，摆出了同款"大"字睡姿。

纪微甜哭笑不得。

她将故事书放下来，先替女儿盖好被子，再绕到儿子身边，看着他精致的小脸蛋儿，忍不住伸出手，轻轻摸了摸他的小脸。

纪微甜回想起第一次在机场发现小家伙跟着自己的画面……那么小的一个孩子，觍着害羞的小脸蹭到自己身边，说自己走丢了。

那个时候的她怎么也没有想到会在机场捡到一个儿子。

"妈妈。"小家伙好像做梦了，小脸在纪微甜手心里蹭了蹭，伸手想要抓住什么。

纪微甜握住他的手，下意识地回答："睿睿不怕，妈妈在这里。"

话一出口，被窝里的小家伙安定下来，吧唧着嘴又睡熟了。纪微甜感到胸口像是被什么撞了一下，眼泪瞬间滑落，心情久久无法平复。

纪微甜就这么呆呆地坐在床边，看着床上的兄妹俩，怎么也看不够。直到她想起什么，轻轻地从小家伙的头上拔了几根头发，用纸巾包起来。纪微甜转身要离开房间的时候，正好撞上了从外面回来的秦南御。

他站在客厅入口，刚把手里的西装外套递给管家，看见纪微甜，便抬腿走向她。

纪微甜拿着睿睿头发的手不自觉地握紧。

她脑子里一直想着孩子的事情，完全忘记除了孩子，还有孩子的爸爸。

如果睿睿真的是她儿子，那秦南御不就是那个男人？

四年前的那天晚上，她跟他……

纪微甜舔了舔唇瓣，紧张到身体控制不住轻颤，本能地想要躲开他。

秦南御却不让她躲。发现自己被无视了，秦南御不高兴地把她拦下来，薄唇微启，道："纪微甜，我惹到你了？"

他语气幽怨，一副"要死也得让我死个明白"的架势。

"没有……"纪微甜强迫自己冷静下来，从牙缝里挤出两个字。

秦南御挑眉，见她说话都不看自己——她分明是在生气。他伸手捏住纪微甜的下巴，让她抬起头："我不在的时候，家里发生什么事了？"

"没……没事。"纪微甜乍一对上他的目光，心虚到咬到舌头，也不知道自己在紧张什么。

原本因为骆心妍，她一直把秦南御当成一个"渣男"。后来在与秦南御的接触过程中两个人又有一些小摩擦，基本到了互相看不顺眼的地步，最过分的一段时间，她每天晚上做噩梦都会梦见秦南御。

在纪微甜的噩梦里，大部分时间都是她在揍秦南御。在梦里都把他当仇人，可想而知，一开始她对秦南御的怨念有多深。可是后来，她说不上为什么，跟秦南御这个人接触越多，越发现他其实并没有表面上看起来那么冷漠。

他尊重科学，跟一般只会指点江山的总裁不同，会穿着实验服在实验室里泡一天一夜；他信任团队，会为了团队成员的清白亲自熬夜找证据；他喜欢孩子，抱着女儿到处炫耀的时候，幼稚却很有魅力。偶尔，他自己也像个孩子，傲娇又无赖……

生活里的一点一滴，让纪微甜最初印象中冷冰冰的人慢慢变得有血有肉、有情有义。可还没有等她适应这样的秦南御，又忽然知道他们之间可能有过一段不可思议的过去……

她需要时间消化。

"没事你哭什么？"秦南御黑眸微闪，声音沉了下来。

正在出神的纪微甜一愣，很快想起刚才在房间里看着两个小家伙时，一时没控制住情绪哭了一会儿。

可那都是好一会儿之前的事了，秦南御为什么一眼就能看出来？

"眼睛红得跟兔子一样，你还想瞒谁？"

秦南御修长的手指摩挲着她的下巴，用眼神警告她最好说实话。

纪微甜怕他叫管家来问话——秦南御一旦问管家，就会知道她今天下午出去过。

她还没有想好怎么跟他说骆心妍的事，需要一点儿时间证实自己跟睿睿的关系，也需要一点儿时间消化自己跟秦南御纠缠多年的关系。

"我心疼睿睿。"纪微甜主动开口，想了一个比较合理的理由，趁着秦南御没注意，把握在手里的东西悄悄放进口袋。

想起秦南御刚才站在门口，一副披星戴月刚加班结束的模样，纪微甜又忍不住问道："你吃晚饭了吗？"

"没有。"秦南御想也不想地说道，像是一直在等她问。

秦南御俊美的脸庞上表情淡淡的，眉宇间显露出几分疲惫。

"都这么晚了，也不知道管家有没有给你留饭。"纪微甜嘴里嘟囔着，一边拉着秦南御转身往餐厅走，一边喊管家，问他厨房里还有没有吃的。

秦南御像个宝宝似的，乖乖地跟在纪微甜后面，见她主动牵自己的手，嘴角勾起一丝弧度。

管家很靠谱，自家少爷肚子饿了，哪儿能没有吃的？他当即下厨，给秦南御炒了几个菜。最后菜做多了，纪微甜怕浪费，也跟着一起吃。

"那个，集团的事情，你处理得怎么样了？"纪微甜扒了几口饭，扭头小心翼翼地问。

她原本想要坐到秦南御的对面，可是秦南御不让，非要她坐在他旁边。两个人挨得太近，纪微甜说话都有点儿紧张。

骆心妍有备而来，又是发布视频，又是公开 DNA 检验报告。现在舆论一边倒，秦南御承受了不小的压力。

纪微甜刚刚上网看过，有人趁火打劫，在这个时候故意抛售秦氏科技集团的股票，导致股民跟风，今天收盘之前秦氏科技集团的股价一直在跌……

如果秦氏科技集团想不到办法应对，只怕这种情况明天也不会好转。

秦南御加班到现在，应该是在跟集团的其他股东做解释。

"假的就是假的，再怎么样也成不了真。你不需要担心。"秦南御漫不经心地说道。说话的间隙，他往纪微甜的碗里夹了一块肉，让她多吃点儿。

秦氏科技集团如果这么容易被打倒，就不可能在 T 市屹立这么多年。

秦南御跟骆心妍没有半点儿关系，更谈不上抛妻夺子。就算骆心妍拿出一百份 DNA 检验报告，也成不了他儿子的妈妈。

既然他儿子的妈妈不是骆心妍，那么真相迟早会水落石出。

"可是骆心妍手里有跟睿睿的亲子鉴定。大家认定了他们是亲生母子，舆论就会一直站在她那边。现在明显有人想要借她的手对付秦氏科技集团，我担心有人在我们接下来的新品发布会上闹事。"纪微甜理智地分析道。

"那份亲子鉴定是假的。"秦南御蓦地启唇。对上纪微甜微怔的目光，他放下筷子，转身面对她，像是怕纪微甜误会他跟别的女人牵扯不清，又重复了一遍："那个姓骆的女人，不是秦默睿的妈妈。"

这一点纪微甜已经知道了。只是让她惊讶的是，秦南御怎么会这么肯定？难不成他已经知道睿睿的亲生妈妈是谁……纪微甜咽了咽口水，紧张到无法呼吸。

直到秦南御从管家手里接过一份文件递给她。

她打开一看，发现是一份亲子鉴定，是骆心妍跟睿睿的。

鉴定的结果显示，两个人根本没有任何血缘关系！

纪微甜错愕地抬头看向秦南御。

秦南御端起手边的水杯，喝了一口，薄唇微启，道："当年骆心妍把儿子送到我面前的时候，我就让人做过亲子鉴定。"

如果骆心妍真的是那个被他无心伤害的女孩，他会想办法补偿她。可最后的结果证明骆心妍跟他的儿子没有半点儿关系。

至于他儿子的亲生母亲……他让人查过，可是查不到。

骆心妍一口咬死了儿子是她的，秦南御从她嘴里问不出任何有用的信息，加上当时从骆心妍手里抱回孩子的时候，襁褓里的小婴儿已经有中暑的迹象。

那么小的婴儿，一点点意外都能要了他的小命。秦南御让人专门照顾了几天，睿睿的情况才稳定下来。

她能把自己的亲生儿子让给别的女人作为要挟他的筹码，甚至没有考虑过孩子的安全……秦南御已经认定了那个生了睿睿的女人没有资格做他儿子的妈妈，查不得到她的身份也变得没那么重要。

碰巧当时老爷子身体出了状况，危在旦夕，需要出国动手术。秦南御确定小家伙没有生命危险之后，直接带着儿子陪老爷子出国治疗。

纪微甜不知道秦南御在想什么，只是看见手里的文件，震惊得嘴巴大张。

她没想到秦南御这么早就做过亲子鉴定，这么早就知道骆心妍不是睿睿的亲生妈妈。

相比理智的他，纪微甜反而被蒙在鼓里这么多年，还因为骆心妍的话一度质疑秦南御的人品，觉得他是个始乱终弃的人渣……

等等！

如果怀孕是假的，那骆心妍当初跟她说的那些感人肺腑的爱情故事，该不会也是编出来的？

"秦南御，你谈过恋爱吗？"纪微甜脱口而出。

语毕，又觉得自己问得太直接，听起来好像有歧义，她正要解释一下，见秦南御已经瞬间调整好坐姿，像个小学生似的。他目光真诚地看着她，说："没谈过，我很想谈一谈，现在缺个对象。"

秦南御疯狂用眼神暗示她。

等意识到纪微甜说的是他跟骆心妍时，秦南御皱了皱眉，想也不想地否认道："我不认识那个女人。我脸盲，能记住的女人现在只有你跟瑶瑶！"

一百分的答案。

这回答同时也让纪微甜彻底惊呆，小嘴微张着，把筷子都弄掉了。哪怕做了最大胆的猜测，可真的从秦南御嘴里得到证实的时候，她还是有几分钟回不过神。

纪微甜脑子里一遍遍回想起当初骆心妍坐在她面前，一脸甜蜜地给她讲爱情故事的画面……

"纪小姐，你的筷子。"管家拿了一双新的筷子给她。

纪微甜接过筷子的时候，下意识地说了声"谢谢"，回过神后，发现秦南御也停了筷子。他正在单手支着头看她，等着她为自己的反常做解释。

"我……"纪微甜张了张嘴，一时间不知道该怎么解释。

说她蠢到相信一个疯子的话，相信了四年，还一度认定他是个"渣男"？

纪微甜担心这话一说出来，秦南御一气之下会把她的脑袋按进面前的汤碗里，帮她洗洗脑。

"我一开始以为睿睿是你跟骆心妍的儿子，现在发现不是。那你跟睿睿的亲生妈妈……你们……"

"只是意外。"秦南御黑眸微沉，淡淡地说道。

提起小家伙的亲生母亲，他的神色变得有些异样，他像是抗拒，又像是逃避。可是怕纪微甜误会，他还是有问必答。

秦南御看着纪微甜，想要看出她的心思。

纪微甜只是愣了愣，随即点了下头。

确实是意外——纪微甜在心里默默补充道。

秦南御的回答让她对心里的猜测多了几分把握，可越是肯定自己的猜测，她的心里就越是没底。纪微甜又忍不住问道："我们现在都知道骆心妍跟睿睿没有关系，可睿睿毕竟不是从石头里蹦出来的孩子……如果有一天睿睿的亲生妈妈出现，你会怎么样？"

"我只要儿子。"秦南御语气决绝地说道。

纪微甜很少会问他私人问题。她越是关心，就越让秦南御担心——他担心她会因为还没有发生的事情就拒绝他，跟他保持距离。

秦南御见她往后退，伸手抓住她的肩膀，将她拉到面前，垂眸盯着她，一字一顿地重复："纪微甜，我只要儿子。"

她没聋。她听见了。

纪微甜没好气儿地推开他，鼓着腮帮子坐回椅子上。她抓起筷子，夹了一块肉塞进嘴里用力嚼，仿佛把嘴里的肉当成了秦南御。

纪微甜越想越生气，最后化悲愤为食欲，吃得比秦南御这个没吃晚饭的人还多。吃饱喝足，她又忍不住趴到餐桌上问他："你不是喜欢女儿吗？如果睿睿的亲生妈妈给你带回来一个女儿呢？你也不要吗？"

"啊——"

脑门儿挨了揍，纪微甜伸手按着额头，瞪秦南御。

秦南御抽出纸巾擦了擦嘴角，笃定道："收起你的脑洞。同样的错误，我不会犯两次。"

纪微甜用舌尖顶了顶腮帮子，不服气地小声嘟囔："你这么厉害，哪里需要两次？一次就够了，龙凤胎了解一下……"

"你说什么？"秦南御没听清。

纪微甜回过神，疯狂摇头，说："没什么！"

秦南御已经说得很清楚了，当年的事情是个意外。他的立场也很明确，不管睿睿的亲生妈妈是谁，他都只要儿子，不要儿子的亲妈。

纪微甜觉得他们聊不下去了。

丢下筷子，正眼都没看秦南御一眼，纪微甜扭头就要回房间，并在心里暗暗发誓——今天要是再跟秦南御说一句话，她就是猪！结果她刚迈出脚步，衣领就被人揪住了。

她回过头，见秦南御颀长的身影斜靠在餐桌边缘。

他一只手揪着她的衣服，一只手揉着自己的眉心，对上她茫然的目光，神态疲倦，说："纪微甜，我头有点儿晕，你扶我回房间。"

纪微甜此刻只想送他一句——关我什么事？！

见他好像真的很不舒服的样子，纪微甜还是搭了把手，扶他上楼。结果这人得寸进尺，进了房间又说自己口渴，让她帮忙倒水。

人在屋檐下，纪微甜忍了。

给他倒了杯水放在床头上，纪微甜咬牙切齿道："要我喂你喝吗？"

"这倒不用，我可以自己喝。"秦南御接过水杯，喝了一口。

纪微甜心想他还算识相，知道见好就收。正当她准备离开的时候，又听见他慢悠悠地说道——

"水我可以自己喝，但是澡可能……"

"你要是敢说让我帮你洗澡，我就敢把你淹死在浴缸里！"纪微甜睁大了眼睛瞪他，恨不得将他瞪穿。

如果不是理智告诉她杀人犯法，她可能现在已经控制不住自己了。

"我的意思是人在头晕的时候洗澡容易出事，要不然你在沙发上坐一会儿，等我洗完再走。要是我出事了，起码房间里有人。"秦南御解释完，又挑眉瞥了一眼纪微甜发怔的脸，嘴角勾起一抹戏谑的弧度，"纪微甜，你刚才在想什么？"

祸害遗千年，他真的不用担心自己的生命安全。谁要是真的让他发生不幸，那就是为民除害。

等秦南御洗澡出来，纪微甜已经靠在沙发上昏昏欲睡。换作平时，可能已经忍不住爬到秦南御的床上，可是今天，就算是为了争一口气，她也不想跟他有任何接触！

秦南御不知道自己哪里又惹到了纪微甜，仔细回想，好像是从他们聊起秦默睿的亲生妈妈开始，纪微甜的反应就变得奇奇怪怪。

所以，她还是介意他有过别的女人，现在还因为这个生他的气？

"纪微甜，你谈过恋爱吗？"秦南御蓦地问道。

纪微甜打着哈欠，一脸蒙地看着他。这不是她刚刚问他的问题吗？怎么又被他问回来了。

纪微甜歪着脑袋想了想，确定他是认真的，干脆利落地回答："没有。"

"那瑶瑶……"

"意外。"纪微甜把秦南御刚才的回答原封不动地还给他。

秦南御点头表示可以理解。人生嘛，谁能保证不发生一点儿意外？更何况他们的意外还一样。

"那如果现在瑶瑶的亲生爸爸突然回来，要对你和瑶瑶负责，你会是什么反应？"秦南御试图用换位思考的方式让纪微甜理解他的想法。

放在以前，纪微甜的答案可能会跟秦南御一样，可是现在不一样，如果她的猜测没有错的话，她已经知道她女儿的亲生爸爸是谁了。

秦南御在这个时候问她，有那么一瞬间，她的精神有些恍惚。原本以为自己会毫不犹豫地拒绝，可话到嘴边她还是没有说出口，最后只是呆呆地看着他。

如果真的是他的话……

纪微甜抿了抿唇，语气有些不确定地说："可能会听女儿的，瑶瑶很想要一个爸爸……"

她话还没有说完，秦南御不只脸黑了，人也急了，打断她的话："感情的事情你不能听瑶瑶的！你应该听听自己内心的声音！"

"听自己的？"纪微甜怔了怔。

"对！听你自己的。你告诉我，你现在想要跟瑶瑶的亲生爸爸在一起吗？你了解那个男人吗？"秦南御双手抓着纪微甜的肩膀，把她拉到自己面前，试图给她洗脑，"纪微甜，为了孩子勉强自己跟一个陌生人在一起是不会有什么好结果的。"

纪微甜面露迟疑，说："那他如果不是陌生人呢，也不能考虑吗？万一瑶瑶的爸爸其实人还不错……"

"如果他真的是个有担当的男人，为什么四年前没有找你？在你一个人怀着女儿的时候他不闻不问，现在回头说想要对你负责，这话可信吗？在我看来，这简直就是人渣一般的行为！你连考虑都不用考虑！"

秦南御一气呵成地说完，直接劈头盖脸地把瑶瑶的亲生爸爸骂了一顿，最后得出结论："瑶瑶现在不缺爸爸，你觉得呢？"

"我觉得你说得对，瑶瑶的亲生爸爸说不定真的是个人渣。我确实不能在垃圾堆里给瑶瑶找爸爸，得好好想想。"纪微甜意味深长地瞥了秦南御一眼。

虽然秦南御的自我推荐没有得到认可，但是他成功阻止了纪微甜跟"前任"复合——这个结果他比较满意。正当他准备以身体不舒服为由，把纪微甜留在房间里照顾他的时候，助理来了。

助理风尘仆仆地赶来，面色凝重地说："秦总，有新消息！"

"是出什么事了吗？"纪微甜主动问道。

现在是特殊时期，骆心妍一天不消停，大家就都没法好好过日子。

虽然秦南御没说，但她大概猜得到秦氏科技集团目前的处境，否则助理不会这么晚了还亲自过来。

"我们刚刚收到消息，Re集团外聘了一名刚回国的专家，全面接手跟我们打擂台的项目，这个人大家都认识。"

助理语毕，秦南御眉心微拧，没说话。

纪微甜愣了愣，脑子里想起自己今天去酒店时骆心妍收拾行李离开的画面。骆心妍跟纪微甜是一个专业的，正好刚刚回国，助理说的那个人该不会就是她？

"是骆心妍！Re集团已经正式宣布了。"助理说。

真的是她！

纪微甜说不意外是假的。

就算睿睿不是骆心妍的儿子，可骆心妍对秦南御的爱慕毫不掩饰、明明白白地写在脸上。

骆心妍在这个时候突然倒戈加入秦南御竞争对手的阵营，真的是爱而不得就反目成仇吗？

"别想了，这不是 Re 集团突然做的决定，而是他们从一开始就设计好的圈套。"秦南御仿佛看出纪微甜的心思，淡淡地说道。

纪微甜不解地抬头看他。

秦南御端起水杯喝了一口，知道纪微甜对商场上的竞争了解不多，语气平静地给她解释："Re 集团不是小作坊，一个项目的负责人不可能说换就换，再加上我们的实验已经顺利完成，现在就等着开新品发布会。这个时候，如果没有十足把握，谁接替了这个位置，不是就等于接了一个烫手山芋吗？"

秦氏科技集团如果真的那么容易对付，钱敏就不会被带走调查，纪微甜他们也不可能顺利地完成实验，让 Re 集团眼睁睁地看着他们筹备新品发布会。

只怕这个时候，那个叫赵照的项目经理已经吃不下、睡不着，就怕他们的新品发布会顺利举行，让 Re 集团在这次竞争中输得一败涂地……Re 集团不想输，就只能另辟蹊径。

这个赵照也算有本事，居然找到了骆心妍。

"你真的以为，骆心妍明知道自己不是秦默睿的亲生妈妈还把事情闹大，只是为了逼我对她负责？"

秦南御不傻，骆心妍应该也没有这么愚蠢。她拿出来的亲子鉴定证明，秦南御只要让人一查就能查出真伪。

假的真不了，但骆心妍还是这么做了。理由很简单，她在利用舆论拖延秦氏科技集团新品发布会的举行时间，顺便借机抹黑秦氏科技集团的声誉。只要败坏了秦南御的名声，她就能间接影响到秦氏科技集团，再加上背后有 Re 集团配合……

今天率先抛售秦氏科技集团股票的人肯定都跟 Re 集团脱不了关系。

骆心妍这是一石二鸟。

如果秦南御没有猜错，骆心妍应该已经知道这次秦氏科技集团的实验能顺利完成，纪微甜发挥了很重要的作用。

纪微甜需要在秦氏科技集团的新品发布会上为相关实验的数据做一个补充说明，到时候骆心妍只要在现场安排一个记者，问纪微甜跟秦南御是什么关系、为什么她能代表实验室出来露脸、她是不是依靠了不正当关系……纪微甜的名声就全被毁了。

同时被毁掉的，还有秦氏科技集团的新品发布会。

这么精密的安排，不可能是他们临时决定的。

"骆心妍在回国之前就已经跟 Re 集团的人有联系，并且和他们谈好了条件。只等她展现自己的实力，Re 集团就会顺利将她招入麾下。"

秦南御的黑眸闪过一抹冷厉的光。

这次"母子相认"的戏码，应该就是骆心妍安排的第一出好戏。

网上的言论里，一部分是网友的真实评论，更多的是将舆论的导向带向对秦氏科技集团不利的一面的话题。

"接下来怎么办？我们既然已经知道骆心妍的目的，就没有办法阻止她吗？"纪微甜问道。

这次的新品发布会不仅仅是秦氏科技集团的事。

新项目的开发是江城大学和秦氏科技集团的一次跨界合作，顺利完成此次的项目会在加强今后企业与高校的多边合作、提高高校毕业生的就业率等方面都有很重要的引导作用。

这原本是一件好事，可现在秦氏科技集团处在风口浪尖上，任何一件小事都有可能被无限放大。

哪怕网友能保持理智，骆心妍安排的水军能放过他们吗？

有人不断地带话题，争议就会不断地产生，局面失控是在所难免的事情。

除非秦氏科技集团推迟新品发布会，等这次的风波停息，可如果真的这样处理就正好中了 Re 集团的下怀……

"我明白了。"纪微甜像是忽然反应过来，看向秦南御，"骆心妍这么声势浩大地出来认儿子，根本就不怕被人拆穿。因为她的心里很清楚，秦氏科技集团单方面想要解释清楚这件事情需要时间，而她要做的就是回避问题并拖延时间——只要这事不解决，秦氏科技集团的新品发布会就会受到负面消息的影响。"

秦南御用赞赏的目光看着纪微甜，伸手拍了拍她的头，以示鼓励。

对纪微甜而言，能在这么短的时间内捋清商场上的弯弯绕绕，已经很不容易了。

纪微甜现在哪儿有心情接受秦南御的鼓励，抓住他的手就往怀里拽，语气都急了："你既然早就猜到了，怎么放任不管？兄弟，我们现在没时间了！"

秦南御薄唇微抿，耳根有些红，黑眸直勾勾地看着自己被纪微甜抱在怀里的那只手。幸福来得太突然，他有点儿反应不过来，需要一点时间消化。

纪微甜没注意秦南御的表情，见他不说话，又忍不住开口："骆心妍靠着一份假的DNA检验报告拉拢网友站在她那边，我们也可以。你手上不是有她跟睿睿根本没有血缘关系的证明吗？放出去，我们跟她打擂台！"

纪微甜气鼓鼓地说完，几乎都要告诉秦南御，实在不行她可以亲自出马，当面跟骆心妍对峙，证明她才是睿睿的亲生妈妈，骆心妍是个冒牌货。

突然，纪微甜猛地意识到什么，安静了下来。

她刚才说的这些方案看似没有问题，可是如果骆心妍一直回避，他们短时间内根本没有办法给公众一个真相。

他们可以否认骆心妍的DNA检验报告，反之，骆心妍也可以否认他们提供的证据。

双方一来一回，不仅没有将事情解释清楚，还会让这件事受到更多的关注。他们这样做等于帮了骆心妍。

这也不行，那也不行，纪微甜是真的憋屈了。

她第一次发现，有时候真相不是最重要的，重要的是公众愿意看到什么样的真相。一旦真相跟公众预想中不一样，就会不断受到质疑和争议，最后在有心人的引导下，谁都预料不到事态会往哪个方向发展……

"真的没有办法了吗？"纪微甜像泄了气的皮球，委屈巴巴地问。

秦南御回过神，瞥见她可怜又可爱的模样，心软得一塌糊涂。理智还没有反应过来，他已经低下头，在纪微甜的嘴角落下一吻。

纪微甜呆住了，本能地伸手摸了摸自己的嘴角，问："你干吗突然亲我？"

意识到自己做了什么，秦南御也怔了怔。随即，黑眸缱绻地看着她，他理直气壮地说："你刚才有点儿可爱。"

纪微甜瞪他，想要生气，却莫名其妙地脸红了。

"那你也不能随便亲我。"

"嗯。"秦南御答应了。

最惨的是助理——他原本抱着文件来汇报，大家也正在好好地讨论工作，没想到他家秦总突然当着他的面要流氓——他是要假装看不见，还是要再给大家表演一次原地晕倒？

这年头，助理太难当了！尤其是现在，他觉得自己像一条"酸菜鱼"——又酸又"菜"又多余。

"把文件拿过来。"秦南御总算想起房间里还有第三个人。

秦南御一开口，纪微甜也想起来了。

看见助理，又想起刚才的画面，纪微甜脸颊不自觉地飘上两抹红晕。

秦南御将一份文件递给她，示意她打开看看。

纪微甜打开文件，发现是一封律师函。

秦南御把骆心妍告了！

"秦氏科技集团的技术部已经分析出那段视频的拍摄角度，可以确定是有人故意偷拍，同时技术部也通过技术手段锁定了发视频账号的 IP 地址，这些都可以作为证据提供给警方。"助理在一旁解释，"还有骆心妍公布的 DNA 检验报告——偷拍视频的事情她可以抵赖，可是 DNA 检验报告抵赖不掉！只要能证实那份 DNA 检验报告是伪造的，我们就有理由控告她诽谤！"

一旦起诉立案，骆心妍再回避问题、拖延时间就违法了。

到时候不用秦氏科技集团找她，警方也会找她配合调查。

网络不是法外之地！哪怕流言蜚语再多，假的依旧是假的，成不了真。

虚伪的人，也总有被摘下面具的一天。

某高档小区公寓里。

骆心妍穿着白色的丝质长裙，靠坐在阳台的榻榻米上，手里端着一杯红酒，心情很好地轻啜一口，微微眯起眼品着酒，说："这地方的风景不错，酒也不错，赵经理有心了。"

坐在她对面的赵照听见她的话，连忙起身："骆小姐客气了！能为你这么漂亮的女士效犬马之劳，是我的荣幸！"

赵照现在把骆心妍当成了救命稻草，有了骆心妍，原本要在他的手里完蛋的项目，现在开始变得不一样了。

"当初我还怀疑过你的能力，觉得只凭你一个人对付秦南御简直就是痴人说梦，没想到你真的做到了。现在不只是秦南御，就连整个秦氏科技集团都惹了一身的麻烦。我要敬你一杯。"

赵照端起酒杯，跟骆心妍碰杯。

骆心妍看了他一眼，却放下了杯子，看起来并没有要跟赵照碰杯的意思，只是摆弄着刚做好的指甲，傲慢地开口："既然我已经证明了我的能力，你什么时候能让我见陆总？"

骆心妍费了这么大的功夫，甚至不惜跟秦南御作对，为的可不只是帮赵照。

一个项目经理，她可看不上。

要不是想借着赵照见到 Re 集团的真正掌权人，她才懒得搭理赵照。

"这……陆总现在人还在国外。等我们顺利拿下这个项目，陆总回国之后我肯定第一时间带你去见他，让陆总好好嘉奖你这位大功臣！"

赵照知道骆心妍想听什么，净挑她爱听的话说。

骆心妍也不是看不出来，赵照这个人靠不住。只是她心里更清楚，什么好听的话都比不上实实在在的利益。

只要她能帮 Re 集团顺利攻克难题，拿下项目，这么漂亮的成绩单落到陆总的眼里，陆总一定能慧眼识英雄，发现她这颗明珠。

以 Re 集团跟秦氏科技集团的竞争关系，以及陆总足以跟秦南御匹敌的能力，她有的是机会对付纪微甜！

骆心妍眼睛一眯，眼底掠过一道阴鸷的光。

一旁的赵照适时开口："我们接下来该怎么做？秦氏科技集团一旦发现我们在拖延时间，肯定不会坐以待毙。万一他们出面澄清，或是照常举行新品发布会，那我们不就白忙活了吗？"

"不可能。"骆心妍笃定地说道。

没有人比她更清楚秦氏科技集团目前的处境。现在舆论是倒向她这边的，秦南御的形象受损，还连累了纪微甜。

这种情况下，秦氏科技集团越是回应，事态只会越严重。

其实秦氏科技集团不回应也行，只要过上十天半个月，大家看热闹的热乎劲就过去了。人都是健忘的，每天的八卦新闻这么多，谁能天天盯着他们？就看秦氏科技集团愿不愿意等了。

骆心妍已经算准了秦氏科技集团无路可退，不管秦氏科技集团怎么做，事情都在她的计划之中……

"嗡嗡——"

赵照的手机响了，他看了一眼骆心妍，走到一旁接电话。听了不到十秒钟，赵照脸色顿时变了："你说什么？秦南御起诉了骆心妍……不是，以什么罪名？"

赵照挂了电话，巴结了骆心妍一天的嘴脸顿时变得不屑："骆小姐，这就是你说的万无一失的好办法？你看看新闻吧，你被人以造谣诽谤的罪名告了，估计警方很快就要请你去配合调查。"

"你胡说什么？他们根本不确定我是不是秦默睿的亲生母亲，怎么可能敢告我？"骆心妍从榻榻米上站起来，伸手抢过赵照手里的手机。

打开网页，骆心妍竟然真的在秦氏科技集团的主页上看见秦南御的起诉声明。

秦南御真的把她告了……他就不怕她真是他儿子的亲生妈妈吗？他这么做就不怕自己的儿子恨他吗？

骆心妍一直盘算着，只要秦南御不能确定她是不是睿睿的亲生妈妈，就会对她有所顾忌。

"不可能的……我是秦南御儿子的妈妈，他怎么可能不顾自己的儿子，要跟我对簿公堂？"骆心妍难以置信地看着秦氏科技集团放出的声明，双手用力到恨不得捏碎手里的手机。

忽然想到什么，骆心妍眼眸眯了眯。

一定是纪微甜！她当时在酒店应该是听见了什么，居然还能装作若无其事跟自己寒暄。她当时提起四年前的事就是故意在试探。

骆心妍终于意识到问题出在哪里。

"白纸黑字写得清清楚楚，你都已经被告了，还跟我说什么不可能？我拜托你想想解决的办法吧！你要是只有这点儿能耐，我可没办法把你引荐给陆总。"赵照在一旁冷哼道。

舆论已经转变了风向，更多人开始支持秦氏科技集团。

正式起诉与来路不明的爆料，二者的性质完全不同。

秦南御这一手，骆心妍避无可避，必须接招儿。

最关键的是，她心虚。她心里比谁都清楚她是不是秦默睿的亲生妈妈。那些视频和 DNA 检验报告是怎么流传出去的，一旦警方调查起来，不用多久事情就会真相大白。到时候别说阻止不了秦氏科技集团的新品发布会，就连她自己都可能坐牢。

她不能冒这样的风险。

骆心妍伸手抓住赵照，想也不想地开口道："你帮我找几个影响力大一点儿的媒体记者，越多越好！"

"都这个时候了，你还敢见媒体？你就不怕被他们生吞活剥了？"赵照双手抱臂，冷嘲道。

赵照是想靠骆心妍打个翻身仗——如果骆心妍靠不住，他可不会把自己搭进去，更加不会拿 Re 集团的声誉给她当赌注。

"你如果还想在这次项目上斗赢秦氏科技集团，最好听我的！"骆心妍面色一沉，咬牙切齿地呵斥道。

赵照被她吼得一愣，藏了个心眼儿，试探道："秦氏科技集团已经正面起诉你，你还有办法？"

"你别忘了，我还有 CC 博士这张王牌。"骆心妍一字一顿地说道。

CC 博士在业内的威望并不因为他身份成谜而受到任何影响。相反，他掌握着多项技术专利，很多大集团挤破头都想要拿到手。

如果真的有这样的一位大人物在，不管是宣传的噱头还是实际的项目开发，Re 集团都将领先竞争对手一筹！

闻言，赵照眼角上挑。他显然被说服了，扭头就去替骆心妍安排。

秦家别墅。

一大早，纪微甜醒来发现自己不但睡在秦南御怀里，还把他当成人形抱枕，立刻连滚带爬地冲出他的房间。

纪微甜躺在自己的床上打了半天滚儿也没有想起来，怎么稀里糊涂地在秦南御的房间睡着了？

他们昨天晚上好像在聊正事，聊着聊着，助理就先走了。

她当时困得不行，想回房间睡觉，可是秦南御非嚷嚷着头晕，不敢一个人睡觉。

她被逼无奈，只能坐在沙发上等他睡着了再走。结果，秦南御没睡着，她自己先睡着了……

估计是秦南御怕她着凉，好心地把她抱到床上。她不识好歹，一时没有把持住就搂住他了……

纪微甜没有脸继续往下想了。

她满脑子想的都是，一会儿秦南御醒了，发现他昨晚被人占了便宜，会不会找她算账……

以前跟他不熟，她占了便宜能带着女儿逃跑。现在儿子、女儿都在他手里，她跑也不是，不跑也不是……

想起儿子，纪微甜从床上坐起来，伸手从口袋里拿出昨天取到的头发，想了想，拨通了冷简的电话。

"有件事交给任何人我都不放心。我现在只相信你……"纪微甜把这几天发生的事情简单跟冷简说了一遍。

她怀疑自己当年可能不只生了一个女儿，还有一个龙凤胎儿子。另外，骆心妍做的事，她也跟冷简说了。

冷简听完沉默了很久，说："孩子年纪太小，可能从头发中提取不到足够的 DNA，你最好取孩子的血样。我会帮你找权威的机构做鉴定，有任何消息也会第一时间通知你。"

挂了电话，纪微甜松了一口气，打开手机想要看一下今天网上的情况。按照她昨天跟秦南御商量的结果，今天秦氏科技集团应该已经正式发布起诉骆心妍的声明了。

原本以为网友关注的焦点应该是秦南御发出的那份声明，结果她错了，占据头条的是骆心妍。

骆心妍不知道从哪里找来了一群记者，开了一个小型的记者会，当着所有人的面哭得声泪俱下，单方面澄清了这几天发生的所有事情。

记者会的大致内容就是：骆心妍承认自己并不是睿睿的亲生妈妈，所有的事情从一开始就是误会；她跟秦南御之间确实有一些往事需要沟通，但那只是他们两个人的私事；如果牵连到其他人，她很抱歉，也愿意跟那些被无辜牵连的人道歉；她希望大家能给她一些空间，让她跟秦南御解决他们两个人之间的问题。

纪微甜愣了愣，拿着手机冲出房间，刚要上楼找秦南御，发现秦南御已经穿着睡袍下楼了。

他在打电话，面容微沉，看起来不太高兴。

纪微甜愣在楼梯拐角，刚才还想着要找他说骆心妍的事，这会儿真的看见他，立刻想起昨晚的事，像老鼠看见猫似的扭头就想跑。

"跑什么？"秦南御冷漠的声音在她身后响起。

纪微甜身体一僵，回过头，挺直了腰杆。

"我没跑，只是站久了，腿麻，想到沙发那边坐一会儿。"纪微甜硬着头皮接话。

见他挂了电话，纪微甜立刻举起自己的手机："骆心妍回应了，而且是主动站出来澄清她跟睿睿的关系。"

昨天骆心妍还哭死哭活的，非说儿子是她亲生的，拿出视频和 DNA 检验报告要大家给她做主。结果秦南御一起诉，她认错认得飞快，打起自己的脸来丝毫不手软。

这样的人物，纪微甜都不禁想夸一句能屈能伸。

"预料之中的事情。"秦南御淡淡地瞥了眼她的手机，目光又移回她身上，幽幽地说，"纪微甜，你昨天晚上……"

"我昨天晚上什么也没做！"纪微甜语毕才发现这话显得此地无银三百两。

秦南御就提了一下昨天晚上，她心虚什么？

纪微甜双手捂住脸，没有勇气看他。

秦南御一觉睡醒，此刻看见她害羞的表情，被丢在房间里而产生的怨气完全消散了。

他走上前，伸手拉下纪微甜的手，看见她绯红的脸颊，嘴角勾起。

"真的什么都没做？"秦南御薄唇微启，说道。

好好的一句话，从他嘴里说出来，让纪微甜总觉得有陷阱。她一时之间不敢接话。

纪微甜的眼珠子滴溜溜地转，努力回想自己昨天还对秦南御做过什么"大逆不道"的事情，可是她什么都想不起来……

"你亲我了。"秦南御蓦地说道。

简单的四个字，让纪微甜话都说不出来了。

"额头、脸颊，还有下巴……你都亲了，还夸我可爱，说你很爱我。"秦南御对上她的目光，认认真真地道。

跟以前不同的是，他这次确实没有骗纪微甜，说的全是实话。只不过，他模糊了纪微甜说话的对象。

纪微甜抱住他亲之前，先喊了一声"睿睿，妈妈爱你"，然后把秦南御当成他儿子，跟他亲昵了一阵。

秦南御被撩出了一身火，睡醒还发现自己被丢弃在房间里，罪魁祸首却连人影都跑没了！他能不气吗？

"纪微甜，我需要一个合理的解释。"秦南御幽怨地说。

秦南御要她解释什么？解释为什么夸他可爱，还是解释为什么亲他？她都不记得了啊，这要怎么解释？

"秦南御，骆心妍的事情现在算是过去了。关于秦氏科技集团的新品发布会，我还有很多事情需要跟实验室的成员沟通。我先回一趟学校，有什么事改天再说。"

纪微甜逃命似的，从秦南御面前消失。

秦南御看着她的背影，黑眸不悦地眯了眯。他想起什么，嘴角又勾起一抹弧度，然后拨通了下属的电话……

纪微甜出了秦家别墅，拦了一辆车，毫不犹豫地钻了进去，报了江城大学的地址。

新项目是秦氏科技集团与江城大学合作开发的，秦南御出于对团队科研成果的尊重，新品发布会上的项目讲解环节全都交给实验室成员负责，实验各个环节的科研人员分别介绍自己负责的部分。

秦氏科技集团的宣传部还派了专业团队过来，帮他们安排具体的流程。

不知道是巧合还是秦南御故意的，纪微甜在此次发布会中还担任联络员。

纪微甜虽然不是实验人员，但是参与了实验项目最后的优化环节。在实验室其他人的一同举荐下，她将作为这次发布会最后的总发言人登台。

"孙经理，我上台容易紧张，这么重要的发言我可能胜任不了，要不然换个人吧，我觉得刘盼就挺合适，他是组长，又熟悉整个实验项目。"

纪微甜收到自己要上台的消息，忙不迭地去找新品发布会的负责人——秦氏科技集团宣传部经理孙乐乐。

孙乐乐年纪不大，看起来不到三十岁，性格大大咧咧的，做事却很沉稳。他听见纪微甜的话，笑着开口："纪小姐谦虚了，你的外在形象好，气质佳，一出镜绝对会有一大群人被你'圈粉'。正好让大家看看，咱们的科研团队不只有书呆子，还有帅哥美女，你说对不对？"

做公关的人说话一套一套的，三两句话既回绝了纪微甜的请求，又把纪微甜夸得舒舒服服的。

纪微甜发现自己被拒绝，试图跟孙乐乐套近乎："孙经理，我就算不上台也是团队的一份子，不影响你们的宣传。可万一我真的上台了，因为紧张说得不好，这不是浪费了大家的心血吗？这事有没有回旋的余地？我可以针对自己负责的实验环节提前整理一份发言稿，你找个靠谱的人上去念一念就行。"

"这……"孙乐乐还是一脸为难。

纪微甜只能放大招儿："孙经理，我实话跟你说了吧。前几天的新闻想必你也看了，因为一起参加亲子活动，现在我跟你们秦总的关系在外界看来有点儿微妙。要是让我再这么招摇地上台发言，我担心有人会利用这个事带节奏，影响发布会的进行。所以你看，是不是可以调整一下？"

纪微甜这话一半是替自己开脱，一半也是实话。除了骆心妍之外，她还得顾及着纪家。

一旦有人认出她是纪家大小姐，把纪家牵扯进来，事情只会更复杂。她不出现是最保险的安排。

"纪小姐的顾虑我能理解，但是关于具体的安排和调整，我没有决定权。纪小姐如果真的不想上台的话，最好是亲自跟我们秦总聊聊。"

孙乐乐不仅把问题丢回给纪微甜，还把秦南御扯了出来。

见纪微甜愣住，孙乐乐拔腿就走，走到没人的地方拿出手机偷偷给自家秦总发信息："顺利完成任务。"

孙乐乐那边已经开始庆祝，纪微甜这边还在为要上台的事情发愁。她随手从路边揪了一朵小野花，开始数花瓣——

找秦南御。

不找秦南御。

找秦南御。

不找秦南御……

纪微甜咬咬牙，从路边站起来，捏着手里仅剩的花梗，拦了一辆车去秦氏科技集团，然而，被拒之门外。

在她到之前，助理就已经在楼下等她了，顺便给她带了秦南御的话："纪小姐，秦总说了，他白天很忙，恐怕没时间跟你好好谈事情，让你先回别墅等他，晚上在老地方见。"

助理说完，明显一脸八卦地看着她，像是在好奇秦南御说的"老地方"是哪里。

纪微甜风尘仆仆地赶来，最后连秦氏科技集团的办公大楼都没能走进去。她跟秦南御清清白白，哪里有什么"老地方"？他嘴里的"老地方"就是别墅的主卧——他的房间。

这让纪微甜怎么说得出口？

臭流氓！

第十九章

我想为你遮风挡雨

秦氏科技集团的新品发布会已经正式确定时间，这是秦氏科技集团跟江城大学第一次跨界开展项目合作。消息一经公布，立即引起了业内的关注。

许多围观群众因为刚刚发生的"母子相认"风波，此刻都在关注秦氏科技集团的动向。

骆心妍想要拖延秦氏科技集团新品发布会的伎俩没有成功。现在因为她把那件事闹得沸沸扬扬，反而为秦氏科技集团造了势，替这次新品发布会赚足了关注度。

媒体纷纷报道了这次发布会的消息，开启了"屠版（指占据整个版面）模式"。

赵照为了这事，在消息公布当天就找到骆心妍，将报纸摔到了她面前。

"都是你出的好主意！没有扳倒秦南御就算了，你还召开什么记者发布会主动替秦南御澄清——现在秦氏科技集团得到了所有人的支持，新品发布会还没有举行就已经万众瞩目了。我是得罪你了吗？你到底是在帮我，还是在帮秦南御？"

骆心妍坐在椅子上，目光扫了一眼赵照带来的报纸，不动声色。她仿佛心里早有打算，不慌不忙地开口："他们这不是还没有举行新品发布会吗？你急什么？"

"都已经这个局面了，我能不急吗？我拜托你上网看看，多少人在猜测之前的事情是我们 Re 集团见不得秦氏科技集团好才暗中使坏的，他们还嘲讽我们恶性竞争，偷鸡不成蚀把米……"

赵照越说越来气。他前几天看着秦氏科技集团的股价波动，还在心里偷着乐，现在好了，秦氏科技集团的股价回升，倒是 Re 集团，好处没捞着，还惹了一身腥。

这件事处理不好，等陆总回来，等着他的就只有卷铺盖走人！

亏得骆心妍这个时候还有心情喝茶。

说来说去，都是他太相信骆心妍的缘故。

他轻信骆心妍，帮她召开了记者会澄清，结果呢？她是没事了，自己要被她连累死了。

"我不管！我今天一定要见到 CC 博士！现在只有把他请到实验室帮我们完成实验，我们才有可能跟秦氏科技集团一争高下。"赵照拉开椅子，坐到骆心妍面前，态度强硬地开口。

骆心妍的嘴角勾起笑，她漫不经心地瞥了他一眼，说道："别闹了，CC 博士这种身份的人，是你说请就能请的？真的要请他，起码要陆总亲自出马。不过现在还不是请 CC 博士的时候，不急。"

"都生死关头了，还不急？"赵照一蹦三尺高，整个人都急了。

恰好这时，骆心妍的手机响了。她瞥见上面的信息，眼睛蓦地一亮，抬头吩咐赵照："去开门，表现得镇定一点儿。"

发现骆心妍把自己当手下使唤，赵照刚要发作——见她表情认真，他又忍不住好奇地往门口走，伸手打开房门。

门外站着一位打扮贵气、风韵犹存的中年妇女。

赵照盯着人看了一会儿，眼神微微闪烁，觉得眼前人有点儿面熟。

他刚要说什么，房间里的骆心妍已经先一步开口："纪夫人能来，真是我们的荣幸，请进。"

赵照心里一堆问题，可听见骆心妍的话，还是礼貌地侧身，让门外的苏素媚先进来。

骆心妍早就泡好了茶，淡淡的茶香沁人心脾。

苏素媚没有心情品茶，拎着包径直走到她面前，说："你给我发的信息是什么意思？我女儿跟御少在一起，对我而言是再好不过的事情，我凭什么要做对纪家没有好处的事情来帮你？"

"纪夫人，大家都是聪明人，我就不跟你绕弯子了。纪开穗是你的女儿没错，可纪微甜应该跟你没什么关系，你确定她跟御少在一起对你而言是好事？"

骆心妍伸手端起一杯清茶，轻轻吹开上面的热气，尝了一口，瞥见苏素媚难看的脸色，示意赵照上前替她拉开椅子。

见苏素媚不坐，骆心妍也不急，只淡淡地开口："纪夫人不用在我面前拘谨。我跟纪微甜四年前就认识，她可从来没有把自己当纪家人。之前纪家出事，她明明可以让御少伸出援手，不也袖手旁观了吗？听说纪家好像在那次难关里砍了不少分公司，甚至出卖资产填窟窿，纪微甜可是理都没理你们。

"至于你，也不用在我面前装慈母，你们的恩怨我一清二楚。我只想提醒纪夫人，倘若纪微甜真的跟御少在一起，要风得风，要雨得雨，你觉得你还有那个资本跟她争纪家的财产吗？以你们之间的恩怨，她会不会放过你？"

骆心妍像个谈判高手，一步步挖出苏素媚心里的担忧和恐惧，直到苏素媚坐在了她面前的椅子上，跟她达成统一战线。

苏素媚问道："你想让我怎么帮你？事成之后，我又有什么好处？"

骆心妍看见坐到自己面前的人，嘴角露出满意的笑意。

谈判结束，赵照把苏素媚送出去后又折返回来，把准备回房间休息的骆心妍拦了下来，问道："你到底想要做什么？纪微甜的继母出面，最多就是让纪微甜闹笑话，对秦氏科技集团而言这点儿伤害根本不痛不痒。你费了这么大劲，到底有什么用？"

"有没有用，你明天就知道了。"骆心妍一副藏着大招儿又不肯说的样子。

赵照恨得牙痒痒，却只能听她的吩咐。

他跟骆心妍现在是一条船上的人，已经没得选了，只是该说的还是要说："你针对纪微甜做了这么多，就不怕明天纪微甜根本不出席秦氏科技集团的新品发布会吗？"

纪微甜不去，他们就等于白忙活一场。

"她会去的。"骆心妍端起桌子上最后一杯茶。已经凉透的茶水没有了茶香，入口还有点儿涩，可她还是一口饮尽，将杯子重重放下来，冷冷地说："如果她不去，那就更好了……"

骆心妍伸手拿起赵照带来的那份报纸，看了一眼报纸上关于秦氏科技集团新品发布会的报道，眸光一沉。她将手里的报纸撕成碎片，丢进垃圾桶里。

秦氏科技集团新品发布会的地址选在 T 市最大的展览中心，除了秦氏科技集团宣传部的工作人员，江城大学实验室的全体成员也都到了。

雷云嘉西装笔挺，系着领带，看起来也是一表人才，拉着王熙使劲炫耀："哥们儿看看，我这身材不错吧？想当年加入实验室之前，我可是校篮球队的一把手，打球的时候场边全是年轻小学妹在给我加油呐喊。说出来不怕你笑话，我要不是当年对纪老师'一眼误终生'，非要向女神看齐，何至于天天闷在实验室里……喀喀！"

雷云嘉话还没有说完，站在他身边的刘盼突然伸手用力拍了一下他的后背。

雷云嘉猝不及防地被拍了一巴掌，直接咳了起来，喘过气，连忙推开刘盼的手臂。

"组长，我知道我今天帅了点儿，可你也不能因为忌妒我就要我的命，我差点儿被你拍死了。"

刘盼没说话，朝着会场的入口努努嘴。秦南御在秦氏科技集团高层的陪同下迈步而入，就在雷云嘉说话的间隙与雷云嘉擦身而过。

"秦总。"

"秦总。"

"秦总——"

大家不约而同地开口问候。

直到秦南御入座，刘盼才伸手拍了拍雷云嘉的肩膀："兄弟，我不是要你的命，我刚才是在救你的命！"

雷云嘉心道：我想纪老师了，只有女神对我好。

"纪老师呢？"雷云嘉想到自己今天还没见过纪微甜，扭头问身边的人。

实验室所有人都来了，唯独不见纪微甜。

一直很少说话的王熙难得主动说了一句："我来之前问过纪老师，她说她会来现场。"

"纪老师说身体不舒服，可能不方便上台。她的发言稿在我这里，一会儿我会帮她一起做个总结。"刘盼挥了挥手里的稿子。

实验项目最后的优化是纪微甜单独完成的，对所用到的技术和技巧也最清楚。

很多地方，刘盼也是看了纪微甜写的讲解稿才明白过来——那些她曾经说的"不小心"就优化的程序，看起来一点儿都不简单。

刘盼承认，纪微甜完成的那部分要是交给他完成，别说一个晚上，再给十天都不可能做到。所以，他现在已经是纪微甜的半个小"迷弟"了。但碍于组长这个身份，他尚有一丝理智，没有像雷云嘉那样放飞自我，也没有雷云嘉那么……不要命。

"看不见女神，我整个人都不好了。我今天这么帅的样子女神都看不见，我活着还有什么意义？"雷云嘉陷入撒泼打滚儿状态，装作一副"生无可恋"的样子拉着王熙，同时要求王熙在他上台的时候帮他拍照，"我女神虽然不在现场，但是我可以给她发照片，让她看到我优秀的一面。"

实验室其他人快要被他的自恋恶心吐了。

好在工作人员很快过来提醒他们入座。雷云嘉想起自己要上台，总算消停下来，开始认认真真地背稿子。

休息室里。

纪微甜坐在太妃椅上，单手支着头，姿态悠闲地通过面前的显示器看会场里的情况。

太妃椅旁边有张小茶几，上面放着果盘、点心盘，外加好几种果汁饮料，摆了满满一桌。助理还站在旁边问："纪小姐，你还想吃点儿什么吗？"

"够了够了，你去忙吧，我可以照顾好自己。"纪微甜挥着手里的小叉子，回头跟助理说了声"谢谢"。

助理这才放心离开，临走前，还不忘替她带上休息室的门，不让任何人来打扰她。

休息室里一安静，纪微甜便停下了吃东西的嘴，扭头看了一圈。确定房间里只有她一个人后，她终于可以放肆地盘起腿，瞪着显示器里的秦南御。

纪微甜的脑子里浮现出昨天晚上她跟秦南御谈判的画面——

昨晚她带着"不成功便成仁"的念头跑到秦南御的房间。

纪微甜去找他之前，已经想好了说辞，怕自己忘了，还提前打了草稿。结果进了房间，秦南御直接就问她困不困，要不要一起睡觉。

她睡……他个大头鬼！

纪微甜差点儿没当场脱鞋子，用鞋底捶他。她好不容易忍住了冲动，强迫自己试图跟他讲道理——秦南御却话锋一转，又开始嚷嚷不舒服，头晕、脑热、低血糖……纪微甜从来没有见过体质比自己还弱的男人。

他还是个男人吗？

当她忍无可忍地问出这个问题，原本担心会惹怒秦南御，伤了他的自尊，结果他居然还理直气壮地往她怀里靠。他用无比欠揍的语气问她："你要试试吗？"

她当时没有直接抬手往他那张好看的脸上抽两耳光，绝对用尽了这辈子所有的仁慈！

纪微甜越想越生气，把哈密瓜当成秦南御，狠狠地嚼了几口，心里的郁闷总算消散了点儿。

"嗡嗡——"纪微甜的手机响了。

她接了起来，发现是孙乐乐打来的，对方询问她一会儿上台发言的事。

"我已经把讲解稿给刘盼了，他会在最后针对整个项目的关键技术给大家做全面的介绍。"

"纪小姐说服秦总了？"孙乐乐有些惊讶地问。

显然，孙乐乐那边没有接到任何通知。

纪微甜"嗯"了一声。具体怎么说服秦南御的，她抿着唇说不出口，脑海里不自觉地想起昨晚磨蹭到最后，自己恼羞成怒地揪着秦南御的衣领，问他到底怎么样才肯答应让刘盼帮她上台。

秦南御没有第一时间回答她。两个人对视了十秒钟之后，他突然附到她耳边说了一句话……

纪微甜当时就傻眼了，难以置信地瞪着他，像是怀疑自己的耳朵出了问题，脸也控制不住地红了……

现在被孙经理问起来，明明秦南御不在这里，自己身边也没有其他人，纪微甜还是忍不住红了脸，没给孙经理说话的机会，找借口就先把电话挂了。

纪微甜像丢开烫手山芋似的把手机丢到茶几上，然后端起水杯，"咕咚咕咚"地一口气喝光了一杯水。好不容易让自己冷静下来，她抬头看向显示器——会场里，主持人正好在宣布新品发布会开始，邀请秦南御上台致辞。

镜头对准秦南御棱角分明的俊脸，360°无死角的盛世美颜瞬间抓住了纪微甜的目光。

虽说秦南御的人品她不敢恭维，但是这张脸真是让人无可挑剔。纪微甜隔着显示器都能感觉到，镜头给到秦南御的时候，现场的气氛顿时变得不一样。

女嘉宾纷纷拿出手机，对着走上台发言的秦南御一顿乱拍，还有人抓着身边的同伴激动地尖叫。

太不淡定了！

纪微甜伸手抓起一包薯片，拆了包装随手往嘴里丢几片，"咔嚓咔嚓"地嚼，默默在心里夸奖自己。对比之下，她在面对秦南御的盛世美颜的时候表现得非常冷静。

至少在秦南御惹她生气的时候，她还是能毫不留情地对着他这张脸下手……哪怕这种事情只在梦里出现。

纪微甜不用面对镜头，又有吃又有喝，觉得连秦南御都突然变得顺眼很多。至于答应他的条件……等发布会结束，她就先一个人收拾行李搬回南坡公寓住。等时间久了，秦南御忘了这件事之后，她再回来接孩子。

完美！

纪微甜美滋滋地在心里盘算，又抓了一把薯片放进嘴里。

会场里，秦南御发言完毕，紧接着是项目组的负责人上台发言，给大家介绍了他们这次实验要攻克的难题以及完成的状况。

整个过程很顺利。

这次秦氏科技集团的新品发布会受到了外界广泛的关注，在场的记者不是在拍照，就是在低头记录数据，为的是在发布会结束后能进行全面报道。

发布会的最后一个环节是实验小组的成员上台详细解释相关技术。前面的几个人相对轻松，压力最大的人是压轴登场的刘盼。

刘盼是实验小组的组长，又是最后对关键技术做分析和总结的人。他需要做一个完美的收尾。

刘盼还算会说话，除了一开始面对镜头有点儿紧张，大部分都说得很好。他把重要的技术都标记出来，并进行了简要介绍。

纪微甜给他的发言打了九十五分，想着等刘盼下台要好好请他吃顿饭，以示感谢。会场里，坐在最前排的媒体专区的一名记者突然站了起来，说："你在说谎，你们新产品开发使用的核心技术根本不是你们发明的！"

突如其来的一幕让会场里所有人都愣住了。

那个提出质疑的记者没有给任何人阻拦的机会，径自举起手里的一本杂志，指着上面的一项技术报道，扭头看向周围的人，说："秦氏科技集团新产品的核心技术剽窃了 CC 博士发布过的一项专利成果，并且他们故意用代码覆盖了 CC 博士的数据！大家如果不信的话，可以看我手里的杂志！"

记者的话让在场所有人的脸色瞬间都发生了变化。

科技创新变成了技术剽窃，这已经不是简单的商业道德问题，这是违法行为！

向来走在技术研发前列的秦氏科技集团，在新产品的发布会上被人曝光剽窃了 CC 博士的专利技术。

在场的记者们像是嗅到了什么大新闻，纷纷举起自己手里的相机，对着台上的刘盼拍个不停。

刘盼再稳重也没有见过这种场面，神色顿时变得有些慌乱。因刺目的相机闪光灯让他的眼睛都睁不开，他便下意识地用手臂挡住眼睛。

结果人群中不知道谁故意说了一句："你们剽窃技术的时候不觉得丢人，现在被人揭穿才知道没有脸见人吗？"

顿时，会场上流言四起。

刚才还坐位置上的记者们这会儿彻底坐不住了，扛着相机，举着麦克风就朝台上的刘盼围过去，保安拦都拦不住。

见刘盼被吓得说不出话来，记者们又将镜头转向秦南御——

"秦总，据说你全程参与了这次的实验，请问你知道具体是什么情况吗？"

"秦总，秦氏科技集团向来以科技创新闻名，现在你们集团旗下的项目被曝剽窃 CC 博士的专利技术，请问你有什么要向公众解释的吗？"

"秦氏科技集团爆出这样的丑闻，是不是跟你们和 Re 集团的竞争有关？请问你觉得你们这样的行为算不算不正当竞争？"

"秦总，能不能请你正面回答一下我们的问题……"

见越来越多的问题砸向秦南御，助理第一时间护在秦南御身前，同时让保镖围成一圈，不让任何人靠近秦南御。

有记者强行上前，差点儿跟保镖动起手。

秦南御淡淡地吩咐保镖都让开，挑眉看向面前的记者。凌厉的目光从他们每个人的脸上扫过，眼神带着王者的睥睨姿态，仿佛他只要这么一眼，就能看出谁在心怀鬼胎地故意带节奏。

一时之间，场面居然僵住了。

秦南御凭借着强大的气场镇住了围在他面前的所有人，薄唇微启，一字一顿地说道："秦氏科技集团尊重每一位科研人员的劳动成果，我也相信自己团队里的每一个人。光凭一本杂志、一句没有经过查证的话，你们希望我承认什么？"

周围是死一般的静谧。

记者们面面相觑，你等着我，我等着你，就是没有人敢当着秦南御的面继续追问刚才的问题。

秦南御也没有给他们机会，目光锁定了第一个提出质疑的记者，抬腿朝着那个记者走过去。

从他迈出第一步开始，他面前的人群都不自觉地向两边退去。短短几秒钟时间，拥挤的人群竟然自发给秦南御让出了一条路，这条路的两端就是秦南御和率先质疑秦氏科技集团的记者。

"你……你想要做什么？当着这么多人的面，你要是敢碰我一根头发，就是做贼心虚……"

记者的话还没有说完，秦南御已经走到他面前淡定地从他面前将杂志拿走，转身走到展示台上，当着所有人的面操作电脑，对两项技术进行拆解分析。

刘盼这个时候也回过神，走到秦南御身边，压低声音提醒道："秦总，有件事我一直没有跟你说实话。其实这次实验到了最后优化阶段的时候，整个团队都卡住了，我们努力了很久一直没有优化成功，是纪老师见我们太辛苦，让我们回去休息的。等我们再到实验室的时候，她已经一个人完成了优化。最后的程序处理，也是她做的收尾工作。这些纪老师不让我们说……"

秦南御的瞳孔蓦地一敛，他看向刘盼，眼底掠过一丝诧异的光。

她一个人做的优化……

"秦总，我相信纪老师的为人。我只是担心，这件事如果让记者知道，只怕会影响到纪老师的声誉。"

可如果不让纪微甜自己出来解释，他们在场的所有人都解释不清楚……

这就是让刘盼纠结的地方。所以面对记者的追问，他第一时间选择了沉默。不是因为心虚，他只是想在弄清楚真相之前保护纪微甜。

"我知道了。"秦南御淡淡地道。

他并没有因为刘盼的话对纪微甜有任何怀疑，而是将注意力集中到正在分析的两项技术上。

秦氏科技集团寻找 CC 博士已经很久了。准确地说，是秦南御找 CC 博士已经很久了。

CC博士写的每一篇论文、研究并公布的每一项技术，秦南御都会留意。

他一直在等一个机会，一个跟CC博士合作的机会。只是他找了这么多年，一直没有找到人。

如今他的团队里竟然有人用了CC博士的技术，他却没有第一时间看出来。

秦南御按捺住心里的诧异，将眼前的程序一点点拆解，一直拆解到最后一步，果然发现了记者说的那个问题。

整个程序的核心技术被人用代码做了覆盖，乍一看，看不出什么问题。可一旦他分解步骤就会发现，纪微甜用的技术跟CC博士刊登在杂志上的技术有异曲同工之处。

就算不能一口咬定是剽窃，这种行为基本也可以被认定是高仿。在没有申请专利许可的情况下，秦氏科技集团直接将这项技术用在新产品里是侵权行为。

秦南御面色微沉，薄唇抿成一条线。

就在他还没有想好要怎么处理眼前的局面时，骆心妍突然出现在会场里，身边还带着苏素媚……

"我今天来，不是代表我个人，而是代表Re集团前来祝贺秦氏科技集团的新品发布。听说你们这次的产品技术得以突破，纪微甜是最大的功臣，怎么不见纪小姐在现场？"骆心妍扭头在会场里找纪微甜的身影。没有看见纪微甜，她脸上的笑意越发明显。她继续慢悠悠地开口："也对，纪小姐做了剽窃CC博士专利技术这种丑事，当然不敢出现了。可惜我今天还带来一个她的老熟人，想要找她叙叙旧。"

骆心妍将目光看向站在她身边的苏素媚。

她已经输过一次，不会再输第二次。这次，她已经做了万全的准备。

一会儿等她揭开纪微甜剽窃CC博士技术的真相，就让苏素媚趁机火上浇油，告诉大家纪微甜平时的行事作风有多不检点。

未婚先孕、私生活混乱，再加上没有行业道德，在没有得到授权的情况下剽窃CC博士的专利技术……这些罪名全都加在一起，纪微甜的名声今天算是全毁了。不仅是她，就连秦氏科技集团的名誉，也要为她的行为陪葬。

这个新品发布会注定要成为业界的笑话。

骆心妍想到这里，眼角眉梢已经掩不住笑意，故意扭头问周围的人，今天有没有看见纪微甜出现。

在场的记者听见骆心妍的话，顿时发现了新的爆点（指引起事件全面爆发的极具戏剧性的点），纷纷围到她身边。

"骆小姐，你刚才的话是什么意思？你是说这次秦氏科技集团涉嫌剽窃专利技术是纪微甜的个人行为吗？"

"你刚刚说自己今天是代表 Re 集团过来，那么作为秦氏科技集团的竞争对手，你怎么看待这次秦氏科技集团新产品涉嫌剽窃他人专利技术的行为？"

"骆小姐，说两句吧……"

记者齐齐把麦克风递到骆心妍面前。

哪怕知道从她嘴里说不出好话，可是当着这么多记者的面，秦氏科技集团也没人能阻止她。

一旦对骆心妍动手，新品发布会的性质就变了，到时候不管最后的结果是什么，秦氏科技集团都会被冠上"做贼心虚"的罪名。

骆心妍就是算准这一点才大大方方地用 Re 集团的名义过来。当着所有记者的面，她大义凛然道："CC 博士是一位我很尊敬的前辈，也是我们行业内的翘楚。听闻他的专利技术被人剽窃，我其实是很生气的。可是我个人的力量实在微薄，现在只能呼吁各位业内人士能够多多关注这件事情，帮忙肃清业内的不良之风。"

"说的比唱的好听，她那么了解剽窃，难不成是自己剽窃惯了？"雷云嘉是个暴脾气，一听见骆心妍话里话外都在讽刺纪微甜，沉不住气地嘀咕。

实验室的人都聚到了一起，大家都没有想到会发生这样的意外。

事情按照这个趋势发展下去的话，整个实验室都要被冠上"剽窃"的罪名，纪微甜更是罪魁祸首。

"秦总，越来越多的记者闻风赶来会场了，我们要不要先暂停发布会？稍后等我们弄清楚到底怎么回事，再面向大众做一个说明。"助理在一旁建议道。

"不行！"秦南御想也不想地拒绝道。

如果他们现在中止发布会，等于告诉所有人他们心虚了。纪微甜今天没有出现在会场，也会被连带着认为是做贼心虚。

现在唯一的办法就是秦南御出面，先把所有的责任揽到自己身上。他是秦氏科技集团的总裁，任何项目出了问题都有他的责任。

只是这样一来……

"秦总，要是你出面，那这就不是简单的技术剽窃，而是商业侵权，会直接影响到秦氏科技集团的声誉和旗下所有的合作项目。你就算为了保护纪小姐，也不能用这种让亲者痛仇者快的方式！"助理提醒道。

他跟在秦南御身边的时间不短，见秦南御迟迟没有做决定，便隐约猜到了秦南御的想法。

话刚说完，他就被秦南御瞪了一眼。

秦南御相信纪微甜。只要能护住她，他愿意冒这个险。他迟疑不是因为自己的利益会受损，而是因为他比所有人都清楚纪微甜到底在不在现场。以她的智商，从看见骆心妍出现的那一刻，她应该就能看出来这是个局。

一个有备而来的局。

骆心妍抓住了他们新产品核心技术跟 CC 博士专利雷同——秦氏科技集团涉嫌剽窃技术的把柄，站在道德的制高点上声讨他们。

纪微甜迟迟没有出现，应该不是怕了，而是在想解决问题的办法。

如果秦南御的猜测没有错，那么他现在应该做的不是出去帮她认错，而是帮她拖住时间……

可眼前这个局面，秦南御根本想不到纪微甜会如何解决这件事。

两项技术这么相似，他们要怎么证明他们不是剽窃？

纪微甜……还能怎么破这个局？

秦南御抬起头，目光缓缓地看向休息室的方向，什么都没有说，只是静静地等着。

骆心妍察觉到什么，故意让记者来询问秦氏科技集团如何看待这次实验里出现的剽窃行为，秦氏科技集团是否早就知道……不仅秦南御被记者围着，实验室里的其他人也不能幸免，全都被追着逼问这次事件是纪微甜的个人行为，还是跟江城大学实验室有关系。

眼看局面就要失控，会场入口突然出现了一抹纤细的身影，清脆的声音透过人群响彻整个会场："秦氏科技集团引领科技创新，尊重知识产权，绝不可能做出剽窃他人技术和侵害他人合法权益的行为！"

明明她的声音并不大，可在嘈杂的会场里所有人都听见了。

大家不约而同地安静下来，朝着会场的入口看过去。

见出现在眼前的人是纪微甜，记者们连忙举起手里的相机，疯狂拍照。

纪微甜迎着闪光灯一步一步向前，步伐宛如她刚才说的话一般坚定，彰显出对秦氏科技集团的信心。像是感应到什么，纪微甜下意识地抬头朝秦南御的方向看过去。四目相对，她给了秦南御一个安心的笑容。

"纪小姐，你刚刚说秦氏科技集团不会剽窃他人的技术，那么你是承认这次的事件是你的个人行为吗？"

"你剽窃了 CC 博士的专利技术，对业内风气造成了不良影响，请问你是不是应该跟公众道歉？"

"听说你跟秦总关系匪浅，你是不是因为想要在秦总面前表现，所以才会出此下策？你想过被发现的后果吗？"

记者们尖锐的问题一个接一个。

骆心妍见纪微甜被记者包围，心情愉悦地站在旁边看戏。在她看来，今天这一局，纪微甜输定了！

纪微甜输了，就等于秦氏科技集团输了。

背着剽窃 CC 博士专利技术的污名，纪微甜就别想在这一行混下去。

骆心妍已经开始期待亲眼见证纪微甜身败名裂了！

"谁告诉你们，我们剽窃了 CC 博士的专利？"人群中，纪微甜带着几分从容，挑眉自信地反问。

被她问到的记者愣住了。

旁边的人替这位记者回了一句："秦总刚刚已经当着大家的面亲自验证过，你用在秦氏科技集团新产品里的核心技术，被去除刻意覆盖的代码之后跟 CC 博士的专利技术几乎一模一样。"

在众人以为纪微甜哑口无言的时候，只听见她语气轻快地反问——

"那又怎么样？"

这还可以洗白吗？她用了别人的专利技术，居然还有脸问"那又怎么样"？

大家看向纪微甜的眼神有些一言难尽。

下一秒，纪微甜慢条斯理地道："我从来没有否认过用在这次实验里的技术是 CC 博士的专利。我不只用了 CC 博士的专利，还对它进行了升级。你们看见的覆盖在表面的程序代码是我特意编写的保护代码。"

"所以，你承认自己剽窃了 CC 博士的专利技术吗？"有记者尖锐地问道。

纪微甜扭头看了那个记者一眼，认出这个人就是她在休息室的显示器里看见的第一个站起来质疑刘盼的记者。

纪微甜嘴角勾起嘲弄的笑意，故意走到对方面前，学着他刚才的样子，举起手里的授权书，一字一顿地道："我是用了 CC 博士的专利技术，不过很可惜，不是剽窃，是合法的授权使用，授权范围包括商业运营以及相关技术的升级延伸！"

纪微甜的话，仿佛在平静的湖面"轰"的一下扔下的一块巨石，顿时水花四溅。

这样的反转是任何人都想不到的，尤其是以为胜券在握的骆心妍……

骆心妍的脸色顿时变得很难看，她难以置信地看着眼前这一幕。

"你胡说！ CC 博士身份成谜，从来不在公众面前露面，你怎么可能从他手里拿到授权书？你的授权书肯定是伪造的！"骆心妍慌乱地质疑道。

闻言，纪微甜勾了勾嘴角，眼神变得幽冷。

纪微甜主动走上前，将手里的授权书在摄影机下摊开，让记者拍个够，同时铿锵有力地开口："秦氏科技集团走在行业的尖端，不会惧怕任何挑战，包括来自同行的竞争。但是，如果有人妄图通过捕风捉影诬蔑我们的科研成果剽窃了别人的专利，我们也绝不会任由别人踩在头上。希望在场的业内人士能跟秦氏科技集团一起努力，杜绝行业内通过造谣诋毁同行来获利的不良风气！"

场面话谁都会说，不只她骆心妍一个。

纪微甜这招儿"以其人之道还治其人之身"，每一个字都像甩在骆心妍脸上的耳光，把她讥讽得脸色青一阵紫一阵！

"不可能的……CC 博士从来不会露面，这么多人都找不到他，你怎么可能拿得到他的授权书？"骆心妍像是在自言自语，步步后退，说什么都不愿意相信眼前这一幕。

她精心安排的一切——她以为万无一失的计划，就这么让纪微甜破坏了。

为什么？

为什么只要一碰上纪微甜，她永远是失败的那一个？

明明是纪微甜抢走了原本属于她的一切，是纪微甜亏欠她，为什么老天就是不长眼？

骆心妍瞪着纪微甜，恨不得将纪微甜千刀万剐。

纪微甜举着手里的授权书，像是故意想气死她，冲着骆心妍甜甜地笑了。

这是来自胜利者的微笑。

骆心妍居然会注意到纪微甜在项目里用了 CC 博士的专利，可见是对 CC 博士的各项专利做过很深的研究。好在纪微甜一早就有准备，在确定使用这项专利的时候，已经提前为实验室准备了授权书。刚刚事发突然，她又没把授权书带在身上，只能让卡丽临时送过来……

纪微甜想起刚才自己在休息室时从显示器中看见的画面。

秦南御被媒体围在中间，所有的镜头和麦克风都递到他面前，将他步步紧逼。那一瞬间，纪微甜是后悔的。

她后悔自己明明猜到骆心妍可能会在新品发布会上做手脚，却没有提前把授权书带在身上，让秦南御独自一个人面对这么多媒体的逼问。

她当时几乎控制不住自己，想要出来替他澄清——

但秦南御冷静淡然的反应让她瞬间冷静了下来。

纪微甜看懂了秦南御的举动背后的用意。他在帮她稳定局面，给她争取时间——他是信任她的……

想到这里，纪微甜拿着授权书，转身朝着秦南御走过去。

在场的媒体已经完全无视了骆心妍，现在所有人关注的焦点都在纪微甜手里的授权书上。

在场的人不可能想不到 CC 博士的专利授权意味着什么。

一时之间，现场的记者都围在秦南御跟纪微甜身边，把麦克风齐刷刷地递到他们面前。

"秦总，CC 博士向来不在公众面前露面，这次怎么会突然低调地跟秦氏科技集团合作？"

"这份授权书是不是说明 CC 博士已经加入秦氏科技集团？接下来双方还会有更多的合作吗？"

"秦氏科技集团是行业的翘楚，现在又有了 CC 博士这样厉害的专家加入，秦总能跟我们谈谈秦氏科技集团下一步的战略目标吗？"

秦南御颀长的身影站在人群里，表情淡漠，只是见记者围过来的时候，下意识地将纪微甜拉到身后。听见记者的提问，他黑眸微闪，低头看了一眼纪微甜刚刚塞到他手里的授权书。

作为秦氏科技集团的总裁，他也很想知道，纪微甜是什么时候跟 CC 博士达成合作，还拿到了专利授权书的？然而，他现在更想知道的是，纪微甜跟 CC 博士是什么关系？

秦南御将目光缓缓移到纪微甜的脸上。

记者们像是收到信号，纷纷将镜头和麦克风对准纪微甜。

"纪小姐，听说这次实验项目的最后优化部分全是你一个人完成的，请问你对这项技术很熟悉吗？你跟 CC 博士又是什么关系？"

"纪小姐，CC 博士这么神秘，大家都没有见过，能不能跟我们说说你是怎么跟 CC 博士谈成合作，并从他手里拿到授权书的呢？"

"纪小姐对 CC 博士的专利这么了解，还在这次的实验里做了技术升级，接下来秦氏科技集团开发的新产品里会不会大量运用这样的尖端技术？"

…………

从决定拿出授权书那一刻，纪微甜就已经料想到这一幕。

当初运用这项技术的时候，她就是因为怕麻烦，所以特意做了保护代码，没想到还是被人看出来了。

要是秦南御不在，纪微甜还能随便糊弄记者两句，可当着他的面……

她总有一种自己只要一说谎就会被看穿的紧张感。

一紧张，纪微甜话都说不出来了："我跟 CC 博士……其实也不是我的缘故，只是因为有个朋友认识……"

纪微甜磕磕巴巴地解释，绞尽脑汁想要撇清跟 CC 博士的关系。

结果记者得不到准确答案，反而问得越来越多。

记者问她 CC 博士是男是女；问她 CC 博士今年多大了，是不是已经年逾花甲；还问她 CC 博士脾气怎么样，好不好相处……

纪微甜听见这些问题，哭笑不得。

倒是秦南御一直没说话，这让她不敢随便回应记者。

秦南御似乎看出纪微甜的窘境，替她挡住面前的记者，薄唇微启："考虑到合作的保密条款，关于 CC 博士的任何消息，我们暂时无可奉告。"

"对，对，对！"一旁的助理回过神，忙不迭地上前控场，招呼记者们入席，"今天是秦氏科技集团的新品发布会，大家也知道，新产品运用的核心技术是根据 CC 博士的专利技术进行的升级优化，相信产品的性能和使用效果都不会让大家失望。"

助理是个人精，三两句话就把大家的关注点引到新产品上。

先是"母子相认"的视频，再是 DNA 检验报告，紧接着是一场技术剽窃的风波……经过一系列事情，秦氏科技集团的新产品还没有正式上市就已经获得了空前的关注度。

发布会继续进行，秦氏科技集团凭借着 CC 博士的专利授权书打了一场漂漂亮亮的翻身仗！

有关秦氏科技集团新产品的报道包揽了今天所有的新闻头条。

发布会快结束的时候，实验室的人高兴地抱在了一起，商量一会儿要怎么去庆祝。

"骆心妍呢？"纪微甜下意识地扭头问助理。确定发布会没问题，纪微甜刚要找骆心妍追究她的责任，发现她已经不见了。

助理忙着招呼媒体，压根儿没注意到会场里少了人。听见纪微甜问他，助理一脸蒙。

"应该是刚才趁乱溜了，她这次打着 Re 集团的名号过来，丢了这么大的人，恐怕 Re 集团的人不会这么轻易地放过她。"秦南御走到纪微甜身边说道。

纪微甜的脸色微沉，如果睿睿真的是自己的儿子，不用 Re 集团的人，她现在就不想放过骆心妍！

见局面已经被完全控制下来，纪微甜拿起手机走到一旁，打开追踪器。

追踪器果然显示骆心妍正离新品发布会会场越来越远。看来骆心妍正带着纪微甜放在她包里的追踪器，准备回到现在住的地方。

纪微甜敛眸，转身跟刘盼打了声招呼，告诉他们自己有事先出去一趟，晚点儿再去跟他们庆祝，然后抬腿往外走。

另一边，骆心妍在记者都忙着采访秦南御和纪微甜的时候，趁乱逃离了现场。一出会场，她就连忙拦了一辆车，报了公寓的地址。

回到公寓里，骆心妍二话不说翻出行李箱，往里面塞东西。她刚回国，带的东西不多，收拾起来很快。

骆心妍原本想着在收拾了纪微甜之后，要是秦南御能看在儿子的分儿上跟她在一起，那自己就能顺势留在秦氏科技集团。

即使秦南御察觉了什么，要拿纪微甜的事情找她算账，她还有 Re 集团当退路。只要进了 Re 集团，她就会有保护伞。

到时候，哪怕是秦南御要对付她，也没有那么容易。

结果事情的发展跟她想象的完全不一样！她今天最有把握搞砸的发布会都被纪微甜顺利保住了，而且获得了更大的关注度。

现在全网都在讨论今天的事情，骆心妍已经是大家眼中的笑柄。她今天还打着 Re 集团的旗号去现场丢人现眼，要是 Re 集团的人收到消息，只怕不会轻易放过她。

她必须马上离开这里！

她得罪了秦氏科技集团和 Re 集团又怎么样？只要她能离开这里，躲到没有人认识的地方，就有机会重新开始。

骆心妍盘算着后路，手上飞快地收拾着行李。

她合上行李箱，环顾一周，确定没有落下什么重要的东西，拖着箱子就往外走，刚走到门口，房门突然从外面被打开了。

赵照阴沉着脸，出现在房门外。

骆心妍脸色一下变得难看，手也第一时间将行李箱藏到身后。只可惜，赵照已经看见了。

"你……你怎么过来了，连门都不敲？这里是我住的地方，你居然留着钥匙？"骆心妍瞥见赵照手里的钥匙，先沉下脸质问道。

有时候不管对错，声音更大的那个人总会显得气势足一些。

赵照完全没接话，将手里的钥匙串丢到门边的鞋柜上，目光盯着她身后的行李箱："骆小姐要去哪里？需要我送你吗？"

骆心妍咽了咽口水，嘴角努力扯出一丝笑意，让自己看起来没那么心虚，回道："我没打算去哪儿，只是刚回国，有些用不上的东西就收回箱子里放着。我打算出去买点儿日用品，正好你就来了。"

"这么巧？"赵照皮笑肉不笑地走到骆心妍面前，打量了她一眼，在她虚与委蛇的时候蓦地冷笑出声，"骆小姐打着 Re 集团的旗号去秦氏科技集团新品发布会闹事，现在业内全都在谴责 Re 集团用诋毁抹黑同行的方式竞争，你居然还有心情去买东西？"

"赵经理，这件事我可以解释……"

"砰——"

骆心妍的话还没有说出口，赵照的眼神已经变得阴鸷。他一脚将她的行李箱踹倒，伸手揪住她的衣领，冲着她咆哮道："都已经到这个地步了，不只是我，Re 集团的脸面也被你丢尽了！你还有什么可解释的？！"

赵照因为愤怒，双目变得赤红，死死地盯着骆心妍。他像是恨不得剥她的皮、拆她的骨头，双手用力揪着骆心妍的衣领就将她提了起来。

"你放手！"骆心妍喘不上气，蹬腿想踹赵照。

赵照避开了骆心妍的袭击，咬牙切齿地说道："我现在已经被你害得在公司待不下去了，不仅要被开除，还有可能会被追究法律责任。你倒是一声不吭就想跑，当我是什么？傻瓜吗？！"

"你先松手……我没跑……"骆心妍发现赵照的表情格外恐怖，像是被激怒的野兽。于是她说话的语气顿时变得客气起来，试图替自己辩解："今天的事情真的只是意外，我去之前就跟你说过我们的计划，你当时也同意了……再说现在我们还没有到无路可走的地步，你信我，我还有一张王牌……"

"放屁！"

经过这一系列事情，赵照算是看清了骆心妍——这个女人就是一只毒蝎子，谁要是信了她，一不小心就会被咬一口。

没事的时候，她高高在上，对谁都颐指气使。一有事，她就立刻丢下其他人，拔腿就跑。

他要是再信她，就是脑子进水了！

"我问你，你口口声声地说自己认识CC博士，CC博士呢？今天在秦氏科技集团发布会上，为什么纪微甜能拿出CC博士的专利授权书？你不是告诉过我，CC博士身份尊贵，不会随便见人，更加不可能答应这种商业合作，所以抓住这一点对付秦南御和纪微甜会万无一失吗？！"

赵照越说越气，揪着骆心妍的衣领疯狂地前后摇晃。

骆心妍被他摇得都要吐了，加上喘不过气，顿时头晕眼花。

赵照发疯的样子看起来像是受刺激过度，骆心妍连大气儿都不敢喘，想找个借口敷衍他，或者岔开话题。

赵照却完全不上当："CC博士现在已经是我俩翻盘的唯一希望，你实话告诉我，你到底认不认识CC博士？见没见过CC博士？你说话呀！"

骆心妍哪里敢说话？

CC博士从来不在公众场合露面，除了公布自己的科研成果，网络上几乎没有CC博士的消息。可他偏偏又是个厉害到让所有人都敬仰的人物。

骆心妍就是抓住了CC博士低调的特征，假装认识他，认为只要自己把握好分寸就不会有人发现自己撒谎，没想到这次会栽在纪微甜手上！

赵照今天这架势，明摆着是来讨说法的。

骆心妍要是现在告诉他，自己根本不认识CC博士，之前说的话全都是在演戏诓他，赵照怕是今天不会让她走出这个门。

骆心妍眸光一闪，当即敷衍道："我当然认识。我跟CC博士很熟，他是我的好朋友。我要是出面请他帮忙，他肯定会卖我这个面子。你先放开我，CC博士是我们最后的底牌，这件事需要从长计议。"

"你当我是三岁小孩，到现在还想骗我？"赵照并没有上当，不仅没有松手，反而抓得更紧了。他从口袋里掏出手机，递给骆心妍，道："你现在就给CC博士打电话，当着我的面打！"

见骆心妍没有反应，赵照用力把人揪到自己面前，朝着她大吼："我叫你打电话！"

骆心妍被他吓了一跳，伸手颤颤巍巍地接过电话，过了半天也没有把电话拨出去。

这一幕已经说明了一切：她根本不认识 CC 博士，从头到尾都在演，演得太逼真连自己都信了。

"你骗我……你果然在骗我……你根本不认识 CC 博士，还敢用 CC 博士跟我谈条件，对我颐指气使！你这个骗子！"赵照抓狂地抓着骆心妍，将她用力撞向墙壁。

"啊——"

骆心妍没想到赵照会突然来这么一下，额头瞬间肿了，整个人还被按在墙上。

赵照刚才揪着骆心妍衣领的手，现在已经掐上了她的脖子。他咬牙切齿地道："你不给我留活路，大家就一起死！"

"你要干什么？如果杀了我，你自己也活不了！"骆心妍回过神，脸色苍白如纸，是真的怕了。她拼命挣扎，想从赵照手里挣脱，却发现挣脱不开赵照的禁锢，又拼着最后一口气威胁道："杀人不过头点地，你是痛快了，但是别忘了——你还有老婆、孩子……"

赵照的手顿了顿，像是终于找回了理智，他恶狠狠地看向骆心妍，手上的力度倒是比刚才轻了一点儿。

"你没有资格提他们！"赵照咬牙切齿地说道。

"我是没有资格提，咯咯……我只是想提醒你，你放开我，最多就是失业；如果你真的动手杀了我，那你也得完蛋！到时候别说你的老婆、孩子，你的亲戚朋友都会因为你是个杀人犯受人鄙视！"骆心妍一边说着，一边哭了起来。她一向最会装柔弱和可怜，动不动就哭哭啼啼。

赵照此时此刻才发现，眼前这个女人理智得可怕。她三言两语就能戳到人的软肋，让人受到影响。

赵照刚刚在气头上，确实想跟骆心妍同归于尽。可现在冷静下来，想到自己的老婆、孩子，他又觉得不值。

工作没了可以再找，杀了人，他就真的回不了头了。

骆心妍捕捉到赵照脸上的犹豫，瞅准机会，用力推开他的手，往后退了几步跟他拉开距离，继而浑身无力地靠在沙发的边缘，伸手摸了摸自己的额头，发现额头已经肿了。

骆心妍愤怒地看向赵照。

赵照不闪不避，反而镇定地开口："别以为我不动你是怕了你。我告诉你，现在是我的报应先来了，但是像你这样满嘴谎言、不择手段的女人，迟早也会遭到报应！"

举头三尺有神明，天道好轮回，苍天饶过谁！

"我从来不信什么报应，只信我自己。"骆心妍伸手揉了揉被掐红的脖子，见时间差不多，便不想再跟赵照纠缠，转身拖着箱子准备离开。

她选了最早离开 T 市的航班，机票都已经买好了。只要能顺利离开 T市，她就能重新开始。

风水轮流转，现在笑话她的人等着瞧吧，她早晚会找他们算账，将他们狠狠踩在脚下！

骆心妍拉着箱子，推开挡住她去路的赵照，径直走到门口换鞋，然后用手机叫车。只等车子抵达小区门口的时候，她立刻下楼。

门一打开，骆心妍就愣在原地，错愕地瞪大了眼睛——她的眼前是两名穿着制服的警察。

警察出示了证件，道："你好，请问是骆心妍女士吗？由于你涉嫌造谣和散播他人信息，对他人造成了严重的经济和名誉损失，我们这边接到报案，请你回去配合调查。"

"我不懂你们在说什么。我已经开过记者会，澄清过所有的事情——那些造谣的事情跟我没有关系。"骆心妍松开箱子，人往后退了几步。她抬起头，眼眶说红就红："我知道秦家厉害，可是你们做事也要讲证据。这件事我澄清过了，真的跟我没关系。"

"我们这边搜集到了足够的证据，证明你跟这次的案件有直接关系，请骆小姐跟我们走一趟。"见她不打算配合，警方的态度变得强硬。

骆心妍不死心地问："什么证据？"

她已经很小心了，所有事情都不经过自己的手，而且都付过钱了，东窗事发也不应该找到她。

没等警察开口，楼道里传来一道清脆的声音："帮你拍摄视频的私家侦探已经出面指证，是你出钱收买他，让他帮你。另外，秦氏科技集团的技术部也已经追踪到，网上那份爆料的 DNA 检验报告是从你的手机发出的。"纪微甜迈着矫健的步伐上前，对上骆心妍错愕的目光，一字一顿地道，"天网恢恢，疏而不漏，你的报应来了。"

"我可以证明，那些事情全都是她做的！"一直藏在房间里的赵照听见警方的来意，立刻站了出来，当面指控。

现在人证、物证俱全，骆心妍再想狡辩都没有机会，直接被带去警察局配合调查。

赵照作为重要的参与者，同样被带走了。

纪微甜站在楼道里，看着骆心妍撒泼打滚儿地使尽浑身解数想要脱身，最后弄得一身狼狈。

出了一口气，纪微甜明明应该高兴，可她的心里依旧闷得喘不过气。

睿睿的血样她已经第一时间寄给冷简，现在只等一个结果，等一个不知道自己能不能承受的结果……

手机突然响了，纪微甜想也没想地接起电话。

"Cindy，鉴定结果出来了……"

听着冷简的声音从电话里传出，纪微甜一怔。

冷简没听见纪微甜的声音，不放心地问："Cindy，你现在还好吗？"

纪微甜想说自己很好，可是张了张嘴，发现自己的喉咙像是被人掐住了，根本发不出声音。

她不好，一点儿都不好。

发现骆心妍的真面目之后，纪微甜表面看起来很平静，实际上这几天根本睡不着。只要她一闭上眼，眼前就浮现出四年来的一幕幕。

她当成朋友的人，很可能从一开始就在处心积虑地接近她。

她一直以为自己是一个称职的妈妈，哪怕不能给女儿完整的家庭，但对女儿付出了所有的爱。可是直到今天她才发现，自己可能还有一个儿子……

一个她根本不知道、被完全忽略的儿子。

纪微甜脑海里不断浮现出睿睿的身影，从他们第一次见面到他不认生地赖在她怀里撒娇，奶声奶气地喊她"妈妈"……

纪微甜靠着墙面，缓缓地蹲了下来，伸手捂住脸，让自己的情绪平复下来，哽咽着道："我没事，你说吧。"

听出她的声音不对劲，冷简沉默片刻，随即，还是直接将自己查到的消息告诉她："DNA 鉴定结果出来了，秦默睿是你的亲生儿子。"

只是简单的一句话，就让纪微甜控制不住情绪，泣不成声。

哪怕她心里已经预想过千万遍，可真的从冷简的嘴里听到这个答案，她的心脏还是一阵阵抽痛。

找回儿子的喜悦和对儿子的愧疚，这两种感情几乎同时填满她的胸口。

"我让朋友帮忙查了你做孕检和待产的那家私人医院，打听到的消息是，当时负责照顾你的医护人员在你生完孩子出院后不久都离职了。"冷简道。

往事不堪回首，大抵就是这个意思。

那些曾经让她感恩不已的人，到头来，全是造成她跟儿子分离四年的罪魁祸首。

当年的事情，时间隔得有点儿久，冷简下了很多功夫，找了很多人，顺藤摸瓜查下去，终于找到了当年照顾纪微甜的医生和其中一个护士。

一开始，面对自己做过的亏心事，两个人都三缄其口，打死不认。

直到冷简将网上流传的 DNA 检验报告和自己手上的 DNA 检验报告丢到他们面前，让他们自己看。

两份 DNA 检验报告的图谱几乎一样，上面的名字却不一样。

一份是骆心妍跟睿睿的，一份是纪微甜跟睿睿的。

很显然，两份亲子鉴定中肯定有一份被人动了手脚。在铁证之下，两个人终于松了口……

"我会把这两个人带到你面前，让他们当面把具体情况跟你解释清楚。"冷简察觉到纪微甜的状态不对劲，没有急着继续往下说，而是担心地喊了她道，"你现在在哪里？是一个人吗？ Cindy？ Cindy！"

不知道冷简喊了多少声，纪微甜终于回过神，伸手擦掉脸上的眼泪："我没事。我想要尽快见到他们。"

挂了冷简的电话，纪微甜一个人离开小区，没有回南坡公寓，也没有去秦家别墅，而是打车去了睿睿就读的幼儿园。

她去得比较早，还没有到放学的时候。

计程车在幼儿园门口停下来的时候，司机还好奇地回头问了一句："这位小姐，你是不是记错时间了，这个时间接不了孩子吧？要不要帮你在附近找家咖啡店？"

"不用了，我就在这里下车。"纪微甜客气地跟计程车司机道谢，付完钱，径直往幼儿园门口走。

计程车司机说得对，现在还接不了孩子，可是纪微甜一分钟都不想等了。

冷简已经把 DNA 检验报告发到了她的手机上，看见报告的那一刻，她脑子里只剩下一个念头：她想见自己的儿子……

她想亲亲他、抱抱他，亲口告诉他，自己是他的亲生妈妈。

妈妈没有不要他。妈妈只是太傻了，被人骗了，所以把他弄丢了，不知道他能不能原谅妈妈……

"纪小姐，你是来接睿睿的吗？"幼儿园门口值班的老师认出纪微甜，客气地打招呼。

睿睿是秦家继承人，长着一张精致帅气的小脸蛋儿，还是个小天才。哪怕不借助秦南御的名号，他在幼儿园里也是人见人爱，所以大家都认得他。

纪微甜跟着秦南御接送过睿睿几次，小家伙总是无视爸爸，抱着她的脖子一个劲儿喊"妈妈"。一来二去，幼儿园里的老师们都以为她是睿睿的亲生妈妈。

纪微甜以前试图解释过，但是秦南御不配合。

加上参加亲子活动的时候，睿睿也会叫她"妈妈"，久而久之，她自己都习惯了，所以没有再刻意解释。

现在知道睿睿就是她的儿子，纪微甜心里唯一庆幸的就是自己从来没有在睿睿主动接近她的时候残忍地把他推开。

"睿睿还在上课。要不然，你先到旁边的休息室坐一会儿？"老师看了一眼时间，走到纪微甜面前建议道。

纪微甜摇了摇头，婉拒了老师的好意。

"我能去教室看看睿睿上课吗？我保证不会打扰其他人，只在外面悄悄地看一眼。"

纪微甜想到什么，鼻尖有点儿发酸。

她还记得睿睿曾经蹭在她的怀里撒娇，扬起可爱的小脸蛋儿问她能不能送他上学，能不能接他放学，能不能陪他到学校里上家长观摩课……

她没回过神，疑惑地问他为什么。

当时睿睿的脑袋立刻耷拉下来，抿着小嘴，小手一直抠着自己的手心，半晌他才嘟囔了一句："幼儿园里别的小朋友的妈妈都是这么关心他们的，只有我没有妈妈……"

现在想起这句话和小家伙当时脆弱的模样，纪微甜一颗心像被刀割一样。

"纪小姐多虑了，我们的幼儿园有专门为家长开放的观摩课，平时也会有一些不放心孩子的家长过来看看。只要咱们动作轻一点儿，尽量不影响教学秩序就完全没有问题。"

老师说着话，主动走到前面给纪微甜带路。

秦南御虽然嘴上说不爱儿子，平时还连名带姓地称呼睿睿，其实心里很关心小家伙。

管家曾经偷偷地告诉纪微甜，当初要把睿睿接回国读幼儿园，秦南御不放心把这件事交给其他人，亲自提前半个月回来替儿子选幼儿园，最后千挑万选才定下现在这家。

纪微甜只来过睿睿的幼儿园几次，平时都是在门口接送他，没有进来过。现在跟着老师往教室走，她才发现这家幼儿园规模很大，管理模式也很正规——教学区和孩子的活动区都做了明显的区分，每个区域都有专门的负责人，设备、设施都很新，对小孩子的保护措施也做得面面俱到。

"说起幼儿园的管理，我们还要谢谢秦总。我们幼儿园的管理费用，包括设备、设施的维护和更换，都是秦氏科技集团赞助的。秦总看起来不太关心孩子，但是我们都能感觉得出来，他很在乎睿睿。"老师笑着跟纪微甜聊天儿，又八卦地凑到她身边，压低了声音笑道，"秦总这么疼爱儿子，肯定也是在意纪小姐的缘故。睿睿经常在幼儿园里夸您，说自己最爱妈妈。"

老师的话牵动了纪微甜的心，她轻轻咬着唇，忍住情绪，不让人看出来。

很快，两个人抵达了睿睿的教室。

四岁的小朋友年纪还小，很多孩子没有办法好好听老师讲课，有自己玩儿的，有跟旁边的小朋友一块儿打闹的，还有趴在桌子上睡觉的……

纪微甜只扫了一眼，立刻从二十多个小朋友中找到了自己的儿子。

睿睿坐在座位上，脸上的表情跟在纪微甜面前表现出来的完全不一样，精致的小脸蛋儿上摆着跟秦南御同款的冷漠神情。他明明只有四岁，看上去却像个小大人儿，坐姿端正，背脊挺得直直的。

老师在哄其他小朋友。睿睿低着头，安静地做着面前的数学练习册。

那是纪微甜买给他的。他们约定好，只要他能把上面的题目都做出来，下次参加亲子活动的时候，她就带他去海边抓螃蟹……

纪微甜隔着玻璃窗，能清晰地看见他用小小的手抓着笔，在练习册上一笔一画地写答案。

"睿睿真的很乖。我教孩子这么多年，从来没有见过像他这么聪明又这么懂事的孩子，有时候都觉得他不像个只有四岁的孩子。"老师想起什么，扭头看纪微甜，"不瞒你说，纪小姐，自从你出现之后，睿睿的变化真的很大。他现在除了聪明之外，更像一个孩子……我不知道您能不能明白我的意思……"

"我懂。"纪微甜轻轻地道，打断老师的话。

她什么都懂。

因为管家也跟她说过同样的话。虽然只有四岁，但是睿睿太聪明了，知道自己没有妈妈，还觉得爸爸不喜欢他，所以就把情绪都憋在心里。除了在太爷爷面前像个孩子，其他时候他就是个小大人儿，把自己严严实实地包裹起来。

没有人知道睿睿在想什么。

同样的话，纪微甜已经听到两次了。当时听管家这么说，她感受到更多的是心疼，可是现在……浓浓的愧疚感向她汹涌而来。

纪微甜的脑子里一遍遍地回想起来，睿睿每次跟秦南御抗争失败时，都会大声嚷嚷"我想要妈妈"。

他们都以为那只是睿睿为了博取同情故意使的小伎俩，却忘了他只是一个四岁的孩子。"我想要妈妈"，或许是他唯一愿意大声喊出来的愿望。

"纪小姐，你没事吧？你的眼睛……"老师察觉到纪微甜情绪不对，又看见她发红的眼眶，不放心地问。

纪微甜转过身，不着痕迹地擦掉眼角的泪，笑着对老师摇了摇头，说道："我没事，只是第一次来学校看见睿睿，没想到他这么乖。"

"那以后纪小姐可要经常来。睿睿现在变得开朗了很多。他以前不喜欢跟别人玩儿，总是一个人坐着，一个人摆弄老师给的玩具。别的小朋友靠近他，他也不理……你都不知道，有段时间，我们都很担心他会不会适应不了幼儿园的生活。"

老师说起第一次见到小家伙的场景，忍不住感慨。

那么乖巧的一个孩子，不哭不闹，就安静地坐在位置上，不理人，也不会闹脾气。

小朋友之间互相抢玩具很正常，但是在睿睿身上，这种事情从来没有发生过。

他总是冷漠地看着周围发生的一切，用老师一样包容的眼神看待自己的同龄人。更多时间，他总是一个人静静地坐在靠窗的位置上发呆，或者拿着一本习题册，认真做练习题。他长得好看，五官精致，穿着小西装的时候就像童话橱窗里展出的小王子，不沾一点儿人气。

班上的同学给他送礼物，他总是皱着小眉头，犹豫地接过礼物，然后礼貌地说"谢谢"……

他聪明，喜欢安静，很有家教……但很孤独，是那种没有人能走进他内心的孤独。

这几乎是所有老师当时对睿睿的印象。

"当时针对睿睿的情况，我们幼儿园的老师曾开过一个会，但一直没有讨论出解决办法。直到后来的亲子活动日，我偶然发现睿睿一个人蹲在角落里红着眼睛发呆。"老师有些犹豫要不要再说这些往事，抬头看向纪微甜，见纪微甜的脸色没什么异样才接着往下说，"纪小姐不要误会，秦总很关心儿子。幼儿园需要家长出席的活动，他从来没有缺席过。所以我当时以为睿睿是跟爸爸闹别扭了，就去安慰他。后来我才知道，他是看到别的小朋友都有妈妈，想自己的妈妈了。"

老师说到这里，微微哽咽，担心影响纪微甜的情绪，没有再多说什么，语气变得轻快："过去的事情就不说了。睿睿这段时间过得很开心……纪小姐是不知道，他现在每天都会在学校夸你，逢人就说自己最爱妈妈，还会主动跟其他小朋友说话……"

虽然都是他在炫耀自己的妈妈。

说话间，老师被人叫走了。教室外面，剩下纪微甜一个人静静地站着。

她脸上的表情很平淡，仿佛一点儿情绪都没有，从老师说睿睿的情况开始，她一直都维持着这个表情，也只在老师离开的时候礼貌地笑了一下，跟老师说了一声"谢谢"。

她谢谢老师告诉自己睿睿以前的事情，谢谢老师在她什么都不知道、甚至没有尽过一点儿当妈妈的责任的时候给予睿睿关心和照顾。

老师说的不多，但是纪微甜的脑子里浮现出很多画面。

隔着时间和空间，她仿佛都能看见一只软糯糯的小团子安静地坐在窗户边上，用小胳膊支着小脑袋发呆。她能想象到，睿睿在看着所有的小朋友都有爸爸妈妈陪着，只有他跟别人不一样时，内心会有多孤独。

他想自己的妈妈，可是又不愿意让人发现自己内心的脆弱，最后只能委屈地缩在角落，像只受伤的小兽，独自舔着伤口。

纪微甜越懂，心里就越难受。看着教室里无比乖巧的儿子，她平静的面容开始绷不住，眼泪一颗一颗从眼眶里滚落。

她贪婪地看着眼前熟悉又陌生的小家伙，眼睛都舍不得眨，像是要把缺失的这四年补回来。

教室里原本在安静做题的睿睿像是感应到了什么，写字的手突然停了下来，小脑袋一转，看向教室外面。看见站在窗外的妈妈，他那黑漆漆的大眼睛瞬间变得明亮，精致的小脸上带着欣喜的表情。睿睿的情绪变化肉眼可见，他像是突然从一个人的世界走了出来，变得愿意对人敞开心扉。

纪微甜想起老师刚才说的话，心里一阵难受，怕睿睿看出什么，又连忙转身擦掉了脸上的泪水，笑着等他下课。

睿睿很乖，虽然心里想出去找妈妈，但是仍旧乖巧地坐在座位上，一直等到下课时间到，才从教室里飞奔出来，扑进纪微甜的怀里，抱着她一个劲儿喊"妈妈"。

睿睿不是第一次这样，但是纪微甜是第一次感受到，"妈妈"这两个字对睿睿而言的分量有多重。

纪微甜抱紧怀里失而复得的宝贝，一遍一遍地喊着他的名字。

发现教室里的小朋友都走了出来，睿睿一脸骄傲地给别人介绍自己的妈妈。

"这是我妈妈，我妈妈可爱我了。

"我妈妈来接我放学，我也爱妈妈。"

他耐心十足地对班上每一个走到门口的小朋友重复这几句话，像个拿到新玩具要到朋友面前炫耀的小朋友。

以前纪微甜不懂，肤浅地认为睿睿只是在炫耀。现在她才明白，小家伙是在自我确认。他是第一次拥有妈妈，内心其实有很多不安。他担心这一切是不是他的错觉，是不是真的有妈妈了……

他想要得到别人的肯定，想要跟人分享他的喜悦，也希望有人能肯定地跟他说：对，秦默睿，你有妈妈了，你是个有妈妈的孩子！

"妈妈，我们要去接妹妹吗？"小家伙跟小朋友们打完招呼，搂着纪微甜的脖子问道。

他精致的小脸上全是看见妈妈的喜悦。

纪微甜眸光微闪，想了想，开口问他："你是想要去接妹妹，还是更想跟妈妈去吃炸鸡、汉堡？"

"接了妹妹一起吃炸鸡、汉堡！"小家伙想也不想地回答。

短短的一段时间里，他已经完全从"独生子"的角色过渡成一个哥哥，事事都想着妹妹、惦记着妹妹。

"好，那我们先去接妹妹。"纪微甜摸了摸他的小脑袋，抱着他往外走。

纪微甜在路上给管家打了个电话，告诉他不用去接孩子，然后带着睿睿去接小糯米团子。

纪微甜带着兄妹两个找了一家有炸鸡套餐的餐厅，想带他们好好吃一顿。

睿睿在高兴之余，还顾忌当哥哥的威严，在妹妹面前表现得很矜持，点菜的时候只点一个炸鸡腿。平时喜欢吃的薯条、可乐，他一样都没有点。

"够了吗？"纪微甜看着小家伙点的东西，有些诧异。

睿睿点完炸鸡腿后，又给自己和妹妹点了面和馄饨，都是很健康的儿童套餐。

"你就吃这些？"纪微甜有些难以置信地看了看面前的小家伙，又扭头看向坐在他旁边的女儿。

小糯米团子双手托着腮，眨巴着漂亮的大眼睛，一副小大人儿的模样，替哥哥解释："哥哥其实没有那么喜欢垃圾食品。他只是故意跟爸爸作对，想惹爸爸不高兴。"

纪微甜错愕地看向睿睿，发现他有些不好意思地抿起小嘴。

看起来，瑶瑶说的是真的了。

难怪自从她搬到秦家别墅后，哪怕秦南御经常忙得不见人影，小家伙都没有缠着她说想吃垃圾食品。

纪微甜下意识地想要跟睿睿沟通，让他不能这么招惹爸爸。话还没有出口，她忽然想到什么，若有所思地看着小家伙。

他会不会是想爸爸？爸爸太忙，他又不好意思说出口，所以故意招惹秦南御，想要引起秦南御的注意，哪怕是会挨骂……

纪微甜刚要问，小家伙像是心事被看穿，不好意思地别开头，别扭地抠着手指头，小声嘟囔："我才不喜欢他。我只喜欢妈妈……"

可是他没有妈妈……

纪微甜读懂了小家伙没说完的话，心脏止不住地疼。她伸手把小家伙抱进怀里，轻轻拨开他额头上的碎发，告诉他："睿睿，你有妈妈，我就是你的妈妈！"

小家伙愣住，像是不明白她的意思。纪微甜尽量让自己的情绪先平缓下来，然后伸手捧住睿睿的小脸，一字一顿地道："我是你的亲生妈妈。你以后不只有爸爸，还会有妈妈和妹妹。妈妈跟你保证，以后再也不会丢下你一个人！我会一直陪着你！"

四年的分别，让纪微甜对儿子除了心疼，还有无法言说的愧疚。她想要认自己的儿子，又害怕情绪表现得太明显会吓到他。

几句话说完，她就不敢出声，紧张地盯着睿睿，害怕他的脸上会出现抗拒的表情。

等了好一会儿，睿睿只是盯着她看，小脸蛋儿上看不出什么情绪，倒是眨了两下黑漆漆的大眼睛，抿起小嘴。看起来，他像是有什么话要说，又犹豫着要不要说。

纪微甜只能用眼神鼓励他，等着他开口。

纪微甜甚至已经做好准备，只要睿睿再问她是不是他的亲生妈妈，她会立刻给他肯定的答案。

小家伙也真的问了，顶着帅气的小脸，直勾勾地盯着纪微甜，奶声奶气地开口，问的却不是纪微甜预想中的问题——

"妈妈，你打算要跟我爸爸结婚了吗？"

"对，我是……"纪微甜闭着眼睛承认他们是亲生母子关系，还没有说完，反应过来小家伙问的是什么问题，差点儿被口水呛到。

错愕地睁开眼睛，垂眸看睿睿，想起自己刚才说了什么，纪微甜又连忙澄清："不是的，睿睿，妈妈不是那个意思。我跟你爸爸……我跟你爸爸……"

她跟秦南御什么关系都没有，怎么可能结婚？可她要怎么跟一个四岁的孩子解释，自己跟秦南御没有感情，却有了一双可爱的儿女？

现在还要突然让离开她整整四年的儿子认下这个没有照顾过他一天的妈妈……

纪微甜突然语塞了。

她的反应被睿睿看在眼里，并将其解读为：自己的爸爸被拒绝了，纪微甜也当不成他的妈妈。

睿睿的小脸顿时垮了下来，想了想，他又一本正经地道："其实妈妈不喜欢我爸爸也没关系，你喜欢我就好。只要你愿意当我妈妈，你就是我亲妈！"

纪微甜被他绕糊涂了。

等她回过神，突然意识到小家伙还是没有明白她的意思。

纪微甜端起水杯喝了一口水，先平复自己的心情，认真思考该怎么让小家伙相信他们就是亲生母子。

纪微甜瞥见正在埋头吃馄饨而完全没参与话题的小糯米团子，眼睛一亮！

"睿睿，你知道什么叫双胞胎吗？"纪微甜低头问。

小家伙点点头，表示自己明白。

"那龙凤胎呢？"纪微甜又问。

她知道小家伙很聪明，但是不确定他聪明到什么程度，只能一点点地问。

见睿睿迟疑了，纪微甜立时解释道："一个妈妈的肚子里同时有两个性别相同的宝宝，叫双胞胎。如果那两个宝宝一个是男孩，一个是女孩，就叫龙凤胎。"

"像我跟小妹妹这样吗？"小家伙举例问道。

纪微甜欣喜若狂，疯狂点头："对！你跟妹妹就是龙凤胎！"

下一秒，睿睿皱着小眉头，不解地问她："可是，如果我跟妹妹不在一个妈妈的肚子里，也能叫龙凤胎吗？"

"你跟妹妹在一个妈妈的肚子里！"纪微甜想也不想地说道。

睿睿似乎还是不明白，一直盯着她的肚子。

于是纪微甜又连忙补充道："妈妈的意思是你跟妹妹虽然不在一起长大，但是你们曾经都在妈妈的肚子里，所以你们是龙凤胎，都是妈妈的孩子，你明白吗？"

睿睿抿着唇瓣，没有说话，从他的表情来看，应该是没明白。

纪微甜也没辙了。

当初睿睿总是喊她"妈妈"的时候，她拼命想跟小家伙解释自己并不是他的亲生妈妈。现在好了，儿子是她的，她想认回儿子，儿子不信她了。

纪微甜憋了一肚子的话，不知道该从何说起。

她正在心酸，旁边"吭哧吭哧"吃完一碗小馄饨的小糯米团子摸着圆滚滚的肚子，心满意足地拿着纸巾擦嘴，然后一脸嫌弃地瞥了纪微甜一眼，扭头看向茫然的睿睿，干脆利落地说道："我妈咪是想告诉你，你跟我一样，都是她生的！我们以前住在一个肚子里，所以是龙凤胎！"

当局者迷，旁观者清。

小糯米团子用实力证明了——一家四口，她最聪明！

替妈咪和哥哥捋清关系之后，她还不忘托着小腮帮，替自己分析："我妈咪是哥哥的亲妈咪，所以哥哥的爸爸应该就是我的亲爸爸……"

纪微甜坐在旁边，被小糯米团子举一反三的能力吓得瑟瑟发抖，不敢吱声。她只想先认回儿子，至于要不要孩子的爸爸，需要从长计议。

好在小糯米团子现在已经独得爸爸恩宠，并不急于逼迫纪微甜认回秦南御。

吃饱喝足之后，纪微甜想了想，还是带两个小家伙回了秦家别墅。

她没有急着跟睿睿解释他们的关系，而是陪他们做功课，带他们洗澡睡觉。

夜深了，秦南御还没有回来。

秦氏科技集团的新品发布会举办得很成功，可这只是一个开头。

一个新产品从研发到投入生产，再到市场营销……每一个步骤都不能马虎。

再加上骆心妍被带走调查，其偷拍的视频、捏造的DNA检验报告，针对的对象都是秦氏科技集团和秦南御。作为起诉方，秦南御需要出面处理不少事情。几件事情堆积到一起，秦南御忙得不可开交。

纪微甜等了一晚上都没有见到他，后来迷迷糊糊地睡着了。

第二十章

有你的余生，让我充满期待

天刚亮，纪微甜被电话吵醒。

纪微甜闭着眼睛接起电话，听见那头传来的声音，她的瞌睡虫瞬间消失殆尽。

翻身坐起来，纪微甜握紧了手机，说："我马上就去找你！"

然后她挂了电话，起床后刷牙、洗脸，换了一身衣服，拎着包出门。

临走前，纪微甜特意跟管家打了一声招呼，让他帮忙送两个小家伙去幼儿园，还打听了一下秦南御的情况。

管家说秦南御没回家，一直留在公司加班。

"纪小姐，这么早，你要去哪里？我让司机送你。"管家关心地问道。

"不用了，我只是出去见一个朋友。"纪微甜说完，步履匆匆地出了秦家别墅。

她在路边拦了一辆计程车，报了一家酒店的地址。

计程车抵达酒店的时候，冷简已经站在入口处等她。

黑色的卫衣搭配深色的牛仔裤，一顶鸭舌帽遮挡了男人的双眸，只露出线条柔和的侧脸和下巴。

冷简随意地靠在墙边，一只手放在牛仔裤口袋里，单手玩儿着手机。

计程车刚在酒店前面停下来，他就像是感应到什么，从手机屏幕上挪开目光，看向眼前的计程车。

看见纪微甜从车上下来，他嘴角轻轻勾起一抹温柔的笑意，将手机放进口袋，抬腿上前。

"冷简，人呢？"纪微甜一路小跑，喘着气问他。

冷简下巴微挑，没有急着回答她的问题，而是从口袋里拿出一张纸巾递给她，示意她先擦擦脸上的汗。

见纪微甜接过他手上的东西，他才满意地说："人已经给你带回来了，就在楼上等着。你不用急，他们跑不掉。"

纪微甜擦着额头的手一顿，攥紧了手里的纸巾，眼底闪过一抹复杂的情绪。

她相信冷简，只要他说没事，就肯定会没事。

人在冷简手上，不会出什么状况。

本可以慢慢来，可是纪微甜一分钟都等不了。关于四年前的事情，她有太多的疑惑压在心里，一天不弄清楚，就一天没有办法好好睡觉。她只要一躺下来，闭上眼睛，眼前就会开始浮现当年在医院的一幕幕……

冷简注意到她紧绷的身体，伸手轻轻环住她的肩膀，给了她一个拥抱。

纪微甜怔住，抬头看向冷简。

冷简幽幽地说："在我面前，你什么都不用掩饰。一会儿上去，如果你觉得不舒服，就什么都不用说。我帮你问，你听着就行。"

冷简订的酒店房间在三十层，很高的楼层。

坐电梯上楼的间隙，纪微甜感到情绪已经稍稍缓和。

她以为自己已经拥有足够的勇气面对曾经发生过的一切，可当房间的门被打开，看见房间里站着的两个人时——两张熟悉的面孔让她脑子里很多尘封的记忆如同狂风骤雨般呼啸而来。

"Cindy，你如果……"

"我没事。"纪微甜打断了冷简的话，回过神，抬腿往里走。

房间里的两个人看见冷简带着纪微甜进来，不约而同地站起身，齐齐看向纪微甜，犹豫着要不要打招呼。

他们没脸见纪微甜……

"龚医生、李护士，好久不见。"纪微甜调整好情绪，率先开口。

简单的问候结束，见冷简已经关上房间的门，她拉开书桌旁边的椅子，先坐了下来。

对面的两个人紧张地对视一眼，没敢坐，只是尴尬地回应着纪微甜。

"纪小姐看起来更年轻了，完全不像一个四岁孩子的妈妈……"李丽客套两句，瞥见纪微甜冷下来的脸，猛地意识到自己说了什么。

如果不是他们当年从中作梗，纪微甜何止是一个四岁孩子的妈妈？！她应该有儿有女！

因为自己的口误，李丽吓得没敢再说话，房间里的气氛也变得低沉。就在她准备道歉的时候，纪微甜突然平静地开口："当年到底是怎么回事？为什么我明明怀了双胞胎，你们却告诉我只有一个孩子？"

有些事情，隔得越久，回忆就越清晰。

纪微甜记得很清楚——因为是第一次当妈妈，她怕照顾不好肚子里的宝宝，所以很小心，吃的、用的，全都挑最安全的买。

她刚怀孕的时候反应很大，每天吐得连水都喝不下。但是，担心肚子里的宝宝营养不良，她每天强迫自己吃东西，吃完了吐，吐了接着吃。

但凡是医生的交代，她都乖乖听，从来没有对医护人员耍过小性子。

她不知道自己做错了什么，会换来这样的结果。

不知道是不是因为做了亏心事，良心不安，李丽这几年吃不好睡不好，身体变得越来越差。她没想到纪微甜会这么直接，听见纪微甜的质问，脸色顿时变得煞白，颤抖着身体不敢回答。

"还不打算说吗？我以为你们看见我至少会过意不去，看来我们只有到警察局去说了。"

纪微甜作势要从椅子上站起来。

李丽拦住了她，急着撇清自己："这件事真的不关我的事，我都是听龚医生的吩咐，都是他让我做的！"

"你胡说什么？！"龚洪发现李丽把责任都推到自己头上，呵斥道。

龚洪一开口，李丽的语气就越发坚定。

"就是你！当初我家里遇到困难，你没有帮忙就算了，还趁机威胁我！如果我想要保住自己的工作就要听你的，帮你隐瞒纪小姐肚子里宝宝的情况。"

李丽这些年一直因为这件事良心不安。她也是一个妈妈，懂得孩子对妈妈来说意味着什么。

如今见到纪微甜，李丽终于忍不住了，跪倒在她面前，痛哭忏悔："纪小姐，是我对不起你。但是我向你发誓，我除了隐瞒你怀了双胞胎的事，没有做过半点儿伤害宝宝的事情。我知道我现在说什么都是狡辩，但是我当时真的有不得已的苦衷……是龚洪！都是他收了骆心妍的钱，财迷心窍才会逼着我帮他！"

李丽说了很多，包括当年骆心妍怎么一步步收买医生，怎么在纪微甜孕检的时候动手脚。

纪微甜当时看见的四维彩超画面，根本不是实时画面。

再到后来，她生产的那天。

一场被处心积虑地筹划了将近一年的阴谋，终于到了收官的时候。

先出生的睿睿被骆心妍抱走了，当成了自己的儿子。因为生产大出血，在医院里昏迷了很长一段时间的纪微甜从头到尾都被蒙在鼓里……

李丽抓住纪微甜的手，说："纪小姐，我还知道一件事！骆心妍当初是因为知道你宝宝的爸爸是谁，所以才会想要偷你的孩子！"

纪微甜的表情有一瞬间的凝滞，她错愕地看着李丽，问道："你说什么？"

"我说的都是实话！具体的情况我不清楚，但是骆心妍当时真的很在乎你肚子里的孩子，一直跟我强调要小心照顾你，不能让你肚子里的宝宝有任何意外，还说什么那是她唯一的希望……纪小姐要是不信我的话，可以问龚洪。"

纪微甜将目光移向一直没吭声的龚洪——她当年的主治医生。

听说他这几年过得很惨，在纪微甜出院后不久就因为犯事被医院开除了，还坐过牢，被吊销了行医执照。

龚洪现在就是个无业游民，靠着坑蒙拐骗过日子。冷简找到他的时候，他正因为偷了别人的钱被抓到，要被送往警察局。

龚洪知道冷简找他是为了询问当年的事情，二话不说就拉着冷简求冷简救他，并表示不然的话自己什么都不会说。

现在见纪微甜看他，龚洪眼神闪躲，略显肥胖的身躯局促地站在桌子旁边，不停搓着手："时……时间太久了，我记不清了。"

"四年而已，不算久，你要是想不起来，我可以带你到警察局，让警方陪你慢慢回忆。"纪微甜从椅子上站起来，伸手拿出手机。

见她要报警，龚洪脸色"唰"的一下变了，连忙抓住她的手腕，求道："别别别，只要你放我一马，你想知道什么，我都能想得起来！"

纪微甜甩开他的手臂，冷冷地提醒道："你没跟我谈条件的资格！"

纪微甜已经把想要知道的事情了解得差不多了，也找到了自己的儿子。

龚洪的威胁对她毫无作用，相反，龚洪做的事情已经严重违法，要不要放过他，全看纪微甜追不追究。

龚洪不是傻瓜，很清楚现在的局面。听见纪微甜的话，他沉吟片刻，顺着李丽刚才没有说完的话，接着往下说："当年，骆心妍确实很在意你肚子里的孩子，也千叮咛万嘱咐，一定要照顾好你。"龚洪看了纪微甜一眼，见她神色没有什么异样，继续说道，"是我见钱眼开……她当初知道我是你的主治医生后，就给我一大笔钱，让我帮她照顾你。我一开始以为她是你的朋友，照顾你是为了你好，直到后来才知道，她其实是……是想要你肚子里的孩子。"

但当时龚洪已经收了骆心妍的钱，只能按照她说的去做。

骆心妍的手段不是一般人能比的，她很懂人心，会一步一步把你带到她的世界里，让你无法抗拒她开出的条件。

换作一般情况，骆心妍的计划可能无法成功。虽然孕检的结果可以更改，可是一个活生生的孩子不可能突然就没了，还不让孕妇察觉到异样。

自己的孩子出了问题，孕妇肯定会追究。这一追究起来，孕检被动了手脚，孕妇生产时的状况都会被查出来……

可偏偏，纪微甜怀的是龙凤胎。

刚得知这个消息的时候，骆心妍的反应，龚洪这辈子都忘不了。

骆心妍发疯一样砸了他办公室里的所有东西，嘴里还一直骂着很难听的话。

龚洪还记得，骆心妍赤红着双眼，一直在说是纪微甜抢了原本属于她的一切，这两个孩子应该都是她的，这都是纪微甜欠她的……

骆心妍一副忌妒到抓狂的模样，像是得了失心疯。但是等她冷静下来，就开始盘算要怎么从纪微甜手里把孩子都抢过来。

"她当初是想把两个孩子都带走，可这医院也不是我开的，我怎么可能有这么大的本事？我要是真的完全按她的吩咐办事，马上就会被人发现。所以后来，她只带走了一个。"

龚洪把自己知道的都说了，至于骆心妍为什么这么恨纪微甜，连她肚子里的孩子都要抢，他们谁也不知道。

纪微甜离开酒店的时候，表情有点儿冷漠。

冷简将她送到楼下，看了一眼她低垂的眉眼，淡淡地开口："这两个人怎么处理，要放过他们吗？"

"不可能！"纪微甜抬头，眼底是一片冷鸷的神情，"不管是四年还是十年，做错了就是做错了，他们应该受到法律制裁！"

龚洪千不该万不该顶着"医生"这样神圣的称呼，做着魔鬼的事情。

在纪微甜心里，医护人员值得人们尊敬和爱戴，不应该因为龚洪和李丽这样的个例背负污名。所以，她更不能放过龚洪和李丽！

"我知道，这件事我会帮你处理，不会让他们逍遥法外。"冷简走到她身边，对上纪微甜的目光，突然伸出手，轻轻遮住了她的眼睛。

纪微甜怔了怔，想问他做什么。

冷简清润的嗓音已经缓缓响起："孩子找到了是好事，但太执着于过去的仇恨会很难拥抱眼前的幸福，你只要好好补偿孩子，剩下的事情都交给我。"

纪微甜紧绷的身体因为他的话而渐渐放松下来，紧握的拳头也不自觉地松开了。

她的亲生儿子，在她不知情的情况下被人蓄意夺走。她说不恨是不可能的。

可是冷简说得对。

她现在应该庆幸找到了自己的儿子，而不是沉浸在过去的仇恨里。

放下过去，也是放过自己。

"我还有一个要求。"纪微甜闭上眼，抿了抿嘴唇。

"你想去见骆心妍？"没等她开口，冷简已经猜到她要说什么，收回手，垂眸看向她。

纪微甜对上冷简不赞成的目光，重重点头。

有个问题，哪怕她已经猜到答案，可还是想当面要一个解释。

"那我也有个要求——我送你过去。"语毕，冷简没有给纪微甜拒绝的机会，示意纪微甜在门口等他，扭头去把车开了过来。

骆心妍被拘留在警察局配合调查。

冷简跟纪微甜见到她的时候，她坐在椅子上。哪怕身上的衣服换了，骆心妍还是把自己收拾得很精致，见到纪微甜，不仅没有一丝惧怕，眼神反而带着倨傲。

"纪微甜，我还没有输！别以为你在御少身边吹了点儿枕边风就能置我于死地。不就是诽谤吗？我已经公开赔礼道歉了，也澄清过这件事。我请了最好的律师，很快就能出去！"

骆心妍扬起下巴，一副天不怕地不怕的模样。直到这一刻，纪微甜终于看清了她的真面目。

那个曾经在纪微甜面前柔柔弱弱、不敢大声说话的骆心妍不过是一个假象，眼前这个人才是真的她。

纪微甜想起骆心妍怎么步步算计，最后从她身边偷走了她的孩子……

她推开冷简想要阻止她靠近骆心妍的手臂，一步一步走上前，双手撑在桌面上，垂眸盯着眼前的人。

她锐利的目光恨不得能将骆心妍千刀万剐！

"造谣诽谤不能让你判刑，那收买医护人员、拐卖婴儿呢？"

纪微甜的话一出口，骆心妍的瞳孔猛地一缩，嘴角的笑容也僵住了，她难以置信地看着纪微甜。

骆心妍完全没想到，纪微甜会知道这件事。

她原本以为，纪微甜就算猜到秦默睿不是她的亲生儿子，也只会当她想要嫁入豪门所以冒充了睿睿的妈妈。她完全没有想到，纪微甜会这么快联想到当年的事……

骆心妍的脸色只变了一瞬，很快又恢复如常，她道："我不知道你在说什么，这里是警察局，不是你随便造谣诬蔑我的地方。你再胡说，我可以告你诽谤！"

骆心妍贼喊捉贼。

纪微甜像是料到了她不会这么轻易承认自己做过的事，将手里的 DNA 检验报告连同龚洪和李丽签字并按过手印的供词都丢到了她面前。纪微甜指着最上面的照片，冷笑道："四年而已，这两个人的样子，你应该还记得吧？"

骆心妍瞥见龚洪和李丽的照片，眼神变了。她抓起面前的照片，想也不想就全撕碎，丢进垃圾桶里。

那份 DNA 检验报告和供词也被骆心妍撕了个粉碎。

纪微甜站在她面前，双手抱臂，冷漠地看着她心虚到抓狂的举动。

在骆心妍终于把东西全都毁得一干二净的时候，纪微甜慢条斯理地开口："你喜欢撕就多撕一点儿，我手上还有很多份——龚洪和李丽都在我手里。你要是喜欢，这样的供词我能再给你一百份，让你撕个够！"

杀人诛心。

纪微甜这句话让骆心妍瞬间僵住了，

骆心妍的手里还攥着一团碎纸屑，她以为只要毁灭了证据，纪微甜就不能拿她怎么样。

到头来，只是她空欢喜一场。

天网恢恢，疏而不漏，她终究要为自己的行为付出惨痛的代价！

"曾经，我真的把你当成朋友。"纪微甜看见骆心妍如遭雷劈的模样，从她手里接过碎纸团，缓缓地开口，"那个时候，我是意外怀孕，不敢跟任何人说，只有你……"

回忆起过去，纪微甜仿佛还记得当时的彷徨和无助。如果没有骆心妍，自己都不知道能不能挺过去，所以她一直很感激骆心妍。

只是纪微甜怎么都没有想到，她看见的一切都是假象，骆心妍对她的关心也是假象。从一开始，骆心妍接近她的目的就是她肚子里的孩子。

纪微甜眼眸一眯，将手里的纸团丢进垃圾桶，像是将她们当年的情意一起丢进垃圾桶。眼神里的温情消失殆尽，她现在只想弄明白当年的真相。

李丽说了，骆心妍是因为孩子的爸爸是秦南御，所以算计纪微甜。可是纪微甜想不明白的是，她当年意外怀孕，自己都不知道孩子的爸爸是谁，骆心妍是怎么知道的？

"你喜欢秦南御？"纪微甜拉开椅子，在骆心妍面前坐下来，漫不经心地问道。见骆心妍不说话，她又径自说道："四年前，你跟我说了很多你跟秦南御谈恋爱的故事，那其实都是你自己幻想出来的，对吗？"

"你胡说！"骆心妍激动地反驳她的话，双手抓着桌子的边缘，朝纪微甜怒吼，"我跟南御是真心相爱的！如果不是你，我们现在肯定已经幸福地生活在一起了！是你抢走了属于我的一切！是你欠我的！"

纪微甜瞥了她一眼，嘴角勾起一抹嘲讽的笑。

骗人骗到连自己都相信了，骆心妍是她见过的第一个。

"我问过秦南御，他根本不认识你，更没有跟你交往过。那些你曾经说过的故事，只是你一个人的故事。所以我不明白，你为什么要处心积虑地接近我，算计我肚子里的孩子？"

纪微甜想知道骆心妍又为什么口口声声地说，是自己抢走了属于骆心妍的一切？她在怀孕之前，根本不认识骆心妍。

"骆心妍，你是怎么知道我肚子里的孩子是秦南御的？"

纪微甜的话一出口，不只是骆心妍的脸色变了，冷简的脸色也不好看。冷简后退两步，并不想听纪微甜接下来的话，转身要走，但又不放心纪微甜单独跟骆心妍在一起，最后还是留了下来。

三个人里，只有纪微甜从头到尾都十分平静。

有些事情，她这辈子都不想回忆，可也无法忘记。

那天，纪微甜受邀参加学院的活动。活动结束后，有人提出聚餐，刚刚一起忙完活动，大家的兴致很高。

一群人吃饭聊天儿，饭桌上免不了会喝点儿酒。

纪微甜的酒量不好，但她又不想扫大家的兴，所以陪着喝了好几杯。聚餐结束的时间有点儿晚了，纪微甜的养父母白天工作很辛苦，睡得比较早，纪微甜担心自己太晚回去会吵醒养父母，于是跟朋友一起在附近找了一家酒店暂住一晚。

后面的事情却超出了她的预料。

她是大半夜被吵醒的。

隔壁像是有人在求救，一直敲墙壁，发出了"砰砰砰"的撞击声。

她当时喝醉了，人有点儿迷糊，被吵醒了也没有多想，只想着过去看看，所以一个人去敲了隔壁房间的门。再后来，她就被人拉到那个漆黑的房间里，整个晚上再也没有出来……

她不知道过了多久，只知道醒来的时候房间里还是一片漆黑。厚厚的窗帘将房间里的光线完全遮挡，她能感觉到自己的身边躺着一个陌生人。可是当时她脑子一片空白，什么都顾不上，只想着离开那里。

她甚至没有勇气看一眼那个人长什么样子……

离开酒店的时候，她想过报警，但是一想到她的养父母，又犹豫了。

她的养父母一辈子老实巴交，没做过坏事，唯一宝贝的只有她。要是让他们知道女儿经历了什么事，怕是会受不了。最后她只能安慰自己，就当被狗咬了一口！

那段时间，她几乎夜夜失眠，只要一躺下来，就会梦见那天的事情，梦见那个男人。

她没有谈过恋爱，对这种事情毫无经验，也不知道事情发生后应该怎么保护自己。等她发现自己怀孕的时候已经晚了……

她从来没有想过去找孩子的爸爸，因为在她的心里，那就是个意外。

她不需要一个陌生人为她肚子里的孩子负责，可是现在……她已经知道那个人是秦南御，那么整件事的漏洞就变得非常明显。

秦南御那天的状态根本不对劲，就算纪微甜在他身上闻到了酒气，可喝了多少酒能让一个人变成魔鬼？

还有，酒店是有监控的。

她没有找过秦南御，秦南御难道也没有找过她吗？

她记得很清楚，她跟秦南御谈起睿睿亲生妈妈的时候，秦南御的语气里明明带着歉疚。

如果当初的事情只是一场意外，以秦南御的为人，以秦家的势力，想要调取酒店的监控找到她应该不是难事，可是所有的这一切都没有发生……

像是有一只无形的手，在背后悄悄抹去了一切。

"是你吧？"纪微甜将目光缓缓移向骆心妍，樱唇微启，一字一顿地道，"秦南御那天会在酒店里失控，是你动的手脚。你原本的计划是想要跟他发生关系，让他对你负责，可是被我误打误撞闯了进去。所以你一直恨我，觉得是我抢走了原本属于你的机会。

"知道我肚子里的孩子是秦南御的，是因为你当时就在门外！你亲眼看见我从秦南御的房间里出来……酒店的监控应该也是你动的手脚。让我猜一下，你当时的目的应该是想顶替我，让秦南御以为跟他发生了关系的人是你，对吗？"

纪微甜慢慢将当年事情的前因后果梳理出来，话说到这里，接下来的事情都可以得到完美的解释。

秦南御应该没有相信骆心妍的话，又或者是信了，但是换了别的方式补偿她。只是骆心妍要的根本不是简单的补偿。

骆心妍喜欢秦南御，喜欢到疯魔，所以盯上了破坏她计划的纪微甜……

"都是因为你！"

当真相摆在眼前，骆心妍像疯了一样扑向纪微甜。

纪微甜早有防备。不用冷简出手，她已经利落地侧开身，避开了骆心妍。

骆心妍直接扑到了地上，愤恨地抬起头，瞪着纪微甜。

"我的计划完美无缺，如果不是因为你突然出现，怎么会是这样的结果？！"骆心妍从地上爬起来，双手死死地攥着拳头。

她喜欢秦南御，从看见他第一眼起就喜欢。

他高冷孤傲的样子，她喜欢；他沉默少言的样子，她也喜欢。

哪怕他对任何异性都爱搭不理，在她的心里，他的出现仍旧是照亮她人生的那颗星，嫁给他就是她的人生方向！

如果不是因为纪微甜，她现在已经成功了。

一对可爱的龙凤胎，会是她跟秦南御永远切不断的联系……

可是纪微甜破坏了她的计划，抢占了原本属于她的位置！

当站在酒店房间门口，看见纪微甜从里面出来的时候，她多么希望自己手里有一把刀，可以将纪微甜千刀万剐！

可是很快，她发现了新的机会。

透过虚掩的房门，她看见房间里漆黑一片。她心想，如果秦南御根本没有看清纪微甜的样子，那么这就是她能把握住的唯一的机会！

可是她刚往房间里走了没几步，秦南御就醒了。

她第一时间入戏，佯装被他欺负了，默默流着泪，等着他开口说要对她负责……

可最后她等到的，只是秦南御冷漠地穿好衣服，从她身边毫不留情地越过，抬腿往房间外走的身影。

那一刻她仿佛是一缕空气，根本入不了秦南御的眼……

骆心妍好不容易等到这样的机会，怎么可能让秦南御就这么走了？

她急着想要拦住他！

秦南御只是上下扫了她一眼，冷冷地丢出一句："你不是她。"

你不是她……

这四个字，是骆心妍最恨的四个字！如果没有纪微甜，这一切都会是她的！

她苦心安排的一切在那一刻化成了泡沫。后来，任凭她厚着脸皮，想要死缠烂打让秦南御负责，秦南御都没有理过她。

她越想越不甘心，越想越恨纪微甜，一怒之下，要去找纪微甜算账。

让她想不到的是，自己居然会在药店门口看见纪微甜。

她一开始以为纪微甜得了什么病，于是悄悄地走到纪微甜身后，没想到攥在纪微甜手里的是一根验孕棒。

纪微甜怀孕了，怀了秦南御的孩子！

这个消息让骆心妍如五雷轰顶，几乎要克制不住自己的情绪，想当场杀了纪微甜。可等她冷静下来，很快又想到，纪微甜或许根本不知道孩子的爸爸是谁。

如果她能得到这个孩子，就能让秦南御相信那天晚上的人是她。有了这个孩子，她就能名正言顺地进秦家的大门。只要她能顺利嫁给秦南御，早晚有一天，他们会有自己的孩子。

从那天开始，她就一直跟着纪微甜。

她寻找机会，一步步接近纪微甜，跟纪微甜成为好朋友……

没有想到的是，她千方百计得到了纪微甜肚子里的孩子——秦家唯一的继承人，可是秦南御还是没有看她一眼。

在看见自己的儿子之后，秦南御还是跟她说了那四个字："你不是她。"

纪微甜到底有什么好，为什么能让秦南御念念不忘？

她做了这么多，他的眼中始终没有她。他甚至从来没有问过她的名字，仿佛她就是一粒尘埃。

她不甘！她恨……可面对秦南御，她什么都做不了。她唯一能做的就是惩罚纪微甜，让纪微甜一辈子都见不到自己的亲生儿子。

这是纪微甜的报应！

"你觉得是我抢走了原本属于你的一切，那我呢？我失去的清白又该找谁负责？喜欢秦南御的人是你，不是我！我因为你处心积虑的算计付出了惨痛的代价，最后还差点儿失去了自己的亲生儿子！"

纪微甜失控地怒吼，眼神彻底冷了下来。

她想不通，怎么会有人做了这么无耻的事情，还理直气壮地埋怨别人？

爱情如果能靠算计维持天长地久，那还有什么值得歌颂？

骆心妍口口声声地说都是纪微甜的错，那纪微甜四年前承受的一切，又是谁的错？

她那晚承受的伤痛、未婚先孕遭受的流言蜚语，还有后来让她差点儿死在手术台上的生产大出血……

这些事的罪魁祸首都是骆心妍！

"你有什么资格恨我？秦南御不是你的！他连你是谁都不知道，我的孩子也跟你没有关系。今天所有的下场都是你咎由自取，真的要算账，也应该是我找你算账。"

纪微甜盛怒过后，是出乎寻常的冷静，她的声音冷漠，字字清晰。

如果不是骆心妍，她不会跟自己的亲生儿子分开四年，不会让睿睿活在没有妈妈的世界里，做梦都喊着"要妈妈"。

每每想到睿睿没有安全感的模样，纪微甜就恨不得亲手杀了骆心妍！

"你胡说……你胡说！南御是爱我的！我们很相爱，他只是为了保护我，不愿意公开我们的恋情。等我们的宝宝生下来，他一定会娶我，一定会对我负责……你算什么东西？"骆心妍双手抱着头，冲到纪微甜面前，情绪激动地朝她叫嚣，"是你非要介入我们的感情！如果不是你，我肯定已经跟南御幸福地生活在一起了。你就是一个第三者！你活该见不到自己的儿子！你活该！"

"啪——"

纪微甜一巴掌狠狠地扇到了骆心妍的脸上，瞬间将她扇得倒向一旁。

纪微甜面色铁青，眼睛猩红，像是要手撕了骆心妍。

一旁的警察迅速上前制止。冷简快一步抱住了纪微甜，心疼地将人按进怀里，发现纪微甜浑身都在颤抖——她被骆心妍刺激得几乎要发狂。

"Cindy，想想你的孩子，他们需要你。不要因为仇恨把自己变成魔鬼，你跟她不一样！"

"我要告她！我一定要让她坐牢！"纪微甜咬牙切齿，每一个字都带着浓浓的恨意。

骆心妍这样的人，要是不受到应有的惩罚，只怕将来还会做出更恐怖的事情。

她就是个疯子，一个为了达到目的不择手段的疯子！

造谣诽谤的事情还没有调查出结果，就算他们以后证实所有的事情都是骆心妍指使，但碍于她之前做过正式的澄清，再加上她善于伪装以博取大众同情……骆心妍极有可能争取轻判。

可是收买医生并偷走刚出生的婴儿，就不是她靠装可怜还能逃脱的罪责！

有龚洪和李丽出面指控，关于四年前的事情，人证、物证俱在，骆心妍狡辩不了。

"我知道。我会处理，不会让她逃脱法律的制裁。我跟你保证。"冷简轻轻握住她的手，让她松开拳头。

冷简扭头跟旁边的警察示意，为刚才纪微甜情绪失控的事情道歉。确定没有问题了，他才带着纪微甜转身往外走。

冷简给纪微甜倒了一杯水，让她先稳定一下情绪，然后转身去处理剩下的事情。

秦氏科技集团，总裁办公室。

秦南御坐在办公桌前，手里拿着CC博士的专利授权书，指尖摩挲着授权书的边缘。他看似是盯着上面的内容，实则思绪已经飘回了新品发布会上纪微甜拿着授权书出现的那一幕……

刘盼说实验小组最后的程序优化是纪微甜一个人完成的，而纪微甜用的是CC博士的专利技术，最后还拿出了CC博士的专利授权书。

纪微甜……CC博士……

两个完全不相干的人莫名其妙地产生了联系。秦南御的脑海里忽然浮现出当初他接到消息，到机场追查CC博士的下落，却在接机大厅遇见同一航班上的纪微甜的画面。

"咚咚——"

办公室的门响了，宋书拿着查到的资料，从外面走了进来。

"秦总，已经确认了，纪小姐给的授权书完全没有问题。我调取过发布会当天的监控视频，发现给纪小姐送授权书的人是卡丽，除此之外，纪小姐没有接触过其他人。"宋书顿了顿，又开口说道，"还有，我们刚刚收到消息，冷回国了。"

冷是传说中唯一能接触到 CC 博士的人，可这个人的神秘程度跟 CC 博士相比不遑多让。

秦南御几次跟他交手都没有占到便宜。听见助理的话，秦南御微微挑眉，道："消息没错？"

"不会有错，这次我们不仅查到了他的位置，还锁定了他的身份。"宋书上前，将手里的资料放到秦南御面前。

秦南御找 CC 博士已经不是一年两年了，所有跟 CC 博士有关的人，都是他的重点关注对象。跟上次能查到 CC 博士的航班一样，他们这次的发现可以说是偶然。

"冷似乎有什么急事要回国，临时改签了机票才暴露了自己的行踪。"

秦南御拿起面前的资料，最先看见的是一个男人的照片。

照片上的人年纪不大，穿着黑色卫衣和一条深色牛仔裤，头上戴着一顶鸭舌帽，帽檐压得很低，像是不希望有人看见他的样子。

冷一个人站在酒店门口，看起来是在等人。

秦南御翻到第二张，看见跟冷站在一起的纪微甜，瞳孔蓦地缩紧。

宋书不敢迟疑，忙不迭地开口解释："这就是我接下来要跟秦总汇报的重点。我们的人查到了冷的消息，刚准备派人跟他联系，没想到在酒店门口看见了纪小姐……他们看起来很熟，刚见面就一起进了酒店，没多久又一起离开了。"

冷的全名叫冷简，是个计算机高手。但这些都不是重点，重点是，众所周知，冷是 CC 博士的代言人。

早前秦南御就收到消息，CC 博士已经回国了。按理说，冷回来的第一件事应该是去见 CC 博士，可现在见的人却是纪微甜。

换作在秦氏科技集团新品发布会之前，或许不会有人多想。可如今，纪微甜刚拿出 CC 博士的授权书，冷就像个骑士一样出现在她身边，只用一个巧合来解释，怕是解释不通。

唯一合理的推测就是……

宋书不敢吭声，偷偷瞄了自家秦总一眼。什么叫"众里寻他千百度，蓦然回首，那人却在灯火阑珊处"，他现在算是明白了。

他们找了CC博士这么多年，谁敢想，CC博士早就出现在他们面前，还被他家秦总当成了废材，连实验室都不让进……

别说秦南御一时难以接受，就连宋书刚拿到这份资料的时候，也是好久没有缓过神。他怎么都没有想到，外表看起来柔柔弱弱的纪微甜，就是业界神话——神秘的CC博士。

没等宋书想好怎么安慰秦南御，秦南御已经放下了手里的照片，扫了一眼资料上关于冷的个人信息，问道："他们去了哪里？"

"警察局。"

秦南御蓦地抬起头，错愕地看向宋书："你说什么？"

"我们派去的人一直跟着他们，亲眼看见他们去了警察局，后来打听到，他们是去找骆心妍。"宋书顿了顿，接着说，"我觉得不对劲，让人回酒店查了一下，发现他们在离开酒店之前去见了两个人。"

宋书说到这里，眼神变了变，深吸一口气："那两个人，是当初纪小姐生产时照顾她的医生和护士。冷带着纪小姐见过他们之后，就去警察局找了骆心妍……秦总，骆心妍现在除了造谣诽谤，还多了一条被起诉的罪名——偷盗刚出生的婴儿。"

秦南御的身体有一瞬间僵硬，眼神和表情也有些呆滞，他大脑里的内容还停留在"纪微甜就是CC博士"这个令人震惊的消息中。助理说的话像是一道天雷，劈进了他的脑海里。

秦南御下意识地问道："那个婴儿是个男婴？"

宋书："……"

秦南御："是秦默睿？"

宋书："……"

骆心妍未婚，也没有收养过孩子。她身边唯一出现过的婴儿，就只有当初被抱到秦家别墅的秦默睿。

如果秦默睿真的是骆心妍偷来的，而她现在又被纪微甜以盗婴的罪名告了……那秦默睿是谁的儿子，不言而喻。

秦南御脸色"唰"的一变，猛地从椅子上站了起来，抬腿往外走。

宋书迟一秒反应过来，忙不迭地追上去，好不容易追到停车场，见秦南御已经把车开到出口了。宋书连忙高声喊道："秦总，纪小姐已经离开警察局，回你家了！"

秦南御一路风驰电掣回了家。下车之前，他的脑子像是被塞满了棉花，根本无法思考，他唯一的念头就是要尽快找到纪微甜。

他想见她，想立刻见到她！

可当纪微甜真的出现在他面前，他却像是打了石膏，呆呆地愣在原地，心情复杂地看着坐在客厅沙发上的人……

秦南御的脑海里浮现出第一次在机场遇见她的场景。

突然，时光又往前倒退了好几年，回到那个荒诞又错误的夜晚。

似乎他们的每一次遇见都充满了意外，并不美好。

他眼神沉了沉，刚才路上热烈的心情此刻已经被回忆浇得透心儿凉。因此，他并没有注意到，坐在沙发上的纪微甜看见他出现后就突然绷紧背脊，放在身侧的手也不自觉地握成了拳头。

跟秦南御一样，纪微甜现在的心情也很复杂。这种复杂的情绪，在刚刚得知睿睿是自己的亲生儿子时就曾在她的心头浮现，只是她当时更急着查清楚当年的真相，忽略了跟秦南御有关的一切。

可是现在秦南御就站在距离她不足三米的地方，强大的存在感让纪微甜不得不面对一个自己一直在试图逃避的问题。

她儿子和女儿的爸爸是秦南御，她还没有想好要怎么面对他……面对过去……

"爸爸！"

稚嫩的声音忽然响起，秦南御和纪微甜同时转头，朝着声音的来源看去。

管家把从幼儿园接回来的两个小家伙抱下了车。

瑶瑶开心地迈开小短腿，朝站在客厅门口的秦南御飞奔过来，抱着他的大腿撒娇。

秦南御的心口微微一震，他垂眸盯着面前的小糯米团子，盯着她粉雕玉琢的小脸蛋儿，想也不想就弯腰将她抱起来，紧紧抱进怀里。

这是他的女儿，他的小公主！

睿睿替妹妹拎着书包，经过秦南御身边的时候，扭头瞥了秦南御一眼，不为所动地往里走，走到纪微甜面前，扬起小脸，轻声喊道："妈妈。"

纪微甜伸手抱住他，摸了摸他的小脸，问："饿了吗？"

睿睿点点头，乖巧地跟着纪微甜去洗手吃饭。

秦南御抱着瑶瑶跟在后面。

一家四口坐在同一张餐桌上，纪微甜照顾儿子，秦南御照顾女儿，气氛十分温馨，只是温馨之中似乎又流淌着说不清道不明的压抑……

纪微甜原本一个人回秦家别墅准备收拾东西，先从这里搬出去。可是现在看见一直黏在身边的睿睿，她完全不知道怎么告诉他，妈妈要先带着妹妹离开他一段时间。

更何况还不只是睿睿，秦南御今天也跟吃错了药似的一直盯着她看，一副欲言又止的模样。纪微甜每次抬头看他，他就会仓皇地挪开视线，像是怕她发现。

纪微甜想了想，决定先带孩子们去洗澡。

秦南御想要帮忙，纪微甜没让他跟进浴室。她先帮睿睿洗好了，让秦南御帮睿睿穿衣服，哄睿睿先睡。

秦南御迟疑了几秒，面色变了变，最后还是伸手接过儿子。

纪微甜抱着女儿从浴室里出来，就看见秦南御拿着一本童话故事书坐在床头，生硬地给儿子讲故事。

他讲得磕磕绊绊的，别说一个孩子，纪微甜都听不下去。

这真的叫睡前故事，而不是睡前折磨吗？

听着这样的睡前故事睡觉，只怕睿睿整夜都得做噩梦。

"睿睿睡着了吗？"

纪微甜帮女儿擦干头发，抱着小糯米团子走上前的时候，看见的是缩在被子里一脸勉强又不得不接受秦南御魔音摧残的儿子。

秦南御一脸邀功地回答她："快了。"

"那你别念了。你念得我儿子都睡不着了。"纪微甜走上前，从他手里抽走童话故事书。

秦南御刚要替自己狡辩两句，扭头就看见点头如捣蒜的臭小子。

"这故事太幼稚了，影响了我的发挥。"秦南御硬着头皮狡辩。

"那你试试这本。"纪微甜从旁边拿过自己给两个小家伙念的科学故事，让秦南御练手。

瑶瑶听见秦南御要讲故事，捧场地钻进被窝里，眨巴着漂亮的大眼睛，等着他讲。

秦南御原本只是想要演演戏，用照顾儿子博取纪微甜的好感。现在倒好，他们直接把戏台子搭起来了，他要怎么继续唱下去？

"喀喀！"秦南御清了清嗓子。

给孩子讲睡前故事这种事他也不是没有做过。只是第一次当着纪微甜的面做，秦南御莫名觉得紧张，像是应聘上岗的爸爸，害怕自己表现不好就要被刷下来。

这压力比让他赌上全身家当还紧张。

"我有点儿口渴。"秦南御抿了抿唇，故意拖延时间。

纪微甜见他迟迟不开口，眉心微蹙："你要是不会讲睡前故事，就把书给我。"

"我会。"秦南御避开她的手。

眼看"评委"都生气了，他哪里还敢耽误？于是他随便翻开一页，开始照本宣科。

不就是讲故事吗？他没吃过猪肉，还没见过猪跑吗？

纪微甜给两个小家伙讲故事的时候，他没少在旁边看，照着模仿还是能学个五六成的。

富有磁性的嗓音给他加了不少分，效果出奇得好。听到最后，不仅两个小家伙入了迷，纪微甜也微微有些晃神。

她承认，自从知道秦南御就是当年那个男人，她确实对他有种说不上来的情绪，尤其在见过骆心妍并得知当年所有事情后。

虽然知道秦南御也是受害者，但是对他……她做不到像对待其他人一样。纪微甜在心里抗拒回忆过去，也无法当作什么事都没有发生。

有些事，哪怕她试图忘记，伤害也会像烙印在灵魂上，在每一个夜深人静的时分，唤醒那根名为"恐惧"的神经。

此时此刻，看见秦南御坐在床边，手里捧着一本书，专注认真地给一双儿女讲睡前故事，纪微甜忽然觉得心里有什么东西悄悄地发生了变化，淡淡的暖意浮上心田。

纪微甜盯着秦南御俊美的侧脸，不自觉地入了迷……

"他们睡着了，要把他们抱回各自的房间吗？"秦南御蓦地停下来，扭头问身边的纪微甜。

纪微甜呆滞了几秒后，顺着他的视线看过去，发现两个小家伙听故事听到睡着了，正满足地吧唧着小嘴。看模样，他们今晚应该能做个好梦。

"把睿睿抱回他自己的房间吧。瑶瑶睡觉不安分，每次都会把他踹到地上。"

秦南御点头表示认可，主动抱起儿子。

纪微甜走在他前面，替他开门。

安顿好两个孩子，纪微甜还在犹豫要不要把两个孩子的身世告诉秦南御。

"秦南御。"

"纪微甜。"

两个人同时开口，又同时安静下来。

四目相对，两人都欲言又止。

最后是秦南御先打破沉默："你明天有空吗？"

"啊？有……应该有的。"纪微甜磕磕绊绊地接话，不明白他怎么突然问这个。

秦南御眼眸微闪，对上她紧张的面容，忍不住伸手揉了揉她的脑袋："早点儿睡，有什么事明天再说吧，睡醒我叫你。"

"好……"

这一晚，两个怀揣心事的人都难以入眠。

临近天亮，纪微甜才迷迷糊糊地睡过去。

一觉睡醒，外面已经艳阳高照。纪微甜抓过手机看了一眼，发现已经快十一点了，被吓得直接从床上坐了起来。

顾不上胡思乱想，纪微甜急急忙忙去洗漱。

房间里一有动静，秦南御就推门进来了。对上纪微甜茫然的目光，他很认真地表示，自己进来之前有敲过门。

"昨晚睡得好吗？我已经帮你请过假了。时间还早，你收拾一下，我们出去吃午饭。"

纪微甜刷牙的动作一顿，有些意外地眨了眨眼。

他昨天特意问她有没有空就是为了约她出去吃饭？

等两个人坐在餐厅里时，纪微甜仍旧没有想通秦南御到底想做什么。

环视了一圈餐厅的环境，再加上睿睿与瑶瑶都不在，她直觉这里是个很适合说话的地方……纪微甜在心里暗暗做了一个决定，正要鼓起勇气开口，秦南御忽然将自己的手机递给她。

她低头瞥了一眼，发现手机刚打开了一个视频，视频上的人是苏素媚。

纪微甜怔了怔，就听见视频中苏素媚说话的声音——

"这件事情都是我的错，是我鬼迷心窍，忌妒纪微甜的母亲死了还让我的丈夫念念不忘，连带着讨厌纪微甜，才会配合骆心妍……"

苏素媚公开向她道歉了。

视频中的人哭得声泪俱下，把这些年对纪微甜的苛待一五一十地向公众说明，最后深深鞠了一躬。

视频刚刚发布，就引起了极大的反响。

"这是你的安排？"纪微甜深知以苏素媚的性子，是绝对不会轻易服软的，应该是秦南御在背后做了什么。

秦南御拿回自己的手机，淡淡地说道："不完全是。有一部分原因是骆心妍的下场让苏素媚明白，害人终害己。以后不会再有人能轻易造谣和伤害你了。"秦南御想了想，又郑重地补充道，"纪墨峰也不行。"

纪微甜想说什么，服务员正好端着菜上来。

她沉默了一会儿。等服务员离开，突然没了想说话的气氛，她索性端起面前的红酒杯："敬你一杯，当谢谢你。"

两个人的状态都不对劲，似乎都抱着喝酒壮胆的心思，大白天的，突然你敬我一杯，我敬你一杯，到最后，两个人都喝得有点儿多。

"秦南御，你是不是觉得我很可怜？爹不疼，又没有妈……不对，我有妈，不过是后妈。"纪微甜趴在桌子上，指尖戳着面前的红酒杯，自嘲道。

秦南御看向她，眼神渐渐沉下来，嗓音低沉："我爸妈在我出生那天协议离婚了。两个人同时选择不要我这个儿子——我是被爷爷一手带大的。"

说完，秦南御眼神更沉了，像是阴沉沉的乌云，望不到边："他们是商业联姻。我妈并不爱我爸……大概是我的出生刺激了她，让她终于忍无可忍，决定结束这段婚姻。我爸则觉得是我的出现导致我妈抛弃了他，所以也放弃了我……从小我就特别讨厌过生日。对我而言，那不是生日，是被抛弃的日子。"

正是这个原因，每年只要到了生日那天，秦南御整个人的状态就会非常差，有着浓浓的自厌情绪。

大多数时候，他会把自己关起来，静静地等着这一天过去，偶尔也会有失控的时候。

"你上次过生日那天心情不好，跑到实验室发了一顿酒疯，是因为这个？"纪微甜震惊过后，回忆起他当时的样子，隐约还记得他半梦半醒时那句"我讨厌过生日"的呓语。

纪微甜想到什么，脸色变了变。五年前，她在酒店遇见秦南御的那天应该也是他的生日……所以，他是因为这个才会让骆心妍有机可乘，在他身上动了手脚？

一时之间，纪微甜不知道是该安慰秦南御，还是同情自己。下一秒，纪微甜却听见他说——

"对不起。"

纪微甜直到此刻才发现眼前的人虽然喝了不少酒，但眼神清明。对上她的视线，他抿了抿唇，重复道："纪微甜，对不起！"

视线交汇，纪微甜没把心里的疑惑问出来，却忽然读懂了他的歉意。

他知道了。

她难以启齿的真相，他全都知道了。

纪微甜以为自己做好了心理准备，却还是在面对秦南御直白的目光时瞬间喘不上气。她立刻站起来，扭头要走。

她没来得及迈出脚步，秦南御已经伸手抓住她的手腕，声音也变得急切："五年前，我找过你！"

纪微甜脚步一顿，回头看他。

"我从来没有想过不负责任，可是酒店的监控被彻底销毁了……我查不到任何关于你的信息。后来，骆心妍抱着秦默睿来找我。我知道她不是你，可当时以为这是你跟她达成的交易……"

秦南御闭了闭眼睛，不知道该怎么跟纪微甜解释。秦默睿刚到他身边时，奄奄一息的可怜模样让他心疼——他也因此开始排斥秦默睿的亲生母亲。

纪微甜似乎没有料到是这个原因。从知道真相那一刻起，她心里对秦南御的恨意就已经放下了。说到底，秦南御也是受害者——他从来没有想过要伤害任何一个无辜的人，只是骆心妍设的局将他们都牵扯了进来。

可一时之间，纪微甜还是很难接受自己孩子的亲生爸爸突然出现……

"骆心妍该为她犯的错付出代价，可这件事，我也有不可推卸的责任。我希望你可以给我一个补偿的机会。"秦南御松开纪微甜的手，转身走到包间的门口，下一秒，从外面拿进来一束红玫瑰，在纪微甜面前单膝跪下来说，"纪微甜，你愿意以结婚为前提，跟我交往吗？"

纪微甜浑身一震，难以置信地看着跪在她面前的男人。

他这是在求婚吗？

纪微甜回过神，下意识地要拒绝："你不用这样，当年的事情说到底也不全是你的错。更何况，你这些年把睿睿照顾得很好……"

"我不只是为了补偿你。"秦南御打断她的话，对上她茫然的目光，声音缱绻，"纪微甜，我爱你。"

他不知道自己是什么时候爱上她的，等意识到的时候，他的心里已经全都是她。

没有人明白，当知道纪微甜就是秦默睿的亲生妈妈那一刻，他有多惊喜。可惊喜过后，他开始慌了，不敢去想象比他更快一步知道真相的纪微甜会做出什么样的选择。

这是他第一次这么害怕失去一个人……

因为家庭破碎，少年时的秦南御曾经笃定地认为自己永远不会爱上任何人。

他将自己的心紧紧包裹起来，不愿意让任何人碰触，直到纪微甜出现……她的一颦一笑、一嗔一怒，在不知不觉中刻进了他的脑海，也刻在了他的心上。

她是他戒不掉的甜，也是他的人间理想。

与秦南御的紧张相比，纪微甜更像是被吓傻了，呆呆地看着单膝跪在面前的人，几次张开嘴，却说不出一句话。

他刚刚说……他爱她。

纪微甜的心里莫名升腾起一种奇怪的感觉，她不自觉地想起自己知道真相后就打算搬离秦家别墅时那股说不清道不明的低落情绪。

她原本以为自己只是担心秦南御不让她带走睿睿，直到此刻才意识到，自己舍不得的人还有他。

纪微甜第一眼见他时只觉得这个人异常冷漠，熟悉之后发现他是面冷心热，对科研更是怀有一腔热情。

他出身很好，对待纪微甜的养父母从来没有半分轻视，甚至会在遇到事情的时候主动出言维护。

只剩他和纪微甜两个人的时候，他又像变了一个人，傲娇得不像样，天天嚷嚷着不舒服，要纪微甜照顾，一言不合就委屈巴巴地盯着她看……这样的秦南御让她根本无法拒绝。

原来这就是爱呀……

"砰"的一声，包间的门突然被打开。

秦南御安排在外面的亲友团见里面迟迟没有动静，已经等不及了。两个软糯糯的小身影先挤了进来，然后是卡丽、何非臣、雷云嘉、刘盼，还有实验室的所有人，大家都来了。

包间瞬间热闹起来，下一秒，大家整齐的声音响起："答应他！答应他！答应他……"

秦南御等了这么久都没有等到纪微甜的答案，心已经沉到了低谷。他刚想让大家别给她压力，纪微甜忽然伸手接过了他手上的玫瑰花。

没等他反应过来，就见她嫌弃道："哪儿有人求婚只有一束花，连个戒指都没有？"

秦南御一愣，她真的答应了！说时迟那时快，瑶瑶已经跑上前把戒指盒放到他手里，与妹妹配合默契的睿睿二话不说替秦南御打开。

璀璨的钻石戒指散发着耀目的光芒，造型别致，一看就是定制品。最让人心动的是雕刻在戒指内环的字母：T&Y。

纪微甜和秦南御。

戒指盒打开的那一秒，周围迅速安静下来。在众人期待的目光中，秦南御没给纪微甜丝毫反悔的时间，拿起戒指迅速套进了她的无名指，然后站起身，在众人的欢呼声中，用力将她拥进怀里！

"你好，秦太太！"

秦氏科技集团的新品发布会举办得很成功，实验室第一阶段的任务也顺利完成了，大家拥有了一个小假期。

纪微甜答应秦南御以结婚为前提交往后，难得清闲——秦南御倒是比平时更忙了，忙着处理集团的业务，还要忙着安排行程。

他们先要去正式拜访纪微甜的养父母，然后接秦南御的爷爷回来看他日思夜想的孙媳妇，还有好不容易盼来的曾孙女。

跟秦南御的春风满面相比，纪微甜这几天显得有些心事重重。

五年前的意外解释清楚了，可是她还有一件事没有告诉秦南御。昨天刘盼给她打电话，提到他们在下个阶段的实验中可能还会用到 CC 博士的其他专利技术，又无意间提到秦南御这几年一直在锲而不舍地寻找 CC 博士。

纪微甜有些犯愁，不知道该怎么委婉地告诉自己的未婚夫：嗨，我就是你要找的那个人。

她正纠结地在床上打滚儿，眼前忽然洒下一片阴影，熟悉的气息袭来，下一秒，床的另一边陷了下去。男人用一只强健的手臂搂住她的腰，将她捞进了怀里。

"在想什么，我进来都没发现？"秦南御风尘仆仆，一看就是刚从公司赶回来。

纪微甜翻身坐起来，说："你今天怎么回来得这么早？"

"忙完工作就回来了，我陪你去幼儿园接睿睿和瑶瑶，嗯？"秦南御嘴上说着去幼儿园，可抱着纪微甜的手并没有松开，目光在儿童房里打量了一圈，略有不满地说道，"纪微甜，你什么时候搬去我的房间？"

他没求婚的时候，纪微甜跟女儿住在一起还说得过去。他现在求婚成功了，她还跟女儿住在一起，这像话吗？

"嘘，先不说这个，我有正事要跟你说。"纪微甜摆正姿态，认真地说道。

秦南御瞥了她一眼，对她的虚张声势并不在意，只当她在故意转移话题。

纪微甜心里藏着事，顾不上他的反应，径自问道："你为什么突然想在江城大学成立实验室研究人工智能？"

她还记得秦南御当初在实验室里说过的话——

"我希望你们能重视手中的项目，这不是简单的商业项目。从实验室组建的那天起，你们就应该知道，你们所做的实验不仅具有巨大的商业价值，而且会对很多家庭产生重要的影响。"

他当时的语速很慢，说得格外清晰。

他很少一口气说这么多话，当最后一个字落下时，实验室里每个人的脸色都发生了变化。

秦氏科技集团实验项目的最终目标是要打造一款能成为大部分人工智能载体的高端芯片，并依托这样的高端芯片，进一步设计一款专门为儿童研发的信息系统。

这个系统不仅有陪伴模式，还可以模拟孩子从出生到成人可能遇到的所有危险，将这样的信息系统导入芯片，安置在儿童手表或者其他合适的机器上，可以在日常生活中为每一个孩子的成长保驾护航。

如果真的能做到他们预想的那样，未来甚至可以在芯片中储存每一个新生儿的DNA，让走失、被拐卖儿童的回家之路更加通畅……

纪微甜在第一次全面了解整个实验项目的时候就被震撼了，不仅是因为秦南御的设想很庞大，更因为他们的研究理念不谋而合。

"因为秦默睿。"秦南御黑眸微闪，沉吟片刻道。

这个项目的设想，在秦南御第一次抱起自己儿子的时候，就在他的脑海里形成了。

那个时候，小小的奶娃娃弱弱地躺在他怀里，眼睛都睁不开，却像是能感应到爸爸的存在。在秦南御伸手想要戳戳他小脸蛋儿的时候，一只软乎乎的小手紧紧攥住了爸爸的手指，下一秒，他委屈地哭了起来。

小婴儿已经脱力，哭声很弱，像是随时会断气。可是每一声都哭到了秦南御的心里，那种来自血缘的震撼重重撞击着秦南御的心脏，让他久久无法平复。

每一个孩子都是命中注定来到父母身边的，也应该在自己父母的呵护下健康长大。

秦南御一个不经意的设想，成为秦氏科技集团近几年的研发方向。

如何打造国产高端 AI 芯片，再利用高端 AI 芯片完成新的科技突破才是秦南御真正想要做的事情！

纪微甜听完他的话，心狠狠颤动。

秦南御的手机上，写在项目策划书开篇的那句"父爱如山，母爱似海，愿灾难远离每一个孩子"让纪微甜久久不能平静。

纪微甜抬起头，看向坐在她面前的秦南御，良久，没能说出一句完整的话，最后抿了抿嘴唇，从口袋里掏出一块手表递给他。

秦南御只看了一眼她给的手表，眼神就变了。

这是一款定制的儿童手表，秦南御在瑶瑶身上见过一块一样的，只是颜色不同，瑶瑶那块是粉色的，眼前这一块是蓝色的，应该是纪微甜给儿子准备的礼物。

换作其他人可能只当它是一块普通的儿童手表，可秦南御仔细看过之后发现了它的独特之处。

秦南御的眼底隐隐闪动着光芒，如同火焰般耀目，他已经能预感到纪微甜接下来想要跟她说什么。

"有件事，我想了一下。既然我们已经决定在一起了，我还是应该跟你说实话。"纪微甜下定决心要说，也就没有拐弯抹角，径自说道，"我就是你要找的 CC 博士！"

没等秦南御有任何反应，她又解释道："其实也不是我一个人，'CC 博士'只是一个代号，准确地说，更像是一个团队。冷算是我的搭档，很多我不方便出面的事情都是冷负责处理……"

说着说着，纪微甜突然察觉到不对劲——秦南御太冷静了，冷静得不像是找了 CC 博士很多年的人。

她抬起头，蓦地撞进一双黑色的眼眸中……秦南御双眼含笑，嘴角也微微上扬，浑身上下都散发着一股宠溺的气息，没有一丝被隐瞒的气恼。

纪微甜瞬间反应过来，问："你早就知道了？"

"只是猜测。"秦南御最高兴的是她能亲口告诉自己这件事，"我也要跟你老实交代，我就是之前跟你们交手的 Y。"

他们不应该叫"甜芋夫妇"，应该叫"马甲夫妇"。

短暂的沉默过后，两个人不约而同地笑了，四目相对，没有只言片语，只是一个眼神就仿佛包含了所有。

该有多么幸运，才能遇上一个人懂你、爱你，跟你拥有不谋而合的理想和梦想？

纪微甜眼前能看到的只有秦南御，能感受到的也只有秦南御，仿佛她的生命里只剩下一个秦南御。

对秦南御而言，纪微甜就像命运的恩赐。在某个不经意的时刻，原来他想要的人早就出现在他的生命里。

秦南御双手捧住她的脸，低头轻轻吻上她的唇，说："我爱你。"

纪微甜："我也爱你。"

【全文完】